HANNAS ENTSCHEIDUNG

KERSTIN RACHFAHL

INHALT

Deutsche Erstausgabe Februar 2014
Copyright © 2014 Kerstin Rachfahl, 59969 Hallenberg
Lektorat Martina Takacs dulaect.de
Satz: restle.biz
Cover: Georg Lechner
Fotos: Fotolia Copyright© Iakov Kalinin

Kerstin Rachfahl
Heiligenhaus 21
59969 Hallenberg

Autorenblog: www.kerstinrachfahl.de
E-Mail: itsme@kerstinrachfahl.de

Danke an all meine Leserinnen und Leser, die mir so viel
Mut machen, weiter zu schreiben.

»Ich bin das Licht der Welt. Wer mir nachfolgt, wird nicht in
der Finsternis umhergehen, sondern wird das Licht des
Lebens haben.«
Jh. 8,12

»Viel mehr als unsere Fähigkeiten sind es unsere
Entscheidungen, die zeigen, wer wir wirklich sind.« - Joanne
K. Rowling

1

BERLIN

Der Himmel war von grauen Wolken verhangen. Es regnete in Strömen. Marie starrte auf den marmornen Engel, dessen Arme schützend um den Grabstein lagen, seine Gesichtszüge so ebenmäßig, sein Mund sanft lächelnd. Das Regenwasser floss von seinem Gesicht auf den feinen, hellen Kies, der das Grab bedeckte. Eine weiße Rose lag darauf. Den Regenschirm über sich haltend, ging sie in die Hocke, streckte die Hand aus und malte mit dem Zeigefinger die Buchstaben des Grabsteins nach: Johanna Rosenbaum, geboren am 11.05.1983, gestorben am 02.07.2012. Sie wechselte auf den zweiten Namen: Gabriel Rosenbaum, geboren am 03.03.1948, gestorben am 02.07.1992. Wie seltsam, in all dem Trubel, in all der Aufregung nahm sie erst heute wahr, dass ihr Vater und ihre Zwillingsschwester am gleichen Tag gestorben waren. Im Tod miteinander vereint. Marie stand auf, wischte sich die Tränen aus den Augen. Sie kramte in ihrer Manteltasche nach einem Papiertaschentuch. Doch alles, was sie fand, war genauso feucht wie ihr Gesicht. Den Regen schien es nicht zu interessieren, dass sie einen Regenschirm über ihren Kopf gespannt hatte. Überall wehte der Wind das Wasser an ihren Körper. Durchweichte den Mantel und das darunterliegende Kostüm.

Vor ihrem Gesicht tauchte eine schmale, schlanke Hand auf, die ein sauber gefaltetes Stofftaschentuch hielt. Sie gehörte einem Mann, der ihr nur bis zum Kinn reichte.

»Bitte nehmen Sie, bevor auch das Taschentuch ein Opfer der Elemente wird.«

Er sah sie freundlich an, auch der Regen schien ihm nichts auszumachen. Zögernd streckte Marie die Hand aus und nahm das Taschentuch entgegen. Sie wischte sich zuerst das Gesicht trocken, bevor sie sich die triefende Nase damit putzte, steckte es ein und lächelte den Mann vor sich schief an. »Ich werde Ihnen das Taschentuch selbstverständlich ersetzen.«

»Das brauchen Sie nicht, Frau Benner. Es heißt doch noch Benner?«

In jeder Zeitung hatte gestanden, dass sie nach der Verhaftung ihres Mannes die Scheidung eingereicht hatte. Das würde sie ein kleines Vermögen kosten, doch es war ihr egal. Keinen Tag länger wollte sie den Namen des Mörders ihrer Schwester tragen. Und nicht nur deren Tod hatte er auf dem Gewissen. Es überraschte sie nicht, dass der Mann vor ihr diese Frage stellte. Am liebsten hätte sie den Namen bereits abgelegt, doch die deutsche Bürokratie ging ihren normalen Gang und nahm keine Rücksicht auf Gefühle.

»Wieso hier?«

Der Mann zog seine Hand, die hinter seinem Rücken verborgen gewesen war, hervor. Er hob eine dunkelrote Rose an seine Nase, nahm einen tiefen Atemzug. Er bückte sich und legte seine Rose neben ihre weiße. Er erhob sich und sah sie aufmerksam an.

»Interessant, nicht wahr, dass Ihr Vater und Ihre

Schwester den gleichen Todestag haben, nur mit zwanzig Jahren dazwischen.«

»Sie sagten, es wäre dringend.«

»Das ist es in der Tat. Wussten Sie, dass ich Ihren Vater kannte?«

»Ist das nicht normal, wenn man derselben Wirtschaftsorganisation angehört, die sich regelmäßig viermal im Jahr trifft?«

Er lachte, schüttelte amüsiert den Kopf, bevor der Ausdruck in seinem Gesicht sich änderte. »Ich meine nicht Ihren Stiefvater, sondern Ihren biologischen Vater, Gabriel Rosenbaum. Ein interessanter Mann, wenn Sie mich fragen.«

Ein kalter Schauer lief Marie über den Rücken. Sie zitterte unwillkürlich und wusste nicht, ob es dem Regen geschuldet war, der langsam ihre Sachen durchweichte, oder dem kalten Ausdruck in den Augen ihres Gegenübers.

»Die Eltern Ihres Vaters gehörten zu den wenigen Juden, die das Nazireich überlebten. Wussten Sie das?«

»Mein Großvater war Jude, meine Großmutter Katholikin.«

»Oh ja, sie heiratete ihn und beschützte ihn so vor dem Konzentrationslager. Eine überaus mutige Frau. Im Gegensatz zu Ihrem Großvater, der für sein Überleben seinen Glauben und sein Volk verraten hat.«

»Sie sagten, es ginge um Medicare, nicht um die Vergangenheit meiner Familie.«

»Stimmt. Doch es ist mir immer wichtig zu wissen, von wem ein Mensch abstammt, bevor ich Geschäfte mit ihm mache. Sehen Sie, Frau Benner, Sie erfahren viel über eine Person, sobald Sie ihre Familie anschauen. Ihre Schwester ist eine Frau, die viel Leid ertragen kann, ohne daran zu zerbrechen. Wie sieht das bei Ihnen aus?«

»War. – Sie war eine Frau, die Leid ertragen konnte«, flüsterte Marie.

»Oh ja, hoffen wir, dass sie in Frieden ruht, nicht wahr? Oder glauben Sie an die Auferstehung?«

»Ja, wir Christen glauben an ein Leben nach dem Tod – aber nicht in dieser Welt.«

»Ebenfalls ein äußerst interessanter Aspekt. Sie sehen, es gäbe vieles, worüber wir uns unterhalten sollten. Aber ich schlage vor, wir verlegen unser Gespräch an einen Ort, der den Launen des Wetters nicht gar so ausgesetzt ist. Was meinen Sie, Frau Benner?«

Trotz seiner höflichen Worte wusste Marie instinktiv, dass ihr keine Wahl blieb. Statt zu antworten, warf sie einen letzten Blick auf das Gesicht des Engels und in ihrem Kopf hörte sie die leise Stimme ihres Vaters Gabriel:

Der Engel des Herrn sei neben dir, dich sanft zu umarmen, dir Schutz zu geben für alle Zeit.

Jeden Abend hatte er sie mit diesen Worten ins Bett gebracht und sie geküsst. Marie straffte die Schultern, drehte sich um und ging zielstrebig auf den Ausgang zu.

2

IDENTITÄT

Der Raum lag im dritten Stock. Die Fenster besaßen Schutzgitter, eingelassen in die Fassade. Hanna hielt sich allein in dem Raum auf und genoss die Stille nach der Anspannung in den letzten Wochen. Nach ihrem Aufenthalt in Norwegen war sie zuerst in verschiedenen deutschen Städten von Wohnung zu Wohnung gezogen. Obwohl sie Reisen und Ortswechsel gewohnt war, verlor sie mit der Zeit die Orientierung darüber, wo sie sich gerade befand. Viel schlimmer war es jedoch gewesen, nie allein zu sein. Das Teilen eines Badezimmers mit den ihr zugewiesenen Personenbeschützern, das ständige Laufen eines Fernsehers oder von Musik, je nachdem, wer Dienst hatte. Der Geruch von fremdem Schweiß, der Anblick von Geschirr, das sich in der Spüle stapelte, und die Allgegenwart von Schusswaffen spannten ihre Nerven zum Zerreißen. Der Tod, der sich überall bemerkbar machte und sie nicht zur Ruhe kommen ließ. Schließlich glaubte sie, es nicht eine Minute länger aushalten zu können, und hatte den Vorschlag gemacht, lieber in ein Kloster zu gehen, bis es mit der Verhandlung so weit sei. Natürlich wurde das abgelehnt. Deutsche Bürokratie und Flexibilität waren zwei unvereinbare Begriffe. Also hatte sie auf Erpressung zurückgegriffen und erklärt, dass sie nicht mehr für eine Aussage zur Verfügung stehe, es sei denn, der Personenschutz erklärte sich mit ihrer Lösung einverstanden. Damit löste sie eine Welle hitziger Diskussionen und Rangeleien über die Zuständigkeiten der einzelnen polizeilichen Behörden aus.

Erst die Einmischung von Oberst Karl Hartmann, der sich für sie einsetzte und seinen Einfluss geltend machte, bereitete dem ein Ende. Noch jetzt ärgerte Hanna sich darüber, denn er war der letzte Mensch auf Erden, dem sie für irgendetwas dankbar sein wollte. Er hatte ihr Major Ben Wahlstrom auf den Hals gehetzt. Er hatte ihre Gefühle zu Ben ausgenutzt, um sie gnadenlos für seine Zwecke zu manipulieren, und sie war darauf reingefallen. Ben – noch immer verursachte der Gedanke an ihn einen tiefen Schmerz in ihrem Herzen. Sie liebte ihn und hatte ihm ihre Liebe gestanden. Worte, die sie gerne zurückgenommen hätte, wenn es die Möglichkeit gäbe, die Zeit zurückzudrehen. Tage, nein Wochen, hatte sie darauf gehofft, etwas von ihm zu hören. Natürlich konnte sie nicht mehr an ihre E-Mail-Nachrichten herankommen. Aber wenigstens einen Brief hätte er schreiben können oder eine kurze Notiz, dass es ihm leidtat, ihre Gefühle verletzt und sie ausgenutzt zu haben oder dass er sich vielleicht sogar in sie verliebt hatte? Stattdessen nichts, absolut nichts. Was für ein Scheißkerl.

Das Kloster war der erste Ort gewesen, wo sie wieder Struktur in ihren Alltag hatte bringen können. Regeln, Rituale und Ordnung waren ein wichtiger Bestandteil in Hannas Leben. Sie nahm wieder ihre Umgebung wahr, hörte auf, in der Vergangenheit zu leben. Ihre Seele öffnete sich der Stille. Sie nahm die Worte und Gebete in sich auf, fühlte, wie sich alles in ihr miteinander verband: der Kopf, das Herz und die Seele.

Die Kunstwerke im Kloster weckten ihre Aufmerksamkeit. Fotografieren war immer mehr als nur ein Job für sie gewesen. Hier in der Abgeschlossenheit konnte sie wieder fotografieren. Zuerst die Wandmalereien, Bilder und Statuen. Später fing sie an zu zeichnen. Es war eine Art von Meditation, mit den Augen exakt die Einzelheiten eines Kunstwerks zu betrachten und es Strich für Strich zu Papier zu bringen. Das Geräusch, wenn der Stift über den Skizzenblock glitt, oder das Gefühl, wie ihr Handballen über die Fläche strich, wirkten beruhigend. Sie konnte sich völlig darin verlieren, eintauchen in eine andere Welt, in der ihr Leben keine Bedeutung mehr hatte.

Sie zog ernsthaft in Erwägung, dem Orden beizutreten. Aber sie gehörte nicht zu den Menschen, die sich in der Gemeinschaft anderer wohlfühlten, die es schafften, sich einzuordnen und ihre eigenen Gedanken den anderen unterzuordnen. Aber das Kloster hatte ihr eine Idee gegeben, was sie in Zukunft mit ihrem neuen Leben anfangen wollte, denn als Fotografin unter dem Namen Hanna Rosenbaum würde sie nie wieder arbeiten können.

Sie seufzte tief und wandte sich vom Fenster ab. Sie wusste nicht, weshalb sie noch in diesem Gebäude blieb. Ihre Aussage hatte sie vor zwei Stunden gemacht. Die Anwälte ihres Stiefvaters und ihres Schwagers hatten hartnäckig versucht, durch Fragen die Fakten in einen anderen Zusammenhang zu stellen oder Hannas Worte zu verdrehen. Ein seltsames Gefühl, die Anwälte zu sehen und zu wissen, dass diese sie nicht sehen konnten. Verborgen hinter einer Scheibe sprach sie mit ihnen über ein Mikrofon in einen Computer, der über eine Software ihre Worte in geschriebenen Text verwandelte. Der Richter und der

Staatsanwalt saßen auf ihrer Seite des Raums. Alles wurde protokolliert und aufgezeichnet. In ihren Augen stellte der Aufwand eine Farce dar, denn wer anders als sie selbst konnte all das wissen, was sie zu Protokoll gab? Ihr Stiefvater und auch ihr Schwager wussten, wem sie ihre Verurteilung zu verdanken hatten, da war sie sich sicher. Es gab nur einen Grund, weshalb sie das Versteckspiel mitmachte: die Sicherheit ihrer Mutter und ihrer Zwillingsschwester Marie. Solange sie ihrem Leben fernblieb, hoffte sie, dass die beiden sich nicht in Gefahr befanden.

Die Tür wurde in dem Moment geöffnet, als Hanna sich auf einen Stuhl am Besprechungstisch setzen wollte. Sofort spannte sich ihr Körper an, ihre Hände griffen an den Rand der Tischplatte, den sie umwerfen und als Schutz benutzen konnte. Seit sie die sicheren Mauern des Klosters verlassen hatte, war sie auf der Hut, und sie wusste, so würde es ihr restliches Leben lang bleiben.

Sie erkannte ihn sofort. Seine Haare waren an den Schläfen grau geworden, ihr Ansatz nach oben gewandert. Er trug das Haar wesentlich kürzer als damals, als sie ihm das erste Mal begegnet war. Seine Schultern waren immer noch so breit wie vor sechzehn Jahren. Dafür schob sich ein Bauch über seinen Hosenbund.

Hanna löste ihre Finger von der Tischplatte, richtete sich auf und verschränkte die Arme vor der Brust. »Herr Hartmann, welch überraschender Besuch.«

»Oberst Hartmann«, korrigierte er sie. »Hallo Johanna, schön dich zu sehen.«

Er hatte sie immer bei ihrem richtigen Vornamen genannt, so wie ihr Vater Gabriel, nicht mit der verkürzten Version, Hanna, die alle anderen verwendeten. Aber ihr Name gehörte seit heute ohnehin der Vergangenheit an.

»Sabine, Sabine Schmidt.«

»Richtig, Sabine, ich vergaß deine neue Identität.«

Er kam zu ihr in die Mitte des Raums, setzte sich auf einen der Stühle ihr gegenüber und legte einen Aktenkoffer auf den Tisch. Langsam ließ sie sich nieder. Die Anspannung in ihrem Körper blieb. Schweigend betrachtete sie ihn und fragte sich im Stillen, was er von ihr wollte.

Er schob ihr eine Mappe herüber. Mit spitzen Fingern klappte sie den Deckel auf. Ein nagelneuer Reisepass und ein Personalausweis fielen ihr als Erstes ins Auge. Sie nahm den Reisepass und öffnete ihn. Ihr eigenes Gesicht sah sie an. Schmale, scharf geschnittene hohe Wangenknochen, dunkle Augen, ihr Mund eine dünne Linie, dunkle kastanienbraune Haare, in einem Pagenkopf geschnitten, der ihr bis zur Kinnspitze reichte. Weiblicher, ein wenig sanfter, so hatte die Typberatung gelautet. Kein zu krasser Wechsel auf blonde Haare, weil das mit viel Aufwand verbunden gewesen wäre. Außerdem hätte jeder aufmerksame Beobachter gesehen, dass sie sich die Haare färbte. Ihr erster Pass mit eigenem Foto darin. Früher hatte sie aus Bequemlichkeit immer ein Bild von Marie verwendet. Hanna warf einen kurzen Blick auf den Personalausweis, bevor sie den Führerschein sah. Sie runzelte die Stirn. »Wird es nicht auffallen, dass der Führerschein neu ist?«

»Nein, viele lassen sich ihren alten Führerschein auf den neuen europäischen ändern, weil er ein praktischeres Format hat.«

Hanna ließ ihren Daumen über den darunterliegenden Papierstapel gleiten. »Was ist das?«

»Schulzeugnisse, Sprachaufenthalt in England, Versicherungen, Sozialversicherungsnummer, Nachweis über ein begonnenes Kunststudium. Du hast dich ja schon mit den Studieninhalten vertraut gemacht. Ach ja, fast hätte ich es vergessen.« Er holte ein schwarzes, ledergebundenes

Familienstammbuch hervor. »Deine Eltern sind bei einem Autounfall ums Leben gekommen. Du bist seit deinem neunten Lebensjahr bei der Schwester deiner Mutter aufgewachsen, die inzwischen mit Demenz in einem Pflegeheim liegt.«

»Gibt es die Tante wirklich?«

»Ja, aber keine Sorge, du wirst für die Pflegekosten nicht aufkommen müssen. Das Vermögen der Dame ist ausreichend.«

»Wie heißt sie?«

»Wer?«

»Die Frau.«

»Elisabeth Wagner, wie gesagt leidet sie unter Altersdemenz und du wirst dich nicht weiter mit ihr beschäftigen müssen.«

Hanna schwieg. Sie würde Elisabeth Wagner besuchen, nicht heute und nicht nächste Woche, doch wenn das Schicksal beschlossen hatte, ihrer beider Leben miteinander zu verbinden, so wollte sie diesen Menschen kennenlernen. Aber das würde Oberst Hartmann weder verstehen noch würde er dazu sein Einverständnis geben. Soweit verstand sie den Mann vor sich inzwischen.

Der Oberst lehnte sich zurück und betrachtete sie aufmerksam.

Hannas Puls beschleunigte sich. Er war noch nicht fertig mit ihr.

»Interessiert es dich nicht, wie die Verhandlung läuft?«

Natürlich interessierte es sie. Niemand konnte ihr zurückgeben, was sie verloren hatte, die Menschen lebendig machen, die gestorben waren. Aber ihre Hoffnung war, dass sich mit ihrer Hilfe zwei Menschen für ihre Taten verantworten mussten, und das nicht nur vor dem letzten Gericht.

»Es wäre gut gewesen, wenn du mehr Emotionen

gezeigt hättest. Der Anwalt deines Stiefvaters hat deine Mutter und deine Schwester als Zeuginnen benannt.«

Hanna behielt ihre ausdruckslose Miene bei. Niemanden gingen ihre Gefühle etwas an. Sie hatte ihr Leben aufgegeben für ihre Aussage. Niemand durfte mehr von ihr verlangen. Von Marie wusste sie, dass sie die Scheidung eingereicht hatte. Sie hatte sich in dem Augenblick entschieden, als die Polizei mit dem Haftbefehl für Lukas vor der Haustür aufgetaucht war. Es hatte die Medien beschäftigt und Lukas eine Vorverurteilung der öffentlichen Meinung eingebracht, für Hannas Tod verantwortlich zu sein. Der Staatsanwalt erhob gegen Lukas Anklage nach § 211 des Strafgesetzbuches wegen Mordes und beantragte eine lebenslange Haftstrafe, was Hanna seltsam erschien, da sie immerhin noch lebte. Doch das spielte anscheinend in diesem Fall keine Rolle. Hannas Mutter hingegen hielt an ihrer Ehe mit Armin Ziegler fest. Die Staatsanwaltschaft klagte Armin Ziegler wegen erpresserischen Menschenraubs an und versuchte, eine Haftstrafe von sieben Jahren zu erzielen. Armin machte in der Öffentlichkeit keinen Hehl daraus, dass er Hannas Entführung in Auftrag gegeben hatte, wobei er das geschickter formulierte. Als Hausarrest, der nicht im eigenen Haus stattgefunden hatte, als Erziehungsmaßnahme gegenüber der pubertierenden Stieftochter, die ihn und seine Frau auseinanderzubringen versuchte. Wie zynisch!

Leider sei er bei der Auswahl der betreuenden Personen einem Fehlurteil unterlegen. Die Scham über das, was passiert war, der Schock und die Schuld hätten ihn all die Jahre schweigen lassen. Hannas Mutter unterstützte dieses Bild, indem sie darüber sprach, wie schwierig es für ihre Tochter gewesen sei, den Tod ihres Vaters zu verkraften. Ihre Introvertiertheit, fehlender Kontakt zu Gleichaltrigen, ihr Mangel an sozialer Kompetenz und die völlige Ablehnung ihres Stiefvaters, der keine Mühe gescheut habe, einen Zugang zu ihr zu finden, all dies führte sie ins Feld. Erstaunlicherweise gab es genügend andere Menschen, die bereit waren, mit der Presse über Hanna zu sprechen. Menschen, die mit ihr noch nie ein Wort gewechselt hatten. Menschen, die nur kurz ihren Weg gekreuzt hatten, und nun vorgaben, sie zu kennen. Aber es war keine Wut, kein Zorn, kein Hass, den Hanna gegenüber ihrer Mutter fühlte. Stattdessen fühlte sie Trauer, Enttäuschung und die Frage, wo der Mensch geblieben war, der sie auf die Welt gebracht und sie bedingungslos geliebt hatte.

Manchmal keimte ein leiser Zweifel in ihr auf, ob es diese Mutter jemals gegeben oder ob sie doch nur in ihrer Einbildung existiert hatte. Irgendwann hörte Hanna auf, heimlich die Artikel der Presse im Internet zu lesen, es tat einfach zu weh. Außerdem wusste sie nicht, was in den Berichten der Presse wirklich der Wahrheit entsprach und was nicht. Nur ihre Mutter und ihre Zwillingsschwester selbst hätten ihr sagen können, wie sie sich wirklich fühlten, und beide glaubten – ja, was glaubten sie? Dass sie tot war?

»Wenn wir nicht aufpassen, werden die Aussagen deiner Mutter dazu beitragen, dass das Strafmaß von Armin Ziegler ein lächerliches Maß annimmt.«

»Ben ...«, sie holte Luft. »Major Wahlstrom hat mir gesagt, Sie hätten Material, das die Zugehörigkeit meines Stiefvaters zu einer Wirtschaftsorganisation beweist. Angeblich sorgt die mit illegalen Mitteln für Instabilität in Afrika, um sich den Zugriff auf die Rohstoffmärkte zu sichern. Was ist damit?«

Er fuhr sich mit der Hand durch die Haare, atmete tief ein und zuckte mit den Achseln. »Das Ganze ist kompliziert. Es wird in dieser Verhandlung nicht zum Tragen kommen.«

Er verschwieg ihr etwas, das konnte sie deutlich spüren. »Weshalb nicht?«

Ein scharfer Blick traf sie. Er runzelte die Stirn, musterte sie.

Dann schüttelte er den Kopf. »Was, Johanna, ist wirklich unten in Afrika passiert?«

Sie verschränkte die Arme vor der Brust. »Das wissen Sie bereits.«

»Warum wolltest du dich mit Marie treffen? Was hast du herausgefunden? Es gab zu diesem Zeitpunkt keinerlei Hinweise, dass Lukas Benner in die Sache verwickelt war. Also, was verheimlichst du vor uns?«

Hanna blieb ruhig. Es war nicht das erste Mal, dass sie ihr diese Frage stellten. Und ihre Antwort blieb konstant dieselbe: »Nichts. Ich habe nichts herausgefunden.«

»Weshalb dann das Treffen mit Marie?«

»Weil ich sie heimlich ausspioniert und mich deshalb schlecht gefühlt habe.«

»Und stattdessen kommt dein Schwager und versucht dich zu töten. Wie lange willst du sie noch beschützen?«

Für immer, hätte sie ihm am liebsten geantwortet, doch sie schwieg. Was geschehen war, war geschehen. Das konnte niemand mehr rückgängig machen. Seine Andeutung, Marie habe etwas mit Lukas' Mordversuch an ihr zu tun, war einfach nur lächerlich. Und das andere? Das andere spielte auch keine Rolle mehr, denn wenn es die Spur eines Heilmittels gegen die HIV-Erkrankung gegeben hätte, so wäre es inzwischen auf dem Tisch. Marie würde sich in diesem Fall verantworten müssen, dass sie Menschen ohne deren Wissen als Versuchskaninchen für ein neues Medikament benutzt hatte – genauer gesagt: Waisenkinder.

Was hatte ihre Schwester dazu bewogen, diesen Schritt zu gehen? War es wohl so gewesen oder gab es Dinge, die Hanna nicht sah und deshalb nicht verstand? Nein, sie würde Marie nicht ans Messer liefern, nicht, bevor sie mehr über die Hintergründe für ihr Handeln wusste. Sie kannte ihre Schwester besser als jeden anderen Menschen auf der Welt. Es mochte sein, dass Marie ihre Schwächen hatte, so wie jeder Mensch, aber tief in ihrem Inneren gab es einen guten Kern, davon war sie überzeugt. Hanna mochte in Zukunft Sabine Schmidt heißen, aber ihre Verantwortung blieb dieselbe. Es war ihre Aufgabe gewesen, ihre Mutter und ihre Schwester vor allen Gefahren zu beschützen, seit ihr Vater bei einem Autounfall ums Leben gekommen war. Sie hatte versagt. Diese Schuld konnte ihr niemand nehmen.

»Hättest du mir damals vertraut und den Mut gehabt, das Richtige zu tun, dann wäre all das niemals passiert. Mach diesen Fehler nicht noch einmal.«

Eine Drohung schwang in seinem Satz mit. Hanna hob den Kopf, schob das Kinn vor und funkelte ihn an. Eine Antwort sparte sie sich. Er hatte recht und sie beide wussten das. Niemand würde so hart mit sich ins Gericht gehen wie sie selbst. Das Bild des kleinen Jungen würde für immer in ihren Kopf eingebrannt sein. Es würde ihre Strafe sein, nie wieder ihren eigenen Namen tragen zu dürfen. Das mit Marie war eine andere Sache, nicht vergleichbar mit dem, was ihr Stiefvater ihr angetan hatte.

»War das alles?« Sie wollte endlich allein sein.

Er senkte den Kopf, wich ihrem Blick aus.

Überrascht sah Hanna ihn an. Der Mann war ihr schon auf viele Arten gegenübergetreten: wütend, streng, sie unter Druck setzend, sanft, beschützend und fürsorglich in der ersten Zeit nach ihrer Begegnung. Doch seine Verlegenheit zu sehen, war neu für sie.

Er rutschte auf dem Stuhl herum, verschränkte die Hände ineinander. Schließlich hob er den Kopf und suchte ihren Blick.

Sie sah ihn an, fühlte, dass etwas kam, was sie auf eine weitere Probe stellen würde. Seine Finger lösten sich voneinander. Die rechte Hand wanderte in seine Anzugjacke. Er trug keine Uniform, schoss es ihr durch den Kopf. Das irritierte sie, trotzdem schob sie den Gedanken beiseite, als er vorsichtig ein kleines Kästchen auf den Tisch setzte, auf halbe Entfernung zu ihr.

Hannas Herzschlag beschleunigte sich. Sie konnte den Blick nicht von der Schachtel lösen.

»Es wäre besser, du würdest es nicht annehmen.«

Sie starrte darauf, versuchte, nicht zu ahnen, was darin war. Ihre Hand fand ihren Weg wie von selbst auf die Tischplatte, näherte sich millimeterweise dem Kästchen, so vorsichtig, als enthielte es eine Bombe.

»Tu es nicht.« Er legte seine Hand schützend über die Schachtel. »Lass mich ihm sagen, dass ich sie dir geben wollte und du abgelehnt hast. Er wird es verstehen.«

Ihre Hand verharrte. Sie hob den Blick, sah in das Gesicht von Oberst Hartmann. »Haben Sie hineingesehen?«

Schuldbewusst senkte er den Kopf, richtete seine Augen auf das Kästchen.

»Warum haben Sie es mir gezeigt, wenn Sie nicht wollen, dass ich es annehme?«

»Weil ich es ihm versprochen habe und weil ich ihn nicht anlügen möchte und weil ich es ihm schuldig bin.«

Seine Stimme war leise, nur ein Flüstern. Dann hob er

die Augen und sah sie fest an. »Hanna, du fängst ein neues Leben an und es gibt nichts, was du von deinem alten Leben mitnehmen kannst, keine Freunde und keine Dinge. – Es gibt nichts, was ihr beide gemeinsam habt, weder in eurem alten noch in deinem neuen Leben. Er ist mein bester Mann, loyal, zuverlässig, konzentriert und kontrolliert in allem, was er macht. Ich brauche ihn fokussiert. In seinem Job kann er sich keine Ablenkung erlauben, weil es für ihn tödlich sein kann. Das willst du doch nicht, oder?«

Er versuchte es wieder. Hätte er nichts gesagt, hätte er geschwiegen, dann hätte sie Bens Geschenk abgelehnt, nicht wegen Ben, nicht wegen Oberst Hartmann, sondern ihrer selbst wegen. Sie musste diesen Mann vergessen, ihre Gefühle für ihn begraben. Nein, er war kein Mann für sie, das wusste sie nur zu gut. Aber sie hatte es satt, sich von Oberst Hartmann manipulieren zu lassen, nach seiner Pfeife zu tanzen. Sie zog die Schachtel unter seiner Hand hervor und packte sie ungeöffnet in ihre Jacke.

Für einen Moment saßen sie sich still gegenüber, Oberst Hartmann noch immer die nun leere Hand auf dem Tisch. Er seufzte, schloss seinen Aktenkoffer. Das Einschnappen der Schlösser klang unnatürlich laut in der Stille. An der Tür drehte er sich noch einmal um. »Ich wünsche dir, dass du als Sabine Schmidt ein ruhiges Leben hast und vielleicht irgendwann jemandem begegnest, den du lieben kannst. Ich weiß, du siehst es anders, aber es war nie meine Absicht, dir wehzutun.«

»Ich weiß«, entgegnete Hanna leise, »dennoch haben Sie es getan. Es wäre besser gewesen, Sie hätten mich niemals wieder zurück ins Leben geholt.«

3

ROM

Tief und regelmäßig atmete Hanna ein und aus. Darin bestand die Kunst, während sie hoch oben auf dem Gerüst stand und mit vorsichtigen Strichen die Wandmalerei vom Staub befreite, der darauf lag. Sie wusste, dass unter ihr ein wachsames Augenpaar jede ihrer Handbewegungen verfolgte, was ihr eigentlich hätte Stress verursachen müssen. Nur mit viel Mühe hatte sie den Professor davon überzeugt, dass er ihr die Säuberung des oberen Teils der Wandmalerei überlassen konnte. Nachdem sie beim Fotografieren der unteren Teile festgestellt hatte, wie er auf dem Gerüst immer wieder ins Wanken geriet, hatte sie ihn energisch von dort oben vertrieben.

»Passen Sie auf, Frau Schmidt! Nicht so fest.«

Hanna reagierte nicht auf seine Worte.

»Frau Schmidt!«

Der Ruf verhallte in der Kirche genauso wie der erste.

»Sabine!«

Dieser Schrei wiederum ließ sie erschrocken zusammenzucken. Auch nach all den Monaten fiel es Hanna schwer, auf den Namen Sabine Schmidt zu reagieren. Sie konnte ihn einfach nicht mit sich in Verbindung bringen.

»Kommen Sie sofort runter von dem Gerüst, Sie zerstören das Bild, wenn Sie es weiter so bearbeiten«, schimpfte der Professor und machte Anstalten, zu ihr hochzuklettern.

Hastig legte Hanna den Pinsel beiseite und hob die Kamera hoch, die sie vor Beginn der Arbeit neben sich gelegt hatte. Stück für Stück fotografierte sie die Fresken. Dabei veränderte sie die Belichtungszeiten. Sie überlegte, ob sie noch mal herunterklettern und ihr kleines Stativ holen sollte, entschied sich aber dagegen. Das künstliche Licht, aufgestellt für eine optimale Ausleuchtung, entwickelte eine Wärme, die der Wandmalerei Schaden zufügen würde. Sie atmete tief ein, hielt die Luft an, während sie den Auslöseknopf drückte und die Nikon D3200 absolut ruhig hielt. Der Apparat war nichts im Vergleich zu ihrer Profikamera, einer Nikon D4, die in ihrem speziellen Rucksack mit eingebautem Kamerafach sicher verstaut in ihrem Zimmer lag. Schließlich gab sie sich mit ihrer fotografischen Ausbeute zufrieden.

Eigentlich hätte Hanna sich nicht mehr mit dem Thema Fotografie beschäftigen dürfen. Nachdem sie aber am ersten Tag die katastrophalen Bilder des Professors gesehen hatte, konnte sie einfach nicht widerstehen, vom nächsten Tag an das Fotografieren der Wandmalereien zu übernehmen. Der erste Blick durch das Objektiv, ihr Zeigefinger auf dem Auslöser und ihre Konzentration auf das Motiv waren reiner Balsam für ihre Seele. Der Professor konnte beim Anblick der Ergebnisse ihrer Arbeit seiner Begeisterung gar nicht genug Ausdruck verleihen. Ganz zu schweigen von seiner Reaktion auf ihren geschickten Umgang mit der Fotosoftware auf seinem Laptop, mit dem sie verschiedene Szenarien aus Fotos mit unterschiedlicher Tiefe, Belichtung und Zusammensetzung erstellte.

Professor Bartolis Schreiben mit der Einladung zu dem Projekt hatte Hanna zu einem Zeitpunkt erreicht, der nicht besser hätte sein können. Ihre Arbeit über die frühchristliche Geschichte und ihre Symbolik war gerade abgegeben und der erste Part ihres Fernstudiums der Kunstgeschichte an der Open University of England somit abgeschlossen. Nach ihrer Zeugenaussage vor Gericht hatte sie sich für einen neuen Wohnort entscheiden müssen, an dem sie nicht mit Menschen aus ihrer Vergangenheit in Berührung käme. Ihre Wahl war auf Bonn gefallen. Zum Glück gab es nur wenig Menschen, zu denen sie in ihrem Leben Kontakt gehabt hatte, und die lebten überwiegend in Hamburg und Berlin. In dem Schreiben hatte ihr der Professor einen auf drei Monate befristeten Job angeboten, der sie mit einer Menge Kunstwerke der christlichen Geschichte in Berührung brachte.

Hanna kletterte das Gerüst hinunter. Der Tag war zu weit fortgeschritten, sodass das Licht für weitere Aufnahmen nicht mehr ausreichte. Die anderen Mitglieder des Teams packten ihre Sachen zusammen. Es war Samstag und morgen würden sie nicht arbeiten. Zwei der Hilfskräfte waren Studentinnen an der Hochschule für bildende Künste in Dresden, drei kamen von der staatlichen Akademie der bildenden Künste in Stuttgart, und ein Student kam von der Technischen Universität in München. Letzterer fertigte bei Professor Bartoli seine Doktorarbeit über Konservierung und Restaurierung an. Hanna nahm den Chip aus der Kamera und übertrug die Bilder auf den Laptop des Professors.

»Hey, Sasa, hast du Lust auf eine Pizza bei Luigis?«

Ein blondes Mädchen tauchte an ihrer Seite auf. Hanna fiel der Name der kleinen, zierlichen Person nicht ein. Es gab Dinge, die sich in ihrem neuen Leben nicht geändert hatten. Ihr mangelndes Interesse, sich in eine Gruppe einzufügen oder mit anderen Menschen nicht leicht Freundschaft zu schließen, gehörten dazu. In der Rolle einer Studentin, wenn auch von einer Fernuniversität, fiel es ihr schwer, sich der sozialen Dynamik der Studentengruppe zu entziehen. Ein oder zwei Mal war sie mit den anderen unterwegs gewesen, aber heute stand ihr nicht der Sinn danach. Heute war ihr Geburtstag. Ihr richtiger Geburtstag, ein Tag, den sie seit ihrer Geburt mit Marie teilte. Doch heute würde sie ihn allein verbringen und noch nicht mal Maries Stimme durchs Telefon hören. Ein seltsam befremdlicher Gedanke. Sie erinnerte sich, wie sie letztes Jahr spöttisch zu Marie gesagt hatte, man könne seinen Geburtstag nicht verpassen. Marie machte ihren gemeinsamen Tag zu etwas Besonderem, auch wenn sie sich dagegen wehrte. Hanna, die sich immer selbst genug gewesen war, fühlte sich einsam.

Sie verzog die Lippen zu einem kurzen Lächeln für die Studentin und schüttelte den Kopf.

»Ach, komm schon. Marco hat seine Gitarre dabei und wir wollen später noch alle gemeinsam an den Tiber. Sei keine Spielverderberin. Selbst der Professor kommt mit, nicht wahr, Baba?«

Der Professor, dessen glänzende Augen aufmerksam auf den Bildschirm gerichtet gewesen waren, hob mit einem gequälten Lächeln den Kopf. Ob wegen der Verunstaltung seines Namens oder in Vorausschau auf den Abend, konnte

Hanna nicht erkennen. Sie versteckte ihr Grinsen vor Sonja – richtig, Sonja hieß das Mädchen oder wie sie es selbst immer gerne betonte: Soso. Hanna runzelte die Stirn und fragte sich, warum Marco von Soso Marco genannt wurde und nicht Mama, dann brach sie in Lachen aus. Verständnislose Blicke der anderen Teammitglieder richteten sich auf sie, aber es war zu spät. Sie bekam einen Lachkrampf, der die anderen ansteckte.

Schließlich japste Sonja: »Okay, was immer dich jetzt so erheitert hat«, sie warf einen vorsichtigen Blick auf den Professor, der sich die Lachtränen abwischte, »aber jetzt gehst du auf jeden Fall mit und erzählst uns, worüber du so lachen musstest.« Ihr Ton ließ keinen Widerspruch zu. Jeder in der Gruppe fügte sich Sonjas Kommando. Ihre gerade mal ein Meter fünfundsechzig gepaart mit der zierlichen Figur waren eine Täuschung.

Tatsächlich steckte in dieser Frau eine unglaubliche Energie und Kommandierfreudigkeit, aber Hanna gehörte nicht zu den Menschen, die sich einem Kommando unterwarfen. Sie hatte immer getan, was sie für richtig hielt, und die Konsequenzen daraus getragen. »Nein, tut mir leid, aber ich kann heute nicht.« Sie lächelte freundlich, und bevor sich Sonja von der Überraschung ihres Widerspruchs erholen konnte, hatte Hanna ihren Rucksack geschnappt und verschwand aus der Kirche.

»Stracciatelle e pistacchio«, bestellte sie mit einem Lächeln ihr Lieblingseis an der Eisdiele, die sich auf dem Weg zur Spanischen Treppe befand.

»Prego, Signora.« Der Italiener reichte ihr das Eis nicht ohne ein Grinsen und indem er ihr ein Auge kniff.

Es gelang Hanna nicht, die Röte auf ihren Wangen zu

verbergen. Normalerweise bewahrte ihre Größe sie vor der steten Aufmerksamkeit der Römer, wie sich die in Rom gebürtigen Italiener gern bezeichneten, doch den Eisverkäufer störte sie offenbar nicht. »Grazie«, bedankte sie sich hastig, bevor sie sich in den Strom von Einheimischen und Touristen einfädelte, der sich zur Spanischen Treppe bewegte.

Die Steine strahlten die Wärme der Sonne ab, die den Tag über am Himmel gestanden hatte. Der Abend war mild und von den Düften des Frühlings erfüllt. Hanna liebte diese Treppe, auf der sich alles sammelte. In der Anonymität der Menge beobachtete sie Liebespärchen, Eltern mit ihren Kindern, Jugendliche, das vorsichtige Annähern zwischen Mädchen und Jungen. Das Kichern von Mädchen in Gruppen, die so taten, als würden sie sich für Jungs nicht interessieren. Das Coolsein der reinen Jungengruppen, die so taten, als interessierten sie sich wiederum nicht für die Mädchen. Schließlich waren sie auf der Suche nach ihrer Männlichkeit.

Hanna setzte sich an den Rand auf halber Höhe der Treppe, so hatte sie einen Überblick über das bunte Treiben der Menschen aus unterschiedlichsten Ländern. Vorsichtig umrundete ihre Zunge das Eisbällchen. Langsam ließ sie den Geschmack sich in ihrem Mund ausbreiten. Erst als das Eis geschmolzen war, knackte sie die Nüsse und die Schokoladensplitter. Dabei schloss sie die Augen, damit sie den ganzen Geschmack wahrnahm. Es lag nicht allein daran, dass sie noch nie ein so hervorragendes Eis gegessen hätte, sondern an dem Luxus, den sie sich so selten gönnte. Das Eis war ihr Geburtstagsgeschenk an sich selbst.

Hatte sie in ihrem früheren Leben Geld keine Bedeutung beigemessen, so gehörte es in ihrem jetzigen Leben zu einem äußerst knappen Gut. Alles Ersparte, auch ihre

Eigentumswohnung, die sie sich vom Erbe ihres Vaters geleistet hatte, war mit ihrem amtlichen Tod an ihre Schwester und ihre Mutter gefallen. Zwar hatte der Staat ihr einen Ausgleich gewährt, aber der entsprach nur einem Bruchteil ihres Vermögens. Das allein wäre kein Problem gewesen, hätte sie weiter als Fotografin arbeiten können. Derzeit verdiente Hanna sich ihren Lebensunterhalt als Zimmermädchen und Spülhilfe in verschiedenen Hotels. Dafür brauchte sie keine Berufsausbildung und es gab ihr genug Zeit für ihr Fernstudium. Große Sprünge konnte sie mit dem Verdienst nicht machen.

Der Job bei Professor Bartoli erwies sich als eine willkommene Abwechslung in ihrem Alltag. Das Geld reichte ihr, um sich die Unterkunft bei den Schwestern der Unbefleckten Empfängnis leisten zu können, das Essen und die Reisekosten. Rom gehörte zu den Städten, die sie so gerne zusammen mit ihrem Vater hatte bereisen wollen, bis sein Tod einen Strich durch ihre Pläne machte. Es gab unendlich viele Kirchen, heilige Orte, Geschichte, wo immer sie hinsah. Vermutlich würde sie Jahre brauchen, um alles zu entdecken. Vielleicht sollte sie ganz hierher ziehen. Da waren natürlich der Dreck, die Enge und die Masse an Menschen. Aber gleichzeitig das Forum Romanum, das Kolosseum, die Engelsburg, das Pantheon, die Via Appia, die Pieta von Michelangelo und all die Werke zahlreicher kleiner und großer Künstler.

Das Projekt von Professor Bartoli, in Auftrag gegeben von der katholischen Kirche, beinhaltete die Erfassung der Wandmalereien und ihres Zustands in allen römischen Kirchen. Es sollte ein langfristiger Plan für den Erhalt und die Renovierungsbedürftigkeit der Malereien erstellt werden – ein ideales Doktorandenprojekt für Marco.

Hanna hatte in den drei Wochen so viel von den beiden

Männern gelernt, mehr als in all der Literatur, die sie gelesen hatte. Marco war ein netter Typ, den sie nur anzustupsen brauchte, damit er sein Wissen mit ihr teilte, was aber mit eifersüchtigen Blicken von Sonja quittiert wurde. Immer wieder hängte sich Soso vertrauensvoll an Marcos Arm und klimperte mit ihren Augenlidern. Er nahm das gelassen hin. Hanna hatte noch nicht herausgefunden, ob der Student aus München an Sonja interessiert war oder nicht. Marco besaß eine wunderschöne Gesangsstimme, der sie gerne lauschte, wenn er von seiner Gitarre begleitet Lieder sang. Auch Sonja hatte eine eindrucksvolle Stimme, und wenn sie zusammen sangen, bekam Hanna eine Gänsehaut. Sie waren wie füreinander geschaffen, das Singen, die Kunst – sah Marco das nicht? Nein, Männer waren blind, wenn es um tiefe Gefühle ging, dachte Hanna im Stillen und verbot ihren Gedanken, in die Vergangenheit zurückzuwandern. Ihre Hand rutschte automatisch zu ihrem Hals, umfasste das schlichte goldene Kreuz. Unter ihren Fingern gewann es an Wärme. Sie konnte die Ruhe und Kraft spüren, die es ausstrahlte.

Hanna wusste, dass der Professor ihre ruhige Art mochte, ihre Konzentration bei der Arbeit, ihr Talent beim Fotografieren und ihr Gespür für das Auffinden von Stilrichtungen. All das war für die Restauration der Malereien äußerst wichtig. Sie erinnerte sich an ihre Überraschung, als sie den Brief mit der Einladung für das Praktikum erhalten hatte. Zwar gehörte der Professor zu den Personen, die ihre Hausarbeit korrigiert hatten, doch dass er sie deshalb einlud? Von den anderen wusste sie, dass es viele Bewerber für dieses Projekt gegeben hatte. Kürzlich hatte der Professor sich sogar erkundigt, ob sie sich vorstellen könnte, für längere Zeit in Rom zu bleiben. Ein faszinierender Gedanke, bei der Restauration der Kunstwerke helfen zu dürfen. Vielleicht wäre der Job sogar besser bezahlt als ihr jetziger. Sie könnte ihr Studium an der Fernuniversität genauso gut in Rom fortführen wie in Bonn. Hanna lächelte bei dem Gedanken. Es gab nur einen Haken dabei – Onkel Richard, den Freund ihres Vaters, ihren Patenonkel und Kardinal in Rom.

BEN SAH HANNA ZU, wie sie auf der Treppe genussvoll ihr Eis schleckte. Entspannt saß sie rechts am Rand, etwa auf halber Höhe der Treppe. Sie trug ihre Haare länger. Ihr Hemd hatte sie ausgezogen und in ihren Rucksack gesteckt. Die Sonne hatte ihre Haut in einen Goldton verwandelt. Ihr Tattoo zeichnete sich deutlich knapp unter dem rechten Ärmel des T-Shirts ab. Ein Notizbuch lag auf ihren Beinen, die in einer leichten Cargohose steckten. Ihre Turnschuhe samt Socken hatte sie ausgezogen und unter sich auf die Treppe gestellt. Er fragte sich, was in diesem Buch auf ihrem Schoß war. Er lächelte, als er das goldene Kreuz in ihrem Ausschnitt sah – sein Geschenk. Oberst Hartmann hatte es Hanna also bei der Verhandlung übergeben.

Ben war sich nicht sicher gewesen, ob sie es annehmen würde. Doch sie hatte es getan, und dass sie es trug, ließ eine warme Welle durch seinen Körper fluten. Noch mehr, als sie danach griff und es mit den Fingern umschloss. Es war, als würde sie ihn berühren. Er sah die Blicke von Männern, die Hanna streiften, während sie auf eine unverschämt genussvolle Art ihr Eis leckte. Aber es lag eine Vorsicht gebietende Aura um sie und ließ die Männer Abstand halten. Nicht zu Unrecht, wie Ben aus eigener Erfahrung wusste. Hanna konnte sich ihrer Haut wehren, wenn es darauf ankam. Sie hatte sich verändert und das lag nicht nur an den braunen Strähnen in ihrem eigentlich schwarzen Haar oder an dem Grün, ihrer normalerweise himmelblauen Augen, das sie mit gefärbten Kontaktlinsen erreichte. Augen, die ihn vom ersten Moment an in ihren Bann gezogen hatten. Nein, ihr Blick erschien ihm offener als früher. Sie besaß eine intensive Art, das Leben um sich herum wahrzunehmen, etwas, was ihm früher nur bei ihren Bildern aufgefallen war. Jede Laterne, jedes Schild und jeder Pfosten schien ihre Aufmerksamkeit zu wecken. Oder ihre nackten Füße, die leicht über die Treppe strichen, als wollte sie die Konturen nachfühlen, die Tausende von Füßen im Laufe der Zeit beim Auf-und-ab-Laufen hinterlassen hatten. Sie leckte ihr Eis, als wäre es die größte Kostbarkeit auf Erden.

Ben war zurückgegangen und hatte sich ein Eis geholt, als er sicher war, dass sie eine Weile auf der Treppe bleiben würde. Obwohl Eis nicht zu seinem Speiseplan zählte. Entsprechend klassisch fiel seine Wahl aus: Schokolade und Vanille.

»Worüber lächelst du, Sabine?« Ihr neuer Vorname ging ihm leichter über die Lippen, als er es gedacht hatte. Langsam öffnete sie die Augen, die sie geschlossen hatte, nachdem sie mit ihrer Zunge die Eisbällchen einmal umrundet hatte. Das hatte sie jedes Mal aufs Neue gemacht, wenn sie an ihrem Eis leckte. Sein Herz klopfte fest gegen seine Brust, so heftig, dass sie es sehen musste. Er hatte keine Ahnung, wie sie auf sein Erscheinen reagieren würde. Das letzte Mal, als sie sich gesehen hatten, waren sie schweigend auseinandergegangen. Er war dem Befehl seines Obersts gefolgt und hatte Hanna, nachdem er sie geknackt hatte, an das BKA übergeben. Er hatte gewusst, dass er sie danach nie wiedersehen würde. Hanna Rosenbaum war tot. Gestorben im Feuer in einer Hütte am Seeufer in Berlin. Ihr Schwager Lukas hatte das Feuer gelegt und einen Abschiedsbrief vorbereitet, damit alle Welt glaubte, Hanna hätte sich das Leben genommen. Aber Ben hatte ihm ein Strich durch die Rechnung gemacht und Hanna überzeugt, gegen ihren Schwager auszusagen, ebenso gegen ihren Stiefvater, der Jahre zuvor ihre Entführung in Auftrag gegeben hatte. Ihm war bewusst gewesen, dass Hanna alles verlieren würde, was ihr jemals etwas bedeutet hatte, aber einen Weg zu gehen, der Gerechtigkeit brachte, hieß Opfer zu bringen. Sie war mutig genug gewesen, das zu erkennen. Und doch war er das Gefühl nicht losgeworden, dass es etwas gab, das er nicht sah. Dass sie etwas vor ihm verheimlichte. Er hatte sich selbst eine Mauer gegen ihre Anziehungskraft aufgebaut, die sie umrundet hatte. Zwei Mal hatte er mit ihr geschlafen. Zwei Nächte, die sich tief in sein Gedächtnis eingebrannt hatten, nicht allein wegen des Sex. Es gab etwas anderes, was dabei passiert war und was er nicht verstand.

In Norwegen hatte sie ihm voller Staunen erklärt, dass sie ihn liebe. Aber er wusste, dass es nicht stimmte. Wie sollte sie, Hanna, einen Mann lieben, der anderen Menschen das Leben nahm? Ihr eigenes eingeschlossen. Er war Soldat und tötete Menschen. Das gehörte zu seinem Job und er war zutiefst von dem überzeugt, was er machte.

Hanna antwortete ihm nicht. Ihre Zunge glitt ein weiteres Mal um ihr Eis herum, sie schloss die Augen und ließ das Eis in ihrem Mund schmelzen. Verwirrt beobachtete er sie und überlegte, was er machen sollte. Versuchte sie ihn zu ignorieren? Ihr eines Lid öffnete sich, blinzelte, schloss sich wieder. Er seufzte. »Hanna, ich bin kein Geist, der verschwindet, wenn du die Augen schließt.« Hastig sah er sich um. Verdammt, wie konnte ihm so ein Fehler passieren, dass er sie mit ihrem richtigen Namen ansprach? Sie öffnete die Augen, sah ihn an.

»Schade, ich dachte es würde funktionieren.«

Das Bedauern in ihrer Stimme versetzte ihm einen Stich. Sie runzelte die Stirn, legte den Kopf schief. Ein Lächeln huschte über ihr Gesicht. Dann beugte sie sich leicht vor, als wollte sie ihm ein Geheimnis erzählen. Unwillkürlich beugte er sich von seiner unter ihr sitzenden Position aus vor und wandte ihr sein Ohr zu.

»Aber weißt du was?«, sagte sie verhalten. »Ich kenne einen Zauberspruch, mit dem man Menschen wie dich aus seinem Leben verjagt.«

Sie lehnte sich mit einem Lachen zurück und begann die Waffel vom Eis abzuknabbern. Er betrachtete Hanna und versuchte zu verstehen, was in ihr vorging. Es war ein hoffnungsloses Unterfangen, und das ärgerte ihn, denn in seinem Job gehörte es zu seinen Stärken, sich in die Empfindungen anderer Menschen hineinzudenken. Das machte seine Erfolge bei den Verhören und seinen Einsätzen aus: das sich Hineinversetzen in seine Gegner. Schweigend aßen sie beide ihr Eis zu Ende. Ein hervorragendes Eis, wie er sich eingestand. Cremig, kalt, von perfekter Konsistenz, und wenn es im Mund zerschmolz, entfaltete es seinen vollen Geschmack, die Schokolade leicht bitter, die Vanille süß und zart. Hanna stand auf, schulterte ihren Rucksack und nahm die Turnschuhe in die Hand. Er folgte ihr zu dem Brunnen am Fuß der Treppe, in dem sie sich die klebrigen Hände wusch. Bevor er dasselbe machen konnte, traf ihn ein Schwall Wasser. Er starrte sie überrascht an.

»Hm, geweihtes Wasser scheint dich auch nicht zu vertreiben.«

Er musste grinsen. Sie besaß eine seltsame Art von

Humor. »Das ist kein geweihtes Wasser, sondern dreckiges Brunnenwasser.«

Sie zog die Augenbrauen hoch. »Stimmt, du hast recht, ich vergaß. Dann kann es natürlich nicht funktionieren.«

Ein zweiter Schwall Wasser traf ihn. Er schüttelte die Feuchtigkeit aus seinen Haaren, leicht verärgert. »Hanna, du bist albern.«

»Ich heiße Sabine«, erklärte sie ruhig, setzte sich auf den Boden und zog ihre Turnschuhe an.

Er folgte ihr durch die Gasse. Ihre Schritte waren zügig, und es fiel ihm schwer, ihr Tempo zu halten. Er war nicht den weiten Weg nach Rom geflogen, um sich von ihr abschütteln zu lassen. Er wusste aber auch nicht, wie er es anfangen sollte, mit ihr über das zu reden, weshalb er hier war. Schließlich hatten sie die Pension der Schwestern der Unbefleckten Empfängnis erreicht. Was für ein Name! Ben verzog das Gesicht. Die Unbefleckte Empfängnis – wer konnte an so etwas glauben? Als Hanna den Wunsch geäußert hatte, die Zeit bis zur Verhandlung in einem Kloster zu verbringen, war man beim BKA erst dagegen gewesen. Oberst Hartmann, sein Vorgesetzter, hatte schließlich dafür gesorgt, dass Hanna dieses Zugeständnis erhielt. Eine, wie sich herausstellte, günstige Variante des Personenschutzes für Zeugen. Hanna schien aus ihrem Aufenthalt im Kloster Ruhe und Kraft für die Verhandlungen gewonnen zu haben.

Es hatte Karl Hartmann beeindruckt, mit welcher Klarheit und Präzision ihre Aussage erfolgte. Lediglich ein wenig mehr Emotionalität hätte er sich gewünscht. Die Rechtsanwälte hatten versucht, die Zeugin, die sie nicht sehen konnten, da sie sich in einem Nachbarraum befand, aus dem Gleichgewicht zu bringen. Die Fragen an sie hatten dem Oberst deutlich gemacht, dass zumindest der

Anwalt von Lukas Benner sehr wohl wusste, wer die unbekannte Zeugin war. Am Ende fiel die Strafe für Lukas Benner geringer als erhofft aus. Mit sieben Jahren kam der Mistkerl davon. Nach dreieinhalb Jahren bestand für ihn die Möglichkeit, eine Haftentlassung zu beantragen. Rechnete man die Zeit der Haft vor der Verhandlung ab, so blieben zwei Jahre, die Lukas Benner mit Sicherheit würde abbüßen müssen. Eine Schande, dass es kein Auslieferungsabkommen zwischen Nigeria und Deutschland gab, um auch deutsche Staatsangehörige für ihre Verbrechen nach Nigeria auszuliefern. Der einzige Weg, ihn für den Überfall auf das Dorf haftbar zu machen, führte über den Internationalen Gerichtshof in Den Haag, und dort stapelten sich die Fälle.

Hanna blieb stehen. Sie wandte sich ihm zu, steckte die Hände in die Hosentaschen und zog die Schultern hoch. »Da wären wir.«

»Ja, da wären wir.« Er nahm seinen Rucksack herunter, öffnete ihn und holte ein Geschenk heraus, ein Päckchen, doppelt so lang wie ein durchschnittliches Buch und auf einer Seite etwas dünner.

Er reichte es ihr. Hanna starrte auf das Päckchen und wich zurück, als wäre darin eine Bombe versteckt, was in gewisser Weise ja auch stimmte. Nein, natürlich keine Bombe, aber etwas, was ihr gleichzeitig Freude machen und wehtun würde.

»Herzlichen Glückwunsch zum einunddreißigsten Geburtstag, Hanna.«

Sie sah ihn an. Ihr Blick bohrte sich in seinen und er bekam das Gefühl, dass sie in die Tiefe seiner Seele blickte, einer Seele, die viel Schuld auf sich geladen hatte. Hanna presste die Lippen zu einem schmalen Strich zusammen, ging einen Schritt vor, nahm sich das Päckchen aus seiner

Hand und wandte sich ohne ein Wort des Dankes um. Er blieb, bis sich die Tür hinter ihr schloss.

ALLEIN IN IHREM Zimmer atmete Hanna tief ein. Mit zitternden Händen setzte sie sich auf ihr Bett und presste das Päckchen an ihr Herz. Sie hatte keine Ahnung, was es enthielt, aber sie wusste, es steckte eine Absicht dahinter. Nur, welche, das musste sie noch herausfinden. Noch immer hatte sie sich nicht von dem Schock erholt, den Bens plötzliches Auftauchen verursacht hatte. Freute sie sich oder überwog die Angst?

Es klopfte leise an ihrer Tür.

»Sabine?« Gedämpft drang die Stimme von Schwester Valentina an ihr Ohr. »Möchten Sie an der Vesper teilnehmen?«

Hastig stopfte Hanna das Geschenk unter ihr Kopfkissen. Sie stand auf, straffte die Schultern und wischte sich über die Augen. Nein, besser auch noch die Nase putzen, bevor sie die Tür aufmachte.

Aufmerksam musterte Schwester Valentina sie. Sie war so klein, dass sie zu Hanna aufsehen musste. »Ist alles in Ordnung mit Ihnen?«

»Ja.« Hanna rang sich ein Lächeln ab und folgte der Schwester in einen Raum, der den Ordensfrauen als Gebetsraum diente.

Der gewohnte Rhythmus der Vesper und die vertrauten Worte beruhigten ihr aufgewühltes Gemüt. Ihre Hände zitterten nicht mehr, nur das Ziehen in ihrem Herzen wollte nicht aufhören.

Später schöpfte Hanna im gemeinsamen Beten die Kraft, um das Paket von Ben zu öffnen. Nachdem sie sich gewaschen und ihr altes Schlafshirt angezogen hatte, wickelte sie sich sicherheitshalber in die Strickjacke ihres Vaters. Umhüllt von seiner Wärme und Liebe riss sie das Papier auf. Vorsichtig umschlossen ihre Hände den dunkelbraunen, abgenutzten Einband. Die goldenen Buchstaben darauf leuchteten ihr entgegen: *Mit den Augen von Hanna.* Sie schlüpfte unter die Decke, rollte sich ein und lehnte das Album an das Nachtkästchen. Lange starrte sie darauf, bevor sie es öffnete. Sie hatte es als Geschenk von ihrem Vater bekommen, vor langer, langer Zeit. Ungewöhnlich, dass er dafür ihren abgekürzten Namen verwendet hatte. Es war mit Fotos gefüllt, die sie gemeinsam an einem Wochenende gemacht hatten.

Glaube an dich. Betrachte die Welt in ihrer Einzigartigkeit. Sieh all das Schöne, das dich umgibt, und halte es fest. Dann erkennst du, dass es nichts zweimal auf Erden gibt. – Dein Papa, der seine kleine Johanna von Orleans so liebt, wie Gott sie ihm gab und nicht anders.

Sie flüsterte die Worte beim Lesen vor sich hin. Es tat weh, aber gleichzeitig fühlte sie eine innere Ruhe. Sie hatte das Album nie zu Ende geführt. Sie hatte es so gelassen, doch jetzt waren die letzten Seiten gefüllt mit weiteren Bildern: Marie und Silvia, ihre Mutter, sie selbst, fotografiert von einem afrikanischen Jungen, und zuletzt ein Bär. Sie starrte das letzte Foto an und fragte sich, wann er es ihr geklaut hatte. Warum liebte sie einen Mann, der sie ständig zu manipulieren versuchte und ihr alles weggenommen hatte, was ihr in ihrem Leben überhaupt geblieben war? Und das alles für eine Gerechtigkeit, die keine war, denn sie brachte kein Leben zurück. *Aber sie verhindert, dass weiteres Leben geopfert wird,* hörte sie die leisen, mahnenden Worte ihres Vaters im Kopf. »Und was ist mit mir? Was ist mit meinem Leben?«, fragte sie ihn. Doch die Antwort blieb aus, wie immer, wenn sie diese Frage stellte.

Armin Ziegler – verurteilt zu fünf Jahren, weil er Reue gezeigt hatte, wegen seines sozialen Engagements sowie dem Fehlen einer erpresserischen Absicht. Lukas Benner hatte lächerliche sieben Jahre bekommen. Hanna schloss das Album, stand auf und packte es in ihre Tasche, ganz nach unten. Wie auch immer er an das Album herangekommen war, sie war ihm dankbar dafür, dass sie es wiederhatte, denn es gehörte zu ihr.

4

SIGHTSEEING

Als Hanna am nächsten Morgen um acht die Pension verließ, wartete Ben bereits auf sie. Er lehnte auf der anderen Straßenseite an einer Hauswand, einen Fuß angewinkelt an der Wand, mit dem er sich abstieß, bevor er auf sie zukam. Er lächelte, zog seine Kapuze vom Kopf und nahm die Kopfhörer aus den Ohren. Seine Füße steckten in Turnschuhen. Er trug eine Kaki-Bermuda, ein schwarzes T-Shirt und darüber seine übliche Kapuzen-Sweatshirtjacke, alles weit geschnitten. Obwohl er einen halben Kopf größer als sie war, wirkte er in den Klamotten weniger groß. Seine braunen Haare waren ungewöhnlich lang für ihn. Das letzte Mal, als sie ihn außerhalb von Rom gesehen hatte, war sein Haar so kurz gewesen, dass sie es mit den Händen nicht zu greifen vermochte. Es faszinierte Hanna, wie harmlos Ben in seiner Alltagskleidung aussah. Ein Jäger, der sein Opfer in Sicherheit wiegte. Sein Gesicht war etwas blasser um die Nasenspitze, obwohl es die tiefe Bräune der afrikanischen Sonne besaß.

»Zeigst du mir Rom?« Abwartend blieb er in sicherem Abstand vor ihr stehen.

Statt eine Antwort zu geben, wandte sich Hanna um und schlug den Weg zur Spanischen Treppe ein. Ihre Schritte waren zügig, doch das stellte für Ben kein Problem dar, wie sie wusste. Er trainierte täglich. Als sie merkte, dass sich ihr Abstand zu ihm vergrößerte, drosselte sie das Tempo.

BEN WAR FROH, als Hanna die Geschwindigkeit ihrer Schritte verringerte. Sie schien verdammt gut in Form zu sein, das war ihm bereits gestern aufgefallen, als er ihr von der Kirche aus gefolgt war. Hanna hatte eine effiziente Art zu gehen, die wenig Kraft kostete, und er konnte sich ohne Probleme vorstellen, wie sie Stunden durch die Wildnis lief für ein einziges gutes Foto. Normalerweise hätte es für ihn keine Schwierigkeit bedeutet, sich ihrem Tempo anzupassen. Doch seine Wunde bereitete ihm heute mehr Ärger als gestern.

Bisher hatte Hanna kein Wort zu ihm gesagt. Sie schien auch nicht überrascht, dass er auf sie gewartet hatte. Sie war nicht dumm, leider auch nicht neugierig, und sie war geduldig. Er hatte erwartet, dass sie ihn fragte, was er hier suche oder wie er an das Album herangekommen war. Irgendetwas. Doch sie tat ihm den Gefallen nicht. Er wusste noch nicht einmal, wohin sie unterwegs waren. Im Grunde hatte er nur die vage Hoffnung gehabt, dass Hanna es sich nicht entgehen lassen würde, heute eine Tour durch Rom zu machen, und er hatte recht behalten. Wenigstens ab und an schien es ihm zu gelingen, ihr Verhalten vorherzusagen. Hanna gehörte nicht zu den Menschen, die viel redeten. Alles, was sie dachte und fühlte, drückte sie in ihren Bildern aus. Nachdem er sie damals halbtot aus dem Feuer gerettet und nach Norwegen in eine einsame Hütte gebracht hatte, bekam sie von ihm eine neue Nikon D4 samt Objektiv geschenkt. Allein die Kamera hatte ihn mit Versandkosten über sechstausend Euro gekostet, hinzu kam das Objektiv mit weiteren tausend Euro. Zu sehen, wie beim Anblick der Kamera das Leben in Hannas Augen zurückkehrte, wäre ihm auch mehr Geld wert gewesen. Norwegen. Schnell verbannte er die Erinnerung in den hintersten Winkel seines Gedächtnisses.

»Wohin gehen wir?« Er machte sich keine Hoffnung auf eine Antwort.

»Castel Sant'Angelo.«

»Castel Sant'Angelo, okay«, sagte er gedehnt, »ich dachte, das hättest du in den vier Wochen längst abgehakt.«

Abrupt blieb sie stehen. Ihre Augen funkelten in einer seltsamen, fremden Farbmischung. Ben legte ein wenig Distanz zwischen sich und Hanna. Sie konnte gefährlich werden. Sein Blick ging prüfend über die Gegend, ein Reflex aus seinem jahrelangen Training. Auf den Straßen von Rom tummelten sich die Römer auf dem Weg zur Arbeit. Touristen konnte er nur wenige entdecken.

»Seit wann bist du hier?«, stellte sie ihn zur Rede.

»Seit gestern«, antwortete er wahrheitsgemäß.

Skepsis lag in ihrer Haltung. Er ließ sie nicht aus den Augen. Zwar rechnete er nicht damit, dass sie ihn hier auf der Straße angreifen würde, aber sicher war sicher. Sie atmete tief ein, schloss kurz die Augen, bevor sie mit dem Verhör fortfuhr. »Weshalb bist du hier?«

Das war eine schwierige Frage, die er so einfach nicht beantworten konnte. Zwei Männer waren tot und er wusste nicht weshalb. Sein Instinkt vermittelte ihm, dass Hanna nicht alles gesagt hatte, was sie wusste. Weshalb verheimlichte sie etwas? Um Marie zu schützen? Er konnte ihr nicht von den toten Männern erzählen, genauso wenig von den Umständen, die zu seiner Verwundung geführt hatten. Das alles unterlag Geheimhaltung. Offiziell hatte es ihren Einsatz nie gegeben. Er versuchte, mit einer Lüge Zeit zu gewinnen. Das hier war nicht der richtige Moment, sie zum Reden zu bekommen.

»Ich mache Urlaub.«

»In Rom?«

»Ja.«

»Ausgerechnet dann, wenn ich in Rom bin?«

»Du scheinst dich in Rom auszukennen«, versuchte er sie von ihrer Frage abzulenken.

»Nein, tue ich nicht. Es ist mein erster Besuch in Rom. Aber du weichst mir aus und lügst.«

Ihre Arme verschränkten sich vor ihrer Brust. Ben atmete tief ein und zuckte zusammen, als ihm der Schmerz durch die Seite fuhr. Vorsichtig ließ er die Luft wieder aus seinem Brustkorb entweichen. Hanna runzelte die Stirn. Sie war eine aufmerksame Beobachterin. Bevor sie eine Frage stellen konnte, die er ihr nicht beantworten wollte, entschloss er sich, ihr einen Teil der Wahrheit zu sagen.

»Also gut, ich bin deinetwegen hier.«

»Weiß Oberst Hartmann, dass du hier bist?«

»Ja«, log Ben, ohne mit der Wimper zu zucken. Es war sicherer für ihn und Paul, wenn sie das glaubte. Paul hatte ihm Hannas neuen Namen und Aufenthaltsort aus den Daten des Zeugenschutzprogramms organisiert. Allein wäre er an diese Information nicht herangekommen. Er wollte nicht, dass Paul seinetwegen in Schwierigkeiten geriet.

»Bist du in seinem Auftrag hier?«

»Können wir das Verhör auf der Straße beenden und uns eine nettere Umgebung für das Gespräch aussuchen?«

»Nein.« Sie drehte sich um und ging weiter.

Zum Glück behielt sie das langsamere Tempo bei. Am Anfang der Brücke, die über den Tiber führte, blieb sie stehen, holte ihre Kamera hervor und begann Fotos zu machen, beim Blick durch ihr Objektiv völlig auf das Motivkonzentriert. Stundenlang hätte Ben sie bei ihrer Arbeit beobachten können. Er wandte den Blick von ihr ab auf das Motiv, betrachtete das runde Gebäude am anderen Ufer. Er versuchte, die Festung mit Hannas Augen zu betrachten. Was sah sie darin? Welches Geheimnis entlockte sie dem Gebäude? Die Welt über die Bilder von Hanna zu entdecken, das eröffnete eine völlig neue Blickweise auf all das, was einen umgab. Eine einfache Blume konnte zu einem Wunder an Farbe, Struktur und Leuchtkraft werden, das Gesicht einer alten Frau, mit tiefen Runzeln und zahnlos, zu einer Geschichte über das Leben in einem Land.

Ben runzelte die Stirn, kniff die Augen zusammen für einen besseren Fokus. »Soll das auf der Spitze des Gebäudes ein Engel sein?«

»Castel Sant'Angelo – Engelsburg«, spottete Hanna.

Ben hatte nie Latein gelernt, doch Angelo, das war nicht weit entfernt von Engel oder Angel. Englisch gehörte durchaus zu den Sprachen, die er beherrschte. Er spürte, wie ihm Röte ins Gesicht stieg. Wie dumm, natürlich musste das Gebäude von irgendwoher seinen Namen bekommen haben.

Sie nahm die Kamera vom Auge und sah ihn amüsiert an. »Ursprünglich war es ein Mausoleum, gebaut für den Kaiser Hadrian.«

Ihn zu belehren, schien ihr zu gefallen. »Und der ließ sich einen Engel auf die Spitze bauen, der seinen Tod bewachen sollte?«, hakte Ben interessiert nach.

»Nein, der Engel kam erst später auf das Mausoleum.

Im Jahr 590 nach Christus wütete eine Pest in Rom. Angeblich hat Papst Gregor I. über dem Grabmal eine Erscheinung des Erzengels Michael gesehen, der das Schwert des göttlichen Zorns in die Scheide steckte und somit das Ende der Pest verkündete. Tatsächlich ging die Pest zu Ende. Aus diesem Grund gibt es auf dem Dach die Bronzefigur des Erzengels Michael und aus dem Hadrianeum wurde das Castel Sant'Angelo.«

Wow, Ben konnte sich nicht erinnern, wann sie freiwillig so viel geredet hatte. Sie ließ die Kamera um ihren Hals hängen, schulterte den Rucksack und betrat die Brücke. Ein Engel, der sein Schwert schwingt, dachte Ben und betrachtete die Figur auf dem Gebäude nachdenklich.

BEVOR ER HANNA BEGEGNET WAR, hatte Ben in der Religion lediglich den größten Auslöser für Kriege gesehen. Egal, in welches Krisengebiet ihn sein Job führte, fast immer ließen sich die Konflikte auf drei wesentliche Ursachen reduzieren: Religion, Zugang zu oder Mangel an Rohstoffen und Machtbesessenheit, häufig gepaart mit einer Form von Größenwahn. Bei Hanna hatte er zum ersten Mal erlebt, wie der Glaube einem Menschen die Kraft verlieh, mit seelischen und physischen Verletzungen fertigzuwerden.

Hanna war in ihrem Zorn durchaus schlagkräftig, was er am eigenen Leib zu spüren bekommen hatte. Gleichzeitig gab es etwas an ihr, das er mit Worten nicht beschreiben konnte. »Ich bin das Licht der Welt« hatte sie an ihrem Oberarm eintätowieren lassen. Es war ein Bibelzitat, wie er inzwischen wusste. Noch ein Geheimnis, das er nicht verstand. Er hatte Gesetze übertreten, um zu ihr zu kommen und er hatte keine Ahnung, was sein Oberst tun würde, wenn er erfuhr, dass er sich hier bei Hanna in Rom befand. Zum Glück war sein Vorgesetzter mit anderen Dingen beschäftigt und er selbst offiziell bei seiner Schwester, Dr. Elisabeth Jung, in Berlin. Tatsächlich hatte ihm der Oberarzt im Militärkrankenhaus erst erlaubt zu fliegen, nachdem er den Namen seiner Schwester hörte. Es überraschte Ben immer wieder, welchen Ruf Lisa in so jungen Jahren in Fachkreisen besaß.

Hanna bewegte sich von Engel zu Engel über die Brücke, und er folgte ihr langsam.

»Wieso hat der Engel ein Tuch in der Hand?«, rutschte ihm die nächste Frage über die Lippen.

»Alle Engel auf der Brücke tragen ein Symbol aus der Passionsgeschichte von Jesus.«

»Passionsgeschichte?«

Seufzend nahm Hanna die Kamera vom Auge. »Die Geschichte vom Leiden und Sterben Jesu.«

»Ach so.« Ben betrachtete seinerseits die Engel einzeln und versuchte herauszufinden, welches Symbol sie trugen. Seine Mutter war Katholikin gewesen, doch das hatte ihr nicht das Leben gerettet, als sie bei einem Überfall in der Botschaft getötet worden war. Im Gegenteil. Weil sie ein goldenes Kreuz um den Hals trug, wählten die Fanatiker sie zum Sterben aus. Es war ein Symbol für die Überlegenheit des Islams über das Christentum. Damals war Ben fünfzehn gewesen, seine Schwester Elisabeth dreizehn. Er hatte sich mit seiner Schwester aus der Botschaft schmuggeln und die Polizei alarmieren können. Ein Sonderkommando hatte die Geiselnahme beendet. Danach hatte sein Entschluss festgestanden, Soldat zu werden. Lisa war Ärztin geworden. Auch ihr Berufswunsch entsprang dem traumatischen Ereignis. Sie hatten an dem Tag Menschen an ihren Verletzungen sterben sehen, ohne dass sie irgendetwas hätten tun können.

Lange Zeit war Lisa mit »Ärzte ohne Grenzen« unterwegs gewesen. Genauso wie er riskierte auch sie oft ihr Leben, um andere Menschen zu retten. Ihre Tante, die Schwester ihrer Mutter, hatte immer wieder versucht, sie beide davon zu überzeugen, dass es andere Möglichkeiten gab, der Welt von Nutzen zu sein. Lisa, inzwischen mit einem Arzt verheiratet, hatte eine chirurgische Gemeinschaftspraxis in Berlin. Wenigstens konnte seine Tante seitdem ruhiger schlafen.

Bens Mutter war nur selten mit ihnen in die Kirche gegangen. Er kannte Weihnachten und Ostern als Feiertage, doch damit war seine Kenntnis über die christlichen Lehren bereits erschöpft, mit Ausnahme derer, die zu Kriegen geführt hatten. Von einer Passionsgeschichte hatte er nichts mitbekommen.

SIE HATTEN DIE ENGELSBURG ERREICHT. Hanna zog einen Studentenausweis hervor. Ben zückte seine Geldbörse, um für sie beide den Eintritt zu bezahlen, aber Hanna kam ihm zuvor. Der italienische Kassierer warf ihm einen Blick zu, der deutlich zeigte, dass ein Italiener nicht eine Frau bezahlen lassen würde. Ben zuckte grinsend die Schultern und folgte Hanna, die ihre Kamera zurück in den Rucksack gepackt hatte.

Als Erstes machten sie einen Rundgang durch die Wehranlagen der Burg. Bens Aufmerksamkeit war sofort gefesselt. Strategische Verteidigung einer Stellung bei einem Angriff, das interessierte ihn. Er konnte sich ohne Probleme in die Männer hineinversetzen. Vieles, was damals für die Verteidigung eine Rolle gespielt hatte, stimmte heute noch genauso. Die Waffenkammer absorbierte seine Aufmerksamkeit völlig. Wie gern hätte er die eine oder andere Waffe von der Wand genommen, um sie in der Hand zu halten oder selbst auszuprobieren.

Sie sahen sich gemeinsam das Areal an, das dem Papst vorbehalten gewesen war, und Ben erfuhr, dass es einen Gang zwischen der Engelsburg und dem Vatikan gab, der bei Gefahr als Fluchtweg für den Papst diente. Die Burg ließ sich wesentlich einfacher verteidigen als der Petersdom – für ihn als Stratege leicht nachzuvollziehen.

Schließlich standen sie auf der obersten Ebene der Engelsburg mit einer unvergleichlichen Aussicht auf Rom. Tafeln zeigten auf, was sich wo in der Stadt befand. Das Wetter war absolut klar, der Himmel wolkenlos, die Temperatur angenehm – warm, aber nicht heiß. Ben wollte nicht wissen, wie sich der Sommer in Rom anfühlte. Hanna betrachtete lange die Bronzefigur des Erzengels. Innerhalb der Räume war es verboten gewesen, Fotos zu machen. Hier draußen holte sie ihre Kamera hervor.

»Was ist das für eine Glocke?« Ben deutete auf eine Glocke links neben der Engelsfigur. Irgendwie ging er davon aus, dass Hanna all seine Fragen beantworten konnte. Sie enttäuschte ihn nicht.

»Misericordia.«

Sein fragender Ausdruck entlockte ihr sogar eine weitere Erläuterung. »Die Glocke wurde beim Vollzug von Todesstrafen geläutet.« Hanna setzte sich, zog ihr Skizzenbuch heraus und begann, die Bronzefigur des Engels zu zeichnen.

Er näherte sich ihr und schaute über ihre Schulter. Es war keine naturgetreue Zeichnung, sondern betonte bestimmte Aspekte der Figur. Es faszinierte ihn, wie aus einigen markanten Strichen unter ihrer Hand ein Bild auf dem Blatt entstand. Er wandte sich abrupt ab. Ihre Nähe weckte sein Verlangen, sie zu berühren.

»Ich frage mich, was diese Burg alles erlebt hat, in der Zeit, seit sie erbaut wurde«, dachte Ben laut, als er auf den Innenhof hinuntersah.

»Ein Gebäude erlebt nichts.«

»Wenn du deine Bilder machst, denkst du da nicht über den Architekten eines Gebäudes nach, der es erschaffen hat? Fragst du dich nie, was hier alles passiert ist? Welche Lügen erzählt, welche Intrigen geschmiedet oder welche Tränen vergossen wurden? Oder auch im Gegenteil: Wie viele Liebesschwüre haben die Mauern gehört?« Er wagte sich mit seiner letzten Frage auf gefährliches Terrain vor, aber es war zu spät, die Worte zurückzunehmen.

HANNA HOB den Kopf und sah Bens Gestalt an der Brüstung an. Seine Stirn nachdenklich gerunzelt musterte er die Mauern, die Augen auf die Vergangenheit gerichtet. Sein spöttisches Lächeln war verschwunden. Sie hätte wissen müssen, dass Ben solche Fragen stellen würde. Dass ihn die Geschichte eines Ortes genauso in den Bann zog wie sie. Er gehörte nicht zu den Menschen, die blind durch die Welt liefen. Im Gegenteil, es war eine tiefe Überzeugung, die ihn zum Soldaten machte, und das fand sie viel gefährlicher, als wenn jemand sich aus Abenteuerlust für so einen Job bewarb. Ben glaubte daran, dass er die Welt besser machte, weil er sie als Soldat beschützte. Die Welt, ein Körper voller Krebsgeschwüre, und er der Arzt, der sie mit scharfer Klinge entfernte. Manchmal war der Schnitt nicht exakt, und gesundes Gewebe wurde mit entfernt. Störte ihn das? Belastete der Tod von Unschuldigen sein Gewissen? Ihre Weltanschauungen hätten nicht weiter auseinanderliegen können. Hanna glaubte an das Gute im Menschen, an die Sünde und vor allem an ihre Vergebung. Für Ben gab es keine Vergebung, sondern nur gerechte Strafe. So wie er dort stand, fühlte Hanna mit aller Macht die tief gehende Liebe, die sie für ihn empfand. Wie gern hätte sie ihn in ihre Arme gezogen, geküsst und ihm seine Einsamkeit genommen, nur einmal sein Gesicht berührt und für einen Moment vergessen, wer er war. Sie wusste, dass seine Hände nicht nur töten, sondern unglaublich zärtlich sein konnten. Er war die pure Versuchung, ihre zweite Hälfte, aber sie nicht die seine. Sie presste die Lippen zusammen, versuchte ihre aufwallenden Gefühle zurückzudrängen. Ein körperlicher Schmerz durchzog sie, weil sie ihn nicht berühren durfte. Er wandte sich zu ihr um, als könnte er einen Hauch der Emotionen spüren, die sie durchzogen. Sie löste ihren Blick und senkte ihn konzentriert auf das Blatt Papier, aber der Moment, in dem sie sich in der Engelsfigur verloren hatte, war unwiderruflich vorbei.

Er schlenderte zu ihr herüber. Hanna stand auf, ging zu der Glocke und vergrößerte so die Entfernung zu ihm. Mit leiser Stimme fing sie an zu erzählen: »Beatrice Cenzi war eine römische Patrizierin. Ihr Vater, Francesco, war bekannt für seine Ausbrüche voller Gewalt. Er sperrte sie mit ihrer Stiefmutter auf einem Landgut außerhalb der Stadt ein, misshandelte sie. Ohne Hoffnung, ihrem Martyrium zu entfliehen, entschieden sich die Frauen, Francesco Cenzi zu töten. Beatrice, die selbst nicht in der Lage war, etwas Derartiges zu organisieren, bat ihren Bruder Giacomo um Hilfe. Gemeinsam mit einem Attentäter gelang es ihnen, den Vater zu vergiften, doch sein Tod erregte Aufsehen und führte zu Untersuchungen. Am Ende ließ der Papst die Familie inhaftieren. Beatrice wurde am elften September 1599 mit zweiundzwanzig Jahren hier auf dem Innenhof zusammen mit ihrer Stiefmutter enthauptet. Die Glocke läutete und verkündete ihren Tod.«

Hanna schloss die Augen, hörte den Klang der Glocke, sah die Angst in den Augen von Beatrice Cenzi, als diese den Kopf für die Axt senkte. »Tod führt immer zu weiterem Tod. Egal wie gerecht er erscheint.« Doch wer ist der Schuldige, dachte sie still weiter. Beatrice, die ihrem Leid durch einen in Auftrag gegebenen Mord ein Ende bereiten will? Der Bruder, der ihn organisiert? Der Vater – Ursache allen Leidens? Die Gesellschaft, die es nicht möglich gemacht hat, dass die Frauen dem Leid anders hätten entfliehen können?

Hätte sie Armin Ziegler töten können? Den Auftrag dazu geben können wie die römische Patrizierin? Nein, ihre Situation erschien ihr nicht annähernd vergleichbar mit der von Beatrice Cenzi, und dennoch fühlte sie sich ihr verbunden. Sie hatte die Oper schon so oft gesehen, und noch immer berührte sie die Geschichte wie beim ersten Mal.

»Woher kennst du die Geschichte?«

Der Tonfall in Bens Stimme klang seltsam beunruhigt. Hanna öffnete die Augen, wischte schnell die Feuchtigkeit weg. »Sie ist kein Geheimnis. Du findest sie in Büchern und Opern verarbeitet. Die Familie war angesehen, und in der römischen Bevölkerung galt die Tat als berechtigte Notwehr. Die Hinrichtung beschädigte das Ansehen des Papstes schwer.«

»Die Verurteilung geschah durch die Kirche?«

»Ja.«

»Weshalb? Gab es zu der Zeit keine staatliche Judikative in Rom?«

»Nein, Rom war zu dieser Zeit ein Kirchenstaat«, erklärte Hanna brüsk und packte ihre Sachen zusammen. Die Uhr zeigte auf eins, und sie wollte der Vergangenheit nicht noch mehr Platz einräumen. Die Geschichte Roms war voller Leid, aber auch voller Hoffnung. Die Menschheit brauchte beides in gleichem Maße. Ohne darauf zu achten, ob Ben ihr folgte, schulterte sie ihren Rucksack und verließ die Engelsburg.

ERST, als sie einen der zwei Brunnen auf dem Petersplatz erreichte, hielt Hanna an. Ben war ihr schweigend gefolgt. Er versuchte zu verarbeiten, was er für einen Moment wie eine Vision vor sich gesehen hatte: eine junge Frau, von Angst darüber erfasst, was ihr bevorstand. Die niederkniete, ihr Haupt senkte, bereit für die Axt des Henkers. Den metallischen Geruch des Bluts in der Nase, dort, wo kurz zuvor die Stiefmutter ihren Kopf verloren hatte. Ben kannte diesen Geruch von frischem Blut. Wie konnten Worte aus Hannas Mund so lebendig werden? Sein Geist wandte sich der Gegenwart zu, als sein Magen sich vor Hunger schmerzhaft zusammenzog.

»Darf ich dich zum Essen einladen?« Er wusste, dass Hannas Mittel äußerst begrenzt waren. Allerdings machte er sich keine Hoffnung, dass sie seine Einladung annahm. Sie wollte ihm nichts schuldig sein, auch das wusste er. Aber sein Magen knurrte. Sie schüttelte den Kopf, setzte sich auf die Stufen des Brunnens und deutete auf eine Stelle neben dem Rucksack. Gehorsam setzte er sich. Aus ihrem Rucksack kamen nach und nach Brote, Äpfel und Bananen zum Vorschein sowie eine Flasche Wasser. Genug für sie beide. Er betrachtete das Essen, das sie vor ihnen ausgebreitet hatte.

»Isst du immer so viel?«

»Nein.«

»Du hast mit mir gerechnet? Du wusstest, dass ich auf dich warte?«

Ihre Augen streiften flüchtig sein Gesicht. Sie rückte

ein wenig von dem Rucksack ab und entfernte sich so ein Stück von ihm. »Ich hatte so eine Ahnung, nachdem ich dein Geschenk ausgepackt hatte. Übrigens danke, auch wenn es mir schon gehörte. Hast du es Marie geklaut?«

»Wie kommst du darauf?«

»Weil sie es dir freiwillig niemals gegeben hätte.«

In der Tat war er vor einigen Monaten in das Haus von Marie eingebrochen, als er seine Schwester besuchte. Warum er das machte, hatte er damals selbst nicht verstanden. In dem zweiten Raum im Keller hatte er die Überreste von Hannas Habseligkeiten gefunden. Die wenigen Möbel aus der Wohnung und ein paar Kartons mit ihren Sachen, ordentlich beschriftet – die erste Ähnlichkeit, die er bei den Schwestern feststellen konnte. Es stellte für ihn eine Kleinigkeit dar, zu finden, wonach er suchte – das Buch ihres Vaters mit den Fotos. Sorgsam hatte er alles andere wieder in den Kartons verstaut. Seitdem hatte er das Buch mit sich herumgeschleppt – ein Stück von Hanna, etwas, das ihr viel bedeutete, von einem Menschen, der sie geliebt hatte.

Während sie aßen, ließ Ben seinen Blick über den Petersplatz schweifen, der voll mit Touristen war. In der Mitte stand ein Obelisk. Der Platz selbst war eingerahmt von Kolonnaden, auf denen an die drei Meter hohe Statuen standen. Ein beeindruckender Anblick. Er sah die Videokameras, die den Platz überwachten, und fragte sich, ob sie gerade gefilmt wurden. Der Vatikan war, soweit er wusste, ein selbstständiger Staat in Italien mit eigenen Polizeikräften. Hier befand sich die Machtzentrale der christlichen Kirche, deren Einfluss weit in die Welt reichte. Er war diesem Machtzentrum noch nie so nah gewesen. »Ein Obelisk im Zentrum des Platzes. Ziemlich ungewöhnlich, ich würde hier eher ein Kreuz erwarten.«

»Kriegsbeute der Römer.«

»Auf einem christlichen Platz ein Machtsymbol des alten Ägypten zu sehen, besitzt eine gewisse Ironie.«

Hanna zuckte mit den Achseln. »Es ist nicht die einzige Beute aus anderen Religionen und Kulturen. Das Vatikanmuseum ist voll davon, und niemand kennt alle Stücke.«

Ben schaute amüsiert. »Du trägst das Kreuz, hast dich in einem Kloster vergraben, hältst dich an die Zehn Gebote und sprichst so respektlos von der Machtzentrale deines Glaubens?«

Hanna nahm einen Schluck aus der Wasserflasche. »Petrus war der Fels, auf dem Jesus seine Kirche baute. Vielleicht ist seine Wahl nicht besonders klug gewesen.«

Etwas an dem Klang ihrer Stimme verursachte ihm ein unangenehmes Prickeln. Ihre Worte schienen heute auf seltsame Weise mit der Vergangenheit verwoben zu sein. Ben schüttelte den Kopf über seine Gedanken und Gefühle.

Der Tag verlief anders, als er es erhofft und erwartet hatte. Statt Nähe konnte er deutlich Distanz spüren, die sich zwischen ihnen aufbaute. Er betrachtete Hanna, die, einen angebissenen Apfel in der Hand haltend, ihr Gesicht mit geschlossenen Augen der Sonne entgegenhielt. Trotz ihrer Anspannung wirkte sie mit sich selbst im Reinen, anders als letztes Jahr. Er war sich immer noch nicht sicher, ob sie in Norwegen, als sie in den See gesprungen war, die Absicht gehabt hatte, Selbstmord zu begehen. Oder hatte sie damals wirklich eine Vision ihrer selbst als Sechzehnjährige gehabt, die sie hatte retten wollen? Ihre Hand war im Seegras festgekrallt gewesen in dem Versuch, es herauszureißen, als er sie hochzog.

Die Anstrengung vom Laufen machte sich bemerkbar. Ben griff in seine Jackentasche, holte eine Tablette hervor und schluckte sie mit einem kräftigen Schluck Wasser herunter. Aus ihrem Rucksack holte er sich einen Apfel und fing an, ihn langsam zu essen. Eine Gruppe japanischer Touristen lief an ihnen vorbei, die ihre Kameras gezückt hielten und Fotos von dem Platz schossen. Es war schön, hier in der Sonne zu sitzen, das Plätschern des Brunnens im Hintergrund, Hanna zwei Meter von sich entfernt. Wie sollte er sie fragen, was er sie fragen wollte? »Ego sum lux mundi. – Ich bin das Licht der Welt.« Diese Worte hatte sie zu ihm gesagt, als ihm keine Antwort auf ihre Erkenntnis von »Ich liebe dich« einfiel. Er hatte an diese Worte nicht mehr gedacht, bis zu dem Tag, als er im Krankenhaus aus dem Koma aufwachte. Zwei seiner Männer hatte er verloren. Ein Einsatz wie jeder andere, nur – diesmal lief alles schief. Auf Kugeln waren sie vorbereitet gewesen. Nicht auf Messer. Er konnte noch fühlen, wie das Messer sich durch die Schutzweste in seine Taille bohrte. Es hatte nicht einmal wehgetan. Zu seinem Glück glitt das Messer dem Angreifer bei seiner ersten Gegenwehr aus der Hand. Leutnant Dirk Richter und Oberleutnant Ralf Mader hatten dieses Glück nicht gehabt. Sie waren beide tot. Nein, etwas war bei dem Einsatz gewaltig fehlgelaufen und er würde herausfinden, was es gewesen war. Er hatte die Verantwortung getragen. Ben fühlte, wie sich Übelkeit langsam anschlich und seinen Magen hochkroch. Kalter Schweiß brach ihm auf der Stirn aus. Der Apfel fiel ihm aus der Hand.

Von dem Geräusch des auf den Boden fallenden Apfels aufgeschreckt, öffnete Hanna die Augen. Ben saß mit glasigen Augen da, sein Gesicht weiß wie eine getünchte Wand. Schweiß stand ihm auf der Stirn.

»Ben, alles klar mit dir?«

Was für eine dämliche Frage, dachte Hanna. Er antwortete ihr nicht. Um seine Lippen zog sich ein weißer Rand. Hastig sprang sie auf, schnappte sich seinen Rucksack, der neben ihm stand, und holte sein Handy heraus.

»Was hast du vor?«, stöhnte er.

»Einen Notarzt rufen.«

Er packte mit für seinen Zustand erstaunlicher Kraft ihr Handgelenk. »Das wirst du nicht tun.«

»Oh doch, schau dich mal an.«

»Das ist nur die Tablette.«

»Die Tablette?«

»Ja, ich habe die falsche genommen. Gib mir einen Moment.«

Skeptisch musterte ihn Hanna. Ein wenig Farbe kehrte in sein Gesicht zurück, dennoch sah er beunruhigend geschwächt aus. Ihr war klar, dass Ben gesetzliche Grenzen überschritten haben musste, um sie zu finden. Genauso wusste sie, dass sein Oberst keine Ahnung davon hatte, dass er hier bei ihr war. Wenn er log, zeigte er keine Emotionen. Das verriet ihn. Sie wollte ihn nicht in Schwierigkeiten bringen und sie wollte – nein musste – wissen, weshalb er hier war.

»Kannst du ein Taxi organisieren und mich in mein Hotel zurückbringen?«

Sie nickte, warf ihm einen letzten Blick zu und machte sich auf den Weg, ein Taxi zu suchen.

5

SEHNSUCHT

Seine Pension lag nicht weit vom Petersplatz entfernt. Hanna hatte der Zwanziger wehgetan, den sie aus ihrer Geldbörse zückte, um den Taxifahrer zu bezahlen. Sie hatte ihren Arm um Bens Taille geschlungen und ihn die Treppen in den ersten Stock hoch gestützt. Er lag auf dem Bett, einem Bett mit Himmel. Überhaupt besaß die Pension einen individuellen Charme. Das Zimmer war überschaubar: ein kleiner Sekretär, ein Stuhl mit Brokatbezug und dieses Himmelbett mit vier geschnitzten Säulen und einem leichten, an den Pfosten festgebundenen Vorhang. Direkt links neben der Zimmertür befand sich die Tür zum Bad. Sie ließ sie offen, damit sie Ben hören konnte, wusch sich die Hände und das verschwitzte Gesicht. Nicht nur hatte sie Ben gestützt, sondern auch beide Rucksäcke getragen. Als er sich zufrieden lächelnd auf das Bett hatte fallen lassen, kam ihr für einen Moment der Gedanke, ob das ein Trick von ihm gewesen war, um sie in sein Zimmer zu locken. Aber nein, die Blässe in seinem Gesicht und das Zittern seiner Hand, als er die Wasserflasche vom Nachttisch an den Mund führte, hatten ihr gezeigt, dass er ihr nichts vorspielte.

Auf ihre Frage, ob sie irgendetwas für ihn tun könne, hatte er den Kopf geschüttelt und geantwortet: »Nein, gib mir einfach einen Moment Zeit.«

Tausend Fragen schwirrten in Hannas Kopf herum. Warum war er hier? Weshalb schluckte er Tabletten? Wieso war er nicht in der Lage, mit ihr Schritt zu halten? Sie starrte in ihr Gesicht im Spiegel. Ihre Augen waren mit dieser grünen Farbe einfach nur gruselig. Aus dem Rucksack holte sie das Kästchen und gab Reinigungsflüssigkeit hinein. Sie entfernte die Kontaktlinsen. Schon besser, jetzt sahen ihr ihre eigenen Augen aus dem Spiegel entgegen. Tiefe Falten standen auf ihrer Stirn. Sie lauschte angestrengt auf die Geräusche im Nebenzimmer. Bens Atem ging gleichmäßig, aber flach. Ihr Blick im Spiegel blieb auf einem Fleck auf ihrem T-Shirt hängen. Das T-Shirt hatte sie heute Morgen frisch aus dem Schrank geholt. Entschlossen, wenigstens diesem Problem an den Kragen zu gehen, zog sie es aus und drehte den Wasserhahn auf. Als das Wasser durch den Stoff floss, färbte es sich rosa. Erschrocken ließ sie das T-Shirt ins Waschbecken fallen und machte das Wasser aus. Ihre Finger zögerten, als sie sich dem Fleck näherten. Sie tupfte mit der Fingerspitze darauf, betrachtete den hellrosafarbenen Wassertropfen und hielt ihn sich unter die Nase.

»Verdammt noch mal, Ben, ich habe Blut an meinem T-Shirt!«

Ihre erboste Stimme riss Ben aus dem Dämmerschlaf, in den er geglitten war. Er öffnete die Augen und starrte Hanna an, die mit bis auf den BH nacktem Oberkörper vor seinem Bett stand, den rechten Zeigefinger drohend erhoben hielt und ihn mit funkelnden blauen Augen anvisierte. Ihr Anblick erstickte jeden vernünftigen Gedanken in seinem Kopf im Keim. Sein von Schmerzen und Übelkeit benebeltes Gehirn setzte schlicht und ergreifend aus.

»Beantworte gefälligst meine Frage! Warum habe ich Blut auf meinem T-Shirt?«

»Zieh dir was an.«

»Bitte?«

»Du hast mich richtig verstanden. Zieh dir etwas an.«

Verwirrung zeichnete sich auf ihrem Gesicht ab. Er ließ den Blick langsam über ihren Oberkörper gleiten. Ihre Augen folgten seinen. Sie sah an sich herunter.

»Ach verflucht, das kann jetzt nicht dein Ernst sein.« Sie sah sich im Raum um, und ihr Blick erfasste seine Tasche auf der Bank neben dem Kleiderschrank. Hanna holte sich eines seiner schwarzen T-Shirts heraus und zog es über.

Doch sie gehörte nicht zu den Menschen, die sich von einer einmal gestellten Frage ablenken ließen, und ihr Blick verhieß nichts Gutes. Er stütze sich mit den Armen ab, wartete, bis der Schwindel nachließ, bevor er sich komplett aufrichtete und die Füße auf den Boden stellte. Er packte den Rand seines T-Shirts. Dass seine Wunde aufging, hatte ihm gerade noch gefehlt. Er kam nicht dazu, das T-Shirt hochzuziehen. Hanna hockte sich vor ihn. Ihre Hände fassten den Rand des Stoffs, und vorsichtig schob sie die rechte Seite hoch. Er hob den Arm und zog ihn aus dem Ärmel. Ihre Hände berührten seine Brust, als sie den Stoff sachte von der linken Seite zog. Er zuckte ein wenig zusammen, dann lag sein T-Shirt auf dem Boden.

»Woher wusstest du, dass es die linke Seite ist?«

Sie schwieg, presste die Lippen zu schmalen Strichen

zusammen. Nur eine kleine Fläche am unteren Rand der Wunde blutete. Das Pflaster war an der Stelle mit Blut durchtränkt. Mit den Fingerspitzen tastete sie vorsichtig um die Wunde herum die Haut ab, suchte sorgfältig nach Anzeichen einer Entzündung. Tiefe Falten lagen auf ihrer Stirn. Ihre Wangenknochen traten hervor und die Augenbrauen trafen sich über der Nasenwurzel. Ben konnte seinen Blick nicht von ihrem konzentrierten Gesicht lösen.

»Tut es weh?«

»Ein bisschen.«

Sie hob den Blick. »Wo?«

Er zeigte auf den schmerzenden Bereich. Ihre Augen richteten sich wieder auf die Verletzung.

»Ich möchte das Pflaster abnehmen. Hast du neues Verbandsmaterial?«

»In meiner Tasche.«

Der Arzt aus dem Militärkrankenhaus hatte ihm einiges an Verbänden, Pflastern und Salben mitgegeben. Warum, war Ben nicht bewusst gewesen, aber jetzt war er dankbar dafür.

Hanna stand auf und ging zu seiner Tasche.

»Rechts.«

Sie machte den Reißverschluss der rechten Seite auf und kam mit dem Verbandsmaterial zurück, kniete sich vor ihn und knibbelte eine Ecke des Pflasters hoch, bis sie es gut fassen konnte. Er ahnte, was sie vorhatte, doch bevor er sie daran hindern konnte, riss sie das Pflaster weg. Er schrie auf. Sie warf ihm einen bitterbösen Blick zu.

»Bist du wahnsinnig?«, pflaumte er sie an.

»Nein, aber du. Kannst du mir sagen, weshalb du mit so einer Wunde mit mir durch halb Rom rennst?«

Er schwieg. Sie nahm ein Stück Verbandswatte, sprühte das Desinfektionsspray darauf und entfernte das Blut auf seiner Haut. Sie arbeitete sanft, bis sie die Stelle an der Naht erreichte, an der Blut heraustrat. Die Stelle war so lang wie die Kuppe ihres kleinen Fingers bis zum Gelenk. Es schien, als hätten sich Fäden aus der Haut gelöst.

»Hat das Lisa gemacht?«

Überrascht sah er sie an. Sie hatte seine Schwester nie kennengelernt, wenigstens nicht bewusst. Als er sie damals zu Lisa brachte, war sie dem Tod näher gewesen als dem Leben. Ein sauberer Schnitt, von Hannas Schwager mit einem Messer ausgeführt, hatte ihr Blut zwar langsam, aber stetig aus ihrem Körper fließen lassen. Er erinnerte sich an ihr Gespräch im Auto, als er versucht hatte, sie wachzuhalten. Damals hatte sie ihn über seine Schwester ausgefragt.

»Und?«

Sie sah ihn fragend mit undurchdringlichem Blick an. Er schüttelte den Kopf.

»Habe ich mir gedacht. Das hier muss sich jemand anschauen, der Ahnung von solchen Dingen hat.«

»Mach Salbe drauf und ein Pflaster.«

»Ich hatte nicht vor, es offen zu lassen.«

Ihre Hände auf seiner Haut. Ihr Geruch nach Sonne, ein Hauch von Rosen und Apfel in seiner Nase. Die Wärme ihres Körpers. Das Tageslicht, das sie umrahmte. »Du hast meine Frage nicht beantwortet. Woher wusstest du, dass ich auf der linken Seite verletzt bin?« Er nahm selbst die Heiserkeit in seiner Stimme wahr. Verflucht, er musste seine Empfindungen kontrollieren.

HANNA KONZENTRIERTE sich auf die Behandlung der Wunde. Sie nahm ein weiteres Stück Watte und entfernte den Kleber des alten Pflasters von Bens Haut. Behutsam bewegten sich ihre Finger über seine Seite. Trotz aller

Sorgen genossen es ihre Hände, seinen Körper zu berühren, sehnten sich nach mehr. Sie überlegte, was sie ihm sagen sollte. Die Nacht, die tief in ihr Gedächtnis eingebrannt war, hatte ihr deutlich vor Augen gestanden, als ihre Nase den Geruch von Blut erfasst hatte. Aber wie sollte sie ihm das erklären? Dass sie von ihm geträumt hatte? Wie lange war das her, acht Tage? Vierzehn? In der Dunkelheit, ein funkelndes Messer, das sich durch seine linke Seite bohrte. Den Nachhall ihres Entsetzens spürte sie deutlich, wenn sie die Wunde ansah. Im Traum hatte sie die Hand des Mannes gepackt und sie festgehalten. Ben hatte seine Ellenbogen in den Unterleib seines Angreifers gerammt und wenige Sekunden später hatte dieser mit gebrochenem Genick auf dem Boden gelegen, während Ben sein Bewusstsein verlor. So weit ihr Traum.

Sie konzentrierte sich auf das Pflaster in ihrer Hand und löste das Schutzpapier. Als sie im Bad das Blut gerochen hatte, wusste sie, dass seine linke Seite verletzt war. Wie konnte es sein, dass sie etwas träumte, was wirklich passiert war? Nein, es war bestimmt nicht in dieser Weise vorgefallen. Es konnte nicht sein. Wie sollte sie ihm eine Antwort geben auf etwas, das sie selbst nicht verstand, ohne ihm Angst zu machen, wenn ein »Ich liebe dich« dazu führte, dass er in Panik geriet? Was würde dann erst ein »Wir sind füreinander bestimmt, ob du es willst oder nicht« in ihm auslösen? Nein, das waren genauso wenig die richtigen Worte. Es war mehr, so viel mehr.

»Hanna!«

»Mein T-Shirt hat an der rechten Seite einen Blutfleck. Ich habe dir die Treppe hochgeholfen, indem ich deine linke Seite gestützt habe.«

Er schwieg, und sein Blick kehrte sich nach innen, als

würde er das, was sie gesagt hatte, vor seinen Augen als Film abspulen. Hannas Herz fing an zu klopfen.

»Stimmt. Du hast recht.«

Sie klebte das Pflaster über die Wunde, auf der sie zuvor reichlich antibiotische Salbe verteilt hatte. Der Schnitt war nicht lang, nicht so wie bei ihr damals, dafür aber viel tiefer. Vielleicht waren sogar innere Organe betroffen. Oh Gott, sie wünschte sich, Lisa wäre hier.

»Wieso nimmst du falsche Tabletten?«

»Wieso kannst du eine Wunde so gut behandeln?«

Sie sah ihn an und konnte nicht verhindern, dass ein Lächeln sich auf ihren Lippen ausbreitete. Es spiegelte sich in seinem Gesicht. Fragen mit Gegenfragen beantworten – das alte Spiel. »Wenn du in der Wildnis unterwegs bist, solltest du Ahnung von so etwas haben. Ist nicht so prickelnd, eine verunreinigte Wunde zu haben, wenn das nächste Dorf Kilometer entfernt ist.«

»Du bist nicht mehr in der Wildnis unterwegs.«

»Nein.« Die Tatsache laut ausgesprochen zu hören, tat weh. Sie fragte sich, wann sie es packen würde, ihr altes Leben zu vergessen und das neue anzunehmen.

»Vermisst du es?«

»Ja.« Sie sah ihn auffordernd an. Die Reihe war an ihm, ihre Frage zu beantworten.

»Ich hatte blöderweise noch in der Jackentasche eine von den falschen Tabletten und nicht drauf geachtet, als ich sie vorhin nahm.« Er machte eine Pause. »Ich war abgelenkt.«

Hanna legte den Kopf schief und grinste ihn mit einem Anflug von Galgenhumor an. »Ich hoffe, es war keine Tablette von Medicare.«

Er lachte tatsächlich, hielt inne und verzog das Gesicht.

Lachen tat natürlich weh mit so einer Wunde. Dann wurde sein Ausdruck wieder ernst.

»Nein. Ich bin gegen Penicillin allergisch.«

»Hast du noch etwas anderes dabei? Ich weiß nicht, ob es reicht, wenn wir die Wunde nur von außen behandeln.«

»Schau mal im Bad, ich bin mir nicht sicher.«

Als Hanna aus dem Bad kam, hatte Ben sich seine Hose ausgezogen und war ins Bett unter das dünne Laken mit der Wolldecke geschlüpft. Sie setzte sich auf die freie Seite an den Rand des Betts. In seinem Necessaire befanden sich nur zwei verschiedene Arten von Tabletten in einer Schutzhülle. Eine Verpackung hatte sie nicht finden können. Unsicher hielt sie die Tabletten in der Hand. Er zeigte auf die größere von beiden. Sie sah ihn zweifelnd an. »Bist du dir sicher?«

»Ja.«

»Also gut.« Hanna drückte die Tablette aus der Verpackung und reichte sie ihm mit der Wasserflasche. Er warf sie in den Mund und schluckte sie herunter. Hanna nahm die Flasche zurück. Sie musste gehen, bevor es zu spät war und sie keine Kraft mehr dafür hatte. Er schien ihre Gedanken zu ahnen und hielt ihre Hand fest.

»Bitte bleib.«

Sie starrte seine Hand an, schüttelte den Kopf.

»Wenigstens, bis ich eingeschlafen bin und du sicher sein kannst, dass es mir gut geht.«

Mistkerl. Verfluchter, elender Mistkerl, dachte sie wütend. Er wusste genau, welche Worte er sagen musste, nutzte gnadenlos ihre Gefühle ihm gegenüber aus. Nie hätte sie ihm sagen dürfen, dass sie ihn liebte. Aber die Worte waren so überraschend als Erkenntnis in ihrem Sein aufgetaucht, wie die Sonne sich an dem Morgen ihren Weg über den Berg gebahnt hatte. Sie entflohen einfach ihrem

Mund, bevor sie Zeit gehabt hatte, sich über die Konsequenzen dieser laut ausgesprochenen Worte Gedanken zu machen. Sie zog sich die Turnschuhe aus, streckte sich auf dem Bettrand aus, sodass der weiteste Abstand zwischen ihnen entstand, der in dem Bett möglich war. Er schmunzelte.

»Du brauchst keine Angst haben. Dazu wäre ich nicht in der Lage, auch wenn du nackt vor mir liegen würdest.«

Sie grinste zurück, ging auf seinen leichten Ton ein. »Das hörte sich vor einem Augenblick noch anders an. Außerdem dachte ich, Männer könnten immer.«

»Mythos«, murmelte Ben.

»Und warum musste ich mir vorhin etwas anziehen?«

Er streckte seine Hand aus und legte sie auf halbem Weg zu ihr auf die Bettdecke.

Sie starrte darauf, zögerte. Es würde keinen Schaden anrichten, oder? Sie legte ihre Hand auf seine und umschloss sie mit den Fingern.

»Schlaf«, befahl sie ihm leise.

»Deine Augen sind in Blau viel schöner.«

»Schlaf.«

»Weißt du, dass sie manchmal wie Saphire funkeln?«

»Schlaf.«

»Wenn sie so funkeln, bist du wütend.«

»Dann schau jetzt mal genau hin.«

Ein Lächeln erschien auf seinem Gesicht. Seine Augenlider fielen zu. Zwei Minuten später zeigten seine tiefen, regelmäßigen Atemzüge, dass Ben eingeschlafen war. Sie löste ihre Hand nicht von seiner. Das Lächeln von eben lag noch immer auf seinen Gesichtszügen, gaben ihm einen weichen Ausdruck, einen, den Hanna nur von Momenten her kannte, wenn er mit ihr geschlafen hatte. Nein, sie wollte nicht daran denken. Wann war es passiert,

dass er sich so in ihr Herz geschlichen hatte? Nie war
früher je ein Verlangen oder nur der Gedanke an Sex in
ihrem Bewusstsein aufgetaucht. Schon in Afrika hatte er
ihre über Jahre aufgebauten Mauern eingerissen. Einfach
so. Mit seinen Worten, mit seinem Mitgefühl, mit seiner
Beherrschtheit und Kontrolle. Er hatte sich von ihr erobern
lassen, aber nein, nein, das stimmte nicht. Seine Worte
waren es gewesen: »Es tut mir leid, aber ich habe
jemandem versprochen, die Hände von dir zu lassen.« Er
hatte es versprochen und er hielt sich an sein Versprechen.
Hatte sie das bewogen, ihre persönliche Grenze zu überschreiten? Nein, da gab es noch etwas, vor dem sie Angst
hatte, es sich selbst einzugestehen, weil es sich so völlig
außerhalb ihrer Kontrolle befand. Ben besaß eine Anziehungskraft wie ein Magnet, und kam sie ihm zu nahe,
schaffte sie es nicht mehr, sich dieser zu entziehen. Reine
Physik. Sie grinste über ihren Versuch, dem Gefühl eine
wissenschaftliche Richtung zu geben, löste ihre Hand von
seiner und richtete sich auf. Sie musste gehen – für ihr
eigenes Seelenheil, denn wenn er hatte, was er wollte,
würde er sich umdrehen und verschwinden, ohne einen
Blick zurückzuwerfen.

Sie fasste an den Kreuzanhänger, den er ihr geschenkt
hatte. Ob er auch nur ansatzweise eine Ahnung hatte, wie
viel ihr sein Geschenk bedeutete? Es verband sie auf eigen-
artige Weise mit ihm. Sie runzelte die Stirn. Norwegen –
der Helikopter. Sie hatte sich umgedreht und ihn verlassen,
ohne ein weiteres Wort. Er war zurückgeblieben. Sein
Gesicht erschien ihr unendlich blass in den Kissen. Auf der
Haut oberhalb des Pflasters zeigte sich ein breiter roter
Streifen, der sich warm anfühlte. Was, wenn er eine Infektion bekam? Sie würde doch noch ein Weilchen bleiben.
Nur so lange, bis sie sicher war, dass es ihm besser ging.

Hanna zog sich einen Stuhl heran, holte ihr Notizbuch hervor und begann zu zeichnen.

Ben wachte auf. Er hatte so tief und fest geschlafen wie seit Monaten nicht, einen erholsamen Schlaf ohne obskure Albträume. Als sich seine Augen an die Dunkelheit gewöhnt hatten, sah er Hanna. Gleichzeitig spürte er ihre Hand, die auf seiner lag und sie umschlossen hielt, so wie er eingeschlafen war. Er lächelte, betrachtete die feingliedrige Hand, in der so viel Kraft lag. Ihre Berührung gab ihm Ruhe und spendete Trost. Auf eine seltsame Art fühlte sich die Last, die ihn nach Rom geführt hatte, leichter an. Zwei Männer, für deren Tod er die Verantwortung trug. Aber hier neben ihm lag ein Mensch, der ihm sein Leben verdankte. Ihre Züge waren völlig entspannt, der Mund leicht geöffnet, Speichel tropfte auf das Kissen. Es störte ihn nicht. Es gab ihrem Gesicht ein kindliches Aussehen. Die Augäpfel bewegten sich unter den Lidern, ihre Augenbrauen fuhren kurz über der Nasenwurzel zusammen, und sie runzelte die Stirn. Dann glätteten sich ihre Gesichtszüge wieder, der Mund verzog sich zu einem Lächeln. Er fragte sich, wovon sie träumte. Ihm war noch nie bewusst gewesen, dass ein Mensch beim Träumen seine Mimik veränderte. Es war spannend, Hanna beim Schlafen zu betrachten. Er drehte seine Hand, die unter ihrer lag, um auf seine Uhr zu schauen, und sofort schlossen sich ihre Finger fester um seine Hand, hielten ihn fest. Dieser Reflex löste eine Flut von Emotionen in ihm aus.

Er hatte eine Riesendummheit begangen, einfach in ein Flugzeug zu steigen und nach Rom zu fliegen. Was hatte er sich überhaupt dabei gedacht? Nichts. Rein gar nichts, Ben Wahlstrom, schalt er sich selbst. Wonach suchte er hier?

Hatte er gedacht, sie würde ihm sagen: Ja ich war es, die dich nicht ins Licht hat gehen lassen, als du es wolltest, weil es mein Licht ist, dem du folgen sollst? Es hörte sich so lächerlich an. Nein, es war lächerlich. Sein Gehirn hatte ihm einen Streich gespielt, als es nicht wusste, ob es ihn sterben oder leben lassen sollte. So einfach lautete die Erklärung. Es hat nichts, rein gar nichts mit Hanna zu tun. Er hatte seine Mutter gesehen, so deutlich, dass er die Hand nach ihr hätte ausstrecken können, um sie zu berühren. Sie hatte gelächelt und ihn mitnehmen wollen. Aber da legte sich eine andere, schmale, kräftige Hand in seine, die ihn festhielt. Festhielt im Leben, im Schmerz, dem er sich stellen musste, wenn er seiner Mutter nicht folgte. Und als er sich umdrehte, hatte er Hanna gesehen. Hanna, ganz dunkel, nur mit einer schwach leuchtenden Aura um sich herum. Kalt im Gegensatz zu dem hell leuchtenden, warmen Licht, das seine Mutter umgab. Das Lächeln seiner Mutter hatte sich verändert. Sie hatte an ihm vorbeigesehen, so als könnte sie Hanna sehen, und nach und nach verblasste sie. Mit ihr ging das Gefühl der Wärme und Geborgenheit. Als Ben die Augen geöffnet hatte, lag er im Krankenhaus. Jemand war hereingekommen, hatte sich über ihn gebeugt und gelächelt.

»Schön. Sie sind aufgewacht.«

Die Realität war mit aller Heftigkeit über ihn hereingebrochen. Zwei Männer aus seiner Gruppe waren tot. Der Angriff hatte sich auf die Deutschen konzentriert, obwohl Amerikaner an der heikelsten Stelle eingesetzt worden waren. Sie hatten mehr Erfahrung mit solchen Einsätzen und zögerten im Gegensatz zu den Deutschen nicht, zu töten. Das hatte ihr gemeinsamer Auftrag in Afghanistan gezeigt. Damals hatte die deutsche KSK-Einheit ihre Position aufgegeben, nachdem ein Ziegenhirte sie entdeckt und damit die gesamte Aktion der Amerikaner gefährdet hatte. Es hatte einige Diskussionen mit den Amerikanern gegeben, die in so einem Fall die Zivilperson eliminiert und als unvermeidbaren Kollateralschaden angesehen hätten. Anders die Deutschen, die das Leben der Zivilperson über die Erreichung ihres Ziels setzten.

Seine Wunde hatte ihn an Hannas Verletzung erinnert, und mit dieser Erinnerung kam das Gefühl zurück, dass sie ihnen etwas verschwiegen hatte. Seitdem haftete die Frage in seinem Hirn, ob sie hinter ihrem Schweigen etwas verbarg, was mit dem schiefgelaufenen Einsatz zu tun hatte. Als er seinen Rückflug nach Berlin organisierte, war ihm der Gedanke noch völlig logisch erschienen, aber jetzt kam er ihm absurd vor.

Er hätte nicht hierher kommen dürfen. Ein Zeuge in einem Zeugenschutzprogramm durfte keinen Kontakt mit Menschen aus seiner Vergangenheit haben. Vorsichtig und ohne seine Hand weiter zu bewegen, die unter ihrer lag, aktivierte er mit der Rechten sein Licht für die Uhr. Vier Uhr morgens. Er hatte vierzehn Stunden am Stück geschlafen. Kein Wunder, dass er sich so erholt fühlte. Er schob den rechten Arm wieder unter seinen Kopf und betrachtete Hanna, die immer noch am Rand des Betts lag, so weit wie möglich von ihm entfernt. Kluges Mädchen, dachte Ben im Stillen. Sein Blick fiel auf sein T-Shirt, das sie trug, und wanderte weiter. Hanna hatte ihre Hose ausgezogen und lag mit einem Teil ihres Körpers und einem Bein unter dem Laken und der Wolldecke. Das andere Bein lag darüber. Seine Augen folgten der Linie ihrer Taille, bis zu der das T-Shirt hochgerutscht war, glitten über die Rundung ihres Pos, der in einer praktischen, schnörkellosen Panty steckte, zu ihrem Bein, das sie leicht angewinkelt hatte. Er brauchte nur ein Stück vorzurücken und seine Hand aus ihrer zu lösen, dann könnte er dieser verführerischen, süßen Linie mit seinen Fingern folgen.

Millimeter für Millimeter, mit unendlicher Geduld, die gewöhnlich seine Arbeit auszeichnete, befreite er seine linke Hand von ihrem Griff, woraufhin Hannas Finger sich zu einer Faust ballten. Zentimeter für Zentimeter zwang sich Ben, aus dem Bett zu rutschen, weg von der Frau, die sich so vertrauensvoll in sein Bett gelegt hatte. Nach einer gefühlten Ewigkeit betrachtete er sich grimmig im Badezimmerspiegel. Wenigstens war es ihm diesmal gelungen, die Grenze nicht zu überschreiten.

DIE HELLIGKEIT im Zimmer holte Hanna aus dem Schlaf. Sie schlug die Augen auf, und ihr Blick fiel auf das leere Bett neben ihr. Ihre Finger, die beim Einschlafen seine Hand umschlossen gehalten hatten, krallten sich jetzt ins Bettlaken. Ein Gefühl von Einsamkeit breitete sich in ihr aus, nahm ihr die Luft zum Atmen. In ihrem Hals bildete sich ein Kloß. Abrupt richtete sie sich auf.

»Guten Morgen.«

Sie drehte sich zu der Stimme hinter ihrem Rücken um. Dort saß Ben im Schneidersitz auf dem Boden an der Wand. Auf seinen Beinen lag ihr geöffnetes Notizbuch. Seine Augen richteten sich auf ihr nacktes Bein, das über der Decke lag. Hastig ließ sie es unter der Decke verschwinden und zog die Konstruktion von Laken und Wolldecke höher. Den Schalk in den Augen, ließ er seine Brauen in die Höhe wandern. Hannas Blick ging suchend über den Boden. Ihre Hose lag ordentlich zusammengefaltet direkt neben seinem Knie. Verdammt, wieso hatte sie die überhaupt ausgezogen? Sie riss an dem Laken, um es unter dem Bett hervorzuzerren, doch das funktionierte nicht. Es war einfach zu weit unter die Matratze gestopft. Sie hörte sein ersticktes Lachen. Erbost stieg sie aus dem Bett, griff sich Hose und Rucksack und schnappte sich ihr Notizbuch aus seinem Schoß.

»Musst du immer in den Sachen von anderen Leuten rumschnüffeln?«, knurrte sie ihn an.

Erst als sie im Bad den Schlüssel umgedreht hatte, gestattete sie es sich zu grinsen. Er war nicht abgehauen! Er war geblieben, hier bei ihr.

Ben hörte, wie die Dusche anging und Hanna anfing, leise etwas zu summen. Langsam erhob er sich, setzte sich auf das Bett, das noch die Wärme von Hannas Körper abstrahlte. Er nahm ihr Kissen, knüllte es vor seiner Brust zusammen und steckte die Nase hinein. Er gönnte sich diesen intimen Moment mit ihr. Es fühlte sich an, als würde er sie selbst in seinen Armen halten. Erst hatte er ihr Notizbuch im Schein seiner Taschenlampe betrachtet. Dann, als es im Zimmer heller geworden war, im Licht der Morgensonne. Seite für Seite hatte er ihre Zeichnungen betrachtet, darunter eine Madonnenfigur, den toten Sohn auf dem Schoß haltend, Engel in verschiedenen Varianten, Kirchen, Brunnen und eine Brücke, die irgendwo in Rom über den Tiber führte. Er hatte eine Zeichnung vom Erzengel Michael auf der Engelsburg gefunden, wo sie gestern gemeinsam gewesen waren, und zuletzt eine von sich selbst beim Schlafen. Langsam stand er auf und fing an, das Bett zu machen. Routine. Er war hier in einem Hotel, es wäre nicht notwendig gewesen. Er holte seine Tasche, stellte sie auf das gemachte Bett, und begann seine Sachen einzuräumen. Er würde heute abreisen, weiterfliegen zu seinem ursprünglichen Ziel: Lisa in Berlin. Seine Wunde tat immer noch höllisch weh, und er wusste, dass es vernünftiger war, wenn er einen Arzt einen Blick darauf werfen ließ.

Es wäre einfach gewesen, in den frühen Morgenstunden zu verschwinden und Hanna allein im Zimmer zu lassen. Sie wäre mit der Situation klargekommen, so, wie sie mit jeder Situation in ihrem Leben zurechtkam, wenn er an das dachte, was ihr in ihrem Leben passiert war. Doch er wollte sie diesmal nicht verlassen, ohne wenigstens den Versuch einer Erklärung zu machen. Er wollte ihr erklären, dass, wenn es überhaupt einen Menschen auf der Welt gab, für den er Liebe empfinden konnte, sie dieser Mensch war. Nun ja, er musste sich wohl eine andere Formulierung einfallen lassen. Er verfügte nicht gerade über Geschick in solchen Dingen. Bisher hatte er es immer den Frauen überlassen, ihn aus ihrem Leben zu werfen. Ben verstrickte sich nicht gern in irgendwelche Gefühle, die kompliziert werden konnten. Egal, wie offen eine Frau einer Beziehung am Anfang gegenüberstand, irgendwann wollten sie alle mehr. Aber er gehörte nicht zu den Männern für mehr. Er hatte vor langer Zeit seinen Lebensweg gewählt. Niemand hatte ihn dazu gezwungen. Seine Wahl hatte er aus purer Überzeugung getroffen. Hanna hingegen zählte zu den durch und durch komplizierten Frauen. Nichts an ihr war einfach. Selbst beim Sex verkomplizierte sie alles, denn es blieb mit ihr nicht bei dem simplen körperlichen Akt, der für Vergnügen und Entspannung sorgte. Nein, sie verschlang ihn mit Haut und Haar und ...

Er zuckte zusammen, als es an der Tür klopfte. Im Bad trat Stille ein.

»Si?«

»Major Wahlstrom, sind Sie da drinnen?«

Als er Oberst Hartmanns Stimme hörte, fror Ben in seiner Bewegung ein. Das war nicht möglich. Der Oberst war in Nairobi und analysierte gemeinsam mit anderen Einheiten, was genau zum Tod seiner zwei Männer geführt hatte. Halluzinierte er?

»Major Wahlstrom? Sind Sie da drinnen?«

Die Stimme wurde eine Spur ungeduldiger. Es gab keinen Zweifel, vor seiner Tür stand Oberst Hartmann. Hastig sah Ben sich um. Das Bett war gemacht, der Rucksack mit Hannas Sachen und sie selbst waren im Bad eingeschlossen. Er musste nur zusehen, dass er den Oberst aus seinem Zimmer raushielt, am besten komplett mit ihm aus dem Hotel verschwand, damit Hanna Gelegenheit bekam, sich in Luft aufzulösen. Wenn der Oberst merkte, dass Hanna sich in seinem Zimmer aufhielt ...

Ben rieb sich sein unrasiertes Kinn.

»Schließen Sie die Tür auf.«

Stille.

»Sofort!«

Ben hörte eine ängstliche weibliche Stimme. »No, no, Signore, ich darf nicht Tür von ein Gast aufschließen.«

»Es ist mir egal, was Sie dürfen oder nicht. Entweder Sie tun es sofort oder ich schlage die Tür ein, haben Sie mich verstanden?«

Ben öffnete. »Nicht nötig, Oberst Hartmann.«

Der wütende Oberst wandte sich ihm zu. Ein Zimmermädchen, das mit einem Putzwagen vor der Tür stand, bekreuzigte sich hastig und floh mit dem Wagen an das andere Ende des Flurs.

Hartmann stieß die angehaltene Luft aus, musterte Ben und kniff die Augen zusammen. »Sie sehen blass aus.«

»Ja, mir ging es gestern nicht besonders.«

»Was in drei Teufels Namen machen Sie in Rom?«

Ben fuhr sich mit der Hand durch die Haare. Jetzt wurde die Sache heikel. Die Putzfrau warf ihnen von

Weitem Blicke zu. Der Oberst schob ihn durch die Tür und trat in sein Zimmer. Mist, verfluchter, dachte Ben im Stillen. Hoffentlich verhielt sich Hanna so schlau, jetzt nicht aus dem Bad zu kommen.

»Also? Was machen Sie in Rom?«

»Ich wollte jemanden besuchen.«

Der Blick des Obersts wanderte durch das Zimmer. »Ihr Flug war nach Berlin gebucht.«

»Ja, ich war auch erst in Berlin.«

»Und?«

»Und dann habe ich mich entschieden, nach Rom weiterzufliegen.«

»Sie haben dem Arzt gesagt, Sie wollten sich in die ärztlichen Hände Ihrer Schwester begeben. Nur deshalb sind Sie aus dem Krankenhaus entlassen worden.«

Ben schwieg. Die Augen seines Vorgesetzten durchbohrten ihn, forschend nach einer Antwort, nach der Wahrheit, aber Ben hatte nicht vor, die Wahrheit preiszugeben. Wenn er das tat, würde nicht nur er einen Heidenärger bekommen, sondern auch Paul Gerlach. Schließlich hatte der Computerspezialist ihrer Einheit, den sie sich mit der Polizei teilten, den Computer des Zeugenschutzprogramms gehackt und Ben den aktuellen Aufenthaltsort von Hanna weitergegeben. Sein schlechtes Gewissen hielt sich dennoch in Grenzen, da Paul die praktische Erfahrung nutzen würde, um die Sicherheitsleute auf die Schwachstelle in ihrer Software aufmerksam zu machen.

Wer fragt, führt, dachte Ben grimmig. »Was machen Sie in Rom?«

Es funktionierte. Der Oberst sah ihn einen Moment perplex an, bevor er antwortete: »Sie suchen, was sonst?«

»Mich suchen?«

»Ja, Ihre Schwester hat sich bei mir gemeldet, nachdem

Sie ihr eine SMS geschickt haben, dass Sie sich später bei ihr melden würden. Nur haben Sie das nicht getan.«

Ben biss sich auf die Lippen. Er hatte es tatsächlich nach seinem ersten Wiedersehen mit Hanna versäumt, sich bei Lisa zu melden. Er stellte sich lieber nicht vor, was für Sorgen sich seine Schwester gemacht hatte.

»Seit wann schalten Sie überhaupt Ihr Handy aus?« Erneut sah sich der Oberst im Zimmer um, diesmal langsamer. Sein Blick verweilte länger auf dem ordentlich gemachten Bett.

»Ich brauchte eine Auszeit.«

»In Rom?«

»Wieso nicht?«

»Sie haben noch nie erwähnt, dass es Sie nach Rom zieht.«

»Sie wissen eben nicht alles von mir.«

»Nein, in der Tat nicht. Also, wen wollten Sie besuchen?«

»Besuchen?«

Mit schmalen Augen betrachtete ihn Oberst Hartmann. Verdammt, er hatte den Faden verloren, weil er ständig auf verräterische Geräusche aus dem Bad lauschte. Gleichzeitig machte ihn ihr völliges Fehlen nervös. Sein Blick wanderte zur Tür. Er registrierte sofort, dass er einen Anfängerfehler gemacht hatte, der ihn verriet. Oberst Hartmann trat vor die Badezimmertür.

»Wer ist da drin?«

»Niemand«, machte Ben einen letzten Versuch, die Situation zu retten. »Ich habe Hunger, was halten Sie davon, wenn wir unten etwas frühstücken gehen? Ich lade Sie ein.«

Statt zu antworten, drückte der Oberst die Klinke der Badezimmertür herunter. »Die Tür ist abgeschlossen.«

»Tatsächlich? Sie klemmt sicher nur, aber Oberst Hart-mann, lassen Sie uns frühstücken ge–«

»Verarschen sie mich nicht, Major Wahlstrom. Wer – ist – da – drin?« Den letzten Satz sprach der Oberst Wort für Wort.

»Eine Frau.«

Hartmann zog die Hand von der Badezimmertür zurück, als hätte er sich verbrannt.

»Oh! – Eine Frau?«

Ben zuckte mit den Achseln. Er hatte keine Ahnung, was er noch sagen sollte.

»Sie sind zwei Tage auf den Beinen, fliegen nach Berlin und dann nach Rom, um mit einer Frau zu schlafen?«

Röte schoss Ben ins Gesicht. Er senkte den Blick, hob die Hand an seinen Nacken. Dachte der Oberst, er wäre notgeil? Seine Verlegenheit schlug in Wut um. »Ich habe nicht mit ihr geschlafen. Wir haben nur ...«, er suchte nach einem Wort, kratzte sich am Hinterkopf, »... die Nacht miteinander verbracht. Sie hat mir Rom gezeigt und ich habe mir anscheinend etwas zu viel zugemutet. Sie hat mich zur Pension gebracht und ist geblieben, weil es mir schlecht ging.« Diese Wahrheit überzeugte den Oberst, das konnte Ben in seinem Gesicht sehen.

»Das war absolut leichtsinnig von Ihnen. Ich darf gar nicht daran denken, was hätte passieren können. Ist Ihnen überhaupt klar, wie nah Sie dem Tod waren?«

Ben nickte stumm. Niemand wusste das besser als er selbst.

»Also gut. Erledigen Sie, was Sie erledigen müssen. Diese Situation ist bereits peinlich genug. Ich warte unten im Frühstücksraum auf Sie. Der Kaffee im Flugzeug ist die reinste Zumutung. Unser Flug geht in vier Stunden.«

Ben verschränkte die Arme vor der Brust. »Ich werde nicht nach Nairobi zurückfliegen.«

»Das hat auch niemand gesagt. Ich bringe Sie nach Berlin und werde Sie diesmal höchstpersönlich bei Ihrer Schwester abliefern. Sie macht auf mich den Eindruck einer durchaus zuverlässigen Person, die dafür sorgen wird, dass Sie keine weiteren Dummheiten veranstalten.« Der Oberst nickte ihm zu und sein Blick wanderte zur Badezimmertür. Er zeigte mit dem Kopf darauf. »Erledigen Sie das.«

BEN ATMETE ein paar Mal tief ein und aus, nachdem sein Vorgesetzter das Zimmer verlassen hatte. Dann klopfte er an die Badezimmertür. »Alles okay bei dir?« Er wagte es nicht, ihren Namen auszusprechen, weder den richtigen noch ihren neuen. Welcher Gefahr er sie ausgesetzt hatte, wurde ihm erst jetzt richtig bewusst. Mit seinem echten Namen einen Flug nach Rom zu buchen, war absolut unprofessionell gewesen. Viel zu leicht hätte jemand seine Spur verfolgen können, wenn er wusste, dass es eine Verbindung zwischen ihnen beiden gab. Ben konnte nur hoffen, dass niemand danach suchte.

Hanna öffnete die Tür. Diesmal hing der Geruch von Mandeln an ihr – das Duschgel der Pension. Ihre Haare waren feucht, blaue Augen sahen ihn an. Sie trug immer noch sein T-Shirt.

»Wie nah warst du dem Tod?«

Ihm waren noch nie die unterschiedlichen Blautöne in ihrer Iris aufgefallen, die vermutlich der Grund waren, weshalb sie je nach Gemütszustand in verschiedenen Farbschattierungen leuchteten. Er steckte seine Hände in die Hosentaschen. »Er hat übertrieben.«

»Ja, deshalb ist er hier.«

»Für mein Befinden nahe genug.«

»Wenn ich dich frage, was passiert ist, wirst du mir antworten?«

»Nein.«

Sie nickte. »Das dachte ich mir.«

»Hanna ...«

Sie schüttelte den Kopf, und Wassertropfen trafen sein Gesicht. »Sag nichts. Ich bin nicht blöd, Ben.«

»Ich halte dich nicht für blöd.«

»Weshalb bist du wirklich nach Rom gekommen?«

»Weil ich wissen wollte, was du uns verschwiegen hast. Ich dachte, dass es mir helfen würde zu verstehen, was passiert ist ...«, er fuhr sich mit der Hand durch sein Haar, suchte nach Worten, »... worüber ich nichts erzählen kann. Aber ich glaube, es fällt mir nur schwer zu akzeptieren, dass ich einen Fehler gemacht habe.« Er hielt inne, versuchte selber zu verstehen, was er gerade gesagt hatte. Sie stand so dicht vor ihm, dass er ihre Wärme fühlen konnte. Was hatte er sie fragen wollen?

»Ben ...«

»Pst.« Er legte ihr den Finger auf die Lippen. »Sag nichts, was immer dein Geheimnis ist.«

Der Blick aus seinen nebelgrauen Augen fixierte sie forschend. Ein vorsichtiges Lächeln trat auf sein Gesicht. Er nickte.

»Du denkst mit deinem Herzen und handelst danach. Egal was es dich kostet.« Sein Finger strich über ihre Lippe. »Ich vertraue deiner Entscheidung.« Langsam senkte er den Kopf, gab ihr Zeit, vor ihm zurückzuweichen.

Sie blieb stehen, atmete zitternd ein, schloss die Augen.

Er konnte nicht anders, er brauchte diesen endgültigen, letzten Kuss.

. . .

Seine Lippen legten sich auf ihre. Hanna öffnete den Mund, tauchte ein in seine Wärme. Da war er wieder, dieser fiese Magnetismus. Ihr verräterischer Körper entzog sich ihrer Kontrolle. Sie schmiegte sich an seine Brust, spürte seinen Arm, der sich um ihre Taille legte, sie so dicht an ihn heranzog, dass es wehtat. Das Pulsieren seiner Wunde an ihrer rechten Seite ließ die Bilder ihrer Träume kurz aufblitzen. So nahe war er dem Tod gewesen, und sie hätte es nie erfahren. Die Emotionen wallten heftig und unerwartet in ihr auf. Schmerz, mit nichts zu vergleichen, schoss durch ihre Adern.

Ihr Aufschluchzen ließ ihn einen Schritt zurücktreten. Er nahm ihr Gesicht in beide Hände, küsste ihr erst die Tränen von der einen Wange weg, dann die der anderen. Er legte seine Stirn an ihre. »Ich wünsche dir ein glückliches, sorgenfreies Leben«, wisperte er mit geschlossenen Augen. Dann drehte er sich um, packte seine Tasche, und ehe Hanna einen weiteren Atemzug nehmen konnte, war sie allein im Zimmer.

Sie schlang die Arme um sich und ließ ihren Tränen freien Lauf. Ich vertraue deiner Entscheidung! »Du verdammtes, herzloses, kaltschnäuziges, berechnendes Arschloch! Du kannst bleiben, wo der Pfeffer wächst!«, fluchte sie in die Stille, schnappte sich ihren Rucksack und machte sich auf den Weg, die Pension über den Notausgang zu verlassen.

6

ENTLARVT

Dort, wo der Flur einen Knick machte und zur Treppe in den Frühstücksraum führte, wartete Ben, bis er hörte, wie Hanna die Treppe zum Notausgang herunterlief. Er drückte sich eng an die Wand und schloss die Augen. Seine Wunde tat weh. Langsam löste er seinen Körper von der Wand und ging in sein leeres Zimmer zurück. Sich unter die Dusche zu stellen, wagte er nicht, beließ es bei einer Katzenwäsche. Er packte die restlichen Sachen zusammen, bevor er sein Handy einschaltete. Mehrere Signale zeigten ihm verpasste Anrufe an. Außerdem gab es mehr als zehn SMS von Lisa. »Meld dich!« – »Wo bist du?« – »Hast du einen anderen Flug genommen?« – »Hey, du wolltest dich melden, das war vor vier Stunden!!!!« – »Ben!!!!!!« – »Was ist los?« – »Verdammt!« – »Es reicht« – »Ich bin sauer!« – »Habe Oberst Hartmann angerufen!« – »Rom?« – »Bitte sag mir kurz, wie es dir geht.« Das Telefon vibrierte in seiner Hand. Das Bild seiner Schwester erschien auf dem Display. Er war noch nicht so weit, sich ihren Fragen zu stellen. Aber er wusste auch, dass er keine Wahl hatte.

»Hi, es tut mir leid.«

»Das sollte es auch. Wie geht es dir?«

»Gut.«

»Lügner.«

Er seufzte tief. »Die Wunde tut weh.«

»Das meinte ich nicht. Das kann ich mir später anschauen. Nimm eine Tablette.«

Verdutzt starrte er aus dem Fenster.

»Ben, du verschwindest auf dem Flughafen, ohne mir ein Wort zu gönnen. Ich stand die ganze Zeit vor dem Gate und habe darauf gewartet, dass du rauskommst. Ach verdammt!«

Er presste den Hörer fester an sein Ohr, als könnte er sie so in seine Arme nehmen und trösten.

»Mist, diese blöde Schwangerschaft macht mich zu einer echten Heulsuse, dabei wollte ich dir den Hals umdrehen.«

»Lisa, Lizzy ...«, verwendete er ihren Kosenamen, »... es tut mir ehrlich leid. Ich ...«

»Ich will es nicht wissen und hör auf mich weichzuklopfen. Du kannst dein blaues Wunder erleben, wenn du hier aufkreuzt. Das schwöre ich dir.«

Bei der Vorstellung, wie seine Schwester versuchen wollte, ihm ein blaues Wunder zu verpassen, musste er grinsen. Seine Mutter hatte ihm immer damit gedroht, wenn er ihre Nerven mit seinen Mutproben an den Rand ihrer Belastbarkeit gebracht hatte. Niemals hatte sie die Hand gegen ihn erhoben.

»Also – wie geht es dir? Und diesmal eine ehrliche Antwort!«

»Scheiße.«

»Komm nach Hause, Ben.«

Er schloss die Augen, spürte das Brennen, schluckte. »Das mache ich, versprochen.«

»Haben Sie mit Ihrer Schwester telefoniert?«

»Ja.«

Ben setzte sich, und die Bedienung brachte ihm unaufgefordert einen Cappuccino, setzte einen Teller mit Obst vor ihm ab, Müsli und Milch.

»Ich habe für Sie bestellt. Das Taxi kommt in zwanzig Minuten.«

»Könnten Sie mir noch Eier, Speck und ein Brötchen bringen?«

»Ma si, naturalmente, no ci sono problemi.«

Die Kellnerin entschwand, nachdem sie ihm einen schüchternen Blick zugeworfen hatte. Ben schätzte, dass es sich bei ihr um die Tochter seiner Pensionswirte handelte. Eine hübsche Italienerin, mit langen schwarzen Locken, einem runden Gesicht, dunkelbraunen Augen und dichten Wimpern. Durchaus einen zweiten Blick wert, wie er an seinem Oberst feststellen konnte, der sonst weiblichen Reizen gegenüber immun zu sein schien. Ertappt konzentrierte sich Hartmann auf das Brötchen auf seinem Teller. »Kommt sie zum Flughafen?«

Sein Vorgesetzter schien es mit der Übergabe seiner Person an seine Schwester ernst zu meinen. »Nein, sie hat Sprechstunde. Ich nehme mir ein Taxi.«

»Nicht nötig. Wir können Sie auf dem Weg absetzen.«

»Sie bleiben in Berlin?«

»Ja.«

Ben schüttete sich Milch in sein Müsli, zog sich ein Stück Melone vom Obstteller und schob es sich in den Mund. Ungewöhnlich, dass Oberst Hartmann nach Berlin zitiert wurde, oder war das seine eigene Entscheidung gewesen? »Gibt es etwas das ich wissen muss?«

»Nein. Sie gehen zu Ihrer Schwester. Ihr Job ist es, wieder gesund zu werden.«

»Hat es etwas mit unserem Fall vom letzten Jahr zu tun?«

»Nein.«

»Mit unserem Einsatz?«

»Hören Sie auf, mich auszufragen.«

Die Kellnerin kam mit seiner Bestellung und Ben schenkte ihr ein dankbares Lächeln. Amüsiert stellte er fest, dass sich ihre Wangen rot färbten.

»Sie sollten sie vergessen.«

»Ich hatte nicht vor, mit der Kellnerin etwas anzufangen.«

»Ich meine nicht die Kellnerin – ich meine Hanna.«

Bens Gabel blieb in der Luft stehen. Langsam senkte er sie, stach sich Rührei mit Speck auf und schob es sich in den Mund. Das gab ihm Zeit nachzudenken. »Hanna?«

»Ach, hören Sie auf mit dem Theater«, blaffte Oberst Hartmann ihn an. »Ist Ihnen eigentlich klar, in welche Gefahr Sie sie gebracht haben?«

»Ich weiß nicht, wovon Sie reden.«

»Von der Frau, die sich oben in Ihrem Zimmer befindet.«

Der Oberst warf sein Messer auf den Tisch und biss in sein Brötchen.

»Wie kommen Sie darauf, es wäre Hanna?«

»Halten Sie mich für blöd?«

»Nein.«

»Beeilen Sie sich, unser Taxi kommt gleich.«

Langsam legte Ben die Gabel zur Seite. »Bin ich im Dienst?«

»Nein.«

»Dann hören Sie auf, mir Befehle zu erteilen.«

»Fangen Sie erst einmal an, sich vernünftig zu benehmen.«

Schweigend aß Ben sein Frühstück, während der Oberst aufstand und sich um die Rechnung kümmerte.

»ENTSCHULDIGUNG«, presste Hanna hervor, als sie die Kirche erreichte.

Sie machte sich spontan nützlich, indem sie den anderen half, das Gerüst aufzubauen. Ihre volle Konzentration richtete sich auf die Arbeit, indem sie versuchte, jeden sonstigen Gedanken aus ihrem Kopf zu verbannen. Sie fühlte den Schmerz mit jedem Atemzug. Körperlich. Oh Gott, weshalb hast du mir diese Gefühle für ihn gegeben? Warum kannst du nicht einmal gnädig mit mir sein?

»Alles in Ordnung, Sasa?«, hörte sie Sonja neben sich.

»Ja, klar.« Hanna versuchte ein Lächeln.

»Du weinst doch«, flüsterte Sonja und kramte in ihrer Tasche.

Erschrocken fasste sich Hanna an die Wange. Sonja beförderte eine Packung Papiertaschentücher ans Licht und reichte ihr eins.

»Ach verflucht!«

Statt damit aufzuhören, fing sie an, noch mehr zu heulen. Sachte fasste Sonja sie am Arm und zog sie in eine stille Ecke in der Kirche. Hanna setzte sich auf die Bank, versuchte ihre Gefühle zu sortieren und die Trauer, den Schmerz in den Griff zu bekommen. Entgegen ihrer sonstigen Art schwieg Sonja, strich ihr nur sanft über den Arm. Hanna wusste, sie würde länger brauchen, um ihre Begegnung mit Ben zu verarbeiten. Damals nach Norwegen war die Hoffnung mit ihr geflogen. Diesmal wusste sie, sie würde Ben nicht wiedersehen. Sein »Ich wünsche dir ein glückliches, sorgenfreies Leben.« war so endgültig gewesen, seine Antwort auf ihr Geständnis vor so langer Zeit, als sie ihm gesagt hatte, dass sie ihn liebe. Nach all den Monaten tauchte er wieder in ihrem Leben auf, überreichte ihr das Fotoalbum ihres Vaters, nur um ihr zu sagen, dass sie ihn vergessen sollte? Verdammt, sie hatte ihn vergessen. Sie war mit ihrem neuen Leben klargekommen. Warum musste er sie an das, was sie hatte opfern müssen, erinnern? Sie starrte auf die Madonna beim linken Seitenaltar der Kirche. Betrachtete das makellose Gesicht, das Kind auf ihrem Arm. Wie hast du es geschafft, loszulassen, ohne daran zu zerbrechen? Wie hast du es ertragen, unter ihm am Kreuz zu stehen und zu sehen, wie er stirbt? Hilflos – ohne ihn retten zu können? Sie bekam keine Antwort. Die Figur vor ihren Augen schwieg. Hanna fühlte sich leer und kraftlos. Liebe sollte nicht wehtun, sie sollte einen stark machen und glücklich. Sie drehte den Kopf zu Sonja, die zaghaft lächelte. »Danke.« Hanna wusste nicht, was sie sonst sagen sollte. Sonja warf nur ihre Arme um sie und drückte sie. Zu ihrer Verwunderung erschreckte es Hanna nicht, vielmehr genoss sie das Gefühl, für einen Moment in der Umarmung eines anderen Menschen zu sein.

»Geht es wieder?«

»Ja. Ich brauche nur noch einen Moment für mich allein.«

Sonja nickte und stand auf. Hanna folgte ihr mit den Augen.

In den nächsten Tagen arbeitete sie hart und konzentriert. Wenn sie nicht am Projekt arbeitete, lief sie durch

Rom. Abends verschrieb sie sich ein anstrengendes Workout, bis sie so müde war, dass sie vor Erschöpfung einschlief. Jeden Tag meldete sie sich einmal kurz bei ihrer Kontaktperson auf die klassische Weise über verschiedene Festnetztelefone. Bei der Arbeit ließen die anderen sie in Ruhe. Sie wusste, dass sie dies Sonjas Einfluss zu verdanken hatte. Es überraschte sie, dass Sonja keine Fragen stellte. Erst, als sich der Freitag dem Ende zuneigte, sprach die zierliche, blonde Person sie an.

»Ich weiß, es ist vielleicht nicht der beste Zeitpunkt, andererseits könnte es dich ablenken. Ach egal, ich sage es einfach und hoffe du bist nicht sauer. Hast du Lust, dich uns heute Abend anzuschließen? Manchmal hilft es, wenn man nicht allein ist und ständig grübelt.«

»Ja, ich komme gern mit.« Hanna sah erst Überraschung in Sonjas Gesicht, dann zeigte sich ein breites Grinsen.

Sie hakte sich bei ihr unter. »Dir ist klar, dass du mir dann noch beichten musst, weshalb du letztes Mal einen Lachanfall bekommen hast, oder?«

Die Pizza war ausgezeichnet und preiswert. Es war von Vorteil, wenn man von Menschen umgeben war, die sich genauso wenig leisten konnten wie man selbst. Sonja ließ nicht locker, und schließlich erklärte Hanna ihr, weshalb sie damals bei ihrer letzten Einladung hatte lachen müssen.

»Sasa, Soso, M... – Mama.«

Sonja zog einen Flunsch, als die anderen lachten. Hanna boxte ihr freundschaftlich in die Seite.

»Ihr hättet mir einfach sagen können, dass ihr es nicht mögt, wenn ich eure Namen abkürze.«

»Stimmt, ich mag es nicht, wenn du meinen Namen abkürzt«, entschied sich Hanna für die Wahrheit.

»Mir wäre es auch lieber, wenn Sie meinen richtigen Namen verwenden würden, statt Baba«, schloss sich Professor Bartoli an.

»Sabine ist verdammt lang.« Sonja runzelte die Stirn, aber dann verschwanden die Runzeln und ein zufriedenes Lächeln breitete sich auf ihrem Gesicht aus. »Weißt du was? Ich nenn' dich einfach Bine.«

Die anderen mussten lachen, während Hanna die Augen rollte. Diese Frau war ein hoffnungsloser Fall.

HANNA HOCKTE auf den Stufen des Brunnens auf der Piazza Santa Maria de Trastevere und lauschte den Stimmen von Marco und Sonja. Fasziniert beobachtete sie Marcos Finger, die mit unglaublicher Geschwindigkeit über den Gitarrenhals tanzten. Sonja berührte Marco immer wieder, strich über sein Bein oder lehnte lachend ihren Kopf an seinen Arm. Zwischen ihnen gab es eine neue Vertrautheit, und Hanna wunderte sich nicht, als sich Marco nach einem Lovesong zu Sonja herunterbeugte, um sie unter dem johlenden Geschrei der anderen zu küssen. Statt rot zu werden, lachte Sonja und warf ihren Kopf in den Nacken. So einfach konnte Liebe sein.

»Ich fürchte, ich muss mir einen neuen Doktoranden suchen«, brummte Professor Bartoli neben ihr.

»Wieso sollte Marco seine Arbeit hinwerfen, nur weil er mit Sonja schläft?« Hanna stellte die Frage schärfer als beabsichtigt.

Der Professor schien amüsiert. »So ist das nun mal mit der Liebe, alles tritt in den Hintergrund, das Herz übernimmt die Führung, und der Verstand setzt aus.«

»Eine überaus poetische Betrachtungsweise, typisch italienisch.«

Bartoli lachte. »Sie können das nicht nachvollziehen?«

»Nein.«

»Dann waren Sie noch nie aus tiefstem Herzen verliebt, Frau Schmidt.«

Sie schwieg, nippte an ihrem Plastikbecher mit rotem Chianti. Nein, sie war nicht verliebt – sie liebte. Sie liebte so sehr, dass es ihr das Herz zerriss.

Sanft legte er eine Hand auf ihren Arm. »Eifersüchtig?«

Sie antwortete nicht.

»Sabine, es gibt für jeden Menschen auf dieser Welt jemanden, den er lieben kann.«

Hanna schnaubte.

»Oh, Sie werden doch nicht etwa auch in Marco verliebt sein?«

»Nein.«

»Zum Glück, denn Eifersuchtsdramen hätten mir jetzt gerade noch gefehlt.«

Hanna wollte lieber das Thema wechseln. Die letzten Tage hatte sie viel nachgegrübelt. Ihr Traum von dem Überfall auf Ben, sein Auftauchen ... Auf einmal kam ihr alles nicht mehr wie ein Zufall vor. Warum saß sie hier auf der Piazza mit Studenten, trank Wein und redete mit einem Kunsthistoriker über Liebe? »Wieso haben Sie mich eigentlich für das Projekt eingeladen, Herr Bartoli? Ich meine – alle anderen haben sich selbst auf die Ausschreibung hin beworben.«

»Vergessen?« Er griff nach seinem Becher. »Ich habe doch Ihre Arbeit über die frühchristliche Kirchenkunst und ihre Symbolik korrigiert, und Sie haben mich damit beeindruckt.« Er lächelte freundlich. »Stand das nicht in meiner Einladung?«

Ja natürlich, es hatte dringestanden. Doch weshalb wollte er sie hierbehalten, ihren Aufenthalt in Rom ausdehnen? Hanna betrachtete aufmerksam seine Hand, die den Becher schwenkte, als müsse er damit von sich ablenken. War er nervös? Sie hob das Gesicht und sah ihn an. »Und Ihr Angebot, meinen Aufenthalt zu verlängern?«

»Sie sind ein Genie, wenn es um Bilder geht – so etwas brauche ich.«

»Es steckt nicht zufällig noch eine andere Absicht dahinter?« Jetzt war es heraus. Im Bruchteil einer Sekunde huschten die Bilder wie eine rasante Diashow an ihrem inneren Auge vorbei: Ben, Hartmann, die Verhandlung, ihre neuen Papiere – Afrika ... Sie sah ihn immer noch direkt an. Eine feine Röte zog sich jetzt über sein Gesicht. Er hatte den Becher abgestellt, hob die Hand und kratzte sich am Kinn.

»Sie wollen mir doch nichts unterstellen?«

Hanna spürte, wie ihr die Hitze ins Gesicht stieg. »Nein, nein ...« Sie wandte ihr Gesicht ab und musterte konzentriert ihre Turnschuhe. Himmel, was hatte sie denn erwartet?

Professor Bartoli räusperte sich. »Sie haben etwas durchaus Anziehendes an sich, Frau Schmidt, aber ich bin lange aus dem Alter heraus, mich in amouröse Abenteuer zu stürzen. Ihr klarer, wacher Verstand und Ihr scharfer Blick für Details sind mir bereits bei ihrer Projektarbeit aufgefallen. Darum wollte ich Sie dabei haben. In den letzten vier Wochen haben Sie meine in Sie gesetzten Erwartungen weit übertroffen, weshalb ich Ihnen gern eine feste Stelle an meinem Institut anbieten möchte.«

Überrascht hob Hanna den Kopf und sah in die dunklen Augen des Professors, der sie mit einem Schmunzeln betrachtete.

»Eine feste Anstellung? Nicht nur eine Verlängerung? Aber ...«

Er hob die Hand. »Natürlich nicht zu dem Hungerlohn, für den Sie jetzt noch arbeiten.«

»Aber ...«

»Natürlich bekommen Sie Zeit, damit Sie ihr Fernstudium beenden können. Aber Sie werden sehen, mein Institut bietet Ihnen Zugang zu reichlichem Anschauungsmaterial für Ihr Studium.«

Hanna atmete tief ein, versuchte ihre Gedanken zu sortieren. Kurz zuvor war ihr ein absurder Verdacht gekommen, dass ihr Aufenthalt in Rom nicht ganz zufällig zustande gekommen war. Ben hatte ihr nicht gesagt, weshalb er hier war, doch sein Erscheinen hatte sie daran erinnert, dass nichts im Leben einfach so geschah. Nun bot ihr der Professor diese Stelle an. Es wäre ein echter Neuanfang, eine Zukunft, ein neues Leben, das sie ausfüllen würde. Sie gestattete sich das Gefühl von Freude und schenkte dem Professor ein zaghaftes Lächeln.

»Lassen Sie das erst mal sacken, Sie brauchen das nicht heute Abend entscheiden.« Er kniff ihr ein Auge. »Noch kennen Sie nicht das Beste an dem Angebot.«

Hanna lachte. »Sie meinen den Zugang zu dem nicht öffentlichen Teil des Vatikanmuseums?«

Bartolis Mund klappte auf. Mit großen Augen musterte er sie. »Woher ...?«

Sie grinste. »Ich habe so meine eigenen Quellen. Ich wollte wissen, was mich bei dem Projekt erwartet.«

Er betrachtete sie aufmerksam. »Ja, ganz offensichtlich.«

»Hey, Sie beide reden doch nicht etwa an einem Freitagabend über die Arbeit?«, unterbrach sie Sonjas empörte Stimme.

Wie diese kleine Person es schaffte, Bartoli, sie und den Rest der Gruppe zu überreden, den Refrain eines italienischen Schlagers zu singen, war Hanna am Ende des Abends ein Rätsel.

PROFESSOR BARTOLI VERSICHERTE SICH ERST, dass Hanna ein Taxi zu ihrer Pension nehmen würde, bevor er sie gehen ließ. Davon war sie natürlich weit entfernt. Ihr Budget hatte sich nach Bens Besuch noch nicht wieder erholt. Der Weg betrug nicht einmal drei Kilometer und führte sie auf Wegen, die an einem Freitagabend gut besucht waren. Sie ging in Richtung Piazza di Sant'Apollonia, bog rechts auf die Via della Lungaretta ein. Den Tiber überquerte sie über die Ponte Garibaldi, um dem Lauf der Via Arenula zu folgen, die auf dem Weg zum Pantheon dreimal den Namen änderte. Sie blieb einen Moment vor dem beleuchteten Pantheon stehen, einem Gebäude, das den römischen Gottheiten geweiht war und inzwischen ebenfalls ein reichhaltig ausgestattetes Museum beherbergte. Sie überquerte die Piazza della Rotonda und bog in die Via dei Pastini ein. Im Gegensatz zu ihrem bisherigen Weg herrschte hier Stille. Die Gasse war schmal, würde in die Via delle Muratte führen und sich erst am Fontana di Trevi wieder öffnen. Hanna beschleunigte ihre Schritte. Aufmerksam betrachtete sie die Schatten in der Gasse. Das Gefühl überfiel sie in der Via Pietra, an der Ecke, wo rechts die Vicolo dé Burró abzweigte. Sie spürte es. Jemand lauerte in der Dunkelheit auf sie. Dann sah sie ihn. Der Mann trat aus dem Eingang eines Hauses hervor, und wie aus dem Nichts tauchten zwei weitere Männer in der Gasse auf. Gleichzeitig hörte sie von hinten Schritte näherkommen. Es lag an der Art, wie sie sich gezielt näherten. Hanna reagierte instinktiv. Während sie noch den Bauchgurt ihres Rucksacks um die Taille festzurrte, sprintete sie los. Die Männer vor ihr reagierten schnell. Ihr Abstand war nicht groß genug, als dass sie zwischen ihnen hätte durchschlüpfen können. Sie bremste ab, warf sich herum und schlug die entgegengesetzte Richtung ein, dorthin, wo sie hergekommen war. Wenn sie es nur an der Kreuzung rechts hoch auf die Via dei Bergamaschi schaffte, dann war es nicht mehr weit bis zur Piazza Colonna. Dort würden sie es bestimmt nicht wagen, sie anzugreifen. Der Mann, der hinter ihr gewesen war, bremste ab. Bevor er sich sammeln konnte, rempelte sie ihn an und stieß ihm sicherheitshalber den Ellenbogen in die Seite, legte an Tempo zu und hoffte, die Typen würden keine Waffen ziehen. Sie erreichte die Piazza Colonna, wo viele Leute sie erstaunt musterten. Es war ihr egal. Sie machte nicht den Fehler zu prüfen, ob ihr die Männer gefolgt waren. Stattdessen schlug sie den Weg über die lebhaftere Via del Corso ein. Noch im Laufen holte sie den Schlüssel aus dem Seitenfach ihres Rucksacks, was nicht einfach war, da sie sich auf ihren Tastsinn verlassen musste. Mit zitternden Fingern und einem hastigen Seitenblick in die Gasse öffnete sie die Tür und schloss sie direkt hinter sich wieder. Erschöpft ließ sie sich an der Wand auf den Boden gleiten. Sie lehnte ihre Stirn an die Knie, schlang ihre zitternden Arme um die Beine, versuchte ihren Atem zu normalisieren, ihren Herzschlag, aufgepuscht vom Adrenalin und vom Laufen, zu beruhigen. Als eine Hand ihren Arm berührte, hätte sie fast zugeschlagen, besann sich aber in letzter Sekunde darauf, dass sie in Sicherheit war.

»Ich habe Ihnen doch gesagt, Sie sollten ein Taxi nehmen. Verdammt, Johanna, weshalb, denken Sie, habe ich Ihnen das gesagt?«

7

GESCHWISTER

»Du bist schlimmer als Tom.« Er konnte die Belustigung in ihrer Stimme hören, sah aber auch die dunklen Ränder unter ihren Augen. Ohne auf ihre Proteste zu achten, drückte er ihr ein Glas Johannisbeerschorle in die Hand. Er zog sich den Hocker her, setzte sich darauf und hob ihre Füße auf seinen Schoß. Langsam begann er, ihre geschwollenen Beine zu massieren. Ein wohliges Stöhnen entfuhr ihr. Sie schloss die Augen und lehnte den Kopf an die Couch.

»Du solltest dich mehr schonen.«

»Das musst ausgerechnet du sagen.«

An dem Ton erkannte Ben, dass Lisa ihm seine Eskapade immer noch nicht gänzlich verziehen hatte.

»Du trägst jetzt die Verantwortung für zwei.«

»Ich weiß«, murmelte sie leise. Ein feines Lächeln trat in ihr Gesicht. Sie öffnete die Augen, richtete sich vorsichtig auf. »Gib mir deine Hand.«

Er gab sie ihr. Als seine Handfläche auf ihrem Bauch lag, konnte er ein leichtes Flattern unter seinen Fingern spüren, nicht mehr als ein sachtes Vibrieren und doch das

Zeichen von Leben, das in Lisas Bauch heranwuchs. Ein Wunder, das ihn tief berührte. Ihr Lachen steckte ihn an.

»Du schaust aus, als hättest du gerade das achte Weltwunder gesehen«, presste Lisa hervor, während sie sich die Tränen von den Wangen wischte.

Er hörte auf zu lachen, sah sie aufmerksam an. »Das ist es auch.«

Abrupt verebbte ihr Lachen. Sie nahm seine Hand, führte sie an ihre Wange. »Ich weiß.«

Sie hatte ihm von ihren drei Fehlgeburten erzählt, als er nach seinem Einsatz in Norwegen zurückgekommen war. Er hatte gewusst, dass er es ihr schuldig war, sie so weit zu informieren, dass Hanna die Verletzung lebend überstanden hatte. Mehr durfte und konnte er ihr nicht erzählen. Das respektierte Lisa. Er hatte seine Schwester in Ruanda erlebt, wo sie vergewaltigte Frauen in einem Krankenhaus behandelte. Ihr Kummer, den er gespürt hatte, bevor er mit der bewusstlosen Hanna aufgebrochen war, hatte ihn nicht losgelassen. Wenn er etwas wissen wollte, ließ er nicht locker, bis er es wusste. Er konnte sich wie ein Terrier darin verbeißen und so war er später geblieben, bis Lisa ihm alles erzählt hatte. Jetzt war sie im neunten Monat und ihr Bauch wölbte sich beachtlich, ganz zu schweigen von ihrer Brust. Er beugte sich vor und küsste sie auf die Wange. »Und wonach gelüstet es dich heute?«

»Kartoffelpuffer mit Apfelmus, dafür könnte ich jetzt sterben.«

»Du übertreibst maßlos, Lisschen.«

Die beiden Geschwister wandten sich zu Dr. Tom Jung um.

»Wie gut, dass Ben dein Bruder ist, sonst müsste ich mich noch mit ihm duellieren.« Er stellte seine Tasche ab, setzte sich neben seine Frau auf die Couch und legte seine

Hand auf ihren Bauch. »Na, mein kleiner Racker, hast du Mama heute den ganzen Tag auf Trab gehalten?«

»Hat es nicht, es war ganz lieb, nur jetzt tobt es rum.«

Ben stand auf und ließ die werdenden Eltern allein. Es gab in ihrem Alltag wenig Zeit für Zweisamkeit, und er wollte diese kostbaren Momente nicht mit seiner Anwesenheit stören. In der Küche prüfte er im Vorratsschrank und im Kühlschrank, ob alles für Kartoffelpuffer vorrätig war. Er fing an, Kartoffeln zu schälen.

BEN KLAPPTE seinen Laptop hoch und schaltete ihn ein. Hier in seiner eigenen Wohnung, die sich im dritten Stock von Toms Haus befand, konnte er sich auf seine Arbeit konzentrieren. Die letzte Woche hatte ihn emotional ausgebrannt. Seine Gefühle für Hanna hatte er tief in sich vergraben. Bei seiner Schwester konnte er seiner Liebe freien Lauf lassen. Er bemerkte, dass er in Lisas Nähe jede ihrer Regungen im Auge behielt. Als er am Samstag an einer Kirche vorbeigekommen war, war er spontan hineingegangen. Gerade steckte eine alte Frau Münzen in einen Opferstock, nahm sich Kerzen und zündete sie vor dem Altar von Maria an. Sie setzte sich, faltete die Hände und bewegte die Lippen in einem stummen Gebet. Nachdem sie gegangen war und er sich allein in der Kirche befand, folgte er ihrem Beispiel. Ohne Erfahrung mit Gebeten hatte er nur stumm im Kopf die Worte wiederholt: »Bitte lass sie das Kind bekommen, bitte.« Er kam sich dabei albern vor. Der Geruch von Weihrauch hing in der Luft, die Kühle in der Kirche, dieses fein modellierte Gesicht der Madonnenfigur. Er erinnerte sich an Hannas Zeichnung der Maria mit ihrem toten Sohn in den Armen. Abrupt stand er auf. Ein Gott, der seinen eigenen Sohn einem so grausamen Tod

aussetzte, würde seine Bitte nicht erhören. Mit fünfund-
dreißig Jahren gehörte Elisabeth als Erstgebärende einer
Risikogruppe an, umso mehr, als sie vorher die drei Fehlgeburten gehabt hatte. Wenn Tom Lisa zärtlich über den
Bauch strich, ihre Wange streichelte oder sie küsste, gab es
Ben ein Stich. Er gönnte Lisa ihr Glück, aber gleichzeitig
fiel es ihm schwer, dass er nicht mehr der wichtigste Mann
in ihrem Leben war. Vielleicht gluckte er deshalb so um sie
herum, wenn Tom nicht in der Nähe war.

Ben streckte sich und zog sein T-Shirt über den Kopf.
Die Wunde juckte. Ein gutes Zeichen. Seit Lisa vorgestern
die Fäden gezogen hatte, spannte die Haut nicht mehr so
wie am Anfang. Er nahm die Creme vom Couchtisch und
pflegte seine Haut rund um das Pflaster. Das war genauso
albern wie sein Beten, aber es gab ihm das Gefühl, den
Heilungsprozess zu beschleunigen. Inzwischen war sein
Rechner hochgefahren. Er tippte das Passwort und loggte
sich in das System des KSK ein.

Zu der Zeit der Beerdigung von Dirk Richter und Ralf
Mader schwebte er noch zwischen Leben und Tod. Für das
Wochenende hatte er sich vorgenommen, ihre Gräber zu
besuchen. Dirk Richter war von seinen Angehörigen in
einem Friedenswald beerdigt worden. Außer einer Gedenk-
tafel an einem Baum würde nichts an den jungen Mann
erinnern. Ben versuchte, seine dunklen Gedanken wegzu-
schieben. Stattdessen öffnete er die Berichte zu den bisherigen Erkenntnissen ihres Einsatzes. Sie waren für einen
Nahkampf nicht ausgerüstet gewesen. Ihre Schutzwesten
waren kugelsicher, aber einer Messerattacke gegenüber
boten sie keinen adäquaten Schutz. Er las, dass Oberst
Hartmann für künftige Einsätze darauf bestand, dass seine
Männer mit den teureren Westen ausgerüstet wurden, die
sowohl kugelsicher waren als auch gegen Messerangriffe

Schutz boten. Dieser Forderung folgte eine ganze Reihe von E-Mails, deren Inhalt sich Ben ersparte. Er hatte die Nase voll von Wichtigtuern, die mit ihrem fetten Hintern in ihrem Büro saßen und über Risiken diskutierten, denen sie niemals ausgesetzt waren. Stattdessen wandte er sich einem Postfach zu, das er unter einer öffentlichen E-Mail-Adresse pflegte.

»Wie ist das Wetter bei Euch?«

Eine halbe Stunde später, in der er nur halbherzig die politischen Blogs der bekanntesten Zeitschriften nach Vorkommnissen in Afrika gescannt hatte, bekam er eine Antwort.

»Sonnig, wie immer.«

Erleichtert atmete er auf.

Paul hatte eine Standpauke von Oberst Hartmann erhalten, aber in seiner Akte war keine Übertretung von Vorschriften eingetragen. Wenigstens brauchte Ben sein Gewissen damit nicht belasten. Ihr Austausch belief sich auf ein Minimum. Er war froh, dass Paul ihn weiterhin mit den Informationen fütterte, die er brauchte, damit er ruhig schlafen konnte. Die Sicherheit, dass Hannas Tarnung nicht aufgeflogen war. Regelmäßig meldete sie sich bei ihrer Kontaktperson im Zeugenschutzprogramm.

Mit mehr Aufmerksamkeit startete Ben seine Recherche über Medicare im Internet. Marie Benner – nein falsch, sie hieß inzwischen wieder Ziegler – hatte es geschafft, das Unternehmen aus den negativen Schlagzeilen herauszuholen. Er betrachtete die Fotos eines Pharmazie-kongresses in Hamburg, bei dem Marie über die Wichtig-keit einer authentischen und ehrlichen Diskussion mit der Öffentlichkeit referiert hatte. Dafür war sie in dem letzten Dreivierteljahr ein absolutes Musterbeispiel gewesen. Weder hatte sie die Schuld ihres Mannes am Tod ihrer

Schwester noch ihre eigene Tablettenabhängigkeit unter den Tisch gekehrt. Anfänglich hatte sich die Presse auf sie gestürzt wie die Geier auf Aas. Nach und nach war jedoch die Polemik einem sachlichen Diskurs über Burn-out gewichen, dem immer mehr Menschen unterlagen. Marie avancierte von der gefallenen Frau zu einem Vorbild. Sie zeigte, wie Menschen aus Fehlern lernen und einen gesunden Weg finden konnten, mit Stress umzugehen. Er musste zugeben, dass sie in den letzten Monaten auch seine Achtung gewonnen hatte. Sie hatte an Gewicht zugelegt, ihre Haare glänzten in einer schwarzen Schattierung, die ins Rötliche ging, und die dunklen Ringe unter ihren Augen waren verschwunden. Das Lächeln, nicht mehr so strahlend, wie er es in Erinnerung hatte, endete unterhalb ihrer Augen. Es hatte Momente gegeben, wo er versucht gewesen war, ihr die Wahrheit zu sagen. Dass ihre Schwester noch lebte. Vor allem, als er beobachtete, wie sie zu Hannas Grab ging und dort eine weiße Rose hinlegte. Wenn sie Hanna nur annähernd so liebte wie er Lisa – er schob den Gedanken beiseite. Sie war nicht zu dem Treffen mit ihrer Schwester erschienen. Dass sie aufgrund einer Mischung aus Tabletten und Alkohol dazu nicht in der Lage gewesen war, entschuldigte ihr Verhalten in seinen Augen nicht. Niemand konnte Ben erzählen, dass eine Frau nach neun Jahren Ehe mit einem Mann nicht wusste, wen sie geheiratet hatte.

Das BKA hatte sich bei der Überwachung der Benners dämlich angestellt. Niemand hatte Maries Fahrzeug überwacht, nachdem ein Angestellter von Medicare es in die Werkstatt gegeben hatte. Genauso wenig wurde bemerkt, dass sich Lukas Benner einen kleinen Polo aus dem Medicare-Fuhrpark nahm, um sich das Auto seiner Frau zu holen. So war der ganze Transfer nachher auch wieder umgekehrt gelaufen. Lukas Benner kam pünktlich um sieben zu seiner Verabredung mit Philip Bornstedt, während auf der anderen Seite von Berlin eine Hütte in Flammen stand und bis auf den Grund abbrannte. Philip Bornstedt war noch so ein Fall. Sie hatten ihm nicht nachweisen können, dass er in die Sache verwickelt war. Tatsächlich gab es außer Ben niemanden, der diesen Verdacht hegte. Am liebsten hätte er dem Typen den Trojaner untergejubelt und ihn so lange beobachtet, bis er seine Beweise hatte. Doch er war an die Gesetze gebunden. Von Viktor Samuels fehlte noch immer jede Spur. Ben war sicher, dass Hanna ihn zu finden wüsste. Genauso, wie sie ihm etwas verheimlichte, was die Hintergründe des Überfalls in Afrika betraf. Aber weder er noch Oberst Hartmann konnte dieses Gefühl mit Fakten untermauern. Vertraute er ihrer Entscheidung, ihm nicht alles zu erzählen, wirklich? Selbst die Korrespondenz zwischen Marie und Dr. Frederike Schneider gab keinen weiteren Aufschluss über irgendetwas. Neben den Berichten gab es zwei persönlichere E-Mails von Dr. Schneider, die eine von Maries Besuch in Afrika, die andere vom Tod der kleinen Ifeschi, der letztlich Auslöser für den Angriff auf das Dorf gewesen war.

Es gibt Schönheit mitten im Leiden, Freude in der Trauer, Hoffnung in der Verzweiflung und neues Leben sogar im Tod.

Er wurde das Gefühl nicht los, dass in diesem Zitat einer nigerianischen Weisheit etwas steckte, was sie alle nicht verstanden.

Genug gegrübelt, ermahnte er sich selbst und klappte den Laptop zu. Er stand auf, holte sich sein Sport-T-Shirt, eine Jogginghose und eine Matte, zog sich um und begann mit seinem Training. Er sparte Übungen aus, die seine Verletzung zu sehr belasteten. Lisa bemerkte er erst, als sie direkt vor ihm stand, so konzentriert quälte er sich. Statt aufzuhören, fuhr er mit dem Muskelaufbau fort. Nicht voll leistungsfähig zu sein, bedeutete einen Zustand, der ihm nicht behagte, und er fand, er hätte sich lang genug geschont. Sollte Lisa ruhig motzen.

»Wie geht es ihr?«

Anstatt ihr eine Antwort zu geben, fing er mit Liegestützen an. Lisa war es erstaunlich leichtgefallen herauszufinden, weshalb er in Rom gewesen war. Dass er für sie so ein offenes Buch war, störte ihn ungemein. Die Verbindung Rom – Hanna schien nur für ihn ein Mysterium zu sein. Dennoch würde er Lisas Neugier kein weiteres Futter geben.

»Ehrlich, du warst total leichtsinnig. Ich darf ihren Namen nicht mal erwähnen und du hast nichts Besseres vor, als dich in ein Flugzeug zu setzen und sie zu besuchen! Warum eigentlich?«

Mittlerweile war er schweißgebadet, und das Pflaster fing an zu jucken. Er zuckte zusammen, beugte schnell die Knie und fing so einen Sturz auf den Bauch ab.

»Verdammt Ben, du bist echt ein Masochist. Meinst du, mir macht es Spaß, dich alle paar Tage neu zusammenzuflicken?« Mit zusammengepressten Lippen hockte sich Lisa vor ihn hin.

Er wehrte ab. »Lass, es ist okay, nur ein bisschen Schweiß.«

»Ich bin die Ärztin, Soldat. Los, lass mich sehen.«

Er setzte sich auf und zog das nass geschwitzte T-Shirt hoch.

»I, ist ja ekelig! Männerschweiß.«

Sie grinste ihn an und drückte mit den Fingerspitzen an der Wunde entlang. Es war alles in Ordnung, aber sie glaubte ihm ja nicht. Weil er nicht reagierte, pikste sie ihn ein wenig.

»Aua! Lass das, Lisa.«

Sie zuckte die Achseln. »Ich wollte nur sehen, ob du noch zu Gefühlen fähig bist.«

»Okay. Erst beglucke ich dich zu viel, dann bin ich der kaltschnäuzige Bruder. Kannst du dich vielleicht mal entscheiden?« Er wusste selbst nicht, wo seine Wut herkam, stand auf, ließ Lisa sitzen und ging ins Badezimmer. Kaum stand er in der Dusche, hörte er die Tür.

Lisa ließ sich auf dem Toilettendeckel nieder. »Ben? Liebst du mich?«

»Was für eine dämliche Frage.«

»Hör auf mir auszuweichen. Ja oder nein?«

»Ja.«

»Und was ist daran so schlimm?«

Er drehte den Wasserhahn ab, öffnete die Duschkabine und nahm sich das Handtuch vom Sideboard. Sorgfältig trocknete er sich ab. Dann griff er sich die Gummiflitsche und wischte die Wassertropfen von den Wänden in den Abfluss. Zuletzt verwendete er das Handtuch, sodass keine Feuchtigkeit mehr übrig blieb. Lisa folgte seiner Tätigkeit mit einem amüsierten Blick.

»Ich glaube, seit du Soldat bist, bist du noch pingeliger geworden.«

»Nichts.«

»Was?«

Er drehte sich zu ihr um. »Nichts ist daran schlimm, dich nerviges, penetrantes, unglaublich talentiertes Weibsstück zu lieben.«

Sie wedelte hastig mit der Hand. »Könntest du dir bitte etwas anziehen. Es ist ein verstörender Anblick, seinen Bruder nackt vor dem Gesicht rumspringen zu haben.«

»Ich springe nicht nackt vor dir rum.« Er zuckte die Achseln, sah sie belustigt an. »Du bist mir ins Badezimmer gefolgt. Hast du gedacht, dass ich mit Badehose dusche?« Dennoch holte er sich eine frische Unterhose aus seinem Schlafzimmer und zog sie an.

»Was ist dann so schlimm daran, eine andere Frau zu lieben?«

Verärgert runzelte er die Stirn. Er hätte wissen müssen, wohin ihn dieses Verhör führen würde. Er nahm seine Zahnbürste und fing an sich die Zähne zu putzen. Hoffnungslos. Wenn Lisa wollte, konnte sie unendlich viel Geduld aufbringen. Er spülte die Zahnpasta aus dem Mund und hockte sich langsam vor ihr nieder. Seine Hände umfassten ihren Bauch zu beiden Seiten. Er bekam einen Tritt in den linken Handballen und musste lächeln. Dann sah er Lisa ernst in die Augen. »Ich liebe meinen Job, Lisa. Er ist alles, was mir in meinem Leben etwas bedeutet ...« Sie hob zum Protest an, doch sein Finger war schneller und legte sich auf ihren Mund. »... außer dir und diesem kleinen, frechen Wesen, das seinen Onkel gerade tritt. Übrigens so fest, wie es das macht, muss es ein Junge sein.«

»Oh, wenn du glaubst, du könntest mich so reinlegen. Männer! Was hat Tom dir angeboten, damit du es herausfindest?«

Sie weigerte sich bisher strikt, Tom zu sagen, was sie bei ihrer letzten Vorsorgeuntersuchung erfahren hatte, von der sie mit besonders strahlendem, wissendem Lächeln zurückgekehrt war. Tom hatte sie nur aufgrund eines Notfalls diesmal nicht begleitet, aber alles Betteln hatte ihm nichts gebracht.

Ben schmunzelte. »Das verrate ich dir nicht. Dein Mann braucht auch ein paar Geheimnisse vor dir. Also, weshalb hast du diese Tonne Lebendgewicht zu mir in den dritten Stock hochgehievt? Doch nicht wegen solcher Fragen?« Ihren Faustschlag gegen seine Brust wehrte er geschickt ab.

»Oberst Hartmann hat mich vorhin angerufen.« Ihre Augen blitzten zwischen Zorn und Lachen.

Er stutzte, richtete sich auf, runzelte die Stirn. »Wieso ruft er dich an?«

Sie zuckte die Achseln. »Weil er wissen wollte, wie es dir tatsächlich geht. Ich meine aus medizinischer Sicht, nicht aus deiner Männer-Selbstüberschätzer-Sicht.«

»Was hast du ihm gesagt?«

»Dass du frühstens in zwei Wochen wieder einsatzfähig bist.«

Er stöhnte, fuhr sich mit beiden Händen durch die Haare, die dringend einen Schnitt benötigten. Zwei Wochen! Er bekam bereits jetzt die Krise.

»Ja, das Stöhnen von deinem Oberst hörte sich ähnlich an.«

Sie richtete sich auf. »Dann werde ich mal meine Tonne Lebendgewicht wieder die Treppe runterhieven.«

Er reichte ihr die Hand und half ihr beim Aufstehen. Sie streichelte seine Wange, stellte sich auf die Zehenspitzen und gab ihm einen Kuss auf die andere. Glänzten in ihren Augen Tränen? Ben blieb sicherheitshalber genau dort stehen, wo er war. Ihm fehlte die Erfahrung für die emotionalen Achterbahnfahrten einer Schwangeren.

Sie drehte sich in der Tür noch mal um. »Ach ja, hätte ich fast vergessen. Du sollst am Montag im Hauptquartier vorbeischauen, wenn du ausgeschlafen hast.«

EIN GRINSEN schlich sich in sein Gesicht. Er liebte seinen Beruf. Männer waren simpel und einfach im Umgang. Die paar Frauen in seinem Job waren nicht viel anders. Mit jedem Schritt, mit jedem zackigen Gruß ließ seine Unruhe nach. Obwohl er keine Uniform trug, kannten viele der Soldaten, die ihm begegneten, seinen Rang von seinem letzten Besuch. Im Hauptgebäude fragte er nach, wo er seinen Vorgesetzten finden konnte. Oberst Hartmann hatte den Telefonhörer am Ohr, als er eintrat. Die Lippen zu einem schmalen Strich zusammengepresst, hörte er seinem Anrufer zu. Er forderte Ben mit einer Geste auf, sich zu setzen, als er sich höflicherweise aus dem Raum bewegen wollte, also schloss Ben die Tür und setzte sich abwartend vor den Schreibtisch.

»Ist das endgültig?«

Ben zuckte bei dem scharfen Ton zusammen. Er fragte sich, was seinen Oberst so verärgerte.

»Es ist zum Kotzen! Wird er überwacht?« Hartmann schüttelte nach der Antwort ungehalten den Kopf, dann wandte er sich halb von Ben ab und starrte auf die Wand, bevor er tief seufzte. »Nein, ich weiß. Es lässt sich nicht ändern.« Er knallte den Telefonhörer auf die Halterung, fuhr sich mit beiden Händen durch seine Haare. »Armin Ziegler ist wieder auf freiem Fuß.«

»Was?«

»Sie haben richtig verstanden, Major Wahlstrom. Das Gericht hat seinem Antrag auf Haftminderung stattgegeben, aufgrund seiner Reue, des guten Leumunds und seines hervorragenden Benehmens während der Haftzeit.«

»Na toll.«

Eine Weile hing jeder seinen Gedanken nach. Vor Bens Auge schoben sich die Bilder eines sechzehnjährigen Mädchens, dessen Handgelenke bis auf die Knochen wundgescheuert waren. Für den, der darauf achtete, waren die Linien noch heute an ihren Handgelenken sichtbar. Die Verletzungen an den Oberschenkeln, die schlimmer waren, je näher es zum Vaginalbereich ging. Nicht Armin Ziegler hatte sie vergewaltigt. Vielleicht hatte er tatsächlich nicht geahnt, dass so etwas passieren würde. Dennoch wäre Hanna niemals in die Gewalt der Männer geraten, wenn er nicht dazu den Auftrag gegeben hätte.

»Was jetzt?«

Der Oberst zuckte mit den Achseln. »Nichts.«

»Er spaziert nach Hause, nimmt sein Leben wieder an dem Punkt auf, wo er es vor knapp zwei Jahren abgelegt hat, und das wars?«

»Ja.«

Ben dachte an Hanna, die unter falschem Namen in Rom lebte. Zum ersten Mal war er richtig froh, dass sie sich außerhalb der Schusslinie befand. Aber er dachte auch an das Opfer, das sie dafür hatte bringen müssen. Sie würde zeit ihres Lebens auf der Flucht sein.

»Irgendetwas Neues von diesem FoEI Verein?«

»Federation of Economic Interest – wirtschaftliches Interesse, dass ich nicht lache. Machthungrige, gierige Unternehmer, die Geld haben, um sich die Welt nach ihrem Gutdünken zu gestalten. Wussten Sie, dass es ein Klacks für die Deutschen aus diesem Verein wäre, die Schulden unseres ganzen Staats zu übernehmen?« Erneut fuhr sich der Oberst durch seine Haare, seufzte tief. »Aber deshalb habe ich Sie heute nicht hierhin beordert.« Er wuchtete sich hinter seinem Schreibtisch hoch.

Ben folgte ihm zu einem Tisch im Raum, auf dessen weißer Oberfläche sich eine Karte widerspiegelte, von einem Projektor projiziert, der über dem Tisch an der Decke hing. Der Oberst nahm ein Steuerungsgerät in die Hand.

»Hier ist die Förderstation der Pipeline mit den Bürogebäuden, wo sich angeblich die Geiseln aufhielten.«

Er drückte auf einen Knopf, und eine Animation ihres Einsatzes wurde auf der Fläche abgespielt. Die Stellen, wo Leutnant Dirk Richter und Oberleutnant Ralf Mader gestorben waren, blinkten mit Zeitangaben auf. Ben versuchte sich auf die Karte zu konzentrieren, sich nicht von dem Film, der sich in seinem Kopf abzuspielen drohte, seine Neutralität nehmen zu lassen. Wenn er seinen Beitrag zur Aufklärung der Todesfälle leisten wollte, musste er Distanz zwischen seine Gefühle und die Ereignisse bringen. Der schnellen Reaktion von Leutnant Brunner, die den Rückzug angeordnet hatte, verdankten sie es, dass der Rest von ihnen heil herausgekommen war – der Grund für ihre Beförderung zum Oberleutnant. Der Oberst spielte die Animation mehrmals ab, und sie diskutierten die strategischen Fehler, die Angriffe der Männer, die auf sie gewartet hatten.

Nach dem dritten Abspielen konnte sich Ben des Eindrucks nicht erwehren, dass die Gegner über ihr Vorgehen genau Bescheid gewusst hatten. »Was ist am Ende mit den Geiseln passiert?« Bisher hatte er vermieden, diese Frage zu stellen, und niemand hatte sich genötigt gesehen, ihn darüber zu informieren.

»Tot.«

»Alle?«

»Ja.«

»Das ist völlig sinnlos.« Ben rieb sich nachdenklich das Kinn. »Ich meine, nicht dass ich eine Geiselnahme als sinnvoll empfinde, aber wieso haben sie alle umgebracht, nachdem unser Einsatz gescheitert war? Ihre Verhandlungsbasis hätte sich doch verbessert, oder?«

»Was, wenn es um etwas anderes ging?« Der Oberst verschränkte die Arme und betrachtete Ben nachdenklich.

»Nämlich?«

»Uns.«

»Uns?«

»Ja. Jemand hat es auf uns abgesehen.«

Verwirrt schüttelte Ben den Kopf. »Ist das nicht ziemlich weit hergeholt? Jemand inszeniert eine Geiselnahme, nur um uns eine Falle zu stellen? Warum dann kein direkter Angriff?«

»Weil es so nicht wie ein direkter Angriff aussieht. Weil es sich so als ein missglückter Einsatz tarnen lässt. Weil man so keine ungewollte Aufmerksamkeit erregt.«

»Durch eine Geiselnahme zieht man aber Aufmerksamkeit auf sich, das ist der Zweck.«

»Und warum wurden dann die Geiseln getötet? Ich meine, ohne irgendeinen Versuch, die Regierung zu kontaktieren?«

»Lassen Sie das Ganze noch mal ablaufen.« Ben öffnete sich seinen subjektiven Eindrücken. Sie hatten für den Einsatz drei Punkte ausgewählt, die ihnen am strategisch sinnvollsten erschienen waren. Natürlich hatten sie mit Widerstand gerechnet, aber nicht damit, dass man sie einkesseln und kurzfristig völlig von den anderen Einheiten trennen würde. Er schüttelte den Kopf. Oberst Hartmann hatte recht. Es war, als hätte jemand ihre geplante Vorgehensweise genau gekannt. Und nicht nur das. Der Angriff war gezielt auf ihren Zugriffspunkt hin erfolgt. »Weder die Amerikaner noch die Briten hatten irgendwelchen größeren Widerstand zu überwinden.«

»Und die zehn Geiseln der British Oil Company wurden mit sauberen Kopfschüssen getötet, noch bevor der Einsatz losging«, merkte Hartmann an.

»Was sagt der Stab?«

»Dass wir Pech gehabt hätten.«

Ben zog die Brauen hoch und sah Oberst Hartmann an. Der machte eine wegwerfende Handbewegung. »Sinngemäß. Es gab Kritiker, die meinten, wir hätten die Region nicht gründlich genug abgesichert. Aber das sagen sie immer. Schlauberger, die am Ende alles besser wissen. Ich frage mich nur, wo die sind, wenn wir den Einsatz planen oder wenn alles geklappt hat.«

»Sie denken die FoEI, steckt dahinter?«

Oberst Hartmann kratzte sich am Kopf. Er holte tief Luft, öffnete den Mund und schloss ihn wieder, ohne etwas zu sagen. Die Arme hinter dem Rücken verschränkt ging er auf das Fenster zu und blieb dort stehen.

Ben wartete.

»Wir haben ihm ein Angebot gemacht.«

Ben verschränkte die Arme vor der Brust, stemmt seine Füße in den Boden. Wütend presste er die Lippen aufeinander. Das konnte jetzt nicht wahr sein. Hartmann wendete kurz seinen Kopf, warf ihm einen Blick zu. »Glauben Sie mir,das passt mir genauso wenig wie Ihnen.«

»Was für einen Sinn hat es, Verbrecher für ihre Taten zur Verantwortung zu ziehen, wenn wir ihnen kurze Zeit später ein Angebot machen, damit sie wieder rauskommen? Wo bleibt da die Gerechtigkeit?«

Der Oberst seufzte. »Ich weiß.«

»Wie wollen Sie das Hanna erklären?«

Die Schultern des Mannes am Fenster strafften sich. Er richtete sich auf, wandte sich um. »Gar nicht. Sollte sich Lukas Benner für eine Aussage zur Verfügung stellen, wird er genauso im Zeugenschutzprogramm verschwinden wie Hanna. Und Sie ...«, er trat drohend zwei Schritte auf Ben zu, »... werden nie wieder Kontakt mit dieser Dame aufnehmen! Ich dachte, darüber wären wir beide uns einig gewesen.«

Weder wich Ben zurück, noch gab er eine Antwort. Er hielt den Blickkontakt, kochte aber innerlich vor Wut.

Der Oberst wandte sich erneut von ihm ab. »Es gab zwei Mordversuche an Lukas Benner, seit er in Haft sitzt.«

»Pech, dass es nicht geklappt hat.«

Sein Vorgesetzter ließ sich nicht provozieren. »Am Freitag hat Brinkmann —«, er brach ab, »Sie erinnern sich an ihren Zimmergenossen vom BKA?«

»Ja.« Ben erinnerte sich nur zu gut, wie er knapp zwei Jahre zuvor an das BKA ausgeliehen worden war, da Hartmann herausbekommen hatte, dass er in Nairobi eine Nacht mit Hanna verbracht hatte. Er hoffte, sie wegen ihrer Gefühle für ihn zum Reden zu bringen oder Ben Zugang zum Kreis der für das Massaker in dem nigerianischen Dorf Verantwortlichen zu verschaffen. Der Plan war aufgegangen, letztendlich mit dem unangenehmen Nebeneffekt, dass ihm Hanna ihre Liebe gestand. Es war nicht einfach, zum KSK, dem Kommando Spezialkräfte der Bundeswehr zu gehören. Normalerweise agierte Ben nicht in Deutschland. Sein Aufgabengebiet war die Aufklärung, Terrorismusbekämpfung, Rettung, Evakuierung und Bergung, die Kommandokriegführung und Militärberatung im Ausland. Ihre Operationen standen unter besonderer militärischer Geheimhaltung. Niemand wusste, wer zum KSK gehörte. Niemand von ihnen würde es einem Außenstehenden sagen. Nur das Gesicht des Brigadegenerals war öffentlich bekannt. Sven Brinkmann war sein Partner auf der Seite des BKA gewesen, ein kompetenter Polizeibeamter, den Ben am Ende nicht in seine Pläne hatte einweihen können. Erst war Brinkmann darüber stinksauer gewesen. Doch nachdem ihn Ben vor einem halben Jahr zu einem Bierchen eingeladen hatte, waren sie als Freunde auseinander-gegangen.

»Gut, also am Freitag hat Brinkmann Unterlagen zuge-spielt bekommen, aus denen hervorgeht, dass Lukas Benner für die Hinrichtung der zwei Entführer von Hanna Rosen-baum verantwortlich ist.«

»Und Sie wollen ihm einen Freibrief verschaffen!«

»Nicht ich, das BKA. Er wäre der erste Hinweis darauf, dass sich die FoEI für ihre schmutzige Arbeit Spezialkräfte hält. Wussten Sie, dass er eine Ausbildung zum Scharf-schützen erhalten hat?«

»Ja, bei der Bundeswehr. War er nicht sogar zwei Monate in Calw?« In Calw war das KSK stationiert. Hier fand die Ausbildung statt und hier würde Ben zum Aufbau-training hingehen, sobald er die gesundheitliche Freigabe von Lisa hatte. Erst, wenn er alle Prüfungen zufriedenstel-lend schaffte, konnte er in den Einsatz gehen.

»Auch wir machen Fehler.«

»Dann wiederholen Sie sie wenigstens nicht.«

Oberst Hartmann sah ihn kalt an, die rechte Seite seines Mundes hob sich zu einem Lächeln. »Keine Sorge, das werden wir nicht. Er weiß nichts von den Unterlagen, die Brinkmann vorliegen.«

»Ich verstehe. Für das eine Verbrechen bekommt er Haftaufhebung, während er für das andere wieder in den Knast wandert? Sprachen Sie nicht vorhin von einem Zeugenschutzprogramm?«

»Ja, aber ich habe nicht gesagt, dass er ein freier Mann sein wird.«

»Diese Unterlagen, die Sven Brinkmann zugespielt bekommen hat ...«

»Anonym. Jemand will uns vor seinen Karren spannen.«

»Aber wieso sollte die FoEI das tun, wenn sie ihn tot sehen wollen? Riskieren sie damit nicht, dass sich der Druck auf Lukas Benner erhöht, auf das Angebot des BKA einzugehen? Ich meine, sie können nicht wissen, ob das BKA es nicht als Druckmittel verwendet.«

Nachdenklich runzelte Oberst Hartmann die Stirn. Es schien, als hätte er darüber bisher nicht nachgedacht. »Hm, interessanter Aspekt. Aber wer könnte sonst dahinterstecken?«

Die Frage blieb im Raum stehen.

Sie beschäftigte Ben auch später noch, als er in seiner Wohnung trainierte.

8

FAMILIE

»Professor Bartoli?« Das war alles, was Hanna nach einer gefühlten Ewigkeit über die Lippen brachte.

»Schwester Valentina«, wandte sich der Professor an eine Nonne, »wären Sie so lieb und würden die Sachen von Sabine zusammenpacken?«

Die Schwester nickte und entschwand die Treppe hoch.

Langsam kehrte das Leben in Hanna zurück. »Niemand packt meine Sachen zusammen.«

»Seien Sie nicht albern, Ihnen muss doch klar sein, dass Ihre Tarnung aufgeflogen ist.«

»Meine Tarnung?« Sie schnappte nach Luft und starrte den Mann vor sich an, als würde sie ihn zum ersten Mal sehen. Und das tat sie eigentlich auch. Er hatte sie zuerst mit Johanna angesprochen, nicht als Sabine. Nichts war mehr übrig von dem verschusselten, in seine Arbeit vertieften Professor. Hellwach und autoritär stand er vor ihr.

»Was hat sich dieser Major Ben Wahlstrom gedacht, als

er hier aufgekreuzt ist? Dass wir alle blind sind? Was wollte er überhaupt?«

Hannas Gehirn verarbeitete die Informationen schrittweise und viel zu langsam. »Sie kennen Ben?«

Bartolis Gesicht hellte sich auf. »Ah, ich verstehe.« Er lächelte traurig, strich ihr über die Wange. »Das tut mir leid.«

Heftig schlug sie seine Hand weg und wich ein paar Schritte vor ihm zurück. Schwester Valentina kam mit ihrer Tasche herunter. Ihr Gesicht war blass und mit großen Augen sah sie Hanna an.

Sie verschränkte die Hände vor der Brust. »Ich gehe nirgends hin.«

»Sie gehen. Sie werden die Schwestern der Unbefleckten Empfängnis mit ihrem Verhalten nicht in Gefahr bringen.« Seine Stimme ließ keinen Widerspruch zu.

»Gefahr?«

»Was glauben Sie, wie lange die Männer, die Sie verfolgt haben, brauchen, um Sie hier rauszuholen?«

»Wie heißen Sie wirklich?«

»Professor Bartoli.«

Hanna schüttelte den Kopf. »Nein.«

»Doch. Ich weiß, das ist verwirrend für Sie. Aber zuerst müssen wir Sie in Sicherheit bringen.«

»Sind Sie Polizist?«

Ein flüchtiges Lächeln erschien auf seinem Gesicht. »Nein, ich arbeite für die Kirche.« Ohne weiter auf sie zu achten, ergriff er die Tasche und packte sie am Arm, zog sie zur Küche und ging mit ihr zum Lieferantenausgang raus, nachdem er zuvor kurz hinausgespäht hatte. Während er sie zum Beifahrersitz eines Fiat Panda schob, zog er den Rucksack von ihrem Rücken, warf ihn dann zusammen mit der

Tasche auf den Rücksitz und zwängte sich auf den Fahrersitz.

Keine zehn Minuten später standen sie an der Pforte der Engelsburg. Er fuhr das Fahrzeug in eine Tiefgarage, die Hanna bei ihrem Besuch nicht aufgefallen war. Das Tor schloss sich direkt hinter ihnen. Überall waren Überwachungskameras angebracht, die sich sofort zu ihnen drehten, als sie aus dem Auto stiegen. Langsam folgte sie Bartoli die Treppen hoch, die in die Engelsburg führten, in einen Teil des Gebäudes, der für die Öffentlichkeit nicht zugänglich war.

»Woher wussten Sie, dass ich verfolgt werde?«

»Ich dachte mir, dass Sie sich nicht an meinen Rat halten, und habe Ihnen einen unserer Männer hinterhergeschickt. Den, den Sie umgerannt haben, als sie vor ihren Verfolgern geflüchtet sind.«

»Er hat mich verfolgt?«

»Ja.«

Sie blieb stehen.

»Seit wann?«

»Ab der Ponte Garibaldi.«

Sie schüttelte den Kopf. »Das meine ich nicht.«

»Oh, das meinen Sie? Ganz ehrlich?«

»Habe ich nicht ein Recht darauf?«

»Ich denke ja. Kommen Sie, es ist nicht mehr weit. Wir werden versuchen, Ihre Fragen zu beantworten.« Er lachte, legte den Kopf schief. »Wenigstens ein paar.«

Das Treppenhaus stammte aus der Zeit, als die Engelsburg gebaut wurde. Alle fünfzehn Stufen gab es eine Lampe an der Wand, die ihren Weg durch ein indirektes Licht erhellte. Hanna konnte sich vorstellen, wie in früherer Zeit flackernde Kerzen den Weg beleuchtet hatten. Der Flur, in den sie traten, war auf die gleiche Art in Licht getaucht, der Fußboden, mit einem dicken Teppichboden ausgestattet, schluckte jedes Geräusch ihrer Schritte. An den Wänden hingen Bilder aus dem Leben und Wirken von Christus. Gern wäre Hanna stehen geblieben und hätte sie sich genauer angesehen, doch das musste warten. Erst brauchte sie Antworten. Professor Bartoli öffnete die zweite Tür auf der rechten Seite und ließ ihr den Vortritt. Zögernd machte Hanna einen Schritt hinein und blieb stehen. In ihr mischte sich Freude mit Unsicherheit, aber Letztere verschwand, als der Mann in dem Raum seine Arme ausbreitete. Sie lief hin, warf sich hinein und nun lösten sich die Tränen der Anspannung durch die Ereignisse. Er hielt sie im Arm und streichelte ihr über das Haar, bis sie sich beruhigte. Verlegen löste sie sich von ihm. Er reichte ihr ein Taschentuch aus seiner Anzugjacke.

Hanna wischte sich das Gesicht trocken, bevor sie sich die triefende Nase putzte. »Tut mir leid, Onkel Richard, du bekommst es sauber wieder.«

»Ach, Johanna, mach dir darüber keine Gedanken.« Er packte sie an den Schultern und drückte ihr einen Kuss auf die Stirn, legte den Arm um sie und führte sie zu einer dunkelroten Couch.

Auf einem kleinen Tischchen stand eine Kanne Tee auf einem Stövchen, daneben gab es einen Teller mit belegten Broten. Ihr Onkel nahm die Kanne und schüttete die drei Tassen voll. »Kommen Sie, Professor Bartoli, setzen Sie sich zu uns. An Ihnen ist der Abend gewiss auch nicht spurlos vorbeigegangen.«

Tausend Fragen gingen Hanna durch den Kopf, als sie die ersten heißen Schlucke zu sich nahm.

»Ich gebe zu, es gab eine Zeit, da dachte ich, ich hätte versagt und du wärst tot.« Ihr Onkel hatte sich zurückgelehnt und sich ihr seitlich zugewandt. Er sah sie an und drehte nachdenklich seinen Kardinalsring.

»Niemand weiß, dass ich lebe«, sagte sie leise und wusste, ihr Onkel verstand, dass sie mit niemand Silvia und Marie meinte.

»Keine Sorge, ich habe es ihnen nicht gesagt. Ich weiß, dass du es dir mit deiner Entscheidung nicht einfach gemacht hast und sie beschützen möchtest, aber – versteh mich nicht falsch – ich bin froh, dass du den Mut gefunden hast, gegen Armin auszusagen.«

Kardinal Richard Vogt sah sein Patenkind an. Sie war die Ältere von den Zwillingen und er war froh, dass er seinem Freund Gabriel, die Übernahme der Patenschaft für dessen Tochter nicht ausgeschlagen hatte. Manchmal glaubte er, dass Gabriel eine Ahnung gehabt hatte, welch schwerer Lebensweg vor ihr lag. Er bewunderte Hannas Mut und die Tiefe ihres Glaubens, zumal er nicht wusste, ob er selbst ihn in dem Maße aufgebracht hätte, bei einer Prüfung, wie Gott sie ihr abverlangte. Nicht sie lernte von ihm, sondern er von ihr. Seit dem Tag, als er sie das erste Mal in den Armen gehalten hatte.

Er seufzte tief. »Aber auch du hast ein Recht auf dein Leben. Ich weiß, wie viel dir die beiden bedeuten. Doch du hast erneut Opfer gebracht, deinen Namen aufgegeben und die einzigen Menschen, die dir etwas bedeuten.« Er schüttelte traurig den Kopf. Beim Weinen an seiner Schulter waren ihr die Kontaktlinsen aus den Augen geschwemmt worden. Nun sahen ihn die Augen seines Patenkindes an wie Himmelssterne. Er strich ihr sanft über die Wange.

»Woher?«

»Wir haben unsere Mittel und Wege, an Informationen zu gelangen.«

»Also lag es nicht an meiner Arbeit zur frühchristlichen Kunst und ihrer Symbolik, dass ich hier bin?«

Er lachte. »Nein, aber die hat es uns sehr einfach gemacht, dich in dem Projekt von Professor Bartoli unterzubringen. Ich wollte dich in meiner Nähe wissen. Sicherstellen, dass es dir gut geht. Verzeih deinem alten sentimentalen Onkel.« Die beiden sahen zum Professor, der verlegen lächelte. »Unser lieber Bartoli hat sich anfangs ganz schön gegen die Idee gewehrt. Inzwischen ist er beeindruckt von der Arbeit, die du leistest, und sein Angebot für den Job in seinem Institut hast du ganz allein deinem Talent zu verdanken.«

»Aber das ist nicht alles.«

»Nein, das ist nicht alles. Weißt du, ich habe deinem Vater das Versprechen gegeben, immer für dich da zu sein. Auf dich aufzupassen, damit dir nichts passiert. Dieses Versprechen habe ich in den letzten Jahren zu oft gebrochen.«

»Nein, das hast du nicht.« Er war für sie da gewesen, als sie ihn brauchte. Nie hätte sie sich von ihrer Mutter oder Marie getrennt, und es lag nicht in seiner Macht, Silvia zu verbieten, Armin zu heiraten. Trotzdem hatte er es getan, was zu einem hässlichen Streit zwischen ihrer Mutter und ihrem Patenonkel geführt hatte.

Er seufzte tief. »Ich hätte es verhindern müssen.«

»Wie?«

»Ja, wie. Gegen die Liebe bin ich machtlos, das habe ich schon damals gemerkt, als Silvia in Gabriels Leben getreten ist.«

»Magst du Mama deshalb nicht?«

Er drehte an seinem Ring, wich ihrem Blick aus. Hanna konnte sich nicht erinnern, dass die beiden jemals miteinander ausgekommen wären. Solange ihr Vater gelebt hatte, versuchten sie über eine distanzierte Höflichkeit die wenige gemeinsame Zeit zu überbrücken. Meist fiel Silvia ein, dass sie noch etwas Dringendes in der Stadt zu erledigen hatte, wenn ihr Onkel zu Besuch kam. Den ersten großen Streit hatte es auf der Beerdigung ihres Vaters gegeben, als er vorschlug, die Zwillinge sollten zu ihm in seine Villa nach Rom kommen, bis Silvia wüsste, was sie weiterhin aus ihrem Leben machen wollte. Zum zweiten Streit kam es, als Hanna ihn anrief, nachdem ihre Mutter ihr die Hochzeit mit Armin angekündigt hatte. Der letzte trug sich im Krankenhaus zu, damals, nach ihrer Rettung von den Entführern. Jedes Mal hatte er Hanna gebeten, zu ihm zu kommen, und jedes Mal hatte sie abgelehnt.

»Nun ja, es hat die ganze Sache zwischen dir und deiner Mutter nicht einfach gemacht. Aber das hat sich geändert, nachdem ich euch beide gesehen habe, Johanna und Marie. Es gäbe euch nicht, hätte es sie nicht gegeben, nicht wahr?«

»Nein, das stimmt.«

»Ihr seid etwas Besonderes.«

»Jeder Mensch ist etwas Besonderes.«

Die beiden Männer lachten.

»Du solltest etwas essen.«

Gehorsam nahm sich Hanna ein Brot. »Wer waren die Männer?«

»Die dich verfolgt haben?«

Sie nickte.

Schnell warfen sich ihr Onkel und Professor Bartoli einen Blick zu.

»Die Entscheidung liegt bei Ihnen, Eure Exzellenz.«

Es klang in Hannas Ohren seltsam, wenn jemand ihren Onkel so ansprach. Für sie war er immer nur Onkel Richard gewesen.

»Das waren Leute von der FoEI.«

»FoEI?«

»Ja, die Federation of Economic Interest.«

Hanna runzelte die Stirn. Sie hörte diesen Namen zum ersten Mal und fragte sich, ob das die Wirtschaftsorganisation war, von der Oberst Hartmann damals in Berlin gesprochen hatte.

»Was wollen sie von mir?«

Ein zweites Mal erfolgte eine stumme Kommunikation zwischen dem Kardinal und dem Professor. Sie endete mit einem vielsagenden Blick des Professors auf Hanna. Doch diesmal schien ihr Onkel nicht gewillt zu sein, ihre Frage einfach zu beantworten. »Was denkst du?«

»Ich kenne sie nicht.«

»Doch, tust du – zumindest eines ihrer Mitglieder.«

»Armin?«

Ihr Onkel nickte.

»Was ist mit Lukas?«

Der Kardinal wiegte den Kopf hin und her. »Komplizierter. Er zählt in jedem Fall nicht zum inneren Kreis.«

»Innerer Kreis?«

Ihr Onkel setzte beide Beine auf den Boden und beugte sich nach vorne.

»Johanna, bevor wir weiterreden, musst dir etwas klar sein.«

»Das wäre?«

»Dein Leben wird nie mehr das sein, was es war.«

Sie lachte bitter auf. »Das war es seit dem Tag nicht mehr, als Papa starb.«

»Ich weiß. Dennoch wirst du eine Entscheidung treffen müssen.«

»Zwischen Gut und Böse?«

Ihr Onkel schüttelte den Kopf. »Es wäre schön, wenn

die Welt so einfach wäre. Das ist sie aber nicht. Nein, du musst dich entscheiden, auf welcher Seite du stehst.«

»Seite wovon?«

»Was läuft da zwischen dir und diesem Major Wahlstrom?«

Hanna schoss augenblicklich das Blut in die Wangen. Sie wich dem Blick ihres Onkels aus. »Nichts.«

»Natürlich, und wegen nichts heulen Sie sich seit Tagen die Augen aus dem Kopf.«

Sie warf dem Professor einen wütenden Blick zu.

»Also gut. Nichts. Dann frage ich dich anders. Was will er von dir?«

»Noch weniger.«

»Und kommt nach Rom, obwohl er schwer verletzt ist?« Professor Bartoli sah sie zweifelnd an.

Der Kardinal seufzte.

»Keine Ahnung, weshalb er hier war.« Sie verschränkte die Arme vor der Brust und rückte ein wenig von ihrem Onkel ab. »Woher wisst ihr das alles überhaupt?«

»Wir haben unsere Quellen.«

»Damit beantwortest du keine meiner Fragen.« In ihrem Kopf fing es an zu hämmern und sie begann, ihre Schläfen zu massieren.

»Du bist müde, Johanna, und es ist schon spät.« Der Kardinal stand auf. »Professor Bartoli, seien Sie so lieb und zeigen Sie Johanna, wo sie sich ausruhen kann.« Er wandte sich ihr zu. »Ich muss erst einiges klären. Ich kann diese Entscheidungen nicht allein treffen. Wir sprechen morgen miteinander.«

Hanna erhob sich, schnappte sich ihren Rucksack, schulterte ihn und nahm ihre Tasche, bevor sie der Professor greifen konnte. In der Tür drehte sie sich noch einmal um. »Wirst du mir dann meine Fragen beantworten?«

»Wir werden sehen.«

Die Freude war verflogen. Aber Onkel Richard war noch nie anders gewesen. Wann hatte er je ihre Fragen beantwortet? Immer machte er aus allem ein Geheimnis, sprach von Vertrauen, dem Glauben und der Quelle der Kraft in uns. Sie war es leid. Sie wollte Antworten und Klarheit.

»Sie sollten nicht so wütend auf ihn sein. Er macht sich wirklich große Sorgen um Sie. Außerdem gehen Sie gerade in die falsche Richtung.«

Sie drehte sich um und folgte dem Professor.

»Wohin gehen wir?«

»Zu mir.«

Sie blieb stehen.

»Sie haben doch keine Angst vor mir?«

Hanna betrachtete den Italiener. Er hatte sich in den vergangenen Stunden von einem Professor für Kunstgeschichte zu einem Mann gewandelt, der sie beschützte. Zu jemandem, der ihren Patenonkel mehr als nur kannte. Was wusste sie überhaupt von ihm?

»Es ist im Moment der einzige Ort, zu dem wir kommen, ohne diese Gänge verlassen zu müssen. Vertrauen Sie mir?«

Hanna legte den Kopf schief, versuchte einen anderen Fokus für ihre Musterung zu erhaschen.

Er blinzelte vergnügt. »Denken Sie, Ihr Onkel würde Sie mir anvertrauen, wenn er befürchten müsste, ich wollte Ihnen schaden?«

»Nein.«

»Also, dann kommen Sie.«

Hanna setzte sich in Bewegung. Sie gingen denselben

Gang hinunter, den sie gekommen waren. »Ist das der Verbindungsgang zum Vatikan?«

»Ja.«

»Wo kommt er heraus?«

»Das müssen Sie nicht wissen.«

»Gehören Sie einer Geheimorganisation an?«

»Achtung, der Gang wird jetzt niedriger.«

Es kamen Abzweigungen, weitere Gänge, und eine Zeit lang war Hanna damit beschäftigt, auf ihren Weg zu achten, der nur durch die Taschenlampe ihres Begleiters beleuchtet wurde. In dem dunklen Gewirr von Gängen verlor sie die Orientierung. Die Luft roch abgestanden, aber die Wege wiesen keine Feuchtigkeit auf.

»Vorsicht! Stufen.«

Es ging aufwärts.

Schließlich standen sie vor einer hölzernen, eisenbeschlagenen Tür. Fast erwartete Hanna, dass der Professor einen uralten Schlüssel herausziehen und ihn in das Schloss stecken würde. Stattdessen gab er einen Zahlencode in einem eingelassenen Panel an der Mauer ein. Mit einem leisen Klick ließ sich die Tür erstaunlich leicht aufdrücken. Er betätigte einen Lichtschalter.

Hanna blinzelte, geblendet von dem Licht. Sie befanden sich in einem Kellerraum, der mit Vorräten bestückt war. Hinter ihnen verschwand die Tür zugedrückt unsichtbar im Mauerwerk des Kellers. Verblüfft strich Hanna über die Stelle. Tatsächlich war die Tür nur geschickt bemalt und nicht wirklich gemauert.

»Eine hervorragende Arbeit, nicht wahr? Möchten Sie noch etwas essen?« Der Professor führte sie eine weitere Treppe hoch, die in einer kleinen Küche endete.

»Nein. Ich würde gerne schlafen.«

Er hatte den Kühlschrank geöffnet und zog den Deckel

von einer Platte ab. »Auch nicht Tomaten-Mozzarella, eingelegte Auberginen, schwarze Oliven mit Mandeln oder grüne mit Frischkäse ...?«

Sie schüttelte den Kopf. Er stellte den Teller auf die Küchentheke, schnappte sich eine Flasche Wasser und ging voraus in einen Flur. Sie stiegen eine weitere Treppe hoch. An den Wänden hingen Gemälde aus verschieden Zeitepochen.

»Sind die echt?«

»Nein, keine Bange, alles nur Kopien. Hier ist das Badezimmer.« Er öffnete eine Tür auf der linken Seite. »Und hier ist Ihr Zimmer.«

Sie spähte in einen winzig kleinen Raum. Eine Couch stand an der Wand. Ein wuchtiger Schreibtisch nahm die restliche Fläche ein sowie ein Bücherregal vollgestopft mit Bildbänden, Ordnern, Zeitschriften und Papieren, in ordentlichen Haufen gestapelt. Der Professor zuckte mit den Achseln, stellte die Flasche Wasser auf den Tisch und begann ein wenig Platz zu machen. »Tut mir leid, ich hatte nicht mit Besuch gerechnet.«

Er klappte die Couch auf, reichte ihr ein Bettlaken, das er unter der Couch aus einem Kasten geholt hatte, genauso wie ein Kopfkissen, noch ein Laken und eine Wolldecke. Hanna stellte Tasche und Rucksack ab und half ihrem Gastgeber.

»Schlafen Sie gut. Und keine Sorge, Johanna, oder bevorzugen Sie Hanna? Sie sind hier sicher«

Es war seltsam ihren Namen aus seinem Mund zu hören.

»Hanna.«

»Also gut, dann Hanna.«

»Wie lautet Ihr Vorname?«

Er lächelte. »Giacomo.«

»Danke, dass ich hier schlafen darf, Giacomo.«

»No ci sono problemi.«

Ihr Blick glitt von dem Professor zum Schreibtisch und blieb an einem Porträt hängen. »Wer ist das?«

Er folgte ihrem Blick. »Beatrice Cenzi.«

»Beatrice Cenzi?« Sie stand auf, trat einen Schritt näher heran. »Die Beatrice Cenzi?« Ein junges, fast kindliches Gesicht. Mit einem traurigen Zug um die Augen, rötlichen Locken, die aus einem weißen turbanartigen Kopftuch hervorschauten. Eine feine kleine Nase. So jung.

»Sie kennen die Geschichte?«

Hanna nickte. »Warum hängt sie über Ihrem Schreibtisch?«

»Es ist ein Familienerbstück.«

Es dauerte, bis seine Worte in Hannas Verstand eindrangen und einen Sinn ergaben. Verblüfft drehte sie sich um, doch da war sie bereits allein. Ihr Blick ging zurück zu dem Porträt. Ein Mädchen, das vom Vater missbraucht und, als es sich wehrte, zum Tode verurteilt worden war. Hanna schlang ihre Arme um ihren Körper. Giacomo war der Name des Bruders, der den Vater getötet oder richtig gesagt den Attentäter zu dem Zweck organisiert hatte.

9

DER KARDINAL

»Haben Sie gut geschlafen?« Ertappt drehte sich Hanna um. Sie hatte nicht gehört, dass Giacomo in die Küche gekommen war. Unentschuldbar, wenn sie bedachte, dass sie gestern erst verfolgt worden war – und das in ihrem neuen, verborgenen Leben.

»Nein.« Erst war sie eingeschlafen, bis sie von einem wirren Albtraum hochschreckte. Darin hatte sich die Verfolgungsjagd durch Rom mit der Geschichte von Beatrice vermischt. Sie war durch dunkle Gänge geflüchtet, verirrte sich und wurde von ihren Verfolgern aufgegriffen. Eine kalte, feuchte Gefängniszelle, in der es fürchterlich stank, war die nächste Station in dem wirren Traum, dann ihr Vater, der sie in seinen Armen hielt, während sie sich auf seinen Schoss kuschelte. Zuletzt war da der metallische Geruch von Blut, das Geschrei von Leuten gewesen, Männer, die alle Zuschauer zurückdrängten, und das zischende Geräusch einer Axt, der Kopf von Beatrice Cenzis Porträt vor ihren Augen. So wachte sie schweißgebadet auf. An Schlaf hatte sie danach keinen Gedanken mehr verschwendet. Versunken in Grübeleien hatte sie vor dem Porträt des jungen Mädchens gesessen, bis ihr Blick auf einen Artikel des National Geographic gefallen war, der inmitten eines Stapels Zeitschriften ihre Aufmerksamkeit auf sich zog. Er enthielt ihr Porträtfoto, das der kleine afrikanische Junge gemacht hatte. Sie hatte die aufgeschlagene Zeitung unter dem Stapel hervorgezogen, um den Artikel zu lesen:

Und immer sind da die Spuren ihres Lebens

»Jeder Mensch, der in dieser Welt lebt, hinterlässt Spuren seines Lebens. Manchmal sind sie deutlich, manchmal müssen wir sie suchen, aber immer sind sie da.«

Obwohl Johanna Rosenbaum nie ein Mensch großer Worte war, hat sie tiefe Spuren in meinem Leben hinterlassen. Mit jedem Bild von ihr, das ich sehe, sehe ich einen Teil von ihr. Ich kann das Lachen der Kinder in Indien hören, als sie versuchten, ihr die Abfolge eines religiösen Tanzes beizubringen. Ich lausche in meinen Erinnerungen der Stimme einer alten Indianerfrau am Amazonas, die ihr von den Aufgaben der Frauen in der Dorfgemeinschaft erzählt.

Mein Name ist Harald Winter, ich bin 54 Jahre alt und seit dreißig Jahren Journalist. Ich habe viele Artikel in meinem Leben geschrieben, aber noch keiner ist mir so schwergefallen wie dieser.

Bei unserem ersten gemeinsamen Auftrag wollte ich die junge Fotografin, die mir die Agentur aufdrückte, nach Hause schicken. Heute weiß ich nicht, wie ich jemals wieder einen Artikel ohne ihre Bilder schreiben soll. Dem Leben einer jungen Frau, die eine große Zukunft vor sich hatte, ist brutal ein Ende gesetzt worden. Die Welt ist wieder ein Stück ärmer geworden, und was bleibt, sind unsere Erinnerungen an eine außergewöhnliche Fotografin und ihre Bilder.

In diesem Ton ging der Bericht weiter. Sie kannte jeden

Artikel, den Harry geschrieben hatte. Dies war der mit Abstand schlechteste. Das erschütterte sie mehr, als sie es sich eingestehen wollte. Was um alles in der Welt war mit Harry los? Und was mit der Zeitung, dass sie diesen Artikel druckten? Der Redakteur hatte schöne von ihr geschossene Bilder herausgesucht – mit Ausnahme von diesem furchtbaren Porträt. Die meisten waren bei einem gemeinsamen Auftrag mit Harry entstanden. Aber dieser Text! Gab es so wenig, was er über sie erzählen konnte? Oder hatte er Angst vor den Konsequenzen, den ein ausführlicher Artikel über sie nach sich ziehen könnte? Automatisch waren ihre Hände zu dem Laptop des Professors gewandert. Dummerweise war es mit einem Passwort gesperrt. So hatte sie ihre Nachforschungen über Harald Winter auf unbestimmte Zeit verschieben müssen.

»Wollen Sie nicht fragen, wie ich geschlafen habe?«

»Haben Sie gut geschlafen?«

»Nein, und damit wären wir zu zweit. Ich sehe, Sie haben bereits die Geheimnisse meiner Küche entdeckt.«

»Möchten Sie auch eine Tasse?«

»Ja, gerne.«

Hanna schenkte den restlichen Espresso aus der Alukanne in eine kleine Tasse und setzte einen neuen auf. Der Professor holte einen Pandoro aus dem Schrank, außerdem zwei Teller, und setzte sich zu ihr an den Tisch.

»Früher gab es die nur zu Weihnachten. Heute können Sie ihn zu jeder Jahreszeit kaufen.«

Hanna betrachtete den Professor, dem die schwarzgrauen Bartstoppeln ein verwegenes Aussehen gaben. Er bemerkte ihren Blick, grinste und fuhr sich mit der Hand über sein Kinn.

»Scusi, hatte noch keine Lust mich zu rasieren.«

»Was hat Sie wachgehalten?«

»Ihr Onkel.«

»Er war hier?«

»Nein, ich war bei ihm.«

»Sie haben mich hier allein gelassen?«

Sichtlich empört von ihren Worten sah er sie an. »Nein, es waren zwei Wächter da.«

»Zwei Wächter?«

Mit seiner Hand machte er eine wegwerfende Bewegung. »Egal. Sie waren jedenfalls nicht allein.«

»Ein Cenzi und die katholische Kirche.«

»Ja, eine Zusammensetzung, die Zündstoff enthält, nicht wahr?«, grinsend kniff er ihr ein Auge, »aber sie vergessen, dass ich Bartoli heiße, nicht Cenzi.«

»Und das heißt?«

»Dass ich noch andere Vorfahren habe.« Er sah auf seine Uhr. »Ich soll Sie um zehn in die Engelsburg bringen, wollen Sie noch duschen?«

»Ja. Was ist mit meinen Sachen?«

»Können Sie erst mal hierlassen.«

DURCH DIE FENSTER suchten sich die Sonnenstrahlen einen Weg in den Raum. Hanna konnte den Staub darin tanzen sehen. Giacomo hatte sie alleingelassen, dafür erschien eine Frau in einem schwarzen Kleid mit einem Tablett, auf dem sich Tee befand. Hanna setzte sich auf die Couch und schenkte sich eine Tasse ein. Während sie das heiße Getränk in kleinen Schlucken trank, ging sie im Kopf durch, was sie bereits wusste. Ihr Onkel hatte herausgefunden, dass sie noch lebte. Er hatte sie zu sich nach Rom geholt, ohne ihr zu verraten, dass er dahintersteckte. Stattdessen hatte er sie mit einem kirchlichen Projekt geködert. Sie hatte noch nicht mal geahnt, dass er für die Restaurierung der römischen Kirchen verantwortlich war. Er wusste von Ben. Woher? Dann fiel der Groschen in ihrem Kopf. Die Überwachungskamera bei dem Brunnen auf dem Petersplatz und hier in der Engelsburg. Hatte er wirklich die Frechheit besessen, sein Patenkind auszuspionieren? Und wieso durfte er dafür die Technik des Vatikans benutzen? Sie hatte sich nie gefragt, welche Stellung er in der Kirche einnahm. Vielleicht sollte sie das ändern.

Sie stand auf und sah sich den Raum genauer an. Ein kristallener Lüster hing von der Decke. An den Wänden gab es kunstvoll geschmiedete Leuchten, die die Wände am gestrigen Abend indirekt beleuchtet hatten. Viele Möglichkeiten also, um kleine Kameras anzubringen.

»Keine Sorge, du wirst weder überwacht, noch gefilmt.«

Erschrocken wandte sie sich um. Er stand in der Tür mit einer Aktentasche in der Hand. »Ah, wie ich sehe, war Signora Giovanna so lieb und hat uns bereits Tee gebracht. Du siehst müde aus, mein Kind.« Langsam ging er zur Couch, setzte sich und stellte die Tasche ab.

»Ich habe schlecht geschlafen.«

»Komm, setz dich zu mir.«

Hanna setzte sich zu ihm auf die Couch und nahm ihre Tasse in die Hand. »Sind wir auf den Videos vom Petersplatz?«

Er lachte. »Deshalb deine Inspektion des Raums. Und ich dachte schon, du hättest angefangen, Dan Brown zu lesen. Ich hätte wissen müssen, dass du dafür nicht lange brauchst. – Ja.«

»Ist uns jemand gefolgt?«

Er nickte. »Ja.«

»Wie lange?«

»Die ganze Nacht.«

Sie schwieg, trank die Tasse leer. Nichts hatten sie

bemerkt. Weder sie noch Ben. Gut, er war krank gewesen, aber sie –.

»Unsere Leute sind hervorragend ausgebildet.«

»Das ist die Polizei auch.«

»Du bist böse auf mich.«

»Nein, auf mich.«

»Du hast die Männer von der FoEI bemerkt«, versuchte ihr Onkel sie aufzuheitern.

»Ja, die FoEI. Wo waren wir gestern stehen geblieben?«

»Major Ben Wahlstrom.«

Sie schüttelte den Kopf. »Nein. Du hast gesagt, ich müsste eine Entscheidung treffen.«

»Ja, das stimmt.«

»Was für eine?«

»Ob du ein drittes Leben beginnen möchtest oder deines zurückhaben willst.« Er bremste ihre Antwort mit der Hand ab. »Warte, wir sind nicht die Polizei. Wir haben kein Zeugenschutzprogramm, und das bedeutet, wenn du dich für ein neues Leben entscheidest, wirst du verschwinden und nie wieder auftauchen.« Der Kardinal drehte an seinem Ring. »Möchtest du einen Rat von mir?«

»Nein.«

Er hob den Kopf, sah sie an. »Ich gebe ihn dir trotzdem. Wähle den ersten Weg.«

Hanna wich seinem Blick nicht aus.

»Du hast es verdient.«

»Wie willst du mich verschwinden lassen?«

Er lächelte. »Es gibt viele Ordensgemeinschaften und Orte, wo dich niemand finden wird.«

»Darüber habe ich auch nachgedacht.« Sie sah ihm an, dass sie ihn damit überraschte. »Du hast mich gefunden, weil ich mich in das Kloster zurückgezogen habe«, stellte sie fest.

Er nahm seine Teetasse, trank einen Schluck, setzte sie langsam auf den Tisch. »Wir sollten bei der Auswahl einer Ordensgemeinschaft darauf achten, wo sich deren Klöster befinden. Außerdem solltest du eine bevorzugen, die zurückgezogen lebt.«

Hanna schüttelte bedächtig den Kopf. »Keine Ordensgemeinschaft. Ich will mein Leben zurück.«

Das Lächeln in seinem Gesicht verschwand. »Ein neues Zeugenschutzprogramm?«

»Nein.«

Er seufzte. »Gibt es irgendetwas, mit dem ich dich umstimmen könnte?«

»Nein.«

»Bist du dir sicher?«

»Ja. Ich werde in mein Leben zurückkehren.«

»Und wie willst du das machen?«

Sie zuckte mit den Achseln, darüber hatte sie sich noch keine ernsthaften Gedanken gemacht. »Zu meiner Kontaktperson gehen und ihr sagen, ich möchte mein Leben wiederhaben?«

»Sie wollen dich töten.«

Sie beugte sich vor. Die schlaflose Nacht brachte ihr einen Vorteil. Sie hatte ihr die Zeit gegeben, nachzudenken über das, was gestern passiert war. Eine zentrale Frage war geblieben: Wenn die Männer sie hatten töten wollen, warum hatten sie sie nicht erschossen? Es wäre so einfach gewesen.

»Und wenn nicht? Die FoEI ist eine Wirtschaftsorganisation, vielleicht wollten sie nur mit mir reden?«

Er schaute zweifelnd. »Und worüber?«

Sie zuckte die Achseln. »Sag du es mir.«

»Sie wollten nicht mit dir reden. Glaub mir.«

Der Brustton der Überzeugung, mit dem er es sagte,

überraschte Hanna. Ein ungutes Gefühl kroch ihren Nacken hoch. Sie war es so satt, Angst zu haben und sich zu verstecken, war es satt, sich von irgendjemandem manipulieren zu lassen. »Gestern hast du mir gesagt, ich müsste mich entscheiden, auf welcher Seite ich stehe.«

Er nickte.

»Ich stehe auf meiner.«

Ein feines Lächeln huschte über das Gesicht des Kardinals.

»Außerdem wolltest du mir meine Fragen beantworten.«

Er neigte den Kopf zur Seite. »Ja, aber erst, wenn du mir meine beantwortet hast.«

Sie verschränkte die Arme vor der Brust und lehnte sich zurück.

»Solange sie nichts mit einem gewissen Soldaten zu tun haben.«

Er öffnete die mitgebrachte Aktentasche und zog eine Mappe hervor, die er aufklappte und in der Fotos zum Vorschein kamen. Er legte das erste Bild auf den Tisch.

»Dr. Rukia Mutai.«

Es folgten die nächsten Bilder.

»Ochuko Mutai.«

Das Bild einer circa fünfzigjährigen Frau mit kurz geschnittenen grauen Haaren und Brille – »Dr. Frederike Schneider«, ein afrikanisches Mädchen mit geflochtenen Zöpfen knochigem Gesicht und unglaublich großen Augen – »Ifechi«.

Sie nahm das Bild in die Hand, betrachtete es genauer. Ein schlechtes Foto. Bei dem nächsten Foto zog sich ihr Herz schmerzhaft zusammen.

»Moswen.« Tränen stiegen in ihre Augen. Wieso steckte dieses Kind so tief in ihrem Herzen, obwohl sie nur so wenige Augenblicke mit ihm geteilt hatte? Neun weitere Fotos von afrikanischen Kindern fanden ihren Weg auf den Couchtisch: »Maalik, Dupe, Saburi, Afya, Tabita, Haiba, Ezeoha, Rabuwa und Tutu.«

Übelkeit stieg in Hanna auf und sie musste sich beherrschen, damit die Tränen nicht flossen. Sie ballte die Hände zu Fäusten.

Nach und nach verteilte ihr Onkel die Bilder auf dem Couchtisch. »Alle diese Menschen sind tot …«

»… wegen Lukas Benner«, unterbrach ihn Hanna hart.

»Wegen Lukas Benner.«

Er legte ein weiteres Foto mitten auf die ausgebreiteten Bilder. Es musste von einer großen Distanz aufgenommen worden sein und stellte einen Mann im Halbprofil dar. Jemand hatte das Gesicht herangezoomt, was es pixelig machte, sodass man fast nur Konturen erkennen konnte. Zudem trug der Mann, dessen Alter schwer zu schätzen war, einen Hut und eine dunkel getönte Brille.

»Kennst du den Mann?«

Zögernd nahm Hanna das Bild zur Hand, als würde sie einen giftigen Skorpion anfassen, vor dessen Stachel sie sich schützen müsste. Sie ließ sich Zeit, studierte, was sie vom Gesicht erkennen konnte. Es sah so aus, als stiege er gerade in ein Auto ein. Sie schüttelte den Kopf. »Nein.«

»Schau es dir noch mal an.«

Sie legte es beiseite. »Das habe ich.«

Enttäuschung zeichnete sich deutlich in seiner Miene ab.

»Wer ist das?«

»Konstantin Wolff, Inhaber der Wolff GmbH, eines Unternehmens, das sich mit der Vermittlung von Rüstungsaufträgen an die top fünf deutschen Rüstungskonzerne einen Namen gemacht hat.«

»Dafür braucht es einen Vermittler?«

Ein schmales Lächeln erschien auf seinem Gesicht, dem jegliche Wärme fehlte. »Die Geschäfte sind heikel und bedürfen oft sehr guter Rechtskenntnisse und politischer Beziehungen.«

»Warum meinst du, ich müsste ihn kennen?«

Er zuckte die Achseln. »Hoffnung. Wir denken, er ist der Kopf, wenn es um die Drecksarbeit in der FoEI geht. Er sorgt dafür, dass Rebellen Waffen erhalten, wenn das den Zielen der FoEI in dem Land dient.«

Sie nahm das Bild ein weiteres Mal in die Hand und betrachtete es erneut. Nein, sie kannte den Mann nicht. Mit einer Handbewegung erfasste sie alle Bilder auf dem Tisch. »Was hat er mit dem Überfall in Afrika zu tun?«

»Wolff ist der Kopf bei jeder militärischen Aktion. Lukas Benner hat während des Studiums in seinem Unternehmen gearbeitet. Wusstest du, dass Lukas eine militärische Ausbildung genossen hat und dort rausgeflogen ist?«

Sie schüttelte den Kopf.

»Lukas mag den Einsatz geleitet haben, aber er hat nicht die Logistik hinter dem Überfall gesteuert. Diese Aufgabe übernahm Konstantin Wolff.«

»Woher hast du all die Informationen?«

»Das spielt keine Rolle. Wenn du in dein altes Leben zurück möchtest, musst du wissen, mit wem du es zu tun hast.«

»Ich habe mit diesem Typen nichts zu tun.«

»Doch, denn es waren seine Leute, die dich gestern schnappen wollten.«

»Woher ...«

Er hob die Hand und brachte sie zum Schweigen. »Vielleicht will er dich erst als Lockvogel benutzen und dann töten. Egal. Am Ende steht in jedem Fall dein Tod.«

»Als Lockvogel?«

»Ja.« Er seufzte tief. »Die Einheit von Oberst Hartmann ist ihm ein ziemlicher Dorn im Auge. Sie hat die FoEI in den letzten Jahren verdammt viel Geld gekostet. Was in ihren Augen schwerer wiegt, ist, dass sie den Einfluss, den die Wirtschaft auf den afrikanischen Kontinent nimmt, verschoben haben.«

Hanna schüttelte den Kopf. »Und weshalb sollte ich einen Lockvogel für Oberst Hartmann darstellen?«

»Für ihn oder für Major Wahlstrom. Immerhin ist Letzterer hier aufgekreuzt und hat mit seiner Dummheit die FoEI auf dich gehetzt.«

Nachdenklich rieb sie sich das Kinn. Das mit dem Lockvogel war doch Blödsinn. Aber ein anderes Bild schob sich in ihren Kopf, das von der Stichwunde. Er hatte ihr nichts darüber erzählt. Geheimhaltung. Immerhin hatte ihn der Vorfall so verstört, dass er sie besucht hatte. Nur, um dann wieder aus ihrem Leben zu verschwinden. Er hatte ihr ihr altes Fotoalbum geschenkt. Weshalb war er da gewesen? Was hatte er von ihr wissen wollen? Wieso hatte er ihr seine Fragen nicht gestellt? *Ich vertraue deiner Entscheidung.* »Was hat die Kirche mit der Sache zu tun?«

Langsam lehnte sich ihr Onkel zurück, schlug die Beine übereinander und legte seine Hände gefaltet auf das obere Knie. »Was ist in Wahrheit da unten in Afrika passiert?«

»Ist das eine rhetorische Frage?«

Durchdringende bernsteinfarbene Augen richteten sich auf sie. »Nein, das ist mein Ernst.«

»Männer –, Söldner überfielen das Dorf und brachten die Menschen um. Lukas Benner hat sie angeführt, und das alles, um zu verheimlichen, dass sein Unternehmen Medikamente mit einer falschen Wirkstoff-Zusammensetzung geliefert hat.«

»Nein, das meine ich nicht.«

»Was meinst du dann?«

»Was du entdeckt hast. Das, was du niemandem erzählt hast.«

Sie lachte kurz auf, um ihr ungutes Gefühl loszuwerden, dass er etwas wissen wollte, was sie nicht bereit war, preiszugeben. Auch ihm nicht. »Ich weiß nicht, worauf du hinaus willst.«

Er beugte sich nach vorn und diesmal glitzerte es in seinen Augen. »Wie wahrscheinlich ist es, dass die Zwillingsschwester von Marie Benner in einem Dorf in Afrika aufkreuzt, das gerade von einer Söldnertruppe, angeführt von deren Mann, überfallen wird?«

Eine Pause entstand, in der Hanna nicht wagte, laut zu atmen.

»Bestimmung?« Sein Blick durchbohrte sie. »Oder ein abgekartetes Spiel?«

Sie stand auf, durchschritt das Zimmer und stellte sich ans Fenster. Ein Frösteln lief ihr über den Körper, aber nicht vor Kälte. »Von wem abgekartet?«, brachte sie schließlich heraus, ohne sich umzudrehen.

»Sag, du es mir.«

Nein. Sie und Harry hatten einen Auftrag gehabt. Niemand wusste, dass sie einen Abstecher in das Dorf machen würden. Schließlich war das ein spontaner Vorschlag von Ochuko Mutai gewesen, ihrem Fahrer, der seine Schwester dort besuchen wollte. Bestimmung? Sie rieb sich mit dem Mittelfinger die Stirn über der Nasenwurzel. – Die Kinder. – Moswen.

»Hast du je darüber nachgedacht, weshalb uns Gott den freien Willen gegeben hat, selbst zu entscheiden?«

Seine Stimme klang so sanft.

»Es wäre so viel einfacher für ihn, uns auf seinen Weg

zu zwingen und jede Überschreitung zu bestrafen. Stattdessen opferte er uns seinen Sohn und brachte uns Vergebung.«

Hanna lehnte ihre Stirn gegen die Fensterscheibe. »Ich bin das Licht der Welt. Wer mir folgt, wird nicht in Finsternis bleiben, sondern das Licht des Lebens haben«, rezitierte sie mit geschlossenen Augen aus dem Johannesevangelium. Sie hörte, wie ihr Onkel zitternd tief Luft holte.

»Du bist ein Licht der Welt.«

Sie wartete, dass der Schmerz über seine Worte in ihrem Inneren abebbte. Sie wollte kein Licht sein. Sie wollte leben. Wie oft hatte sie in den letzten Jahren über diese Worte aus der Bibel nachgedacht? Gerätselt, ob es bedeutete, dass sie den Lehren von Jesus Christus folgen musste oder seinem Leidensweg. Unter dem Dornenkranztattoo auf ihrem rechten Oberarm hatte sie auf Lateinisch die Worte »Ich bin das Licht der Welt« eintätowieren lassen, damit sie sich immer daran erinnerte, dass sie selbst in den finstersten Augenblicken ihres Lebens nicht allein gewesen war. Sie hatte Seinen Trost, Seine Liebe, Seine Wärme gespürt, hatte gewusst, dass die Entführer zwar ihren Körper benutzen konnten, aber nicht ihre Seele, denn die gehörte Gott. Kein Psychiater hatte ihr die Verletzungen, den Schmutz und die Scham nehmen können. Onkel Richard hatte ihr die Absolution erteilt und mit ihr heilten ihre Verletzungen so weit ab, dass sie die Kraft zum Weiterleben gefunden hatte.

»Zehn HIV-positive Kinder werden von einer Ärztin gepflegt, die selber an diesem Virus erkrankt ist, und doch ist nach ihrem Tod bei keinem der Kinder mehr das Virus festgestellt worden, nur bei der Ärztin.«

Sie drehte sich zu ihm.

Er zuckte die Achseln. »Kannst du mir erklären, wieso?«

Tränen stiegen Hanna in die Augen, quollen heraus und liefen ihre Wange herunter. Sie überbrückte die Distanz zu ihm und kniete sich vor ihm nieder. Seine rechte Hand aufnehmend drückte sie ihm einen Kuss auf den Kardinalsring.

Seine Hand hob sich und zeichnete ihr das Kreuz auf die Stirn. »Gelobt sei Jesus Christus.«

»In Ewigkeit. Amen. Ich möchte in Demut und Reue meine Sünden bekennen. Ich habe geschwiegen, als ich hätte reden sollen. Es liegt nicht in meinem Ermessen zu urteilen oder zu vergeben.« Sie ging in sich, atmete ein, fühlte die Ruhe und Kraft, die aus der Beichte in sie strömte. »Was ich denke, ist, dass Marie, Dr. Frederike Schneider und Dr. Rukia Mutai Medikamente an den Kindern getestet haben, um ein Heilmittel gegen HIV zu finden. Dabei starb die kleine Ifeschi. Gleichzeitig muss ihr Tod ihnen geholfen haben, einen wesentlichen Schritt zum Finden des Heilmittels zu gehen. Jedenfalls habe ich die E-Mail von Dr. Schneider an Marie so interpretiert. Das alles sind keine Beweise, nur Schlussfolgerungen, die ich gezogen habe. Ich wusste noch nicht mal, dass die Kinder kein HIV mehr hatten.«

»Woher wusstest du überhaupt, dass die Kinder in dem Dorf von HIV betroffen waren?«

»Alles war so sauber und ordentlich, das Aussehen von Dr. Mutai, die Art, wie die Kinder miteinander spielten. Der große Ernst in ihren Augen. Ich weiß es nicht. Im Grunde wusste ich es erst, als ich mehr über das Dorf herausfand.«

Er nickte. »Also steht es in der E-Mail, dass sie ein Heilmittel gefunden haben?«

»Nein. Sie haben mit dem Leben von Kindern experimentiert. Marie hat mit dem Leben von Kindern gespielt. Weshalb? Wie konnte sie?« Sie hob den Kopf, sah ihren Onkel an, auf der Suche nach einer Antwort, die er ihr nicht geben konnte.

»Aber sie haben ein Heilmittel gefunden.«

»Ja, offensichtlich. Woher weißt du, dass die Kinder kein HIV mehr hatten?«

»Ich habe meine Quellen. Ist dir klar, was das bedeutet?«

Sie zögerte mit ihrer Antwort, dachte daran, wie wütend Marie geworden war, als sie sie damals mit ihrem Verdacht konfrontierte, dass Medicare an den afrikanischen Kindern neue Medikamente testete und dass Medicare auf viel Gewinn verzichten müsste, wenn sie ein Heilmittel für HIV fanden.

»Hoffnung?«

Er lächelte und nickte. »Für jetzt bleiben Glaube, Hoffnung und Liebe, diese Drei, doch am größten unter ihnen ist die Liebe. Hoffnung, Glaube und Liebe, die drei christlichen Tugenden«, zitierte ihr Onkel, die letzten Zeilen aus dem Brief an die Korinther, Vers 13.

»Das ist keine Rechtfertigung für ihre Handlungsweise.«

»Nein. Hast du mit ihr darüber gesprochen?«

»Ja, und sie hat mich belogen. Aber ich habe ihr nicht geglaubt und mit der Hilfe eines Freundes, der mir Zugang zu den Servern von Medicare beschafft hat, bin ich auf die Korrespondenz zwischen Marie und Dr. Schneider gestoßen. Das hat mir gezeigt, dass sie mich belogen hat.«

»Du wolltest wissen, weshalb, und hast sie angerufen.«

»Ja, aber sie kam nicht. Stattdessen kam Lukas.«

»Und du hast gegenüber der Polizei deine Vermutung

darüber verschwiegen, was Marie, Dr. Schneider und Dr. Mutai gemacht haben.«

Hanna nickte stumm und senkte den Kopf.

»Gott, der allmächtige Vater, hat durch den Tod und die Auferstehung seines Sohnes die Welt mit sich versöhnt und uns den Heiligen Geist gesandt zur Vergebung der Sünden. Durch den Dienst der Kirche schenke er dir Verzeihung und Frieden. So spreche ich dich los – von all deinen Sünden: im Namen des Vaters und des Sohnes und des Heiligen Geistes.«

»Amen.«

Ihr Onkel strich ihr über den Kopf und klopfte auf den Platz neben sich auf der Couch. »Du musst mit Hartmann über das reden, was Marie gemacht hat. Er ist der Einzige, der dir helfen kann.«

»Nein, er wird sie verurteilen. Seine Moralvorstellung kennt nur gut und böse. Dazwischen gibt es nichts für ihn.«

»Ich denke, du schätzt ihn da falsch ein. Ihm liegt sehr viel an dir.«

»Oh ja, schließlich hat er auch keine Hemmungen gehabt, mir diesen Major Wahlstrom auf den Hals zu schicken.«

»Jeder macht Fehler, das solltest du am besten wissen. Außerdem kennt niemand von uns den Weg, den die Liebe nimmt, am allerwenigsten wir Männer.« Er nahm ihre Hand, umschloss sie mit seiner. »Ich habe Angst um dich. Ich will nicht noch einmal vor deinem Grab stehen. Wenn es jemanden gibt, der der FoEI die Stirn bieten kann, dann ist es Hartmann. Er hat Armin Ziegler niemals aus den Augen gelassen und der zählt zum inneren Kreis dieser Organisation.«

»Wenn das so ist, warum hat er dann nicht dafür gesorgt, dass Armin nie wieder aus dem Knast kommt?«

»Weil er ein Mann ist, der sich an die Gesetze hält, und wenn er keine Beweise hat, sind auch ihm die Hände gebunden.«

»Du vertraust ihm?«

»Ja.«

Sie stand auf, ging zum Fenster und starrte hinaus. Damals hatte sie nicht auf den Rat ihres Patenonkels gehört. Sie hatte geglaubt, wenn sie schwieg und sich aus seinem Leben heraushielt, würde sie irgendwann einen anderen Weg finden, Armin aus ihrem Leben zu katapultieren. Stattdessen saß er darin fest wie eine Zecke, die sich mit Blut vollsaugt. – Marie. Sie schloss die Augen, Marie war ihm genauso verfallen wie Mama. Niemand schien hinter die Fassade des Mannes zu sehen. Er war gut aussehend, charmant und reich und er engagierte sich in sozialen Projekten. Das war sein äußeres Bild, sein Inneres hingegen prägte Machtbesessenheit. Sie hatte am eigenen Leib erlebt, was es hieß, sich mit Armin anzulegen. Doch nicht er war aufgebrochen um ein ganzes Dorf dem Erdboden gleichzumachen, sondern ihr Schwager Lukas. Würde sich Armin an ihr rächen, weil sie ihn in den Knast gebracht hatte? Zuzutrauen war es ihm, und dieser Konstantin Wolff war nach der Beschreibung ebenso wenig zartbesaitet.

»Also gut, ich werde mich bei Hartmann melden.«

»Und bitte, Hanna, nur ihm darfst du sagen, was du weißt. Du musst nach Berlin ins BKA und Kontakt mit Gerhard Konz aufnehmen. Er weiß, wie er Hartmann erreichen kann. Einer unserer Leute wird dich begleiten.«

Sie wandte sich um. »Nein.«

Verwirrt sah er sie an.

»Niemand begleitet mich, das ist meine Bedingung.«

»Es dient deinem Schutz.«

»Nein, das ist nicht verhandelbar.«

»Also gut«, lenkte ihr Onkel erstaunlich schnell ein.

Sie war nicht blöd und wusste, dass er ihr heimlich jemanden hinterherschicken würde. Aber dann war es nicht ihre Schuld, wenn demjenigen etwas passierte.

»Ich werde Caroline Bescheid geben, damit sie zum Bahnhof kommt und dich abholt. Sie bringt dich dann direkt zum BKA.«

Caroline. Sie war nicht nur eine Freundin von Onkel Richard, sondern auch von ihrem Papa gewesen. Wie konnte er nur auf der einen Seite besorgt um sie sein und auf der anderen Seite Freunde hemmungslos in Gefahr bringen? Sie dachte an Viktor, der verschwunden war und von dem sie nicht wusste, ob er noch lebte. Nina, seine Freundin hingegen, hatte es das Leben gekostet, dass sie ihr geholfen hatte. Ihr Entschluss stand fest. Sie würde Caroline auf keinen Fall in Schwierigkeiten bringen, aber das musste sie ihrem Onkel ja nicht auf die Nase binden.

10

SUCHE

Mit der linken Hand tastete Ben nach seinem Handy, das ihn mit einem lauten Ton und leuchtendem Display aus dem Schlaf gerissen hatte.

»Ja.«

»Ich gebe Ihnen eine halbe Stunde, wach zu werden und zum BKA zu kommen.«

Bevor Ben seinem Oberst antworten konnte, klang der Signalton.

Er hatte aufgelegt.

Leise vor sich hin fluchend, warf Ben einen Blick auf das Display. Drei Uhr nachts. Verdammt, er war es nicht mehr gewohnt, mitten aus seinem Schlaf gerissen zu werden. Er brauchte neunundzwanzig Minuten, bis er im Besprechungsraum des BKA saß. Neben Oberst Hartmann waren Paul Gerlach, Sven Brinkmann und dessen Vorgesetzter beim BKA anwesend. Eine Kanne Kaffee stand auf dem Tisch und Ben bediente sich davon, während er sich setzte.

»Nun, da wir vollzählig sind –«, Hartmann holte tief

Luft, »Lukas Benner wurde vor zwei Stunden tot in seiner Zelle aufgefunden.«

Niemand sagte etwas.

Ben suchte kurz nach seinem schlechten Gewissen, weil ihn die Nachricht nicht erschreckte, sondern eher ein Gefühl der Zufriedenheit in ihm weckte.

»Ich weiß, niemand in diesem Raum trauert um den Mann, dennoch haben wir damit eine Chance verpasst, mehr über die FoEI zu erfahren. Wir stehen wieder genau an derselben Stelle wie vor einem Jahr und sind kein Stück weiter.«

Ben runzelte die Stirn bei den Worten des Vorgesetzten von Sven Brinkmann – wie hieß er noch gleich? Konz. Ja, Gerhard Konz. »Finden Sie nicht, dass die Handlungsweise der FoEI zeigt, wie sehr sie unter Druck stehen? Die Hartnäckigkeit, mit der sie versucht haben, Lukas Benner zu töten? Wer unter Druck steht, macht Fehler. Untersuchen Sie den Tod, dann werden Sie sicherlich Spuren finden. Wie ist er überhaupt gestorben?« Letzteres interessierte Ben brennend.

Sven antwortete für seinen Vorgesetzten: »Äußerlich sind keinerlei Spuren erkennbar. Derzeit geht der Arzt, der den Tod festgestellt hat, von einem Herzversagen aus, aber seine Leiche befindet sich zurzeit in der Rechtsmedizin und wir werden warten müssen, was dabei rauskommt.«

»Herzversagen bei einem Sechsunddreißigjährigen.« Nicht schlecht, dachte Ben. Das könnte im Zweifelsfall sogar durchgehen.

»Ja. Er muss sich gestern ziemlich aufgeregt haben, nachdem seine Ex-Frau ihn besucht hat. Sie hat ihm irgendwelche Papiere zur Unterzeichnung vorgelegt, und es gab anscheinend einen hässlichen Streit zwischen den beiden«, bestätigte Sven Bens stummen Gedanken.

»Hat er sie unterschrieben?«

»Ja.«

»Okay, Marie Benner ...«

»Ziegler«, unterbrach ihn Sven.

Er hob die Brauen. »Sie hat den Namen ihres Stiefvaters wieder angenommen?«

»Korrekt. Und nicht nur das. Armin Ziegler hat seinen Geschäftsführerposten an sie abgegeben, den sie während seiner Haft provisorisch wahrgenommen hatte.«

»Wann?«

»Nun, bisher rein inoffiziell. Die offizielle Bekanntmachung soll am Freitag auf einer außerordentlichen Beiratssitzung stattfinden«, steuerte der Computerspezialist bei.

Ben sah Paul an, der jetzt breit grinste und die Achseln zuckte. »E-Mails sind nie sicher, und der Beirat setzt sich aus Mitgliedern außerhalb des Unternehmens zusammen, sprich – außerhalb ihres internen Netzwerks.«

Oberst Hartmann mischte sich ein: »Also – fassen wir es zusammen. Marie Benner – jetzt wieder Ziegler – lässt sich von ihrem Ehemann scheiden. Sie erhält die Geschäftsführerposition bei Medicare, was übermorgen offiziell auf einer Beiratssitzung bekannt gegeben wird. Zuvor – nämlich gestern – sucht sie ihren Ex-Mann auf, damit er ihr Papiere unterschreibt. Wisst ihr, worum es dabei ging?«

Die zwei BKA-Männer schüttelten unisono den Kopf.

»Und heute um ein Uhr in der Früh wird Lukas Benner tot in seiner Zelle gefunden. – Wieso war überhaupt jemand um die Uhrzeit bei ihm?«

»Er hatte den Notfallknopf gedrückt«, präzisierte Konz den Vorfall. »Als der Wachdiensthabende nachschaute, lag Benner bewusstlos auf dem Boden, in seinem Erbrochenen, leichenblass und mit kaltem Schweiß auf der Stirn, was ihn veranlasste, sofort den Notarzt herbeizurufen. Der wiederum konnte nur noch seinen Tod feststellen.«

»Auch wenn die Symptome einen Herzinfarkt nicht ausschließen, ich an deiner Stelle, Gerhard, wüsste, mit wem ich mich intensiver beschäftigen würde.«

Konz räusperte sich. »Wir haben noch ein anderes Problem.« Er starrte auf eine Mappe, die vor ihm auf dem Tisch lag, rutschte auf seinem Stuhl hin und her. Schließlich hob er den Kopf und sah Hartmann direkt in die Augen. »Wir haben den Kontakt zu Sabine Schmidt verloren.«

Bens Puls beschleunigte sich augenblicklich. In seinem Magen bildete sich ein Klumpen.

Niemand sagte etwas. Paul begann, auf seinem Laptop zu tippen.

»Wann?«, fragte der Oberst schließlich kalt.

»Am Freitag hat sie sich das letzte Mal bei ihrer Kontaktperson gemeldet«, erklärte Sven.

»Mit anderen Worten, wir sprechen von einem bis vier Tagen.« In Ben rasten die Gedanken, was in vier Tagen alles geschehen konnte. Verdammt! Er selbst hatte die Leute auf ihre Spur gebracht.

Gerhard Konz' Aufmerksamkeit wechselte zwischen Oberst Hartmann und Major Wahlstrom. »Sie sind Zwillingsschwestern. Es könnte also durchaus sein, dass gestern nicht Marie bei Lukas Benner war, sondern – sie.«

»Das ist jetzt nicht dein Ernst.« Hartmanns Stimme war eiskalt. »Du glaubst, Hanna würde vor Gericht aussagen und sich in das Zeugenschutzprogramm des BKA begeben, um dann als ihre eigene Zwillingsschwester getarnt zurückzukehren? – Und ihren Schwager zu töten? – Und das wie?«

Ben kam die Angelegenheit gleichermaßen absurd vor, dennoch konnte man diese Möglichkeit nicht ausschließen. In der Haltung von Gerhard Konz sah er, dass dieser es absolut ernst meinte. Er hatte sich zurückgelehnt, die Hände vor der Brust verschränkt, und fixierte Hartmann mit einem undurchdringlichen Blick.

»Und aus welchem Grund sollte sie sich dazu entschlossen haben, Gerhard?«

»Weil sie von jemandem erfahren hat, dass wir Lukas ein Angebot gemacht haben, den Strafvollzug aufzuheben, wenn er gegen die FoEI aussagt.«

»Und mit jemandem meinst du mich?«

Konz′ Blick wanderte zu Ben.

»Oder Major Wahlstrom.« Er richtete seine nächsten Worte direkt an Ben. »Waren Sie es nicht, der sie aus dem Feuer geholt, sie außer Landes geschafft und uns erst danach darüber informiert hat?«

Ben holte Luft, doch bevor er antworten konnte, sah er die Warnung in den Augen seines Vorgesetzten und schwieg.

Sven beugte sich vor. »Vielleicht sind wir mit unseren Schlussfolgerungen etwas vorschnell. Erst mal sollten wir die genaue Todesursache von Benner kennen. Vielleicht war es ja tatsächlich Herzversagen und wir rennen uns hier umsonst die Köpfe ein. Dann sollten wir abwarten, ob sich Sabine noch bei ihrer Kontaktperson meldet. Immerhin kann irgendetwas sie in den letzten Tagen daran gehindert haben.«

»Und was, wenn die FoEI längst auch Hanna Rosenbaum auf dem Gewissen hat?«

Seine Befürchtung laut ausgesprochen zu hören, ließ Bens leeren Magen zusammenkrampfen.

»Auch das schließen wir nicht aus«, antwortete Sven. »Wir haben über Interpol ihre Beschreibung herausgegeben und lassen gerade prüfen, ob nicht identifizierte Frauenleichen in Italien aufgetaucht sind, auf die sie passen. Sie ist auf die Fahndungsliste gesetzt worden. Die Suche wird auf ganz Europa ausgedehnt, sofern sich bis nächste Woche keine Ergebnisse zeigen.«

»Trotzdem möchte ich meine Frage hier nochmals offiziell formulieren«, mischte sich Konz wieder ein. »Hast du, Karl, oder haben Sie, Major Wahlstrom, Frau Rosenbaum von unseren Verhandlungen mit Benner informiert?«

Das klappernde Geräusch des Laptops stoppte.

»Niemand aus meiner Abteilung hatte Kontakt mit Frau Rosenbaum, seit wir sie in eure Obhut übergeben haben. Ausnahme ist die Verhandlung, bei der ich Hanna ihre neuen Papiere übergeben habe.« Die Lüge ging Oberst Hartmann glatt über die Lippen. Er erhob sich. »Danke, Gerhard, dass ihr uns über die Situation informiert habt.«

Gemeinsam verließen sie schweigend das BKA.

Draußen wandte sich der Oberst an Ben: »Ihre Schwester meinte, Sie könnten nächste Woche nach Calw zum Training. Kommen Sie doch heute später noch mal in der Zentrale vorbei.«

Ben verstand die verdeckte Botschaft seines Vorgesetzten. Dennoch fuhr er zuerst nach Hause und zwang sich, drei Stunden zu warten. Die Zeit verbrachte er damit zu duschen, seine Sachen zu packen, etwas zu frühstücken und die Wohnung auf seine längere Abwesenheit vorzubereiten.

»Verdammt«, fluchte der Oberst und warf das Telefon zurück auf die Station. Ben stellte keine Fragen, er wartete einfach ab, während er zusah, wie sich Hartmann die Haare raufte. Schließlich seufzte er abgrundtief, lehnte sich in dem Stuhl zurück, und visierte Ben an. »Das war der Status zur vorläufigen Untersuchung der Forensik. An Lukas Benners Herz zeigte sich ein zerstörter Bereich an der Herzwand, was offensichtlich darauf hindeutet, dass er bereits Infarkte hatte.«

»Aber müsste man das in der Haftanstalt nicht wissen und hätte er nicht Medikamente bekommen?«, hakte Ben verblüfft nach.

Der Oberst seufzte erneut abgrundtief. »Nein, nicht wenn es sich um sogenannte stumme Infarkte handelte.«

»Stumme?«

»Ja. Anscheinend gibt es die Möglichkeit, einen Herzinfarkt zu bekommen, ohne es selbst zu bemerken.«

»Na toll. Mit anderen Worten, ein durch den Streit und Stress ausgelöster Herzinfarkt kann als natürliche Todesursache erwogen werden.«

Mit verkniffenem Gesicht nickte der Oberst.

»Was machen wir wegen Hanna?«

Sein Vorgesetzter richtete sich in seinem Stuhl auf, legte die Arme auf den Schreibtisch. »Ihnen ist klar, dass wir nicht ausschließen können, dass Ihnen jemand gefolgt ist?«

Ben rieb sich die Schläfen. Die Vorwürfe in seinem Kopf waren seit seiner Abreise aus Rom nicht verstummt. Die letzten drei Stunden hätte er sich liebend gern selbst verprügelt, aber das nützte auch nichts, und das wusste er nur zu gut.

»Bisher gibt es keinerlei Hinweise auf ein Verbrechen. Ein italienischer Polizeibeamter ist zu Hannas Arbeitsstelle geschickt worden, um herauszufinden, was man dort über ihr Verbleiben weiß.«

Ben richtete sich auf und fixierte den Oberst. »Sie haben nicht ernsthaft vor, die Suche nach Hanna der Polizei zu überlassen.«

»Nein, natürlich nicht. Wenn ihr etwas zugestoßen ist ...«, Hartmann fuhr sich mit den Händen erneut durch die Haare. Die Falten in seinem Gesicht traten deutlich hervor. »Ich habe ihr damals gesagt, dass ihr nichts passieren wird, dass ich immer auf sie aufpassen werde. Mist, verfluchter!«

»Meine Tasche ist gepackt. Mein Flug geht am frühen Nachmittag.«

»Sie sind bis Ende der Woche noch krankgeschrieben. Stornieren Sie den Flug.«

»Oh nein, ganz bestimmt storniere ich ihn nicht. Ich habe Hanna in Gefahr gebracht und ich werde hier garantiert nicht rumsitzen und mich von meiner Schwester betütteln lassen, während Hanna in Gefahr schwebt.«

»Und ich werde Sie körperlich verletzt und emotional beteiligt nicht in einen Einsatz schicken.«

»Ich bin nicht emotional beteiligt.«

»Ach, nein?« Ironie troff aus der Stimme seines Vorgesetzten. »Stimmt ja, in Ihrem Hotelzimmer in Rom war ja das Badezimmerschloss defekt, nicht wahr?« Hartmann nickte siegessicher.

Ben atmete scharf ein. »Und Sie hegen keine Gefühle für Hanna oder ihren Stiefvater? Sie sind neutral?«

»Sie stornieren Ihren Flug, das ist mein letztes Wort«, wischte Oberst Hartmann seine letzte Anmerkung vom Tisch. »Sie sind krankgeschrieben und Sie bleiben exakt hier in Berlin in Ihrer Wohnung. Sollten Sie die Nase zur Haustüre rausstrecken oder die Dreistigkeit besitzen, in ein Flugzeug zu steigen, schwöre ich Ihnen, dann wird das Folgen für Sie haben. Verstanden, Major Wahlstrom?«

»Verstanden.«

»Das ist ein Befehl.«

»Ich bin krankgeschrieben, wie Sie eben ausgeführt haben. Ich unterstehe zurzeit nicht Ihrem Kommando.« Ben erhob sich von seinem Stuhl. »Ich halte Sie auf dem Laufenden.«

Mit hochrotem Kopf starrte ihn sein Vorgesetzter an, schnappte nach Luft. Seine Hand schwebte über dem Telefon.

Ben schüttelte den Kopf. »Versuchen Sie erst gar nicht, mich aufzuhalten, Oberst Hartmann, nichts wird mich davon abhalten, Hanna zu suchen.«

DER VORTEIL, einer Spezialeinheit anzugehören, bestand darin, auf ein Dutzend neue Identitäten zugreifen zu können. Verdeckt arbeitete man allein oder in kleinen Teams. Die Aktion Hanna war von Anfang an eine Angelegenheit zwischen ihm und seinem Oberst gewesen. Ben hatte seinen Haaren einen schwarzen Ton verpasst, trug einen dunkelgrauen Anzug und ein schwarzes Hemd und hatte eine Laptoptasche dabei, die genug Platz für seine Klamotten bot. So kam er – nur mit Handgepäck – zügig durch die Kontrolle. Eine Armani-Sonnenbrille, eine goldene Rolex und ein Ehering vervollständigten sein Outfit als erfolgreicher Manager eines schwedischen Automobilkonzerns. Zum Glück war seine Haut durch den mangelnden Aufenthalt im Freien mittlerweile heller als sonst.

Da der Flieger erst um siebzehn Uhr zwanzig Ortszeit landete, blieb ihm nichts anderes übrig, als seinen Besuch bei Professor Bartoli auf den nächsten Tag zu verschieben. Er ließ sich vom Taxifahrer direkt in das Hilton an der Via Cola di Rienzo bringen. In dessen Nähe war nicht weit vom

Petersplatz Bartolis Institut. Dessen Biografie und sämtliche Informationen, die Paul hatte auftreiben können, befanden sich auf seinem Laptop. Inzwischen hatte sich der Oberst beruhigt, und obwohl sich Ben ohne offiziellen Auftrag in Rom aufhielt, durfte er auf das Netzwerk der Spezialeinheit zugreifen. Genauso wusste er schon, dass die Befragung des Professors durch die italienische Polizei keine Ergebnisse gebracht hatte.

Studenten und Professor waren alle zusammen am Samstagabend eine Pizza essen gegangen. Sabine verabschiedete sich, und am Montag fand der Professor einen Brief von ihr vor, in dem sie ihm mitteilte, sie müsse nach Deutschland zurück. Ihrer Tante ginge es schlecht, und die Ärzte hätten sie gebeten zu kommen. Natürlich wusste der Professor nicht, dass diese Tante in Wirklichkeit keine echte Tante von Sabine war. Also hatte Ben eine Ausrede, etwas das ihm die Hoffnung gab, dass Hanna die Gefahr gerochen und sich verdünnisiert hatte, sofern der Brief tatsächlich von ihr stammte. Das prüfte zurzeit die Polizei in Deutschland.

Nachdem er im Hotel eingecheckt hatte, entschloss sich Ben zu einem Gang durch die Stadt. Sein Weg führte ihn über die Strecke, die sie bei ihrer Sightseeing-Tour genommen hatten. Für zufällige Beobachter unterschied er sich in nichts von den zahlreichen anderen Touristen, die durch die Stadt liefen. Er hingegen nahm jede Kleinigkeit wahr, musterte unauffällig die Leute um sich herum. Er wechselte mehrmals scheinbar ohne Grund die Straßenseite, wählte ruhigere Gassen oder blieb abrupt vor einem Geschäft stehen. Es fielen ihm keine Verfolger auf, dennoch ließ er sich nicht dazu verleiten, an Hannas Pension vorbeizugehen. Auch dort war die Polizei gewesen, und Schwester Valentina hatte den Beamten erzählt, dass Sabine Schmidt am Sonntag nach Deutschland abgereist sei, nachdem sie einen Anruf erhalten hätte. Ben suchte sich ein Restaurant in der Nähe der spanischen Treppe. Er beobachtete das Treiben auf den Straßen Roms, während er in seinem Innersten der Hoffnung einen kleinen Platz einräumte, dass Hanna lebte.

Was würde sie tun, wenn sie feststellte, dass ihre Tarnung aufgeflogen war? Sie hatte keinen Kontakt zur Polizei aufgenommen. Ben durchdachte die Möglichkeiten, die sich aus den bisherigen Fakten ergaben. Die schlimmste Alternative trotz des Briefes und trotz der Aussage von Schwester Valentina über einen geplanten Aufbruch war, dass sie nicht freiwillig gegangen, sondern unter Druck gesetzt worden war und die FoEI sie geschnappt hatte. Für diesen Fall fragte er sich, weshalb sich die Organisation so viel Mühe gab, es als eine normale Abreise erscheinen zu lassen. Als zweite Alternative galt, dass aufgrund seiner undurchdachten Handlung die Leute der FoEI auf Hannas Spur gelockt worden waren, sie es bemerkt hatte und flüchtete, ohne sich an die Polizei zu wenden, weil sie ihnen nicht traute. Dritte Alternative: Alles, was sie herausgefunden hatten, stimmte. Das überprüfte die Polizei in Deutschland zurzeit, und ihm blieb nichts anderes übrig, als zu warten, bis er das Ergebnis kannte. Bis dahin würde er diese letzte Alternative als Option im Kopf behalten. Allerdings fragte er sich, weshalb sich Sabine alias Hanna in diesem Fall nicht bei ihrer Kontaktperson gemeldet hatte. Dass sie sich für die Tante in ihrem gefakten Lebenslauf verantwortlich fühlte, passte zu ihr. Sie besaß einen ausgeprägten Familiensinn, der sie mehr als zwölf Jahre daran gehindert hatte, ihren Stiefvater für das zur Verantwortung zu ziehen, was er ihr angetan hatte. Die Spuren waren kalt gewesen, und die

Polizei hatte nur mit dem arbeiten können, was aus der damaligen, Polizeiarbeit zur Verfügung stand. Wäre sie damals zu einer Aussage bereit gewesen, da gab Ben seinem Oberst absolut recht, so hätten sie sich an seine Fersen heften können. Wer wusste schon, ob die FoEI ohne Armin Ziegler und vor allem ohne Konstantin Wolff überhaupt in der Lage gewesen wäre, eine solche Machtposition einzunehmen.

Konstantin Wolff, der Berater für die Vermittlung von internationalen Rüstungsaufträgen an deutsche Unternehmen. Er gehörte zu den Menschen mit einem untrüglichen Gespür dafür, wann es Zeit wurde, von der Bildfläche zu verschwinden. Seine politischen und militärischen Kontakte machten die Nachforschungen zu seiner Person zu einem hochbrisanten Spiel. Dass es eine Akte über ihn gab, wusste nur ein innerer Zirkel in ihrer Spezialeinheit. Zwischen ihnen herrschte ein Katz-und-Maus-Spiel. Lukas Benner wäre die mögliche Informationsquelle gewesen, um einen Zusammenhang zwischen der FoEI und militärischen Aktionen herzustellen. Außerdem hatte Lukas in dem Unternehmen von Konstantin Wolff gearbeitet, bis er Marie heiratete. Wenn er hinter der Falle mit der Geiselnahme in Algerien steckte, bei dem er zwei seiner Männer verloren hatte, dann bedeutete es, dass sie anfingen, sich ihm zu nähern. Ben beendete seinen Gedankengang, als der Kellner die bestellten Scaloppine Milanese an seinen Tisch brachte.

»Kann ich Ihnen behilflich sein?« Die adrette blonde Frau, auf die er hinabsehen musste, hatte ihm die Frage auf Englisch gestellt. Sie hatte ihn entdeckt, bevor er Zeit hatte, einen Blick in die Kirche zu werfen. Gerüste standen an den Wänden, auf denen weitere junge Leute herumturnten.

Er hörte den deutschen Akzent heraus, grinste sie an und nahm seine Sonnenbrille ab. Sie schenkte ihm ein aufreizendes Lächeln, was ein interessantes Grübchen in ihrem runden Gesicht zum Vorschein brachte. Die blonden Haare hatte sie zu einem Pferdeschwanz zusammengebunden. Ein Blick aus grünen, lustig funkelnden Augen schweifte über ihn. Da sich ihr Lächeln vertiefte, hatte sie offenbar entschieden, dass ihr gefiel, was sie sah.

»Vielleicht. Ich bin auf der Suche nach jemandem.«

»Oh, ein Deutscher.« Sie klimperte überrascht mit ihren langen Wimpern. Es fiel ihm schwer, sich dem Charme dieser kleinen, aber sehr energiegeladenen Person zu entziehen.

Gestern Abend im Hotel hatte Ben seine Strategie geplant und beschlossen, direkt zur Kirche zu gehen, in der das Team um Professor Bartoli an einer Bestandsaufnahme der renovierungsbedürftigen Kunstwerke arbeitete. Auch wenn er bezweifelte, dass Hanna als Sabine Schmidt einfacher als bisher Freundschaften schloss, hatte die Truppe laut seiner Recherche inzwischen eine längere Zeit miteinander verbracht. Nach dem Polizeibericht war Hanna am Samstagabend das letzte Mal mit den anderen zusammen gewesen. Er sah einen Mann, schlaksig, mit lockigen braunen Haaren und Bart auf sie zukommen.

»Wen suchen Sie denn?«, fragte die junge Frau weiter.

Ben wandte sich ihr wieder zu. »Sabine Schmidt.«

Ihre Wandlung brachte ihn kurz aus dem Konzept. Das Lächeln verschwand, ihre Füße stemmten sich energisch auf den Boden, sie richtete sich auf und verschränkte die Arme vor der Brust. Der Mann erschien erstaunlich flink neben ihr und legte ihr den Arm um die Schulter.

Interessant, dachte Ben, also gab es etwas, das die beiden dazu veranlasste, ihm mit Vorsicht gegenüberzutreten. Er zuckte die Schultern, lockerte seine Haltung, öffnete die Arme ein klein wenig und zeigte dabei die Handflächen, um die beiden mit möglichst defensiven Körpersignalen zu beruhigen. Aber erst, als er entschuldigend lächelte, merkte er, dass ihre Anspannung nachließ. »Sie hat mir gesagt, dass sie an diesem Projekt arbeitet. Ich wollte mich nur mit ihr für später verabreden.« Sein Blick wanderte Verständnis suchend zu dem Mann, der ein flüchtiges Grinsen zeigte.

Die junge Dame an seiner Seite blieb ernst. »Sie waren nicht zufällig am vorletzten Wochenende auch in Rom?« Der Ton war einen Tick feindselig und sie studierte aufmerksam Bens Gesichtszüge.

Er musste sich schnell entscheiden, ob er bejahte oder besser nicht. Er verließ sich auf sein Bauchgefühl. »Springen Sie mir an die Gurgel, wenn ich es bestätige?«

»Wusst' ichs doch.« Ein neuer, diesmal inquisitorischer Blick wanderte über ihn und nahm jedes Detail in Augenschein, angefangen von seinen Haaren über den Anzug und die Uhr bis hin zu seinem Pseudo-Ehering. Ihr rechter Fuß tappte auf den Boden.

»Sonja!«, mahnte der Mann an ihrer Seite, »es geht dich nichts an.«

Sie schnaubte und warf ihm einen kurzen wütenden Blick zu. »Typisch Männer!«, giftete sie ihn an, »Wenn es darauf ankommt, haltet ihr immer zusammen.«

»Du weißt doch überhaupt nicht, was los ist«, verteidigte sich ihr Freund.

Hier gab es unterschwellige Emotion, die anfing hochzukochen, und Ben beschloss abzuwarten, was passieren würde.

»Nein, ich weiß nur, dass sich Bine wegen diesem

Typen ...«, ihr Finger zeigte auf Ben, »... die Augen aus dem Kopf geheult hat. Und der besitzt jetzt die Frechheit, hier aufzutauchen und nach ihr zu fragen, als könnte ihn kein Wässerchen trüben. – Sie ist nicht da.«

Hier fühlte sich ganz offensichtlich jemand verantwortlich für Hanna. Er nahm die kleine, wütende Person vor sich genauer in Augenschein. Es erstaunte ihn, dass Hanna und sie sich befreundet hatten. Grundsätzlich hätten zwei Frauen nicht verschiedener sein können. Allein die Markenklamotten, die die zierliche Person trug, einschließlich des Tops, von dem er sich fragte, wie das in einer italienischen Kirche erlaubt sein konnte. Die Art, wie die anderen sich kurz umgedreht und ihn ignoriert hatten, als diese Sonja auf ihn zukam, signalisierte ihm, dass sie als Anführerin der Truppe galt. Das entsprach auch ihrem Verhalten, das sie ihm gegenüber zeigte.

Aber die Hanna, die er kannte, würde sich nie einer Führung beugen. Sie würde sich außen vor halten und ihr Ding durchziehen, egal, was diese Person dort anstellte. Eine Konstellation, die seiner Erfahrung nach leicht zu einem Zickenkrieg ausarten konnte. Er legte den Kopf ein wenig zur Seite. Konnte er sich so in Hanna täuschen? Zeit, diese Frau in ihre Schranken zu weisen und herauszufinden, was als Nächstes passierte.

»Ihr Freund hat recht. Es geht Sie nichts an.«

Ihre Hände wanderten an ihre Hüften, wobei sie ihren Freund unsanft mit dem Ellbogen anstieß. Der nahm seinen Arm von ihrer Schulter.

»Ach nein? Und was hält Ihre Ehefrau davon, dass Sie eine Affäre haben?«

»Sie sollten keine voreiligen Schlüsse ziehen.«

»Oh, die Tour also. Ihre Ehe ist beendet und Bine soll sich nur noch ein wenig gedulden, bis Sie die Scheidung einreichen?« Diesmal landete ihr Zeigefinger auf Bens Brust. Er ließ sie gewähren.

»Und Sie glauben allen Ernstes, Bine wäre so dumm, darauf reinzufallen?«

»Was hat sie Ihnen erzählt?«

Seine ruhig gestellte Frage stoppte sie. Ihre Wangen färbten sich rot. Sie wich seinen Augen aus.

Nichts. Er wusste es. Dennoch, sie war eine gute Beobachterin. Vielleicht hatte sie etwas bemerkt oder gesehen, was ihm weiterhelfen konnte. Er würde es herausbekommen, aber nicht hier, nicht in dieser Kirche, nicht unter den neugierigen Blicken der anderen, die sich, seit sie ihr Gespräch lauter führten, auf ihn richteten. Außerdem konnte es nicht schaden, wenn sich die Frau ein wenig abkühlte. Er warf einen Blick auf seine Uhr.

»Hören Sie ...« Er machte eine Pause.

»Frau Weidmann!«

Ben nickte und sah sie eindringlich mit ernstem Gesicht an. Vermutlich gehörte sie zu den Menschen, die sich an Beziehungen und Dramen hochzogen und geradezu davon lebten. Sie brauchte bloß einen Köder.

»Ich habe vor zwei Wochen einen Fehler gemacht, weil ich unsicher war. Heute bin ich hier, um es wiedergutzumachen. Wieso treffen wir uns nicht in meinem Hotel«, sein Blick wanderte kurz zu dem Mann neben ihr, »mit – Ihrem Freund?«

»König. Ähm, Marco König, hallo«, stellte dieser sich auf Bens fragenden Blick hin etwas verlegen vor.

»Dann können wir uns in Ruhe darüber unterhalten und Sie verraten mir, wo ich Sabine finden kann.«

Ihrem Gesicht sah er an, dass ihr das nicht reichte, dass ein kleines Häppchen fehlte, um ihren Widerstand zu brechen. Bevor er darüber nachgedacht hatte, kam es über seine Lippen: »Ich liebe sie, ehrlich. Und ich möchte – ich kann – sie nicht verlieren.« Sein Magen krampfte sich zusammen. Schweiß brach ihm auf der Stirn aus und er fragte sich, wem er gerade etwas vorlog und warum es ihm so schwerfiel.

11

VERBÜNDETE

Er brauchte drei Seitenwechsel und musste einmal in eine Seitengasse einbiegen, bis er den Mann identifiziert hatte, der ihn verfolgte. Mit dem Handy am Ohr blieb er stehen, drehte sich mehrmals, während er ein Pseudogespräch führte, und schoss dabei mehrere Fotos. In der Folge legte er einige Strecken mit öffentlichen Verkehrsmitteln zurück, wobei er einen geschlossenen Waggon nutzte, um seinen Verfolger genauer ins Visier zu nehmen. Ohne seine Ausbildung hätte er den Mann nicht bemerkt. Wahrscheinlich bemerkte er ihn sogar überhaupt nur aufgrund seiner Erwartungshaltung. Als dieser bei der nächsten Station ausstieg, glaubte er sogar, sich getäuscht zu haben. Er stieg aus, wendete erneut die Taktik des ziellosen Umherstreifens und abrupten Stehenbleibens an und bemerkte einen neuen Verfolger. Wow – das waren Profis.

Er setzte sich in eine Espresso-Bar und schickte die eben geschossenen Aufnahmen an Paul. So unangenehm die Situation war, erhöhte sie doch den Grad auf der Skala für die Möglichkeit, dass Hanna untergetaucht und nicht entführt oder getötet worden war. Er überlegte, was er mit dem restlichen Tag bis zu seiner Verabredung mit Sonja Weidmann und ihrem Freund Marco König veranstalten könnte.

Er betrat den Petersdom durch das Hauptportal. Aus der Hitze tauchte er in die Kühle und erstaunliche Stille der Kirche ein, deren Luft von Weihrauch geschwängert war. Die geführten Touristengruppen unterhielten sich flüsternd. Das Geräusch verflüchtigte sich im großen Innenraum des Doms. Langsam wanderte er herum. Er betrachtete die Wandmalereien, Mosaikböden, geschnitzten Altäre und die Kuppel. Sein Weg führte ihn hinunter in die Tiefe der Katakomben und hinauf in die Spitze des Doms. Hier paarten sich Geschichte, Kunst, Glaube und Macht in einer beeindruckenden Mixtur. Während er wieder durch den ebenerdigen Teil schlenderte, fiel sein Blick auf die marmorne Figur einer Madonna hinter einer gläsernen Wand, die ihren toten Sohn im Schoß hielt. Er fühlte sich magisch angezogen, erinnerte sich, diese Pieta in Hannas Notizbuch gesehen zu haben. Die Skizze war unbedeutend im Vergleich zu der in Marmor verewigten Figur. Allein die Falten in dem Gewand, der Ausdruck des Gesichts, die Schatten – sie wirkte vollkommen lebendig. Er sah die feine Nase, den trauernden Zug um ihren Mund, und wie das Tuch, das um ihren Kopf lag, den schlanken Hals sichtbar ließ. Wie konnte das Gewand aus Marmor so filigran aussehen, dass es lebendig wirkte? Sie sah so unglaublich jung aus. Ihr Sohn in ihrem Schoß wirkte so klein mit seinem mageren, zerschundenen Körper. In Berlin hatte Ben die Passionsgeschichte nachgelesen. Maria, die Mutter Jesu, die mit dem jüngsten Apostel Johannes unter dem Kreuz gestanden hatte. Maria – Marie, Johannes – Johanna. Auf seinem Arm bildete sich Gänsehaut. Sein Handy vibrierte und riss ihn aus seiner Betrachtung. Erstaunt sah er auf die Erinnerung, von der die Vibration ausgelöst worden war. Treffen mit SW im Hotel in zwei Stunden. Seit er den Petersdom betreten hatte, waren vier Stunden vergangen.

Er wartete auf die beiden Studenten in der Hotellobby. Inzwischen kannte er deren Lebenslauf, wusste, was sie studierten und dass Professor Bartoli Marcos Doktorvater war. Sonja vergnügte sich viel im Internet, was ihm eine Fülle an Informationen und Fotos lieferte. Das zeigte ihm, dass er sie richtig eingeschätzt hatte. Ihre Spezialität war es, Jungs zu erobern, weshalb sie ihre Freundinnen, von denen es zahlreiche gab, mit kostenlosen Tipps rund um das männliche Geschlecht versorgte. Sie schien sich als eine Art Beziehungsexpertin zu sehen, und auf YouTube fand er einige Gesangsvideos von ihr. Eine ausdrucksstarke, einprägsame, sinnliche Stimme, und die Performance strahlte Sex-Appeal aus. Eigentlich schade, dass sie ihren Freund mitbrachte.

Sonja hatte die Bermudas durch einen blumigen Minirock aus einem weichen, fließenden Stoff ersetzt. Oben trug sie eine kurzärmelige, durchsichtige blaue Bluse und einen spitzenbesetzten dunkelblauen BH. Ben brauchte nicht viel Fantasie, um sich unter dem Rock einen ebenfalls spitzenbesetzten Stringtanga vorzustellen. Marco trug kakifarbene Bermudas und hatte ein dunkelblaues T-Shirt an. Sein Arm umschlang Sonjas Taille besitzergreifend, was die anwesenden Männer in der Lobby nicht daran hinderte, seiner blonden, zierlichen Begleiterin, die durch die Stilettos sechs Zentimeter größer erschien, anzügliche Blicke zuzuwerfen.

Ben erhob sich und ging auf die beiden zu. Sonjas Lippen leuchteten in Signalrot, schwarzer Eyeliner und Wimperntusche betonten den ovalen Schnitt ihrer grünen Augen. Lidschatten in verschiedenen Grautönen und ein heller Punkt im Inneren als Eyecatcher lenkten unweigerlich seinen Blick auf ihre Augen. Hannas unvergleichlich blaue Augen schoben sich in seine Erinnerung, die ihn ihrerseits in Afrika auf Anhieb gefangengenommen hatten, ganz ohne schminktechnische Unterstützung, nur durch ihre Farbe und den tiefen Ausdruck von Verletzbarkeit. Er wandte sich an Marco. »Wenn es Ihnen nichts ausmacht, würde ich Sie gern mit hoch in mein Zimmer nehmen, dort können wir ungestörter reden.« Er ließ seinen Blick durch die Hotellobby streifen. Seine Verfolger hatte er bewusst nicht abgeschüttelt. Mit Interesse stellte er inzwischen den vierten Mann im Einsatz fest, der ihn beobachtete. Wer immer dahintersteckte, schien ein Arsenal an gut ausgebildeten Leuten zu besitzen, was seine Annahme bestärkte, dass es sich um die FoEI handelte.

Die jungen Leute zögerten nicht einen Moment. Innerlich schüttelte Ben den Kopf über ihre Naivität. Wie leicht wäre es, die beiden verschwinden zu lassen. Er hoffte, dass er sie mit ihrem Treffen nicht in Gefahr brachte. Ben hatte sich eine Suite gemietet und ein paar Kleinigkeiten zum Essen, Wein und Wasser hochbringen lassen. Sein Damenbesuch riss die Augen auf angesichts seines großzügigen Vorraums einschließlich Balkon, den er wohlweislich geschlossen hielt.

»Wow. Arm sind Sie aber nicht.«

Statt ihr zu antworten, lächelte er bloß. Das Zimmer gehörte zu seiner Tarnung, und die musste er aus eigener

Tasche bezahlen. Zum Glück hatte er nicht oft Gelegenheit, Geld auszugeben.

»Wein?«

»Ja, bitte, einen Weißen.« Sonja setzte sich auf die weiß-blaue Couch und überkreuzte die Beine. Ihr Freund ließ sich neben ihr nieder. »Mir einen Roten.« Er legte seine Hand auf Sonjas nacktes Knie. Ben reichte ihnen die gewünschten Getränke und setzte sich mit einem Rotweinglas ihnen gegenüber.

»Also, was für einen Mist haben Sie vor zwei Wochen gebaut?«, eröffnete Sonja ohne Umschweife das Gespräch.

Ben ließ den Wein in seinem Glas kreisen. Den Ehering hatte er abgelegt. »Drücken wir es mal so aus: Ich wollte Sabine die Möglichkeit geben, sich frei zu entscheiden, welchen Weg sie weitergehen möchte.«

»Hm, so sah das aber nicht aus. Deshalb heult man nicht rum, als ob man gerade jemanden beerdigt hätte. Außerdem ist Bine der knallharte Typ. Sie zeigt nie Gefühle gegenüber anderen und ist total verschlossen.«

»Hat sie mit Ihnen geredet?«

»Nein, das brauchte sie auch nicht. Hat sich noch tiefer in die Arbeit vergraben, als sie es ohnehin immer getan hat.«

»Sie interessiert sich halt für das Projekt und kann unglaublich gut mit Fotos arbeiten«, sah sich Marco genötigt einzuwerfen.

»Ja. Fotografieren ist ihre Leidenschaft.«

»Tatsächlich? Na, dann ist das ja kein Wunder. Giacomo lässt sie inzwischen die ganzen Fotomontagen machen. Hat die letzten Tage ganz schön geflucht, weil sie nicht da ist.«

Sonja wippte ungeduldig mit dem Fuß. Nein, dachte Ben, natürlich kann sie es gar nicht leiden, dass sie nicht im

Mittelpunkt steht. Dennoch ignorierte er sie eine weitere Fragerunde lang.

»Wieso musste denn Giacomo –?«

»Professor Bartoli.«

»Ah, Professor Bartoli auf Sabine verzichten?«

»Sie musste kurzfristig nach Hause, weil ihre Tante krank geworden ist.«, erklärte Marco bereitwillig.

»Blödsinn, das ist doch nur eine Ausrede gewesen«, mischte sich Sonja ein. »Du hast doch gesehen, wie trübsinnig sie uns am Freitagabend die ganze Zeit angestarrt hat.«

»Gestarrt?«

»Ja, ich dachte erst nach dem Wochenende, dass sie heult, weil sie in Marco verschossen ist, und ...«, sie klimperte zu ihrem Freund gewandt mit den Augenlidern, legte ihre Hand auf seine und schenkte ihm ein strahlendes Lächeln, »... und sie bemerkt hat, dass es zwischen uns beiden gefunkt hat. Wissen Sie, sie hing in den ersten Wochen ständig an ihm dran.«

»Ja, aber nur, weil sie wissen wollte, wie sie die einzelnen Stilrichtungen besser auseinanderhalten kann. Das hatte nichts mit Anmache zu tun.«

Sie zuckte die Schultern.

»Was wollen Sie überhaupt von uns wissen?«, wandte sich Marco an Ben. »Warum rufen Sie Sabine nicht einfach an?«

»Das würde ich, wenn sie ein Handy hätte.«

»Stimmt, sie hat keins.«

»Noch so was Komisches. Wussten Sie, dass die Polizei sich bei Professor Bartoli nach Sabine erkundigt hat?« Sonja hatte beide Füße auf den Fußboden gesetzt, beugte sich vor und ließ Ben einen Blick auf die nackte Rundung ihrer Brüste werfen.

»Die Polizei?« Er sprach es gedehnt aus und zwang seine Augen zurück zu ihrem Gesicht.

»Vielleicht ist sie in ein Verbrechen verwickelt und untergetaucht.« Sonjas Augen leuchteten bei der Vorstellung, während Ben unmerklich zusammenzuckte.

Er lachte, aber es klang weniger amüsiert als verkrampft. »Und dann kommen Sie beide mit mir auf mein Zimmer?« Sie starrte ihn an, und ihr Mund öffnete sich und schloss sich wieder. Ein wenig mehr Vorsicht würde der Frau in Zukunft nicht schaden.

»Hach, Sie haben recht, manchmal geht die Fantasie mit mir durch. Wie heißen Sie eigentlich?«

»Gregor Eickhoff. Verzeihung. Möchten Sie meinen Pass sehen?«

Sie kicherte.

Ben war drauf und dran den Kopf zu schütteln, ließ es aber sein. »Wieso denken Sie, dass die Tante ein Vorwand ist?«

Die junge Frau zuckte die Schultern. »Einfach so ein Gefühl. Sie hatte mit dem Professor am Samstag so ein ernsthaftes Gespräch. Erst dachte ich, es ginge um die Arbeit. Doch als sie gehen wollte, legte ihr Professor Bartoli nahe, sich ein Taxi zu nehmen. Was für ein Quatsch! Aber er meinte es wirklich ernst. Er schien fast besorgt.«

»Und das ist ungewöhnlich für ihn?«

»Ja. Und direkt danach brach er auch auf, also eigentlich hastete er mit einem Fluch davon, nachdem er einen Anruf erhalten hatte.«

Na, das war doch interessant. Mit ein paar weiteren Fragen erfuhr Ben noch mehr über Professor Bartoli und das Projekt der Kirche. Marco lebte sichtlich auf, als er über seine Arbeit erzählte, wohingegen Ben sich bei Sonja fragte, weshalb sie sich für den lausig bezahlten Job überhaupt beworben hatte. Offensichtlich hatte es für das Projekt eine Ausschreibung an den Universitäten gegeben, auf die sich die Studenten beworben hatten, außer Marco, der seit einem halben Jahr die Doktorandenstelle am Institut von Professor Bartoli besetzte und Sabine Schmidt, die aufgrund der Veröffentlichung einer Semesterarbeit eine Einladung des Professors erhalten hatte.

Als Ben sich eine Stunde später in der Lobby von seinen beiden Besuchern verabschiedete, hatten sie einen leichten Schwips. Wieder im Zimmer gab er die Informationen an Paul weiter, genauso die neuen Fotos seiner Verfolger. Seine Wunde schmerzte nach dem anstrengenden Tag. Er beschloss, seinen körperlichen Signalen nachzugeben und früh zu Bett zu gehen. Zuvor jedoch meldete er sich bei Lisa.

DEN NÄCHSTEN VORMITTAG verbrachte Ben mit Recherchearbeit in seinem Hotelzimmer. Das kunsthistorische Institut besaß weltweite Anerkennung bei allen Fragen rund um die christlichen Kunstwerke. Der Professor schien eine Koryphäe auf seinem Fachgebiet zu sein. Zusätzlich unterrichtete er sowohl auf der Accademia di Belle Arti di Roma als auch an der Accademia di San Luca. Museen und Auktionshäuser schätzten seine Expertise genauso wie die römische Kirche. Die Bilder zeigten einen Mann mittleren Alters, dessen langes, grau meliertes Haar komplett aus dem Gesicht zurückgekämmt in einem Pferdeschwanz mündete. Manchmal trug er eine rahmenlose Brille, die seinem Gesicht einen intellektuellen Touch verlieh. Körperlich entsprach der Mann nicht gerade dem Bild, das sich Ben von einem Professor machte. Seine ausgeprägte, etwas krumme lange Nase und die klassischen hohen Wangenknochen erinnerten ihn an die Bilder von römischen Feldherren.

Hanna hatte sich nicht auf die Ausschreibung beworben, sondern war eingeladen worden. Vielleicht betrachtete er deshalb den Mann mit mehr Skepsis. Dann stolperte er über ein Interview mit dem Professor vor vielen Jahren, das ihn für einen Moment überrascht die Luft anhalten ließ. Das Bild einer jungen Frau mit traurigem, rundem Gesicht war über dem Text mit dem Interview abgebildet – Beatrice Cenzi. Es folgte das Gespräch mit einem der Nachfahren aus ihrer Familie, in dessen Besitz sich das Bild befand und der es als Leihgabe dem Museum für Kunstgeschichte überlassen hatte – Giacomo Bartoli.

Ben stand auf und fuhr sich mit beiden Händen durch die Haare. Er hatte die Geschichte von Beatrice Cenzi nachgelesen und verstanden, weshalb sie Hanna so sehr beschäftigte. Er verstand, dass sie sich in gewisser Weise mit ihr verbunden fühlte. Er rieb sich die Augen, müde von der vielen Arbeit am Computer. Wie könnte er ein Treffen mit diesem Professor arrangieren? Sein Magen knurrte und er entschied sich, unten in einem der Hotel-Restaurants etwas zu essen.

Der Mann kam auf ihn zu, kaum dass er aus dem Fahrstuhl gestiegen war. »Signor Eickhoff?«, sprach er ihn mit einem deutlichen italienischen Akzent an.

Ben spannte seinen Körper an. Sein Gegenüber grinste. Es handelte sich eindeutig um den ersten seiner gestrigen Verfolger, den, der ihm nach Verlassen der Kirche gefolgt war.

»Ja, der bin ich.«

Der Mann hielt ihm eine Visitenkarte hin. »Professor

Bartoli würde Sie gern heute Abend zu einem echten italienischen Essen zu sich nach Hause einladen.«

Ben nahm die Visitenkarte entgegen, auf der der Institutsname, der Name des Professors und eine ganze Reihe von Titeln aufgeführt waren. Sein Gegenüber ließ ihm Zeit, die Karte zu studieren.

»Wäre Ihnen zwanzig Uhr recht?«

»Wie komme ich zu dieser Ehre?«

»Sagen wir, er hat mitbekommen, dass Sie ein gewisses Interesse am Verbleib von Sabine Schmidt bekundet haben.«

»Interessant, und woher?«

Sein Gegenüber lächelte wortlos. Ohne eine weitere Antwort von ihm abzuwarten, drehte der Mann sich um. Ben wendete die Karte, fand aber keine Adresse außer der vom Institut.

»Woher ...«

Der Mann hob im Weggehen die Hand hoch, wandte sich ihm aber nochmals zu. »Oh, ich vergaß, ein Wagen wird Sie gegen halb acht vor dem Hotel abholen.«

»Das Projekt wird auf der kirchlichen Seite von Kardinal Richard Voigt betreut.« Der Oberst machte am anderen Ende der Leitung eine bedeutungsvolle Pause, als müsste Ben der Name etwas sagen.

Er schwieg, wartete auf eine Erklärung.

»Kardinal Richard Voigt ist der Patenonkel von Hanna.«

»Sie hat einen Kardinal als Patenonkel?«

»Ja. Ihr Vater war vor seiner Heirat katholischer Priester, und Richard Voigt hat mit ihm zusammen studiert.«

»Ich dachte, katholische Priester dürften nicht heiraten.«

»Weshalb er sein Amt niederlegte.«

»So was funktioniert?«

»Ja, scheint nur komplizierter zu sein.«

»Kennen Sie den Kardinal?«

»Ich habe ihn damals im Krankenhaus kennengelernt. Ein sehr interessanter Mensch. Er wollte Hanna zu sich holen nach der Sache. Ich habe versucht, ihm klarzumachen, dass er seinen Einfluss auf sie geltend machen sollte, damit wir an die Drahtzieher ihrer Entführung herankommen könnten.«

»Und?«

»Er hat getan, was er konnte.«

»Das ist kein Zufall«, stellte Ben nach einer Pause fest. »Professor Bartoli lädt Hanna alias Sabine Schmidt zu dem Kirchenprojekt ein, und dahinter verbirgt sich ihr Patenonkel.«

»Verdammt, Wahlstrom, ich bekomme langsam das Gefühl, dieses dämliche Zeugenschutzprogramm hat überhaupt nicht funktioniert. Ich möchte, dass Sie sich sofort melden, wenn Sie heute Abend zurückkommen, egal wie spät es ist.«

»Diese Männer, die mir gefolgt sind ...«

»Keiner von Ihnen ist aktenkundig.«

»Aber der Typ hat mir die Einladung des Professors übergeben.«

»Was heißt, Sie sollten vorsichtig sein. Sie wissen, dass auch die Kirche kein unbeschriebenes Blatt ist, wenn es um Geheimorganisationen geht. Niemand weiß mit Sicherheit, wo sie überall ihre Finger mit im Spiel hat.«

»Was Neues wegen Lukas Benner?«

»Nein, sie schließen einen Mord zwar nicht völlig aus,

aber eine natürliche Todesursache ist derzeit eher anzunehmen.«

»Was ist mit dieser Tante, die Sie in Hannas Lebenslauf integriert haben?«

»Sie hat sie tatsächlich besucht. Mehr als einmal. Außerdem schreibt sie ihr regelmäßig.«

Diese Information überraschte Ben nicht. »Und hat das Heim sie angerufen?«

»Nein, derzeit geht es der Frau den Umständen entsprechend gut.«

»Also können wir ausschließen, dass Hanna ihretwegen nach Deutschland abgereist ist. Was ist mit dem Brief?«

»Echt. Aber das will nicht wirklich etwas heißen.«

»Also gut, dann warten wir ab, was das Abendessen bringt.«

Pünktlich um halb acht betrat ein Mann in schwarzer Hose, kurzärmeligem, weißem Hemd und Pullover über der Schulter die Lobby und ging zielstrebig auf Ben zu.

»Herr Eickhoff?«

»Hatten Sie ein Bild von mir?« Den Spruch konnte sich Ben nicht verkneifen. Er hatte keine Waffe dabei und bereute es schon. Irgendwie gefiel ihm das Ganze nicht, und er war körperlich noch nicht wieder so weit hergestellt, dass er sich einen Kampf mit mehr als zwei Gegnern zutraute.

Statt darauf einzugehen, wandte sich der Mann schon wieder dem Ausgang zu, und Ben blieb nichts anderes übrig, als ihm zu folgen.

· · ·

Zu seinem Erstaunen fuhren sie nicht in Richtung des Vatikans, sondern über den Tiber. Sie passierten die Villa Borghese, den Hauptbahnhof und die Piazza dei Re di Roma. Erst, als die Straße sehr schmal wurde, sich die Landschaft veränderte, als befänden sie sich außerhalb auf dem Land, bog der Wagen in eine Kiesauffahrt, und eine kleine Villa erschien hinter alten Pinien. Sie hielten, und der Fahrer öffnete ihm die Tür.

An der Haustür erwartete ihn eine ältere Frau in einem eleganten schwarzen Kleid, das Haar in einem strengen Dutt. Sie deutete ihm an, ihr zu folgen, führte ihn durch einen Flur in ein Zimmer, dessen breite Fensterfront den Blick auf eine Terrasse freigab. Dort saßen zwei Männer an einem gedeckten Tisch und unterhielten sich leise.

»Signor Eickhoff, Exzellenz.«

Die beiden Männer erhoben sich vom Tisch, als Ben herantrat. Unsicher, welche Begrüßung wohl ein Kardinal erwartete, reichte Ben zuerst dem Professor die Hand. Als er sich zum Gastgeber wandte, sah er die Lachfältchen in dessen Augenwinkeln, die hell bernsteinfarbenen Augen funkelten vergnügt, und ein Lächeln lag auf seinen Lippen. Bevor Ben etwas unternehmen konnte, hatte der Kardinal bereits seine Hand mit beiden Händen ergriffen und umschloss sie so, während er sie schüttelte. »Keine Sorge, mein Sohn, ich werde Sie nicht gleich beißen.« Er deutete auf den dritten gedeckten Platz. »Setzen Sie sich doch. Bevorzugen Sie einen Weißwein oder Rotwein?«

»Was haben Sie zur Auswahl?«

»Oh, ich sehe – ein Mann mit Ansprüchen. Beide Weine stammen vom Castello di Magione: ein Grechetto Umbria und ein Carpaneto Rosso del Trasimeno. Beides hervorragende vollmundige und fruchtige Weine.«

»In diesem Fall nehme ich den Grechetto Umbria.«

Unverhohlen musterte ihn der Kardinal, während die Frau eine gekühlte Flasche öffnete, ihm einen kleinen Schluck einschenkte, wartete, bis er den Wein gekostet hatte, und ihm nach einer Bestätigung seinerseits das Glas füllte.

»Und – mundet Ihnen der Wein?«

»Er ist ausgezeichnet.«

»Kennen Sie das Castello di Magione?«

»Ich muss gestehen, nein.« Bisher verlief die Begegnung anders, als es Ben erwartete. Dabei war er gar nicht sicher gewesen, was er erwartet hatte. Die Atmosphäre war locker und entspannt, weder steif noch förmlich. Hannas Patenonkel besaß Größe. Auch er entsprach nicht dem Bild, das er sich von einem Kardinal gemacht hatte. Der Mann war schlank, hatte breite Schultern, und seine wenigen Bewegungen zeugten von Effizienz. Humor blitzte aus seinen Augen, und doch gab es darunter eine wache Intelligenz, die Ben nicht zu unterschätzen gedachte. Professor Bartoli hingegen wirkte in natura nun doch eher wie ein Professor. Mit gerunzelter Stirn ließ er den Rotwein in seinem Glas kreisen und wirkte geistesabwesend.

»Es wurde in der Zeit von elfhundertfünfzig bis elfhundertsiebzig von den Malteserrittern erbaut und sollte als Hospitium für die nach Rom oder Jerusalem wallfahrenden Pilger dienen. Vierzehnhunderteinundsiebzig verwandelte man es in ein Schloss, und es dient nun als Verwaltungssitz des gleichnamigen Landwirtschaftsbetriebs. Außerdem ist es weiterhin der Sommersitz des Oberhauptes des Malteserordens.«

»Sind Sie ein Malteserritter?«

Der Kardinal lachte nur und trank einen Schluck von seinem Grechetto Umbria, den die Haushälterin – oder welche Funktion auch immer diese Frau innehatte – ihm nach seinem Gast eingeschenkt hatte.

Eine Platte mit frischen Melonen und Prosciutto kam auf den Tisch, und während sich Ben etwas davon auf den Teller lud, verkniff er sich andere Fragen, die ihm auf der Zunge brannten. Sie hatten ihn eingeladen. Er würde warten und sich gedulden.

»Lieber Bartoli, Sie wollten mir vor dem Erscheinen unseres Gastes gerade erzählen, wie es mit unserem gemeinsamen Projekt aussieht. Was denken Sie, wie viel Zeit Sie noch benötigen, bis wir alles erfasst haben?«

»Hm?« Verwirrt sah der Angesprochene auf.

»San Carlo alle Quattro Fontane?«

»Oh, ich denke, wir werden mit den Barock-Kirchen im Juni fertig sein.«

Sie plauderten weiter über den Zeitplan, über Kirchen und den Zustand von Kunstwerken. Ben nannte das die Lass-ihn-zappeln-Taktik. Erst, als sie die Profiteroles erreichten und der Espresso serviert wurde, wandte sich sein Gastgeber wieder an ihn.

»Sie scheinen nicht neugierig zu sein, weshalb wir Sie eingeladen haben.«

»Ich gehe davon aus, dass Sie es mir sagen werden.«

Ein amüsierter Gesichtsausdruck erschien auf dem Gesicht des Kardinals. »Ich sehe, Major Wahlstrom, Sie haben eine ausgezeichnete Ausbildung genossen. Oh, es stört Sie doch nicht, wenn ich Sie mit ihrem richtigen Namen anspreche, oder?«

Langsam setzte Ben das geleerte italienische Kaffeetässchen zurück. Wunderte es ihn, dass sein Gastgeber wusste, wer er war? Ja, und doch wieder nicht. Der Mann musste über eine kleine Spionagearmee verfügen.

»So kompliziert ist es nicht, Major Wahlstrom«, setzte

der Kardinal zu einer Erklärung an, als könnte er seine Gedanken erraten. »Sie waren mit meinem Patenkind auf dem Petersplatz, als Sie einen kleinen Zusammenbruch erlitten. Hanna hat Sie in Ihre Pension gebracht und ist bei Ihnen geblieben. Ein wenig Farbe im Haar und eine Änderung des Outfits macht Sie nicht unkenntlich.«

»Es überrascht mich nur, dass Sie bei Ihrem sicherlich umfangreichen Aufgabengebiet die Zeit haben, Videoaufnahmen des Petersplatzes zu studieren. Machen Sie das jeden Tag? Über den ganzen Zeitraum? Oder erhalten Sie Zusammenfassungen?«

»Ich wähle die für mich interessanten Zeiträume aus.«

»Wo ist Hanna?«

»Weshalb wollen Sie das wissen, Major Wahlstrom?«

»Sie ist nicht ohne Grund in einem Zeugenschutzprogramm.«

»Ja, sprechen wir darüber.« Die Höflichkeit schwand aus dem Gesicht des Kardinals, und kühl sah er Ben an. »Wie konnten Sie es wagen, sie hier aufzusuchen? Was haben Sie sich dabei gedacht? Dass Sie unbeobachtet bleiben wie ein beliebiger Tourist?«

»Niemand wusste, dass ich mit ihr etwas zu tun habe.«

»Ach nein? Niemand? Wissen Sie, Major Wahlstrom, wären Sie ein simpler Polizist, würde ich Ihnen Ihre Dummheit vielleicht verzeihen.« Er beugte sich vor, richtete den Zeigefinger auf Bens Brust. »Aber jemand wie Sie sollte wissen, wie gefährlich die Leute sind, mit denen Hanna es zu tun hat. Die FoEI mag berechenbar sein, weil Geld und Macht ihre Handlung bestimmen, aber das sind auch Menschen, und Menschen werden von Eitelkeiten und Rachegefühlen angetrieben.«

»Welchem Verein gehören Sie an, Kardinal Voigt?«

Der Würdenträger lehnte sich zurück. »Der katholischen Kirche.«

»Wenn Sie so überaus besorgt um Hanna sind, wo waren Sie dann die letzten Jahre? Oder nur das letzte Jahr? Wissen Sie, sie hat Sie mit keiner Silbe erwähnt.« Getroffen, dachte Ben, als er sah, wie der Kardinal zusammenzuckte. »Hören Sie, es mag sein, dass ich einen Fehler gemacht habe ...«

Verächtlich pustete der Kardinal aus als Kommentar auf Bens Worte.

»Also gut«, lenkte er ein, »ich habe einen großen Fehler gemacht. Aber ich bin hier, um Hanna zu beschützen. Meine Aufgabe ist es, sie in Sicherheit zu bringen.«

»So wie Lukas Benner?«, mischte sich Professor Bartoli in das Gespräch ein.

»Das Zeugenschutzprogramm ist nicht der Knast.«

»Nein. Wenn Sie Ihre Identität, Ihre Familie und alles, was Sie selbst und Ihr Leben bisher ausgemacht hat, aufgeben müssen, dann ist das schlimmer als Knast.«

Ben fixierte den Professor, der ihn mit einer tiefen Ruhe ansah. »Woher wussten Sie, dass es sich bei Sabine Schmidt um Hanna handelte?« Selbst für Paul war es kein einfaches Unterfangen gewesen, die Information für ihn zu besorgen. Es musste eine weitere Sicherheitslücke geben. Diese zu schließen würde die oberste Priorität haben, sobald Hanna wieder unter seiner Obhut stand.

»Wir haben sie nicht gefährdet. Wir haben lediglich auf sie aufgepasst.«

»Sie brauchen keine Sorge zu haben, Major Wahlstrom«, übernahm der Kardinal das Gespräch, »es gibt keine Sicherheitslücke in Ihrem System. Schreiben Sie es einer göttlichen Fügung zu.«

Ben verzog das Gesicht. »Gott schützt sie nicht vor einer Kugel.«

»Nein, das ist richtig.«

»Wollen Sie für ihren Tod verantwortlich sein?«

»Nein. Ich stand schon einmal an ihrem Grab und habe geglaubt, sie für immer verloren zu haben.«

»Dann sagen Sie mir, wo sie ist.«

»Das kann ich nicht, denn ich weiß es nicht.«

Er lachte hart auf. Die beiden glaubten doch jetzt nicht im Ernst, dass er ihnen das abkaufte.

»Was wir Ihnen aber sagen können«, hob der Professor erneut an, »ist, dass sie nach Deutschland zurückgekehrt ist.«

»Hanna hat sich entschieden, dass sie wieder ihr eigenes Leben führen möchte. Wir waren davon ausgegangen, dass sie sich diesbezüglich mit der Polizei in Verbindung setzt.«

»Warum haben Sie das nicht den Beamten erzählt, die Sie befragt haben?«, wandte sich Ben direkt an den Professor.

Dieser schüttelte leicht amüsiert den Kopf. »Wir sind hier in Italien, Major Wahlstrom, ich werde mich hüten, über Dinge zu reden, die ich nicht gefragt werde.«

»Gut, dann erzählen Sie mir, was am letzten Samstagabend vorgefallen ist.« Ben lehnte sich im Stuhl zurück, verschränkte die Arme vor der Brust und streckte die Beine aus. Er sah sehr wohl, wie die beiden im Bruchteil einer Sekunde einen raschen Blick miteinander wechselten, nicht mehr als ein Blinzeln, mit dem der Kardinal offensichtlich dem Professor seine Zustimmung erteilte.

»Sonja, die Sie ja bereits kennengelernt haben, hat die Gruppe zu einem gemeinsamen Abend überredet. Das macht sie ziemlich häufig, allerdings hatte sich Sabine – also Hanna – bisher meistens da rausgehalten. Nach einer Pizza blieben wir an der Piazza Santa Maria de Trastevere hängen, Sonja und Marco können sehr schön singen. Es war ein netter Abend. Hätte sich der Mann für Sonja oder für Christina interessiert, wäre er mir vermutlich nicht aufgefallen. Ich denke, Sie verstehen als Mann, was ich meine? Seine Aufmerksamkeit galt aber eindeutig Hanna, mit der ich mich unterhielt. Als sie gehen wollte, bat ich sie, ein Taxi zu nehmen.«

»Was sie nicht tat, weshalb Sie den Anruf auf Ihrem Handy erhielten.«

Überrascht sah ihn Bartoli an.

»Oh, Sie wissen bestimmt, dass sich Sonja und Marco mit mir in meinem Hotelzimmer getroffen haben, wo Sie doch immer jemanden in der Hotellobby hatten, um mich zu beobachten.«

»Ja natürlich. Mir war nur nicht klar, dass die beiden mich an dem Abend beobachteten.«

Ben zuckte mit den Achseln. »Erzählen Sie mir, was ich noch nicht weiß.«

»In einer Seitengasse, nicht weit von Ihrer Pension, warteten Männer auf sie. Hanna reagierte schnell, flüchtete und traf fast zeitgleich mit mir in der Pension ein. Ich brachte sie daraufhin zu mir nach Hause und sagte dem Kardinal Bescheid.«

»Und was dann?«

»Ich bot meinem Patenkind an, dass ich ihr helfen würde, für immer von der Bildfläche zu verschwinden.«

Langsam drehte sich Ben ganz zu dem Geistlichen um.

Dieser wich seinem Blick nicht aus. »Glauben Sie mir, Major Wahlstrom, niemand hätte sie je wiedergefunden – auch Sie nicht.«

Ben starrte den Mann an, versuchte zu verstehen, was

in dessen Kopf vorging. Trieben ihn Sorge und Liebe dazu, seine Patentochter zu schützen? Wenn es so war, weshalb hatte er dann nicht viel früher eingegriffen? Wieder schien es, als könnte sein Gegenüber seine Gedanken lesen, was Ben einen kalten Schauer über den Rücken jagte. Er war der Profi. Er hatte eine Ausbildung genossen, damit er Menschen etwas vorspielen konnte – sie belügen. Dass jemand ihn durchschaute, musste er erst mal verkraften.

»Ich habe es versucht. Direkt nach Gabriels Tod. Silvia war in den ersten Wochen nicht in der Lage, mit der Situation umzugehen. Hanna mit ihren noch nicht mal zehn Jahren hat sich um alles gekümmert. Und wenn ich alles sage, dann meine ich wirklich alles – einkaufen, kochen, putzen, die Wäsche machen und den gesamten notwendigen amtlichen Kram, der noch dazukam. Bei Letzterem half ihr Marie, die schon als junges Mädchen sehr geschickt mit Behörden umgehen konnte. Silvia hatte sich in ihrem Zimmer verkrochen, die Rollläden runtergelassen, und weigerte sich, irgendetwas zu sich zu nehmen. Es war mein größter Fehler, dass ich es nicht übers Herz brachte, die Töchter von ihrer Mutter zu trennen. Damals dachte ich, ich würde Silvia damit umbringen, ganz zu schweigen davon, dass Hanna es niemals zugelassen hätte. Armin Ziegler erschien dann eines Tages auf der Bildfläche. Sie müssen wissen, die beiden waren zusammen gewesen, bevor Silvia in ihrem sozialen Jahr Gabriel kennenlernte.«

Der Kardinal hörte auf zu reden, sah in den Garten, die Stirn gerunzelt. Ben setzte sich auf, beugte sich nach vorn.

Der Geistliche seufzte tief. »Armin hat es nie verkraftet, dass Silvia ihn für einen Priester sitzen gelassen hat. Mir war von Anfang an klar, dass Hanna es nicht akzeptieren würde, ihre Beschützerrolle abzugeben. Ich bot ihr deshalb immer wieder an, dass sie zu mir kommen könnte.« Er breitete die Arme aus. »Platz genug hätte ich gehabt, und ich glaube, sogar Silvia hätte irgendwann nachgegeben. Aber Hanna –«, er schüttelte den Kopf. Seine bernsteinfarbenen Augen fixierten Ben. Er beugte sich nach vorn. »Es wird nie zu Ende sein zwischen Armin und Hanna, bis einer von ihnen seinen letzten Atemzug macht. Versprechen Sie mir, dafür zu sorgen, dass es Hanna ist, die weiter atmet.«

»Ich bin kein Profikiller, Kardinal.«

»Nein?« Der Geistliche zog die Augenbrauen hoch. »Worin liegt der Unterschied?«

»Dass ich nur töte, wenn ich keine andere Wahl habe. Wissen Sie eigentlich, wie viele Menschen Ihre Kirche auf dem Gewissen hat?«

»Ja, und ich wollte Sie auch nicht dazu auffordern, jemanden zu töten. Ich möchte nur, dass Sie Hanna finden und sie beschützen.«

Ben visierte den Mann vor sich an. Er verhielt sich völlig anders, als er es erwartet hatte.

»Vielleicht sollten wir uns darauf konzentrieren, unserem Major Wahlstrom die Informationen zu geben, die wir haben, damit er Hanna finden kann.«

Der Kardinal nickte Bartoli dankbar zu.

»Hanna hat am Sonntag die Stadt verlassen. Ich selbst habe sie zum Bahnhof gebracht. Sie stieg in den Mittagszug, der Rom in Richtung Deutschland verlässt, und hätte eigentlich am Montagmorgen gegen sieben Uhr in Berlin ankommen müssen. Doch dort kam sie nicht an.«

»Sind Sie da sicher?«

»Nicht absolut«, übernahm Voigt die Antwort, »aber wir hatten vereinbart, dass sie von einem Freund abgeholt wird, der sie dann von dort zur Polizei bringen sollte.«

»Und der hat sie nicht gesehen? Kannte Hanna den Freund?«

»Ja.«

»Und Sie warten vier Tage, anstatt es sofort zu melden? Ist Ihnen klar, wie schwer es sein wird, jetzt überhaupt noch eine Spur von ihr zu finden?«

»Sie brauchen keine Spur. Hanna ist in Berlin, da bin ich mir sicher. Ich befürchte nur, dass sie sich allein mit Leuten anlegt, deren Gefährlichkeit sie unterschätzt, und deshalb müssen Sie sie finden und aufhalten.«

12

MARIE

»Elisabeth Jung«, meldete sich die zerknautschte Stimme von Bens Schwester am Telefon.

Erleichtert atmete Hanna auf. Nach zwei Anläufen, über einige Stunden verteilt, hatte sie einmal den Anrufbeantworter, das andere Mal Lisas Mann Tom an Telefon gehabt, nun endlich Lisa.

»Hi, ich bins.«

»Oh.«

Sie hielt den Atem an, hoffte, dass Lisa jetzt nicht den Fehler machte und einen Namen nannte.

»Wie geht es dir?« Keine Freude, sondern vorsichtige Zurückhaltung lag in ihrer Stimme.

»Sollte ich das nicht eher dich fragen?« Sie lächelte bei dem Gedanken, dass sich Lisas größter Wunsch erfüllt hatte und sie schwanger war. Im Kopf rechnete sie. Lisa musste im neunten Monat sein.

»Besser nicht. Das erinnert mich nur daran, dass ich ein wandelnder Wal bin, der ständig nach Luft schnappt.« Lachen von der anderen Seite des Hörers.

Für einen Moment lehnte Hanna die Stirn an die

Wand des öffentlichen Telefons. Sie hatte nicht mit Lisa Kontakt aufnehmen wollen, aber sie wusste nicht, wohin. Nach achtunddreißig Stunden, in denen sie durch Deutschland geirrt war, brauchte sie eine Pause und ein paar Stunden Schlaf. Den Bewacher ihres Onkels hatte sie bereits in München abgehängt, doch sie war vorsichtig geworden und hatte sich in verschiedenen Städten aufgehalten, unterschiedliche Klamotten und Perücken gekauft, sodass sie bestens vorbereitet war. Womit sie nicht gerechnet hatte, war, dass Marie ihr Haus verkauft hatte. Zu ihrer Mutter konnte sie unmöglich, dann hätte sie sich gleich ein Schild an die Stirn kleben können: Hier bin ich. Caroline ging auch nicht, dann hätte sie wieder die Bewacher von Onkel Richard am Hintern kleben. Blieb nur Lisa, in der Hoffnung, dass Ben wieder gesund und in irgendeinem anderen Land hockte. Nur eine oder maximal zwei Nächte, mehr brauchte sie nicht für eine neue Lösung.

»Hey, du weißt, dass ich für dich da bin. Was ist los?« Lisa interpretierte ihr Schweigen richtig.

»Ist die Wohnung frei?«

»Ja.«

»Auch für zwei Nächte?«

»Ja, soll ich dich abholen? Du hörst dich müde an.«

»Nein. Was sagen wir Tom?«

»Keine Sorge, mir fällt etwas ein. Ich bin noch eine Stunde unten in der Praxis, muss ein bisschen was nacharbeiten. Und ich dachte, Mittagsschläfchen wären nur was für alte Leute.« Erneut drang ein fröhliches Lachen von der anderen Seite an Hannas Ohr.

»Klingel einfach am Hintereingang der Praxis, dann lass ich dich rein.«

. . .

Für ihre Tasche verwendete sie ein Schließfach am Bahnhof. In ihren neu erworbenen großen Rucksack packte sie die notwendigsten Sachen. So stand sie eine Dreiviertelstunde später vor dem Hintereingang der Praxis Dr. Jung.

Lisa sah aus wie das blühende Leben. Ihre kastanienbraunen Haare glänzten, das Gesicht wirkte runder, die Haut rosig zart, ihre grünen Augen glitzerten vergnügt. Bevor Hanna irgendetwas sagen konnte, packte die Ärztin sie und zog sie hastig in die Praxis. Erst dort schloss Lisa sie in die Arme. Die Schwangere lachte, wischte sich dann die Tränen aus den Augen. »Sorry, ich muss immer und ständig heulen.« Ihr kritischer Blick traf Hanna. »Du hörst dich nicht nur müde an, du siehst aus, als hättest du in letzter Zeit überhaupt nicht geschlafen. Und dünn bist du geworden!«

Hanna lächelte matt. »Das kommt dir nur so vor.«

Doch Lisa schüttelte den Kopf. »Du gehst jetzt erst mal hoch, stellst dich unter die Dusche, und ich bin in einer Viertelstunde bei dir. Dann kannst du mir alles erzählen.«

»Tom?«

»Den habe ich in die Sauna geschickt. Ich hab ihm gesagt, dass ich eine lange vermisste Freundin erwarte, mit der ich den restlichen Abend über alte Zeiten quatschen will, und die in Bens Wohnung schläft.«

Hanna entging nicht der prüfende Blick, als sie den Namen ihres Bruders verwendete. Doch sie war darauf vorbereitet. Wenn es eines gab, wofür sie ihm dankbar war, dann für Elisabeth. Bevor sie in ihr neues Leben abgetaucht war, hatte sie Lisa besucht, um sich bei ihr zu bedanken. Immerhin war sie es gewesen, die sie nach dem Messerstich, den Lukas ihr verpasst hatte, wieder zusammenflickte. Doch aus dem kurzen Dankeschön entstand eine tiefe Freundschaft. Als wäre die Zeit stehen geblieben, schrieben sie sich Briefe mit der Hand, Hanna ohne Absenderadresse. Außerdem verwendete sie unterschiedliche Postämter, was sich in Bonn, nahe dem Ruhrgebiet, leicht machen ließ. Lisa schickte ihre Briefe an eine Studienkollegin, wo Hanna sie sich abholte. In Rom hatte sie die Briefe an das Ordenshaus geschickt bekommen. Sie schrieben sich über alles. Nur Ben blieb außen vor.

»Hast du ihm einen Namen gesagt?«

Lisa grinste. »Nee, ich hab ihn so zugequatscht, dass er es völlig vergessen hat. Welchen verwendest du zurzeit?«

»Keinen. Such dir was aus.«

»Okay, dann nenn ich dich Julia. Und jetzt sieh zu, dass du unter die Dusche kommst. Du stinkst. Ach ja, und wenn du deine Klamotten waschen möchtest, musst du leider in den Keller stiefeln.« Sie drückte Hanna einen Schlüssel in die Hand und schob sie in den Flur.

SELTSAM, in seiner Wohnung zu sein. Sie bestand aus zwei Räumen, Küche und Bad. Trotz Schräge und beschränkter Größe besaß es eine Dusche und eine Badewanne. Über der einen Seite der Badewanne gab es ein Dachfenster und Hanna fragte sich, wie es wohl sein müsste, im Dunkeln zu baden, mit dem Sternenhimmel über dem Kopf. Im Wohnzimmer gab es zwei gemütliche braune Ledersofas mit flauschigen Kissen. Ein gigantisch großer Fernseher nahm die dem Sofa gegenüberliegende Wand ein. Von dem Wohnzimmer konnte sie auf einen winzig kleinen Balkon treten, gerade so breit, dass ein Tisch und zwei Stühle Platz fanden, immerhin geschützt vor neugierigen Blicken von einem ausladenden Dach. Außerdem fand sich noch ein gemütlicher Sessel mit Hocker, der eindeutig von Ikea stammte, ebenfalls aus Leder.

Auf einer Seite des Raums zog sich komplett ein Regal entlang, das vollgestellt war mit Büchern. Neugierig ging sie näher. Da waren hauptsächlich Sachbücher: Geschichte, Politik, Biografien und Krieg. Fotobände von ihren Bildern befanden sich ebenfalls darunter. Sie zog den Band ‚Mütter dieser Welt‘ heraus. Langsam blätterte sie ihn durch. Von jedem Bild wusste sie, wie und wann es entstanden war. Ein Buch voller Leben, Liebe und Hoffnung. Sie klappte es zu und stellte es in das Regal zurück, exakt so, wie sie es vorgefunden hatte, in einer Linie mit den anderen Bänden. Überrascht sah sie, dass es auch einen Band von der Ausstellung für die deutsche AIDS-Hilfe gab. Auch ihn holte sie heraus und öffnete ihn. Das Autorenhonorar ging an die deutsche AIDS-Hilfe. Es gab ein Vorwort von Kati Merz, in dem sie ihr Bedauern über den plötzlichen Tod der Fotografin Johanna Rosenbaum äußerte und ihre Dankbarkeit für die Übergabe der Bildrechte durch Marie Benner. Eins der wenigen Fotos von Marie und ihr beendeten das Vorwort. Mit einem Kloß im Hals schob sie das Buch zurück ins Regal und ging weiter.

Eine kleine Küche mit einem Tisch und zwei Stühlen, ein Schlafzimmer, das außer einem Schrank und einem französischen Bett noch ein Laufband beherbergte, und sie hatte die gesamte Wohnung gesehen. Keine Bilder an den Wänden, der Fußboden rustikale Eichendielenbretter, hell gebeizt, mit Flickenteppichen darauf, erinnerten Hanna an die Hütte in Norwegen. Sie seufzte, stellte ihren Rucksack im Schlafzimmer ab, holte sich T-Shirt und Jogginghose heraus und ging ins Bad.

Sie hörte, wie Lisa die Wohnung betrat. Ein letzter Blick überzeugte sie, dass alles im Badezimmer wieder an seinem

Platz stand, bevor sie ihr Necessaire zurück in den Rucksack steckte.

Lisa hatte es sich auf einer der Couchen im Wohnzimmer gemütlich gemacht. Ihren Kopf in einem Kissen
versunken lag sie auf der Seite mit einer Hand auf ihrem
runden Bauch. Vor ihr auf dem kleinen Tisch stand ein
Tablett mit einem Teller voller Brote, zwei Gläsern und
einer Flasche Wasser.

»Ich dachte, du hast vielleicht Hunger, bevor du ins
Bett gehst. Der Kühlschrank hier oben ist leer, und er weiß
immer ganz genau, was für Lebensmittel in seinem Schrank
stehen.« Sie verzog das Gesicht.

Sofort war Hanna an ihrer Seite. »Alles in Ordnung mit
dir? Du hättest die Sachen hier nicht hochtragen sollen,
Lisa, ich hätte doch auch runterkommen können.«

»Jetzt fang du nicht auch noch an, mich in Watte zu
packen. Das war nur ein Tritt in meine Blase. Verdammt.
Gib mir deine Hand.« Sie packte Hannas Hand und legte
sie auf ihren Bauch.

Den Tritt gegen ihre Handfläche konnte Hanna deut-
lich spüren. »Wow, da ist aber jemand schon ganz schön am
Trainieren.« Sie hockte sich vor Lisa auf den Boden und
ließ ihre Hand auf dem Bauch. Es kam ihr wie ein kleines
Wunder vor, mit welcher Intensität sich das Baby in dem
Bauch bewegte. »Tut das nicht weh?«

»Manchmal, aber das halte ich gern aus.«

Dieses Leuchten – dieses selige Lächeln. Hanna stand
auf und holte ihre Kamera.

»Bist du wahnsinnig? Ich sehe völlig fertig aus«, protes-
tierte Lisa.

»Du hast keine Ahnung, wie schön du bist.«

Nachdem ihr die Schwangere zwanzig Minuten als
Modell zur Verfügung gestanden und sie die Beleuchtung

im Wohnzimmer auf den Kopf gestellt hatte, war Hanna mit ihrer Ausbeute zufrieden.

»Ich frage mich, wie ich Ben erklären soll, dass ich in seinem Wohnzimmer alles verschoben habe. Du bringst mich in Teufels Küche«, jammerte Lisa.

»Gar nicht. Er wird es nicht merken. Versprochen.«

»Du hast keine Ahnung! Er merkt es, selbst, wenn ich seine Couch nur einen Millimeter verschoben habe.«

Hanna grinste. Jemand wie Ben war darauf angewiesen, jede Veränderung wahrzunehmen. Aber ihre Aufmerksamkeit war durch das Fotografieren genauso geschult. Sie wusste, sie würde das Wohnzimmer wieder so hinbekommen, dass er nichts merkte.

»Weißt du, was es wird?«

»Ja – ein Junge. Aber sag es bloß nicht Tom! Er muss noch leiden, weil er mich bei unserem letzten Termin versetzt hat.«

»Er ist Arzt.«

»Das bin ich auch.«

»Also gut, dann lass ihn zappeln und bestrafe dich selbst.«

Lisa kniff die Augen zusammen. »Wieso bestrafe ich mich selbst?«

»Geteiltes Leid, halbes Leid – geteilte Freude, doppelte Freude.« Hanna schnappte sich ein Brot und biss mit echtem Genuss ab.

»Den ersten Teil von dem Sprichwort kenne ich, den zweiten hast du erfunden. Wie lange bleibst du?«

»Maximal zwei Nächte.«

»Wenn ich dich frage, weshalb du hier bist?«

»Bekommst du keine Antwort. Je weniger du weißt, umso besser ist es. Ich hätte überhaupt nicht zu dir kommen dürfen, aber ich wusste nicht, wohin.«

»Ist deine Tarnung aufgeflogen?«

Dass Ben und Lisa Geschwister waren, ließ sich nicht von der Hand weisen. Lisa besaß eine unglaublich empathische Begabung, und es wunderte Hanna, wie sie in der Lage war, mit dem Leid, mit dem sie als Ärztin konfrontiert wurde, fertigzuwerden. Eigentlich hätte sie gedacht, dass Ärzte knallhart sein mussten, damit sie selbst keinen seelischen Schaden nahmen.

»Warum bist du dann hier und nicht bei der Polizei?«

Hanna schüttelte den Kopf.

»Dir ist aber klar, dass du Patentante von diesem kleinen Racker wirst!«

»Keine Sorge, ich passe auf mich auf.«

»Das hoffe ich. Und nun erzähl von deiner Arbeit in Rom und dieser Sonja.«

Erst, als die Haustür ging, half Hanna Lisa von der Couch auf. Sie nahm das Tablett und trug es runter. Lisa stellte ihr Tom vor, und er stellte sich als ein durch und durch sympathischer Kerl heraus, aber was hatte sie sonst erwartet? Dennoch war Hanna froh, als sie sich mit einem »Ich bin müde« nach oben zurückziehen konnte. Das Bett war frisch bezogen. Es gab zwei Kissen, aber nur eine große Decke. Kaum hatte ihr Kopf das Kissen berührt, war sie eingeschlafen.

Auf dem Nachttisch klebte ein Zettel. »Frühstück steht unten für dich, Wohnung ist offen. Wehe, du verdrückst dich, ohne dich zu verabschieden.«

Unglaublich, dass sie so tief und fest geschlafen hatte, dass sie noch nicht mal bemerkt hatte, dass Lisa heraufgekommen war. Sie grinste. Ihr Blick fiel auf den Wecker, und mit einem leisen Schrei sprang sie aus dem Bett. Sie hatte zwölf Stunden am Stück geschlafen. Verdammt, sie war hier nicht auf Urlaub. Hastig wusch sie sich und zog sich an. Sie überlegte, ob sie ihren Rucksack mitnehmen sollte, entschied sich aber dagegen. Erst mal musste sie herausfinden, wo Marie wohnte.

Die Brötchen schmierte sie sich, um sie unterwegs zu essen. Nur einen Kaffee verleibte sie sich ein und schnappte sich noch einen Apfel und eine Banane. Lisa würde bestimmt nichts dagegen haben. Ihre Haare stopfte sie unter eine blaue Kappe, die keinerlei auffälliges Zeichen trug. Heute sorgte sie dafür, dass ihre Augen einen Braunton bekamen anstelle des üblichen Grüns. Sie hatte sich lachsfarbenen Lipgloss auf die Lippen geschmiert, trug eine dreiviertellange Stoffhose und halbhohe Chucks.

Sie schrieb einen Zettel für Lisa: »Danke für das Frühstück. Bin gegen Abend wieder zurück. Such schon mal eine Schnulze raus :-)«

Das Haus der Familie Jung lag idealerweise nur zwei Blocks von der nächsten S-Bahn-Haltestation entfernt. Sie wechselte mehrmals die Linien, bevor sie in der Innenstadt nach einem öffentlichen Telefon suchte. Lange hatte sie überlegt, wie sie Kontakt mit Marie aufnehmen konnte. Ursprünglich dachte sie, den Kellerschlüssel zu verwenden, der für sie unter einem Stein im Garten versteckt gelegen hatte. Doch durch Maries Wohnungswechsel stand diese Option nicht mehr zur Auswahl. Also musste sie versuchen, sie telefonisch zu erreichen. Die Frage war nur, wie sie über die Sekretärin zu ihrer Schwester durchdringen sollte. Ihre alte Handynummer war genauso stillgelegt wie ihr privates Festnetztelefon, und alle Versuche, ihre Nummer herauszufinden, waren gescheitert. Marie schien besser abgeschirmt zu sein als ein Politiker.

»Medicare Zentrale. – Was kann ich für Sie tun?«

»Guten Tag. Mein Name ist Dr. Frederike Schneider. Ich würde gerne mit Frau Ziegler sprechen.«

»Ich verbinde.«

»Jenny Kramer – Assistentin von Frau Ziegler. Was kann ich für Sie tun?«

»Hallo, Frau Kramer, mein Name ist Dr. Schneider, und ich hätte gerne mit Frau Ziegler gesprochen.«

»Worum geht es?«

»Um ein gemeinsames Projekt in Afrika.«

»Welches, wenn ich fragen darf?«

»Ich denke nicht, dass Sie es kennen.«

»Sehen Sie, Frau Dr. Schneider, Frau Ziegler ist eine viel beschäftigte Frau und ich bin über alle Projekte informiert oder weiß, woher ich die Informationen erhalte. Wenn Sie keinen Termin mit Frau Ziegler haben, dann müssen Sie mir schon ein wenig mehr Fakten nennen, damit ich Ihnen einen Termin geben kann.«

»Einen Termin? Können Sie mich nicht einfach durchstellen?«

Ein glockenhelles Lachen erklang. »Nein, ganz gewiss nicht. Aber Sie können mir gerne eine Telefonnummer nennen und Ihr Anliegen erklären, dann wird sich Frau Ziegler bei Ihnen melden. Oder vielleicht können wir beide die Sache klären?«

»Okay, dann richten Sie Frau Ziegler einfach aus, dass eine Frau Dr. Frederike Schneider angerufen hat und sich gerne mit ihr unterhalten möchte. Es geht um ein Medikament, das interessant für sie sein dürfte.«

»Darf ich fragen, um welches Medikament?«

Hanna nahm förmlich das Grinsen in der Stimme von Jenny Kramer wahr.

»Gegen HIV.«

»In diesem Fall empfehle ich Ihnen den Kontakt zu

unserer Forschungsabteilung. Herr Gebaur kann Ihnen in diesem Fall bestimmt ein kompetenterer Ansprechpartner sein als Frau Ziegler.«

»Richten Sie es Frau Ziegler einfach aus und lassen Sie mal Ihre Chefin entscheiden, ob sie Kontakt mit mir aufnehmen möchte oder nicht.«

Ihr Tonfall verfehlte seine Wirkung nicht. Am anderen Ende der Leitung war es einen Moment still.

»Und wie könnte Frau Ziegler Sie, sofern sie es in Erwägung zieht«, die Assistentin dehnte die Wörter aus und ließ damit durchblicken, dass sie davon keineswegs überzeugt war, »Sie erreichen?«

»Bei ihrem Vater.«

»Sie sprechen von Armin Ziegler?«

Hanna legte auf. Jetzt musste sie warten, ob die Assistentin Marie die Nachricht weitergab. Sie ging zur S-Bahn und machte sich auf den Weg nach Potsdam.

Auf dem Friedhof fand Hanna zum Glück unter den Ecken und Winkeln eine Stelle, von wo aus sie das Grab ihres Vaters von Weitem im Auge behalten konnte. Es war ein beengendes Gefühl gewesen, den eigenen Namen auf einem Grabstein zu lesen. Eine frische weiße Rose lag auf dem Grab und sie fragte sich, wer sie dort hingelegt hatte. Ein Schock durchfuhr sie, als sie ihre Mutter auf dem Pfad zum Grab entdeckte. Sie zog sich tiefer in eine Ecke zurück, hockte sich vor einem Grab nieder, als würde sie beten. Erst ging ihre Mutter zu dem Grab, stand eine Weile davor, zupfte hier und da ein paar welke Blüten von der Bepflanzung. Schließlich setzte sie sich auf eine Bank, die nicht weit entfernt vom Grab stand. Silvia schlug ihren Kragen hoch, als der Wind auffrischte. Die Hände in den Mantelta-

schen verborgen, die Schultern hochgezogen, wirkte sie
völlig verloren. Langsam erhob sich Hanna. Eine Bewegung
auf dem Weg zog ihre Aufmerksamkeit auf sich, und ihr
blieb für den Bruchteil einer Sekunde das Herz stehen, als
sie einen Mann im schwarzen Trenchcoat auf ihre Mutter
zugehen sah. Nein, das konnte nicht sein. Wie war das
möglich? Ein wenig abgewandt, aber so, dass sie die Bank
im Auge behielt, hockte sie sich nieder.

   Armin Ziegler, ihr Stiefvater. Wie konnte es sein, dass
er hier auf dem Friedhof herumlief? Er setzte sich zu Silvia
auf die Bank, doch ihre Mutter reagierte nicht auf ihn. Ihr
Blick war weiterhin auf das Grab gerichtet. Armin rückte
näher zu ihr hin, beugte sich vor. Langsam drehte Silvia den
Kopf und sah ihn an. Sie zog die Beine an, straffte die
Schultern und reckte den Hals, dann stand sie auf und
wandte sich von ihrem Ehemann ab. Noch einmal trat sie
vor das Grab, küsste ihre Fingerspitzen und legte sie nicht
auf Hannas Namen, sondern auf den ihres Vaters. Ohne
Armin eines weiteren Blickes zu würdigen, lief sie mit
derselben straffen Haltung, mit der sie sich erhoben hatte,
auf den Ausgang zu. Hanna spürte, wie sich ihr Herz
zusammenzog. Armin saß reglos auf der Bank und starrte
seiner Frau hinterher. Nach einer gefühlten Ewigkeit stand
er auf, trat ans Grab und spuckte darauf. Dann bückte er
sich, nahm die weiße Rose, ging zum Mülleimer und warf
sie hinein. Erst dann verschwand er vom Friedhof. Dass sie
die Luft angehalten hatte, merkte Hanna erst, als
Schwindel sie erfasste. Sie konnte sich keinen Reim darauf
machen, was sie soeben beobachtet hatte. Sie wartete, bis
die Dämmerung hereinbrach. Erst dann gab sie auf.

· · ·

Gemeinsam mit Lisa und Tom aß sie zu Abend. Vorher hatte sie sich die Kontaktlinsen herausgenommen, ihre Haare aufgeschüttelt, sich wieder ein T-Shirt und ihre Jogginghose angezogen. Tom strahlte heute, als hätte er im Lotto gewonnen, dabei hatte ihm Lisa nur endlich erzählt, dass sie einen Sohn bekommen würden. Belustigt folgte sie der ehelichen Debatte über einen Namen für das Kind. Als Lisa schließlich um ihre Meinung bat, wusste sie, dass sie sich auf einem gefährlichen Pfad bewegte.

»Ehrlich?«

»Was denn sonst!«, fauchte die Schwangere sie an.

»Keinen.«

»Keinen?«, echoten die Eheleute Jung gemeinsam. Tom hatte offensichtlich erwartet, die Freundin seiner Frau würde Partei für sie ergreifen. Lisa schien geschockt, weil sie es nicht tat.

»Nein.«

»Ach, hast du vielleicht einen besseren Vorschlag?«

»Nein.«

»Wenn du schwanger wärst und wüsstest, du bekommst einen Sohn – wie würdest du ihn denn nennen?«

»Bin ich nicht.«

»Das weiß ich, aber nehmen wir es einfach nur mal an.«

Das Klingeln des Telefons erlöste Hanna davon, verbal in die Ecke gedrängt zu werden.

»Das ist dein Bruder – pünktlich wie immer«, kommentierte Tom.

Lisa stand auf und ging zum Telefon.

Hannas Herzschlag beschleunigte sich. Sie versuchte mitzubekommen, worüber die beiden sprachen, konnte aber nichts verstehen, so sehr sie sich auch anstrengte.

»Wo habt ihr beide euch eigentlich kennengelernt?«

Es war nur eine harmlose Frage von Tom, die Hanna

ins Schwitzen brachte, weil sie keine Ahnung hatte, was sie darauf sagen sollte.

»Über Ben.«

»Oh. Bist du beim Militär?«

»Nein.«

»Was machst du beruflich?«

»Fotografieren.«

»Interessant. Stammt das Bild aus Norwegen von dir?«

Diesmal erhielt Tom ihre volle Aufmerksamkeit. Was hatte sie gesagt? Fotografieren? Vor lauter Anstrengung zu lauschen, hatte sie seinen Fragen nicht gerade volle Aufmerksamkeit geschenkt.

»Ich soll dich schön grüßen.« Lisa kam in die Küche zurück.

»Alles klar bei ihm?«

»Ja, aber er hörte sich ziemlich müde an.«

»Ich dachte, du hättest seinem Oberst gesagt, dass er noch nicht wieder einsatzfähig ist. Wieso ist er überhaupt schon wieder unterwegs?«

»Irgendein Notfall, und er ist nicht im Einsatz, er soll nur ein bisschen Background-Arbeit machen.«

»Hast du ihm gesagt, dass Julia zu Besuch ist?«

»Julia?«

»Na, ich«, mischte sich Hanna ein und war froh, als der verwirrte Gesichtsausdruck aus Lisas Miene wich. Irgendwann hatte sie mal gelesen, dass Schwangere nicht in der Lage seien, komplizierte Rechenaufgaben zu lösen. Sie hoffte, dass sie in der Lage waren, Patienten zu behandeln und darüber hinaus noch einen einzelnen gefakten Namen im Kopf zu behalten.

»Ich habe Tom erzählt, dass wir uns über Ben kennengelernt haben«, fügte sie ihren längsten Satz am heutigen Abend hinzu.

»Ja, und ich dachte, sie wäre beim Militär, aber sie hat mir erzählt, dass sie fotografiert.«

»Hast du?«

Hanna nickte. Tom kniff die Augen zusammen und betrachtete seine Frau.

»Lizzy, geht es dir gut?«

»Wieso fragst du?«

»Weil du einen leicht verwirrten Eindruck auf mich machst.«

»Nein, äh ja, äh – ach egal. Ich glaube, ich bin nur müde, der Tag war heute anstrengend, und dein Sohn gibt auch keine Ruhe.«

»Mein Sohn? Ach soweit sind wir schon? Wenn er was ausfrisst, ist er mein Sohn?«

Mit einem Grinsen strich ihm Lisa liebevoll über die Wange und küsste ihn auf den Mund. »Natürlich. Was denkst du denn? Von mir bekommt er nur all die positiven Eigenschaften.«

»Also, wie habt ihr euch denn nun kennengelernt?«

Hanna hegte den Verdacht, dass Tom nur deshalb so hartnäckig an dem Thema festhielt, weil er einer weiteren Diskussion über einen Namen für seinen ungeborenen Sohn aus dem Weg gehen wollte.

»Wie Julia schon sagte, über Ben. Sie ist Fotoreporterin und in eine brenzlige Situation geraten. Ben hat sie da herausgeholt und ich konnte sie zusammenflicken. Daraus ist dann unsere Freundschaft entstanden.« Lisa warf Hanna einen flüchtigen Blick zu.

Hanna nickte anerkennend. Das alles entsprach absolut der Wahrheit, und es beeindruckte sie, wie geschickt Lisa ihre Worte gewählt hatte.

»Also keine Liebesgeschichte zwischen dir und Ben?«

Sie verschluckte sich an einer Tomate, hustete, und

Toms Grinsen weitete sich, während Lisa sie mit einem abwesenden Blick ansah.

»Nathanael«, stieß Hanna zwischen zwei Hustenattacken hervor.

»Nathanael?«, wiederholte das Ehepaar verständnislos.

»Ja, das wäre meine Namenswahl für einen Jungen.«

Bevor sich das Gesprächsthema vom Baby weg erneut auf sie wenden konnte, wünschte Hanna den beiden eine gute Nacht.

HANNA HATTE FRÜHMORGENS das Haus verlassen. Nebelfelder hingen über dem Friedhof. Ihr Outfit bestand diesmal aus engen Jeans, Boots, einer schwarzen Lederjacke und einem schwarzen T-Shirt darunter. Eine Perücke versah sie mit einer langhaarigen, strähnigen, künstlich schwarzen Haarpracht. Schwarz geschminkte Lippen und ein aufgeklebtes Nasenpiercing rundeten ihre Erscheinung apart ab.

Sie wählte diesmal eine andere Ecke vom Friedhof aus. Dort konnte sie zwar den Eingang nicht beobachten, sah aber, wenn sich jemand zum Grab hin bewegte. Sie brauchte nicht lange zu warten, bis Marie an das Grab herantrat, im dunkelblauen Kostüm, hochhackigen Schuhen, einem dunkelblauen, eleganten, halblangen Trenchcoat. Die Haare hatte sie mit einer Spange locker nach oben gesteckt. Ihre Wangen waren von der Kälte gerötet.

Seltsam, in das eigene Abbild eines schöneren Selbst zu schauen. Hanna spürte, wie ihr Tränen in die heute wieder grünen Augen stiegen. Oh Gott, wie sehr hatte sie ihre Schwester vermisst! Alles in ihr schnürte sich zusammen.

Marie bückte sich, legte eine frische weiße Rose auf das Grab, erhob sich und drehte sich zu ihr um, als hätte sie ihre

Anwesenheit gespürt. Ihre Blicke trafen sich. Die Erde hörte auf sich zu drehen, die Geräusche verschwammen. Regungslos starrten sie sich an. Hanna setzte als Erste einen Fuß in Maries Richtung. Kaum merklich schüttelte ihre Schwester den Kopf, mit einem leichten Neigen des Kopfes zeigte sie in die Richtung schräg hinter sich, die Hanna von ihrer Stelle nicht einsehen konnte. Marie wandte sich zurück zum Grab, holte so tief Luft, dass sich ihr Brustkorb sichtbar hob und senkte. Die Hand, die Hanna sehen konnte, kam aus der Manteltasche. Dann fing sie an, mit den Fingern Nummern zu zeigen. War eine Zahl fertig, macht sie eine Wischbewegung mit der flachen Hand. So wusste Hanna, wenn sie etwas addieren musste. Sie hatte mit der Faust für die Null begonnen. Im Kopf visualisierte Hanna die Nummer. Zwei Durchläufe schaffte sie.

»Frau Ziegler?« Ein hochgewachsener Mann im schwarzen Mantel trat an Marie heran.

»Ja, ich komme«, antwortete sie. Ohne einen Blick zurückzuwerfen, stöckelte sie den Pfad zurück zum Ausgang.

Hannas Knie zitterten so sehr, dass sie sich einen Moment auf einen Grabstein setzte. Ihr Onkel lag falsch. Nicht sie befand sich in Gefahr, sondern Marie. Wer auch immer der Mann war, der sich mit auf dem Friedhof aufgehalten hatte, er war nicht mitgekommen, um ihre Zwillingsschwester zu beschützen, sondern um sie zu überwachen. Zum Glück brauchte Hanna meistens eine Zahl nur einmal kurz sehen oder vor ihrem inneren Auge zu visualisieren, um sie sich zu merken. Die ersten vier Ziffern brauchte sie sich nicht einmal zu merken. Sie wusste, dass die 0171 die Vorwahl in ein Handynetz war. 42 222 86 – die Nummer konnte sich jeder leicht merken.

Zurück in der Innenstadt kaufte sich Hanna in einem

Telefonladen ein günstiges Handy samt Prepaidkarte. Mit dem Guthaben schickte sie eine SMS an die Nummer: »Hi Marie MUMIDERE deine ABFF«, was die Kurzform für »Hi Marie, muss mit dir reden, deine allerbeste Freundin für immer« war. Die Antwort ließ nicht lange auf sich warten: »Hi TRSOWIIM 730 deine ABFF«, also »Hi, treffen uns so wie immer, 7:30 Uhr«.

Hanna schaltete das Handy ab. Jetzt musste sie sich ein weiteres Outfit zulegen und die Zeit bis abends um 7:30 Uhr herumbekommen.

TOM UND LISA waren zusammen auf einem Geburtsvorbereitungslehrgang. Hanna hatte ihrer Freundin einen Zettel mit dem Hinweis hingelegt, dass sie erst später wieder nach Hause käme. Sie wollte nicht, dass sich Lisa unnötig Sorgen machte. Die neuen Klamotten hatte sie im Schließfach am Bahnhof deponiert. In der Toilette wechselte sie ihr Outfit. Diesmal zog sie ein schlichtes, nicht zu auffälliges, schwarzes Etuikleid an und darüber einen schwarzen Strickbolero. Er war einfach gehalten, nur die Unterkante war durch eine gehäkelte Lochborte abgesetzt. Eine hautfarbene, glänzende Feinstrumpfhose und vier Zentimeter hohe Absatzschuhe, die sich laut Verkäuferin beim Laufen wie Turnschuhe anfühlen sollten, rundeten das Outfit ab. Den Rucksack packte sie in das Schließfach, wählte stattdessen für die notwendigsten Utensilien eine Handtasche aus. Sie behielt die grüne Augenfarbe bei, zog einen Lidstrich und umrundete die Lippen mit einem hellen Konturstift, sodass sie größer wirkten. Dafür hatte sie einen Kupferton als Farbe gewählt. Ihre Wangenknochen betupfte sie mit einem dunklen Rouge. Damit wirkte ihr Gesicht länger und schmaler. Eine Perücke sparte sie sich.

Stattdessen kämmte sie die Haare straff zurück, befestigte sie mit Klammern eng am Kopf, und ließ damit ihre natürlichen Locken verschwinden. Kritisch betrachtete sie sich im Spiegel und entschied, dass sie sich selbst fremd genug war. Das Kleid kam von der Länge genau richtig hin – bis zum Knie. Die Aussage war klar. Schaut mich an, aber lasst die Finger von mir.

Sie betrat die Lieblingsbar ihrer Schwester eine halbe Stunde vor der Zeit. Das gab ihr die Möglichkeit, sich eine günstige Ecke zu suchen, von der aus sie unauffällig zur Toilette verschwinden konnte, nahe genug am Hinterausgang, für Notfälle. Die Nischen und die geschwungene U-Form der Räumlichkeit, in deren Zentrum sich die Bar befand, machten es unmöglich, die gesamte Bar im Blick zu behalten. Deshalb wählte sie einen Kompromiss. Das Kommen und Gehen empfand sie als wichtiger als die Nischen. Trotz des frühen Abends war die Bar zu gut einem Drittel mit Gästen gefüllt. Sie war ein Insidertipp für Leute aus der Wirtschaft. Ein Getränk kostete hier so viel, dass Hanna damit ihre Verpflegung für einen Tag hätte bestreiten können. Ihr würde nichts anderes übrig bleiben, als Marie um Geld zu bitten. Die letzten Tage hatten ihre wenigen Reserven aufgezehrt.

Marie kam mit zwei Freundinnen – Veronika und Anna – gegen Viertel vor acht. Tatsächlich war Anna eine der ältesten Freundinnen von Marie. Ihr Verhältnis hatte sich dann während der Ehe mit Lukas gelockert. Die kleine Gruppe ließ sich an einem Tisch in Barnähe nieder.

Hanna freute sich keineswegs, dass Marie so geschickt damit umging, ihr Treffen zu tarnen. Im Gegenteil, es jagte ihr einen kalten Schauer über den Rücken, zeigte es doch, dass es einen guten Grund dafür gab.

Die zwei Männer betraten die Bar kurz nach den drei

Frauen. Sie fügten sich perfekt in die Umgebung ein. Einzig und allein weil sie auf ihrem Weg zur Bar keine der Frauen eines Blickes würdigten, zogen sie Hannas Aufmerksamkeit auf sich. Hätten sie stattdessen Interesse aneinander gezeigt – auch kein Thema, schließlich war die Schwulenszene von Berlin bekannt.

Hanna begann sich mit ihrem Handy zu beschäftigen, was nicht weiter auffällig wäre, da man damit heutzutage in guter Gesellschaft war. Sie schaltete den Blitz für die Fotos aus, worunter zwar die Qualität der Bilder leiden würde, aber das ließ sich nicht ändern. Mit der richtigen Bearbeitungssoftware könnte sie vielleicht trotzdem genug herausholen.

Nachdem die Männer sich erst eine Weile an der Bar aufgehalten hatten, wählten sie einen Tisch nicht weit von Hanna entfernt. Das gab ihr Gelegenheit, weitere Fotos zu schießen. Marie und ihre Freundinnen blieben keine zehn Minuten allein an ihrem Tisch. Kein Wunder. Veronika mit ihren naturblonden Haaren und einem weniger natürlichen üppigen Busen, den sie gekonnt zur Schau stellte, zog Männer besonders an. Ihr rot geschminkter Schmollmund tat ein Übriges.

Um Viertel nach acht stand Hanna auf und schlenderte Richtung Toilette. Beim Aufstehen warfen ihr die Männer einen flüchtigen Blick zu, konzentrierten sich dann aber scheinbar auf ihre Handys. Ein Mann an der Bar grinste Hanna zu und hob sein Glas. Betont arrogant hob sie die Augenbrauen, ließ ihre Augen an ihm herabwandern und sah seine Courage, sie anzusprechen, sichtlich schwinden. Es gab leichtere Beute in dieser Bar.

Wow – die Damentoilette war ein echter Hammer. In einem Vorraum standen zwei Stühle vor einem Spiegel, daneben gab es drei Waschbecken. Durch eine Tür kam man zu den Toiletten. Dezente Beleuchtung, marmorne Platten für die Ablage – kein Wunder, dass die Getränke so viel kosteten. Sie setzte sich auf einen der Stühle und tat so, als bessere sie ihr Make-up auf. Zwei Frauen kamen, eine verließ die Toilette, wusch sich die Hände, zog sich die Lippen nach und pushte ihren Busen in die Höhe. Erst das Lächeln der Frau im Spiegel ließ Hanna erkennen, dass sie die Frau unbewusst angestarrt hatte. Eine weitere Frau kam herein, die leicht schwankte. Als Hanna erneut in den Spiegel schaute, sah sie über ihrer Schulter ihr eigenes Gesicht mit großen Augen an. Sie verharrte, schluckte und stand langsam auf. Dann lagen sie sich in den Armen.

»Ich wusste, dass du nicht tot bist. Ich hätte es gefühlt. Oh, mein Gott«, flüsterte Marie. Ein Zittern lief durch ihren Körper. Beruhigend streichelte Hanna ihren Rücken.

»Unglückliche Liebe?«, fragte eine der Frauen, die von der Toilette kamen, mit einem verständnisvollen Blick auf Marie. Anstelle einer Antwort nickte sie.

»Es gibt so vieles, was ich dir sagen muss. Ich weiß gar nicht, wo ich anfangen soll, aber ich kann nicht so lange bleiben, sonst fällt es auf.« Sie öffnete ihre Handtasche, nachdem sie sichergestellt hatte, dass sie allein im Vorraum waren. Sie gab Hanna einen Hunderter. »Du brauchst bestimmt Geld.« Ein Schlüssel folgte. »Hufelandstraße 11a, Prenzlauer Berg, in der vierten Etage. Die Wohnung gehört Anna. Sie muss nachher sowieso arbeiten und kommt erst in vier Tagen zurück. Solange kannst du dort erst mal bleiben. Meine neue Wohnung ist schräg gegenüber in der fünften Etage in der Esmarchstraße. Gib mir Zeit bis Mitternacht.«

Marie drückte ihre Wange an ihre, wollte verschwinden, aber Hanna hielt sie fest.

»Wer sind die Typen?«

Marie schüttelte den Kopf. Eine Frau kam rein, stutzte kurz, als sie Hannas festen Griff um den Arm der anderen Frau sah. Sie ließ los, sah zu, wie Marie wieder aus der Tür entschwand. Nach einem letzten kritischen Blick ging die Frau zur Toilette weiter. Hanna folgte ihr und schloss sich in einer der Kabinen ein. Sie ließ sich noch ein wenig Zeit, bevor sie ebenfalls in die Bar zurückkehrte.

Diesmal zog sie keine Aufmerksamkeit mehr auf sich. Sie bestellte ein zweites Glas Chardonnay, das sie in Ruhe trank, tippte dabei auf ihrem Handy herum. Zwischendrin lächelte sie, so als würde sie per SMS eine Unterhaltung führen oder sich auf dem Handy in irgendeinem sozialen Netzwerk bewegen. Schließlich bezahlte sie die Getränke, stand auf und verließ die Bar.

Um die Ecke standen Taxis. Sie ließ sich direkt zum Bahnhof bringen. Dort wanderte sie über verschiedene Bahnsteige, stieg in Züge ein und wieder aus, bis sie sicher war, dass ihr niemand folgte. Erst dann ging sie zu ihrem Schließfach, holte ihren Rucksack heraus, nahm ihn mit zur Toilette und verwandelte sich wieder. Diesmal kamen Jeans, T-Shirt und Jeansjacke mit Sneakers dran. Die Haare verschwanden unter einer Kappe, und sie befreite ihr Gesicht von Schminke. Ihre Augenfarbe änderte sie in einen Braunton.

Statt zu laufen, nutzte sie jetzt die öffentlichen Verkehrsmittel, um vom Bahnhof aus zur Familie Jung zu kommen.

Sie stieg hoch in Bens Wohnung, zog das Bett ab, lief in den Keller zur Waschmaschine und steckte das Bettzeug in den Schnellwaschgang. Als Nächstes ging sie prüfend durch die Wohnung, korrigierte und säuberte, wo es ihrer Meinung nach notwendig war. Als sie erneut vom Keller hochkam, wo sie die Bettwäsche in den Trockner gepackt hatte, hörte sie Stimmen in der Praxis, dann das Weinen eines Kindes. Lisa hatte Patienten? Um diese Zeit? Sie ging hinein, sah Licht in einem der Untersuchungsräume.

Eine junge Frau saß mit blassem Gesicht auf einem Stuhl. Schweiß stand auf ihrer Stirn. Die eine Hand über den Unterleib gelegt, streichelte sie mit der anderen einem Kind über das Haar. Lisa stand vor den beiden.

»Lass mich Mami untersuchen, dann geht es ihr gleich besser. Möchtest du ein Gummibärchen?« Sie griff hinter sich auf den Tisch zu einem Glas. Sekundenschnell begriff Hanna die Situation, schlüpfte ins Zimmer und kniete sich vor das Kind.

Dankbar nickte ihr Lisa zu.

»Hi. Ich bin Julia. Cooles T-Shirt hast du an – Spiderman.«

»Das ist ein Schlafanzug.« Der Junge mochte vielleicht sechs Jahre alt sein. Mit seinen verweinten großen Augen sah er Hanna an. Die Finger, die er in der Jacke der Mutter festgekrallt hatte, lösten sich ein wenig.

»Oh, okay. Also, auf meinen Schlafanzug käme kein Spinnenmann, ich finde Iron Man besser.«

»Ach der«, der Junge machte eine wegwerfende Geste, »der kann doch nur was, weil er einen Anzug hat. Hulk ist viel besser.«

»Nein, der ist gruselig – sieht so harmlos aus als Professor, aber wehe, das Biest kommt raus.«

»Hast du auch einen Sohn?«

»Wieso, nur weil ich die Avengers kenne?«

»Die Avengers? Wer ist das denn?«

Hanna schob den Jungen vom Stuhl weg, sodass Lisa der Mutter auf die Liege helfen konnte.

»Die kennst du nicht?« Im Schneidersitz setzte sie sich auf den Boden, und der Junge tat es ihr gleich. Während Lisa die Mutter untersuchte und behandelte, erzählte Hanna dem Jungen die Geschichte der Avengers, angefangen bei Captain America über Thor, Black Widow, Hawkeye und Hulk bis hin zu Iron Man. Gebannt lauschte ihr das Kind und vergaß darüber völlig alles andere.

»Komm Kevin, wir können nach Hause«, wurden sie unterbrochen.

»Mama, Julia kennt alle Comicfiguren.«

Die Mutter lächelte erschöpft und zog ihren Sohn an sich. »Danke«, flüsterte sie.

Hanna erhob sich. »Kein Problem. Sind Sie mit dem Auto hier?«

Die Frau schüttelte den Kopf. »Wir sind mit dem Taxi gekommen.«

»Ich habe Ihnen schon ein neues gerufen, Frau Winter, setzen Sie sich ruhig noch, bis es da ist.« Lisa saß an ihrem Schreibtisch und tippte Daten in den Computer ein. »Auch wenn Sie keine Schmerzen mehr haben, sollten Sie es langsam angehen lassen.«

»Ich muss mal«, quengelte Kevin.

»Darf ich dir den Weg zeigen?«, bot Hanna dem Jungen an. Er nickte und ergriff ihre Hand, die sie ihm entgegenstreckte.

Sie wartete vor der Tür, bis er fertig war. Eine Praxis konnte in der Nacht unheimlich sein. Gemeinsam gingen sie zurück in das Untersuchungszimmer. Die Gesichtsfarbe der Mutter hatte einen normalen Ton angenommen.

Es klingelte an der Vordertür.

»Bleib sitzen.«

Die Ränder unter Lisas Augen zeigten ihre Erschöpfung. Hanna half der Frau vom Stuhl und begleitete die beiden zu ihrem Taxi. Als sie gefahren waren, ging sie zurück.

»Wie kommt es, dass du so gut mit Kindern umgehen kannst?«

Hanna zuckte mit den Achseln. »Kinder sind einfach. Erwachsene sind kompliziert.«

»Du gehst?«

»Woher weißt du –?«

»Ich habe gesehen, dass du die Bettwäsche in die Waschmaschine gesteckt hast.«

Hanna nickte. »Ich muss.«

»Wann?«

»Gleich«

»Willst du nicht noch wenigstens eine Nacht bleiben?«

»Es geht nicht.«

»Wie erreiche ich dich?«

»Ich melde mich bei dir.« Hanna schloss Lisa in ihre Arme. »Darf ich?«

Die Schwangere nickte.

Vorsichtig streichelte sie über den Bauch, in dem ihr Patenkind für ein Fußballmatch zu trainieren schien. »Hey, du kleiner Mann, du sollst lieb zu deiner Mutter sein.«

»Pass auf dich auf«, flüsterte Lisa mit Tränen in den Augen.

Nachdem sie Bens Bett mit der Bettwäsche aus dem Trockner bezogen hatte, war Hanna mit einem Umweg über den Bahnhof zur Hufelandstraße gefahren. Es war nur ein paar Ecken von der Bar entfernt, in der sie mit Marie verabredet gewesen war. Das Appartment bestand aus nur wenigen Räumen und besaß eine lang gezogene Fensterfront, weshalb sie kein Licht machte. Statt des Betts im

Schlafzimmer wählte sie die Couch in Annas Arbeitszimmer für die Nacht aus. Das Zimmer besaß nur ein
kleines Fenster Richtung Innenhof.

Im Arbeitszimmer gab es eine Wand mit Postkarten von
allen Ländern und Städten, die Anna als Stewardess ange-
flogen hatte. Eine furchtbare Art, sein Geld zu verdienen,
fand Hanna. Ein Blick auf die Uhr zeigte ihr, dass ihre
Schwester überfällig war. Seufzend beschloss sie, sich schon
mal zum Schlafen fertigzumachen.

Erschrocken zuckte sie zusammen, als sich die Badezimmertür öffnete.

Marie zog sie in die Arme, schob sie von sich, tastete sie
mit den Händen ab, als müsste sie sichergehen, dass sie
keinen Geist vor sich hatte. »Du lebst. Du lebst wirklich.«
Fassungslos schüttelte sie den Kopf.

»Es tut mir leid. Ich wollte dir und Mama nicht
wehtun.«

Marie legte ihr den Finger auf den Mund. »Mir tut es
leid. Wäre ich nicht so dumm gewesen –« Sie brach ab,
wandte sich um und ging ins Wohnzimmer. Mit einem
Stöhnen ließ sie sich auf den Sessel fallen.

Hanna ging ihr nach. »Wer sind die Männer, die dir
folgen?«

»Bodyguards, die mich beschützen sollen.«

»Du hast Bodyguards engagiert?«

»Nein, Armin oder eher dieser Wolff.« Marie verzog
das Gesicht.

»Wie bist du ihnen entwischt?«

Solange waren ihre Gedanken darum gekreist, ob Marie
sie doch in irgendeiner Weise verraten hatte, dass sie ihr
Misstrauen nicht einfach beiseiteschieben konnte. Dass
Marie den Namen ihres Stiefvaters wieder angenommen
hatte, trug nicht gerade dazu bei, dass sie einfach auf die

tiefe Verbundenheit mit ihrer Zwillingsschwester vertrauen konnte.

»Gar nicht. Abends wird der Dienst auf einen reduziert – wegen der Kosten.« Ein schwaches Lächeln erschien auf ihren Lippen. »Ich wusste, dass Fred heute Dienst hat. Er ist ziemlich gut im Bett, musst du wissen.«

»Du schläfst mit einem von denen?«

»Ja, und du kannst froh darum sein, sonst wäre ich jetzt nicht hier.«

»Du vertraust ihm, weil er mit dir schläft?«

»Nein, aber weil ich ihm ein Schlafmittel gegeben habe, das ihn für die nächsten vier Stunden garantiert im Land der Träume festhält.« Ihre Schwester strich sich mit der Hand durch die Haare. »Schau mich nicht so entsetzt an. Ich arbeite in einem Pharmakonzern, vergessen? Ich weiß, wie ich was dosieren muss. Ich bringe ihn damit nicht um.«

Langsam ließ sich Hanna ihr gegenüber auf der Couch nieder. Ihre Schwester stellte einen Mann, mit dem sie im Bett war, mit einem Schlafmittel ruhig, damit sie sich mit ihr treffen konnte. Das musste sie erst mal verdauen.

»Du hast von vielen Dingen keine Ahnung, Hanna. Wenn du ehrlich zu dir bist, weißt du selbst, dass du vor vielen Sachen deine Augen verschlossen hast. Ich habe Tabletten genommen und war kurz davor, als Alkoholikerin zu gelten. Es ist an der Zeit, dass wir beide ehrlich zueinander sind und aufhören, uns etwas vorzuspielen. – Wir haben nur uns.«

»Also gut. Fangen wir an: Ifechi, Moswen, Saburi, Afya, Maalik, Haiba, Tabita, Tutu, Dupe, Ezeoha, Rabuwa, Rukia Mutai, Ochuko Mutai, Frederike Schneider«, zählte sie langsam mit leiser Stimme auf. »Sie alle sind tot.«

Bei ihren Worten stiegen Marie die Tränen in die Augen und flossen langsam die Wangen herab, aber davon ließ Hanna sich diesmal nicht erweichen. Sie wollte die Wahrheit wissen.

»Ich wollte nicht, dass sie sterben – bei keinem von ihnen.«

»Sie sind aber gestorben.«

»Ja. Und sie werden nicht wieder lebendig, egal was wir machen, nicht wahr?«

»Ja.«

»Lukas kannst du übrigens auch auf die Liste setzen.«

»Lukas?«

»Ja. Herzinfarkt – am Montag ist die Beerdigung, sofern der Polizei nicht noch was einfällt, was sie untersuchen müssen. Und bevor du fragst – nein, ich werde nicht an der Beerdigung teilnehmen.«

Hanna atmete tief ein und wieder aus. Lukas war an einem Herzinfarkt gestorben, und jemand – nein, nicht jemand, sondern, wenn sie ihrem Onkel Glauben schenkte, dann war es dieser Konstantin Wolff, der versucht hatte, sie zu schnappen. Und Marie hing an einer kurzen Leine.

»Im Grunde fing alles mit deiner Entführung an. Bis dahin dachte ich, Armin wäre unser Prinz, der uns gerettet hat. Es war das erste Mal, dass mir Zweifel kamen, weil er so ruhig und cool darauf reagierte. Später erklärte ich mir sein Verhalten damit, dass er sich einfach von nichts aus der Ruhe bringen lässt. Ich meine, wenn er wirklich etwas mit der Entführung zu tun gehabt hätte, dann hättest du doch alles getan, um ihn ans Messer zu liefern.« Ihre Schwester sah ihr tief in die Augen. »Ich hätte nie gedacht, dass du Angst vor ihm hattest.«

»Keine Angst um mich, Angst um dich und Mama.«

»Armin hat mir die Liebe gegeben, von der ich dachte, dass Papa sie mir nie gegeben hätte. Du standest immer im

Mittelpunkt mit deiner Verschlossenheit und weil du anfangs nie geredet hast.«

»Er hat dich genauso geliebt wie mich.«

»Nein, er hat mich anders geliebt, und ich habe das nie verstanden. Kannst du dich noch an unseren einundzwanzigsten Geburtstag erinnern?«

»Du meinst, als uns Mama die Briefe von Papa gegeben hat?«

Marie nickte. »Du hast mir nie gesagt, was in deinem stand.«

»Dito«, erklärte Hanna ruhig.

Ihre Schwester bückte sich, griff in ihre Handtasche und holte eine Schachtel heraus. Sie öffnete sie und reichte sie Hanna. Darin lagen ein Ring mit einem Wappen und ein zweiter, von dem Hanna sehr genau wusste, dass es sich um den Ehering ihres Vaters handelte, der immer in einem Umschlag gelegen hatte. Auf seiner Innenseite war »Für immer dein – Silvia« eingraviert. Sowohl den Brief als auch den Ring hatte Hanna in einer kleinen Schatzkiste in ihrem Schrank aufbewahrt. Marie zog nun auch den Brief heraus und reichte ihn ihr.

»Papa war nicht nur Priester, sondern ein Ritter des Malteserordens – der Johannesbruderschaft. Ich habe deinen Brief nicht gelesen, weil ich glaube, dass er es nicht wollte.«

Sanft strich Hanna über den Umschlag. Jedes Wort war tief eingebrannt in ihrem Herzen, dennoch berührte es sie zutiefst, die geschriebenen Worte ihres Vaters wieder in den Händen zu halten, ein Stück ihres Lebens – ihres Seins. »Ich habe mich immer gefragt, ob er wusste, dass er diesen Geburtstag nicht mit uns erleben würde«, sprach sie leise.

»Ich denke, er wusste es.«

Die Sicherheit in Maries Stimme ließ sie aufblicken.

»Und er wusste, wenn ihm etwas passiert, würde Silvia sich von Armin wieder einfangen lassen. Wusstest du, dass die beiden vor Mamas Zeit mit Papa zusammen waren und dass Armin Mama einen Heiratsantrag gemacht hatte? Sie lehnte ihn ab, weil sie erst ein soziales Jahr absolvieren wollte. Sie suchte nach einem Sinn in ihrem Leben und sie fand ihn in Gabriel. Dafür brach sie sogar mit Oma und Opa.«

»Wann hat Mama dir das erzählt?«

»Vor ein paar Jahren. Das Verhältnis zu Opa hat sich nie wieder richtig eingerenkt, und sie war bei seiner Beerdigung nicht dabei. Erinnerst du dich nicht mehr?«

Doch, Hanna erinnerte sich. Silvia hatte erklärt, dass sie eine weitere Beerdigung nicht ertragen würde. Und das hatte sie ohne Nachfragen akzeptiert.

»Er hat mir den Siegelring der Malteser gegeben und wusste genau, dass ich mich damit beschäftigen würde. Es hat mich zutiefst berührt.« Marie brach ab und wartete, bis die neuen Tränen wieder aufhörten, zu fließen. »Ich wollte dazugehören, aber das ist nicht so einfach. Du kannst dich in den Orden nicht einkaufen oder Anspruch auf Mitgliedschaft erheben, weil dein Vater Ritter des Ordens war. Du musst es dir verdienen.«

»Du wolltest Ordensfrau bei den Malteserrittern werden?«

Marie nickte. »Hör auf mich so anzustarren, als säße ein Alien vor dir. Das war der Zeitpunkt, als ich Katie Merz begegnete, und in mir reifte der Gedanke: ein Heilmittel gegen AIDS – ja, genau das wäre ein Beitrag, den niemand ignorieren könnte.«

»Du hast dafür Kinder als Versuchsobjekte benutzt.«

»Nein, Hanna, das habe ich nicht. Wann hast du angefangen, so über mich zu denken? Was dachtest du von mir? Dass ich ein Monster bin?«

Diesmal heulte sie so sehr, dass es sie am ganzen Körper schüttelte. Hanna wollte sie in die Arme nehmen, doch Marie stieß sie weg. »Lass mich, ich will zu Ende reden. Ich dachte, du wärst tot, ohne jemals die Wahrheit erfahren zu haben. Mama hat nie an deinen Tod geglaubt. Aber ich dachte, wenn du lebtest, dann würdest du mir ein Zeichen geben. Doch das blieb aus.«

Ihre Worte trafen Hanna wie Messerstiche. Marie hatte recht, sie hätte sich nie auf das Zeugenschutzprogramm einlassen dürfen. Sie hätte ihrer Mutter und Marie vertrauen müssen, und gemeinsam wären sie stark genug gewesen.

»All die Jahre finanzierte ich von einem Teil meines Gehalts diese Forschung. Lange blieb es unentdeckt, doch dann trat der Fall Timothy Ray Brown auf, der erste weltweit geheilte HIV-Patient hier in Berlin. Ein wichtiger Schritt, auch wenn die Umstände seiner Heilung nicht auf andere HIV-Patienten übertragbar waren. Dennoch gab es Hoffnung und Ansätze für die Forschung. Weißt du, das Problem sind die Schläferzellen, in die sich das Virus eingenistet hat. Je länger eine Infektion unerkannt im Körper eines Menschen existiert, desto höher ist die Anzahl der Schläferzellen. Solange Schläferzellen im Körper existieren, kann sich das Virus verbreiten, und das Problem ist, dass wir erst eingreifen können, wenn das Virus aktiv wird, also aufhört zu schlafen. Je früher eine Therapie einsetzt, desto geringer kann der Bestand an Schläferzellen gehalten werden. Wir haben uns entschieden, an der Genschere zu arbeiten, weil uns das ein vielversprechender Ansatz schien. Das bedeutet, wir versuchten mittels Enzymen die HIV-Erbgutstränge zu erkennen, diese aus der Zelle herauszuschneiden und dann das Erbgut wieder zusammenzukleben. Ein großes Risiko, da die Gefahr besteht, Krebserkrankungen als Nebenwirkung auszulösen.« Marie schwieg, hing ihren Gedanken nach und starrte auf ihre Hände.

»Dann kam Armin dahinter, dass ein Teil unserer Forschungsabteilung an einem Heilmittel für HIV arbeitet. Er hat mich zur Rede gestellt. Ich fing an zu argumentieren, welchen Erfolg es für das Unternehmen darstellen würde. Er brachte im Gegenzug das Argument, was es uns kosten würde. – Aber es gab da noch etwas anderes, was unterschwellig im Raum stand.« Sie schwieg, hob den Kopf.

»Hoffnung«, flüsterte Hanna.

»Ja, Hoffnung, vielleicht Stabilität in Ländern, wo keine Stabilität von den westlichen Ländern gewollt ist. Was für ein Quatsch! Niemand kann absehen, was ein Heilmittel am Ende für Auswirkungen auf eine Gesellschaft hat. Ob es finanzierbar sein wird für die Entwicklungsländer. Aber mir wurde schnell klar, dass er weitere Forschungen in dieser Richtung nicht akzeptieren würde, geschweige denn unterstützen. Eine Weile ruhte die Sache, aber wir sind nicht die Einzigen, die die Arbeit an dem Thema vorantreiben. Wobei es an Forschungsmitteln fehlt. Die Stiftungsprojekte in Afrika durfte ich weiter betreiben. Bei meinem Besuch traf ich auf Dr. Frederike Schneider. Auch sie forschte in der Richtung, nachdem sie bei einem Baby durch unmittelbar einsetzenden Therapiebeginn nur noch Spuren des HI-Virus nachweisen konnte. Sie setzte auf eine andere Methode, nämlich die Schläferzellen zu wecken und auszurotten. Verstehst du? Der normale Therapieansatz zerstört Zellen, wo das Virus aktiv wird, und unterdrückt vor allem deren Vervielfältigung, doch wie kommt man an die schlafenden Zellen ran?«

»Indem man sie weckt.«

»Genau. Per Zufall entdeckte man vor Jahren, dass ein Antiepileptikum eine aufmunternde Wirkung auf infizierte Immunzellen hat, doch das war nicht stark genug. Dr. Schneider hat eine Substanz gefunden, die sie weckt. Der Vorgang muss über mehrere Stufen erfolgen, und anfangs ist nur eine geringe Dosierung möglich, damit es nicht zu einer Art Schock kommt.«

»Was bei Ifechi passierte.«

»Nein. Ifechi starb, weil wir die Therapiemedikamente zu früh absetzten. Bei ihr war die Konzentration an HI-Viren extrem hoch, und durch Ifechis Tod wussten wir, dass wir noch einen weiteren Durchlauf des Weckprozesses vornehmen mussten, bevor wir die Medikamente absetzen durften.«

»Also habt ihr die Kinder für Forschungszwecke missbraucht.«

»Nein, wir haben nicht leichtsinnig gehandelt. Alle Forschungsergebnisse lagen vor – Versuchsreihen –, bevor wir sie an Menschen testeten. Die Kinder standen die ganze Zeit unter ärztlicher Aufsicht. Sie wussten, was wir versuchten und waren einverstanden.«

»Marie – das waren Kinder.«

»Ja, und ihre Eltern sind an AIDS gestorben oder haben sie allein gelassen!«

»Die Familien!«

»ALLEIN – gelassen. Diese Kinder hatten keine Familien mehr. Das ist die Wahrheit.«

»Ifechi starb.«

»Verdammt, ja. Weil viele Dinge aufeinandertrafen. Dieses Scheißvirus bricht auf einmal schlagartig aus, wenn eine Infektion hinzukommt, die Anzahl der Schläferzellen war zu hoch, die Vervielfältigung der Viren geschah zu schnell, und Ifechi war gesundheitlich zu sehr angeschlagen. Wir haben zehn Kinder geheilt! Bedeutet das nichts? Ein Heilmittel gegen HIV?«

»Ja, genau. Was ist damit?«

»Weg.«

»Weg?«

»Ja. Inzwischen ist klar, dass nicht nur Lukas darauf aufmerksam wurde, dass irgendetwas in Afrika sozusagen schief lief.«

»Armin«, mutmaßte Hanna.

»Ja, Armin. Er hat mir nicht getraut und ließ meinen ganzen Datenverkehr überwachen. Lukas kontrollierte er über Angelika Winter, der das Sicherheitsunternehmen gehört, das unsere Infrastruktur damit gleichzeitig überwacht hat. Lukas dachte, die ganze Aktion in Afrika wäre seine eigene geniale Idee gewesen. In Wahrheit sorgte Konstantin Wolff dafür, dass nichts von unseren Forschungen übrig blieb, und Angelika Winter machte das gleich auf der anderen Seite über die digitale Schiene.«

»Aber deine Korrespondenz mit Dr. Schneider befand sich in eurem System.«

Marie starrte sie an. »Du warst auf unserem System? Wie um alles in der Welt bist du da reingekommen?«

Hanna holte tief Luft. Sie horchte in sich hinein und folgte ihrem Herzen. »Viktor Samuels.«

»Nein, unmöglich! Er gehört dazu – hat sich eine goldene Nase verdient.« Abrupt sprang Marie auf. »Verdammt! Du hast recht. Es gab einen Maulwurf im Unternehmen, den sie bewusst eingestellt haben. Besser einen, den sie kannten, als jemand Fremden. Das war diese Nina Schröder, die wenige Tage nach deinem Tod gefunden wurde. Mensch, wie blöd bin ich? Eine Frau – ein Mann.«

»Er war mein Freund.«

»Was ihn nicht daran gehindert hat, sich von Armin kaufen zu lassen!«

»Wann?«

»Als du auf deiner ersten Tour mit Harry warst, schaute Viktor bei uns herein – suchte dich. Armin hatte ein Zugangsproblem bei seinem Computer, und Viktor löste das mal eben so nebenbei. So kam er an seinen Job.«

Hanna schüttelte den Kopf. »Er hat kein doppeltes Spiel gespielt, als er mir half, da bin ich ganz sicher.«

»Ihm hast du vertraut – mir nicht?«

»Ich habe dir vertraut, Marie. Ich habe zweimal versucht, mit dir zu reden, hast du vergessen?«, fauchte Hanna, »Das zweite Mal endete mit meinem Tod.«

»Du hast dich einwickeln lassen von diesem Soldaten – diesem Ben Wahlstrom«, giftete Marie zurück. »Meine Schwester, die seelische Jungfrau, die niemals einen Mann freiwillig in ihr Bett lässt – entjungfert von einem Soldaten, der keine Hemmungen hat, Menschen abzuknallen. Der Witz an sich!«

Hanna sprang auf und rannte zum Fenster, wo sie stehen blieb und ihren Oberkörper mit beiden Armen umschlang.

»Du hast ihm mehr vertraut als mir.« Die Stimme ihrer Schwester war mit Bitterkeit getränkt.

»Ihm verdanke ich, dass ich heute noch lebe. Wäre er nicht gewesen – ich wäre im Feuer umgekommen.« Sie drehte sich um, hob ihr T-Shirt an und zeigte auf die Narbe an ihrer Seite. »Oder verblutet. Das war dein Ex-Mann.«

Marie stand vom Sofa auf, kam zu ihr, strich mit ihren Fingern sanft über die Narbe. »Jetzt ist er tot.«

»Woher weißt du all das von Armin und diesem Wolff?«

»Konstantin Wolff lauerte mir eines Tages auf dem Friedhof auf. Er versuchte herauszufinden, was ich wusste.

Heute, im Nachhinein, denke ich, er ist auf der Suche nach dir. Hoffte wohl, dass du irgendwann Kontakt mit mir aufnehmen würdest. Die Bodyguards kontrollieren jeden meiner Besucher, aber vor allem Besucherinnen. Und diese Aura von Wolff – gruselig. Als würdest du dem Tod selbst begegnen. Jedenfalls besuchte ich Lukas, weil ich noch eine Unterschrift von ihm brauchte, um das Haus verkaufen zu können. Mein Anwalt hatte da Mist gebaut. Ich habe ihn noch nie so ängstlich gesehen. Er erzählte mir, man habe zweimal versucht, ihn umzubringen, und er sei bereit auszupacken. Ich denke, das war seine Art von Beichte an diesem Tag. Vielleicht dachte er, ich würde ihm vergeben. Habe ich aber nicht. Jedenfalls warnte er mich vor Wolff. Er wusste nicht, dass ich längst mit diesem Typen Kontakt hatte. Er erzählte mir, dass er mal in dessen Unternehmen gearbeitet hat, was mir nun auch nicht weiterhilft, außer, dass ich jetzt sicher bin, dass für den Mann ein Menschenleben nichts wert ist. Solange er glaubt, dass ich das mache, was er und Armin von mir erwarten ...« Marie zuckte die Achseln. Sie ging zum Sofa zurück, setzte sich und vergrub ihren Kopf in ihren Armen. »Oh Hanna, was machen wir bloß? Wie kommen wir aus der ganzen Scheiße raus?«

Hanna setzte sich zu ihr, legte einen Arm um ihre Schwester. »Keine Sorge Marie, jetzt bin ich wieder da, und mir fällt etwas ein.«

Armin und Silvia, ging es ihr durch den Kopf – ein Paar, bevor ihre Mutter ihren Papa kennenlernte. »Marie, erzählst du mir Mamas Geschichte?«

13

RÜCKKEHR

Seine Maschine aus Rom landete am Samstag gegen halb fünf Uhr nachmittags auf dem Flughafen Berlin Tegel. Ben hatte den Vormittag im vatikanischen Museum in Rom – und jede Sekunde davon in Gedanken mit Hanna – verbracht. Müde und erschöpft von den letzten Tagen beschloss er, direkt zu seiner Wohnung zu fahren. Morgen würde er seine Suche fortsetzen. Erst die Klamotten hochbringen, dann konnte er sich bei Lisa und Tom zum Abendessen einladen.

Er hängte seine Jacke an den Haken, legte die Laptoptasche auf den Couchtisch, sah sich um. Irgendetwas irritierte ihn. Seine Müdigkeit verflüchtigte sich im selben Augenblick. Lauschend blieb er stehen und holte die Waffe aus seiner Tasche heraus. Vorsichtiger als zuvor schlich er an den Wänden entlang durch seine Wohnung. Jemand war in seinem Schlafzimmer gewesen. Es roch frischer und anders, als er es von sich kannte. Die Betttuchkante war nicht im exakten Winkel gefaltet, so wie er es machte, um sie unter die Matratze zu stecken. Erst, als er jeden Millimeter seiner Wohnung durchsucht hatte, blieb er an der Tür stehen.

Er horchte auf Geräusche von unten, konnte nichts hören. Eine eiskalte Faust ergriff sein Herz. Lisa. Er schlich die Treppe hinunter in den zweiten Stock. Der Zweitschlüssel zur Wohnung seiner Schwester fand genauso lautlos seinen Weg ins Schloss. Langsam schob er die Tür auf, schlüpfte durch und drückte sie vorsichtig zu. Die Waffe im Anschlag schlich er zur Küche, dem ersten Raum auf dem Flur. Den Rücken an der Wand lugte er vorsichtig hinein und erstarrte. Zwei Schreie ließen ihn herumwirbeln. Seine Waffe richtete sich auf seinen unbekleideten Schwager, der reflexartig die Hände in die Höhe hob, während Lisa in der Küche weiterhin schrie.

Ben senkte die Waffe, und sein Schwager stolperte leichenblass ins Schlafzimmer zurück, hoffentlich, um sich etwas zum Anziehen zu holen, dachte Ben – noch immer in leichtem Schockzustand angesichts der nackten Tatsachen, mit denen er konfrontiert worden war. Jeder, der plante ihn zu überfallen, war nun gewarnt. Dennoch behielt er seine Waffe in der Hand und ging in die Küche, wo seine Schwester, die eine Hand über ihrer Brust, die andere vor ihrer Scham, vor dem offenen Kühlschrank stand, vor sich auf dem Fußboden ein aufgeplatzter Joghurt.

»Alles okay?« Es war nicht das erste Mal, dass er Lisa nackt sah. Allerdings waren ihr Busen und der Bauch normalerweise maximal halb so groß wie jetzt. Himmel – der Bauch! Hatten die zwei ernsthaft so Sex gehabt? In Lisas Zustand? Er schüttelte leicht den Kopf, versuchte das flaue Gefühl loszuwerden.

»Lisa, sag endlich was. Ist alles in Ordnung mit dir?«

»Ich wollte doch nur eine Kleinigkeit essen. Ben, ich bin schwanger, da achtet man nicht auf seine Figur, und überhaupt – bist du wahnsinnig geworden, mich deshalb mit einer Waffe zu bedrohen?«

Als Tom hinter ihm auftauchte, wirbelte er erneut herum.

»Ben – ganz ruhig. Mensch, was ist hier los?« Sein Schwager flüsterte unbewusst, sah besorgt auf seine Frau, die ihre Hände jetzt dazu benutzen musste, den Kühlschrank zu schließen. Tom half ihr in den Bademantel, den er mitgebracht hatte, bückte sich und wischte mit Küchenpapier den Fußboden sauber.

Langsam ließ sich Lisa auf dem Stuhl nieder. Noch immer hatte sie kaum Farbe im Gesicht, was Ben enorm beunruhigte. Mit zwei langen Schritten war er bei ihr und ging in die Hocke.

»Alles in Ordnung bei dir?«

»Alles in Ordnung, alles in Ordnung?«, echote sein Schwager. »Bei uns ja, aber was ist mit dir? Seit wann stürmst du mit gezückter Pistole unsere Wohnung?«

»Jemand war in meiner Wohnung«, erklärte Ben und erschrak, als die Blässe in Lisas Gesicht noch eine Spur zunahm. Besorgt nahm er ihre Hand. Sie erschien ihm so zart wie die in Marmor gehauene Figur von Maria.

»Ja, und deshalb wirst du gleich paranoid? Du hast sie nur um einen Tag verpasst. Zu ihrem Glück ...«, kommentierte Tom, trat zu seiner Frau und massierte ihr die Schulter. »Hey, Lizzy, ist wirklich alles klar mit dir?«

Ben löste seinen Blick von Lisa und sah seinen Schwager an. Mit absolut ruhiger Stimme fragte er ihn: »Wen habe ich verpasst?«

»Julia.«

»Julia wer?«

In seine Schwester kam Leben. Auf ihren Wangen tauchte ein zartes Rosa auf. Entschlossen stand sie auf und wickelte den Bademantel um ihren Körper. Sie holte sich

ein Glas aus dem Schrank und schüttete Multivitaminsaft
ein.

»Julia wer?«, wiederholte Ben mit derselben emotions-
losen Stimme wie zuvor, ohne seine Schwester aus den
Augen zu lassen.

Toms Blick wanderte zwischen ihnen hin und her, bis
er von Bens scharfem Blick festgehalten wurde. Tom zuckte
leicht zusammen. »Ich habe keine Ahnung, wie Julia mit
Nachnamen heißt.«

Lisa lehnte sich an die Küchentheke, die linke Hand
über ihren Bauch gelegt, während sie den Saft trank.

»Du hast sie wohl mal gerettet, und Lisa hat sie dann
zusammengeflickt, diese Julia. Ein total nettes Mädchen.
Okay – Frau. Etwas schweigsam und zurückhaltend –«,
Tom verstummte, als Lisa ihn anfunkelte.

»Hanna war hier?« Er hatte es geahnt. Seit Lisas Reaktion auf seine Bemerkung, jemand sei in der Wohnung
gewesen, hatte er es geahnt.

»Nicht Hanna. Julia«, versuchte sein Schwager, dem
herannahenden Sturm den Wind zu nehmen.

Ben wischte die Bemerkung mit einer Handbewegung
weg. Dummerweise war es die Hand mit der Waffe. Hastig
sprang Tom schützend vor seine Frau. Ben hob beschwichtigend die Hände und legte seine Waffe auf den
Küchentisch.

»Hey, ich würde meiner Schwester niemals ein Haar
krümmen.«

Eisige Kälte breitete sich aus.

»Okay, was ist hier los?«, verlangte Tom nun zu wissen.

»Julia ist Hanna«, bestätigte Lisa Bens Verdacht.

Ben fühlte Wut sich explosionsartig in seinem Inneren
ausbreiten und war tatsächlich froh, dass die Waffe auf dem

Tisch lag. Mit der Faust schlug er auf den Tisch. »Verflucht noch mal, Elisabeth, setz dich.«

»Ganz bestimmt nicht. Erst, wenn du dich beruhigt hast.«

Oh ja, seine Schwester besaß das gleiche Temperament wie er. Nur Tom sah man an, dass er nicht wusste, wie ihm geschah. Er hatte sie beide noch nie streiten sehen.

»Ihr beruhigt euch jetzt beide!«, griff er trotzdem ein.

»Halt dich da raus.« Die Ansage kam von beiden unisono und brach die Wut. Sie sahen sich mit einem verhaltenen Lächeln an. Finster presste Ben die Lippen aufeinander. Oh nein, er würde sich jetzt nicht von ihr weichspülen lassen, Schwangerschaft hin oder her. Hanna. Verflixt und zugenäht! Während er in Rom nach ihr suchte, hatte sie in seiner Wohnung gesessen, in seinem Bett geschlafen! Er stoppte seine Gedanken, setzte sich auf den Stuhl.

»Kannst du mir was zu trinken geben?«

»Alkohol? Auf keinen Fall«

»Einfach nur ein Bier, Tom.«

Lisa ging zum Kühlschrank und holte zwei Bier heraus, dann setzte sie sich auf die andere Seite des Tisches, schob die Waffe in die entfernteste Ecke und öffnete die Flaschen. Eine stellte sie vor Ben, die andere zu dem leeren Stuhl neben sich. Ben nahm einen tiefen Zug, während Tom sich zwischen sie setzte und begann, seine Flasche in den Fingern zu drehen.

»Es wäre besser, du würdest einfach reden«, versuchte Ben es mit einem sachlichen Tonfall.

»Ja. – Sie war hier. Und!«, fauchte sie ihn an.

»Ihre Tarnung ist aufgeflogen.«

»Ich weiß – weil du Idiot dein Hirn nicht benutzt hast und unter deinem richtigen Namen nach Rom geflogen bist. Mann, Ben! Es hat Hartmann nicht mal eine Stunde gekostet, das herauszufinden.«

»Lukas Benner ist tot.« Er hätte das nicht sagen dürfen. Noch war es nicht offiziell bekannt, aber bis dahin konnte es auch nicht mehr lange dauern. Schließlich wollte die Familie ihn am Montag beerdigen. Soweit reichten die Infos von Paul. Auch hatten sie keine Spuren von Mitteln in seinem Blut gefunden, die einen Mordverdacht rechtfertigten. Er musste Lisa das sagen, damit sie verstand, dass sich Hanna in ernsthafter Gefahr befand.

»Wieso war sie überhaupt hier?« Für den Bruchteil eines Augenblicks hoffte er, sie hätte seinen Schutz gesucht, gab sich sogar ein wenig dem Gefühl hin. Nur war er da bereits in Rom gewesen auf der Suche nach ihr.

»Sie wusste nicht wohin und klang hundemüde.«

»Du hast Kontakt zu ihr?«

Lisa presste die Lippen zusammen, verschränkte die Arme vor der Brust.

»Seit wann?« Er war nahe daran, ein zweites Mal auf den Tisch zu hauen oder, noch besser, sie am Kragen zu packen und zu schütteln, bis sie ihm alles erzählte. Gleichzeitig fragte er sich, wie er sie überzeugen konnte.

»Wie gefährlich ist es für sie auf einer Skala von eins bis zehn?«

»Zehn«, kam seine Antwort ohne Zögern.

»Du lügst mich nicht an?«

»Nein.«

»Versprichst du, ihr zuzuhören und ihre Wünsche zu respektieren?«

Er lehnte sich in seinem Stuhl zurück und fixierte sie.

»Ben!«

»Das kann ich nicht, und das weißt du genau.«

»Okay, dann war es das.«

Seine Hand schoss über die Tischplatte und hielt Lisa am Handgelenk fest. »Solange wir uns in einem Rahmen bewegen, der ihre Sicherheit nicht gefährdet.«

Sie starrte auf seine Hand. Er ließ sie los.

»Sie möchte ihr Leben zurück.«

»Ich weiß.«

»Du weißt das?«

»Ja.«

Aufmerksam betrachtete sie ihn. »Während der Verhandlung in Berlin kam sie eines Abends zu mir.«

Er fühlte den Klumpen aus Wut in seinem Magen. Hanna hatte seine Schwester in Gefahr gebracht mit ihrem Handeln. Das würde er ihr nicht verzeihen.

»Sie war sehr vorsichtig. Ich habe sie nicht erkannt, erst als sie die Perücke abnahm und mir sagte, wer sie ist, konnte ich überhaupt etwas mit ihr anfangen.«

»Weiter.«

»Tom war unterwegs – auf einem Kongress. Wir redeten die ganze Nacht. Ich habe dir schon damals gesagt, dass sie etwas Besonderes ist!«

»Lisa, sie ist in einem Zeugenschutzprogramm. Sie war mehr tot als lebendig, als ich sie zu dir brachte. Ist dir klar, in was für eine Gefahr sie dich gebracht hat?« Bewusst versuchte Ben seinen Schwager damit auf seine Seite zu ziehen und sah, dass es ihm gelungen war.

»Ach ja? Und du?«

»Ich?«

»Ja, du. Du warst es, der in der Nacht zu mir gekommen ist. Du wohnst hier oben und du bist nach Rom geflogen!«

Er fuhr sich mit den Händen durch die Haare, zog daran, bis der Schmerz sich in seinem Kopf bemerkbar machte. »Weiter.«

»Nichts weiter.«

»Du kannst mir nicht erzählen, dass du sie dann erst wieder ...« Er brauchte etwas Zeit, um das Wort und den damit verbundenen Gedanken auszusprechen. Verflucht! In seiner Wohnung! »... gestern gesehen hast.«

»Wir haben uns einmal in Bonn getroffen, als ich einen Vortrag auf einem Kongress hielt.«

Das Klingeln des Telefons ließ alle drei zusammenfahren. Die Waffe lag in Bens Hand. Lisa starrte ihn an, und er glaubte in ihrem Gesicht endlich zu lesen, dass sie verstand, wie gefährlich die Lage war. Sie legte beide Hände auf ihren Bauch, während Tom aufstand und zum Telefon ging.

»Dr. Jung.«

Langsam legte er den Hörer auf die Station. Seine Hand zitterte. »Aufgelegt.«

Ben stand auf. »Ihr packt jetzt eure Sachen zusammen und verschwindet von der Bildfläche.«

Tief atmete Lisa ein. »Das geht nicht. Wir haben Patienten und mein Geburtstermin ist in vierzehn Tagen. Wir können nicht von der Bildfläche verschwinden.«

»Das ist mir egal. Ihr verschwindet.«

»Nein. Und jetzt hörst du mir mal zu. Vermutlich war das gerade Hanna. Weil ich mir Sorgen um sie mache, habe ich sie gebeten, sich bei mir zu melden.«

»Warum hat sie dann nicht mit mir gesprochen?«, mischte sich ihr Mann zweifelnd ein.

»Was sollte sie sagen? Hallo, hier ist Julia?«

»Ja, genau.«

Lisa sah ihren Mann an und schüttelte den Kopf. »So ist Hanna nun mal nicht. Sie ist vorsichtig. Sie war die ganze Zeit, als sie bei uns war, vorsichtig.«

»Woher willst du das wissen? Sie hatte immer dieselben Klamotten an, ist den ganzen Tag in Berlin rumgelaufen«, ereiferte sich Bens Schwager, ohne dass Ben eine Vorlage liefern musste.

»Weil ich die Reste von Lidschatten, Lippenstift, Make-up und gefärbte Kontaktlinsen bei ihr gesehen habe. Sie mag bei uns immer gleich erschienen sein, aber sie ist vorsichtig gewesen. Außerdem macht sie mich wahnsinnig mit all ihren Sicherheitsregeln.« Sie biss sich auf die Lippe und schielte Ben an.

»Sicherheitsregeln!«

»Ja. Keine Telefonnummern, keine Adresse, nur handschriftliche Briefe.«

»Ihr schreibt euch?«

»Sie ist meine Freundin.«

Ein zweites Mal unterbrach das Klingeln des Telefons ihr Gespräch. Bevor Ben oder Lisa reagieren konnten, war Tom bereits am Telefon.

»Dr. Jung!«

Überrascht hob Ben die Augenbrauen. Er kannte Tom bisher nicht als Nervenbündel.

»Hi, Julia.« Er wandte sich zu ihm um, doch behielt er das Telefon fest in den Händen. Lisa streckte die Hand nach dem Hörer aus und übernahm das Gespräch.

»Julia, hast du vorhin schon mal versucht, uns zu erreichen?«

Ben verließ die Küche, während er mit seinem Handy anrief, um eine Fangschaltung zu aktivieren. Er hörte nur noch mit halbem Ohr hin.

»Ach so. Ja, natürlich können wir das so machen. Alles klar? – Ja – nein – später.« Mit einem Knopfdruck beendete sie das Telefongespräch.

Langsam drehte Ben sich um und stoppte seinen Anruf. Lisa funkelte ihn mit trotzig vorgeschobener Unterlippe an.

»Sie wird vorsichtig sein und kommen, wenn sie so weit ist.«

»Du hast keine Ahnung ...«

»Nein, will ich auch gar nicht haben, denn ich vertraue ihr.«

»Und mir nicht?«

»Im Moment? – Nein.«

Genauso gut hätte sie ihm ein Messer zwischen die Rippen stoßen können.

ER HATTE GEDUSCHT und eine Schmerztablette eingeworfen und wollte gerade sein Pflaster selber wechseln, als Tom in der Tür stand.

»Komm, ich mach das«, bot er an.

Ben schwieg. Er hatte einfach keine Lust mehr zu reden. Viel lieber hätte er gehandelt, aber seine Schwester half ihm nicht.

»Weißt du, seit sie schwanger ist, hat sie sich verändert.« Als Ben nichts sagte, redete er weiter. »Ich habe noch nie erlebt, dass ihr beide euch streitet oder schweigend auseinandergeht. Sie ist unten am Heulen.«

»Dann soll sie verflucht noch mal Vernunft annehmen.«

»Das kann sie nicht. Ich denke, ich hab bisher überhaupt nicht verstanden, wer diese Julia ist. Und sie wird Patentante von unserem Sohn werden, ob es dir passt oder nicht.«

»Patentante?« Langsam zweifelte Ben genauso an dem Verstand seines Schwagers, wie an dem seiner Schwester. »Sie ist Zeugin in einem Verbrechen. Die Leute haben keine Hemmungen, ein ganzes Dorf dem Erdboden gleichzumachen. Sie haben es geschafft, jemanden zu töten, der im Knast sitzt, und zwar auf eine Art und Weise, dass wir es noch nicht mal nachweisen können. Dass sie überhaupt noch lebt, ist ein Wunder.«

»Okay, dann fangen wir doch genau da an, Ben. Ich habe noch nie erlebt, dass du so emotional reagierst. Ich habe immer deine Ruhe, deine Geduld, deine Nervenstärke bewundert. Mensch Ben, du hast uns damals in Algerien durch ein Minenfeld geführt und uns im wahrsten Sinne des Wortes den Arsch gerettet! Was ist los mit dir?«

Tom war mit der Verarztung der Wunde fertig, und Ben setzte sich auf die Couch, nahm eins der Kissen und zog es an seinen Bauch. Sein Schwager setzte sich gegenüber und hielt seinen Mund. Genau die richtige Taktik, dachte Ben.

»Ich habe bei einem Einsatz zwei Männer verloren.« In seinem Kopf wirbelten die Bilder durcheinander. Er sah Hanna auf der spanischen Treppe, wie sie ihr Eis aß – ein Bild von Ruhe und Zufriedenheit. Dann, wie er sie in seinen Armen trug, während Blut aus ihrer Seite über seinen Arm tropfte. Er spürte die Kälte des Wassers, nachdem er sie in Norwegen aus dem See gezogen hatte. »Es ist meine Schuld, dass sie in dieser Situation ist. Ehrlich, Tom, ich will sie nur beschützen, nicht ihr wehtun.«

»Liebst du sie?«

»Wie kommst du darauf!« Er wusste selbst, dass seine Gegenreaktion zu schnell und zu heftig erfolgte. Doch sein Schwager war klug genug, die Antwort zu akzeptieren.

»Julia –«

»Hanna«, korrigierte Ben ihn automatisch.

Tom nickte. »Hanna ist der Grund, weshalb wir noch mal gewagt haben, es mit einem Kind zu versuchen. Nach der letzten Fehlgeburt dachte ich, Lizzy übersteht es nicht. Weder körperlich noch seelisch. Sie hat sich völlig in sich selbst zurückgezogen und angefangen, mich aus ihrem Leben zu stoßen. Mit niemand hat sie geredet. Euer Vater war fast drei Wochen hier, und selbst eure Tante Gertrud konnte sie nicht aus dem Zustand herausholen. Wir alle haben uns ernsthaft Sorgen um sie gemacht. Die erste Veränderung trat nach der Fotoausstellung ein. Du glaubst gar nicht, wie sehr ich dieses Bild in unserem Schlafzimmer liebe. Als Julia –«

»Hanna!«

»Als sie den ersten Abend bei uns schlief, erzählte Lizzy mir, dass sie es war, die das Foto gemacht hat. Jedenfalls fing sie an, wieder auf sich zu achten, machte die Übungen für ihre Gebärmutter und das Becken.«

Ben erinnerte sich gut daran, wie er sich gewundert hatte, als er sie in Sportklamotten erwischte.

»Ich denke, es war, nachdem Hanna und sie sich unterhalten hatten. Ich kam von einem Kongress zurück und ich gestehe, sie hat mich einfach verführt.« Verlegen rieb sich Tom übers Kinn. »Sie wurde schwanger. Ich hatte panische Angst, aber sie nicht.« Er holte tief Luft. »Ich wollte sogar, dass sie das Kind abtreibt. Heute bin ich froh, dass sie sich nicht hat beirren lassen.«

»Und was hat Hanna damit zu tun?«

»Ich weiß es nicht, ich habe sie vor zwei Tagen überhaupt erst kennengelernt. Aber irgendwie ist sie so anders. Sie hat etwas an sich, das ich nicht in Worte fassen kann, was aber da ist.«

Ben starrte seinen Schwager verständnislos an. Dieser stand auf, ging zum Regal und zog einen der Bildbände heraus. Er schlug ihn auf und legte ihn vor Ben. »Hier, in jedem ihrer Bilder kannst du es sehen oder spüren. Du musst nur einfach bereit sein, es zuzulassen.«

»Woher –?«

»Deine Schwester hat die gleichen Bildbände unten! Oh Mann, manchmal seid ihr euch so ähnlich.«

So müde er auch war, der Schlaf wollte einfach nicht kommen. Mit einem entnervten Knurren gab er auf und ging in die Küche. Er nahm sich einen Krug mit Wasser und ein Glas, setzte sich an den Esstisch und klappte seinen Laptop auf. Wenn er schon nicht schlafen konnte, konnte er auch genauso gut arbeiten. Er dachte nach, was er in den letzten Tagen erlebt und was er gehört hatte. Seine eigene Schwester vertraute ihm nicht mehr, stellte sich schützend vor Hanna. Hartmann beschützte sie auf seine Art genauso, obwohl er ihn damals auf sie gehetzt hatte. Der Kardinal und ihr Vater? Gott?

Entnervt vergrub er den Kopf in den Händen. Das kam davon, wenn man zu viel Schmerzmittel nahm und zu wenig schlief. Das Problem bestand darin, dass er sie viel zu nahe an sich herangelassen hatte. Er hatte seine Objektivität verloren, sah alles nur noch durch einen Filter, und das machte ihn beinflussbar, bremste sein logisches Denken und seine Fähigkeiten. Vertrauen. Verflucht, er war nach Rom gegangen, um herauszufinden, was sie vor ihm verheimlichte, und statt es aus ihr im Zweifelsfall herauszuprügeln, hatte er ihr gesagt, dass er ihrer Entscheidung, ihrem Urteil vertraute. Was für ein Idiot er war. Sein Impuls, sie zu suchen, sie als die Ursache zu sehen, weshalb zwei seiner Männer bei einem Einsatz hatten sterben müssen, war genau richtig gewesen. Er spürte es tief im Innern. Die FoEI verlor an Boden, war unter Druck geraten, wollte etwas, und er hatte keinen blassen Schimmer, was. Grimmig tippte er sein Passwort ein, verband sich mit der internen Datenbank und wählte das File von Nigeria aus. Hier musste er ansetzen, noch mal von vorn mit allem anfangen und vergessen, dass Hanna Hanna war.

Um fünf Uhr morgens kehrte er zum dritten Mal zu dem Afrika-File zurück. Er war jetzt alles durchgegangen, was sie an Informationen über Afrika gesammelt hatten: die Entführung, den versuchten Mord und die Überwachung der Familie Ziegler/Benner. Er las die Befunde der Kinderleichen und stockte – fing noch mal an – rief die Unterlagen über das Dorfprojekt auf. Nein, hier stand es schwarz auf weiß: Förderung von HIV-positiven Familien mit Schwerpunkt auf HIV-positiven Kindern ohne lebende Verwandte. Ben blätterte zurück. Dr. Rukia Mutai, HIV-positiv. Die Werte verstand er sowieso nicht. Gakuru Samura, HIV-positiv. So ging die Liste weiter und dann zurück zu den Leichen der zehn Kinder, die laut den Bildern von Hanna in dem Haus mit Dr. Rukia Mutai lebten. Moswen, der Junge, mit dem Hanna Fotos gemacht hatte – HIV-negativ, Dupe – HIV-negativ, Afya – HIV negativ, Tabita, Maalik, Saburi, Tutu, Rabuwa, Ezeoha und Haiba – alle HIV-negativ.

Mit einem leisen Stöhnen lehnte er sich zurück, rieb sich die Augen. Konnte es tatsächlich die komplette Zeit über so offen vor ihnen gelegen haben? Er sprang auf, lief in der Küche umher. Ein Heilmittel gegen HIV – konnte es so etwas überhaupt geben? Bestand nicht das Problem bei dem Virus darin, dass er sich in den Zellen einnistete und sie dazu brachte, ihn zu reproduzieren? Er brauchte Gewissheit, eine fachliche Meinung darüber, ob es sein konnte oder ob er anfing zu spinnen und nach jeder Möglichkeit griff, die sich seinem müden Gehirn bot.

Er schlich die Treppe runter, blieb vor der Wohnungstür stehen. Was machte er hier? Es war noch nicht mal sechs Uhr. Er lauschte, hörte ein leises Tapsen von nackten Füßen, hob die Hand und klopfte. Lisa öffnete ihm die Tür, aber statt ihn reinzulassen, versperrte sie den Weg und verschränkte die Arme vor der Brust.

»Was willst du? Es ist mitten in der Nacht!«

»Es ist fast sechs Uhr morgens.« Er seufzte. »Es tut mir leid. Ich brauche deine Hilfe.«

»Wofür?«

»Keine Sorge, nur deine fachliche Hilfe.«

Als sie weiterhin keine Anstalten machte, ihn reinzulassen, gab er auf. Er hatte keine Lust, sich mit ihr zu streiten, dafür jagte seine Erkenntnis viel zu viel Adrenalin durch seinen Körper. »Kannst du dir vorstellen, dass jemand ein Heilmittel gegen HIV entwickelt?«

»Spinnst du? Bist du jetzt völlig übergeschnappt oder was?«

Enttäuschung fing an, sich in ihm breitzumachen, dennoch wollte er noch nicht aufgeben. »Nein. Das afrikanische Dorf war ein Projekt für Familien mit HIV-positiven Angehörigen und – das ist jetzt wichtig – HIV-positiven Kindern ohne lebende Verwandte.«

»Das dauert länger. Komm rein, ich muss was trinken«, unterbrach Lisa ihn.

Gemeinsam gingen sie in die Küche und sie stellte auch ihm ein Glas mit Johannisbeerschorle vor die Nase, bevor sie sich mit einer Packung Prinzenrolle zu ihm setzte.

»Wäre Obst, Joghurt oder Müsli nicht gesünder?«

»Danach ist mir aber nicht. Mir ist nach Schokokeksen und jetzt fahr fort.«

»Okay, es gab insgesamt vier Häuser mit acht bis zwölf HIV-positiven Kindern. Drei dieser Häuser wurden von Krankenschwestern geleitet, eines von einer Ärztin, Dr. Rukia Mutai, die ebenfalls HIV-positiv war. Ihr Haus war das einzige, was bei dem Überfall in die Luft gesprengt wurde. Vielleicht wäre es nicht das einzige gewesen, wenn das nigerianische Militär nicht gekommen wäre.«

Lisa winkte ungeduldig ab. »Ist mir schon klar, was du sagen möchtest. Die Angreifer hatten es ganz besonders auf dieses Haus abgesehen.« Sie stopfte sich den Rest vom Keks in den Mund. »Was hat das mit einem Heilmittel für HIV zu tun?«, muffelte sie hervor.

»Bei keiner der Kinderleichen wurde bei der Obduktion HIV festgestellt.«

»Ein Fehler.«

»Zehn Mal?«

»Unwahrscheinlich. Hm, vielleicht hatten die Kinder gar kein HIV?«

»Aber sie bekamen Medikamente.«

»Das konntet ihr nachweisen?«

»Nein, aber das ging aus den Lieferungen des Herstellers an die Forschungsstation hervor, die dann wiederum die Medikamente verteilte.« Er verschwieg, dass Lukas Benner Medikamente mit reduziertem Wirkstoffanteil geliefert und aus diesem Grund später das Dorf überfallen hatte. »Die Forschungsstation wurde übrigens ebenfalls überfallen und die Computer zerstört, die Leiterin Dr. Frederike Schneider befand sich zum selben Zeitpunkt im Dorf und war unter den Opfern.«

Langsam legte Lisa den neuen Keks auf den Tisch, der sich schon auf dem Weg zu ihrem Mund befunden hatte. »Dr. Frederike Schneider?« Sie pfiff leise durch den Mund.

»Du kennst sie?«

»Nein, aber ich habe von ihr gelesen. Sie war in ihren Forschungen immer – drücken wir es mal vorsichtig aus – sehr unkonventionell. Eine Zeit lang lebte sie bei Indianerstämmen am Amazonas und hat von den Schamanen dort ein pflanzliches Mittel mitgebracht, das für die Behandlung von Diabetes zwei bei manchen Patienten hervorragende Ergebnisse erzielte. Du hast recht, ich habe letztes Jahr einen Nachruf über sie gelesen. Wusste gar nicht, dass sie in Afrika arbeitete.«

»Nun, von ihren Forschungen ist jedenfalls nichts mehr übrig geblieben.«

»Hatten sie nur ein internes Netzwerk oder waren sie an ein Rechenzentrum angeschlossen?«

»Die Forschungseinrichtung gehörte zu Medicare und sie war an das deutsche Rechenzentrum des Konzerns angeschlossen.«

»Dann besorgt euch doch einen Durchsuchungsbeschluss und prüft das.«

Ben verdrehte die Augen.

»Okay, okay, dann eine andere Frage. Nehmen wir mal an, du hast recht, und Dr. Schneider, womöglich in Zusammenarbeit mit dieser Dr. Mutai, findet ein Heilmittel gegen HIV. Warum hat es Medicare nicht vermarktet?« Sie beugte sich vor und ihre Augen fingen an zu leuchten. »Stell dir nur mal vor, was das für Länder mit einer hohen Infektionsrate bedeutet. Es gibt Studien über die gesellschaftlichen Auswirkungen der Krankheit, weil durch sie ganze Generationen vom Aussterben bedroht sind. Wer macht die Arbeit? Wer zieht die Kinder groß? Wer regiert? Oder die Frauen, die vergewaltigt werden. Weißt du, wie viele von ihnen infiziert wurden? Mal ganz abgesehen von dem seelischen Schmerz?«

»Das wäre ein Aspekt. Du meinst, es geht nicht allein um Profiteinbußen, sondern um Stabilität?«

»Wie? Hey, ein Unternehmen, das ein Heilmittel gegen HIV auf den Markt bringt, ist der Held! Das ist schon fast so was wie die Entdeckung des Penicillins. So was jagt man nicht in die Luft.«

»Vielleicht doch, und vielleicht ist genau das der Grund, weshalb sie hinter Hanna her sind. Nicht aus Rache –, sondern aus Angst, dass sie etwas weiß, was sie nicht wissen darf.«

»Aber wieso sollte Hanna davon etwas wissen? Was hat sie mit der ganzen Forscherei zu tun? Das ist doch ein Projekt von Medicare.«

»Fangen wir einfach noch mal von vorne an. Hanna und Harald Winter sind mit dem Bruder von Dr. Rukia Mutai in Nigeria unterwegs. Ochuko Mutai überredet die beiden, mit ihm seine Schwester zu besuchen, weil sie in der Nähe wohnt und sie noch Zeit haben. Also fahren sie zu dem Dorf. Alle essen dort, Hanna geht mit den Kindern ins Freie und macht Fotos.«

»Ja, sie kann unglaublich gut mit Kindern umgehen, das habe ich erst kürzlich selbst erlebt. Entschuldige, ich hab dich unterbrochen.«

»Sie brechen auf, wollen zu ihrem Auto, da wird das Dorf überfallen.«

»Kannte Dr. Mutai die Schwester von Hanna – Marie?«

Ben starrte seine Schwester an.

»Hallo! Erde an Ben! Kannte diese Dr. Mutai nun Marie oder nicht? Ich meine, immerhin sind sie Zwillinge und sehen sich verdammt ähnlich.«

Er hob die Hand, brachte sie zum Schweigen, sortierte seine Gedanken. Das war die Lösung. Das war das Geheimnis.

»Natürlich. Sie beschützt Marie.«

»Seid ihr wahnsinnig? Es ist kurz nach sechs.«

Vor Schreck fiel Lisa der Keks aus der Hand. »Tom! Musst du mich immer so erschrecken? Mein Herz!«

»Hast du die Kekse allein aufgegessen?«

Ben sah auf die Packung Prinzenrolle, die zur Hälfte leer war. Seine Schwester blickte auf den Keks in ihrer Hand. Er nahm ihn ihr ab, biss die Hälfte ab. »Nicht ganz.«

»Du solltest dich nicht auf ihre Seite stellen. Ihre Werte sind viel zu hoch. Lizzy, du bist Ärztin, du weißt, dass du mit Süßigkeiten im Moment vorsichtig umgehen solltest.«

Ben stand auf. Das war nicht sein Schlachtfeld. Er beugte sich zu seiner Schwester, nahm ihr Gesicht in beide Hände und küsste sie auf die Stirn. »Danke. Du hast mir sehr geholfen.«

Am Sonntag traf er sich mit Oberst Hartmann im Einsatzführungskommando der Bundeswehr. Dort setzten sie sich gegenseitig auf den neusten Stand der Erkenntnisse. Dabei unterschlug Ben, dass Hanna zwei Tage in seiner Wohnung verbracht hatte, während er in Rom herumgeturnt war. Dass es bei dem Überfall auf das afrikanische Dorf nicht um die Verdeckung eines Medikamentenskandals gegangen war, sondern um das Auslöschen von Informationen über ein Heilmittel gegen HIV, warf auf den gesamten Ablauf ein neues Licht.

»Das heißt, wir müssen das Ganze noch mal unter einer anderen Perspektive betrachten. Verstehe ich Sie richtig?«, zog der Oberst dieselben Schlussfolgerungen wie Ben. »Wussten Sie, dass Konstantin Wolff vor ein paar Wochen in Berlin war?«

Ben schüttelte den Kopf.

»Und noch mal, als Armin Ziegler aus dem Knast kam. Außerdem war er einen Monat vor der Geiselnahme in Algerien – offiziell im Auftrag von ThyssenKrupp wegen neuer Waffenlieferungen an den Staat.«

»Er weiß, dass wir ihn im Auge haben und er hat sich noch nie einen Fehler geleistet.«

»Nein, das ist richtig, aber wir sind nicht die Einzigen, die ihn im Auge haben.«

»Sie meinen die Amerikaner, Briten, Russen und wer sonst noch so alles da unten unterwegs ist?«

»Ich meinte eher die Kirche, oder genauer – Kardinal Voigt«, konkretisierte der Oberst.

»Voigt?«

»Ja. Er hat damals bei der Entführung von Hanna den Namen Wolff ins Spiel gebracht, und erst so sind wir später auf den Zusammenhang zwischen Wolff und FoEI gestoßen.«

»Wolff hat Hannas Entführung veranlasst?«

»Armin ist Geschäftsmann, er hat keine Kontakte zu dem kriminellen Milieu. Wolff hingegen bewegt sich in diesen Kreisen genauso geschickt wie auf dem politischen Parkett. Der Kardinal ging davon aus, dass er Ziegler die Männer vermittelt hat. Und gerade, als wir den beiden in dieser Richtung auf den Zahn fühlten, hat man sie mit einem Kopfschuss erledigt.«

»Während die Männer in den Händen der Polizei waren? Ein Scharfschütze?«, hakte Ben ungläubig nach.

»Nein, der Transportwagen wurde überfallen, die Männer befreit und später fanden wir dann ihre Leichen in der Spree. Und vergessen Sie nicht, wir haben die Information zugespielt bekommen, dass Lukas Benner dahintersteckt, der zu dem Zeitpunkt in Wolffs Unternehmen arbeitete.«

»Der Gefallen gegenüber einem – Vereinsmitglied – hängt Wolff die Polizei an die Fersen.«

»Ja, und das Opfer bringt seinen ehemaligen Mitarbeiter und seinen Vereinskumpel in den Knast«, ergänzte Hartmann.

»Und Hanna Rosenbaums Schwester finanziert womöglich die Entwicklung eines Heilmittels gegen HIV, eine Krankheit, die Medicare über die Therapiemedikation dauerhaft schönes Geld bringt und außerdem für eine instabile gesellschaftliche Lage in so manchen Konfliktregionen sorgt, die interessante Rohstoffe bergen. Wie überaus ärgerlich.«

»Wenn Wolff für den Tod von Leutnant Richter und Oberleutnant Mader verantwortlich ist, will ich ihn haben!«

Ben nickte grimmig. »Nicht nur Sie. Welche Informationen geben Sie an das BKA weiter?«

»Alle. Aber ich gebe Ihnen sechs Tage Vorsprung. Schaffen Sie es bis dahin, Hanna reinzuholen? Sie könnte für uns der·Schlüssel sein, um Wolff zu knacken.«

»Sie ist irgendwo hier in Berlin. Ich finde sie. Und wenn ich jeden Stein umdrehen muss.«

14

VIKTOR

»Tut mir leid, Herr ...« Das charmante Lächeln der Brünetten war geradezu unwiderstehlich. Fragend richtete die Rezeptionistin ihre türkisfarbenen Augen auf ihn.

»Wahlstrom. Ben Wahlstrom«, wiederholte er mit einem, wie er hoffte, verbindlich wirkenden Grinsen. Sie lachte – ein angenehmes Lachen, das einen dazu animierte, mitzulachen.

»Verzeihung, aber irgendwie erinnert mich Ihr Name an die Bücher dieser schwedischen Schriftstellerin – Liza Marklund.«

»Da liegen Sie gar nicht so falsch. Wahlstrom ist ein norwegischer Name.«

»Oh.«, Mit geweiteten Augen schenkte sie ihm eine erneute Betrachtung. »Sie sehen überhaupt nicht norwegisch aus.«

»Wie sehe ich denn aus?« Flirten mit Rezeptionistinnen konnte nie verkehrt sein, und vor allem nicht, wenn sie aussahen wie diese. Ihre Wangen verfärbten sich zartrosa, was ihr durchaus stand.

»Anders. Aber trotzdem kann ich Ihnen leider keinen Termin bei Frau Ziegler organisieren. Da müssten Sie ihren Charme an anderer Stelle versprühen.«

Ben lachte herzlich und zwinkerte ihr zu. »Dann mache ich Ihnen einen anderen Vorschlag. Sie geben der Sekretärin oder Assistentin von Frau Ziegler meinen Namen, und sie soll fragen, ob es vielleicht heute zu irgendeinem Zeitpunkt für ein kurzes Gespräch reicht. Währenddessen besorge ich mir einen Kaffee in dem Laden schräg gegenüber, und wenn Sie möchten, bringe ich Ihnen etwas mit.«

Sie zögerte, und er wandte sich um zum Gehen.

»Einen Latte macchiato mit Caramelsirup. Grande.«

»Wird erledigt.«

»Und – Herr Wahlstrom – mit viel Sirup. Ich liebe es süß.«

ALS BEN eine Viertelstunde später mit seinem Kaffee und dem Latte macchiato zurückkam, sah er am Gesicht der Rezeptionistin, dass sich etwas Entscheidendes verändert hatte. Die Flirtbereitschaft in ihrem Gesichtsausdruck war verschwunden, stattdessen strahlte ihm Neugierde und echtes Interesse entgegen. Die Bluse stand um zwei Knöpfe weiter offen, sodass die Spitzenbordüre ihres BHs hervorblitzte, die Lippen waren glänzend nachgezogen, und die Augen sahen ihn eine Spur sinnlicher an. Wow! Leichte Beute, wenn er es darauf anlegte. Beim Überreichen des Getränks strichen ihre Finger mit den gepflegten, lachsfarben lackierten Fingernägeln über seinen Handrücken.

Sein Grinsen vertiefte sich. »Und? Sind Sie zu der Assistentin durchgedrungen? Gibt es im Laufe des Tages ein winziges Zeitfenster für mich? Wann kann ich wiederkommen?«

»Kommen? Nein, Sie brauchen nicht wiederzukommen. Frau Zieglers Assistentin müsste gleich hier erscheinen und Sie abholen.«

»Oh.« Ben mimte Erstaunen.

»Aber vielleicht hätten Sie ja heute Abend Zeit und Lust ...«

Okay, die Frau wusste ziemlich genau, was sie wollte. Und das nur, weil die Konzernchefin sich für ihn ein Zeitfenster freigeschaufelt hatte. Interessant. Während er noch über eine Antwort nachdachte, tauchte eine zierliche, unscheinbare Person in einem beigefarbenen Kostüm an seiner Seite auf. Eine schwarz gerahmte Brille, wie sie derzeit modern war, beherrschte ihr schmales Gesicht fast vollständig.

»Herr Wahlstrom?« Ihr Ton war geschäftlich und hatte nichts Flirtendes an sich, ebenso wenig der gerade Blick aus ihren braunen Augen. Den Kopf schief gelegt, sah sie kurz zu der Frau an der Rezeption hinüber und runzelte die Stirn, was die Dame veranlasste, ihre Aufmerksamkeit von Ben weg auf ihren Computer zu richten.

»Folgen Sie mir. Frau Ziegler hat eigentlich heute Morgen überhaupt keine Zeit.« Ohne darauf zu warten, ob er hinterherkam, stöckelte sie erstaunlich schnell in ihren Stilettos in Richtung der Aufzüge.

Die Sperre am Eingang leuchtete grün auf, ein knappes Kopfnicken an den Sicherheitsbeamten, dann stand sie vor dem Aufzug. Ben beeilte sich, hinter ihr herzukommen, wobei die Sicherheitskraft mit einer Karte den Eingang öffnete. Wie groß war das Mädel ohne Schuhe? Einen Meter fünfzig? Respektvoll musterte er die Frau ein zweites Mal. Sie rückte ihre Brille gerade. Die schwarzen Haare waren in eine strenge Hochsteckfrisur verbannt. Die Tür öffnete sich, sie traten zusammen in den Aufzug.

»Darf ich fragen, wie Sie heißen?«, versuchte Ben, das Eis zu brechen.

Nach einem erneuten Zurechtrücken der Brille wandte sie sich leicht zu ihm hin. »Hören Sie, Herr Wahlstrom, bei Frau Wegschneider mögen Sie ja mit Ihrem Charme ankommen. Ich gehöre nicht zu der Sorte Frau, die Sie damit beeindrucken.«

»Ich hatte nicht vor, Sie zu beeindrucken, ich wollte lediglich höflich …«

Der Aufzug hielt, sie trat hinaus und er folgte. Licht flutete durch gläserne Wände in den Flur. Die Türen bestanden aus heller Eiche. Der Vorraum zu dem Büro von Marie Ziegler war allein so groß wie Bens Wohnzimmer. An der einen Wand sah er Monitore. Auf einem liefen Börsenkurse, auf einem anderen Werbung für Medicare-Produkte und der letzte zeigte verschiedene Zeitzonen an. Ein L-förmiger Schreibtisch mit zwei Bildschirmen beherrschte den Raum. An einer anderen Wand gab es eine kleine Küchenzeile, einen Kühlschrank und eine gemütliche Sitzgruppe. Zeitschriften lagen aus. Palmen grenzten die Ecke vom Schreibtisch ab. Statt Ben dorthin zu führen, ging die Assistentin direkt auf eine weitere Tür zu, klopfte, und wartete kurz, öffnete dann und drehte sich zu ihm um, damit er ihr folgte.

»Frau Ziegler, Herr Wahlstrom.« Sie wandte sich ganz zu ihrer Chefin. »Und denken Sie an die Arbeitskreis-sitzung …«

»Ja, Jenny, keine Sorge«, unterbrach Marie sie. »Ben und ich brauchen bestimmt nicht lange, oder?«

»Nein, bestimmt nicht.«

Er versuchte, es zu unterlassen, Hanna in Marie zu sehen und umgekehrt. Sie saß vor einem beeindruckend gedrechselten Schreibtisch mit drei Monitoren darauf.

Witzigerweise war ihr Büro kleiner als das Vorzimmer. Dennoch gab es auch hier eine gemütliche Sitzgruppe, in diesem Fall aus Leder. Auf dem Tisch standen zwei Tassen, eine Kanne Kaffee, daneben eine Schale mit Obst und ein Teller mit Keksen.

Mit zusammengepressten Lippen und warnendem Blick in seine Richtung, den er nicht ansatzweise verstand, verschwand die Assistentin aus dem Büro und schloss die Tür. Die absolute Stille im Raum erschien ihm angenehm nach dem Lärm draußen auf der Straße.

Marie lachte. »Du musst entschuldigen, aber Jenny kann es nicht leiden, wenn ich ihren Terminkalender durcheinanderbringe. Sie kommandiert mich mehr rum, als es meine Mutter je getan hat. Aber sie ist unbezahlbar. Ohne sie würde mein Leben nicht funktionieren. Was verschafft mir die Ehre deines Besuchs?«

Bei ihren Worten stand sie von ihrem Schreibtischstuhl auf und setzte sich mit überkreuzten Beinen in einen der ledernen Sessel. Ihr Rock rutschte dabei eine Handbreit über ihre Knie. Sie sah Hanna so unglaublich ähnlich, dass Ben wie angewurzelt stehen blieb. Sie trug ihre Haare in derselben Länge, wie Hanna ihre in Rom getragen hatte. Nur, dass Marie ein dunkelblaues Kostüm mit einer weißen Bluse anhatte, Pumps trug, wenn auch mit nicht annähernd so hohem Absatz wie die ihrer Assistentin, und die Steine ihrer beiden Fingerringe garantiert genauso echt waren wie die Perlen ihrer Halskette. Er hielt sich an dem Blau ihrer Augen fest, die ihn amüsiert betrachteten.

»Ich sehe, du hast dir bereits deinen eigenen Kaffee mitgebracht, aber möchtest du dich nicht trotzdem setzen?«

Er löste sich aus seiner Erstarrung und setzte sich auf den Rand der Couch.

»Also, was verschafft mir die Ehre deines Besuchs? Bist

du zufällig in Berlin oder hat dein Wunsch, mich zu sehen, einen beruflichen Hintergrund?«

»Seit wann trägst du die Haare kurz?«

Sie griff sich mit der Hand an den Kopf. »Ungewohnt, nicht wahr?« Sie lachte. »Habe ich erst heute Morgen machen lassen.«

»Heute? Heute ist Montag.«

»Und es gibt in Berlin Friseure, die mirauch am Montagmorgen bereitwillig die Haare schneiden. Ist nicht verboten, oder?«

»Nein.«

Er fixierte sie, überlegte, wie er das Gespräch hatte beginnen wollen. Ihr Aussehen hatte ihn aus der Bahn geworfen. »Warum?«

»Warum ich mir die Haare habe schneiden lassen?« Sie lachte laut auf, eine Spur zu laut. Ihre Augen wichen seinem Blick aus. Sie senkte den Kopf, fuhr sich mit der Hand durch den Bob. Die Frisur stand ihr ausgezeichnet. Sie betonte den langen, schlanken Hals, die hohen Wangenknochen und ein zierliches Ohr, hinter das sie die eine Seite gesteckt hatte. »Weißt du, ich dachte, wir würden eher über etwas anderes reden. Ich habe dich seit dem Abend, als du mich nach Hause gebracht hast, nie wieder gesehen.«

Er rutschte zurück in die Couch, lehnte sich an und breitete die Arme aus, während er die Beine locker übereinanderschlug. »Und worüber wolltest du mit mir reden?«

Sie veränderte ihre Haltung, setzte beide Beine nebeneinander auf den Boden, beugte sich ein wenig vor und legte die Arme auf ihren Knien ab.

»Ben, du bist hierher zu Medicare gekommen. Du wolltest einen Termin bei mir.« Sie hatte ihre Taktik geändert, versuchte ihn zu provozieren. In jeder Nuance ihrer

Haltung signalisierte sie ihm ihre Unsicherheit – und ein schlechtes Gewissen.

»Stimmt«, bestätigte er mit einem süffisanten Lächeln. »Ich bin hergekommen, um mit dir über Hanna zu reden.«

»Hanna ist tot«, erwiderte sie brüsk, aber viel zu hastig, und gleichzeitig bewegten sich ihre Augen. Nein, das hatte nichts mehr mit der Marie zu tun, die hinter einer Sonnenbrille ihre verweinten Augen verbarg, während sie eine Rose auf das Grab ihrer Schwester legte.

»Bist du dir da sicher?«

»Du kannst ihr Grab besuchen, aber das weißt du sicher und du kennst es wohl auch.«

»Sie ist nicht tot.«

Marie richtete ihren Oberkörper auf, schlug die Beine übereinander und umfasste ihre Knie, indem sie die Hände davor verschränkte.

»Und wer liegt dann in dem Grab?«

»Lass uns aufhören mit dem Spielchen. Wir beide wissen, dass Hanna lebt, und aus deiner neuen Frisur schließe ich, dass ihr euch bereits getroffen habt.« Er beugte sich vor, fixierte sie.

Sie rutschte weg von ihm.

»Was immer ihr beide mit eurer gegenseitigen Angleichung bezweckt, ihr könnt uns nicht täuschen. Abgesehen davon ist es ein verdammt gefährliches Spiel, was ihr da spielt. Sag ihr, sie soll sich bei mir melden.«

»Bei dir? Ausgerechnet bei dir! Du hast sie doch überhaupt erst in diese Scheiße geritten.«

»Ja, das habe ich, und ich hole sie da auch wieder raus.«

Ein kurzes Klopfen, und die Tür ging auf, bevor Marie die Erlaubnis erteilen konnte.

»Ihr Termin mit der Arbeitskreissitzung, Frau Ziegler.«

Der Blick der Assistentin wanderte von ihrer Chefin zu

Ben, der spürte, dass sie auf sensible Weise die Spannung erfasste, die im Raum herrschte. Eine wirklich gute Assistentin, dachte er.

»Verzeihung, aber Sie wissen, wie wichtig die Sitzung ist.«

»Schon gut, Jenny, Herr Wahlstrom und ich sind sowieso mit unserem Gespräch fertig.«

Sie stand auf, und Ben folgte ihrem Beispiel. Er hatte sein Ziel erreicht, Marie Ziegler zu verunsichern und festzustellen, ob Hanna bereits in Kontakt mit ihr stand. Außerdem setzte er darauf, dass das Büro überwacht wurde. In diesem Fall wusste nun auch die Gegenseite, dass man verstanden hatte, worum es ging. Das würde alle in Zugzwang setzen, und er brauchte jetzt nur noch darauf zu warten, dass Marie ihn zu ihrer Schwester führte. Oder zu hoffen, dass Hanna schlau genug war, sich in seine Hände zu begeben.

DIE LETZTEN TAGE hatte Hanna in Annas Wohnung verbracht. Mit einer Ausnahme, als sie sich etwas zu essen kaufte. In der Wohnung herrschte chronische Ebbe an jeglichen Lebensmitteln. Ohne Essen konnte Hanna nicht denken, aber das musste sie. Marie hatte ihr das Passwort für den Internetzugang von Anna besorgt. Einer der wenigen Luxusgegenstände, die sich Hanna erlaubt hatte, war ein neues MacBook Air gewesen. Leider gab es für sie in puncto Sicherheitsfeature nur noch die Standardsoftware, keine Speziallösung von Viktor. Mit dem Gedanken daran, welche Informationen der von Ben eingeschleuste Trojaner damals im System gesammelt hatte, bewegte sie sich vorsichtig im Netz. Ihre einzige Chance, aus der Situation herauszukommen, sah Hanna darin, Viktor zu finden.

Im Gegensatz zu Ben oder auch Marie war sie davon überzeugt, dass er sie nicht verraten hatte. Wäre das der Fall gewesen, dann hätte er sie wesentlich einfacher und schneller ans Messer liefern können. Stattdessen hatte er es ihr ermöglicht, in das System von Medicare einzudringen. Und hätte Lukas etwas davon gewusst, hätte er es dann nicht erzählt oder zumindest wissen wollen, was sie gefunden hatte? Nein, sie wusste nicht, welches Spiel Viktor gespielt hatte, aber er war ihr treu gewesen. Jetzt brauchte sie seine Hilfe und sein Wissen. Er hatte das Netzwerk von Medicare betreut. Wenn einer gelöschte Daten wiederherstellen konnte, dann er. Sie verbot sich den Gedanken, dass die Informationen für immer verloren sein könnten. Doch wie sollte sie Viktor finden? Als vielversprechendster Weg erschien es ihr, im Netz zu suchen. Sie hatte sich verschiedene Mail Accounts angelegt, mit Pseudonymen und Pseudoadressen. Für das Surfen im Internet verwendete sie alle Sicherheitseinstellungen, die der Webbrowser hergab. Kein Speichern von Cookies, kein Aufzeichnen von Wegen und auch keine Verwendung des Cache. Sie suchte die Spielplattformen der Online Gamer auf, bewegte sich in Foren, lernte die Fachbegriffe, las und hörte zu. Eine zermürbende Aufgabe und frustrierend dazu, weil sie noch nicht mal einen Schimmer hatte, wo sie beginnen sollte. Stattdessen hoffte sie auf eine Eingebung. Sie machte kein Licht in der Wohnung. Mit dem Rechner hatte sie sich in das Arbeitszimmer zurückgezogen. Sie wollte nicht riskieren, dass ein Nachbar bemerkte, dass sich jemand in Annas Wohnung aufhielt.

Als sie hörte, wie der Schlüssel in das Schloss geschoben wurde, war sie sofort hellwach. Vorsichtig klappte sie das schwarze Display zu. Irgendwann musste sie über einem Spiel eingeschlafen sein. Sich von der Couch schiebend, schlich sie zur Wand hinüber und öffnete die Tür einen Spalt, um durch das Wohnzimmer in den Eingangsbereich zu sehen. Der Eindringling schaltete kein Licht ein.

»Hanna? Bist du hier irgendwo?«

Obwohl sie die Stimme von Marie erkannte, wartete sie, bis sich die Tür schloss und sie sicher sein konnte, dass ihre Schwester allein gekommen war.

»Ich bin hier«, wisperte sie und musste grinsen, als Marie erschrocken zusammenzuckte und beide Hände auf ihr Herz legte. Mit der einen Hand umklammerte sie eine Tüte, aus der es unschwer identifizierbar nach chinesischem Essen duftete.

»Komm ins Arbeitszimmer, ich möchte kein Licht im Wohnzimmer machen.«

Gemeinsam hockten sie sich im Schneidersitz auf den Teppich, und Marie öffnete die Packungen.

»Puh, ich dachte schon, Fred wollte heute überhaupt nichts trinken.«

Hanna hörte auf, sich mit dem Stäbchen das Bamigoreng reinzuschaufeln. »Du hast ihn wieder in den Schlaf befördert?«

»Ja, aber keine Sorge. Dafür hat er ausgezeichneten Sex bekommen.«

»Ehrlich Marie, du musst dir das abgewöhnen. Erstens, dass du mit jedem Mann ...«

Marie unterbrach sie, indem sie mit den Stäbchen auf Hanna zeigte. »Nicht mit jedem Mann.«

»..., der dir gefällt, ins Bett steigst und ihn zu guter Letzt noch mit Schlafmittel zudröhnst.«

»Auch das trifft nur auf Fred zu, und wie sollte ich mich sonst mit dir treffen?«

»Ich weiß nicht, aber ich lasse mir was einfallen.

Immerhin sehen wir uns schon mal verdammt ähnlich«, grinste Hanna.

Auch wenn härtere Linien ihr Gesicht prägten und ihre Augen einen etwas anderen Blauton aufwiesen, wären sie mit den gleichen Klamotten und einem entsprechenden Make-up kaum zu unterscheiden. Okay, sie musste noch lernen, sich wie Marie zu bewegen, und spätestens beim Sprechen kämen grundsätzliche Unterschiede zum Tragen.

»Hast du eine Idee?«

»Vage, aber ich arbeite daran.«

»Wenn wir nur das Heilmittel hätten, dann würde ich es einfach auf einer Pressekonferenz bekannt geben, und niemand wäre mehr in der Lage, den Stein aufzuhalten, den ich ins Rollen brächte.«

»Und dann?«

»Ist mir egal.«

»Du denkst, Armin würde das einfach schlucken?«

Marie zuckte mit den Achseln.

Hanna beobachtete, wie ihre Schwester im Essen herumpickte, eine Nudel herausholte, sie hob, den Kopf in den Nacken legte, und sie in den Mund fallen ließ. Etwas stimmte nicht. Ihre Schwester veranstaltete normalerweise um ein Uhr nachts kein chinesisches Essen.

»Was ist passiert?«

»Nichts.«

»War Armin bei dir?«

»Nein.«

»Dieser Konstantin Wolff?«

»Nein.«

»Das BKA?«

»Nein. Wieso sollte mich jemand kontaktiert haben?«

Langsam setzte Hanna die Packung in der Tüte ab und legte die Stäbchen dazu. Sie ergriff Maries Hand. »Marie, das hier ist kein Spiel, das wir spielen. Unser beider Leben hängt davon ab, dass wir eine Lösung finden, um uns von Armin und seiner komischen Organisation zu befreien. Alles, so unscheinbar es dir im Moment vorkommt, ist wichtig. Ich bin nicht aus dem Zeugenschutzprogramm geflüchtet, weil ich es satt hatte, sondern weil ich aufgeflogen bin. Also, ich wiederhole mich, was ist heute passiert?«

»Ben war heute Morgen in meinem Büro.«

Hanna überlegte, wen sie meinen könnte. »Ben?«

»Dein Ben, Major Ben Wahlstrom.«

»Das kann nicht sein! Er ist im Einsatz.«

»Ach, und woher weißt du das?«

Hanna dachte an Lisa und erinnerte sich, wie kurz sie sich am Samstag am Telefon gefasst hatte. Verdammt, sie hatte nicht geschaltet. Sie musste aufhören, Fehler zu machen. »Was wollte er?«

»Ich soll dir sagen, dass du dich bei ihm melden sollst.«

Hanna spürte, wie ihre Zwillingsschwester sie aufmerksam fixierte.

»Mist«, knurrte sie, »das macht die Sache komplizierter. Ist er dir gefolgt?«

»Du willst dich nicht bei ihm melden?«

»Marie, wenn ich zu Ben gehe und er herausfindet, was du unten in Afrika gemacht hast, glaub mir, dann werden sie einen Weg finden, dich in den Knast zu bringen. Es gibt kein Auslieferungsabkommen mit Nigeria, falls du das durch Lukas' Fall noch nicht mitbekommen hast. Mit anderen Worten – es bleibt nur Den Haag. Und glaube mir, die Firmenchefin von Medicare an den Pranger zu stellen, wird auch der Presse einen mordsmäßigen Spaß machen. Was willst du dann sagen? Dass alles in guter Absicht geschah? Dass ihr vorsichtig wart, und dass die Kinder von den Versuchen wussten?«

»Du hältst zu mir?«

»Marie, du bist meine Schwester. Was denkst du?«

Tränen liefen ihrer Zwillingsschwester über die Wangen. Hanna rutschte zu ihr und nahm sie in den Arm. »Wir werden vielleicht nicht drum herum kommen, aber bevor wir uns in die Hände des BKA begeben, stellen wir sicher, dass wir etwas haben, mit dem wir verhandeln können. Klar?«

»Klar.«

»Deshalb müssen wir jetzt doppelt aufpassen. Sein Ziel ist es, dich zu verunsichern und dich in Bewegung zu setzen. Wenn er in deinem Büro war, weiß jetzt auch Armin, dass ich hier bin. Mist, verfluchter! Dieser Hohlkopf lässt mich zum zweiten Mal innerhalb kürzester Zeit auffliegen.« Hanna verging der Appetit auf chinesisches Essen. Ihr lief die Zeit davon.

Sie starrte auf das Display ihres Laptops, ohne wahrzunehmen, was sich dort abspielte. In ihrem Kopf malte sie sich aus, wie sie Ben langsam, aber systematisch verprügelte – dafür, dass er sie ständig verfolgte und in Schwierigkeiten brachte. Nachdem ihre Wut bei dieser Vorstellung ein wenig verraucht war, dachte sie nach, welche Konsequenzen seine Suche nach ihr hatte. Gab es einen offiziellen Auftrag? Sie wusste, dass das BKA inzwischen die Augen ihretwegen offen hielt, weil sie sich nicht mehr bei ihrer Kontaktperson gemeldet hatte. Vielleicht lag darin die Lösung, um sich mehr Zeit zu beschaffen, indem sie sich einfach beim Zeugenschutzprogramm meldete. Immerhin wusste die Gegenseite, dass sie sich in Berlin aufhielt. Sie brauchte also nicht mehr zu befürchten, dass Informationen weitergegeben wurden. Aus ihren letzten Erfahrungen mit dem Militär und dem BKA wusste sie, dass die Bundeswehr in Deutschland nicht agieren durfte. Ben hatte sie nach Norwegen gebracht, um sie dann an das BKA zu übergeben. Aber Lisa hatte gesagt, dass sich Ben auf einem Einsatz befand. Belog er seine Schwester? Zuzutrauen wäre es ihm. Im Grunde konnte es ihr egal sein, mit wie vielen Gegnern sie es zu tun hatte. Es gab nur einen Weg, dem sie folgen würde, und das war ihr eigener. Dieser Weg bedeutete, Marie und ihre Mutter zu beschützen und Armin aus deren Leben zu eliminieren. Der Signalton ihres Laptops riss sie aus ihren Gedanken. Sie hatte sich in eins der Online-spiele begeben, das Paddys Unternehmen zur Verfügung stellte. Er gehörte zu den wenigen Verbindungen zu Viktor, die Hanna kannte. Seit sie ein paar Level in dem Spiel bestanden hatte und aufgerückt war, wurde sie immer mal wieder zum gemeinsamen Spielen angechattet. Zweimal war sie darauf eingestiegen, weil die Namen viel-versprechend klangen. Als Pseudonym verwendete sie AcidBurn1999.

Acid Burn war der Name der Hackerin in dem Spiel-film »Hackers«, die von Angelina Jolie verkörpert wurde. Sie hatte das Pseudonym aus gutem Grund gewählt, da die Parole, die sie damals in die Welt von Paddy gebracht hatte ‚Hack the Planet' gelautet hatte. In dem Film war das eine Show von Hackern gewesen, Razor und Blade, die den Jugendlichen bei ihrem Internetkrieg gegen das Böse halfen. Im Jahr 1999 hatten sie und Viktor sich in der Schön-Klinik Roseneck kennengelernt. Beide waren sie dort, um zu lernen, mit dem umzugehen, was ihnen passiert war. Daraus hatte sich ihre Freundschaft entwickelt.

Diesmal stand in dem Chat nicht, was sie üblicherweise zu lesen bekam. Kein »Hey – Lust auf ein Spiel?« oder

»Bereit für einen neuen Kampf?« oder irgendeine andere Aufforderung für ein Spiel.

»Hi Angie – was von Zero gehört?«

»Nein, ist er wieder als Hacker aktiv?« Einfach nur ein Griff ins Blaue. Zero Cool war der erste Deckname des Hauptprotagonisten in dem Film gewesen, also etwas, was auch ein anderer wüsste, der den Film kannte und von ihrem Pseudonym darauf schloss, dass sie ihn mochte. Aber Zero war auch ein Name gewesen, den Viktor in seinen zahlreichen Accounts gern und häufig verwendete.

»Soweit ich weiß, nicht. Aber ich bin auch nicht das Licht der Welt.«

Ihr Pulsschlag beschleunigte sich. Konnte es sein?

»Tja – wem die Stunde halt schlägt.« Sie bezog sich dabei auf den Film mit Gary Cooper und Ingrid Bergmann, die Verfilmung eines Romans von Ernest Hemingway, die sie mehrmals zusammen mit Viktor angeschaut hatte.

»Danach sah ich einen andern Engel herniederfahren vom Himmel, der hatte große Macht, und die Erde wurde erleuchtet von seinem Glanz.«

Eine Stelle aus der Bibel, die Offenbarung des Johannes, Vers 18, 1-2, über die sie gern diskutiert hatten, da Viktor ihr damit Gottes Grausamkeit darstellen wollte. Sie kannte die zweite Zeile, brauchte dafür nicht einmal die Stelle aufzuschlagen. »Und er rief mit mächtiger Stimme: Sie ist gefallen, sie ist gefallen, Babylon, die Große, und ist eine Behausung der Teufel geworden und ein Gefängnis aller unreinen Geister.«

»Wie kann es sein, dass du lebst?«

»So, wie du nicht tot bist.«

»1305282021.«

»OK.«

Sie starrte auf das Display, doch der Chat zeigte nichts

weiter an. Sie sah, wie sich der Benutzer IRA7436 abmel-
dete, und sie folgte seinem Beispiel.

Viktors Logik zu verstehen, fiel ihr nicht schwer. Die
ersten zwei Ziffern stellten die Jahreszahl dar, es folgte der
Monat, danach der Tag, also morgen – zuletzt die Uhrzeit,
zu der sie erscheinen sollte. Und wo, das wusste sie ebenfalls – da, wo sie sich das letzte Mal gesehen hatten. Ein
Lächeln huschte über ihr Gesicht, denn das passende
Outfit dafür hatte sie auch in ihrer Tasche.

HANNA FRAGTE SICH, wie sie es schaffen sollte, exakt auf
die Minute genau um 20:21 Uhr in dem Raum zu sein.
Tatsächlich kam sie mit dem Losungswort rein, dass ihr
Nina, die Freundin von Viktor, Maulwurf des BKA und
inzwischen nicht mehr am Leben, genannt hatte: »Hack the
Planet«. Sie war eine halbe Stunde früher da als verabredet.
Mit ihren schwarzen Jeans, dem engen T-Shirt, einer
Perücke mit kurzen, strubbligen, schwarzen Haaren,
schwarz geschminkten Augen und grünen Kontaktlinsen,
Boots, Lederrucksack, dem geklebten Piercing an der Nase
und einer halblangen Lederjacke fiel sie bei den Gamern
nicht weiter auf. Einzig und allein durch ihre Größe ragte
sie ein wenig aus der Menge hervor. Sie blieb in dem
vorderen Bereich, wo sich Theke und Tanzfläche befanden.
In Anbetracht des Feiertages am nächsten Tag war die
Halle brechend voll. Hanna kämpfte ernsthaft mit einem
klaustrophobischen Anfall. Es drängten sich Unmengen
junger Leute auf der Tanzfläche, die sich zu einem ohren-
betäubenden Beat bewegten. Die Musik schien nur aus
Rhythmus und Bässen zu bestehen. Hinter der Theke gab
es einen Zugang zu einem Raum, in den sich die Spieler mit
ihren Laptops zurückziehen konnten. Eine weitere Tür, die

durch einen Zahlencode geschützt wurde, führte in das Zimmer, in dem sich damals Paddy und Viktor aufgehalten hatten, und in dem auch eine Serverfarm untergebracht war. Von dort konnte man in die Wohnung des Spieleentwicklers gelangen.

Hanna erreichte die Theke, suchte sich einen Platz in der hintersten Ecke, wo es nicht so voll war, und bestellte eine Cola. Scheinbar planlos wanderte ihr Blick durch die Menge, doch sie nahm alles sehr genau wahr. Hanna besaß durch das Fotografieren ein geschultes Auge für kleine Auffälligkeiten, für etwas, das nicht passte, das sich hervorhob, und danach hielt sie Ausschau. Sie war auf dem Hinweg sehr vorsichtig gewesen. Sie war sicher, dass ihr niemand gefolgt war. Aber wie hätte Viktor ein Jahr im Untergrund überlebt, wenn er nicht Vorsicht hätte walten lassen? Es sei denn, er steckte weiterhin mit in der Sache drin und dies hier war eine Falle. Den ganzen Tag über waren ihre Gedanken darum gekreist. Warum hatte er keinen Kontakt mit ihr aufgenommen? Wenn es jemanden gab, der in der Lage gewesen wäre, ein Zeugenschutzprogramm zu hacken, dann er. Bedeutete die Tatsache, dass er es nicht gemacht hatte, dass er sie beschützte, oder warteten diese Leute nur auf eine Gelegenheit, sie einzusammeln, ohne Aufsehen zu erregen? Egal. Sie musste das Risiko eingehen. Als Mitarbeiter der IT-Security Task-Force, des Unternehmens von Angelika Winter, war er für die Sicherheit der Daten von Medicare verantwortlich gewesen. Nur er konnte wissen, ob möglicherweise noch Daten aus dem Forschungslabor in Afrika existierten. Sie sah auf die Uhr, ohne eine Ahnung zu haben, was sie als Nächstes machen musste, stellte das leere Glas auf die Theke, schob sich durch die Menge und betrat den Raum der Spieler. Wie damals sank der Lärmpegel sofort, als sie die Tür schloss.

Konzentriert hockten die Spieler vor ihren Monitoren, während ihre Hände auf die Tastatur hämmerten oder die Maus bewegten. Auch hier gab es keinen einzigen freien Platz, und erst jetzt bemerkte sie eine Tafel, auf der Nummern standen.

»Hey, bist du überhaupt dran?«

Ein bulliger Typ, gleiche Größe wie sie, packte sie am Arm, nicht schmerzhaft, aber unmissverständlich. Sie versuchte, einen verwirrten Eindruck zu machen, schätzte die Distanz zur Tür mit dem Nummerncode ein. Ohne von ihrer Existenz zu wissen, hätte sie die Tür überhaupt nicht bemerkt, so sehr verschmolz sie mit der Wand. Sie sah die Videokameras, die sich auf sie richteten.

»Nein. Ich bin nicht zum Spielen hier.«

Der Türsteher drehte sie um. Freundlich, aber bestimmt packte er ihre Schulter und schob Hanna in Richtung der Tür, durch die sie hereingekommen war.

»Dann hast du hier auch nichts verloren.«

»Hi, Acid Burn – Lust auf ein Spiel der besonderen Art?«

Ein Typ mit kurzen Haaren, die an den Spitzen weiß gefärbt waren, einer dunklen Sonnebrille, schwarzem T-Shirt, schwarzer Jeans, Boots und einer langen Lederjacke tauchte neben der Tür auf. Seine Handgelenke waren mit Lederbändern und Nieten bestückt. Sein Blick fiel auf den Türsteher, der hinter Hanna stand.

»Geht klar, Mike, ich übernehme sie ab hier.«

Bevor Hanna nachdenken konnte, stand sie bereits in dem Raum mit den Servern. Paddy, der mittendrin war, hob kurz die Hand zum Gruß.

»Schön, dass du allein gekommen bist.« Ihr Begleiter hob die Sonnenbrille.

»Viktor?«, stieß sie verblüfft aus.

Er grinste sie an. »Hi Hanna.«

S IE SAßEN in Paddys Wohnung am Küchentisch, sahen sich gegenseitig an und fanden keine Worte. Lange hatten sie gemeinsam geschwiegen, ohne dass es sich komisch angefühlt hätte. Sie kannten sich so lange. Sie wusste das Schlimmste von ihm, war für ihn da gewesen, als er sie am dringendsten brauchte. Sie suchte nach dem Vertrauten in seinem Gesicht und fand es in der Linie seiner Augenbrauen, der Nase und den Lippen. Sie kannte die Narbe an der Schläfe, die von dem Fahrradunfall in seiner Kindheit stammte. Aber diese kurzen Haare – der schwarze Farbton mit den weißen Spitzen, der Ausdruck in seinen Augen, die Wangenknochen, die hart hervortraten. Es erschien ihr seltsam, mit ihm an einem Tisch zu sitzen, und erst hier in der Küche spürte sie, wie sehr Nina Spuren in ihrem Leben hinterlassen hatte. Der quirlige, lebendige Lockenkopf, die Frau, die so endlos quasseln konnte, die mit ihrer fröhlichen Art jeder Situation die Spannung nahm. Bei ihrem letzten Treffen hatte Nina mit ihnen an diesem Tisch gesessen.

»Also, ich weiß echt nicht, wo ich anfangen soll«, durchbrach Viktor die Stille zwischen ihnen. »Mir war nicht klar, wie weit Lukas gehen würde, und ich hätte nicht erwartet, dass er versuchen würde, dich zu töten. Hanna, wenn ich das gewusst hätte –« Er brach ab, schüttelte den Kopf.

»Was ist Nina passiert?«

»Gleich rein in die Scheiße, hm? Kein Small Talk oder Vorfühlen.«

Sie schwieg, beobachtete ihn. Was sie sah, gefiel ihr nicht. Er schob die Unterlippe vor, kaute darauf herum. Das kurze wütende Aufblitzen entging ihr nicht, bevor er sein Gesicht halb von ihr abwendete.

»Die wussten von Anfang an, dass sie ein Maulwurf vom BKA war. Ich glaube sogar, dass sie sie genau aus diesem Grund eingestellt haben.«

»Und du?«

»Ich hab sie geliebt.«

Seine Worte trafen Hanna tief und trieben Tränen in ihre Augen.

»Oh Gott!«

Er stützte die Ellenbogen auf den Tisch und verbarg sein Gesicht in den Händen. Seine Schultern bebten, und sie wollte erst die Hand ausstrecken, um ihn zu trösten. Doch es war nicht der richtige Zeitpunkt dafür. Erst musste er loswerden, was ihm auf der Seele brannte. Und es war keine unschuldige Seele, die vor ihr saß, so sehr sie es auch gehofft hatte.

»Wir sind an dem Abend zusammen in meine Wohnung, haben uns geliebt. Normalerweise blieb sie und schlief bei mir, aber da ist sie nach Hause gegangen. Sie hätte noch eine Festplatte liegen gelassen, mit Daten, die sie unbedingt für den nächsten Tag bräuchte, und wir würden uns ja bei der Arbeit sehen. Ich wusste gleich, das ist eine Ausrede. Vielleicht habe ich auch schon länger geahnt, dass mehr dahintersteckt. Die Art, wie sie auf alles reagierte, was du erzählt hast, ihre genauen Kenntnisse der Infrastruktur von Medicare. Während sie noch bei mir geduscht hat, brachte ich einen meiner neuen Trojaner auf ihr System. Ich hab mir Sorgen um dich gemacht, Hanna. Zwar war ich sicher, du würdest nichts finden, schon gar nicht in der kurzen Zeit, weil wir alle Daten von Medicare gesäubert hatten, vor allem die aus der Forschungseinrichtung und was mit dem toten Mädchen in Afrika zu tun hatte. Aber wenn Nina in dem Fall drinsteckte ...« Er hob kurz den Kopf, streifte ihr Gesicht mit einem Blick, bevor er auf seine

Hände starrte. »Ich hänge da selbst zu tief mit drin. Verstehst du?«

»Nein, verstehe ich nicht«, erwiderte Hanna ruhig. Übelkeit stieg in ihr hoch.

»Ich habe dich beschützt! Nina hatte alle Informationen einschließlich Zeitangaben an diesen Paul weitergeleitet. Ihr hast du es zu verdanken, dass sie sich an dich drangehängt haben. Mann, sie hätten dich gehabt, wenn du das zweite Zeitfenster benutzt hättest. Ist dir das überhaupt klar?«

»Du hast Lukas informiert.«

»Nein, Angelika. Sie hat gesagt, ich sollte mir keine Gedanken machen und sie würde sich um das Problem kümmern.« Tränen rannen über seine Wange, die er mit einer heftigen Handbewegung wegwischte. »Ich hatte doch keine Ahnung, was sie damit meinte.«

»Angelika Winter hat Nina getötet?«

»Nein, sie hat sich wirklich nur gekümmert. Solche Arbeiten hat Lukas erledigt. Er war noch in der Nacht bei ihr, hat sie erwürgt, aus dem Haus geschafft und sie dann in der Havel entsorgt.«

Er sagte es mit einer solchen Sicherheit, als wäre er selber dabei gewesen. Hanna starrte ihn an, versuchte den Menschen, der ihr das erzählte, mit dem Mann zusammenzubringen, den sie als ihren besten Freund angesehen hatte. Sie atmete flach, traute sich nicht, die nächste Frage zu stellen, aber das brauchte sie auch nicht. Er schluchzte, holte sein Handy hervor und tippte auf ein paar Tasten. Hanna hörte einen dumpfen Schlag, dann Ninas Stimme: »Nein, bitte!« Röcheln, Füße schabten über den Boden, dann einen Moment Stille. Lukas' Stimme sagte ruhig und kalt: »Schade Nina, hättest dabei bleiben sollen, mit Viktor zu vögeln.« Etwas Schweres schleifte über den Boden. »Verflucht, bist du schwer. – Mann, stinkt das.« Es polterte mehrmals, Plastik raschelte, ein Reißverschluss ratschte, dann klapperten Stöckelschuhe auf dem Boden, und eine Frauenstimme sagte: »Geh, ich kümmere mich um den Rest. Sieh zu, dass du das Paket loswirst.« Eine Tür wurde geöffnet und geschlossen. Die Frauenstimme fluchte leise, und die Aufzeichnung endete.

»Ich hatte immer einen Reserveplan für so einen Fall.« Er sprach so leise, dass sie ihn kaum verstand. »Die ersten Reaktionen spulten sich automatisch ab. Ich hatte Panik, dachte nicht weiter nach. Dann, als mein Verstand wieder ansprang, überlegte ich, wie ich dich erreichen sollte. Du hast ja verflucht noch mal kein Handy. Ich rief in deiner Wohnung an, ließ es schellen – nichts, fuhr zu deiner Wohnung – nichts. Zuletzt meldete ich mich anonym bei der Polizei und schickte sie auf die Suche nach dir. Ein paar Tage später las ich in der Zeitung, dass du bei einem Brand in einer Hütte am See umgekommen bist.« Er zuckte die Achseln, kramte Papiertaschentücher aus seiner Jacke und schnäuzte sich. »Mein Gott, ich dachte, du wärst tot und ich würde dich nie wiedersehen.«

»Warum hast du das ...«, sie deutete auf das Handy, »... nicht der Polizei übergeben?«

»Es hätte doch nichts geändert. Nina ist tot, und Lukas wurde festgenommen.«

Hanna atmete vorsichtig ein. »Angelika Winter aber nicht.«

»Sie weiß zu viel über mich. Außerdem hat nicht sie Nina ermordet.«

Hanna schloss kurz die Augen, versuchte zu verarbeiten, was sie eben gehört hatte. Nein, sie mochte nicht Hand an Nina gelegt haben, und doch hatte sie ihren Tod zu verantworten.

»Erlaube dir darüber kein Urteil, Hanna! Du hast deinen Stiefvater nie vor Gericht gebracht. Hättest du das getan, wäre ich niemals in diese Scheiße reingeraten.«

»Du gibst mir die Schuld dafür?« Fassungslos schnappte sie nach Luft.

»Nein. Ja. Verdammt, ohne dich hätte ich Armin nie kennengelernt. Er hätte mir den Job bei IT-Security Task-Force nicht besorgt. Ich wäre Angelika Winter niemals begegnet und auch nicht Lukas Benner«, fauchte er wütend und herausfordernd. Er wollte, dass sie ihm widersprach, suchte nach jemandem, dem er die Schuld für seine Entscheidungen in die Schuhe schieben konnte. Oh, Viktor, dachte sie, wann wirst du begreifen, dass du selbst für deine Handlungen verantwortlich bist? Er würde mit dieser Schuld leben müssen, und wenn er nicht bereute, wenn er nicht um Vergebung bat, dann würde er am Ende dafür in der Hölle schmoren. Sie betrachtete seine roten, verquollenen Augen, sah, wie er seine Hände knetete, sah die wütend zusammengepressten Lippen, die scharfen Linien in seinem Gesicht. Nein, korrigierte sie sich, er lebte bereits darin.

Sie schob ihren Stuhl zurück und stand auf.

»Was hast du vor?«

»Schick das File an die E-Mail-Adresse von meinem Account.«

»Und dann?«

»Sorge ich dafür, dass es in die richtigen Hände kommt.«

Er sprang auf, versperrte ihr den Weg und packte sie am Arm. Seine Jacke stand weit offen. Das T-Shirt hing schlabbrig an seinem Oberkörper. Er war so dünn, nur Haut und Knochen. Eindringlich sah er sie an. »Du kommst nicht gegen sie an, Hanna, sie werden dich töten.«

»Es geht nicht mehr nur um mich, Viktor.«

»Um wen dann? Marie? Bist du blind, Hanna? Mach mal die Augen auf! Sie ist mit dem Scheißkerl verheiratet.«

»War.«

»Ach ja, und deine Mutter? Mit wem ist die verheiratet? Sie hat sich nicht scheiden lassen, sondern auch noch alles gerechtfertigt, was er dir angetan hat. Und welchen Namen hat deine Schwester wieder angenommen? Rosenbaum? Wer hat das Sagen bei Medicare?«

Ihr Schweigen ermutigte ihn. »Komm mit. Ich habe genug Geld beiseitegeschafft. Wir können unbeschwert davon leben, zwar nicht hier in Deutschland, aber wann warst du schon je hier.«

Sie sah in an.

»Du hast mich gesucht. Ich hab dir was bedeutet. Du bist hergekommen.« Er hob seine andere Hand, streichelte ihr über die Wange.

»Ja, weil ich meinen Freund gesucht habe.«

»Du hast ihn gefunden, Hanna. Du und ich, wir gehören zusammen. Vergiss, was passiert ist – unser bisheriges Leben. Lass uns neu anfangen. Wir beide zusammen.«

»Nein, Viktor.« Sie löste seine Hand von ihrem Arm. »Unsere Wege haben sich längst getrennt.«

Der Schmerz in seinen Augen, die Verzweiflung, die sich in seinem Gesicht spiegelte, schnitt ihr ins Herz. »Wer Vergebung möchte, der muss sie wirklich wollen, muss sie suchen, darum bitten. Er muss sich selbst vergeben, seine Schuld auf sich nehmen und bereuen. Kannst du das?«

Er schwieg, drehte seinen Kopf von ihr weg. Sie trat auf ihn zu, streichelte seine Wange. Er fasste ihr Handgelenk.

»Bleib bei mir.«

»Ich kann nicht.«

»Warum nicht?«

»Weil ich meine Augen nie mehr vor der Wahrheit verschließen möchte.«

Seine Gesichtszüge versteinerten, der Griff um ihr Gelenk wurde fester. Er zog ihre Hand von seinem Gesicht, wandte sich ab. Sie starrte auf seinen Rücken und wusste, dass sie ihm nicht helfen konnte. Er musste seine eigenen Entscheidungen treffen, so wie sie es getan hatte. Still ging sie zur Tür. Jeder Schritt entfernte sie weiter von dem einst so vertrauten Freund.

»Warte.«

Sie blieb stehen. Er kam zu ihr und gab ihr einen USB-Stick. Sie starrte darauf. »Was ist das?«

»Meine Lebensversicherung. Pass auf, was du damit machst.«

FRISCH GEDUSCHT und mit feuchten Haaren hockte sie im Wohnzimmer auf dem Fußboden, die Arme um ihre Beine geschlungen, das Kinn auf den Knien. In einem langsamen Takt wiegte sie sich hin und her. Sie hatte keine Ahnung, was ihre nächsten Schritte sein sollten. Viktors Worte über ihre Mutter und Marie hallten in ihrem Kopf wider. Gleichzeitig dachte sie an die Sache auf dem Friedhof, hörte die Stimme ihrer Schwester, wie sie erzählte, was sie getan hatte. Armin Ziegler – er hielt alle Fäden in der Hand. Konstantin Wolff hatte sie in Rom schnappen wollen. Seine Leute hingen Marie an den Fersen, nahmen ihr die Luft zum Atmen und würden dafür sorgen, dass sie nicht auf den Pfad zurückkehrte, den sie verlassen hatte. Das Heilmittel für HIV – verloren, bis jemand anders in der Forschung dieselbe Idee hätte wie Dr. Frederike Schneider. Wenn Viktor sagte, die Daten seien gesäubert worden, dann gab es keine Chance, irgendetwas davon zurückzuholen. Sie hatte überlegt, Onkel Richard anzurufen, den Gedanken aber verworfen. Was konnte er tun? Was er von ihr wollte, war ihr ohnehin bewusst – dass sie zum BKA ging. Aber was würde dann mit Marie passieren? Müde erhob sie sich. Morgen. Morgen war auch noch ein Tag.

15

BEN

Er folgte Marie, als sie vom Büro in ihre Wohnung fuhr. Von den Informationen des BKA wusste er, dass sie ihr Haus verkauft und eine Eigentumswohnung am Prenzlauer Berg gekauft hatte – eine nette und teure Wohngegend. Zwei Männer in Anzügen folgten ihr. Sie hielten Distanz, gaben ihr Raum. Ben war sich nicht sicher, ob die Männer sie schützen oder überwachen sollten. Wie hatte es Hanna geschafft, mit ihrer Schwester Kontakt aufzunehmen, wenn sie so bewacht wurde? An der Assistentin kam man nicht so einfach vorbei. Und was, wenn sie nicht vorbeigekommen war? Nein, Hanna hatte sich bei Lisa auch am Sonntag gemeldet. Wenn die FoEI sie hätte, würde sie seine Schwester ganz sicher nicht durch einen Anruf in Gefahr bringen, soweit vertraute er ihr. Statt Marie in die Tiefgarage unter dem Haus zu folgen, blieb das Fahrzeug der Verfolger am Straßenrand stehen. Einer der Männer stieg aus und ging zum Eingang. Der Treppenaufgang war verglast, aber mit Sicherheit gab es einen Aufzug. Er sah ihn klingeln. Kurze Zeit später betrat er das Haus. Ben suchte einen Parkplatz für sein Auto, keine einfache Angelegenheit in dieser Gegend. Er nahm die Feuerleiter eines angrenzenden Hauses in Augenschein, sah sich kurz um und kletterte hinauf. Die wenigsten Menschen achteten darauf, was sich vor ihrer Nase abspielte. Außerdem bewegte er sich leise. Auf dem Dach angelangt, sprang er zum Nachbardach hinüber, blieb einen Moment in der Hocke, bis sich das Klopfen in seiner verletzten Seite legte. Zum Glück besaß dieser Wohnblock Flachdächer. Während ein Teil des Dachs von Schornstein und Klimaanlage eingenommen wurde, waren die anderen zu Terrassen für die obersten Wohnungen ausgebaut. Ben hatte sich schnell orientiert und ließ sich vorsichtig auf Maries Terrasse herabgleiten. Ihre Pflanzenbeete boten ihm mit Büschen, Gräsern, Narzissen, Tulpen und März-bechern genug Schutz, um von drinnen nicht sofort gesehen zu werden. Über die Fensterfront der Terrasse bekam er Einblick in das Wohnzimmer und die Küche. Beide Räume hatten einen Ausgang zu dem kleinen Garten hin. Es dauerte nicht lange, da sah er Marie – und nicht nur sie. Ihr Verfolger hatte die Jacke abgelegt und seine Krawatte gelöst und bewegte sich mit einem breiten Grinsen auf die Frau zu, die rückwärts vor ihm zurück-wich. Ben spannte die Muskeln an und schätzte die Distanz ab, als er Marie kichern hörte. Er stockte. Der Typ hatte sie jetzt erreicht, zog sie mit einem Ruck in seine Arme und senkte seinen Kopf. Sie schmiegte sich an ihn, kam seinem Kuss entgegen, schlang ihre Arme um seinen Hals. Die Hände des Mannes wanderten zum Reißver-schluss ihres Kleides. Okay, Marie wusste nicht nur, dass sie überwacht wurde, sondern schien sich damit arrangiert zu haben und ihre Vorteile daraus zu ziehen. Er hatte keine Lust, den beiden bei ihrem Sexspiel zuzuschauen. Morgen würde er sich die Wohnung genauer ansehen, wenn sie bei der Arbeit war. Vielleicht würde er auf einen Hinweis stoßen, wo sich Hanna verbarg.

Zu Hause angekommen, duschte er, schluckte eine Schmerztablette und fiel in einen unruhigen Schlaf. Er träumte von der brennenden Hütte, doch statt Hanna trug er seine Mutter hinaus. Das Messer des Angreifers blitzte auf und schlitzte ihm die Seite auf. Der Schmerz jagte ihm durch den Körper. Er riss die Augen auf und meinte für einen Moment, erwäre nicht allein im Raum. Er ließ sich aus dem Bett rollen, griff in einer fließenden Bewegung unters Kopfkissen und brachte die Waffe in Anschlag. In die Dunkelheit lauschend, scannte er den Raum, konnte aber nichts feststellen. Dennoch schlich er durch die Wohnung und prüfte alles sorgfältig. Zum Schluss schaute er sich die Eingangstür an, ging in den Keller und zuletzt durch die Praxis. Alles in Ordnung. Am liebsten hätte er auch noch die Wohnung seiner Schwester inspiziert, unterließ es aber bei dem Gedanken an seine letzte Aktion. Die Sorge um Hanna hatte dunkle Ringe unter Lisas Augen hinterlassen. Alle seine Überredungskünste und auch die seines Vaters hatten Lisa nicht dazu bringen können, eine Pause einzulegen und für eine Weile aus Berlin zu verschwinden. Bens Schwager war auch keine Hilfe gewesen, wodurch es zu einem Bruch in ihrem bisher gutem Verhältnis gekommen war. Gestern hatte Lisa ganz normal in ihrer Praxis gearbeitet, mit einer längeren Pause um die Mittagszeit herum. Mehr Ruhe gönnte sie sich nicht. Dabei stand einer Schwangeren eine Auszeit von acht Wochen vor der Geburt zu. Bei Lisa waren es nicht mal mehr zwei Wochen bis zum errechneten Geburtstermin. Er nahm noch eine Schmerztablette mit zwei Gläsern Wasser, da er

bei seinen Träumen ungefähr die Menge Flüssigkeit ausge-
schwitzt hatte, und legte sich wieder hin.

»Konntest du heute Nacht nicht schlafen?« Lisa trug eine
Salbe auf seine juckende, heilende Wunde auf.

»Ich dachte, ich hätte was gehört.«

Sie sah ihn prüfend an. »Du glaubst immer noch, dass
Hanna die bösen Buben zu uns geführt hat.«

»Elisabeth, wir haben es hier nicht mit bösen Buben zu
tun. Das sind Profis.« Er wusste, dass sie es gar nicht
mochte, wenn er ihren richtigen Namen benutzte. Sie fand
ihn altbacken und überholt. Sie hatte lange versucht, ihn
und seinen Vater davon zu überzeugen sie Beth zu nennen,
war aber kläglich gescheitert. Der Name Lisa klang für sie
nach Kuh, aber trotzdem besser als Elisabeth.

»Profis. Eben. Was haben sie davon, wenn sie uns etwas
antun?« Bevor er antworten konnte, sprach sie weiter: »Gar
nichts. Wir sind keine Bedrohung für sie, und sie bekämen
einen Haufen Ärger, Aufsehen und Nachforschungen.«

Diese Diskussion führte sie seit dem Wochenende das
x-te Mal.

»Fertig?«

»Womit? Mit dem Verband oder unserem Gespräch?«

Er nahm sein T-Shirt, streifte es sich über und
stand auf.

»Nur, weil du etwas nicht hören willst, und versuchst es
zu ignorieren, ändert das nichts an den Tatsachen!«, rief sie
ihm hinterher.

Er parkte sein Auto diesmal weiter entfernt von dem
Wohnblock und näherte sich dem Gebäude von der Hufe-

landstraße her. Es gab einen Zuweg von dieser Seite in den Innenhofbereich mit einer hübschen kleinen Grünanlage. Ein Spielplatz, ein kleines Sportfeld und ein Grillplatz vervollständigten die Anlage. Das metallische Klicken einer Tür ließ ihn einen Blick zurückwerfen, und er blieb stehen. Der federnde, effiziente Gang der jungen Frau erinnerte ihn sofort an Hanna, doch sie hatte lange lockige Haare, die ihr bis über die Schultern reichten. Sie trug Sneakers, dunkelblaue Leggins mit Spitzenrand, die bis zur Mitte der Wade reichten, und ein bauschiges blaues Sommerkleid mit kleinen pinkfarbenen Blumen, darüber eine Jeansjacke. Über die rechte Schulter hatte sie eine ausladende Tasche geworfen. Sein Blick folgte ihr, bis sie auf dem Bürgersteig um die Ecke und damit aus seinem Blickfeld verschwand. Dann wandte er seine Aufmerksamkeit wieder dem Gebäude vor sich zu. Auf der Klingel suchte er sich einen Namen aus und drückte. Beim vierten Versuch hatte er Glück.

»Ja?«

»Hallo Frau Keller, mein Name ist Werner, ich bin Journalist von der TAZ. Wir planen einen Bericht über das Wohnen am Prenzlauer Berg. Hätten Sie vielleicht zehn Minuten Zeit für mich?« Er hatte sich so hingestellt, dass er komplett von der Videokamera erfasst wurde – in Jeans, einem T-Shirt mit dem Aufdruck ‚Ich bin ein Berliner‘ und Sportjacke sowie mit einer Mappe in der Hand. Frau Keller hatte Zeit.

Nachdem er seinen Presseausweis gezeigt hatte, durfte er eintreten. Bei einer Tasse Kaffee stellte er seine vorbereiteten Fragen, plauderte mit der Frau über die wunderschöne Wohnanlage und darüber, was aus dem guten alten Prenzlauer Berg geworden war. Als ihre sechs Monate alte Tochter aufwachte, die sie ihm stolz zeigte, erfuhr er auch gleich, dass sie ihr zweites Kind erwartete. Er fragte sie nach der Nachbarschaft. Frau Keller berichtete von dem letzten Innenhoffest mit Grillen im letzten Herbst, vom Sommerfest, auf das sie sich freute, und von der Hausgemeinschaft, die sich gegenseitig unterstützte. Selbst mit den Besitzern der Eigentumswohnungen klappe alles wunderbar. Sie kenne Marie Ziegler, sagte sie, und schwärmte von ihr als einer Frau, die immer ein paar nette Worte übrig habe, wenn sie sich begegneten. Es sei ja so wichtig für eine angenehme nachbarschaftliche Atmosphäre, dass sich die passenden Leute in einem Haus fänden. Eine Frau aus dem gegenüberliegenden Gebäude, Anna, habe Marie auf die zum Verkauf stehende Wohnung aufmerksam gemacht.

»Anna?«

»Ja – Anna Lohmann, Stewardess und Freundin aus Kindheitstagen«, ergänzte sie. »Ach, sie reist so viel in der Weltgeschichte herum. Wenn sie anfängt zu erzählen, will man sich direkt ins Flugzeug setzen und in ferne Länder losziehen.«

Ben fand es immer wieder erstaunlich, was Menschen einem erzählten, wenn man sich Zeit nahm und ihnen zuhörte. Er bekam Frau Kellers E-Mail-Adresse, damit er ihr den Artikel zukommen lassen konnte. Sie sei eine fleißige Leserin der TAZ.

Er hatte erfahren, dass Maries Putzfrau immer am Montag- und Freitagmorgen kam. Das Schloss der Wohnungstür zu knacken, war ein Kinderspiel. Sicherheitshalber zog er sich eine Maske über, falls die Wohnung von Kameras überwacht wurde. Doch das glaubte er wegen der Bodyguards nicht. Nach zwei Stunden wusste er, dass Marie sich intensiv mit dem Thema HIV auseinandersetzte, und das nicht erst seit dem letzten Jahr. Er kannte ihre Pläne für einen Urlaub in Jamaika Anfang Juni, ihr

Gehalt und die Prämien. Er wusste, dass sie zu den Frauen gehörte, für die Schuhe ein Suchtmittel darstellten und die kein einziges praktisches Stück Unterwäsche besaßen – das absolute Gegenteil ihrer Zwillingsschwester. In ihrem Büro in der Wohnung gab es eine sehr schöne, illustrierte, ledergebundene Bibel, was ihn überraschte. Sie war voll mit schmalen Klebezetteln. Manche Verse hatte sie angestrichen. Bisher hatte ihr Verhalten nicht durchblicken lassen, dass ihr leiblicher Vater irgendeinen Einfluss auf Maries Leben gehabt hätte. Genauso gab es einen Haufen von Gedichtbänden. Soso, dachte er, so abgebrüht Marie erscheint, zeigt sich doch, dass sie zumindest eine romantische Ader hat.

Die letzte Bestätigung fand er in der umfangreichen Sammlung von Romanen – meist der dramatischen Art – und einem Regal voller DVDs, das sich mit dem seiner Schwester messen konnte. Es gab Fotoalben von der Familie, erstaunlich viele sogar der Familie Rosenbaum, eine lange Reihe von Fotos mit ihrer Zwillingsschwester in allen Altersstufen. Überall in ihrer Wohnung fanden sich Fotografien, die von Hanna stammten. Er tauchte ein in die Stille gewaltiger Berge, bewunderte das Bild eines Flusses, der sich durch einsame Landschaften schlängelte, wohnte den Sonnenaufgängen über Meeren, Wüsten, Steppen und Dschungel bei, umgab sich mit Lavendel, Mohn und Raps. Dazwischen fand er in Form von modernen Wandtattoos Verse:

»Denn bei Dir ist die Quelle des Lebens, in deinem Licht schauen wir das Licht. Psalm 36,10«, »Ich bin eine Blume auf den Wiesen des Scharon, eine Lilie der Täler. Hoheslied 2,1«, »Weise mir, Herr, deinen Weg; ich will ihn gehen in Treue zu dir. Richte mein Herz darauf hin, allein deinen Namen zu fürchten. Psalm 86,11« und »Heil mich, Herr, so

bin ich heil, hilf mir, so ist mir geholfen, ja mein Lobpreis
bist du. Jeremia 17, 14«.

Und dann, ganz frisch, der letzte Vers, neben einem
Bild von Hanna als Zweijährige auf dem Schoß ihres
Vaters, der ihr ein Bilderbuch vorlas. Den Daumen in den
Mund geschoben, hielt sie in der Faust der anderen Hand
ein Stück der Strickjacke, die ihr Vater trug:

»Du hast mich den Tiefen des Totenreichs entrissen.
Denn groß ist über mir deine Huld. Gott, freche Menschen
haben sich gegen mich erhoben, die Rotte der Gewalttäter
trachtet mir nach dem Leben; doch dich haben sie nicht vor
Augen. Psalm 86, 13-14«

Wenn er auch keinen Hinweis auf einen möglichen
Verbleib von Hanna gefunden hatte, so verließ er mit einem
widersprüchlichen Gefühl über Marie Ziegler deren
Wohnung. Vielleicht hatte er sich bisher von einer Maske in
die Irre führen lassen.

So kam er nicht weiter. Fast zwei Tage waren vergangen. Er hatte am Dienstag den Rest der Zeit damit
verbracht, verschiedene Stellen aufzusuchen, die er in
irgendeiner Weise mit Hanna in Verbindung brachte. Ihre
ehemalige Wohngegend, die Universität, die Gegend, in der
ihr Freund Viktor gewohnt hatte. Mittags aß er bei dem
Italiener, wo er damals sie und Philip Bornstedt gestört
hatte, verbrachte eine Zeit am Flughafen und eine wesentlich längere am Bahnhof, einfach um ein Gefühl für die
Stadt und ihre Möglichkeiten zu bekommen. Zuletzt fuhr er
zu dem Haus, in dem Familie Rosenbaum gelebt hatte, und
ging dort in die Kirche. Von dort aus besuchte er den Friedhof, wo eine frische weiße Rose auf dem Grabstein lag.

· · ·

Zurück in seiner Wohnung machte er sich Notizen, betrachtete Stadtpläne, kreiste Gebiete ein. Wo konnte sie sein? Welche Möglichkeiten gab es? Er zog seine Sportsachen an und begann mit einem Work-out. Hotel, Pension oder Herberge kamen nicht infrage, da Hanna dort einen Ausweis vorzeigen müsste. Außerdem schränkte ihr finanzieller Engpass sie ein. Es sei denn, Hanna schob ihren Stolz beiseite und ließ es zu, dass Marie ihr unter die Arme griff. Ihr Bekanntenkreis schien so klein, da sie in den ersten Tagen zu Lisa gegangen war, um einen Unterschlupf zu finden, obwohl dieser das Risiko barg, dass Ben dort jederzeit auftauchen konnte. Zu ihrer Mutter und Armin konnte sie auf keinen Fall gehen. Viktor wurde seit einem Jahr gesucht, und sie wussten nicht, wo er sich versteckte. Über ihn lagen kaum Informationen vor, und selbst im Netz gab es nichts zu seiner Person. Hanna stand in Kontakt mit Marie und hatte erst vor zwei Tagen Bens Wohnung verlassen. Der Gedanke machte ihn noch immer verrückt. Er schnappte sich sein Handy und rief Paul an. »Ich möchte eine Liste aller Freundinnen von Marie Ziegler, kannst du mir so eine organisieren?«

»Du meinst aus den Überwachungsprotokollen des letzten Jahres, als sie noch Marie Benner hieß?«

»Genau.«

»Wird ein Weilchen dauern.«

»Mach einfach und schick mir regelmäßig ein Update, dann kann ich sie abgrasen.«

Als Nächstes wählte er die Nummer des Kardinals.

»Gibt es irgendwelche Freunde, Bekannten, Nachbarn, bei denen Hanna untertauchen würde?«

»Alle, die sie von ihrer Kindheit kennt, halten sie für tot.«

»Vielleicht Ferienhäuser oder Schrebergärten, in die sie

sich Zutritt verschaffen könnte?«

»Ich denke darüber nach.«

Wie einfach es gewesen war, sie im Zeugenschutzprogramm zu finden, dachte Ben missgelaunt.

Am Mittwoch fuhr Ben noch einmal zu dem Wohnblock am Prenzlauer Berg. Er würde sein Glück bei Anna Lohmann versuchen, der Freundin von Marie, die ihr den Tipp mit der Eigentumswohnung gegeben hatte. Zwar wusste er nicht, ob sie zu Hause war, aber einen Versuch war es wert. Er sah wieder die Frau vom Vortag aus dem Haus kommen und zu einem Taxi vor der Tür gehen. Der Fahrer stieg aus und nahm ihr die Tasche ab. Er wollte auch ihren Rucksack nehmen, doch mit entschiedenem Kopfschütteln lehnte sie das ab.

Ben konnte nicht sagen, was es war – wie sie sich weigerte, den Rucksack abzugeben, oder ihre wortlose Art. Ihr Gesicht wurde von einer Sonnenbrille größtenteils verdeckt. Sie trug ein geblümtes Stofftuch um den Kopf gewunden im Haar, passend zum Kleid, genauso wie tags zuvor. All das passte nicht zu Hanna. Sein logischer Verstand kämpfte gegen seinen Instinkt. Dann folgte er seinem Bauchgefühl und rannte zu seinem Auto zurück.

Das Taxi fuhr zum Bahnhof. Ben stellte sein Auto ins Halteverbot und sah gerade noch, wie die Frau im Gebäude verschwand. Er sprintete ihr hinterher, konnte sie nicht finden. Fluchend rannte er zu den Schließfächern, wieder zurück, warf einen prüfenden Blick auf die Tafeln mit den Zeiten der abfahrenden Züge. Nicht weit von sich entfernt hörte er ein Kind weinen. Er wandte sich um und da sah er sie. Sie schob die Sonnenbrille aus dem Gesicht und hockte sich lächelnd vor das Kind mit dem kleinen blau karierten

Rucksack, das einen Hasen an sich gedrückt hielt. Es war ein Mädchen mit geflochtenen Zöpfen zu beiden Seiten. Ben hörte nicht, was die Frau zu dem Mädchen sagte, aber es hörte auf zu weinen. Die Frau strich dem Kind mit einem Papiertaschentuch die Tränen von der Wange, stand auf und reichte ihm die Hand. Vertrauensvoll legte sich die kleine Hand in die große. Ben folgte den beiden, als sie sich zu dem Informationsschalter der Bahn bewegten.

»Die Mutter von Karina Schubert wird gebeten, zum Informationsschalter zu kommen.« Die Durchsage ertönte zweimal. Eine Frau in Jeans und Turnschuhen mit einem Rollkoffer im Schlepptau hetzte zum Informationsschalter. Zuerst riss die Mutter ihre Tochter in die Arme, dann begann sie zu schimpfen.

Die Frau im geblümten Kleid lächelte dem Kind zu und sagte etwas zu der Mutter, woraufhin diese sich beruhigte und ihre Tochter noch einmal in die Arme nahm.

HANNA SAH Mutter und Tochter nach, wie sie gemeinsam zu den Gleisen gingen. Sie hatte die Angst im Gesicht der Tochter gesehen und die Angst im Gesicht der Mutter. Jetzt hatten sich beide wiedergefunden. Wie leicht sich manche Probleme lösen ließen. Sie seufzte und griff nach ihrem Rucksack. Zeit, sich in ein neues Outfit zu schwingen.

»Hallo Hanna«, flüsterte es dicht an ihrem Ohr.

Sein Geruch und das prickelnde Gefühl seiner Nähe verrieten ihr, wer hinter ihr stand. Unmöglich! Wie konnte er sie gefunden haben? Nicht umdrehen, einfach ignorieren. Sie ging einen Schritt nach vorn, aber er hielt sie am Arm fest. Die Sonnebrille ins Gesicht ziehend, wandte sie sich nur halb zu ihm um.

»He! Was fällt Ihnen ein?« Indem sie die Stimme ein paar Tonlagen nach oben schob, hoffte sie, dass sie fremd klang. Ein Grinsen schob sich in sein Gesicht, das keinerlei Unsicherheit ausstrahlte.

»Netter Versuch.«

Erbost drehte sie den Arm nach oben, versuchte sich aus seinem Griff zu befreien – mit dem Effekt, dass er noch fester wurde und Ben sie mehr zu sich hindrehte, sodass er ihr ins Gesicht sah.

»Hör auf. Du kannst später wütend sein und dich von mir aus abreagieren, aber erst mal möchte ich, dass wir aus der Menschenmenge kommen und du an einem sicheren Ort bist.«

»Einem sicheren Ort? Dass ich nicht lache.« Sie versuchte ein weiteres Mal, sich von seinem Griff zu lösen. Er trat dicht an sie heran, legte einen Arm um ihre Taille, sodass ihr Bewegungsspielraum weiter eingeschränkt war. Sie fing Blicke von Umstehenden auf, die sie neugierig betrachteten. Verdammt, sie wollte unsichtbar sein und nicht auf dem Präsentierteller stehen.

Er beugte sich vor, sodass es für die Beobachter aussah, als würde er sie auf den Hals küssen. »Wir können das hier auf die nette Art regeln oder auch auf andere. Egal wie – du kommst mit«, flüsterte er in ihr Ohr.

Hanna lief ein eiskalter Schauer über den Rücken. Das war nicht mehr der nette Ben aus Italien, den sie hier vor sich hatte. Vor ihr stand der Soldat Major Wahlstrom, entschlossen, das zu tun, was er für notwendig hielt. Sie hatte keine Ahnung, was er mit der anderen Art meinte, aber sie war nicht scharf darauf, es zu erfahren.

»Okay, dann lass mich los, und ich komme mit.«

»Zweiter netter Versuch.«

»*Ich* lüge nicht«, legte sie die Betonung auf das erste

Wort und sah ihn herausfordernd an. Seine nebelgrauen Augen waren kalt. Nach einer gefühlten Ewigkeit nickte er und ließ sie los. Dort, wo er sie umfasst gehalten hatte, würde sie mit Sicherheit einen blauen Fleck bekommen. Sein Körper sah angespannt aus, jeder Muskel bereit zu reagieren. Kurzfristig überlegte sie, wie weit sie käme, wenn sie lossprintete. Vielleicht hatte er sich von seiner Verletzung noch nicht so weit erholt, dass er in seine alte Form zurückgefunden hatte, wohingegen sie bestens trainiert war. Der Start beim Sprint war eine ihrer absoluten Spezialitäten. Sein Blick wollte sich durch die Sonnenbrille bohren, aber er konnte ihre Absicht durch die getönte Brille unmöglich lesen. In diesem Moment sah sie zwei Polizisten langsam auf sich zukommen. Das konnte sie nicht riskieren. Wäre sie einmal bei der Polizei, würden ihre Personalien erfasst, und dann säße sie definitiv dort fest, während Marie weiterhin in Gefahr schwebte. Mit Ben hingegen konnte sie im Zweifel fertigwerden. Sie kannte seine Schwachstellen.

»Wohin?«

Er zog ihr die Sonnenbrille vom Gesicht und betrachtete ihre haselnussbraunen Augen. »Zu den Schließfächern.«

Sie kniff die Augen zusammen.

»Deine Tasche. Irgendwo musst du sie doch deponiert haben.«

Er hatte sie also schon länger verfolgt. Natürlich, er war am Montag Marie auf den Fersen gewesen. Aber dennoch – wie war er darauf gekommen, dass sie sich in ihrer Nähe aufhielt? Wenn er Marie Montagnacht zu Annas Wohnung verfolgt hatte, hätte er dann nicht bereits gestern zugeschlagen? Die Polizisten waren nur noch ein paar Schritte entfernt. Mist! Sie strahlte Ben an, sah seine Irritation. Sein Körper war gespannt wie ein Bogen, bereit zu reagieren. Sie schloss die Distanz mit einem Schritt, legte ihm die Arme um den Hals und drückte sich an ihn. »Aber Schatz, das hättest du doch nicht zu tun brauchen. Ich wär doch auch ganz allein nach Hause gekommen.«

Seine Hände umfassten ihre Taille, wollten sie von sich schieben. Einer der Polizisten grinste. Hanna hoffte, dass sie Ben nicht zu küssen brauchte. Allerdings würde es das Misstrauen der Beamten wieder wecken, wenn er sie erfolgreich von sich wegschob. Sie vergrub ihre Nase in seinen Haaren nahe seinem Ohr. »Spiel mit, hinter uns steht die Polizei und beobachtet uns«, wisperte sie und hoffte, dass er sie trotz des umgebenden Lärms verstand.

Er legte seinen Arm um ihre Taille und seine Hand wanderte zu ihrer hinter seinen Nacken.

Dieser Blödmann!

Das Grinsen im Gesicht des Polizisten verschwand, und sein skeptischer Blick kehrte zurück. Sein Kollege rückte seine Kappe zurecht.

Bens Lippen wanderten durch ihre langen Haare, über ihren Hals, seine Hand strich ihren nackten Arm entlang. Der Effekt war erschreckend. Explosionsartig schoss Erregung durch ihre Adern. Ein Seufzen kam über ihre Lippen, und ihr Körper schmolz gegen seinen. Er zog sie enger an sich, drehte sie dabei halb über seine gesunde Seite, sodass er hinter sie sehen konnte.

Dann hielt er inne. »Oh, sorry! Wir sind doch nicht Ursache für die Erregung öffentlichen Ärgernisses?«

»Nein, nein«, hörte Hanna die Stimme des Polizisten, den sie jetzt nicht mehr sehen konnte. Was ihr auch im Moment so ziemlich egal war, da sie mit dem Entsetzen darüber kämpfte, dass er sie mit so einfachen Berührungen dermaßen in Aufruhr versetzen konnte. Sie versteifte sich, versuchte ihre Gefühle in den Griff zu bekommen. Ihre

Arme lösten sich von seinem Nacken, wodurch sie das Gleichgewicht verlor, da sie ihre Schräglage unterschätzt hatte. Zum Ausgleich setzte sie einen Fuß zurück.

»Hoppla!« Ben grinste sie frech an.

Böse funkelte sie zurück, und er warf ihr einen kurzen warnenden Blick zu, stabilisierte sie über ihre Taille und schob sie in Richtung der Schließfächer. Sie griff in ihre Haare, die sich durch die Aktion ein wenig verschoben hatten, und unterdrückte den Impuls, sich die Perücke zurechtzurücken.

»Die Nummer?«

»Eins-acht-vier-sechs.«

Zielsicher steuerte er die richtige Reihe an und löste seinen Arm von ihr.

»Du bist nicht das erste Mal hier«, stellte Hanna ernüchtert fest.

»Nein.«

»Seit wann –«

»Später, hier ist nicht der richtige Ort und Zeitpunkt zu diskutieren.«

Er blieb vor dem Schließfach stehen, streckte die Hand aus.

Sie reagierte nicht.

Seine Finger bewegten sich auffordernd. »Der Schlüssel.«

Das Gute an dieser Reihe von Schließfächern war, dass sie sich an einer schwer einsehbaren Ecke befanden. Hanna nutzte die Gelegenheit zu einem gezielten Tritt und Ellenbogenstoß, um Ben so weit außer Gefecht zu setzen, dass ihr der Vorsprung reichte, sich ein Taxi zu schnappen. Dummerweise kannte er sie und ihre Kampftechnik aus ihren unerfreulichen Begegnungen im letzten Jahr zu gut. Er wehrte den Tritt ab und nutzte ihren Schwung zur

Drehung aus, um sie mit ihrer Vorderseite an die Schließfächer zu pressen. Dabei ging er nicht zimperlich vor. Ihre Wange knallte hart gegen eins der Schlösser an den oberen Fächern. Von dem Schmerz schossen ihr Tränen in die Augen. Sein Körper presste sie an das Metall und nahm ihr alle Bewegungsfreiheit. Sein Bein blockierte zwischen ihren Oberschenkeln jede weitere Aktion ihrerseits.

»Schlüssel!«

»Im Rucksack.«

Er löste sich nur so weit von ihr, dass sie die Träger des Rucksacks von ihren Schultern schieben konnte. Wenn sie genügend Schwung nahm ... Seine Finger gruben sich in ihren Arm. »Versuch es nicht. Wenn du einfach nur machst, was ich dir sage, ersparen wir uns viel Ärger. Weißt du, es ist zwar nicht so, dass ich mich mit der Polizei rumschlagen möchte. Aber glaub mir, ob die dich in Handschellen mitnehmen und ich hinterherkomme oder ob wir hier zusammen rausgehen, ist mir schnurzpiepegal.«

Ihre Finger zitterten leicht, als sie den Reißverschluss des kleinen Seitenfachs am Rucksack öffnete. Er nahm ihr den Schlüssel ab und zog sie von den Fächern zurück, ohne seinen Griff an ihrem Arm zu lockern. Die Tasche auf der eine Seite schulternd, schob er sie Richtung Ausgang zu den Taxiständen. Widerstandslos akzeptierte sie die Rumschubserei – für den Augenblick. Ihr Arm fühlte sich taub an. Seine Bereitschaft zur Gewalt drang ihm förmlich aus den Poren, und sie entschied sich, ihm Zeit zu geben, bis er sich wieder unter Kontrolle hatte.

BEN WUSSTE NICHT, weshalb Hanna ihn so wütend machte. Wenn er sie weiter so hart anfasste, brach er ihr womöglich noch den Arm. Warum konnte sie auch nicht einfach tun, was er ihr sagte? Hatte er ihr nicht genügend Spielraum gegeben, es auf einvernehmliche Art zu lösen? Aber nein, sie musste jede Gelegenheit nutzen, ihm davonzulaufen. Ging es nicht in ihren Kopf, dass sie es mit einem Profi zu tun hatte? Einem, der sie mit einem einzigen Fingerschnippen ausschalten konnte, wenn er sich dazu genötigt sah? Hatte sie nichts aus ihren letzten handfesten Auseinandersetzungen gelernt? – Nein, weil du sie immer mit Samthandschuhen angefasst hast, schalt er sich selbst. Mit einem Blick sah er, dass sein Wagen im Halteverbotsbereich fehlte. Verfluchter Mist! Von seinem Richtungswechsel überrascht, stolperte Hanna, fing sich aber wieder. Er sah, dass sie die Lippen zusammenpresste und einen Schmerzlaut unterdrückte. Vorsichtig lockerte er seinen Griff, blieb aber dicht bei ihr, falls sie erneut irgendeinen Blödsinn versuchen sollte. Schade, dass Handschellen nicht zu seiner Ausrüstung zählten.

Der erste Taxifahrer in der Reihe sah sie auf sich zukommen und öffnete den Kofferraum. Tasche und Rucksack landeten darin. Ben zog die hintere Tür auf, drückte Hanna hinein und folgte ihr direkt. Erst im Taxi ließ er sie los, als er den Blick des Fahrers bemerkte. Mit einem freundlichen Lächeln versuchte er, das Unbehagen des Mannes zu zerstreuen.

»Werderscher Damm 21 bis 29, Potsdam.«

»Zur Kaserne?«

Sein Blick wanderte zu Hanna, die mit stur abgewandtem Gesicht aus dem Seitenfenster sah. Sie rieb sich den Arm, wo er sie gepackt gehalten hatte. »Ja.«

Das Fahrzeug setzte sich in Bewegung, fädelte sich in den Verkehr ein. Mit einigen tiefen Atemzügen bekam Ben seine Anspannung in den Griff. Er hatte sie. Hanna saß neben ihm, und er würde sie nicht mehr aus den Augen lassen, bis sie – ja, bis wann? Er runzelte die Stirn und legte seine Hand nah genug bei ihr ab, um im Zweifelsfall zupacken zu können, sollte sie versuchen, an einer Ampel zu flüchten. Doch die Fahrt verlief ohne Zwischenfälle. Der Fahrer entspannte sich im Small Talk mit Ben. Die ganze Zeit über kam keine Silbe von Hanna. Aus ihrer abgewandten Miene konnte er nichts lesen.

Sie hielten vor der Kaserne. Als Hanna nach dem Türgriff langte, stoppte Ben sie. »Du steigst auf meiner Seite aus«, lautete sein knapper Befehl, den sie zu seinem Erstaunen befolgte.

Der Taxifahrer half ihm beim Entladen des Kofferraums. Mit beiden Gepäckstücken in der Hand bezahlte Ben und verzichtete auf eine Quittung. Lieber die Fahrt aus eigener Tasche bezahlen, als Hanna länger als nötig aus den Augen zu lassen. Bevor er sie am Arm greifen konnte, ging sie auf das Tor mit dem Wachhäuschen zu.

Noch immer tat Hanna der Arm weh. Sie musterte die Kaserne mit dem Zaun, sah die Kameras und resignierte innerlich. Das sah nicht vielversprechend aus. Ben holte eine Karte hervor, die der Soldat an der Pforte durch einen Scanner zog. Seine Waffen zeigten ihr allzu deutlich, dass sie sich auf militärischem Gelände befand. Der Mann fragte nicht mal nach ihr, schaute nur neugierig, nachdem er vor Ben salutiert hatte. Auch diesmal beeilte Hanna sich vorwärtszugehen, bevor sie wieder gepackt wurde. Sie betraten das Gebäude.

Sie wandte sich ihm zu, sah ihm das erste Mal seit der Taxifahrt direkt ins Gesicht, fragend.

»Zum Aufzug.« Er deutete mit der Hand nach rechts, drückte das Zeichen für abwärts. In Hannas Magen bildete sich ein Knoten. Die Tatsache, dass sie nicht zum BKA gefahren waren, sondern stattdessen zu einer Kaserne, hatte bereits ein mulmiges Gefühl in ihr verursacht. Bei der Vorstellung, sich unter die Erdoberfläche zu begeben, sträubte sich innerlich alles in ihr. »Können wir reden?«

»Das werden wir, verlass dich drauf.«

»Irgendwo anders?«

Mit einem sanften »Pling« schoben sich die Aufzugtüren auseinander.

Ein Funkeln erschien in seiner Iris, gleichzeitig versperrte er ihr den Weg zum Ausgang des Gebäudes. »Nein.«

Ihr Herzschlag beschleunigte sich, Schweiß trat auf ihre Stirn, sie biss sich auf die Unterlippe. Seine Haltung veränderte sich. Seine Schultern waren angespannt, genauso die Arme, die Knie leicht gebeugt.

»Geh«, befahl er knapp. Als sie keine Anstalten machte, sich zu bewegen, trat er drohend auf sie zu. Hanna wich zurück, prallte gegen die Aufzugtüren, die sich wieder geschlossen hatten. Mit einem Kopfschütteln drückte er auf den Aufzugknopf. »Was ist? Meinst du, wir haben da unten eine Folterkammer?«

Es würde sie nicht im geringsten wundern. »Was willst du überhaupt von mir?«

Ohne Antwort schubste er sie in den Aufzug, drückte auf einen Knopf, gab einen Zahlencode ein und zog seine Karte durch einen Schlitz. Das war zu viel. Mit einem Satz versuchte sie sich herauszukatapultieren, während die Aufzugtüren sich schlossen. Es misslang. Ihre Tasche flog ihr nach, traf sie am Oberkörper und warf sie um. Sie landete auf ihrem Hintern, knallte mit der Schulter an die Wand und stieß sich zu allem Überfluss noch den Ellenbogen am

Musikknochen, sodass ihr eine schmerzhafte Vibration durch den Arm schoss. Der Aufzug setzte sich in Bewegung. Er stellte sich vor sie und reichte ihr die Hand. Statt sie anzunehmen, schob Hanna sich mit den Beinen in die Ecke und verschränkte die Arme. Sollte er doch zusehen, wie er sie hier rausbekam. Sie würde sich keinen Millimeter bewegen.

Die Fahrt endete. Mit dem Fuß schob er ihre Tasche als Barriere in die Tür, schwang sich Ihren Rucksack auf den Rücken. »Ich an deiner Stelle würde freiwillig rausgehen.«

»Du hast mir meine Frage nicht beantwortet!«

»Dir helfen, falls du das endlich mal in deinen verdammten, verfluchten, sturen Dickschädel reinbekommst.«

Sie rappelte sich auf und ging an ihm vorbei in den Flur. Die Aufzugtür schloss sich und sie standen sich im Flur gegenüber. An dem Paneel hier unten konnte der Fahrstuhl nur über einen Zahlencode und eine Karte bedient werden. Na Klasse, das war ja wie in einem Gefängnis! Sollte das seine Hilfe sein? Sie verschränkte die Arme vor der Brust.

»Gibt es hier unten eine Toilette?«

»Ja, den Gang runter, dann links, wieder links, die erste Tür.«

Sie streckte den Arm aus. »Meinen Rucksack.«

Er schob die Hände in die Jackentaschen. Hatten sie das alles nicht schon einmal gehabt?

»Ich brauche meinen Rucksack.«

»Weshalb?«

»Weil ich eine Frau bin!«, fauchte sie ihn an.

Er nahm den Rucksack von seiner Schulter und öffnete jeden einzelnen Reißverschluss und auch jedes Täschchen im Innern. Erst dann reichte er ihn ihr.

»Was denkst du? Dass ich Plastiksprengstoff da drin

habe?«

»Vorsicht ist besser als Nachsicht.«

Sie schnappte den Rucksack aus seinen Händen.

»Du hast exakt fünf Minuten, von dieser Sekunde ab, bevor ich nachkomme und dich da raushole, verstanden?«

Es piepste. Fassungslos sah sie über die Schulter zurück. Er hatte tatsächlich einige Knöpfe auf seiner Uhr betätigt.

»Vier Minuten, zweiundfünfzig Sekunden. Deine Zeit läuft. Ich an deiner Stelle würde mich beeilen.«

Als Antwort bot sie ihm ihren erhobenen Mittelfinger, schritt dann aber zügig aus. Sie wollte die Perücke loswerden, ihre eigenen Klamotten anziehen, die sie im Rucksack deponiert hatte, und auf die Toilette gehen. Außerdem musste sie durchatmen, Abstand gewinnen, damit sich ihre Gehirnzellen erholten, die sich anscheinend in seiner Gegenwart selbstständig ausgeschaltet hatten.

Sie hatte sich gerade die Schminke aus dem Gesicht entfernt und die Hände gewaschen, als die Tür aufging.

»Die Zeit ist abgelaufen.«

»Fertig.« Sie bemerkte sehr wohl seinen Blick und verkniff sich ein zufriedenes Lächeln. Ja, sie war wieder Hanna.

DER RAUM, in den er sie brachte, sah erstaunlich freundlich aus dafür, dass er sich in einer Kaserne im Erdreich befand, ohne ein Fenster. Er beherbergte einen ovalen Tisch und lederbezogene Schwingsessel. Ein Beamer hing unter der Decke, und ein elektronisches Board gab es auch. Ein grauer, pflegeleichter Teppich bedeckte den Boden, indirekte Beleuchtung an den Wänden erzeugte ein warmes Licht. Die Luft war frisch und wohltemperiert. An

der Wand hingen eingerahmte Landkarten von verschiedenen Ländern. An einer Wand gab es ein Sideboard und
einen Kühlschrank. Außer ihnen war niemand da.

Sie sah ihre Tasche neben dem Kühlschrank. Obwohl
sie sich Zeit ließ, den Raum ausgiebig zu mustern,
entdeckte Hanna keine Kameras.

Ihrem Gastgeber entging ihre Suche nicht. »Das hier ist
ein Besprechungsraum, er dient nicht für Verhöre. Möchtest du etwas trinken?«

»Eine Apfelsaftschorle?«

Er brachte ein Glas, eine Apfelschorle und eine Cola.
Die Anspannung war aus seiner Haltung gewichen. Er
setzte sich auf einen der Stühle, streckte entspannt die
Beine aus und lehnte sich zurück, während er sich die
Colaflasche an den Mund setzte und die Hälfte in einem
Zug trank. Hanna nahm sich das Glas, die Flasche Apfelsaftschorle und ging auf die andere Seite des Tisches. Auch
wenn sie so weiter von der Tür entfernt war, fühlte sie sich
mit einem Tisch zwischen ihnen beiden sicherer.

BEN BEOBACHTETE HANNA, als sie sich auf der anderen
Seite des Tisches hinsetzte. Sie im Toilettenvorraum zu
sehen, hatte ihn für einen kurzen Augenblick aus der Bahn
geworfen. Auch jetzt noch hing er an diesen unglaublich
blauen Augen. Sie hatte das blaue T-Shirt und die Jeans aus
dem Rucksack angezogen, die Jeansjacke, die sie über dem
Kleid getragen hatte, darüber. Die Perücke hatte sie abgenommen. Ihre Haare, die bis kurz über die Schulter reichten, kringelten sich vorwitzig an ihrem Hals. Sie hatte sie an
beiden Seiten hinter die Ohren gesteckt. Seit sie sich in die
echte Hanna zurückverwandelt hatte, wirkte sie erstaunlich
ruhig und gelassen, anders als die wütende Frau am

Bahnhof oder die ängstliche, trotzige im Fahrstuhl. Auch Ben fühlte, wie seine Gelassenheit und Professionalität zurückkehrten. Hier befanden sie sich auf seinem Territorium. Sein Auftrag war erledigt, sein Fauxpas in Ordnung gebracht, Hanna in Sicherheit. Statt der von seinem Oberst zur Verfügung gestellten sechs Tage hatten ihm drei Tage gereicht. Ja, er hatte allen Grund, mit sich und der Welt zufrieden zu sein. Er nahm sein Handy, tippte den Code ein, rief seine Kontakt-App auf und wählte daraus die Nummer des Kardinals. Er musste sich über den Tisch recken, um Hanna das Handy zu reichen. Sie sah darauf, sah dann ihn an.

»Du solltest deinen Onkel anrufen. Er hat sich ziemliche Sorgen gemacht, als du nicht wie vereinbart am Hauptbahnhof angekommen bist.«

»Meinen Onkel?«

Wachsamkeit war ihrer ganzen Haltung zu entnehmen. Es ging um die Frage: Wer besaß welche Informationen, und was gab der andere preis. Wenn sie glaubte, sie könnte ihn auf seinem Gebiet schlagen, hatte sie sich gewaltig getäuscht.

»Kardinal Richard Voigt. Wir haben zusammen zu Abend gegessen. Eine wunderschöne Villa, die er da in Rom besitzt. Ich wusste nicht, dass ein Kardinal so viel Geld verdient.«

»Alter Familienbesitz.« Sie nahm sein Handy entgegen, betrachtete es, schielte ihn unter ihren langen Wimpern an. »Was muss ich tun?«

»Einfach mit dem Finger auf die Nummer tippen, und wie du telefonierst, brauche ich dir sicherlich nicht zu erklären.«

Ihr Zeigefinger berührte das Display. Sie wandte sich

halb ab, starrte auf das elektronische Board. »Hi, Onkel Richard, ich bins.«

Das Gespräch würde für seine Ohren recht einsilbig sein. Da er die Gegenseite aufnahm, machte das nichts. Er würde es sich in Ruhe später anhören.

»Gut. – Hmh. – Nein. – Ich musste was klären. – Nein. – Ja. – Nein. – Mach ich.« Sie reichte ihm das Handy zurück.

»Und? Hat er sich gefreut, von dir zu hören?«

»Ja.«

Er drückte die Taste für den Displayschutz und ließ das Handy in seiner Hosentasche verschwinden.

Hanna schraubte den Verschluss ihrer Flasche auf, schüttete sich das Glas voll und trank ein paar Schlucke. Das Glas setzte sie in horizontaler Linie mit der Flasche vor sich ab, einer Linie zwischen ihm und ihr. Sie legte ihre Unterarme auf dem Tisch ab, faltete die Hände. Ihre Schultern straff nach hinten gezogen, richtete sie ihre Aufmerksamkeit konzentriert auf ihn. Er änderte seine Haltung nicht. Blieb genauso entspannt wie zuvor, trank noch einen Schluck von seiner Cola und spielte mit der Flasche, während er sie weiterhin beobachtete. Die Minuten verstrichen ohne einen Laut. Schließlich gab sie auf, und Ben verzeichnete einen weiteren Pluspunkt auf seinem Konto.

»Und?«

»Und was?«

»Reden?«

»Nein.«

»Nein?« Irritiert sah sie ihn an.

»Wir warten noch.«

»Worauf?«

Er grinste. »Keine Sorge, das wirst du sehen.«

»Ich habe nicht ewig Zeit.«

»Nicht ewig, aber auf jeden Fall genug.«

Sie runzelte die Stirn, kniff die Augen zusammen, fixierte ihn.

Er durfte nicht vorhersehbar für sie sein. Während sie warteten, war dies eine gute Gelegenheit, ihre Verunsicherung zu steigern. Nach einer Weile stand sie auf, ging die Wände entlang und betrachtete die Karten. Nachdem sie die letzte studiert hatte, wandte sie sich ihm wieder zu. »Einsatzgebiete?«

»Länder.«

»Ach nein«, erwiderte sie spöttisch, gab sich aber geschlagen und ging zurück zu ihrem Platz.

Er registrierte, wie schnell sie merkte, wann es unsinnig war weiterzufragen. Sie bohrte nicht, behielt die Ruhe und akzeptierte seine Verschlossenheit. Manch einer würde irgendwann mit einem Selbstgespräch anfangen, erzählen, ohne dass man ihn etwas zu fragen brauchte, einfach weil diese Menschen die Stille und Einsilbigkeit nicht ertrugen. Er schätzte, dass Hanna ihm diesen Gefallen nicht tun würde. Er stand auf, holte sich eine weitere Flasche, hob fragend eine Apfelsaftschorle hoch. Sie schüttelte den Kopf.

Hanna verstand, was Ben mit seinem Verhalten beabsichtigte. Er wollte sie verunsichern, ihre Aufmerksamkeit verringern, sie zermürben. Es ärgerte sie, dass es ihm bis zu einem gewissen Grad sogar gelang, aber nur, weil der USB-Stick in ihrer Jeansjacke brannte. Sie wusste nicht, wie sie das alles angehen sollte. Er hatte sie aus dem Konzept gebracht mit seiner Aktion. Lange hatte sie gezögert, den USB-Stick in ihren Rechner zu stecken. Zu lebhaft war ihr in Erinnerung, wie sie sich damals bei so einer Aktion den

Trojaner zugezogen hatte. Sie wusste nicht mehr, wer ihr bester Freund war. Ob sie Viktor trauen konnte oder nicht. Sie hatte gedacht, dass sie ihn kannte. Dass sie alles von ihm wusste. Irrtum. Was hatte er mit der Lebensversicherung gemeint? Dass er damit rechnete, dass sie den Stick der Polizei übergeben und diese IT-Security Task-Force das System des BKA knacken würde? In das Netzwerk eindringen? Abrufen, was sie an Informationen gesammelt hatten, oder es sogar löschen? Oder das Gegenteil? Beinhaltete der Stick Informationen über die FoEI? Etwas, das der Polizei, dem BKA oder welcher Behörde auch immer helfen würde, die Organisation in die Luft gehen zu lassen? Womöglich die Daten der Forschungsstation in Afrika?

Dieser Gedanke hatte sie schließlich den USB-Stick in den Port ihres Laptops schieben lassen. – Keine ausführbaren Programme. Wenn sie versuchte, ein File zu öffnen, kam die Frage, mit welcher Software. Der Versuch, es mit einem Editor zu öffnen, hatte eine unlesbare Flut von Zeichen auf ihrem Bildschirm vorbeisausen lassen. Was er mit dem USB-Stick beabsichtigte, hatte sich dadurch nicht geklärt. Weshalb gab er ihr etwas, womit sie nichts anfangen konnte? Schließlich hatte sie ihren E-Mail-Account am Morgen geprüft. Eine E-Mail von Viktor war dabei gewesen, natürlich mit einem geänderten Nicknamen, den sie aber ohne Probleme mit ihm in Verbindung bringen konnte: Spock, der Vulkanier und erste Offizier von Raumschiff Enterprise aus der ersten Serie. »Mein lieber Paul – lebe lang und glücklich«, das war der einzige Text, und im Anhang war ein Bild von einem USB-Stick. Es dauerte nicht lange, bis Hanna den Namen auf Paul Gerlach bezog, den Computerspezialisten des BKA, der laut Nina die Software des Trojaners entwickelt hatte.

Also hatte sie nach langem inneren Kampf entschieden,

sich an den Menschen zu wenden, dem sie noch am ehesten vertraute, der ihr vielleicht den Kontakt zu diesem Mann herstellen konnte: Ben. Letztlich hatte er ihr den Trojaner untergejubelt, was nicht unbedingt hieß, dass er Paul kannte, aber es war ein vertretbares Risiko. Sie wusste, dass sie ihm dafür etwas geben musste: Informationen. Welche Informationen sie ihm gab, darüber hatte sie in Ruhe nachdenken wollen, um ihn danach über Lisa zu kontaktieren. Der nächste Schritt wäre es gewesen, mit ihm einen Treffpunkt zu vereinbaren, der ihr sicher erschien.

Dass er ihr bereits im Nacken saß, damit hatte sie nicht gerechnet. Was wusste er? Was hatte ihm ihr Onkel erzählt? Und noch viel wichtiger: Welche Absicht steckte hinter dieser Aktion? Sie zu schützen? Hatte sie ein Gesetz übertreten, weil sie sich aus dem Zeugenschutzprogramm verabschiedet hatte? Nein, niemand konnte ihr vorwerfen, dass sie untergetaucht war, nachdem ihre Tarnung aufgeflogen war. Das war seine Schuld, definitiv nicht ihre. Sie betrachtete Ben, der ihr mit einer zweiten Cola gegenübersaß. Die Beine weit von sich gestreckt, nippte er diesmal nur an der Flasche. Vielleicht sollte sie doch den ersten Schritt tun, egal ob es ein Spiel war oder nicht. Solange sie im Auge behielt, worum es ihr ging, und das außen vor ließ, was ihn nichts anging, spielt es keine Rolle. Es gab noch eine andere Frage, die sie beschäftigte. Wie viel Verhandlungsspielraum hatte sie?

Ein tiefer Atemzug zeigte ihr, dass ihr innerer Konflikt sich in ihrer Haltung nach außen spiegelte. Verärgert über sich selbst fuhr sie sich mit der Hand über die Haare. Ein weiterer Fehler. Sie sah es ihrem Gegenüber an, obwohl sein Gesicht die Ruhe selbst zu sein schien. Als könnte er in dieser dämlichen, verflixten Haltung tagelang ausharren. Ach verflucht, welcher normale Mensch würde sich überhaupt dieses eklige, überzuckerte, koffeinhaltige Getränk reinziehen und dabei so entspannt aussehen, während er in Wahrheit kaum erwarten konnte, dass sie anfing zu reden? Verdammt, sie hatte sich auf keine Spiele mehr einlassen wollen, deren Regeln sie nicht selber bestimmte. Sie holte Luft, und ihr Blick glitt zu dem Mann, der lautlos in der Tür aufgetaucht war.

Ihrem Blick folgend, drehte sich Ben in seinem Stuhl um und sprang auf. Obwohl Ben keine Uniform trug, straffte er sich merklich, seine Hand ging zum Gruß zackig an den Kopf, was von dem eintretenden Oberst Hartmann, der in voller Uniform war, erwidert wurde.

Etwas fassungslos schüttelte Hanna den Kopf. Sie würde dieses militärische Gehabe nie verstehen. Bisher hatte ihr Hartmann nur in ziviler Kleidung gegenübergestanden. Sie fand es interessant, wie sich sein gesamtes Äußeres, seine Aura durch die Uniform veränderte. Er wirkte auf sie bedrohlicher, fremd, und strahlte Autorität aus. Auf sein knappes Handzeichen hin löste sich Ben aus seiner Haltung und setzte sich zurück auf seinen Stuhl, diesmal nicht in seiner lässigen Manier.

Der Oberst nahm neben ihm Platz. Aufmerksam betrachtete er Hanna und ließ sich dabei Zeit. »Hallo Johanna.«

»Oberst Hartmann.«

»Du hast uns die letzten Tage auf Trab gehalten.«

»Warum? Sind Ihnen die Optionen ausgegangen?«

Hartmann lehnte sich in seinem Stuhl zurück, ein schräges Lächeln auf den Lippen. »Optionen?«

»Lassen Sie mich mal überlegen. Armin ist auf freien Fuß, Lukas Benner tot. Weshalb wollten Sie, dass ich aussage? Gerechtigkeit?«

»Armin Ziegler ist auf freiem Fuß, weil sein Anwalt

geschickt das Bild einer bösen Stieftochter manifestierte und ihn als Opfer darstellte. Das wäre ihm nicht gelungen, hätte ein sechzehnjähriges Mädchen mit bandagierten Handgelenken und geschwollenem Gesicht im Zeugenstuhl gesessen«, erwiderte er scharf.

»Nein, aber dann würde dieses Mädchen Ihnen hier auch nicht als Frau gegenübersitzen.«

»Wir hätten dich beschützt.«

»Wie Lukas?«

»Lukas Benner war nicht besser als Armin.«

»Sie machen Unterschiede beim Schutz?«

»Nein. – Ja. Lukas saß im Knast, da ist es schwieriger.«

»Sie haben einem Verbrecher einen Deal angeboten.«

»Manchmal müssen wir kleine Fische opfern, um die großen zu bekommen.«

»Bin ich ein kleiner?«

BEN VERFOLGTE das Gespräch mit wachsendem Interesse. Er kannte seinen Vorgesetzten so viele Jahre, aber er hatte noch nie erlebt, dass jemand ihn so schnell verbal in die Ecke drängte. Fasziniert sah er, dass Hartmann dieselbe Erkenntnis kam. Er schwieg, betrachtete intensiv seine Finger. Er wollte tatsächlich Zeit schinden. Dabei hatte Ben Hanna bereits so weit gehabt, dass sie aktiv das Gespräch begonnen hätte. Wie hatte der Oberst es geschafft, diesen psychologischen Vorteil von jetzt auf gleich zu verspielen?

»Die Kinder waren HIV-negativ«, lenkte Ben das Gespräch brutal in eine andere Richtung und stellte zufrieden fest, dass er Hanna damit vollkommen unvorbereitet traf.

Sie blinzelte, wandte sich ihm zu. Weiße Stellen traten

an ihren Fingerknöcheln hervor.

Er ließ ihr keine Gelegenheit, sich eine Strategie zu überlegen. »Und du wusstest das. Darum hast du im Netzwerk der Firma Medicare Hinweise gesucht über – hm – lass mich überlegen, wie ich es formuliere ...«

Er machte eine Pause. Nicht zu lange, aber er wollte, dass sie die nächsten Worte genau wahrnahm. Er wartete, beobachtete ihren inneren Kampf, während sie die Augen schloss. Ihr Kiefer war angespannt, und ihre verschränkten Finger hatten sich zusammengekrampft.

»... eine pharmazeutische Versuchsstation für die kosteneffektive Entwicklung eines neuen Medikaments. Ein Projekt deiner Schwester. Ein Menschenleben in Afrika ist ja nichts wert, nicht wahr? Auch nicht das eines kleinen Mädchens, wie hieß es doch gleich? Ifeschi? Illegal verscharrt in dem Garten bei der Hütte, weil die standardmäßig durchzuführende Obduktion des Leichnams verhindert werden sollte.«

Hanna sprang auf, dass der Stuhl auf den Boden krachte. Sie versuchte die Tränen wegzublinzeln, wollte ihm wütende Worte entgegenschleudern.

Doch er sah, dass ihr genau diese Worte fehlten. Er hatte ihre Mauern durchbrochen, weil er wusste, was für ein verletzlicher Mensch darunter steckte. Kinder – sie liebte Kinder. Das Bild vom Bahnhof schob sich in seinen Kopf, wie sie sich auf eine Höhe mit dem Kind gehockt hatte. Die kleine Hand hatte sich vertrauensvoll in ihre gelegt. Die Bilder in seinem Kopf wechselten zu einem ernsten afrikanischen Jungen, den Hanna vor so langer Zeit fotografiert hatte, mit dem sie losgezogen war, um Fotos zu machen. Dem sie erlaubt hatte, sie zu fotografieren. – Ein Versuchsobjekt in den Experimenten ihrer Schwester.

Sie wich seinem Blick aus, drehte sich zur Wand, legte

den Kopf in den Nacken, verzweifelt bemüht, die Fassung zu wahren.

»Zum Glück für Marie waren da noch andere, die die Menschen in dem afrikanischen Dorf für ihre Experimente benutzten. Sie machte sich nicht allein Gedanken darüber, wie sich die Gewinnspanne optimieren lässt. Nein, ihr Mann Lukas machte fast dasselbe, indem er den Wirkstoff für die Therapiemittel herabsetzte. Was für ein nettes Ehepärchen.«

»So war es nicht«, unterbrach sie mit tränenerstickter Stimme Bens Redefluss.

»Wie war es denn?«

Diese kalte, gnadenlose Stimme, die Beschränkung auf schwarz und weiß. Er brachte die Welt in ihrer Komplexität in eine Formel, die sich einfach ausrechnen ließ, und war selbst nicht in der Lage, zu seinen eigenen Gefühlen zu stehen. Sie wischte sich mit einer wütenden Handbewegung die Tränen aus dem Gesicht. Obwohl er seine Beine nicht mehr lässig von sich weg streckte, sondern in aufrechter Haltung, die verschränkten Unterarme auf den Tisch gestützt, auf seinem Stuhl saß, wirkte er unglaublich ruhig, geradezu emotionslos. Er zählte Fakten auf, und das Schlimmste daran war, dass er nicht log, noch nicht mal die Fakten verdrehte. Nein, er stellte eine Möglichkeit dar, die Tatsachen zu betrachten und zu bewerten. Schlimmer noch, es war nicht mal die falsche, wenn – ja, wenn es nicht um Marie ginge. »Du machst natürlich keine Fehler in deinem Leben, nicht wahr?«

Er hatte ihres Wissens mindestens zwei Fehler gemacht. Sie erinnerte sich an seine fehlende Objektivität damals und an den Besuch in Rom, als seinetwegen ihre Tarnung aufgeflogen war. Sie wollte ihn treffen, so wie er sie mit jedem seiner Worte getroffen hatte.

»Doch, sogar sehr viele«, gab er ruhig zu.

Damit hatte sie nicht gerechnet. Es nahm ihr den Wind aus den Segeln.

»Hanna«, sprach er sanft ihren Namen aus, »jedes Verbrechen hat einen in sich logischen, vernünftigen Grund für den Menschen, der es verübt. Lassen wir mal die psychisch kranken Menschen außen vor. Deshalb schaffen es Anwälte immer wieder, Verbrecher im Rahmen des Rechtssystems mit anderen Strafen zu belegen, als ich es mir persönlich wünschen würde. Aber das ändert nichts an der Tatsache, dass sie gegen die Moral, die Gesetze ...«, er haderte kurz mit sich, bevor er fortfuhr, »... die Zehn Gebote verstoßen.«

Hanna ließ sich auf den Stuhl fallen, legte den Kopf auf die Knie und die Hände auf die Ohren, als könnte sie so seine Stimme aus ihren Gedanken drängen. Oh Gott, er traf ihr mit jedem Wort ins Herz.

Ben wollte weiterreden, doch der Oberst legte ihm die Hand auf den Unterarm und drückte ihn leicht. »Es reicht.«

Was dachte Oberst Hartmann? Dass es ihm Spaß machte, Hanna so leiden zu sehen? War es nicht sein Job, alles aus ihr herauszukitzeln, was sie wusste? Solange Hanna Marie schützte, konnten sie nicht hinter die Dinge sehen. Sie brauchten ein klares Bild, mussten wissen, welche Zusammenhänge bestanden, inwieweit Marie ein Teil der Organisation war oder einen Ansatz bot, das System zu knacken. Weshalb hatte Wolff für sie Personenschutz organisiert? Um sie zu beschützen oder um sie zu überwachen? Und wenn es ein Heilmittel für HIV gab, dann war es ein verdammtes weiteres Verbrechen, es nicht der Allgemeinheit zur Verfügung zu stellen, nachdem diese Frau so viele moralische Regeln übertreten hatte.

»Nein. Er hat recht.« Hanna setzte sich auf, holte aus ihrem Rucksack ein Papiertaschentuch und schnäuzte sich. »Marie hat gegen alle Regeln verstoßen.«

Die Männer schwiegen, ließen ihr Zeit, sich zu sammeln. Langsam und mit Pausen erzählte sie alles, was sie damals herausgefunden hatte, gab ihr Wissen und ihre Erkenntnisse aus der Recherchearbeit preis. Die Erklärungen ihrer Schwester nannte sie ohne eine Wertung.

Jedes Verbrechen hat seinen logischen und vernünftigen Grund. Bitterer Geschmack machte sich in ihrem Mund breit. *Vergebung,* flüsterte die Stimme ihres Vaters in ihrem Kopf. *Jeden Tag entscheiden wir uns aufs Neue. Was zählt, ist das Heute. Hilf ihr, den richtigen Weg zu wählen. Du bist das Licht in ihrer Dunkelheit.*

»Du hast dich mit deiner Schwester getroffen?«, fragte Ben, als sie geendet hatte.

Durstig griff Hanna nach dem Wasser, das Ben ihr brachte. Sie machte nicht gern so viele Worte. Es zehrte an ihren Kräften, aber sie wusste, noch war es nicht vorbei.

»Ja.«

»Was weißt du über Konstantin Wolff?«, hakte der Oberst nach.

»Nur, was mein Onkel mir erzählt hat.«

»Hast du ihn schon mal getroffen?«

Sie schüttelte den Kopf.

»Weshalb ist er hinter dir her?«

Hanna hob den Kopf, fixierte Ben nachdenklich, der die letzte Frage gestellt hatte. »Ist er das?«

Ein hastiger nonverbaler Austausch zwischen den beiden Männern.

»Wie meinst du das?« Fragen mit Gegenfragen beantworten – das alte Spiel. Ben beherrschte es bis zur Perfektion.

»Sag du es mir.«

»Du weißt etwas darüber.«

»Nein.«

»Wolffs Männer haben versucht, dich zu schnappen, nicht mich.«

»Ach ja.« Mit der Kinnspitze machte sie eine Bewegung zu seiner verletzten Seite hin.

Sofort änderte sich seine Haltung. Seine Miene wandelte sich in eine steinerne Maske. Er beugte sich vor, und Hanna war froh über den Tisch zwischen ihnen. »Hat Marie sich dazu geäußert?«

»Nein.«

»Wer dann?«

»Mein Onkel meinte, dass Wolff euch mit mir eine Falle stellen wollte. Seine letzte hast du ja überlebt.«

»Mit dir?«, mischte sich der Oberst verblüfft ein. »Weshalb mit dir?«

»Keine Ahnung. Fragen Sie meinen Onkel. Sie stehen ja offensichtlich in Kontakt mit ihm.«

»Du lenkst ab«, unterbrach Ben. »Was meinst du mit deinem Hinweis auf meine Verletzung? Was weißt du darüber?«

»Nichts.«

»Hanna!«

»Denk nach.«

»Das habe ich, und glaub mir, nicht nur einmal.« Ben umrundete den Tisch, setzte sich vor ihr halb auf die Platte.

»Major Wahlstrom!«, peitschte es scharf durch den Raum, doch in Bens Gesichtsausdruck zeigte sich keinerlei Auswirkung. Er legte die rechte Hand auf ihre Stuhllehne.

Sie funkelte ihn böse an. »Ich kann das nicht erklären!«

»Versuchs.«

Sie schloss die Augen, schüttelte leicht den Kopf, als

sich die Bilder des Traums in ihre Gedanken schlichen: lauernde Männer, der Angriff auf Ben von einer völlig anderen Seite, als er es erwartet hatte, die Messerattacke, anstatt ihm einfach eine Kugel in den Kopf zu jagen. Warum setzte er das nicht in einen Zusammenhang? War er der Profi oder sie? Sie öffnete die Augen. »Warum verwendet jemand ein Messer, anstatt dir eine Kugel durch den Kopf zu jagen?«

»Weil es eine stille Art des Tötens ist.«

»Schalldämpfer?«

»Macht immer noch mehr Lärm als ein Messer.«

»Aber das Opfer ...«

Er schwieg, musterte sie aus zusammengekniffenen Augen.

Sie sah Irritation, aber es reichte ihm nicht als Antwort, so viel signalisierte ihr seine Mimik. »Der Schnitt sieht aus wie bei mir, nur etwas nach innen versetzt. Trifft man so eher Organe?«

Immer noch fixierte er sie, behielt seine Haltung ihr gegenüber bei. Er machte ihr Angst mit dieser unbewegten Miene. Gleichzeitig beschleunigte seine Nähe ihren Herzschlag. Ein weiteres Mal schloss sie die Augen. Es gab noch etwas anderes, was sie in dem Traum gesehen hatte. Sie zögerte, wusste aber, dass sie die Frage stellen musste. »Gab es weitere Opfer mit dieser Art von Verletzung?«

»Spielt das eine Rolle?« Die Stimme von Oberst Hartmann klang nicht drohend, eher so, als würden sie gemeinsam eine Theorie durchspielen. Nur Bens einengende Art zeigte deutlich, dass sie sich auf einem schmalen Grat bewegte.

»Ja – Symbole.«

»Symbole«, echote Hartmann.

Ben richtete den Oberkörper auf, verschränkte die

Arme. Die Stirn gerunzelt, betrachtete er Hanna nachdenklich.

Sie wusste, es war albern und kindisch, aber sie kam dagegen nicht an. Langsam schob sie ihren Stuhl zurück, erhob sich und setzte sich zwei Stühle weiter.

Ben blieb an seinem Platz sitzen, schmunzelte.

»Du denkst an die Kopfschüsse bei deinen Entführern?«, hakte der Oberst nach.

»Ja, Sie haben das damals angesprochen.«

»Du hast recht.« Er schüttelte den Kopf. »Die Messerstiche in die Seite ...«

»... geführt von unten nach oben ...«

Hartmann sah Ben an, der nickte.

»... geführt von unten nach oben – als Symbol für was?«

»Rache.«

»Wieso Rache?«

»Ist es ein schneller, einfacher Tod?«

»Nein.« hinter Bens hastiger Antwort spürte Hanna die Emotionen – ein Gemisch aus Wut, Trauer und Ärger.

Ben sah seinen Vorgesetzten an, der leise durch die Zähne pfiff. Wenn sich die Theorie bestätigte, konnte man damit möglicherweise Konstantin Wolff einkreisen. Es ärgerte Ben maßlos, dass sie nicht auf diese Idee gekommen waren. Genauso hatten sie vor einem Jahr übersehen, dass die Kinder, die in dem HIV-Projektdorf in Afrika gelebt hatten, nicht HIV-positiv gewesen waren.

»Wie kommst du auf solche Gedanken? Solltest du dich nicht mit anderen Sachen beschäftigen? Kunst, Belichtung und so was?«, ließ er seinen Ärger an ihr aus.

Ihre blauen Augen richteten sich auf ihn. »Kunst, vor allem religiöse Kunst, ist voller Symbolik. Es ist etwas Urmenschliches.«

»Sie hat vollkommen recht«, bestätigte Hartmann. »Ein

Serienkiller mordet auch meist auf dieselbe Art, weil er etwas damit sagen möchte, identifizierbar sein will.«

»Konstantin Wolff ist kein Serienkiller, außerdem führt er die Drecksarbeit nicht selber aus, dafür hat er seine Lakaien«, widersprach Ben.

»Ja, aber ein Gruppensymbol ist noch viel mächtiger als das einer Person. Wer aus der Reihe tanzt, bekommt einen sauberen Kopfschuss verpasst. Wer der Gruppe zu nahe kommt, wird aufgeschnitten, damit er qualvoll verendet.«

Ben zuckte bei dem letzten Wort zusammen und sah, dass es Hanna ebenso erging.

Der USB-Stick in ihrer Jackentasche schien sein Gewicht zu verzehnfachen. Tolerierte die Organisation einen Fehler? Viktor hatte ihr Zugang verschafft zu den Systemen von Medicare. Ohne seine Hilfe wäre sie nicht an das Wissen gelangt. Würde Viktor durch einen Kopfschuss sterben oder durch eine Stichwunde? Meine Lebensversicherung, hallte es in ihrem Kopf. Nein, er wollte nicht sterben – er wollte leben. Er benutzte sie, so wie jeder andere auch. »Kennen Sie einen Paul Gerlach?«

Mit ihrer Frage riss sie beide Männer aus ihren Gedanken und hatte ihre volle Aufmerksamkeit.

»Was ist mit ihm?«

Sie wandte sich Oberst Hartmann zu. »Ich habe vielleicht etwas, das weiterhelfen kann.«

»Von wem? Was?«

Sie schüttelte den Kopf. »Vorher müssen Sie mir etwas versprechen.«

»Lass mich raten. Es hat etwas mit Marie zu tun«, spottete der Mann in Uniform vor ihr.

»Ihr Wort.«

»Das kann ich nicht.«

»Aber bei Lukas Benner schon.«

»Nein, da konnte und wollte ich es genauso wenig. Aber das lag nicht in meiner Entscheidungsbefugnis.«

»Sondern?«

»Des BKA – genauer gesagt der Staatsanwaltschaft.«

»Und Sie haben es gewagt, mir etwas von Gerechtigkeit zu erzählen?« Hanna fühlte, wie sich Zorn in ihrem Magen ballte.

»Glaub mir, mich frustriert das genauso wie dich. Was glaubst du, weshalb ich nicht mehr beim BKA bin?« Hartmanns Gesichtsausdruck spiegelte seine Frustration wider. Sie hatte ihn noch nie so deprimiert erlebt. Damals war er ihr vorgekommen wie ein Jagdhund, der sich auf die Spur seiner Beute gesetzt hatte, so nah war er der Wahrheit über ihre Entführung damals gewesen.

Lukas hatte für seine Taten gebüßt. Ob auf dem Weg über Gott oder die FoEI. Sie suchte nach ihrem schlechten Gewissen, aber fand es nicht. Genauso wenig spürte sie Befriedigung über seinen Tod, höchstens Erleichterung, weil er ihrer Schwester nichts mehr antun konnte. »Paul Gerlach?«, brachte sie die Männer wieder zurück auf das ursprüngliche Thema.

Keine Reaktion. Beide sahen sie an, forderten mehr.

So kam sie nicht weiter. »Ich weiß, dass er derjenige ist, der den Trojaner programmiert hat, den du ...«, sie zeigte auf Ben, »... auf meinen Rechner gebracht hast. Also wer hat Zugriff auf ihn, das BKA oder eure Einheit?«

»Du brauchst einen Computerspezialisten? Wozu?«

Bens Stimme klang gefährlich leise. Abschätzend musterte er sie. Unwillkürlich zuckte ihr Augenlid für den Bruchteil einer Sekunde. Seine geschmeidige Bewegung kam zwar überraschend, aber nicht zügig genug. Sie reagierte blitzartig, geschult durch die letzten Monate.

»Stopp«, donnerte Oberst Hartmanns Stimme durch

den Raum und bremste beide ab.

Hanna setzte ihren Stuhl, den sie sich beim Aufspringen geschnappt hatte, nicht ab, sondern behielt ihn schlagbereit in der Hand, während Ben einen Schritt vor ihr verharrte.

»Wage es nicht, mir näherzukommen!«, fauchte sie.

»Du versuchst nicht ernsthaft, wieder etwas vor uns zu verstecken? Wo hast du es diesmal? Im Rucksack war nichts. Du bist nicht so blöd, es ein zweites Mal in deiner Unterwäsche zu verstecken.« Er suchte sie mit den Augen sektionsweise ab, bis sein Blick an ihrer Jacke hängen blieb. Sie schleuderte ihm den Stuhl entgegen, bevor er nach ihr greifen konnte.

Er fing ihn mit einer Hand ab.

»Setzen! Das ist ein Befehl!«

»Ich bin keiner ihrer Soldaten.« Hanna ließ Ben nicht aus den Augen.

»Du setzt dich!«

Mit einem Grinsen stellte Ben den abgefangenen Stuhl auf den Boden und setzte sich rittlings darauf, sodass sich die Lehne zwischen ihnen befand. Zögernd ging sie rückwärts, brachte zwei Stühle zwischen sich und ihn und ließ sich auf den dritten in der Reihe sinken.

»Paul Gerlach hält sich zurzeit nicht in Deutschland auf. Wir können dir einen anderen Computerspezialisten zur Verfügung stellen«, erklärte ihr der Oberst.

Sie schüttelte den Kopf. »Nein. Nur Paul Gerlach.«

»Verrätst du mir, weshalb ausgerechnet er?«

»Weil er es draufhat.«

»Und das weißt du woher?«

Sie presste die Lippen zusammen. Hartmann war ihr entgegengekommen. Hätte er Ben gelassen, hätte sie vermutlich keine Chance gehabt. Abgesehen davon befanden sie sich unter der Erde in einer Kaserne.

»Du hast dich mit deinem Freund Viktor getroffen!« Ben sah verblüfft aus.

»Stimmt das?« Aufmerksam taxierte Hartmann sie.

Sie nickte.

»Und er hat dir etwas gegeben, wozu du einen Computerspezialisten brauchst?«

Sie bestätigte es mit einem Nicken.

»Und du weißt nicht, worum es sich dabei handelt?«

»Exakt.«

Stille kehrte ein, und sie wartete auf seine Entscheidung. Sie hatte keine Ahnung, was sie machen würde, wenn er nicht darauf einging oder sie ihr gewaltsam den USB-Stick abnahmen. In diesem Fall hätte sie genauso wenig Einfluss auf das weitere Geschehen wie damals, als sie ihr die Fotos abgenommen hatten. Das wollte sie auf keinen Fall noch einmal riskieren.

»Einverstanden, wir spielen diesmal nach deinen Regeln. Er kann morgen hier sein. Die Frage ist: Was machen wir so lange mit dir?«

»Ich kann auf mich selbst aufpassen.«

»Nein, du wirst auf keinen Fall dieses Gebäude verlassen.« Die Stimme des Obersts erlaubte keinen Widerspruch.

»Die Zelle.«

In Gedanken drehte sie Ben langsam und mit Genuss den Hals um.

»Es wird nicht nötig sein, dich einzusperren, oder, Johanna?«

Bevor sie antworten konnte, übernahm Ben wieder. »Das hatte ich auch nicht vor. Sie kommt sowieso nicht hier raus. Aber dort gibt es ein Bett und sie kann schlafen. Das ist die einfachste Lösung.«

»Einverstanden.« Der Oberst erhob sich. »Organisieren Sie das und besorgen Sie ihr etwas zu essen. Danach kommen Sie unverzüglich zu mir. Verstanden?«

»Jawohl, Oberst.«

Toll, jetzt sprachen die Männer über sie, als wäre sie nicht vorhanden.

»Ich habe Rechte als Bürgerin dieses Landes«, presste sie zwischen den Zähnen hervor.

»Nein, im Moment hast du gar nichts. Johanna Rosenbaum ist tot, und Sabine Schmidt ist verschwunden«, machte ihr der Oberst ruhig ihre Lage bewusst.

Sie fokussierte den Mann in der Uniform. Ihr blieben keine Alternativen, wenn sie vorankommen wollte. »Und was soll ich den restlichen Tag machen?«

Ben grinste. »Nachdenken.«

16

PAUL

Die Zelle war nicht übel. Auf einem Podest gab es eine Matratze mit einem Kissen und einer Decke, die beide angenehm frisch rochen, ein Waschbecken und eine Toilette. Die Tür blieb offen, sodass sie auf den Flur gehen konnte. Insgesamt befanden sich auf dieser Ebene, in die sie mit dem Aufzug weiter hinunterfahren mussten, acht Zellen, von denen keine besetzt war. Vom Aufzug aus hatten sie eine überwachte, abgesicherte Schleuse durchschritten. Hinter dem Zellenbereich fiel ihr eine weitere abgesicherte Tür auf.

»Für Verhöre.«

Ben hatte ihr die Frage anscheinend am Gesicht angesehen. Außer gebratenen Nudeln mit Hühnchen und zwei Tafeln Schokolade hatte er ihr zwei Flaschen Wasser und eine Flasche Apfelschorle gebracht.

Sie machte es sich mit dem Essen auf dem Boden bequem. Aus ihrem Rucksack holte sie danach ihren Skizzenblock und fing an zu zeichnen. Am späten Abend kam der Oberst – diesmal im Anzug – vorbei und setzte sie davon in Kenntnis, dass Gerlach gegen acht Uhr am nächsten Morgen hier sein würde.

»Hast du alles, was du brauchst?«

Sie nickte.

»Ich werde dich morgen rechtzeitig holen, dann kannst du dich im Waschraum umziehen.« Er runzelte die Stirn. »Was zeichnest du da?«

»Sie.«

Überrascht versuchte er einen Blick auf das Bild zu erhaschen, bevor Hanna den Block zuklappte.

»Darf ich es irgendwann sehen?«

»Vielleicht.«

»Du bist sauer.«

»Nein. Ich finde es klasse, in einer Kaserne in Berlin zu sein, besonders in einer Zelle, die sich gefühlte zehn Meter unter der Erde befindet.«

»Johanna, es tut mir leid, dass wir keine bessere Lösung haben.«

»Und morgen?«

»Das werden wir sehen.«

»Übermorgen?«

»Du willst dein Leben zurück, das kann ich verstehen. Aber das funktioniert nicht, solange dein Stiefvater und Konstantin Wolff auf freiem Fuß sind.«

Sie zog die Beine an und legte ihren Kopf auf die Knie. »Es wird nie aufhören«, seufzte sie.

Er hockte sich zu ihr, überkreuzte die Beine. »Nein, es wird immer Menschen geben, die ihre Macht nutzen, um anderen zu schaden. Verbrecher, die andere um ihr Eigentum bringen oder um ihr Leben. Psychopathen, die Menschen zu Tode quälen. Manchmal denke ich, es gibt nichts, was ich nicht gesehen oder gehört habe, aber dann kommt der nächste Fall, die nächste Situation, und ich weiß, es gibt immer etwas, das schlimmer ist.«

»Wie leben Sie damit?«

Er zuckte mit den Achseln, verzog schwermütig seine Lippen. »Überhaupt nicht. Es ist nur der Gedanke, dass, wenn ich aufhöre, dagegen etwas zu tun, es nichts mehr gibt, was die Hilflosen vor der Willkür des Verbrechens schützt.«

»Hoffnung.«

»Ja – Hoffnung auf Gerechtigkeit.«

Langsam holte Hanna aus der Tasche ihrer Jeansjacke den USB-Stick heraus. Sie streckte ihre Hand zu Hartmann aus, der den Stick entgegennahm.

»Was ist darauf?«

»Ich weiß es nicht. Ich habe versucht es zu öffnen, aber es funktioniert nicht.«

»Und wer hat ihn dir gegeben?«

»Viktor.«

»Viktor Samuels?«

Sie nickte. »Er hat gesagt, es sei seine Lebensversicherung.«

»Also ist er untergetaucht? Hat er sich von der FoEI getrennt?«

»Schwer zu sagen.«

»Du vertraust ihm nicht?«

»Wem kann ich noch vertrauen?«

»Deshalb Gerlach?«

»Ja. Immerhin hat sein Trojaner Viktor ins Schwitzen gebracht.«

Er reichte ihr den Stick zurück und sie steckte ihn wieder in ihre Jeansjacke.

· · ·

Tatsächlich war es Hartmann, der sie am nächsten Morgen wie versprochen abholte. Sie hatte tief, fest und traumlos geschlafen. Ohne auf Geräusche zu lauschen, ohne Angst davor, entdeckt zu werden. Im Waschraum wechselte sie ihre Sachen und wusch sich.

Ben saß mit einem blonden, erstaunlich jungen Mann an seiner Seite im Besprechungsraum. Vor ihnen waren bereits drei Laptops aufgebaut. Das Whiteboard an der langen Wand ließ den Desktop eines der Computer erkennen.

Als Hanna hereinkam, hob der junge Mann den Kopf und grinste, sah sie aus hellblauen Augen an. Seine untere Gesichtshälfte war von einem Zweitagebart bedeckt. Er stand auf, kam zu ihr und reichte ihr die Hand.

»Hallo Frau Rosenbaum, oder Schmidt? Ich bin Paul Gerlach.«

»Hi Paul, Hanna.«

»Hanna – was hast du für mich?«

Sie reichte dem jungen Mann den Stick.

Er bemerkte ihr Zögern und zwinkerte ihr zu. »Keine Sorge, ich bin älter als ich aussehe.«

Bevor er den Stick in den Port schieben konnte, bremste Hanna ihn. »Stopp! Warte.«

Fragend sah er sie an.

»Ich weiß nicht, was drauf ist.«

»Jaja, ich weiß. Der Oberst hat mir gesagt, dass er von deinem Freund ist – Viktor Samuels?«

»Ja.«

»Er hat meinen Trojaner geknackt.«

»Er versteht was davon.«

»Oh ja, und nicht nur davon. Wir haben es bisher nicht geschafft, sein Sicherheitssystem zu knacken. Mir ist schon klar, dass wir hier mit Vorsicht vorgehen müssen. Also – auf welcher Seite stehst du?«

Sie legte den Kopf schief, ließ sich auf seiner anderen Seite nieder. »Auf meiner.«

»Uh, das ist immer gut. Und welche ist das genau – good guy or bad guy?« Ohne auf eine Antwort von ihr zu warten, schob er den USB-Stick in den Port des Laptops, der eher einem Aktenkoffer glich als einem tragbaren PC. Sie sah, wie eine Software anfing, den neu hinzugefügten Speicher zu prüfen.

»Ich glaube nicht, dass das hilft«, gab sie zu bedenken.

»Nein – sehe ich auch so.« Er kniff ihr ein Auge. »Dennoch sollte man Schritt für Schritt vorgehen.« Paul schob ihr den Teller mit Brötchen, einen Becher und die Kaffeekanne zu. »Dann wollen wir mal schauen, was uns Viktor da unterjubeln will.«

DER INFORMATIKER DES BKA vertiefte sich in seine eigene Welt, blendete alles um sich herum aus. Hanna beobachtete, wie er Programme startete, Routinen durchlaufen ließ und Tests ausführte. Sie fragte sich, was Viktor gedacht hatte. War er davon ausgegangen, dass sie den Stick an das BKA weitergab? Denn sie hätte bei ihren geringen IT-Kenntnissen mit dem Stick nichts anfangen können. Wollte Viktor sich in das System des BKA hacken? Aber weshalb dann der umständliche Weg über einen Stick und über sie, auf dem so viele unbekannte Variablen ins Spiel kamen? Wäre es für ihn nicht einfacher, sich direkt in das Netzwerk einzuhacken? Sie traute es ihm zu, aber dann fiel ihr ein, was Nina damals von Unternehmensspionage erzählt hatte. Man verschaffte sich über eine externe Person, der das Unternehmen vertraute, Zugang zum internen Netzwerk. Hanna konnte sich einfach nicht entscheiden, ob sie Viktor noch vertrauen durfte oder nicht.

Vier Stunden, drei Kaffeekannen, und eine Packung Schokokekse später waren sie ihrer Ansicht nach immer noch nicht weiter, auch wenn Paul ihr versicherte, das Ausschlussprinzip dauere zwar länger, führe aber irgendwann zu einem Ergebnis. Es faszinierte sie, mit welcher Geduld Paul es mit einem Programm nach dem anderen versuchte, wie flink seine Finger im Dreifingersystem über die Tastatur huschten, er den Überblick zu all den geöffneten Fenstern und Betriebssystemen behielt.

»Pizza?« Ben hatte sich vor einiger Zeit samt Telefon und Laptop in eine Ecke des Besprechungsraums zurückgezogen, wohingegen der Oberst sie nach einer halben Stunde verlassen hatte.

»Salat mit Thunfisch.« Paul klopfte sich auf den Bauch. »Sonst werde ich noch fett.«

»Du solltest Fitnesstraining machen.«

»Wann?«

»Ausreden. – Hanna?«

»Hawaii.«

Er nahm das Telefon und gab die Bestellung auf.

»Liefern die das an die Kaserne?« Sie stellte sich vor, wie ein Pizzaservice vor dem Häuschen hielt und den Männern der Wache die Pizzabestellung übergab.«

»Nein, ich hol es gleich ab.«

Paul lehnte sich zurück, streckte seine Hände in die Höhe und fuhr sich anschließend damit durch die Haare. »Okay, so kommen wir nicht weiter. Ich habe im Moment keinen blassen Schimmer, worum es sich bei den zwei Files handelt. Ich brauche einen Anhaltspunkt.« Die Hände hinter dem Kopf verschränkt sah er Hanna an.

»Ich habe keine Ahnung von so was.«

»Aber du kennst Viktor.«

»Ja und?«

»Ich muss wissen, wonach ich suche. Was ich hier überhaupt suche. Was soll das sein?«

»Seine Lebensversicherung.«

»Okay. Und daher gehst du davon aus ...«, Paul machte eine Pause, sah sie auffordernd an.

»... dass er mithilfe dieser zwei Dateien in das Netzwerk des BKA eindringen oder etwas herausholen will.«

»Und was? Wozu?«

Sie verzog die Lippen, runzelte die Stirn. »Um herauszufinden, welche Info ihr habt? Eure Daten zu manipulieren? Sich damit bei der FoEI einzuschmeicheln?«

»Noch eine andere Möglichkeit?«

»Ein Schlüssel.«

Gedehnt wiederholte Paul: »Ein Schlüssel.«

»Ja. Ein Schlüssel, mit dem wir in das System von Medicare reinkommen.«

»Keine Daten?«

»Sind dafür die Dateien nicht zu klein?«

»Es kommt halt darauf an, was er abgespeichert hat. Eine Tabelle mit den Kontodaten aller Mitglieder der FoEI braucht nicht viel Platz.«

»Und was für eine Lebensversicherung soll das sein?«, hakte Hanna nach.

»Ja, stimmt auch wieder. – Aber wieso das System von Medicare? Ich meine, ich selbst gehörte zu der Gruppe der IT-ler, die die Systeme von Medicare eingesehen haben. Es gibt nichts, was wir uns nicht angeschaut und geprüft hätten für die Verhandlung.«

»Das ist ein kleines Rechenzentrum!«

Er grinste. »Auch wir leben technologisch nicht hinter dem Mond.«

»Trotzdem, wie viele Terabyte an Daten liegen auf den Systemen?«

»Okay, du hast also eine Theorie?«

Hanna zuckte mit den Achseln. Er löste eine Hand hinter seinem Kopf und machte eine Bewegung mit den Fingern, als wolle er sie anlocken. »Los, keine Hemmungen. Das nennen wir Brainstorming. Alles ist erlaubt, egal wie bekloppt es klingt.«

»Viktor hatte die Aufgabe, die Daten über die Forschungen zu löschen.«

»Was verdammt viel Arbeit ist, denn es gibt ein gespiegeltes System und Back-ups und wir hatten trotzdem am Ende nichts Brauchbares in den Händen.«

»Wie hat er das angestellt?«

»Die Originaldaten sind durch die Explosion des Zentrums hopsgegangen. Darum musste er sich nicht kümmern. In Deutschland – besser hier in Berlin – standen die Server für das Forschungslabor, und die Daten lagen auf dem System.«

»Alle?«

»Tja, wer weiß das schon.«

»Okay. Anders gefragt: Lassen sich daraus Daten unbemerkt entfernen?«

»Ja, theoretisch schon. Praktisch ein komplexes Thema, wenn du es mit Datenbanken zu tun hast, denn die einzelnen Datensätze sind ja miteinander verknüpft, es existieren Indexe ...«

»Aber es ist machbar?«, hakte sich Ben in die Diskussion ein.

»Wie gesagt – in der Theorie.«

Hanna dachte laut: »Nehmen wir mal an, Viktor hat einen Weg gefunden. Nehmen wir weiter an, er hat die Daten nicht endgültig entfernt. Er hat mir mal erklärt, dass das auch nicht leicht ist. Einfacher ist es, sie gut zu verstecken.«

Paul fing an, mit seinem Stuhl zu kippeln. An dem entrückten Ausdruck in seinem Gesicht merkte Hanna, dass ihre Ideen bei ihm ein Gedankenkarussell ausgelöst hatten. Sie wartete. Er pfiff leise, während er seinen Stuhl wieder auf allen vier Beinen landen ließ und hektisch auf die Tastatur einzuhacken begann.

Ben stand auf und verließ den Raum, während Hanna sich und Paul mit Getränken versorgte.

»BINGO.« Ein Fenster hatte sich auf dem Display geöffnet, und Paul starrte darauf: eine Aufforderung, ein Passwort einzugeben. Erwartungsvoll sah er Hanna an.

»Ich hab kein Passwort.«

»Das kann nicht sein. Denk nach. Wieso sollte Viktor den Aufwand betreiben, wenn du keine Ahnung von dem Passwort hast?«

»Kannst du das nicht irgendwie anders knacken?«

»Ja, wenn es sich um einen ‚normalen‘ User handelt – aber bei deinem Freund?« Er zuckte die Achseln. »Denk nach.«

Ben kam mit drei Pappkartons herein, aus denen es verführerisch roch. Verblüfft sah Hanna ihn an.

»Wie hast du das gemacht in der kurzen Zeit?«

»Superman.« Er grinste.

»Quatsch – delegieren nennt man das«, nahm Paul Ben den Glanz des Heldentums.

Sie wechselten auf die andere Seite des Tischs.

»Und?«, wollte Ben wissen.

»Yep. Hanna hatte den richtigen Riecher. Das eine ist ein Container, der Passwörter enthält, das andere – da bin ich noch nicht sicher. Ich könnte mir aber vorstellen, dass sich die Datei ausführen lässt, wenn wir auf dem System sind, und eine Routine startet, mit der wir auf die ‚verlorenen' Daten kommen.«

»Was ist das Problem?«

»Der Container ist mit einem Passwort gesichert – sozusagen dem Masterpasswort für alle anderen.«

»Tja, Hanna?«

Sie hatte in ihrer Gier ein zu heißes Stück aus der Mitte der Pizza in den Mund geschoben. Die Flüssigkeit der Ananas und die Tomatensoße verbrannten ihr die Zunge, und sie versuchte, das Stück hechelnd im Mund abzukühlen.

Ben grinste. »Das kommt davon, wenn man zu gierig ist.«

Sie sparte sich eine Antwort.

»Es muss irgendetwas sein, worauf du kommen kannst, weil du ihn kennst. Etwas, was ihr gemeinsam habt, Ereignisse, Daten, Erlebnisse, so was in der Art. Blöd, dass wir noch nicht mal wissen, wie lang es ist.«

»Dreizehn!«

»Dreizehn?« Verwirrt sah Paul sie an.

Hanna nickte, nicht sicher, woher der spontane Gedanke kam. »Ja, dreizehn Zeichen. Er liebt die Zahl und behauptet, sie hätte etwas Magisches an sich. Es ist eine Primzahl, und er ist an einem Freitag, dem Dreizehnten geboren.«

»Genau so meine ich das, also weiter. Dreizehn Zeichen. Was ist mit dem Code, den du damals verwendet hast, um in das Netzwerk einzubrechen?«

»Ich bin nicht eingebrochen.«

»Okay, dann halt, um es zu hacken, wenn du das für dein Ego brauchst?«

»Ich hab es auch nicht gehackt!«

Beide Männer sahen sie verständnislos an.

Sie hob ihr Kinn und erklärte würdevoll: »Ich habe den Zugang immerhin vom Administrator bekommen.«

»Aber trotzdem illegal.« Paul grinste. »Schwamm drüber. Was ist mit dem Code?«

»Weiß ich nicht mehr.«

»Hast du vielleicht noch eine Notiz? Einen Zettel?«

»Nein, den haben wir sofort verbrannt. Ich habe ihn gar nicht erst mitgenommen.«

»Aber du bist erst nach Hause gegangen. Du wirst dir doch keinen dreizehnstelligen Code gemerkt haben?«, fragte Ben ungläubig.

Sie zuckte mit den Achseln. »Doch.«

»Benutzt er für die Passwörter Sonderzeichen, Zahlen, Ziffern, Groß- und Kleinschreibung?«

»Ja. Alles.«

Paul stöhnte und widmete sich seiner Pizza.

Alle hingen ihren Gedanken nach. Hanna ahnte, dass es etwas war, worauf sie kommen konnte. Etwas, das sie mit Nachdenken hinbekam. Sie dachte an Viktor, überlegte, was sie miteinander verband, wie er dachte, was er mochte. Sie stand auf und holte sich einen Kuli. Dann schrieb sie auf die Pappschachtel ihrer Pizza die Jahreszahl 1999, den Monat 04 und den Tag 13. Sie hatten sich am 13.04.1999, einem Dienstag, in der Klinik kennengelernt. Das ergab die Zahl 19990413. Das war die Grundlage. Dann wäre da ihre Augenfarbe, die Viktor immer gerne als Deep Sky Blue bezeichnet hatte, in Hexazahl 00BFFF. Wenn man jetzt noch die erste Zahl in eine Hexazahl umwandelte ... »Hat einer einen Taschenrechner?«

Ben öffnete eine App, nachdem er den Code eingegeben hatte, und reichte ihr sein Handy. Hanna tippte die

Zahl ein, teilte sie durch sechzehn, berechnete den Rest: 1249400 und 13. Sie schrieb den Buchstaben D auf, der für die Zahl 13 im Hexasystem stand. 1249400 durch 16 ergab 78087 und den Rest 8. Sie schrieb die Zahl 8 auf. So fuhr sie fort und hatte am Ende eine siebenstellige Reihe aus Zahlen und Buchstaben vor sich: 131078D – von rechts nach links geschrieben, wie beim Umrechnen einer Zahl nach Hexa üblich. Das ergab zusammen mit dem Hexacode für ihre Augenfarbe dreizehn Stellen. Die Frage war jetzt nur, wie Viktor alles kombiniert hatte.

»Ich denke, er gibt uns vier Versuche.«

Auf die fragenden Blicke der Männer gewährte sie ihnen eine Antwort: »Ein vierblättriges Kleeblatt bringt Glück.«

»Okay«, gab Ben gedehnt zurück.

»Ihr habt gesagt, so wie er denkt.«

Sie hatten die Pizza aufgegessen und gingen zusammen zurück zu Pauls Rechner.

»Versuch es mit 131078D00BFFF«

Das Fenster gab die Meldung »Falsches Passwort« aus, gleichzeitig fing eine Uhr an, herunterzuzählen. Paul starrte Hanna an. Die drehte den Laptop zu sich herüber. Als Nächstes tippte sie FFFB00D870131 ein. Die Uhr beschleunigte sich. Sie spürte den Stress, ignorierte sowohl die beiden Männer als auch die Uhr und schloss einfach die Augen. Also gut, Viktor, was hast du gedacht? Und dann wusste sie es. FFFB00H870131. Die Mitte! Die Mitte musste durch den Anfangsbuchstaben ihres Vornamens ausgetauscht werden.

Das Fenster verschwand. »Hallo Hanna« erschien stattdessen, dann ein neues Wort: »Einmal« und ein Feld. Verwirrt starrte sie auf das Wort, wusste nicht, was sie damit anfangen sollte. Was einmal? Und dann fiel es ihr wie Schuppen von den Augen. Ein einziges Mal. Ihr achtzehnter Geburtstag. Marie und Lukas – ihr Wunsch an ihn. Sie fing an zu tippen. 20000307 – ihr Geburtstag, doch mehr als vier Stellen gingen nicht. Sie stoppte, korrigierte und gab 2000 ein. Das Programm startete. Paul übernahm seinen Rechner, während Hanna aufstand. Sie musste hier raus, einen Moment für sich sein.

Sie schloss die Kabinentür ab und setzte sich auf den Toilettendeckel. Auch im Waschraum gab es kein Fenster. Jetzt keine Panik bekommen, dachte sie bei sich. Aufgewühlt von der Suche nach dem Passwort bekam sie ihre Phobie, unter der Erde eingesperrt zu sein, nicht in den Griff, legte ihre Hände übers Gesicht, atmete in den Hohlraum.

»Hanna! Alles klar?«, hörte sie Ben rufen.

Nein. Gar nichts war klar. Ihr Atem wurde hektischer. Ein lautes Geräusch durchschnitt die Stille im Raum. Es begann, in ihren Ohren zu sausen. Alles verschwamm.

»Hanna!« Es rüttelte an der Tür. »Mach auf!«

Sie hörte seine Faustschläge auf der Tür, aber sie konnte sich nicht bewegen, ihre Beine nicht zwingen, einen Schritt zu gehen.

Ben landete einen gezielten Tritt, und die Tür knallte gegen die Toilettenwand. Er packte sie an den Schultern. »Hanna!«

Sie verkrampfte sich, presste die Hände noch stärker vor ihr Gesicht.

BEN HATTE KEINE AHNUNG, was los war. Kalter Schweiß bedeckte ihre Haut, und was er von ihrem Gesicht sehen konnte, hatte die Farbe von Asche. Als sie den Raum verließ, hatte er gemerkt, dass etwas nicht mit ihr stimmte.

Ihr Gang war unsicher gewesen. Sie war schon blass geworden, als sie die letzte Kombination über die Tastatur eingegeben hatte.

Weil er sich keinen Rat wusste, trug er sie aus der Toilette hinaus. Mit dem Ellenbogen öffnete er einen der Besprechungsräume und drückte auf den Lichtschalter. Vorsichtig legte er sie auf dem Boden ab, holte einen Stuhl und hob ihre Beine darauf.

Hanna ließ es geschehen, starrte an die Decke.

Er nahm ihr Handgelenk und fühlte, wie ihr Puls flatterte. Hanna bewegte die Lippen, als wollte sie etwas sagen, aber es kam kein Laut darüber. Er beugte sich vor, strich ihr das Haar aus dem Gesicht, umfasste ihren Kopf mit den Händen und zwang sie so, ihn anzusehen.

»Raus«, wisperte sie, und er verstand.

ERST ALS SIE im Gras vor dem Gebäude lag, die Füße hochgestreckt an der Wand, beruhigte sich ihr Atem. Einer der Männer hatte ihn gefragt, ob sie einen Arzt rufen sollten, doch er hatte abgewinkt. Stattdessen forderte er einen Schokoriegel an und eine Cola, stützte sie beim Trinken, während sie schluckweise die Flasche leerte. Jetzt knabberte sie den Riegel, wobei das Grau in ihrem Gesicht zu Weiss wurde.

»Hast du so was öfter?«, versuchte er die Situation zu entspannen.

»Nein.«

»Das erste Mal?«

Ihre blauen Augen fingen an zu schwimmen. »Nein.«

Er nahm ihre Hand, streichelte sie und wartete ruhig.

Gierig zog sie die Luft ein, schloss die Augen und spürte die Wärme der Sonnenstrahlen auf ihrer Haut.

Verdammt, warum musste er sie immer in ihren schwächsten Momenten erwischen? Dankbar, dass er schwieg und sie in Ruhe ließ, atmete sie weiter tief ein und aus, bis sie fühlte, wie die Kälte aus ihren Knochen verschwand.

Es tat weh, zu erkennen, dass sie mit Viktors Gefühlen gespielt hatte. Ihr war bis zu dem Augenblick, als sie die Zahl in diese leblose Maschine eingetippt hatte, nicht klar gewesen, dass er sie liebte – genauso schmerzhaft und hoffnungslos, wie sie diesen Mann liebte, der jetzt ihre Hand hielt. Sie hatte Viktor nie wehtun wollen. Warum hatte er nie etwas gesagt? Nie den Versuch unternommen, ihr zu erklären, was er für sie empfand? Doch, er hatte es. Hunderte von Malen. Sie hörte seine Stimme, wie er scherzte: Du hältst es schon zwölf Jahre mit mir aus. – Ja, aber nur weil ich ein gutmütiges Schaf bin und masochistisch veranlagt. – Gib es endlich zu: Du bist einfach hoffnungslos verliebt in mich. – Klar, und die Sonne dreht sich um die Erde.

Immer hatte sie ihm auf seine Andeutungen so geantwortet. Hatte den Ausdruck seiner Augen ignoriert, die nie mitlachten und in denen sie manchmal den Schmerz einer unerwiderten Liebe hatte entdecken können – bis zu dem Tag, an dem er Nina kennenlernte. Hanna hatte gesehen, wie er aufblühte, wie gut sie ihm tat und was für zärtliche Gefühle er für sie hegte. Jetzt war Nina tot. Hatte sie ihn nur benutzt oder wirklich etwas für ihn empfunden? Oh Gott, wie oft konnte eine Seele verletzt werden, ohne selber daran zu zerbrechen? Dass sie weinte, merkte sie erst, als Ben ihr mit der Hand die Tränen von der Wange wischte. Er griff in seine Hosentasche und holte ein gefaltetes, sauberes, kakifarbenes Taschentuch heraus und reichte es ihr. Sie musste widerwillig grinsen, was er ebenso erwiderte.

»Verrätst du mir, was mit dir los ist?«

»Nein.«

»Du hattest eine Panikattacke.«

»Hm.«

Sie merkte, dass er einen inneren Kampf ausfocht.

»Hanna, du brauchst keine Angst haben. Wir beschützen dich.«

Sie schnaubte. »Darum ging es nicht.«

Abwartend sah er sie an, doch sie wollte nicht mit ihm darüber reden. Wenn sie es täte, müsste sie über Gefühle reden, über ihre Gefühle, und das machte ihr Angst. Sie wusste, sie würde Viktor nie wiedersehen. Sie wünschte ihm, dass er eines Tages jemanden finden würde, der ihn liebte – ohne Wenn und Aber. Puh, denselben Spruch hatte Ben ihr damals in Rom reingedrückt.

»Es liegt an Viktor, oder?«

Als sie weiterhin stumm blieb, sprach er weiter. »Denkst du, es ist eine Falle?«

Sie wandte sich von ihm ab, starrte in den Himmel, über den Wolken zogen und immer wieder die Sonne verdeckten.

»Nein, ich glaube, wir können ihm vertrauen«.

»Was ist es dann?«

Verflucht! Konnte er sie nicht einfach mal in Ruhe lassen?

»Klaustrophobie«, antwortete sie schließlich, faltete die Hände auf dem Bauch und winkelte ihre Beine an der Wand an.

»Klaustrophobie? Aber du warst doch nicht eingesperrt. Der Raum ist ziemlich groß.«

Sie drehte ihren Kopf zu ihm. »Aber unter der Erde.

Keine Fenster, kein Sauerstoff.« Hilfe, allein die Worte lösten ein Engegefühl in ihrer Kehle aus.

Er sah ihre Reaktion. »Okay.«

Schweigend blieben sie sitzen, bis sein Handy brummte.

»Wahlstrom. – Draußen. – Nein. – Alles in Ordnung. – Ja. – Paul arbeitet daran. Ich bleibe noch mit ihr draußen.« Er runzelte die Stirn. »Solange es dauert«, antwortete er knapp.

Das Handy verschwand in seiner Hosentasche. Er lehnte sich an die Wand und schloss die Augen. Wäre der Rasen nicht so kurz gewesen, hätte das Fenster nicht die Spiegelung der Sonne reflektiert – vielleicht hätte Hanna für einen Moment glauben können, sie wären woanders, in einer anderen Zeit in einem anderen Garten.

Er öffnete die Augen, als er wahrnahm, wie regelmäßig ihr Atem ging. Ihre Beine rutschten die Wand herunter. Kurz darauf drehte sie sich zur Seite, legte den linken Arm unter ihren Kopf. Amüsiert betrachtete er sie. Kurz zuvor war sie noch in einer Panikattacke gefangen gewesen, nun lag sie hier auf dem Rasen vor der Kaserne und schlief. Er entschied, sie eine Weile schlafen zu lassen, und tippte eine Kurzmitteilung an Paul, dass er sich melden solle, wenn er herausbekam, was er mit den zwei Dateien anfangen konnte.

Eine Stunde später bekam er Pauls Rückmeldung per Telefon. »Wo bist du? Hanna ist weg!«

»Ich weiß«, sprach er leise ins Telefon, aber bevor er weiterreden konnte, unterbrach ihn Paul.

»Bist du wahnsinnig? Hartmann macht mich einen

Kopf kürzer, wenn er erfährt, dass du mit ihr abgehauen bist!«

»He, immer mit der Ruhe. Wir sind vor der Kaserne.«

»Was um alles in der Welt –?«

»Die Sonne und die frische Luft genießen. Und – hast du eine Idee?«

»Ja.«

»Okay, ich komm runter und sag dem Oberst Bescheid.«

»Schon passiert, er kommt gerade rein.«

Sanft strich Ben Hanna die Haare aus dem Gesicht. Ihre Haut fühlte sich weich an, verletzbar. Ihre Hand wollte das, was da kitzelte, von ihrem Gesicht wegwischen. Sie öffnete die Augen, schreckte hoch, griff sich dann an den Kopf.

»He, langsam. Nichts überstürzen.«

»Ich hab geschlafen.«

»Yep.«

Große, himmelblaue Augen starrten ihn an. »Wie lange denn?«

»Etwas über eine Stunde.«

»Oh Gott.« Sie rieb sich mit beiden Händen übers Gesicht.

»Denkst du, wir können wieder runtergehen?«

Hanna schluckte, nickte aber dann. Er half ihr beim Aufstehen. Sie schob seinen Arm weg, nachdem sie sicher stand. Dennoch blieb er in ihrer Nähe, damit er sie im Zweifel auffangen konnte.

Hanna wollte sich nicht in seiner Nähe geborgen fühlen, ärgerte sich über seinen Beschützerinstinkt, der ihn keinen Zentimeter von ihrer Seite weichen ließ. Im Besprechungsraum setzte sie sich zu Paul, doch Ben setzte sich neben sie und nicht an seinen alten Platz. Oberst Hartmanns Blick wanderte zwischen ihnen hin und her, was ihr ein unangenehmes Prickeln verursachte.

»Also, was haben wir?«, eröffnete der Oberst das Gespräch.

»Die eine Datei ist, wie von Hanna vermutet, ein Container für verschiedene Passwörter. Von der anderen dachte ich, es handele sich um ein Programm, das ich ausführen kann, aber –« Paul brach ab, grinste breit.

»Aber?«

»Weit gefehlt. Es ist eine simple Tabelle, nur verdammt geschickt verpackt und geschützt. Wenn ich nur daran denke ...«

Mit einer Handbewegung schnitt Hartmann Pauls Satz ab.

»Was enthält sie?«

Ohne ein Wort drehte Paul seinen Laptop zum Oberst.

Mit zusammengekniffenen Augen und gerunzelter Stirn betrachtete dieser den Bildschirm. Langsam hellte sich sein Blick auf und er grinste. Ben stand auf und gesellte sich zu seinem Vorgesetzten. Auch seine Lippen verzogen sich. »Damit haben wir sie am Haken«, erklärte er zufrieden.

»Soll ich Konz Bescheid geben?«

»Nein«, erwiderte Oberst Hartmann hastig und kassierte dafür einen irritierten Blick von Paul. Er räusperte sich. »Ich möchte erst ein paar Punkte überprüfen, bevor wir in die Vollen gehen. Könnte ja sein, dass sich das alles als eine Falle erweist, oder?«

Alle Männer sahen Hanna an. »Was ist in der Tabelle?«, fragte sie.

»Namen«, antwortete Ben langsam.

»Und?«

»Zahlen.«

Namen und Zahlen, weshalb hatten sie dann jemanden am Haken?

»Na ja, die Namen lesen sich wie das Who's who der deutschen Wirtschaft und Politik. Die Zahlen sind Geldbeträge, und dann gibt es das zweite Arbeitsblatt für die ausländischen Kontakte.« Der Computerspezialist sah sie an, als wäre damit alles klar.

»Ich kapier noch immer nicht, was sich damit anfangen lässt.«

Jetzt grinste Paul sie an. »Ganz einfach – Bestechung. Wir haben hier die Leute aufgelistet, die sich auf der Zahlungsliste der FoEI befinden. In Zusammenhang gesetzt mit der Ermittlungsarbeit der letzten zwölf Jahre ...«

»... habt ihr sie am Haken. Einverstanden.« Hanna versuchte ihre Enttäuschung zu verbergen. Die Informationen über die Forschungsarbeit zu dem Heilmittel, danach suchte sie. »Was ist mit den Passwörtern in dem Container?«

»Hm, das ist komplizierter. Die Frage ist, ob die Benutzer überhaupt noch auf dem Netzwerk von Medicare existieren. Es wäre ein Sicherheitsrisiko für Medicare, wenn sie nach Viktors Untertauchen diese Sachen nicht geändert hätten. Und bisher hatten sie solche Nachlässigkeiten und Schlampigkeiten nicht im Programm.«

»Aber es muss einen Grund dafür geben, dass er die Datei mitgeschickt hat.«

»Klar, die Tabelle.«

Hanna schüttelte den Kopf. Der ganze Aufwand nur für das Passwort in der Tabelle? Ein Container an Zugängen?

»Er hat die Software programmiert.«

»Aber bestimmt nicht allein«, warf Paul ein.

»Ständig verbessert und verfeinert.«

»Ja, dafür braucht man ein Team aus Programmierern!«

»Er ist brillant.« Hanna blieb dabei und ließ sich von Pauls Einwürfen nicht abschrecken.

»Der beste, den ich kenne.«

Langsam drehte sie sich zu Paul um, musterte ihn. »Genau – es ist ein Angebot.«

Verständnislos sahen die drei Männer sie an, während sich in Hannas Kopf ein Puzzlestück an das andere fügte. Er hatte seine Entscheidung getroffen, indem er das hier auf sie abwälzte. »Es ist ein Angebot für eine Zusammenarbeit.«

Leise pfiff Paul durch die Zähne. »Ich verstehe. Es geht nicht um die Passwörter für Medicare, sondern die zu seinen Zugängen.«

»Genau.«

»Das ist ein Risiko.« Die Ablehnung war deutlich in Hartmanns Stimme zu hören.

Hanna zeigte auf den Laptop. »Darf ich?«

»Nein, besser am Rechner.« Paul zeigte auf den Rechner direkt neben ihr.

»Hat der Internetzugang?«

»Ja. Aber Vorsicht«, er zwinkerte ihr zu, »es wird alles aufgezeichnet.«

Sie grinste. Er war irgendwie nett und lustig. Sollten sie die Sitzung ruhig aufzeichnen, das stellte kein Problem dar. Den Account würde sie sowieso nie wieder nutzen. Sie öffnete die Seite, gab ihren Benutzernamen an und ihr Passwort. Ihr Pulsschlag beschleunigte sich. Wenn sie sich irrte, würde sie keine Mail von Viktor vorfinden, wenn sie recht hatte, gäbe es eine. So sicher, wie sie ein paar Augenblicke zuvor gewesen war, fühlte sie sich nicht mehr. Der Zugang war neu, sodass sich nur wenige E-Mails darin befanden.

Eine davon hatte den Absender IRA7436 samt einer MP3-Datei als Anhang. Sie klickte darauf, schloss die Augen, wappnete sich gegen die nächsten Sekunden. Ein dumpfer Schlag war zu hören, Ninas Stimme ertönte. Man konnte sich nicht wappnen, wenn man beim Sterben eines Menschen zuhörte, ohne etwas tun zu können. Dieselbe Hilflosigkeit, dasselbe Entsetzen, dieselbe Frage und dieselbe Schuld.

Niemand sprach, nachdem die Wiedergabe der Aufnahme gestoppt hatte. In ihrem Kopf hörte Hanna das Klappern der Absatzschuhe und verband es mit einem anderen Tag, an dem sie das Klackern von Absätzen auf einem Steg gehört hatte. Derselbe Rhythmus – Angelika Winter, damals bei Lukas an der Hütte. Dieses Miststück! Sie öffnete die Augen und sah direkt in das entsetzte Gesicht von Paul. Verdammt, sie hatte nicht darüber nachgedacht, dass Nina seine Kollegin gewesen war. Sie biss sich auf die Unterlippe. Pauls Hand zitterte, als er ihr die Maus abnahm und mit einem rechten Mausklick das MP3-File auf dem Laufwerk speicherte.

»Du hattest das File die ganze Zeit?« Die Kälte in Bens Stimme hätte eine Frostschicht auf ihrer Haut erzeugen können. Was dachte dieser Vollidiot von ihr?

»Nein.« Sie wusste, sie müsste es erklären. Aber wie?

»Die E-Mail ist von gestern«, kam ihr Paul zu Hilfe.

»Viktor hat sie geliebt.« Sie spürte den Kloß im Hals, sah ein lachendes, sommersprossiges Gesicht vor sich. Frustration mischte sich mit Angst und Wut. »Aber hat sie ihn auch geliebt? Oder hat sie nur seine Gefühle für ihre Sache benutzt? War das ihr Job?« Kalt musterte sie die Männer im Raum. Niemand antwortete ihr. Diese Frage hätte ihr nur Nina beantworten können. »Ich denke, Viktor wurde erst in dem Moment, als er dem Mord an Nina zuhören musste, klar, worauf er sich eingelassen hatte. Bis dahin ging es für ihn um Daten, um das Verstecken und Manipulieren von Informationen, nicht um Gefahr und Tod und schon gar nicht um Mord.«

»Und warum – vorausgesetzt Viktor Samuels empfindet so etwas wie Reue – wendet er sich mit diesen Informationen erst jetzt an uns?«

Die Emotionslosigkeit in Bens Stimme jagte Hanna einen Schauer über den Rücken.

»Warum wartet er über ein Jahr, nimmt diesen komplizierten Weg über dich in Kauf, mit Files, Passwörtern und dem ganzen Krimskrams? Er bietet uns Hilfe an, weshalb?«

»Er will nicht in den Knast, deshalb diese komplizierte Vorgehensweise.« – Und er empfindet keine Reue vor dem System, wurde Hanna mit einem Mal klar. Nie würde Viktor sich dieser in seinen Augen selektiven Gerechtigkeit stellen, in der sich Opfer vor Tätern verstecken mussten, ihr Leben aufgaben, wenn sie sich nach kurzer Zeit wieder auf freiem Fuß befanden, einem mit der gleichen Macht das Leben zur Hölle machten. »Er tut es für mich – nicht aus Reue.«

Die Stille dehnte sich nach ihren Worten ein zweites Mal in die Länge.

Diesmal unterbrach sie der Oberst. »Also gut, Paul, versuchen Sie Kontakt herzustellen und sehen Sie, was er uns noch zu bieten hat.«

Ben presste die Lippen aufeinander, verschränkte die Arme vor der Brust.

»Major Wahlstrom, ich möchte mit Ihnen reden.«

Beide standen auf und verließen den Raum.

· · ·

»Es tut mir leid«, flüsterte Hanna Paul zu, der regungslos vor seinen Rechnern verharrte und mit leerem Blick auf die Bildschirme starrte.

»Kanntest du sie?«

»Ja«, gab sie zu.

»Sie war das reinste Energiebündel und konnte reden ohne Punkt und Komma.«

»Wie lange habt ihr zusammengearbeitet?«

»Drei Jahre. Sie hat sich freiwillig für den Job gemeldet.«

»Undercover?«

Seine Mundwinkel verzogen sich. »Ja. Sie meinte, das wäre viel spannender, als hier im Büro zu sitzen und eine Verfolgungsjagd auf dem Computer vorzunehmen.«

Sie schwiegen, hingen beide ihren Gedanken nach.

»Mit jemandem zu schlafen ... gehört nicht zum Job.« Er sah Hanna an. »Ich weiß nicht, ob sie ihn geliebt hat, aber sie mochte ihn bestimmt, sonst hätte sie sich nicht auf ihn eingelassen.«

»Sie halten es für einen Fehler?« Oberst Hartmann ließ sich auf den Stuhl hinter seinem Schreibtisch fallen. Ben blieb stehen, ging zum Fenster und starrte hinaus. »Viktor Samuels hat mit seiner Arbeit dafür gesorgt, dass Armin Ziegler in Ruhe sein Imperium aufbauen konnte. Er ist auf der Flucht, und Sie haben Hanna gehört. Er wird sich uns garantiert nicht freiwillig stellen.«

»Manchmal muss man auf einen Deal eingehen, um an die ranzukommen, die ganz oben sitzen. Das hatten wir gestern schon, oder?«

Langsam drehte sich Ben um, lehnte sich mit dem

Rücken ans Fenster. »Wir gehen bei diesem Fall auf zu viele Deals ein, und wohin bringt uns das?«

»Vielleicht haben wir so die Möglichkeit, ihn zu schnappen?«

»Ich habe Sie bisher immer für einen Realisten gehalten. Was, wenn Viktor gar nicht beabsichtigt, uns zu helfen, sondern versucht, an alles dranzukommen, was wir bisher über die Organisation gesammelt haben?«

»Sie trauen Paul nicht zu, dagegenzuhalten?«

»Wir haben eine Frau und zwei Männer verloren, und bisher hat nur Lukas Benner seine Strafe bekommen. Und das nicht durch uns. Es stinkt mir gewaltig, dass wir immer einen Schritt hinter der FoEI herlaufen.«

»Das beantwortet meine Frage nicht.«

Ben seufzte tief. Er versuchte, Abstand zu seinen Emotionen zu gewinnen und sich auf die Fakten zu konzentrieren. »Ja. Ich traue es Paul zu. Er hat sich im letzten Jahr verdammt viel mit diesem Typen und seiner Arbeit beschäftigt.«

»Vielleicht haben wir einen weiteren Trumpf in unseren Karten.«

Er sah seinen Vorgesetzten an. »Sie meinen den Kardinal?«

»Ja. Dieses Telefongespräch zwischen ihm und Hanna.«

Ben hatte es sich tags zuvor mehrmals angehört.

»GOTT SEI DANK, meldest du dich endlich. Wie geht es dir?«

»Gut.«

»Ist alles in Ordnung?«

»Hm«

»*Bist du allein?*«

»*Nein.*«

»*Warum hast du dich nicht an das gehalten, was wir besprochen haben?*«

»*Ich musste was klären.*«

»*Weißt du jetzt, was du machst?*«

»*Ja.*«

»*Kann ich dich davon abbringen?*«

»*Nein.*«

Der Kardinal mit einem tiefen Seufzen: »*Pass wenigstens auf dich auf.*«

»*Mach ich.*«

»JA, ich gebe Ihnen recht. Der Mann weiß mehr, als er uns gegenüber zugibt.«

Der Oberst nickte. »Ein schwer zu durchschauender Mann, den in diesem Fall eines an uns bindet.«

»Seine Sorge um sein Patenkind.«

»Richtig, was uns zu der nächsten Frage bringt. Was ist mit Hanna?«

Ben verschränkte die Arme vor der Brust. »Was soll mit ihr sein?«

»Weshalb waren Sie mit ihr draußen?«

»Ein Anfall von Klaustrophobie.«

»Was?«

Ben seufzte. »Ich denke, es hat nicht immer mit der Größe von Räumen oder der Menge von Menschen darin zu tun, sondern eher mit den psychologischen Komponenten dahinter. Eingesperrt zu sein in Räumen ohne Fenster unter der Erde ...«

»Manchmal vergesse ich, was sie hinter sich hat. Okay, das stellt uns vor ein neues Problem. Wohin mit ihr?«

»Sie kann bei mir schlafen. Die Wohnung ist im dritten Stock, hat eine Feuerleiter am Wohnzimmer, und sie muss erst an mir vorbei, wenn sie abhauen will.«

Schweigend ließ Hartmann seinen Blick auf ihm ruhen.

Ohne es ausgesprochen zu hören, wusste Ben genau, was in dessen Kopf vor sich ging. »Ich habe nicht vor, mit ihr zu schlafen, wenn es das ist, was Ihnen Sorge bereitet. Wir haben keine Alternative, es sei denn, Sie wollen das BKA einschalten. In diesem Fall kann es sein, dass sie sogar erst mal in Untersuchungshaft kommt.«

»Vielleicht sollte ich sie besser zu mir nehmen.«

»Oberst, ich will Ihnen nicht zu nahe treten, aber wann waren Sie das letzte Mal beim Kampftraining? Sind Sie fit genug für einen Zweikampf mit ihr?«

Er zögerte nur kurz, seufzte.

»Ehrlich gesagt – wohl nicht.«

Ben war im Grunde nicht wohl bei dem Gedanken, Hanna bei sich in der Wohnung zu haben. Andererseits wollte er sie keinesfalls aus den Augen verlieren. Er würde sie kaum ein zweites Mal in Berlin wiederfinden, und solange Armin Ziegler und Konstantin Wolff auf freiem Fuß waren, gab es keinen sicheren Ort für sie. Er wollte nicht für den Tod eines weiteren Menschen verantwortlich sein. – Und er fühlte sich für sie verantwortlich, weil sie ihm vertraut hatte.

»Also gut. Ich vertraue darauf, dass Sie diesmal ihren Verstand benutzen. Wie wollen Sie sicherstellen, dass Sie keinen unerwünschten Besuch bekommen?«

»Erstens war ihre Verkleidung verdammt geschickt, als ich sie am Bahnhof aufgespürt habe, und meine Schwester hatte noch eine weitere Idee in der Beziehung. Zweitens habe ich vor ein paar Tagen mit Sven gesprochen, und er sorgt dafür, dass eine Zivilstreife regelmäßig am Haus vorbeifährt.«

Oberst Hartmann grinste. »Sie überlassen nichts dem Zufall.«

»Nicht, wenn es sich vermeiden lässt. Wie weit sind wir mit der Identifikation von Wolffs Kommandos?«

»Es gab in den Krisengebieten eine Reihe von Überfällen nach demselben Muster. Einige hatten wir mit Wolff in Zusammenhang gebracht, wesentlich mehr aber wiederum nicht. Es scheint, als wäre Wolff aktiver in den Regionen, als wir es bisher befürchtet hatten. Einige Namen sind dabei aufgetaucht, und wir sollten hier am besten eine internationale Zusammenarbeit anstreben. Das Gebiet ist einfach zu groß.«

»Also fahren wir zweigleisig. Auf der einen Seite nehmen wir die Aktionen von Wolff unter die Lupe, auf der anderen Seite hacken wir uns in ihr System. Und wann schalten wir das BKA ein?«

»Wenn wir wissen, was uns Viktor Samuels an Zugangsmöglichkeiten verschafft.«

»Bekommt er ein Angebot, wenn wir ihn schnappen?«

Oberst Hartmann schüttelte den Kopf, und sein Gesicht drückte Entschlossenheit aus. »Nein. Nicht nach dem, was er über sein Handy angehört hat.«

Ben nickte zufrieden. »Dann bereite ich mal den Umzug vor.«

In einem Krankenwagen zu Lisa gebracht zu werden, gehörte nicht zu den tollsten Erlebnissen in Hannas Leben. Andererseits war sie Ben dankbar, dass sie nicht eine zweite Nacht in der unterirdischen Zelle verbringen musste.

Lisa frotzelte, als sie von der Trage aufstand: »Und was kann ich diesmal zusammenflicken?«

»Ha, ha, ha. Sehr witzig.« Hanna umarmte Lisa, was in Anbetracht von deren Bauchumfang nicht leicht war. »Darf ich?«

Lisa nahm Hannas Hand und legte sie auf ihren Bauch. »Spürst du das?«

Hanna nickte.

»Das ist das Köpfchen.« Sie verlagerte die Hand, gab mehr Druck auf ihre Handfläche. »Und das ist sein Popo.«

Verblüfft sah Hanna sie an. »Woher weißt du das? Für mich fühlt sich das beides gleich an.«

Lisa lachte. »Das eine ist härter, das andere weicher.«

»Fertig?«, wandte Ben sich an Hanna. Er wollte sie so schnell wie möglich im dritten Stock haben.

Sie schulterte ihren Rucksack und wollte nach ihrer Tasche greifen, aber Ben kam ihr zuvor. Er zog Lisa in seine Arme, gab ihr einen Kuss auf die Stirn und strich mit der Hand über ihren Bauch. »Alles klar mit der werdenden Mama?«

»Ja, alles klar. Soll ich euch was zum Abendessen machen?«

»Nein«, kam es gleichzeitig von beiden.

»Wir haben gegessen«, erklärte Ben mit einem eindringlichen Seitenblick auf Hanna.

Als ob das nötig gewesen wäre. Sie sah selbst die Ränder unter Lisas Augen und die Spannung in ihrem Bauch. Außerdem schien die Wölbung ein Stück heruntergerutscht zu sein. Auf keinen Fall wollte sie, dass sich Lisa Arbeit machte.

»O-ka-y«, sagte Lisa gedehnt. »Ihr seht beide ziemlich müde aus. Sehen wir uns zum Frühstück?«

»Einverstanden. Wann?«

»Sieben Uhr?«

»Passt, Schwesterchen, und keine Arbeit! Klar?«

»Glasklar, Major Wahlstrom«, antwortete Lisa zackig und legte ihre Handkante an die Stirn, worauf sie eine Kopfnuss von ihrem Bruder kassierte.

Gemeinsam stiegen sie zu dritt das Treppenhaus hoch, Ben als Schlusslicht. Hanna fragte sich, ob er Lisa im Auge behalten wollte oder Angst hatte, dass sie die Flucht ergriff? Der Gedanke, der ihr tatsächlich kurzfristig durch den Kopf geschossen war, erheiterte sie. Allerdings wäre sie dann abgeschnitten von allen Informationen, und die brauchte sie im Moment dringend. Sie musste Marie in jedem Fall eine Nachricht zukommen lassen. Ben küsste seine Schwester nochmals, bevor sie in der zweiten Etage in ihre Wohnung schlüpfte, nicht ohne Hanna mit einem Augenzwinkern eine schöne Nacht zu wünschen. Was Hanna schlagartig bewusst machte, dass sie diesmal die Wohnung mit deren Besitzer teilen würde. Okay, sie hatte nicht vor, mit ihm zu schlafen. Sie würde sich nicht erneut auf ein Gefühlschaos mit ihm einlassen. – Dieser Blick von ihm, als sie die Datei mit dem Mord an Nina hatte ablaufen lassen!

Auch sie war schockiert gewesen, verstand gleichzeitig Viktors Angst und konnte die Gründe, aus denen er diesen Weg gewählt hatte, nachvollziehen. Das hieß nicht, dass sie ihn guthieß.

Doch Ben nahm nur zur Kenntnis, dass Viktor gewusst hatte, wer diesen Mord begangen hatte, und nicht handelte. Hätte es bei der Verhandlung und der Haftstrafe von Lukas einen Unterschied bewirkt? – Ja. Hätte Angelika Winter mit der Aufzeichnung durch die Maschen schlüpfen können? – Nein. Sie wusste, dass Ben mit seiner Einstellung genauso recht hatte. Und da war sie selbst, die Viktor ohne es zu wollen zutiefst verletzt hatte. Vielleicht hatte ihr

Freund recht, und sie trug eine Mitschuld daran, wie sein Leben verlaufen war.

BEN SCHLOSS die Wohnungstür hinter sich ab und steckte den Schlüssel ein. Hannas Tasche trug er in sein Schlafzimmer, was Hanna mit einem skeptischen Blick beobachtete. Aus dem Schrank holte er Bettwäsche. »Du schläfst hier. Ich schlafe auf der Couch im Wohnzimmer.«

»Ich kann auch auf der Couch schlafen.«

»Kommt nicht infrage. Du schläfst hier. Stört es dich, wenn ich das Laken drauflasse, oder soll ich es wechseln?«

»Wechseln.« Sie nahm ihm die Bettwäsche ab und bezog das Bett, während er das Laken tauschte.

»Hast du Angst, ich würde abhauen?«

»Willst du das denn?«

»Der dritte Stock ist ziemlich hoch.«

Er musterte sie, sah das Funkeln in ihren Augen. »Tu nicht so.« Mit Sicherheit wusste sie, dass man vom Wohnzimmer aus Zugang zur Feuerleiter hatte. Ben nahm sein gebrauchtes Bettzeug und ein weiteres Laken und trug die Sachen ins Wohnzimmer.

»Darf ich deine Dusche benutzen?«

»Sicher.«

Er hörte, wie sie die Badezimmertür hinter sich schloss. Nachdem er sich sein Bett auf der Couch gemacht hatte, holte er seinen Schlafanzug und frische Sachen aus dem Schlafzimmer, lauschte an der Badezimmertür. Sie duschte. Das Bild, das dabei in seinem Kopf entstand, schob er entschlossen weg. Er entschied sich, noch schnell einen Salat zu machen. Das würde ihn auf andere Gedanken bringen. Auf Musik verzichtete er, da er sicher sein wollte, dass ihm kein Geräusch entging.

Zwanzig Minuten später stand Hanna im Türrahmen. Ihre Haare hatte sie nur trocken gerubbelt. Unter dem dunkelblauen T-Shirt trug sie nichts auf der Haut – das nahm er mit einem Blick wahr –, hatte aber wenigstens eine Jogginghose an, auch wenn sie barfuß war. Hastig konzentrierte er sich darauf, Möhren zu schneiden.

»Kann ich noch was helfen?«

»Nein, aber du kannst den Tisch decken.«

Zielsicher bewegte sie sich in seiner Küche, holte Teller, Messer, Gabel, Gläser, etwas zum Trinken. Sie schnitt Brot, holte Marmelade, Butter, Wurst und Käse. Es irritierte ihn, mit welcher Sicherheit sie sich in seiner Küche bewegte. Selbst Lisa kannte sich in seinen Schränken nicht in diesem Maß aus. Aber Hanna hatte ja hier gewohnt, während er sie in Rom suchte.

Sie ertappte ihn beim Beobachten und grinste zufrieden. »Seltsames Gefühl, wie? Jetzt siehst du mal, wie es mir damals ging.«

Touché, dachte er. »Essig und Öl?«

»Ja.«

Ben kam mit der Salatschüssel an den Tisch und setzte sich. Hanna stellte ihr linkes Bein auf den Stuhl, während sie sich von dem Salat auflud und ein Brot nahm. Das alles kam ihm ungewohnt vertraut vor und verursachte ein unangenehmes Gefühl in seiner Magengegend.

Sie biss in ihr Brot. »Was ist? Hast du kein Hunger?« Sie fixierte ihn. »Stimmt was nicht?«

»Nein, alles in Ordnung.« Er nahm sich ebenfalls Salat, schmierte sich sein Brot und packte Wurst darauf.

»Wie lange hat Lisa noch?«

»Zehn Tage.«

»Wow. Dafür hat sich der Bauch aber ganz schön abgesenkt.«

»Hast du Ahnung davon?«

Sie nahm den Fuß runter, rückte den Stuhl näher an den Tisch. Ihre Wangen zeigten einen rosa Farbton. »Nicht direkt.«

»Aber du hast eine Fotosession von Schwangeren gemacht.«

Ihr Mund klappte auf und wieder zu. Skeptisch musterte sie ihn, als wäre er ein seltsamer Käfer unter dem Mikroskop. Er konnte sich ein Grinsen nicht verkneifen. Hanna hatte ja keine Ahnung, wie viel Raum sie in den letzten Monaten in seinem Leben eingenommen hatte. Eine letztlich erschreckende Erkenntnis auch für ihn. Er nahm sie nicht als Fremdkörper in seinem Leben oder in dieser Wohnung wahr, vielmehr so, als gehörte sie genau hier hinein. Er wischte den Gedanken beiseite.

»Seit wann interessieren sich Männer für Bilder von Schwangeren?«

»Und seit wann ist einer Frau so was peinlich?«

Sie zeigte mit der Gabel auf ihn. »Du zuerst.«

Er lachte. »Okay. Ich habe Lisa das Buch geschenkt, nachdem sie am Telefon zum zigsten Mal darüber gejammert hat, dass sie aussähe, als hätte sie einen Medizinball verschluckt. Lisa war noch nie zufrieden mit ihrer Figur. Auf Dauer nervt das. Ich hab überlegt, womit ich sie überzeugen kann, dass ein schwangerer Bauch etwas anderes ist, etwas Ästhetisches und an ein Wunder Grenzendes. Etwas, auf das sie stolz sein kann, und da bin ich über das Buch gestolpert.« Er zuckte mit den Achseln, bemerkte, dass sie mit dem Essen innegehalten hatte, und ihn anstarrte. »Was?«

»Nichts.« Hastig senkte sie den Kopf und pickte ein paar Salatblätter auf.

»Was!«

Sie atmete tief ein, behielt den Blick auf die Salatblätter gerichtet. »Ich hätte dir so viel Feingefühl nicht zugetraut.«

»Nein, stimmt. Ich bin ja Soldat und mein Job ist es, Menschen zu töten.«

»Das hab ich nicht gesagt.«

»Nein, aber du denkst es.«

Schweigend aßen sie weiter.

»Also warum war es dir vorhin peinlich, als ich dich fragte, ob du Ahnung von einer Schwangerschaft hast?«

»Es war mir nicht peinlich.«

»Du bist rot geworden.«

»Bin ich nicht.«

»Los. Rücks raus.«

»Okay, aber du darfst nicht lachen!«

Er versuchte sein Grinsen zu unterdrücken.

»Vergiss es.«

»Nein, nein, ich sterbe vor Neugierde und verspreche, dass ich nicht lachen werde.«

»Okay. Die Idee mit dem Buch kam von einem Verlag, und sie hatten erst einen Fotografen dafür. Einige der Frauen wollten, dass es lieber eine Fotografin macht, also holten sie mich.« Sie betrachtete aufmerksam eine Tomate, die sie auf ihre Gabel gespießt hatte.

Ben schwieg und wartete.

»Ich wusste nicht, wer die Models waren, und da gab es die Redakteurin des Buchs, die ich nicht kannte, und ich wollte ihren Bauch ebenfalls ablichten.« Hanna seufzte, sammelte sich. »Sie war nicht schwanger«, stieß sie hastig heraus.

Ben stellte sich die Situation vor und biss sich in die Backe, um nicht zu lachen. »Und du durftest trotzdem die Fotos machen?«

»Erst, als ich zu Kreuze gekrochen bin. Du hast gesagt, du würdest nicht lachen.«

»So viel zum Thema Ahnung von Schwangerschaft und Bäuchen.«

Hanna brach in Lachen aus. »Oh Gott, war das eine peinliche Situation«, stieß sie hervor. Ihr liefen die Tränen über das Gesicht.

Dann war es auch um Bens Selbstbeherrschung geschehen. Alle Anspannung der letzten Tage und Wochen wich aus seinem Körper. Es war das erste Mal, dass er Hanna lachen hörte. Unbeschwert und voller Lebensfreude. Die Bilder in dem Buch hatten ihn tief berührt. Aber wann taten die Fotos von Hanna das nicht. Dennoch hatte der Hauch vom Wunder des Lebens über den Bäuchen der Schwangeren geschwebt, vom unschuldigen, kommenden Leben.

Hanna kuschelte sich in Bens Bett. Sie steckte ihre Nase tief in das frisch bezogene Kissen. Es half nichts, denn der komplette Raum roch nach ihm, und sie fragte sich, wie sie so schlafen sollte, wenn sie gleichzeitig wusste, dass er nur ein paar Meter weiter auf der Couch lag.

Er liebte Lisa, und wenn es um sie ging, hatte er keine Scheu, seine Gefühle zu zeigen. Nicht nur das – er machte sich auch Gedanken um seine Schwester. Vermutlich war er stinksauer gewesen, als er feststellte, dass sie hier Unterschlupf gesucht hatte. Trotz ihrer Vorsicht war sie eine Gefahr für jeden, der sich mit ihr einließ. Wie wäre es gewesen, einen großen Bruder zu haben, der sich um einen kümmerte, der einen beschützte? Und wie lebte es sich mit dem Gedanken, dass er bei der Bundeswehr diente, Menschen töten musste und selber getötet werden konnte?

Sie versuchte sich zu erinnern, wie Lisa reagiert hatte, wenn sie über Ben sprach. Aber ihr fiel keine Gelegenheit ein, wo sie Angst oder Sorge gezeigt hätte. Sie drehte sich zum hundertsten Mal im Bett und suchte eine Schlafposition. Ihren Kopf unter das Kissen schiebend stöhnte sie, als sie daran dachte, wie entspannt das Abendessen gewesen war. Für einen Moment waren alle Sorgen und Ängste verschwunden, und sie konnte sich nicht erinnern, wann sie das letzte Mal so viel gelacht hatte.

Sie dachte an Marie und daran, dass sie sich Sorgen machen würde, weil sie sich nicht meldete. Also schlüpfte sie noch mal aus dem Bett. Auf leisen Sohlen schlich sie zur Tür, lauschte, konnte aber nichts hören. Leider gab es keinen Schlüssel. Sie ging zu ihrer Tasche und wühlte, bis sie das Handy gefunden hatte. Dummerweise konnte sie keine neue SIM-Karte verwenden und musste stattdessen die alte nutzen. Sie schaltete die Telefonfunktion ein und ging auf Nachrichten.

»Bin unterwegs, melde mich, wenn ich da bin.«

Die Antwort erschien keine zwei Minuten später auf dem Display.

»Okay. Warte auf dich. Pass auf dich auf.«

»Dito.«

Sie packte alles weg und rutschte zurück ins Bett, versuchte es erneut mit der Schlafposition auf dem Bauch, den Kopf unter das Kissen gewühlt.

17

LEBEN

»B en!« Faustschläge donnerten an die Tür.

Sofort war Hanna hellwach, schnappte sich ihre Jogginghose und lief aus dem Schlafzimmer, wo sie im Flur fast mit Ben zusammenprallte. Eine Waffe in der Hand schob er sie hinter sich.

»Das ist dein Schwager«, fauchte sie, »pack die Waffe weg!«

Statt auf sie zu hören, steckte er seinen Schlüssel ins Schloss, legte die Kette vor und öffnete die Wohnungtür.

»Lisa – sie hat Wehen.«

Es dauerte keine drei Sekunden, dann war die Tür komplett offen. Tom stand im Schlafanzug vor ihnen, die Haare wirr vom Kopf abstehend.

»Kannst du zu ihr gehen und sie daran hindern, weiter Quatsch zu machen? Ich muss mich anziehen, das Auto vorbereiten und der Hebamme Bescheid geben.«

»Aber sie hat doch noch zehn Tage ...« Hanna biss sich auf die Lippen, als sie die Panik in Toms Augen sah.

Ben rannte ins Wohnzimmer und zog sich seine Jogginghose an. Hanna schlüpfte in ihre Turnschuhe und folgte den Männern runter in die Wohnung in der zweiten Etage. Lisa lag im Bett, streichelte mit den Händen ihren Bauch, zwischen ihren Beinen klemmte ein Handtuch.

Ben kniete sich vor das Bett. »He, was machst du denn für Sachen?«

Sie öffnete die Augen, versuchte ein Lächeln, was ihr misslang, stattdessen traten ihr Tränen in die Augen. »Ich konnte nicht schlafen und wollte mir Kekse aus dem Schrank holen. Tom hat sie nach oben gepackt, also nahm ich einen Hocker. Ich hab das Gleichgewicht verloren und bin runtergesprungen, damit ich nicht falle. Und dann hat es angefangen.«

Beruhigend strich ihr Bruder ihr die Haare aus dem Gesicht. »Schsch, alles wird gut. Keine Sorge, in zehn Tagen wär es sowieso so weit gewesen. Dann kommt es einfach ein bisschen früher.«

»Hast du Wehen?«, fragte Hanna.

»Hanna!«, rief Lisa und streckte die Arme aus.

Ben machte ihr Platz und Hanna nahm Lisa, die nun richtig anfing zu weinen, vorsichtig in die Arme.

»Alles wird gut Lisa, alles wird gut. Also hast du Wehen?«

»Nein, keine echten, aber das Fruchtwasser …«

Beruhigend strich Hanna ihr über den Rücken. Tom kam herein.

»Kannst du aufstehen?«

Hanna half Lisa beim Aufrichten und bemerkte die Nässe zwischen ihren Beinen. Sie hatte keine Ahnung, wie schnell eine Geburt vonstattenging, wenn die Fruchtblase geplatzt war. Ein kurzer Blick reichte ihr aber, um zu sehen, dass die Schwangere sich nicht in ihren feuchten Unterklamotten wohlfühlte.

»Keine Wehen? Fließt es eher langsam?«, rückversicherte sie sich.

»Ja, kaum noch. Alles in Ordnung soweit. Keine akute Gefahr, würde ich sagen. Das Köpfchen lag schon tief, Nabelschnur okay, keine Vorfallgefahr.«

Hanna seufzte. Lisa hatte offenbar den ersten Schock überstanden und ließ die Ärztin in sich zu Wort kommen. »Okay, dann erst zum Bad.«

»Zum Bad?«, stieß Tom entsetzt hervor. »Wir fahren ins Krankenhaus – sofort!«

Auch Ben blickte sie verunsichert an.

Eines hatte Hanna bei dem Fotoshooting der Schwangeren gelernt: erstens, dass sie ein untrügliches Körperbewusstsein entwickelten, das ihnen half, mit der Situation klarzukommen, zweitens, dass es für den Prozess der Geburt wichtig war, sich im Einklang mit sich zu befinden. So erschrocken Lisa durch das Fließen des Fruchtwassers war, machte sie dennoch nicht den Eindruck, als würde sie im nächsten Moment das Baby bekommen. Wenn es Lisa störte, dass ihre Hose feucht war, dann würde sie verdammt noch mal dafür sorgen, dass sie trockene Sachen bekam.

»Tom, das ist nicht das erste Baby, das es eiliger hat, auf die Welt zu kommen, und nicht das letzte. Geh vor, wir kommen gleich nach. Ruf bei der Klinik an.« Damit schob sie Lisa ins Bad und half ihr beim Ausziehen.

Ben kam rein, brachte frische Sachen. Mit zwei kleinen Handtüchern zwischen den Beinen zog Hanna der werdenden Mutter die weite Hose über. Bevor Lisa protestieren konnte, hatte Ben sie hochgehoben und brachte sie zum Auto, dicht gefolgt von Hanna. Vorsichtig setzte Ben seine Schwester auf den in annähernde Liegeposition gebrachten Beifahrersitz, der mit einem Plastiküberzug und Handtüchern ausgelegt war. Tom legte den Rückwärtsgang ein.

»Stopp!«, bellte Ben.

Sein Schwager trat gerade noch rechtzeitig auf die Bremse, um nicht gegen das geschlossene Garagentor zu fahren.

»Okay, das reicht. Ich fahre euch ins Krankenhaus. Hanna, geh hoch und hol meinen Autoschlüssel, er hängt ...«

»... am Schlüsselbrett hinter der Wohnungstür, ich weiß.«

Er nickte, durchbohrte sie förmlich mit dem Blick aus seinen nebelgrauen Augen. Dachte er, dass sie sein Auto schnappen und abhauen würde, während ihr Patenkind auf die Welt kam?

»Fahrt nur. Ich komme direkt hinterher. Welches Krankenhaus?«

»Charité«, antwortete Tom für Ben.

ALS HANNA auf der Station ankam, saß Ben allein im Wartezimmer. Sie setzte sich zu ihm und gab ihm seinen Autoschlüssel. »Alles klar?«

»Ja, Tom hat sich auch beruhigt, seit er die Herztöne vom Baby auf dem Monitor beobachten kann. Sie haben einen Ultraschall gemacht, und Lisa hängt am Wehentropf.«

»Haben sie dich rausgeworfen?«

»Nein, ich wollte auf dich warten.«

»Ich darf mit rein?«

»Ja, Lisa bringt mich um, wenn ich dich nicht zu ihr bringe.«

»Worauf warten wir?«

. . .

VERBLÜFFT SAH sich Hanna in den Raum um, der so gar nichts von einem Krankenhaus an sich hatte. Eher konnte so das Wohnzimmer einer Esoterikerin aussehen. Im Raum hörte man Chill-out-Musik, die an Indien erinnerte. Die Luft roch nach irgendwelchen Duftessenzen, die sie nicht einordnen konnte. Es gab einen Ball, Stühle, ein Sofa, eine Art Untersuchungsstuhl, der ein wenig wie der beim Frauenarzt aussah, und ein Bett. Das Licht war gedimmt. Durchsichtige Seidenvorhänge an den Fenstern vermittelten den Eindruck von Leichtigkeit.

Tom lag neben Lisa auf dem Bett. Während er sie streichelte, wanderte sein Blick immer wieder zu dem Monitor, der die Herztöne anzeigte.

»Nett hier.« Hanna grinste. »Und wo sind Kaffee und Kuchen?«

Die werdende Mutter lachte und verzog sofort das Gesicht vor Schmerzen. »Untersteh dich, es dir gemütlich zu machen, während ich hier Schwerstarbeit leiste«, brachte sie schließlich hervor.

Hanna setzte sich nah zu Lisa. »Für was ist das hier alles?«

Sie würde es mit einfachen Fragen und Zuhören schon schaffen, die beiden von ihrer Angst vor dem, was ihnen bevorstand, abzulenken.

BEN schwieg und beobachtete seine Schwester, wie sie von ihrem Mann den Rücken gestreichelt bekam und Hannas Hand hielt. Er konnte fühlen, wie Ruhe den Raum auszufüllen begann und spürbar Konzentration einkehrte. Es war nicht die erste Geburt, die er miterlebte. Er erinnerte sich an ein Dorf in Afghanistan, wo er und ein Sanitäter einer Frau geholfen hatten, Zwillinge zur Welt zu bringen.

Mitten im Kampf, mitten im Tod gab es neues Leben, neue Hoffnung.

Immer wieder schickte die Hebamme sie für kurze Zeit aus dem Raum. Jedes Mal schien Lisa dann blasser zu sein und intensivere Wehen zu haben. Schließlich war es so weit. Ben und Hanna sollten draußen warten.

Hanna nahm Lisas Gesicht in beide Hände und küsste sie auf die Stirn. »Nur noch ein bisschen, dann hältst du ihn im Arm.«

Ben sah, wie ihre Berührung und ihre Worte seiner Schwester Kraft gaben. »Lass uns nicht so lange warten.« Er umarmte sie vorsichtig.

»Habe ich nicht vor.«

Ihre Arbeit und die Schmerzen durch die Wehen waren deutlich erkennbar. Woher nahm Lisa die Stärke? Insgeheim war Ben froh, dass Männer niemals diesen beängstigenden Geburtsvorgang durchstehen mussten, dem man so wehrlos ausgeliefert war, wenn er einmal begonnen hatte. Er beneidete Tom kein bisschen.

»Kaffee?«, fragte er Hanna, die sich auf einem Stuhl im Wartezimmer niedergelassen hatte.

»Ja.«

Endlich konnte er etwas machen. Als er zurückkam, blätterte Hanna in einem Buch. Er ließ sich neben ihr nieder und reichte ihr den Kaffee, deutete auf das Buch. »Ganz schön beängstigend.«

Es war ein Buch, in dem Schwangerschaft und Geburt ausführlich beschrieben waren.

»Die Erbsünde?«

Verständnislos zog er die Augenbrauen zusammen.

»Na ja – Eva hat Adam verführt.«

»Und?«

»Deshalb müssen Frauen unter Schmerzen Kinder zur

Welt bringen.«

»Ich dachte, sie wären als Folge aus dem Paradies vertrieben worden.«

»Ja, das auch.«

»Sie schlägt sich tapfer.«

Hanna hörte seinen Stolz auf die kleine Schwester heraus. »Ja, kein Laut kam über ihre Lippen.«

»Sie ist tough.« Ben nickte.

»Hast du jemals dran gezweifelt?«

»Nein, sie war schon immer die Stärkere von uns zweien.«

Hanna musste lachen. »Ich denke, du bist als Bruder auch okay.«

Er boxte sie auf den Arm. »War das jetzt ein Kompliment?«

»Ein winzig kleines«, gab sie zu und grinste ihn schelmisch an. Sie legte das Buch beiseite, setzte einen Fuß auf die Stuhlkante und trank einen Schluck Kaffee.

Er spürte ihre Körperwärme, roch die herben Kräuter seines eigenen Duschgels. Sie strich sich die Haare hinters Ohr und die scharfe Linie ihres Jochbeins gab ihrem Gesicht ein klassisches Aussehen. Die volle untere Lippe, die sie gerade zwischen die Zähne zog, würde sich weicher anfühlen als seine.

Sie schielte zu ihm rüber. »Was ist?«

»Danke.« Die Wange auf dem Knie, sah sie ihn zwischen dichten Wimpern hindurch an, die Stirn kraus.

»Für das kleine Kompliment? Gern geschehen.«

»Für deine Freundschaft mit Lisa.«

»Nein, anders herum. Ich muss danke sagen. Ohne sie wäre ich nicht mehr am Leben.«

»Das ist was anderes, es ist ihr Job. Aber ohne dich hätte sie ihre Hoffnung verloren.« Ben spürte ein Kribbeln in seiner Magengegend, als Hanna ihn ansah. Die Luft blieb ihm weg. Die Erinnerung an das letzte Mal, als sich dieses leuchtende Blau so intensiv auf ihn gerichtet hatte, kam hoch. Bevor er sie stoppen konnte, sprach sie.

»Danke, Ben.«

In seinem Kopf drehte es sich, die Worte bildeten keinen Sinn in seinem Gehirn, weil er andere erwartet hatte, gedacht hatte, dass sie ihm ein zweites Mal sagen würde, dass sie ihn liebe. Sie lachte. Lachte sie über ihn? »Was ist?«

»Danke. Ich glaube, ich habe mich nie dafür bedankt, dass du mir zweimal das Leben gerettet hast.«

Vorsichtig ließ er Luft in seine Lungen. Mit einem Danke konnte er umgehen.

»Was dachtest du, dass ich sagen würde?«

»Wieso hast du einen Kardinal zum Patenonkel?« Ihm fiel nichts Besseres ein, um sie von dem Pfad, auf dem sie sich bewegten, abzulenken. Noch immer steckte das Lächeln in ihren Mundwinkeln, das warme Leuchten in ihren Augen, das ihn bis ins Mark traf.

»Mein Vater und Onkel Richard haben zusammen Theologie studiert und sind gemeinsam im Priesterseminar gewesen.«

»Hatte dein Vater keine Geschwister?«

»Doch, zwei Brüder, Michael und Raphael. Michael ist auch mein Patenonkel. Raphael ist der Patenonkel von Marie, und Susan ist ihre Patentante.«

»Susan Paxton?«

»Ja, eine der wenigen Freundinnen, die Mama blieben, nachdem sie sich von Armin getrennt hatte wegen Papa. Mama hat keine Geschwister.«

»Wie lange war deine Mutter mit Armin zusammen, bevor dein Vater dazwischenkam?«

»Drei Jahre – das überrascht dich nicht?«

»Weil ich es wusste.«

»Woher?«

»Ich hab meine Quellen. Wieso hat deine Mutter Armin den Laufpass gegeben und sich mit einem Priester eingelassen?«

»Weil sie sich unsterblich ineinander verliebt hatten.«

Er fuhr sich durch das Haar, wich ihrem amüsierten Blick aus. Er erinnerte sich an das Gesicht des Kardinals, als er ihm von Silvia erzählte. Auch der Kardinal hatte diese Liebe zwischen seinem Freund und Priesterkollegen und Hannas Mutter nicht aufhalten können. Aber schließlich war Silvia inzwischen mit Armin verheiratet. »Unsterblich.«

Hanna nickte. »Ich weiß, für dich sieht das nicht so aus, weil sie heute mit Armin verheiratet ist, aber ihr Herz gehört Papa und das wird sich nie ändern.«

»Hanna ...« Er überlegte, wie er ihr die Realität vor Augen führen konnte. Ihre eigene Mutter hatte die ermordete Tochter verraten, hatte dafür gesorgt, dass der Mann, der ihr so viel angetan hatte, billig davonkam. Wie konnte sie das ihrem Kind antun, wenn sie dessen Vater immer noch liebte?

Hanna wartete nicht, bis er weitersprach. »Willst du die Geschichte hören?«

Er nickte. Sie setzte ihr Kinn auf die Kniespitze, starrte auf die gegenüberliegende Wand.

»Mama war mit ihrer Krankenschwesternausbildung fertig. Als Armin ihr einen Heiratsantrag machte, nahm sie ihn an.«

»Sie waren verlobt?«

»Ja.«

Wow. Was er bisher von Silvia gehört und erlebt hatte,

passte nicht ins Bild dieser zarten, zerbrechlichen Person.

»Sie meldete sich dann für ein soziales Jahr im Ausland.«

»Stopp. Sie macht die Ausbildung fertig, verlobt sich und haut dann ab?«

»Ja.« Hanna wandte sich ihm zu. »Willst du die Geschichte hören oder nicht?«

Er hob beschwichtigend die Hände. Er musste die Geschichte jetzt hören, sonst würden ihn sein Unwissen und die Neugierde verrückt machen.

»Sie ist in ein Flüchtlingslager nach Somalia gegangen – mit dem Verein »Cap Anamur Deutsche Notärzte«. Papa befand sich auch dort unten.«

»Was suchte er da?«

»Koordinierte die Hilfsmaßnamen der verschiedenen Vereine.«

»Im Auftrag der Kirche?«

»Nein, im Auftrag des Malteserordens.«

»Dein Vater gehörte dem Malteserorden an?«

»Er war Ritter bis zu seiner Laisierung.«

»Laisierung?«

»Ja, so wird es genannt, wenn ein Priester von seinem Sakrament zurücktritt.«

»Ich dachte, dann würde er exkommuniziert und aus der Kirche ausgeschlossen.«

»Nein, ein Priester kann seine Entscheidung rückgängig machen. Das ist kein leichter Schritt, denn Papa war mit Leib und Seele Priester.«

»Wieso hat er es dann getan?«

»Weil er Mama liebte.«

Sie beobachtete ihn. Innerlich wand er sich unter ihrem Blick. Wie waren sie verflixt noch mal auf dieses Thema zurückgekommen?

»Mama hat immer gesagt, es wäre Liebe auf den ersten Blick gewesen. Er kam in das Zelt, stand vor ihr, die Sonne im Rücken, die schwarzen Haare viel zu lang, und dann fragte er sie nach dem Arzt. Sie hat ihn wohl nur angestarrt. Er ging zu ihr und legte ihr den Arm um die Schulter, weil er besorgt war, dass sie umkippte.« Hanna lachte, starrte erneut auf die gegenüberliegende Wand, schüttelte den Kopf. »Wie sie sagte, hat ein Blick in seine Augen genügt, die so blau wie der Himmel über dem Lager waren, und ihr Herz hat einfach ausgesetzt.«

Für einen Moment verweilte Hanna in der Vergangenheit, so als betrachtete sie das Geschehen selber. »Er hatte die schönsten blauen Augen, die du dir vorstellen kannst. Wenn er mich damit ansah, verblasste alles andere. Jeder Kummer war vergessen, jeder Schmerz verschwand, und egal was ich ausgefressen hatte, ich wusste, dass ich es ihm sagen kann und er mir hilft, es in Ordnung zu bringen.«

»Du hast die gleichen Augen.« Es kam über seine Lippen, bevor er sich bremsen konnte.

Wieder lachte sie. »Nein. Du hast seine nie gesehen.«

»Was geschah dann?«

»Bei ihm dauerte es länger.«

»Er musste mehr aufgeben.«

»Ja. Er hat einen langen inneren Kampf ausgefochten. Onkel Richard hat Mama das nie verziehen.«

»Waren deine Eltern glücklich in ihrer Ehe?«

»Ja.«

»Er hat es ihr nie zum Vorwurf gemacht?«

»Nein. Er hatte sich entschieden. Vielleicht war er manchmal traurig deshalb, aber er hat es uns niemals spüren lassen. Im Gegenteil —« Sie brach ab und ihre nächsten Worte kamen leise. »Mit einer Kindheit voll Liebe kann man ein halbes Leben lang die kalte Welt aushalten.«

Die Worte hallten nach, füllten den Raum, als wären sie zwei nicht mehr allein. Ben sah sich um, doch außer ihnen saß niemand im Wartezimmer.

»Unser Taufspruch. Papa hat ihn ausgesucht. Manchmal denke ich, er wusste, dass er nicht für immer bei uns sein würde. – Blöd, oder?«

»Nein. Kurz bevor meine Mutter starb, hat sie mir und Lisa je einen Brief geschrieben, den unser Vater uns an unserem achtzehnten Geburtstag gegeben hat. Das Datum stand auf dem Briefumschlag.«

Gruselig. Sie beide hatten einen Brief eines Elternteils bei dessen Tod hinterlassen bekommen – und saßen hier zusammen im Krankenhaus.

»Wie alt wart ihr, als sie starb?«

»Ich fünfzehn und Lisa dreizehn.«

Hanna wartete, stellte keine Fragen.

Er mochte es nicht, darüber zu reden. Verdammt, warum hatte er überhaupt damit angefangen? »Eine Geiselnahme. Mama, Lisa und ich waren dabei.« Er streckte seine Hand aus, zog an der goldenen Kette, die um Hannas Hals hing, bis er das kleine, schlichte Kreuz in seinen Fingern hielt. »Sie trug es immer um ihren Hals. Warum, weiß ich nicht. Sie ging nie viel in die Kirche. – Es waren Muslime. Sie sahen das Kreuz, holten sie heraus und haben sie als Erste mit einem Kopfschuss getötet, um zu zeigen, wie ernst sie es meinten.«

Hanna legte ihre Hand unter seine und schmiegte ihre Wange an seinen Handrücken. Sie blieb still.

»Ben und Hanna?«

Erschrocken zuckten sie zusammen.

»Entschuldigung, ich wollte nicht stören.« Der Blick der Krankenschwester ging mit wissendem Grinsen zwischen ihnen hin und her. Ben zog hastig seine Hand zurück und fühlte, wie Röte sein Gesicht überzog. Wie albern, dachte er verärgert.

Hanna fasste sich schneller. »Ist alles in Ordnung mit Frau Dr. Jung?«

»Ja, deshalb bin ich hier. Sie hat einen Jungen zur Welt gebracht. Raum 203.«

Sie grinsten wie auf Kommando und standen gleichzeitig auf. Es war für Hanna das erste Mal, dass sie ein frisch geborenes Baby sah, rot im Gesicht, schrumpelig und irgendwie zerknautscht, sah es hässlich aus und wunderschön. Wie konnte das sein? Eine Nase, zwei winzig kleine Ohren, Hände mit fünf zarten Fingerchen, die unglaublich fest zugriffen, und über allem das Glück von zwei Eltern, die ihren Sohn betrachteten, als wäre er das achte Weltwunder.

»Möchtest du ihn mal halten?« Lisa sah Hanna mit strahlendem Lächeln an.

Hanna schluckte, fühlte ihren Herzschlag sich beschleunigen und nahm vorsichtig das Baby entgegen, ließ sich von der Mutter zeigen, wie sie es halten musste. So leicht fühlte sich das Kind an, so hilflos lag es in ihren Armen und doch so vollkommen. »Na du kleiner Mann, was hältst du von dieser Welt?«

»Du solltest mit weniger philosophischen Fragen anfangen«, empfahl Ben, der sich zu Hanna gestellt hatte und über ihre Schulter seinen Neffen betrachtete.

Sie lachten alle.

»Möchtest du ihn halten?«

»Klar.« Ben nahm ihr das Baby ab, als würde er das jeden Tag zigmal tun.

Hanna stutzte. »Wieso kannst du das?«

»Ben hat schon Kinder zur Welt gebracht«, erklärte Lisa.

Ben grinste, sah Hanna aber nicht an. Stattdessen küsste er seinen Neffen auf die Stirn und rubbelte seine Nase an dem weichen Flaum auf seinem Köpfchen, was das Neugeborene mit brummenden Lauten kommentierte.

»Pusch ihn nicht so auf«, schimpfte Lisa, »er soll schlafen.«

»Und wie soll er heißen?«

»Nathanael.« Tom grinste ihn an.

»Nathanael? Wie seid ihr denn da drauf gekommen?«

Tom und Lisa sahen Hanna an.

Etwas verlegen zuckte sie mit den Achseln. »Es ist ein hebräischer Name und heißt Gabe Gottes oder Gottesgeschenk.« Mit dem Zeigefinger streichelte sie dem Baby über die Wange, das so zart aussah in Bens Armen. Nathanael hätte sich keinen besseren Onkel aussuchen können. Seine Arme boten Halt, seine breite Brust Schutz. Hanna sah bereits im Geist, wie die beiden sich wild über den Boden wälzten. Sie hob den Kopf und sah direkt in Bens nebelgraue Augen. Für einen Moment blieb die Welt stehen. Ihr Herz machte einen Satz und ihre Knie gaben ein wenig nach. Hastig wandte sie sich Tom und Lisa zu. »Vor lauter Baby habe ich euch noch gar nicht gratuliert.«

Es war eigentlich nicht ihre Art, Menschen zu umarmen. Ein wenig unwohl fühlte sie sich bei Tom, doch das legte sich, als er sie fest in seine Arme nahm und ihr ins Ohr flüsterte: »Danke. – Danke für alles.«

Ben legte seinen Neffen zurück in die Arme seiner Schwester, drückte Lisa ebenfalls und küsste sie auf beide Wagen und die Stirn. »Tolle Leistung, Schwesterchen. Und ich dachte, du würdest das ganze Krankenhaus zusammenbrüllen.«

Lisa boxte ihn auf den Arm. »Ich bin doch kein Weichei!«

»Nein, bist du nicht.« Er langte in seine Hosentasche und gab seinem Schwager den Autoschlüssel zurück. »Wir beide machen uns jetzt auf den Weg. Lasst es langsam angehen. Braucht ihr was?«

Wir, dachte Hanna. Seit wann betrachtete er sie beide als Einheit?

»Nein, wir haben alles da. Aber wenn uns noch was einfällt, melden wir uns.«

Schweigend gingen sie zum Auto. Hanna versuchte, ihre Gefühle und Gedanken zu sortieren. Sie öffnete das Schloss der goldenen Kette, die sie seit dem Tag, als sie sie von Oberst Hartmann angenommen hatte, nicht abgelegt hatte.

»Was machst du da?«

»Es ist das Kreuz deiner Mutter.«

»Ja.«

»Ich kann das nicht annehmen.«

»Du hast es angenommen.«

»Ja, aber da kannte ich nicht die Geschichte dahinter. Es gehört deinem Vater, dir, Lisa oder Nathanael – nicht mir.«

»Mein Vater hat sie mir geschenkt, als ich zu meinem ersten Auslandseinsatz musste, und ich habe sie dir geschenkt.«

Sie starrte auf die Kette in ihrer Hand, schüttelte den Kopf. Seine Hand legte sich auf ihre und schloss ihre Finger um die Kette. »Ich möchte, dass du sie trägst.«

»Natha...«

»Nein. Er bekommt eine neue. Von mir aus auch von dir.«

Er ließ sie los, um einen Gang runterzuschalten. Ein flüchtiger Seitenblick traf sie.

»Bitte.«

Die Kette fühlte sich in ihrer Hand warm an. Sie war in all den vergangenen Monaten ihre Verbindung zu ihm gewesen. Nun war ihr auch klar, weshalb das Gefühl so intensiv gewesen war. Dass er ihr kein neues Kreuz geschenkt hatte, wusste sie vom ersten Augenblick, als sie die Kette gesehen hatte. Sie hatte Kratzer und Spuren, als habe jemand sie häufig in der Hand gehalten und gerieben. Hanna seufzte, legte sich die Kette an. »Versprich mir, dass du es mir ehrlich sagst, wenn du sie zurückhaben möchtest.«

»Versprochen. Lust auf einen Kaffee?«

Bevor sie antworten konnte, bog er in eine Seitenstraße ab und hielt vor einem Starbucks. »Komm, ich geb dir einen aus, immerhin bin ich Onkel geworden.«

Es war halb zwei, als sie vor dem Haus einparkten. Ben ließ Hanna großzügigerweise als Erste ins Bad, checkte seine E-Mails und gab seinem Oberst durch, dass sie gegen drei in der Kaserne sein würden.

Als er selbst unter der Dusche stand, nahm er sich Zeit, ließ das heiße Wasser lange über seinen Körper fließen, stellte die Massagedüsen ein. Jede Verhärtung seiner Muskulatur löste sich. Er hatte noch mit niemandem außer Lisa über den Tod seiner Mutter gesprochen – darüber, dass sie ausgewählt worden war, als Erste zu sterben, weil sie ein Kreuz trug. Gott, wie hatte er diese Kette gehasst. Seit sein Vater sie ihm zu seinem ersten Einsatz gab, hatte er sie bei sich getragen, nicht, weil er an einen Schutz durch die Kette glaubte – was ihm schon aufgrund ihrer Geschichte fernlag – oder daran, was sie symbolisierte. Nein, sondern weil sie ihn jedes Mal daran erinnerte, weshalb er tun musste, was er tat. Und dann hatte er sie Hanna geschenkt, einem Impuls folgend, ohne darüber nachzudenken. Als sie die Kette im Auto abnahm, hatte er eine Panik verspürt, die er auch jetzt noch nicht begriff. Er war froh gewesen, als sie wieder um ihren Hals hing. Dort gehörte sie hin und nirgendwo anders.

Er betrachtete sich finster im Spiegel, strich sich über die Bartstoppeln. Etwas in ihm veränderte sich, und es gefiel ihm nicht.

HANNA SASS im Schneidersitz auf der Couch, ihren Rucksack vor sich, einen Skizzenblock auf dem Schoß. Ihr T-Shirt hatte am Rücken und an den Schultern dunkle Flecken, wo die feuchten Haare es benetzt hatten. Die Sonne schien ihr auf den Kopf. Konzentriert, aber mit einem Lächeln im Gesicht ließ sie den Stift über das Papier gleiten. Ben lehnte sich an den Türrahmen und beobachtete sie. Sie war so sehr in ihre Arbeit vertieft, dass sie nichts um sich herum wahrnahm. Eine Locke kringelte sich vorwitzig an ihrer Wange. Gedankenverloren strich sie sie weg, legte den Kopf schief und musterte das Blatt Papier.

Die Türklingel ließ beide gleichzeitig zusammenzucken. Fragend sah Hanna Ben an.

Er zuckte mit den Achseln, spannte seine Muskeln an, ließ seinen Blick zur Balkontür wandern. »Geh ins Schlafzimmer«, befahl er leise, auch wenn er nicht recht wusste, weshalb er flüsterte. Ausnahmsweise gehorchte Hanna ihm ohne Widerspruch. Er ging zum Türöffner, sah auf das Bild, das die Kamera von der Haustür zeigte, und fluchte. Das hatte ihm noch gefehlt. Er ließ den Türöffner summen und wartete darauf, dass die BKA-Leute den dritten Stock erreichten.

»Hi Sven.«

»Ben. Können wir reinkommen?«

»Um ehrlich zu sein, nein. Ich bin eben auf dem Weg in die Kaserne.« So käme er aus der Nummer nicht raus. Er sah es deutlich an Svens zusammengepressten Lippen und der versteinerten Miene. Er ließ die Tür offen und ging in die Küche. »Kaffee?«

Sven blieb in der Tür stehen. Die anderen beiden Beamtenbezogen vor der Wohnungstür Position. Anders hätte Ben es auch nicht gemacht. Höchstens noch jemanden vor der Feuerleiter platziert, doch wer wusste, ob nicht unten einer stand.

»Wo ist sie?«

»Bitte?« Er drehte sich um, nahm seinen Kaffeebecher und lehnte sich gegen die Theke.

Sven verzog die Lippen zu einem unechten Grinsen. »Verarsch mich nicht.«

»Nicht hier jedenfalls.«

»So? Und doch hat man sie nicht weggehen sehen. Ben, du hast uns selbst angefordert, um das Haus zu überwachen.«

Verdammt, das hatte er tatsächlich verpennt durch die Sache mit der Geburt. Er fluchte innerlich, dass er sich ständig von Hanna ablenken ließ und dadurch Fehler machte.

»Also, wo ist sie?«

»Ich bin hier.«

Erschrocken sprang Sven in die Küche, während Ben etwas vom Kaffee über seine Hand verschüttete. Warum konnte diese Frau nie das machen, was er ihr sagte? Sie hatte eine Strickjacke über das T-Shirt gezogen. Gelassen ging sie zur Kaffeemaschine, ließ sich einen Becher ein, setzte sich an den Tisch, einen Fuß auf die Stuhlkante gestellt, und pustete in den Becher, bevor sie vorsichtig einen Schluck trank.

Sven starrte sie an.

»Und?«, fragte Hanna lässig.

»Und?«, erwiderte der BKA-Beamte verwirrt.

»Na ja, wollten Sie nicht etwas von mir?«

Sven atmete tief ein. »Sie kommen mit.«

Langsam schüttelte sie den Kopf, lächelte ihn an. »Nein.«

»Nein?«

»Nein. Ich steige aus dem Zeugenschutzprogramm aus.«

»Das geht nicht.«

»Wieso sollte das nicht gehen?«

Sven zog sich den zweiten Stuhl heran und setzte sich. Er wandte sich an Ben. »Kann ich doch einen Kaffee haben?«

Ben holte ihm einen, fügte zwei Stück Zucker und viel Milch hinzu und stellte den Becher vor Sven ab.

»Sie können nicht einfach aus einem Zeugenschutzprogramm aussteigen. Ist Ihnen klar, wer alles hinter Ihnen her ist?«

»Ja.«

»Dann ist Ihnen bewusst, wie gefährlich es für sie ist, in Berlin einfach auf der Straße herumzulaufen.«

»Auf der Straße herumzulaufen ist für jeden und überall gefährlich. Darum laufe ich nicht auf den Straßen herum.«

»Ach verflucht! Hören Sie mit dieser Wortklauberei auf. Sie kommen jetzt mit, ob Sie wollen oder nicht.«

»Haben Sie einen Haftbefehl?«

»Kann ich besorgen.«

Ben glaubte ihm. Konz war bestimmt stocksauer, und er konnte es ihm nicht verdenken.

»Dann tun Sie das.« Hanna nahm einen Schluck Kaffee.

Einen Moment musterte der BKA-Beamte sie, dann stand er auf und verzog kurz einen Mundwinkel. »Ich habe eine bessere Idee. Grimmig! Hahnstein!«

Die beiden Beamten kamen heran. »Hanna Rosenbaum, ich nehme Sie fest wegen Verdachts des Mordes an Lukas Benner. Es steht Ihnen selbstverständlich frei, einen Anwalt hinzuzuziehen.«

»Das ziehst du jetzt nicht durch«, mischte sich Ben ein.

»Doch, genau das tue ich!«

Ben hob beschwichtigend die Hände und überlegte fieberhaft die Optionen. Konz war nicht darüber informiert, was sich auf dem USB-Stick befand, und er wusste nicht, wo sie standen.

»Okay, ich komme mit.« Hanna stellte ihre Tasse ab und wollte aufstehen, aber Ben ging zu ihr und drückte sie auf ihren Stuhl zurück.

»Das wirst du nicht«, erklärte er in sachlichem Ton.

»Oh, nur mal so für das Protokoll – heißt das, die Bundeswehr mischt sich jetzt in eine Ermittlung des BKA ein?« Sven warf ihm einen giftigen Blick zu.

»Nein, heißt es nicht. Aber du selbst hast gesagt, wie gefährlich die Situation für Hanna ist.«

»Weshalb sie in unserer Obhut besser aufgehoben ist als bei dir auf dem Präsentierteller.«

»So wie Lukas?«

»Verdammt, Ben! Was soll der Spruch? Du weißt selber, dass wir nicht für die Gefängnisse verantwortlich sind.«

»Pass auf, ich mache dir einen Vorschlag. Ich nehme Hanna mit in die Kaserne, spreche mit dem Oberst und er setzt sich mit Konz in Verbindung.«

Sven schüttelte den Kopf. »Nein, ich nehme Hanna mit. Dein Vorgesetzter kann sich bei Konz melden und ihm erklären, weshalb ihr uns wie Deppen auf der Suche nach ihr rumlaufen lasst, während ihr sie in eurem Gewahrsam habt.«

Ein Faustschlag krachte auf den Tisch und unterbrach das Männergespräch. Alle starrten auf Hanna.

»Ich bin kein Knochen, um den sich zwei Hunde streiten! Ich bin nicht nur ein Mensch, sondern deutsche Staatsbürgerin und habe Rechte.«

»Ja genau, Frau Rosenbaum, und Sie haben das Recht, einen Anwalt hinzuzurufen.«

»Und das werde ich auch!«

Sie stand auf und wollte ihr Handy holen. Als sie an den BKA-Beamten vorbeikam, packte einer sie am Oberarm.

»Im Präsidium.«

Blitzschnell wand sie sich aus dem Griff und gab dem Mann einen Stoß gegen die Brust, sodass er an den Türrahmen knallte. Verblüfft blieb er dort, während seine Kollegen ihre Waffen zogen.

»Fassen Sie mich *nie* wieder an!«

»Hanna!«, warnte sie Ben.

»Halt du dich da raus!«, schnappte sie gereizt zurück.

Ben sah Sven an. »Kann ich kurz mit ihr reden?«

»Nein.«

Vor Wut innerlich kochend sah er zu, wie Hanna mit dem Beamten seine Wohnung verließ. Kaum waren sie raus, zog er sein Handy hervor.

18

HARRY

Hanna sprach kein Wort mit Sven Brinkmann, der neben ihr hinten im Auto saß. Im Präsidium folgte sie dem BKA-Beamten in einen Raum im zweiten Stock. Ein Tisch mit mehreren Stühlen und schmale Flächenvorhänge am Fenster gaben dem Zimmer eine angenehme Atmosphäre. Hanna setzte sich und fixierte den Mann, der es bisher genauso vermieden hatte, mit ihr zu reden.

Jetzt sprach er sie an. »Tut mir leid, dass Sie da vorhin zwischen die Fronten geraten sind.«

Sie schwieg.

»Ich weiß, die letzten Tage waren bestimmt nicht angenehm für Sie. Aber glauben Sie mir, wir wollen Ihnen helfen.«

»Irgendwie kommt mir diese Situation bekannt vor.«

»Wir sind das BKA, keine Geheimorganisation.«

»Sie verdächtigen mich.«

Er grinste verlegen. »Nein, wir haben eher Ihre Schwester in Verdacht.«

»Er wurde umgebracht?«

»Ja. Wir brauchten einige Anläufe in der Pathologie,

aber es konnte nachgewiesen werden. Der Mörder hat Ahnung von Pharmakologie.«

»Meine Schwester hat jedenfalls keine Kenntnisse in Pharmakologie.«

»Nein, sie ist nur die Geschäftsführerin des größten deutschen Pharmakonzerns in Familienbesitz.«

»Sie ist Leiterin der Presseabteilung, nicht Geschäftsführerin.«

»Tja, da haben Sie wohl etwas verpasst.«

Hanna starrte ihn an, fragte sich, ob er ihr bewusst falsche Informationen lieferte.

»Frau Rosenbaum, erfreulich, Sie lebendig zu sehen.«

Der Mann, der den Raum betrat, besaß eine kleine und untersetzte Statur. Kurze, stoppelige, graue Haare bedeckten seinen Kopf. Wache braune Augen musterten sie durch eine schwarz gerahmte Brille. Zwei Mal waren sie sich im Laufe des letzten Jahres begegnet. Zwei Mal hatte er einen grauen Anzug mit schwarzem Hemd getragen, genauso wie heute. Hanna wusste aus ihren letzten Begegnungen, dass Konz keinen Humor besaß. Er war ein korrekter, gewissenhafter Beamter, der nichts dem Zufall überließ und sich in Kleinigkeiten verbeißen konnte.

Er legte einen Stapel Akten auf den Tisch und reichte Hanna die Hand, aber sie lehnte sich zurück und verschränkte die Arme vor der Brust.

»Wie Sie wollen.«

Er setzte sich. »Wo waren Sie am Montag, dem zwanzigsten fünften zweitausenddreizehn?«

»Auf der Flucht.«

»Flucht?«

»Ja, weil jemand sich in Ihr System gehackt und am Samstagabend versucht hat, mich zu schnappen.«

»Und wo waren Sie auf der Flucht?«

»In Deutschland.«

»Geht es präziser?«

»Weshalb?«

Er öffnete einen seiner Hefter, holte ein Foto heraus und legte es vor Hanna hin. Es schien im Besuchsraum eines Gefängnisses aufgenommen worden zu sein. Sie erkannte Marie und Lukas.

Konz zeigte auf die Frau. »Sind Sie das?«

Für einen Moment überlegte sie, ob sie für Marie lügen sollte. In ihrem Magen bildete sich ein Klumpen. Hatte Marie Lukas getötet?

»Nein.«

»Haben Sie ein Alibi für den Tag?«

»Nein.«

»Was haben Sie in der Wohnung von Major Ben Wahlstrom gemacht?«

»Stehe ich unter Verdacht?«

»Sagen Sie es mir.«

Sie stand auf.

»Was haben Sie vor?«

»Zu gehen.«

»Frau Rosenbaum, ich glaube, Ihnen ist nicht klar, in welcher Situation Sie sich befinden.«

Hanna setzte sich. »Dann klären Sie mich auf.«

Konz faltete die Hände auf dem Tisch. »Sie haben sich ohne Rücksprache mit ihrem Ansprechpartner von Ihrem letzten bekannten Aufenthaltsort entfernt. Zwei Tage später wird der Mann, dessentwegen Sie sich im Schutzprogramm befinden, tot in seiner Zelle aufgefunden. Knapp zwei Wochen später greifen wir Sie in der Wohnung von Major Ben Wahlstrom auf, der sich damals mit Ihnen in Norwegen versteckt hat. Beantworten Sie meine Frage. Was haben Sie in seiner Wohnung gemacht?«

»Fragen Sie doch ihn.«

»Das werden wir.« Konz nahm seine Akte an sich.

»Und was passiert jetzt?«

»Sagen Sie es mir.«

»Ich stehe auf und gehe hier raus.«

»Als wer?«

Verwirrt sah sie ihn an.

»Wer? Johanna Rosenbaum oder Sabine Schmidt?«

»Sie können mich nicht festhalten.«

»Nein? Weshalb nicht?«

Dieser Typ war schlimmer als Ben. Sie legte ihre Arme auf den Tisch und beugte sich vor. »Weil ich Rechte habe.«

»Sie sind in einem Zeugenschutzprogramm, Ihre Tarn-identität ist aufgeflogen, und einer der verurteilten Täter wurde ermordet. In diesem speziellen Fall werden Sie aus Sicherheitsgründen in Haft genommen.«

»Ich möchte einen Anwalt.«

Konz klappte einen anderen Aktenordner auf und zog ein Papier heraus. »Frau Rosenbaum, ich sage es nochmals. Wir sind das BKA. Bei uns hat alles seine Ordnung.«

Sie nahm das Papier und las es sorgfältig durch. Es war die Kopie eines Schreibens der Staatsanwaltschaft mit dem heutigen Datum. Darin wurde bestätigt, dass aufgrund der jüngsten Vorkommnisse und der besonderen Gefährdung der Kronzeugin einer Inhaftierung auch gegen deren Willen zugestimmt wurde. Na toll. Jetzt war sie völlig abge-schnitten von jeglichen Informationen und von Marie. Sie reichte Konz das Papier zurück.

»Sie können das Schriftstück behalten. Ich habe die Kopie extra für Sie gemacht«, erklärte Konz süffisant.

»Wo wurde Lukas Benner ermordet?«

»Das Gefängnis untersteht nicht uns. Ihre Haft schon.«

»Und Sie denken, ich wäre bei Ihnen sicher?«

»Gibt es etwas, das Sie uns sagen möchten, Frau Rosenbaum?«

»Nein.« Hanna hielt seinem Blick stand – mit derselben Ruhe und Kälte wie Konz. Es war nicht ihr Problem, wenn BKA und KSK sich gegenseitig die Zusammenarbeit verweigerten.

Zum zweiten Mal innerhalb kurzer Zeit saß Hanna in einer Zelle. Es gab nur zwei wesentliche Unterschiede. Erstens gab es ein Fenster, das ihr ein wenig Luft verschaffte. Zweitens war die Zellentür verschlossen, und sie hatte nichts bei sich, außer dem, was sie anhatte. Bevor Brinkmann sie in die Zelle brachte, hatte er sie in einen Raum geführt, wo eine Beamtin sie durchsuchte. Ihr Schweizer Taschenmesser hatten sie ihr abgenommen, die Kette mit dem goldenen Kreuz durfte sie behalten.

Um ihre Wut abzukühlen, begann Hanna mit einem Work-out. Nach einer Stunde saß sie im Schneidersitz auf dem Boden, während der Schweiß ihren Körper herunterlief. Sie hatte die Strickjacke, das T-Shirt und die Jeans ausgezogen, da die Sachen sie beim Training gestört hatten. Das Unterhemd klebte an ihrem Oberkörper. Sie schloss die Augen, konzentrierte sich auf ihre heftige Atmung. Es dauerte keine zehn Minuten bis zu ihrer normalen Frequenz. Sie war in ausgezeichneter Form, nur dass ihr das in einer verdammten Zelle mitten im BKA-Gebäude in Berlin kein bisschen weiterhalf. Beim Trocknen kühlte der Schweiß ihren Körper ab. Blind griff sie nach ihrer Strickjacke und zog sie sich über. Wieder rebellierte ihr Magen, und Hanna wusste, dass sie etwas machen musste, damit das Gefühl, eingesperrt zu sein, nicht Oberhand gewann.

Sie begann, den schmerzhaften Rosenkranz zu beten.

Die vertrauten Worte und die innere Visualisierung eines Rosenkranzes, den sie durch ihre Finger gleiten ließ, lösten die Verkrampfung. Bald verlor sie den Bezug zu Zeit und Raum. Sie glitt dahin auf einer anderen Bewusstseinsebene, ließ sich umfangen von Wärme und Ruhe. Man mochte sie einsperren, aber die Freiheit ihrer Seele konnte man ihr niemals nehmen.

Es überraschte Ben nicht, dass Konz sie warten ließ. Er und Oberst Hartmann saßen allein im Besprechungsraum. Ben trug Zivilkleidung, da er noch krankgeschrieben war. Oberst Hartmann hatte sich ebenfalls für Zivil entschieden, und Ben wusste, dass sein Vorgesetzter damit ihre Gemeinsamkeiten betonen wollte.

Konz erschien allein. Sie standen auf und begrüßten sich mit Handschlag, setzten sich.

»Gerhard, es tut mir leid, dass du von den Informationen abgeschnitten wurdest.«

Nicht schlecht, den Einstieg über eine Entschuldigung zu suchen, dachte Ben, während er die beiden Männer beobachtete. Konz hatte sich ihnen gegenübergesetzt. Seine Miene blieb völlig ausdruckslos, seine Arme lagen ab dem Ellenbogen auf dem Tisch, und die Finger hatte er ineinander verschränkt – eine wachsame Haltung, aber gleichzeitig auch blockierend.

»Das ist ja nicht neu, Karl. Im Grunde sind wir das von dir gewohnt.«

»Es ging nicht darum, euch auszuschließen.«

»Sondern?«

»Wir wollten erst sicherstellen, dass wir verlässliche Informationen haben, die wir mit euch teilen können.«

»Was ist unverlässlich an der Information, eine Kronzeugin in Gewahrsam zu haben, deren Tarnidentität aufgeflogen ist?«

»Ja, das ist eindeutig, da gebe ich dir recht, nur ...«

»Komm mir nicht damit, dass ...«, Konz' Blick streifte Ben, »... Major Wahlstrom auf eigene Faust gehandelt habe. Denn wäre das der Fall, würde ich mir an deiner Stelle ernsthafte Gedanken über disziplinarische Maßnahmen machen.«

»Nein, das will ich nicht behaupten.«

Ben verbarg seine Überraschung. Eben das war ihr ursprünglicher Plan gewesen – sich auf sein eigenmächtiges Handeln zu berufen und so Konz zu ermöglichen, sich über Ben aufzuregen und sich trotzdem mit dem Oberst auf gemeinsamer Ebene zu bewegen.

»Du weißt, dass ich Johanna nie neutral gegenüberstand. Gewissermaßen fühle ich mich für sie so verantwortlich wie für eine Tochter.«

Konz' Haltung veränderte sich, er senkte den Kopf, betrachtete seine Fingernägel.

»Ich weiß, dass ich falsch gehandelt habe, aber was würdest du machen, wenn sich deine Tochter in Gefahr befände? Würdest du sie nicht beschützen wollen? Sichergehen, dass ihr nichts passieren kann?«

Mit einer Handbewegung schnitt Konz Hartmann das Wort ab, fixierte den Oberst. »Ist das diesmal deine Taktik? An mein Verantwortungsgefühl als Vater zu appellieren? Da gibt es nur zwei wesentliche Unterschiede, Karl. Erstens weißt du nicht das Geringste davon, Vater zu sein, und zweitens hätte ich meine Tochter niemals dieser Situation ausgesetzt. Ich hätte sie beschützt und nicht zugelassen, dass ihr irgendjemand zu nahe kommt und ihr wehtut.«

»Das lag aber nicht in meiner Macht.«

»Ich rede nicht von damals, Karl, ich rede von heute.

Du hast nicht gezögert, ihr deinen Wachhund auf den Hals zu hetzen. Hast sie unter Druck gesetzt, und dabei war dir jedes Mittel recht, bis sie ihre Aussage gemacht hat. Du hast ihr das genommen, was ihr immer am meisten in ihrem Leben bedeutet hat – ihre Schwester und ihre Mutter. Du hast nie begriffen, dass sie Angst vor den Konsequenzen ihrer Aussage hatte und dass das Leben manchmal wichtiger ist als Gerechtigkeit. Du hast keine Hemmungen gehabt, ihr Leben aufs Spiel zu setzen, um deinen Willen zu bekommen. Weil es dich angepisst hat, dass Armin Ziegler dir durch die Lappen gegangen ist. Du hast mit ihren Gefühlen gespielt und jetzt ist Schluss damit. Sie bleibt hier und sie bekommt eine neue Identität, und diesmal schwöre ich dir, dass niemand sie knacken wird, auch Paul nicht.«

Zornflecken waren auf Konz' Wangen erschienen, während er Gift und Galle spuckte.

»Fertig?«, erwiderte der Oberst kalt und ruhig.

»Nein, noch nicht.« Konz lehnte sich in seinem Stuhl zurück, nahm die Brille von der Nase, fing an sie zu putzen.

Niemand sagte ein Wort. Sie warteten, bis er sich die Brille auf die Nase gesetzt hatte.

»Lukas Benner wurde ermordet.«

Seine Worte legten sich kalt um Bens Herz. Er holte Luft, als Konz seine Aufmerksamkeit auf ihn richtete.

»Und nein, ich glaube nicht, dass Johanna Rosenbaum etwas damit zu tun hat.«

Das Treffen lief anders ab, als Ben es erwartet hatte.

»Marie?«, fragte Hartmann vorsichtig nach.

»Nein, es war ein Mitgefangener aus dem Zellblock, der ihm ein Mittel verkauft hat, angeblich gegen Depressionen. Als wir bei den Nachforschungen im Gefängnis Druck gemacht haben, hat der Mann Schiss bekommen, dass man auch ihn beseitigen will. Jetzt, wo wir wussten, wonach wir suchen müssen, ließ sich eine geringe Konzentration eines pflanzlichen Mittels feststellen, das beim Doping und in der Drogenszene verwendet wird.«

»Digitalis?«, wollte Ben wissen.

Abwertend schnalzte Konz mit der Zunge. »Nein, natürlich wurde die Leiche sofort auf Digitalis überprüft. Für wie dumm halten Sie unsere Leute, Major? Er hat ein Medikament gegen seine Herzprobleme auf eben dieser Wirkstoffbasis erhalten, doch die Konzentration stimmte mit dem von seinem Arzt verschriebenen Wert überein. Es handelte sich um Ephedrin.«

»Wie seid ihr auf den Mitgefangenen gekommen?«

Konz verzog den Mund, musterte seinen ehemaligen Kollegen. »Polizeiarbeit – klassische, langweilige Recherche. Aber dafür haben wir die Ergebnisse in der Hand und einen Zeugen.«

»Wir waren auch nicht untätig. Paul hat das Sicherheitssystem von Medicare geknackt.«

»Auf einmal? Nach wie viel Jahren?«

»Er hatte Hilfe«, erklärte der Oberst.

»Von Viktor Samuels, nehme ich an?«

»Korrekt. Außerdem haben wir einen Handymitschnitt der Ermordung von Nina Schröder, die beweist, dass Angelika Winters an dem Mord beteiligt gewesen ist.«

»Und dieser Mistkerl rückt erst jetzt damit raus!«, knurrte Konz erbost. »Wo ist er?«

»Wissen wir nicht.«

»Wie hat er Kontakt mit euch aufgenommen?«

Statt eine Antwort zu geben, zog Hartmann die Brauen hoch.

»Verstehe. Johanna Rosenbaum.« Konz nickte.

»Es ist nicht nur so, dass die gesamten Daten von den

Projekten der Forschungsanstalt in Nigeria im Rechenzentrum vorhanden sind. Nein, es gibt auch noch ein spezielles Netzwerk für Daten und Kommunikation der FoEI. Und wir haben eine Tabelle mit den Namen aller FoEI-Mitglieder samt ihren Einlagen für die Finanzierung der Projekte im In- und Ausland.«

Leise pfiff Konz durch die Zähne. »Damit hätten wir Armin Ziegler mit seiner Organisation nach all den Jahren am Haken.« Der BKA-Beamte klang ungläubig.

Hartmann nickte zufrieden. »Ja, es ist nur noch eine Frage der Zeit, wann wir alles wasserdicht zusammengestellt haben.«

»Es gibt keinen richterlichen Beschluss für einen Zugriff auf die Daten von Medicare«, wandte Konz ein.

»Wir dachten, dass du diesen Part übernehmen kannst.«

»Einverstanden. Wann haben wir das Material?«

»Paul ist dabei.«

»Paul. Manchmal glaube ich, er vergisst, von wem er sein Gehalt bezieht«, knurrte Konz. »Also gut, dann lasst uns loslegen.«

»Halt, es gibt da noch eine Kleinigkeit.«

Bens Herzschlag beschleunigte sich unwillkürlich.

»Und die wäre?«

»Johanna ...«

»Sie bleibt hier bei uns«

»Sie leidet unter Klaustrophobie«, mischte sich Ben ein.

»Und Sie denken ernsthaft, das wüsste ich nicht?«

Perplex starrte Ben den Beamten an.

»Mein lieber Major Wahlstrom, ich kenne Johanna Rosenbaum seit mehr als dreizehn Jahren. Wir haben sie im Zeugenschutzprogramm untergebracht, vergessen Sie das nicht.« Konz stand auf. »Ich warte auf die Informationen.«

• • •

Leise klopfte Ben an Lisas Wohnungstür. Tom öffnete.

»Hi, alles klar bei euch?«

Sein Schwager grinste selig. »Ja, die zwei schlafen, sind ziemlich k. o.«

»Kann ich euer Telefon benutzen?«

»Will ich wissen, weshalb?«

»Willst du nicht.«

»Okay, tu dir keinen Zwang an.«

Vor dem Telefon atmete Ben tief durch. Er hatte auf der Rückfahrt vom BKA überlegt, ob er sein Vorgehen mit dem Oberst absprechen sollte, und sich dagegen entschieden. Diesmal handelte er nicht, wie sein Job es von ihm verlangte.

Hanna wachte mit Kopfweh auf. Die Wasserflasche von ihrem Abendessen hatte nicht gereicht, um den Mineralverlust durch das Schwitzen auszugleichen. Sie zog ihre Sachen an, putzte sich die Zähne. Ihr stand außer Zahnbürste, Zahnpasta und Seife nichts zur Verfügung. Sie fragte sich, wie lange ihr Konz den Zugang zu ihren Sachen verweigern wollte. Am meisten ärgerte sie aber die Tatsache, dass sie sich wieder als Figur auf einem Spielbrett fühlte, die von den verschiedenen Parteien je nach Bedarf von einem Feld auf das andere geschoben wurde. Hanna hatte keine Ahnung, ob Paul durch Viktor an die »gelöschten« Daten herangekommen war. Noch weniger, ob sich dort die erhofften Informationen über das Heilmittel für HIV befanden. Sie war abgeschnitten von der Welt, konnte keinen Kontakt mit Marie aufnehmen. Genauso wenig wusste sie, ob es für ihre Schwester gefährlich würde, wenn Konz sie zu einem Verhör einlud. Stöhnend rieb sich Hanna die Schläfen. Sie hoffte, Armin würde seinen Verstand einschalten und nicht einen weiteren Unfall oder Tod hervorrufen.

Die Tür wurde geöffnet. Ein junger Mann in Priesterkleidung kam herein. »Guten Morgen, Frau Rosenbaum.«

Hanna war zu überrascht, um zu antworten.

Verlegen trat der Priester von einem Bein auf das andere und ließ seinen Blick durch die Zelle schweifen. »Ähm, haben Sie noch irgendwelche Sachen hier?«

Sie verneinte perplex.

»Gut, dann kommen Sie bitte.«

Er drehte sich um und verließ die Zelle, deren Tür weiterhin offenblieb. Zögernd und wachsam schritt Hanna über die Schwelle.

Der wachhabende Beamte auf dem Gang schloss die Zellentür und grinste. »Kommt auch nicht oft vor, dass jemand von einem Priester aus der Zelle geholt wird.«

»Ich bin Anwärter, kein Priester.«

Hanna stutzte. »Wer sind Sie?«

Er wandte sich ihr zu. »Oh, tut mir leid. Sebastian Kleinert. Kardinal Voigt bat mich, Sie zum Auto zu bringen. Er wartet draußen.«

Der Beamte pfiff durch die Zähne. »Nicht nur ein Priester, sondern auch noch ein Kardinal!« Neugierig musterte er ihn und Hanna.

»Priesteranwärter.«

Hanna grinste. Dieser Kleinert ließ sich nicht beirren. Sie folgte ihm. Draußen stand ein schwarzer Mercedes mit verdunkelten Scheiben. Kleinert öffnete ihr die Tür zum Font und nahm auf der Beifahrerseite Platz.

»Überaus leichtsinnig von dir, einfach mit jemandem mitzugehen, nur weil er sagt, er wäre Priester.«

»Priesteranwärter«, korrigierte Hanna ihren Onkel und sah Kleinerts Grinsen im Rückspiegel.

Der Kardinal lächelte ebenfalls und ließ seinen Blick über sie schweifen. »Alles in Ordnung mit dir?«

»Ja, ich könnte allerdings eine Dusche vertragen.«

NACHDEM HANNA GEDUSCHT HATTE, gesellte sie sich zu ihrem Onkel in die Küche. Caroline, die Besitzerin dieser Wohnung, eine Freundin von ihrem Onkel und ihrem Vater, hatte sie kurz begrüßt und sich gleichzeitig verabschiedet, da sie zu ihrer Arbeit musste.

»Warum bist du nicht zu Caroline gegangen?«

»Woher wusstest du, dass ich in einer Zelle hocke?«

»Ben.«

Hanna seufzte. »Und wie hast du Konz dazu bekommen, dass er mich rauslässt?«

»Oh, ich bin geschickt, wenn es ums Verhandeln geht.«

»Das glaube ich dir aufs Wort.«

»Nein, um ehrlich zu sein, es war schwer. Dieser Mann ist ein Beamter durch und durch. Ich habe ihm hoch und heilig versprochen, dass ich auf dich aufpasse. Also – weshalb bist du nicht zu Caroline gegangen, wie wir es besprochen hatten?«

»Mein eigener Weg, Onkel, du erinnerst dich?«

»Und der führt über KSK und BKA?«

»Nein«, seufzte sie.

»Was hast du erreicht?«

»Du meinst, außer dass ich Marie und mich noch mehr in Gefahr gebracht und Viktor verraten habe?«

»Auch Petrus hat Jesus verleugnet. Drei Mal. Und

dennoch war er der Fels, auf dem die katholische Kirche aufgebaut wurde.«

»Ich bin nicht Petrus.«

»Nein, du bist Johanna.«

Sie forschte in seinem Gesicht, unsicher, was er damit sagen wollte.

»Wir alle machen Fehler, das gehört zum Menschsein dazu. Also?«

Sie zuckte mit den Achseln. »Keine Ahnung. Bevor es spannend werden konnte, hat mich das BKA verhaftet. Ich weiß nicht, ob der IT-Spezialist an die Daten von Medicare drangekommen ist, geschweige denn, ob das Viktors Intention war, als er mir den USB-Stick gegeben hat.«

»Langsam. Du vergisst, dass ich nicht eingeweiht bin in die letzten Ereignisse.«

Kurz erzählte Hanna ihm, was sie in den letzten Tagen nach ihrer Abreise aus Rom herausgefunden hatte.

»Weiß man beim KSK oder BKA, wonach du suchst?«

»Nein.«

»Auch Ben nicht?«

Sie zögerte. »Ich glaube, nein.«

»Liebst du ihn?«

»Ja.«

»Du bist deinem Vater so unglaublich ähnlich. Nie wählt ihr den einfachen Weg.«

»Habe ich denn eine Wahl?«

»Ja, die hattest du immer!«

»Ich wollte meine Familie nie verlassen.«

»Ja, und dann hast du es trotzdem gemacht. Komm, zieh dir Socken und Schuhe an.«

Hanna schaute skeptisch. »Wohin willst du?«

»Das wirst du sehen.«

. . .

Sie saßen zusammen in der Limousine. Ihr Onkel hatte seine Kardinalstracht ausgezogen. Seine Stellung in der Kirche war bestimmt eines seiner Argumente gewesen, das bei Konz seine Wirkung nicht verfehlt hatte. Es überraschte Hanna immer, wie normal er in seiner Alltagskleidung wirkte, als durchaus attraktiver Anfangfünfziger mit grauen Schläfen, schlanken Händen, an denen der Kardinalsring groß wirkte, seinem kantigen Gesicht, das etwas Anziehendes an sich hatte, und das nicht nur aufgrund seiner bernsteinfarbenen Augen, von denen sie glaubte, sie könnten alles sehen.

»Was ist?«, fragte er sie amüsiert.

»Hattest du eine Affäre mit Caroline?«

»Nein.«

»Hast du mal mit einer Frau geschlafen?«

»Ja.«

»Wann?«

»Als ich jung war, vor meiner Priesterweihe, falls das deine nächste Frage ist.«

»Wieso schläfst du bei Caroline, wenn du hier bist?«

»Kann ein Mann und Priester nicht mit einer Frau befreundet sein?«

»Nein.«

»Nein?«

Sie starrte aus dem Fenster, dachte an Viktor. Es hatte eine Zeit gegeben, da hätte sie mit Ja geantwortet. Heute wusste sie es besser.

»Sie war auch Papas Freundin, richtig?«

»Ja.«

»Hatte Papa was mit ihr?«

»Nein, und seit wann interessiert dich Caroline so brennend?«

»Ich weiß nicht, vielleicht will ich die Menschen nur einfach besser kennen, wenn ich sie in Gefahr bringe.«

»Du bringst Caroline nicht in Gefahr.«

»Woher willst du das wissen?«

Sie waren an ihrem Ziel angekommen. Die Sankt-Paulus-Dominikanerpfarrei mitten in Berlin, genauer Berlin Moabit.

Hanna folgte ihrem Onkel, der nicht auf den Haupteingang zuging, sondern das Kloster umrundete und an einem Seiteneingang klopfte.

»Bruder Walter.«

Der Mönch wollte sich hinknien, um den Kardinalsring zu küssen.

»Nicht doch, Bruder Walter, ich bin heute als Bittsteller bei Ihnen, nicht als Kardinal.«

Bittsteller. Verwirrt folgte Hanna den beiden Männern hinein.

»Euer Besuch ist vor einer Dreiviertelstunde eingetroffen, Eure Eminenz.«

»Wunderbar, Bruder Walter, ich kann Ihnen nicht genug danken, dass Sie uns ihre Räumlichkeiten für das Treffen zur Verfügung stellen.«

Sie blieben vor einer schweren Holztür stehen. Der Mönch nickte und ging weiter den Flur entlang. Der Kardinal klopfte und öffnete die Tür, doch anstatt einzutreten, fasste er Hanna bei den Schultern und schob sie in den Raum. Unwillkürlich wich Hanna einen Schritt zurück und stieß mit dem Rücken gegen die geschlossene Tür. Sie holte tief Luft, sah, wie die Person am Fenster sich langsam zu ihr umwandte.

Silvia hatte die Arme um ihren Oberkörper geschlungen. Ihr Gesicht war blass, ihre Schultern straff gespannt, als wären sie allein es, die sie auf den Beinen hielten.

Hanna hatte vergessen, wie schmal und zart ihre Mutter war. Mit vier Schritten durchquerte sie den Raum und zog die Frau, die so zerbrechlich wirkte, an ihre Brust. Ihre Mutter umschlang ihre Taille, hielt sich an ihr fest.

»Oh Gott, du lebst, du lebst wirklich«

Der Körper in ihren Armen bebte vom Schluchzen, und Hannas T-Shirt wurde feucht von Tränen. Beruhigend streichelte sie ihre Mutter, unsicher über ihre eigenen Gefühle. Das schlechte Gewissen darüber, was sie ihr mit ihrem vorgetäuschten Tod angetan hatte, regte sich. Aber auch Verletztheit kam hoch, weil ihre Mutter noch immer mit dem Mann verheiratet war, der ihr all das angetan hatte. Da existierte der Verrat wegen ihrer Aussage vor Gericht, Zweifel darüber, wie viel von den Presseberichten stimmte, Wut, weil Onkel Richard sie unvorbereitet in diese Situation gebracht hatte. Hanna fühlte sich längst noch nicht so weit, sich ihrer Mutter zu stellen. Was dachte er sich dabei?

Zaghaft schob Hanna ihre Mutter von sich, die ohne Halt nicht die Kraft fand, weiter zu stehen, und sich setzte. Silvia kramte aus ihrer Handtasche, die an einer Stuhllehne hing, eine Packung Papiertaschentücher hervor, schnäuzte sich, tupfte sich mit einem anderen das Gesicht trocken. Doch die Tränen hörten nicht auf, zu fließen.

»Es tut mir so leid, es tut mir so leid, Hanna. Oh Gott, was habe ich getan? Kannst du mir das jemals verzeihen?« Silvia verbarg ihr Gesicht hinter den Händen.

Hanna betrachtete sie. Langsam ließ sie sich auf dem Boden nieder, legte ihre Hände auf ihre gekreuzten Beine. Geduldig wartete sie, worauf, wusste sie selbst nicht.

Irgendwann verebbte der Tränenfluss. Ihre Mutter behielt das letzte Taschentuch in den Händen, knetete es stetig. »Ich bin nicht so stark wie ihr. Als die Polizei kam, um es mir zu sagen, da wusste ich, dass Gabriel tot ist. Ich habe es in der Nacht gespürt, als er von mir gegangen ist und ich hatte eine solche Wut auf ihn, so furchtbare Wut. Ich hatte keine Ahnung, wie ich weiterleben sollte. Und dann tauchte Armin wieder in meinem Leben auf. Er war für mich da und machte mir keinen Vorwurf, weil ich ihn sitzengelassen hatte. Ich brauche jemanden, der mir Halt gibt – Sicherheit.«

Hanna biss sich auf die Lippen. Ja, sie erinnerte sich lebhaft an die Zeit, so, als wäre es erst gestern gewesen. Damals hatte sie kochen gelernt. Tagelang hatte sich ihre Mutter nicht aus ihrem Bett herausbewegt. Hanna hatte die Wohnung geputzt, eingekauft, Entschuldigungen für die Schule gefälscht. »Ich war für dich da.«

»Du warst ein Kind, nicht mal zehn Jahre alt.« Silvia schüttelte den Kopf.

»Ist er jetzt auch für dich da?« Sie sah, wie bei ihren kalten Worten ein Schauer über den Körper ihrer Mutter lief.

»Ich konnte nicht glauben, dass du tot bist.«

»Und da bleibst du bei ihm?«

»Du hast ihm nie eine Chance gegeben.«

»Stimmt.«

»Du warst wütend auf mich, weil ich ihn geheiratet habe. Aber es hatte nichts damit zu tun, dass ich Gabriel weniger geliebt habe – weniger liebe. Ich konnte nicht allein sein. Die ganze Verantwortung tragen für zwei Kinder. Das hätte ich nicht geschafft.«

»Wir sind für dich da gewesen.«

»Das ist nicht dasselbe. Du hattest viel zu viel Verantwortung übernommen. Manchmal kam ich mir vor, als wäre ich das Kind und nicht du.«

Nicht das Kind, dachte Hanna, aber jemand, der Angst davor hatte, sein eigenes Leben in die Hand zu nehmen.

Damals wie heute. Nur konnte sie diesmal die Angst verstehen, und das ärgerte sie, denn sie wollte dieses Verständnis nicht haben.

»Er wollte dir nicht wehtun. Er hat einen großen Fehler begangen und bereut es. Hanna, es tut ihm furchtbar leid. Du hättest sehen müssen, was für Vorwürfe er sich gemacht hat. Noch nicht mal zu deiner Beerdigung durfte er kommen. Die Polizei hat es nicht zugelassen.«

Hanna zog scharf die Luft ein. Sie versuchte den Menschen, der dort vor ihr saß, der sie geboren hatte, zu verstehen.

»Oh Gott, Hanna, es tut mir leid. Das hört sich bestimmt alles völlig verkehrt in deinen Ohren an.«

»Ja.«

Sie sah Hanna zum ersten Mal in die Augen. Ruhig erwiderte Hanna ihren Blick.

»Du warst schon immer direkt, hast nie Kompromisse zugelassen.«

»Das nennt man Ehrlichkeit, Mama.«

»Es gibt manchmal mehr als eine Wahrheit.«

»Ich weiß.«

»Was soll ich machen?« Silvia hob hilflos die Schultern. »Was möchtest du, dass ich tue? Soll ich mich von ihm trennen?«

»Weißt du, was mein Fehler war?«

Stumm schüttelte ihre Mutter den Kopf.

»Dass ich dachte, ich könnte für dich die Entscheidungen treffen, dir die Verantwortung abnehmen. Aber weißt du was, Mama? Jeder muss seine eigenen Entscheidungen im Leben treffen. Ich kann nicht dein Leben für dich leben. Das habe ich viel zu lange getan.«

»Also verzeihst du mir nicht.« Silvia presste die Lippen

zusammen. Ihre Augen schimmerten feucht, doch diesmal hielt sie die Tränen zurück.

»Ich weiß nicht.«

Zögerlich nahm Silvia die Handtasche und stopfte die Taschentücher hinein. Sie erhob sich, griff nach ihrem Trenchcoat auf der Stuhllehne. Hanna blieb auf dem Boden sitzen, hörte, wie die Schritte sich von ihr entfernten – verharrten.

»Du hast nicht nur mir mit deinem vorgetäuschten Tod wehgetan, sondern auch anderen. Du solltest dich bei Harald Winter melden, bevor er von anderer Seite über deine Auferstehung erfährt.«

Schweigend war Hanna mit ihrem Patenonkel zurückgefahren, jetzt lag sie auf dem Bett in Carolines Gästezimmer. Unfähig, etwas anderes zu machen, als an die Decke zu starren. Es klopfte. Hanna hatte keine Lust auf Gesellschaft, schon gar nicht auf die ihres Onkels.

Er ignorierte ihr Schweigen und kam herein, setzte sich auf einen Stuhl. »Genug geschwiegen. Wenn du wütend bist, sag es mir.«

Ihr Blick sprach Bände.

»Sie hat gelitten, Hanna. Ihr geht es nicht gut. Du hast dich entschieden, dass du dein Leben zurückhaben möchtest. Deine Mutter gehört zu diesem Leben.«

»Es geht um meine Entscheidung!«

»Sie hatte ein Recht zu erfahren, dass du lebst, bevor sie es auf andere Art und Weise erfährt.«

»Warum?«

»Sie ist deine Mutter.«

»Biologisch.«

»Sie liebt dich.«

Hanna schüttelte den Kopf. »Nein.«

»Doch, das tut sie, und was viel wichtiger ist – du liebst sie.«

Hannas Augen fingen an zu brennen, was sie ärgerte. Sie wollte nicht heulen. Keine einzige Träne vergeuden.

»Aber du liebst sie nicht so, wie sie ist, sondern so, wie du sie haben willst. Das ist eine egoistische Liebe, Hanna, und es wird Zeit, dass du damit aufhörst. Sie ist ein Mensch, und sie hat Fehler gemacht, schlimme Fehler, aber die hat sie gemacht, weil sie schwach ist, und sie braucht dich, damit sie stark sein kann. – Und vergib uns unsere Schuld, wie auch wir vergeben unseren Schuldigern. Und führe uns nicht in Versuchung, sondern erlöse uns von dem Bösen. Denn Dein ist das Reich und die Kraft und die Herrlichkeit in Ewigkeit. Amen. – Wie oft sprechen wir in der Kirche das Vaterunser? Es hört sich alles so leicht an und ist doch im realen Leben so schwer.« Der Kardinal nahm Hannas Hand, legte sie kurz an seine Wange, küsste sie dann. »Caroline hat sich heute Abend viel Arbeit mit dem Essen gemacht. Es wäre schön, wenn du uns Gesellschaft leistest.«

HANNA SASS VOR IHREM NOTEBOOK. Alle ihre Sachen waren bei Caroline gelandet und sie fragte sich, wie ihr Onkel es schaffte, ihr nicht nur das BKA vom Hals zu halten, sondern auch das KSK. Mit denen hätte sie jedoch gern Kontakt gehabt. Sie wollte unbedingt wissen, wie weit Paul mit Viktors Info vorangekommen war. Hatten sie Zugang zu allen Daten bekommen? Womöglich auch zu den Daten des HIV-Heilmittels? Und wie sollte sie Marie davon unterrichten, ohne dass jemand es merkte? Sie war kein Computerspezialist. Außerdem hatte sie keine

Ahnung, wie sie die Daten finden und identifizieren sollte. Im Moment stand sie außerdem vor einem weiteren Problem: Der letzte Satz ihrer Mutter hatte sie getroffen. Harald Winter. Sie hatte sich seine Telefonnummer aus dem Internet besorgt und überlegte seit einer halben Stunde, ob sie ihn anrufen und was sie dann überhaupt sagen sollte. Hallo Harald, hier ist Hanna, und übrigens – ich bin nicht tot, sondern war nur in einem Zeugenschutzprogramm. Nein, sie wusste auch ohne ihre Mutter, dass es Harald schwergefallen war, mit ihrem Tod klarzukommen. Er hatte sie mal mit einem Stein k. o. geschlagen, um sie aus der Gefahrenzone zu halten, weil er sie kannte. Sie grinste. Nicht unbedingt die feine Art, aber sie wusste, wie viel sie ihm bedeutete und dass er panische Angst davor hatte, sie als Leiche nach Hause bringen zu müssen. Nein, sie konnte ihn nicht anrufen, sie würde zu ihm fahren.

»Wo willst du hin?«

Erschrocken zuckte Hanna zusammen. Ihr Patenonkel stand in der Tür.

»Nach Hamburg.«

Er schwieg, wartete vergeblich auf eine Erläuterung. »Warte zehn Minuten, dann können wir fahren.«

»Ich brauche keinen Babysitter.«

»Natürlich nicht.«

»Ich kann auf mich selber aufpassen.«

»Ich weiß.«

»Ich fahr allein.«

»Johanna, wenn du das Haus verlässt, stehen Leute vom BKA draußen vor der Tür, die nichts lieber machen, als dich einzusammeln und in eine Zelle zu stecken.«

»Danke für den Tipp.«

»Gib ihnen Zeit, ihren Job zu erledigen.«

»Und du denkst, das funktioniert diesmal?«

»Ja – du hast ihnen genug gegeben, womit sie arbeiten können.«

»Also, was willst du von mir?«

»Das weißt du.«

»Eine Mitfahrgelegenheit?«

Er lächelte. »Fürs Erste.«

HANNAS FAHRT nach Hamburg dauerte knapp drei Stunden. Sie kamen erstaunlich zügig durch den Verkehr, parkten vor dem Haus der Familie Winter. Hanna war unschlüssig über ihre nächsten Schritte. Auf der Beifahrerseite machte es sich ihr Onkel gemütlich, holte eine Thermoskanne heraus, ein Vesper und ein Buch.

»Was soll das werden?«

»Wonach sieht es aus?«

»Willst du nicht mit reinkommen?«

»Nein.«

»Erst bestehst du darauf, mich zu begleiten, dann bleibst du sitzen?«

»Das ist ein Weg, den du allein gehen musst, und vergiss nicht, dass sie denken, du wärest tot.« Damit vertiefte er sich in seine Lektüre.

»Sollte dir kalt werden – du weißt, wo ich bin.«

Er grinste, ohne sie anzusehen. »Das Auto hat Standheizung.«

Mit einem Seufzer schnappte sich Hanna ihren Rucksack von der Rückbank, öffnete die Tür und stieg aus.

Der Weg zu dem Einfamilienreihenhaus war viel zu kurz. Sie stand vor der Haustür und hatte noch immer keine Ahnung, was sie sagen sollte. Was erzählte man jemandem, mit dem man auf Reisen so viel Zeit verbracht hatte? Der die schlimmsten Erfahrungen mit einem teilte und der ein Jahr in dem Wissen und der Trauer gelebt hatte, dass man tot war? Dass sie geklingelt hatte, bemerkte sie erst, als die Haustür aufging und Sofie Winter vor ihr stand. Einen Moment starrten sie sich wortlos an, während Sofie sichtlich die Farbe aus dem Gesicht wich. Dann verschwand der verschreckte Ausdruck aus ihren Augen, verwandelte sich in Verstehen.

»Frau Benner, entschuldigen Sie, ich bin ein bisschen geschockt, Sie zu sehen. Ich denke immer erst, es wäre Hanna, und vergesse, dass Sie Zwillinge sind. Kommen Sie doch rein.«

Zögernd trat Hanna über die Schwelle, warf einen hastigen Blick zurück und sah, dass ihr Onkel sie durch das Fenster beobachtete. Sofie Winter führte sie ins Wohnzimmer.

»Darf ich Ihnen etwas zu trinken anbieten? Es tut mir leid, wir sind nicht auf Besuch vorbereitet.« Sie schob die Fotos, die auf dem Boden ausgebreitet lagen, wie einen Blätterhaufen zusammen. »Mein Mann arbeitet gerade an seinem Projekt über den Ganges. Seine erste Tour mit Ihrer Schwester. Wir konnten bisher nur auf die Bilder zugreifen, deren Rechte bei der Zeitschrift liegen. Hat mein Mann Sie angerufen?«

Hanna räusperte sich. »Nein.« Sie streckte die Hand aus. »Darf ich?«

»Aber natürlich.« Sofie reichte ihr die Bilder. Hanna nahm sie und setzte sich auf das Sofa.

»Einen Kaffee?«

»Ja, gerne.«

»Mit Milch, richtig?«

»Nein, schwarz.«

Während Sofie in der Küche verschwand, blätterte Hanna die Bilder vom Ganges durch. Jedes Einzelne steckte voller Erinnerungen: dort das Dorf mit den vielen Schlangen, die Gebetstempel an den verschiedenen Zwischenstationen ihrer Reise, die Waschung der Toten und das Verbrennen – überall Bilder mit intensiven Farben. Sie konnte die Geräusche der betenden Hindus hören und sah den Dreck im Fluss, je weiter sie sich dem Delta genähert hatten.

»Sie vermissen sie sehr, nicht wahr?« Unbemerkt war Sofie Winter mit einem Becher Kaffee und einem Teller Kekse hereingekommen. »Meinem Mann geht es genauso. Die ersten Monate nach ihrem Tod dachte ich, er würde zum Alkoholiker. Er konnte nicht einschlafen, ohne Wein getrunken zu haben, keine einzige Nacht. Sein Arbeitszimmer – völlig verwahrlost. Er ist schon vorher ein Chaot gewesen, aber darin steckte Kreativität, in der Verwahrlosung hingegen nur Hoffnungslosigkeit und Schuldgefühle. Ich wollte ihn einliefern lassen.« Sie reichte ihr den Becher Kaffee, stellte die Kekse auf den Couchtisch. »Zum Glück kam Ihr Patenonkel vorbei, der Kardinal. Er hat lange mit ihm gesprochen, und danach ging es ihm besser. Und sehen Sie«, sie zeigte auf die Bilder, »jetzt ist er wieder an seinem Projekt dran.«

»Wo ist er?«

»Einkaufen, er müsste ...«

»Sofie, kannst du mir die Tüten abnehmen? Dann kann ich eben noch die Getränkekisten reinholen.«

Hannas Hände, die die Bilder hielten, begannen zu zittern. Nervös biss sie sich auf die Unterlippe. Als Harald ins Wohnzimmer kam, machte ihr Herz einen Satz. Seine Haare – viel länger als früher – waren so grau geworden. Er trug eine rahmenlose Brille, aber am meisten erschreckten

Hanna die tiefen Falten um seine Augen und Mundwinkel. Er sah sie auf der Couch sitzen und kam langsam auf sie zu, nicht mit dem typischen mürrischen Gesichtsausdruck, wie sie es kannte, wenn er in seiner Arbeit gestört wurde. Mit einer zurückhaltenden Geste wollte er ihr die Hand zum Gruß reichen.

Hanna hatte es nicht geplant. Wie von selbst umschlangen ihre Arme seinen Nacken und zogen Winter dicht an sich. »Es tut mir so leid, Harry, es tut mir so furchtbar leid. Ich hätte nie gedacht ...« Sie brach ab. Ihr Heulen brachte sie selber aus der Bahn.

Harry versteifte sich. Er griff nach ihren Armen, löste sie aus seinem Nacken. So viel Schmerz stand in seinem Blick, als er sie von sich schob, sie mit einem Kopfschütteln betrachtete. »Nein.«

Sofie stand hinter ihm im Türrahmen, die Hand vor den Mund geschlagen, Tränen im Gesicht. »Hanna?«

»Ja.« Sie nickte, ließ Harry nicht aus den Augen.

Zitternd fuhr seine Hand durch Hannas Haare. Dann trat er zum Sessel und ließ sich niederfallen.

Hanna kniete sich hin, nahm seine Hand. »Harry, es ging nicht anders. Er hat versucht, mich zu töten, und wäre Ben nicht da gewesen ... Sie wollten, dass ich eine Aussage mache, und darum mussten sie mich schützen. Deshalb mein vorgetäuschter Tod. Ich sollte ein neues Leben anfangen, aber ...«

Er legte ihr die Fingerspitzen auf den Mund. »Schscht. Gib mir einen Moment.«

Sie schwieg, während er ihr Gesicht erforschte. Jeden Millimeter. Seine Finger strichen über eine winzige Narbe an ihrer Stirn. Die hatte sie sich zugezogen, als sie einen Berghang hochgeklettert und im Geröll den Halt verloren hatte. Schon damals zeigte sich, dass Hanna einen harten

Schädel hatte. Harry war dabei gewesen und hatte ihr die spitzen Steine aus dem Gesicht gepickt. Jetzt glitzerten Tränen in seinen Augen.

Bebend atmete er tief ein und lächelte vorsichtig. »Ich hätte es doch wissen müssen, dass man dich nicht so leicht kaputt kriegt.« Er zog sie in die Arme und hielt sie fest.

Es brauchte keine Worte mehr zwischen ihnen. Harry hatte ihre Wortkargheit und ihr Schweigen immer akzeptiert. Er wusste, was sie fühlte. Sie wusste, wie weh sie ihm getan hatte und dass sie die Verantwortung trug für die scharfen Linien in seinem Gesicht. Doch noch viel mehr spürte sie seine unermessliche Erleichterung, dass sie lebte, und keine Wut über ihre Lüge.

Hanna löste sich aus Harrys Umarmung, setzte sich zurück auf die Couch und sah Sofie verloren im Raum stehen, die Arme um den Oberkörper geschlungen. Harry folgte ihrem Blick, stand auf, ging zu seiner Frau und zog sie in die Arme. Sie verbarg ihren Kopf mit einem zitternden Seufzer an seiner Schulter. Zärtlich küsste er ihren Kopf.

Er lachte, dabei klang Unsicherheit durch. »Eigentlich würde das ja nach etwas Alkoholischem verlangen zum Feiern, aber ich muss gestehen, in den letzten Monaten vermeide ich alles, was Alkohol enthält.«

Sofie richtete sich auf. »Ich hole uns etwas.«

»Weißt du, irgendwie habe ich es tief in meinem Innern gewusst, dass du nicht tot bist. Ich glaube, diese innere Zerrissenheit war mein Problem. Vor einem Grab zu stehen mit deinem Namen drauf und zu denken, dass das nicht sein kann. Dass ich es merken müsste, wenn es dich nicht mehr gibt. Und dann die Frage, ob alles anders verlaufen wäre, wenn wir damals in Nigeria nicht die Schwester von Ochuko besucht hätten – wenn ich einfach Nein gesagt hätte.«

»Harry ...«

»Wusstest du, dass er gar nicht für uns als Fahrer einge-plant gewesen war? Ich werde nie vergessen, wie er zu mir kam und mich fragte, ob du Marie Benner wärest, CMO von Medicare. Ich sagte, nein, du seist die Zwillings-schwester.«

»Wann hat dich Ochuko das gefragt?«

»In der Agentur, als wir die Details der Tour mit unserem Guide besprachen. Weißt du, Hanna, ich glaube, er hatte von Anfang an vor, dich und seine Schwester zusammenzubringen. Nur verlief es am Ende anders, als er es geplant hatte.«

»Aber der Guide ...«

»... ist krank geworden, ich weiß. Angeblich war es ein Zufall, dass Ochuko kurzfristig für ihn einspringen konnte. Aber all die Gespräche, die wir mit ihm geführt haben – über das Land, die Politik, die Zustände und die Korrup-tion. Das war nicht unbedingt, was wir beide von jemandem erwarteten, der uns die Umweltschäden infolge der Erdölförderung im Nigerdelta zeigen sollte. Findest du nicht?«

Hanna rieb sich mit den Fingern die Stirn, versuchte nachzudenken, sich zu erinnern. Sie hatte das alles in die hinterste Ecke ihres Gedächtnisses verdrängt, fest verschlossen, damit die Erinnerungen ihr nicht mehr weh tun konnten.

»Trotzdem habe ich an all das nicht mehr gedacht, bis ich vor zwei Wochen über etwas gestolpert bin.«

Ein kalter Schauer wanderte Hanna den Rücken hinunter, als sich Harrys Blick fest auf sie richtete. Sofie kam mit einer Karaffe herein, in der sich eine helle Flüssig-keit befand, die sprudelte. Darin schwammen Blätter. Sie setzte die drei Gläser mit Limettenschnitzen darin ab und füllte sie voll.

»Keine Sorge, das ist ein alkoholfreier Hugo.« Sie blinzelte den beiden zu. Dann setzte sie sich zu Hanna auf die Couch. Obwohl Hanna sich nicht so fühlte, als ob es etwas zum Feiern gäbe, hob sie brav das Glas und prostete dem Ehepaar zu. Vorsichtig nippte sie und stellte überrascht fest, dass das Getränk angenehm erfrischend schmeckte. Holunderblütensirup war mit Sicherheit ein Bestandteil, und bei den grünen Blättern im Getränk handelte es sich definitiv um Minze.

»Heißt das, du bist außer Gefahr, weil Lukas tot ist?«, kam Sofie direkt auf den Punkt und zu einer Frage, die Hanna nicht beantworten wollte.

»Es ist schwer, nicht mehr die sein zu dürfen, die du bist.«

»Ich verstehe, und deshalb hat sich deine Schwester auch so seltsam mit den Fotorechten angestellt.«

»Fotorechte?«

»Na ja, anstatt Harry zu sagen, dass sie keine Fotos von dir rausgeben möchte, kam gleich ein ellenlanges Schreiben von einer bekannten Anwaltskanzlei aus Berlin. Ich meine, sie hatte uns ja auf der Beerdigung gesehen. Sie hätte uns einfach nur anzurufen brauchen.«

»Sofie, bitte.«

»Tut mir leid, Harry, ich glaube, ich bin auch etwas aufgedreht. Das alles hier ist so ...«, sie suchte nach Worten, kramte in ihrem Kopf, »... seltsam.«

»Marie wusste nicht, dass ich lebe.«

»Oh«, hastig nippte Sofie an ihrem Hugo.

»Ging es um die Bilder vom Ganges?«

»Von unserer Seite, ja, aber wir bekamen eine anwaltliche Verfügung, dass wir alle Bilder von dir, die noch in Harrys Besitz waren, löschen oder aushändigen müssten.«

»Wann war das?«

»Vor fünf oder sechs Monaten.«

»Und?«

Harry mischte sich ein: »Es fand im Beisein eines Anwalts statt. Er prüfte meine Rechner und Speichermedien, und ich musste alle Bilder, die ich von dir hatte und an denen kein Verlag Rechte besaß, löschen.«

»Komisch.«

»Ja, in der Tat, wo wir doch beide wussten, dass alle Bilder von dem Überfall schon lange bei der Bundeswehr – und ich bin mir sicher, auch beim BKA – lagen.«

»Sie steckt dahinter, oder?« Aufmerksam musterte Harry sie.

»Marie? Nein.« Warum glaubte jeder, ihre Schwester hätte Dreck am Stecken?

»Ich hab sie bei der Beerdigung gesehen. Sie sah dir so ähnlich, dass mir die Luft wegblieb.«

»Wieso denkst du, dass Marie dir die Polizei auf den Hals geschickt hat?«

Er schwieg, nahm einen Schluck aus seinem Glas und stellte es langsam auf den Couchtisch. Sich vorbeugend, legte er die Unterarme auf seine Knie. Wieder betrachtete er sie durchdringend. »Wer sagt mir, dass du wirklich Hanna bist?«

»Weshalb sollte ich dich anlügen?«

»Ich weiß nicht, sag du es mir.«

»Die Narbe auf meiner Stirn?«

Hanna sah, wie seine Sicherheit ins Schwanken kam. Es war mehr als unwahrscheinlich, dass Marie an derselben oder einer ähnlichen Stelle eine Narbe hatte. Schließlich zog sie ihr T-Shirt rechts am Arm hoch. Harry hatte ihr Tattoo oft genug gesehen. »Harry, was hast du gefunden?«

»Du hast was gefunden?« Sofie starrte ihren Mann an.

Hanna sah die Angst in ihren Augen. Was in aller Welt war vorgefallen, dass die beiden so verunsichert waren?

»Ich habe nicht mehr dran gedacht. Ich meine, all das, was passiert ist, hat mich aus der Bahn geworfen. Ich hatte es in eine der Seitentaschen des Koffers gepackt und einfach vergessen.«

»Was hast du vergessen, Harry?« Diesmal reagierte Hanna ungeduldig, fühlte, dass sie etwas in ihrer gemeinsamen Vergangenheit berührte, das wichtig sein konnte.

»Weshalb tauchst du auf einmal hier auf?«

»Meine Tarnung ist aufgeflogen und ich habe beschlossen, mich nicht mehr weiter zu verstecken.«

»Sie sind hinter dir her?«

»Oh Gott.« Sofie sah sich hektisch in ihrem Wohnzimmer um, als befürchtete sie, dass jeden Moment bewaffnete Männer erschienen.

»Ja.«

»Aber Lukas ist tot.«

»Lukas Benner ist nur ein Nebenschauplatz gewesen, nicht mehr.«

»Aber ich dachte, er wäre für den Überfall verantwortlich gewesen, so hat es mir der BKA-Mann damals bei unserem Gespräch erklärt.«

»Ein BKA-Mann?«

»Ja, ein Karl Hartmann.«

»Er war bei dir?«

»Ja, damals vor der Gerichtsverhandlung.«

»Aber sie haben dich nicht für eine Zeugenaussage eingeladen.«

»Nein, weil es in diesem Verfahren nichts gebracht

hätte. Es ging um ein späteres Verfahren vor dem Internationalen Gerichtshof von Den Haag.«

»Davon hat er mir nie etwas gesagt.«

»Nun, vielleicht wollten sie dich da raushalten. Sie hatten die Bilder, ein Teil der Männer war identifiziert, und ich hatte genauso viel gesehen wie du.«

Wut gegenüber Hartmann stieg in Hanna hoch. Wie konnte er es wagen, Harry und seine Familie in Gefahr zu bringen? Ihm musste doch klar sein, dass er sie damit in den Fokus gerückt hatte. »Woran hast du nicht mehr gedacht Harry?«

Er stand auf. Ihr eindringlicher Ton wirkte. Zwei Minuten später kam er mit einem schlichten Notizbuch, so wie er es auch auf Reisen benutzte, zurück. Ein gemusterter Stoffumschlag umhüllte und schützte es.

»Hier. Sie hat es mir an dem Tag in der Hütte überreicht, als du mit den Kindern draußen warst. Du solltest es deiner Schwester geben. Es war Rukia Mutai sehr wichtig. Sie meinte, es wäre ein Geschenk an das Leben. Ich hatte es in meinem Rucksack. Als du so lange nicht ins Hotel kamst, habe ich es in die Seitentasche von meinem Koffer gepackt, den ich unten im Gepäckraum von dem Hotel ließ. Ich wusste nicht, was dieses Buch enthält und befürchtete, es könnte gefährlich für uns werden. Du weißt, dass ich an dem Abend getrunken hatte. Am nächsten Morgen hatten wir Streit im Frühstücksraum. Ich habe es danach einfach vergessen.«

»Als Harry von der Reise kam, habe ich ihm angesehen, dass es ihm schlecht ging. Ich habe ihn mit einer Schlaftablette ins Bett gepackt, damit er sich erholt, und habe seine Koffer ausgepackt. Ich meine, er hatte mich aus dem Hotel angerufen und mir alles erzählt. Also packte ich alle Sachen von der Tour auf den Dachboden, möglichst weit weg.«

Harry sah Sofie mit einem liebevollen Lächeln an. »Ja, und nach dieser Bilderstory fiel mir das Buch wieder ein. Aber irgendwie konnte ich mich nicht überwinden, es deiner Schwester auszuhändigen, und seitdem steht es in meinem Regal bei den anderen Notizbüchern in meinem Arbeitszimmer.« Er reichte ihr das Notizbuch.

Es lag so schwer in Hannas Händen, dass sie es auf ihre Beine legte. Sie schaute von dem Notizbuch zu Harry und zurück, wusste nicht, ob sie es öffnen wollte. »Was steht da drin?«

»Ich weiß es nicht.«

»Du hast es nie angeschaut?«

»Doch, schon.«

»Aber?«

»Ich verstehe nicht, was es ist. Das hat mir die Entscheidung so schwer gemacht, was ich damit machen soll. Menschen mussten womöglich dafür ihr Leben lassen. Wie kann ich es in die Welt hinausgeben, ohne zu wissen, welche Konsequenzen das hat? Du hast dir damals die gleichen Fragen bei den Fotos gestellt, die du gemacht hast.«

»Ich ...«

»Hanna, für wie dumm hältst du mich? Natürlich wusste ich, wonach das Militär damals suchte. Es hat mir eine Heidenangst gemacht, und du glaubst nicht, wie froh ich war, als wir wieder deutschen Boden unter den Füßen hatten. Ich wollte einfach nur alles vergessen, was da unten in Afrika passiert ist.«

»Und was erwartest du von mir?«

»Ich glaube, dass du sehr genau weißt, was in diesem Notizbuch steht. Vielleicht hätte ich es deinem Onkel, diesem Kardinal ausgehändigt. Doch ganz ehrlich? Ich weiß überhaupt nicht, wer hier zu den Guten und wer zu den

Bösen gehört. Jetzt, im Nachhinein, glaube ich, dass der Besuch deines Onkels eine Absicht verfolgte.«

Hanna schwieg, dachte daran, dass Richard draußen im Auto auf sie wartete und er ihr einiges zu erklären hätte.

»Welche?«

»Ich denke, er wusste, dass du lebst. Und er wollte wissen, was ich von all dem wusste, was unten in Afrika geschehen ist.«

»Aber warum gibst du es mir?«

»Wenn jemand weiß, was damit anzufangen ist, dann du, Hanna.«

»Du traust mir zu viel zu.«

Er lächelte sie an. »Du bist von den Toten auferstanden.«

Sie atmete tief ein, sah auf das Notizbuch in ihrem Schoß und öffnete es – Daten, Diagramme, Namen und Medikamente. Dann immer wieder seitenweise Formeln, Aufzeichnungen über die Symptome der Kinder, Fieber, Kopfweh, Blutdruck, Blutwerte – alles bis ins kleinste Detail.

»Die Kinder, nicht wahr?«, fragte Harry leise.

»Ja, Afya, Haiba, Tutu, Saburi, Maalik, Ezeoha, Tabita, Dupe, Rabuwa und Moswen, der kleine Junge, mit dem ich draußen fotografiert habe.«

»Sie haben sie für Versuche benutzt. Mein Gott, sie erschien so nett. Alles war so aufgeräumt und gepflegt.« Harrys Stimme war nur noch ein Flüstern.

»Sie haben ein Heilmittel für HIV gefunden. Das hier in dem Notizbuch dürften vermutlich die Zusammensetzung des Mittels und Therapiehinweise sein.« Ihre Worte blieben in der Luft hängen, schwebten langsam herunter und senkten sich in den Verstand der beiden Winters.

Sofie fing sich als Erste. »Du meinst nicht nur ein neues

Mittel zur Therapie, sondern ein Heilmittel zur kompletten Vernichtung des Virus im Menschen? Sodass Aids nie ausbrechen kann?«

»Ja.«

»Gab es Aufzeichnungen darüber?«, mischte sich Harry ein. »Ist deshalb auch diese Forschungsstation hopsgenommen worden?«

»So ist es.«

Harry zeigte auf das Notizbuch. »Und das ist alles, was davon übrig geblieben ist?«

»Vermutlich.« Hanna verschwieg ihm, dass sie gerade versuchten, an die gelöschten Daten heranzukommen. Selbst das Militär ahnte nicht, dass sie hinter anderen Daten her war. BKA und Bundeswehr wollten Beweise für die Manipulation der Medikamente, des Marktes oder am liebsten über die Transaktionen zwischen den einzelnen Mitgliedern der FoEI. Sie hingegen suchte nach den Informationen über das Heilmittel. Und nun lag es hier in ihren Händen. Die ganze Zeit über hatte es in Harrys Koffer gelegen.

»Was hast du jetzt damit vor?«

»Harry, könnt ihr für eine Weile von der Bildfläche verschwinden? Ich meine – regelrecht untertauchen?«

Sofie stand auf, setzte sich auf die Lehne von Harrys Sessel und suchte die Hand ihres Mannes. »Dir ist klar, wie wichtig dieses Buch ist?«

»Ja, aber noch viel wichtiger ist, dass es nicht in die falschen Hände kommt. Harry, wenn sie ahnen, dass es dieses Buch gibt, wenn sie auch nur glauben, du wüsstest etwas oder könntest dich an irgendetwas erinnern, was hier drin steht, ist dein Leben keinen Pfifferling mehr wert.«

»Warum? Das ist doch etwas Gutes – ich meine, ein Heilmittel für HIV ...«

Hanna wandte sich Sofie zu. »Du musst dahinterschauen. Es geht um Geld und Stabilität in Ländern mit Rohstoffen. Es geht immer um Macht.«

»Aber ...«

»Nein, Sofie«, unterbrach Harry seine Frau, »Hanna hat recht. Schau dir die Länder mit den höchsten Raten von HIV-Erkrankungen an. Eine Heilung würde Hoffnung bedeuten für Millionen von infizierten Menschen. Und dass Eltern weiter für ihre Kinder da sein könnten, arbeiten und für die Zukunft ihres Landes da sind. – Also wo steht Medicare, Hanna?«

»Das willst du nicht wissen.«

»Doch.«

»Wissen ist gefährlich.«

»Ich will wissen, weshalb wir verschwinden sollen, und ich will wissen, was du vorhast.«

Sie dachte an Nina. Sie hatte auch helfen wollen, oder nicht? »Lukas hatte seine eigene Geschichte am Laufen. Er wusste nichts von Maries Projekt.«

»Also lag ich richtig. Marie hat die Kinder als Versuchskaninchen benutzt.«

Hanna verteidigte ihre Schwester nicht. Das entsprach viel zu sehr ihrer eigenen Meinung. »Ein Mädchen starb.«

»Oh mein Gott«, hauchte Sofie.

»Sie mussten es melden. Dr. Frederike Schneider beraumte eine Besprechung an. Ich denke, dass sie von ihrem Heilmittel erzählen wollte. Doch Lukas dachte, der Tod des Mädchens wäre durch seine Medikamente für die Therapie verursacht worden.«

»Seine Medikamente?«

»Ja, ihm gehörte ein Unternehmen, das das Recht hatte, Generika der HIV-Medikamente von Medicare zu produzieren. Um seine Marge zu optimieren, verwendete er eine billigere Zusammensetzung und reduzierte den teuren Wirkstoff.«

»Und um seine Spuren zu verwischen, hat er Söldner angeheuert, die ein ganzes Dorf plattgemacht haben?« Fassungslosigkeit klang in Harrys Worten durch.

Hanna nickte.

»Aber das geht doch nicht. Ich meine, niemand kann so einfach Soldaten anheuern, die Menschen umbringen.«

Zwei Augenpaare richteten sich traurig auf Sofie. Ja, es gab eine Zeit, da hätte Hanna mit derselben Naivität die Welt betrachtet.

»Und wer hat Lukas getötet?«, fragte Harry.

»Das weiß derzeit wohl niemand.«

»Und was hast du jetzt vor? Hanna, wenn deine Tarnung aufgeflogen ist, dann bist du nicht sicher. Du musst verschwinden.«

»Nein, Harry, ich bin lange genug geflohen und habe der Wahrheit nicht ins Gesicht gesehen.«

»Wer steckt hinter all dem?«

»Mein Stiefvater, Armin Ziegler.«

»Aber der ist auf freiem Fuß! Wie kann das sein, wenn er hinter all dem steckt?«, warf Sofie ein.

»Weil er geschickt ist. Aber ich bin lernfähig und werde diesmal dafür sorgen, dass er sich nicht herauswinden kann.«

»Du solltest vorsichtig sein bei Marie.«

»Das werde ich. Was ist jetzt mit euch?«

Das Ehepaar Winter sah sich an und lächelte. Harry wandte sich zu Hanna. »Keine Sorge, wir haben einen Platz, wo uns keiner so schnell findet.«

»Und?«

Hanna stieg ins Auto und fuhr los, ohne ein Wort mit ihrem Onkel zu wechseln. Sicher verstaut in ihrem Rucksack lag das Notizbuch.

»Was?«, fragte sie schließlich verwirrt.

»Wie hat es Harry aufgenommen, dass du am Leben bist?«

»Du hast mir nicht gesagt, dass du bei ihm warst.«

»Nein, ich wollte dich nicht beeinflussen.«

Sie warf ihm einen flüchtigen Seitenblick zu und verzog spöttisch den Mund. »Natürlich.«

»Okay, Johanna, du bist sauer auf mich. Einverstanden. Lass es mich dir erklären. Ich war bei ihm, weil ich es sehe, wenn ein Mensch unter seinen Schuldgefühlen zusammenzubrechen droht. Es ist meine Aufgabe als Priester, solchen Menschen zu helfen, und noch viel mehr, wenn ich weiß, dass er keine Schuld auf sich geladen hat.«

»Das ist verständlich, aber keine Erklärung, warum du es mir verschwiegen hast.«

»Kennst du eines der wichtigsten Geschenke, die Gott uns Menschen gegeben hat?«

»Den freien Willen?«

»Ja genau, den freien Willen. Jeden Tag dürfen wir uns aufs Neue entscheiden, welchen Weg wir in unserem Leben gehen. An manchen Tagen ist es leichter, an anderen sehr schwer, dir zuzusehen, wie du immer wieder deine Entscheidungen triffst. Und doch weiß ich, dass ich nicht das Recht habe, dir meine Meinung oder meine Ansichten aufzudrücken. Gerade für dich ist es wichtig, dass du deine eigenen Entscheidungen triffst.«

»Warum?«

Er schwieg, und sie wusste, er würde ihr auf diese Frage keine Antwort geben.

»Also gut, dann frage ich dich etwas anderes. Weshalb

werde ich das Gefühl nicht los, dass ich eine Spielfigur bin, die auf einem Feld hin- und hergeschoben wird?«

»Wir alle sind nur Figuren auf einem Spielfeld. Aber du entscheidest dich, ob du dich in die eine Richtung schieben lässt oder in die andere.«

»Du versuchst, mich zu manipulieren.«

Der Kardinal seufzte tief. »Wenn ich versuchen würde, dich zu manipulieren oder in meine Richtung zu schubsen, glaube mir, Johanna, dann würden wir beide heute nicht hier zusammensitzen. Dann säßen wir jetzt in Rom in meiner Villa bei einem gemütlichen Nachmittagskaffee. Aber nein, ich habe einem neunjährigen Mädchen erlaubt, die Verantwortung für ihre Mutter und ihre Schwester zu übernehmen. Und weshalb? Weil es die letzten Worte ihres Vaters waren.«

Der Rest der Fahrt verlief still, während sie beide ihren Gedanken nachhingen.

19

WISSEN

Kurz vor Berlin fuhr Hanna auf einen Rastplatz. Die restliche Rückfahrt hatte sie gegrübelt, wie sie weiter vorgehen wollte. Was sie mit dem Notizbuch machen sollte. So sehr sie Marie glauben und vertrauen wollte, so wichtig war das Ergebnis dessen, was die Frauen erforscht hatten. Sie hatten dafür einen hohen Preis bezahlt.

Hanna wandte sich ihrem Onkel zu, und sah ihm forschend ins Gesicht. »Hast du die Möglichkeit, ein Buch zu digitalisieren?«

»Hat dir Harry seine Memoiren anvertraut?« Ein amüsierter Ausdruck huschte über sein Gesicht, der sich schlagartig änderte, als sie ihn weiterhin ernst musterte. »Ja, das geht. Kein Problem.«

»Geht es auch, dass wir es auf mehrere Systeme verteilen können, falls einem von uns etwas passiert?«

»Johanna, du machst mir Angst! Worum geht es?«

Hanna griff nach hinten und holte ihren Rucksack. Sie kramte das Notizbuch hervor und hielt es ihm hin. Vorsichtig nahm er es an. Während er es aufschlug, fuhr sie los. Hörte, wie sich die Seiten erst langsam, dann hastiger bewegten.

»Wohin müssen wir?«

»Charlottenburg, Lütgeweg 1. – Ist es das, was ich denke, dass es ist?«

»Was denkst du?«

»Das Heilmittel für HIV.«

»Ich bin keine Pharmakologin und auch keine Ärztin, demnach ist es zu früh, so etwas zu sagen.«

»Seit wann hat er es gehabt?«

»Seit unserem Besuch bei Dr. Rukia Mutai.«

»Sie hat es ihm anvertraut? Wieso?«

»Weil ich es Marie geben sollte.«

»Oh mein Gott.«

Hanna schwieg, ließ ihn alles verarbeiten.

»Die ganze Zeit suchen wir danach, und dabei liegt es einfach so in Hamburg bei einem Journalisten. Wieso gibt er es dir erst jetzt?«

»Eine lange Geschichte. Wer ist wir?«

»Wir?«

»Du hast gesagt, *wir* suchen die ganze Zeit danach!«

»Ich – Johanna – oh Gott, wo fange ich an?«

»Am Anfang und mit der Wahrheit.« Äußerlich gelassen, fror Hanna doch innerlich bis auf die Knochen. Sie hatte Angst vor dem, was sie als Nächstes erfahren würde.

»Nicht hier im Auto.«

SIE ERREICHTEN den Lütgeweg im Stadtteil Charlottenburg. Gemeinsam gingen sie in das Gebäude, in dem sich der Malteserorden befand. Hanna dachte an den Ring, den Marie von ihrem Vater bekommen hatte, ihrem Wunsch, sich dem Orden bei seiner Arbeit anzuschließen. Richard ging mit ihr die Treppe hoch. Sie wurden nicht aufgehalten, und die Leute begrüßten den Kardinal höflich. Kein Anhalten, keine Nachfragen, er bewegte sich hier wie in seinem eigenen Zuhause. Schließlich erreichten sie eine Tür, und er klopfte.

»Ja!«, schallte es knapp von der anderen Seite.

Sie traten ein. Der Raum wurde von einem Schreibtisch beherrscht, hinter dem ein Mann mit aufgekrempelten Hemdsärmeln saß. Einen Telefonhörer zwischen Schulter und Ohr geklemmt, hämmerte er auf seine Tastatur ein. Als er sich ihnen zuwandte, rutschte ihm der Hörer von der Schulter. »Eure Exzellenz, ich hatte Sie heute nicht erwartet. Entschuldigung. Einen Moment.« Er hob den heruntergefallenen Hörer auf. »Ich rufe dich später noch mal an. Habe gerade Besuch bekommen.«

Der Mann kam hinter seinem Schreibtisch hervor und begrüßte ihren Onkel mit der gebotenen Höflichkeit gegenüber einem Kardinal.

»Dr. Moser, entschuldigen Sie, dass wir Sie so überfallen.« Richard trat zur Seite, und der Mann wandte sich Hanna zu: »Frau Ziegler.«

Hanna wollte widersprechen, aber ein kurzer Blick ihres Onkels ließ sie schweigen.

»Was kann ich für Sie tun, Kardinal Voigt?«

»Ich würde gerne den Scanner in Beschlag nehmen, und wenn es geht, einen Computer.«

»Kein Problem, brauchen Sie jemanden, der Ihnen hilft? Es ist gleich Büroschluss, und ich habe in einer halben Stunde einen Termin.«

»Nein, ich denke, wir kommen allein klar.«

»Dauert es länger?«

»Möglicherweise.«

»Gut, dann lasse ich Ihnen einen Schlüssel da.

Schließen Sie das Büro bitte ab, wenn Sie gehen, und werfen Sie ihn dann einfach ins Postfach.«

»Wird gemacht.«

»Frau Ziegler, es bleibt doch bei Ihrem Vortrag für nächsten Monat? – Über den Forschungsstand bezüglich neuer Medikamente für Frauen?«

»Sicher.«

Der Mann wartete einen Moment, räusperte sich dann, doch der Kardinal war schneller. »Entschuldigen Sie, Dr. Moser, wir haben es ein wenig eilig. Frau Ziegler steht Ihnen bestimmt zu einem späteren Zeitpunkt für eine ausführlichere Diskussion zur Verfügung.«

»Natürlich, Kardinal Voigt.«

Ihr Onkel schob Hanna aus dem Büro und weiter den Gang hinunter und öffnete die Tür zu einem anderen Raum. Dort standen ein Multifunktionsgerät, Regale mit verschiedenen Papieren darin, ein kleiner Ablagetisch mit einem Stuhl davor und ein Rechner. Der Kardinal fuhr den Rechner hoch, gab seine Zugangsdaten ein und öffnete sein E-Mail-Programm. »Los gehts. Kannst du so ein Multifunktionsdingsbums bedienen?«

»Ich denke schon.« Hanna musterte das Gerät, fand die Scanneroption und wechselte auf das Menü.

Ihr Onkel stand auf. »Nein, verwende lieber die E-Mail-Funktion. Über den Scanner wird alles in einem allgemein zugänglichen Ordner gespeichert, was in unserem Fall nicht optimal wäre.« Er tippte seine E-Mail-Adresse in die Zeile auf dem Display.

»Und du denkst, E-Mail wäre sicherer?«

»Na ja, nicht absolut sicher, aber besser als der allgemeine Ordner.«

Hanna nahm das Notizbuch aus der Tasche und

kopierte die erste Seite. »Du gehörst dem Malteserorden an?«

»Nicht direkt. Der Papst hat mich zu seinem Vertreter bei dem Orden ernannt. Ich trage den Titel Kardinalpatron, und meine Aufgabe ist es, die spirituelle Ausrichtung des Ordens und seiner Mitglieder zu fördern sowie die Beziehung zum Heiligen Stuhl zu pflegen.«

»Professor Bartoli?«

»Er ist ein Ordensritter des ersten Standes.«

»So wie Papa.«

»... es war.«

»Ja, ich weiß, dass Papa tot ist.«

»Nein, ‚war‘ bezog sich auf die Zeit, als er noch lebte.«

»Er ist ausgeschieden? Das kann nicht sein. Er hat für den Malteserorden gearbeitet.«

»Ja, aber er gehörte nicht mehr zu den Ordensrittern des ersten Standes. Ein solcher muss genauso in Keuschheit leben wie ein Priester.«

»Meintest du im Auto mit ‚wir‘ dich und die Kirche, dich und den Malteserorden oder dich und die Bundeswehr?«

Eine Zeit lang erfüllte allein das Geräusch des Kopierers den Raum, den Hanna Seite für Seite mit dem Inhalt des Notizbuchs fütterte.

»Alle drei.«

Hanna hielt in ihrer Arbeit inne, drehte sich langsam um. »Du arbeitest mit dem Militär zusammen? Du bist Kardinal!«

»Das eine schließt das andere nicht aus«, erklärte er ruhig.

»Bitte? Deren Auftrag ist es, Menschen zu töten, Kriege zu führen.«

»Hanna, von Anfang an haben Priester die Menschen

im Krieg begleitet. Weißt du eigentlich, wie viele Soldaten während ihrer Dienstzeit zum Glauben finden, sich taufen lassen? Außerdem ist der Auftrag der Bundeswehr nicht das Töten von Menschen.«

»Sondern?«

»Sicherheit und Schutz zu gewährleisten für Deutschland und seine Bürger. Außerdem geht es um die Verhütung von Konflikten, Krisenbewältigung, Evakuierungsoperationen, Heimatschutz und humanitäre Hilfe. Diese Aufgaben sind es, die Kirche, Malteser und Militär immer wieder zusammenführen. Kopier weiter, sonst sitzen wir noch ewig hier rum.«

»Maries Projekt war der Bundeswehr nicht bekannt.« Hanna schlug die nächste Seite des Notizbuchs auf und scannte weiter.

»Nein.«

»Woher wusstest du es?«

»Marie.«

»Marie?«

»Ja, sie hat es mir gebeichtet, nachdem sie von deinem Tod erfahren hatte. Sie fürchtete, dass man sie auch töten würde.«

Hanna versank in ihre Gedanken.

»Ich wünsche mir einen Fundus.«

Ihr Onkel stand auf, nahm sie in die Arme. »Den wird es geben, versprochen. Aber erst müssen wir sicherstellen, dass Medicare ein Heilmittel produzieren kann und wird.«

»Was für eine Ironie.«

»Du musst nutzen, was dir zur Verfügung steht. Armin hat Marie die Geschäftsführung übergeben, und glaube mir, er wird sich noch dafür in den Hintern beißen.«

. . .

ERST UM NEUN Uhr abends erreichten sie Carolines Haus. Den ganzen Tag waren sie auf den Beinen gewesen und Hanna fühlte sich hundemüde. Sie wartete, bis ihr Onkel die Haustür aufgeschlossen hatte, dann schlüpfte sie vor ihm ins Haus.

»Möchtest du nichts mehr essen?«

Hanna drehte sich um. Sie war schon halb die Treppe hoch, obwohl das Notizbuch im Rucksack wie ein Stein an ihrer Schulter zu zerren schien.

»Kein Hunger.«

»Du kannst heute sowieso nichts mehr machen.« Mit dem Kinn zeigte Richard auf den Rucksack.

»Ich bin müde.«

Kaum im Zimmer, schloss Hanna die Tür und sah sich um. Wo ließ sich ein Notizbuch am besten verstecken? Dann hatte sie die perfekte Idee. In ihrer Tasche befanden sich mehrere Skizzenblöcke, von denen einige in eine feste Hülle eingebunden waren, so wie das Notizbuch. Sie nahm das Stück Stoff ab, wickelte eins von ihren Büchern damit ein und legte das Buch von Dr. Rukia Mutai mitten zwischen die anderen – ganz offen, das waren die besten Verstecke. Noch hatte sie keine Ahnung, wie sie das Notizbuch unbemerkt zu Marie bekommen sollte. Genauso wenig wusste sie, ob der Inhalt Marie helfen würde, ein Heilmittel für HIV zu entwickeln, aber das hatte Zeit bis morgen. Keine zehn Minuten später lag sie im Bett und schlief tief und fest.

HANNA SASS in einem Besprechungszimmer des BKA, in dem außer ihrem Patenonkel noch Brinkmann vom BKA, Hartmann, Paul und Ben anwesend waren. Morgens hatte ein Anruf von Konz ihren Onkel erreicht, in dem er um diese Zusammenkunft gebeten hatte. Gemeinsam hatten sie entschieden, niemandem von dem Notizbuch zu erzählen. Es war sicherer, diese Information erst einmal für sich zu behalten.

Ben setzte sich neben sie. Er holte sein Handy heraus und zeigte ihr Bilder von Nathanael, während sie auf Konz warteten. »Wie geht es Harry?«, fragte er leise.

Es überraschte Hanna nicht, dass er davon wusste. Sie hatte die Fahrzeuge bemerkt, die ihnen auf ihrem Sonntagsausflug gefolgt waren.

»Gut.«

»Wie hat er deine Auferstehung verkraftet?«

»Gut.«

Er musterte sie. »Okay, was verschweigst du?« Seine Stimme war nur noch ein Raunen, sodass garantiert niemand außer ihr ihn verstand.

Womit hatte sie sich verraten? Wie machte er das? »Gibt es einen Termin für die Taufe?«, lenkte Hanna ab.

»Nein, Lisa will noch warten.«

»Worauf?«

»Auf dich. Sie möchte deinen richtigen Namen in der Taufurkunde.«

Konz trat in den Raum, sodass Hanna nicht mehr darauf eingehen konnte. Konz hatte einen Haufen Akten unter dem Arm, und sie fragte sich, warum dieser Mann im Zeitalter der Digitalisierung immer noch Papier mit sich herumschleppte.

»Eure Exzellenz, es freut mich, dass Sie gekommen sind.«

In seiner offiziellen Kleidung wirkte ihr Onkel Respekt einflößend und unnahbar. Selbst Hanna hätte Probleme gehabt, ihn einfach in den Arm zu nehmen, obwohl sie heute gemeinsam im Schlafanzug gefrühstückt hatten. Sie dachte, dass dies genau seine Absicht war, denn da er Urlaub hatte, bestand für ihn keine Notwendigkeit, in Kardinalstracht herumzulaufen.

Er saß auf ihrer anderen Seite, und Hanna rutschte ein wenig näher zu ihm und brachte so mehr Abstand zwischen sich und Ben – nicht genug, um es angenehm zu nennen. Selbst sein Geruch hing ihr in der Nase, und sie verdrängte energisch das Gefühl, das damit einherging.

BEN HATTE Hannas Abrücken bemerkt und fühlte sich darin bestätigt, dass sie etwas vor ihm verheimlichte. Als er sich neben sie gesetzt hatte, machte ihm bereits ihre leicht abgewendete Haltung mit den verschränkten Armen klar, dass sie eine Mauer hochzog. Dann dieses Ablenkungsmanöver. Er kannte das meiste von dem, was kommen würde und ärgerte sich, dass er sich keinen Platz gewählt hatte, wo er Hanna besser hätte beobachten können. Stattdessen hatte er sich hinreißen lassen, ihre Nähe zu suchen. Er hatte sie die letzten siebenundsechzig Stunden vermisst. Ein unangenehmes Gefühl, das sich zunehmend in Unruhe verwandelt hatte, sodass er alle paar Stunden den Kardinal per SMS gefragt hatte, ob alles in Ordnung sei. Das knappe Ja, das jedes Mal als Antwort kam, war nicht besonders befriedigend gewesen. Auch nicht die Nachricht, dass sie nach Hamburg fuhren und Hanna sich mit Harry traf. Am liebsten hätte Ben Hanna an dem Abend direkt von dieser Caroline abgeholt. Seiner Ansicht nach verhielt sich der Kardinal viel zu leichtsinnig. Genauso hätte er Hanna auf einem Präsentierteller herumzeigen können. Auch der Oberst war nicht erfreut über den Ausflug nach Hamburg gewesen.

»Kommen wir zur Sache. Ich habe Sie alle hier zusammengerufen, damit wir den Stand der Ermittlungen besprechen können. Ich hoffe, Ihnen ist klar, Kardinal Voigt, dass wir Ihnen damit ein ungewöhnliches Vertrauen aussprechen. Normalerweise reicht es mir, wenn ich mich mit Oberst Hartmann auseinandersetzen muss.«

»Ich nehme die Beichte ab, ich kenne mich aus mit Verschwiegenheit, Herr Konz.«

»In der Tat.«

Kurz hielt der Augenkontakt zwischen ihnen beiden.

»Paul, machen Sie doch den Anfang mit Ihrem Bericht.«

»In Ordnung. Wie alle bereits wissen, haben wir die verloren gegangenen Daten von Medicare wiederherstellen können. Entgegen unserer Hoffnung haben wir dort nichts gefunden, was gegen irgendwelche Gesetze oder Vorschriften verstößt.«

Ben bemerkte Hannas Zusammenzucken nur, weil er sie nicht aus den Augen ließ. Paul hatte nicht alle Informationen herausgegeben. Ben hatte die Aufmerksamkeit bei der Datenanalyse auf die Forschungen von Dr. Frederike Schneider gelenkt. Aber die Frau hatte genau gewusst, dass sie sich auf illegalem Gebiet bewegte, und war geschickt vorgegangen. Die vorhandenen Daten lieferten keinen Anhaltspunkt für eine kriminelle Tat. Selbst die E-Mails an Marie Benner – inzwischen Marie Ziegler – waren da keine Ausnahme. Auch wenn verständlich wurde, worum es ging, war alles so vorsichtig formuliert, dass sich daraus keine Anklage erheben ließ.

»Ähnlich ist es mit dem Netzwerk der FoEI, in das wir hineingekommen sind. Alles, was wir darin bisher gesehen haben, erscheint harmlos. Wir denken, dass es sich um eine Art Code handelt, der oberflächlich gesehen einem belanglosen Geplauder zwischen Geschäftsfreunden gleicht, die sich in verschiedenen karitativen und wirtschaftlichen Unterstützungsprojekten zusammengetan haben. Beim Vergleich mit der Tabelle werden sich Zusammenhänge ergeben, doch es sind so viele Daten, dass wir vermutlich locker einen Monat brauchen, um alles durchzusehen.«

Konz wandte sich an Brinkmann. »Wie weit sind Sie mit Ihren Ermittlungen zu dem Mord an Lukas Benner?«

»Wir haben die Person bisher nicht ausfindig machen können, die dem Gefangenen das Mittel hat zukommen lassen. Wir denken, dass sie sich nicht mehr in Deutschland aufhält, und sind in Kontakt mit Interpol.«

»Karl?«

Der Oberst rieb sich mit der Hand übers Kinn, warf Hanna einen Blick zu. »Es gibt eine Söldnergruppe, die sich Nemesis nennt. Wir denken, dass dieser Name in Anlehnung an die griechische Göttin gewählt worden ist, die für Vergeltung oder gerechten Zorn steht. Bisher konnten wir trotz einiger Nachforschungen keine eindeutige Verbindung mit der FoEI oder mit Wolff herstellen. Derzeit suchen wir nach Vorfällen, in denen die Art der Tötung auf Nemesis hindeutet. Das sind der Kopfschuss für den gnädigen Tod und das Aufschlitzen einer Körperseite mithilfe eines Kampfmessers der Marke KM2000 ...«

»Wie können Sie die Marke so genau bestimmen?«, unterbrach Brinkmann die Ausführungen des Obersts.

»Ließ sich anhand der Wunden eingrenzen.«

Hannas Hand tastete nach der Narbe an ihrer Seite. Gerne hätte Ben ihre Hand genommen, denn er merkte, dass sie sich nicht wohlfühlte. Auch er hatte einen Moment gebraucht, sich die Verwundungen anzusehen, ohne emotional zu werden. Sein Schnitt war immer noch nicht vollständig verheilt. Die Vorstellung, dass ein Kampfmesser verwendet worden war, wie sie selbst es im Einsatz bei sich trugen, machte ihn wütend. Zwei seiner Männer waren diesem Schnitt zum Opfer gefallen und er hatte einfach nur Glück gehabt, ihn zu überleben.

»Dieser Tod wird der schmerzhafte Tod genannt und er ist den Opfern vorbehalten, die nach Ansicht von Nemesis eine Bestrafung oder ihren besonderen Zorn verdienen. Wir stehen hier in Verbindung mit anderen militärischen Einheiten. Vor allem die USA besitzen umfangreiches Material über diese Söldnertruppe.«

Es entstand eine Pause.

Der Kardinal stellte kühl fest: »Mit anderen Worten – Ihnen liegen inzwischen all diese Informationen vor, aber Sie sind nicht in der Lage, Armin Ziegler erneut hinter Gitter zu bringen, und von Wolff brauchen wir erst gar nicht zu reden.«

»Und exakt hier kommen Sie ins Spiel, Eure Exzellenz«, wandte sich Konz an Voigt.

Ben sah, wie sich Hanna versteifte, wohingegen die Körperhaltung des Kardinals entspannt blieb.

»In welcher Hinsicht, Herr Konz?«

»Fangen wir mal in der ferneren Vergangenheit an. Sie haben uns Unterlagen zukommen lassen, aus denen hervorgeht, dass Lukas Benner für die Ermordung der Entführer von Johanna Rosenbaum verantwortlich war. Wie sind Sie daran gekommen?«

Hannas Kopf fuhr herum. Ihr Onkel war noch genauso gelassen wie zuvor. Ben zwang sich, keine Miene zu verziehen. Der Mann musste Nerven aus Drahtseilen haben oder unglaublich abgebrüht sein.

»Herr Konz – mein Kompliment. Sie und Ihre Männer sind ausgezeichnete Ermittler.«

So ganz war sich Ben nicht sicher, ob der Kirchenmann es ernst oder ironisch meinte.

»Sind Sie Christ?«

»Nein, ich bin vor Jahren aus der Kirche ausgetreten.«

»Waren Sie Katholik?«

Konz rutschte auf seinem Stuhl nach vorne, schob seine Brille ein Stück hoch. »Ja.«

»Dann kennen Sie das Beichtgeheimnis und wissen, was es damit auf sich hat?«

»Ja.«

»Ausgezeichnet«, antwortete der Kardinal liebenswürdig, ohne eine weitere Erklärung abzugeben.

Oberst Hartmann fragte mit freundlichem Lächeln: »Gibt es sonst noch etwas, womit Sie uns bei dem jetzigen Stand der Ermittlungen weiterhelfen können? Einen Hinweis auf die Motivation von Ziegler oder Wolff, warum sie Ihr Patenkind in ihre Gewalt bekommen wollten? Oder eine Erklärung, weshalb sie deren Zwillingsschwester Bodyguards – hm – zur Seite gestellt haben?«

»Ich dachte, ich würde von Ihnen über den Stand der Ermittlungen informiert, nicht verhört.«

»Nein, eigentlich haben wir das Treffen zum gegenseitigen Austausch von Informationen arrangiert.« Konz hatte sich wieder gefasst.

»Tut mir leid, meine Herren, ich würde Ihnen gerne weiterhelfen, aber ich wüsste nicht, womit. Sie werden verstehen, dass mein erstes Interesse den Kindern meines Freundes gilt, mit deren Schutz er mich für den Fall seines Todes betraut hat. Wir ziehen also durchaus am selben Strang.«

»Es gäbe eine Möglichkeit, herauszufinden, was Ziegler und Wolff ...«

»Nein!«, unterbrach der Kardinal mit eiskalter Stimme den Redefluss von Hartmann. Die Spannung zwischen den Anwesenden stieg. »Ich werde nicht zusehen, Oberst Hartmann, wie Sie das Leben von Johanna weiter aufs Spiel setzen.«

»Das habe ich nicht vor, aber ...«

»Nein!« Der Kardinal stand auf.

Hanna folgte wortlos seinem Beispiel.

»Unser Gespräch ist beendet.«

Auch Konz und Hartmann erhoben sich. »Seien Sie vernünftig, Eure Exzellenz, Johanna ist bei Ihnen nicht sicher. Es wäre besser, wenn sie in der Obhut des BKA bliebe«, versuchte es Konz noch einmal.

Die Blicke der drei Männer richteten sich auf Hanna.

»Ich bleibe bei meinem Onkel.«

»Hanna, Armin Ziegler ist nicht dumm, er weiß, dass wir ihm auf der Fährte sind. Viktor mag geschickt sein, dennoch wird unser Eindringen in das System kaum unbemerkt geblieben sein.«

»Nein, ich bin mir sogar ziemlich sicher, dass es bemerkt wurde«, sprang Paul dem Oberst bei.

Der nickte. »Du weißt, was passieren kann, wenn sich dein Stiefvater in die Enge gedrängt fühlt.«

»Wie Sie sagten, Oberst Hartmann, Armin Ziegler ist nicht dumm. Er wird sich hüten, Johanna zu nahe zu kommen, solange sie bei mir ist.«

»Was macht Sie da so sicher, Kardinal Voigt?«, wandte sich der Oberst ihm abrupt zu.

»Erledigen Sie Ihren Job! Um die Sicherheit von Johanna kümmere ich mich«, konterte der Kirchenmann.

Ben sah den beiden nach, als sie den Raum verließen. Er atmete tief durch und unterdrückte den Impuls, ihnen nachzulaufen.

Konz und der Oberst setzten sich. »Jetzt sind wir genauso schlau wie vorher. Woher wusstest du, dass die Unterlagen von ihm kamen?«

Konz grinste. »Gar nicht, aber ich fand seine Reaktion eindeutig.«

»Und was machen wir jetzt?«

»Abwarten, beobachten und weiter Informationen sammeln.« Ein tiefes Seufzen kam aus der Brust des Obersts. »Es wäre auch zu einfach gewesen. Kommen Sie, Major Wahlstrom, wir haben einiges zu tun.« Mit einem kurzen Nicken zu Konz hin verließ auch der Oberst den Raum.

Langsam stand Ben auf. Zum ersten Mal in seinem Leben fand er seinen Job zum Kotzen.

HANNA SCHWIEG, während die Limousine durch den Berliner Verkehr fuhr. Auch die gemietete Limousine erfüllte einen Zweck, da war sich Hanna sicher, wenn sie auch nicht wusste, welchen. Die Karosse gehörte einer Autoverleihfirma und zählte nicht, wie von ihr zuerst angenommen, zum Fuhrpark der Kirche. Vor Carolines Haus öffnete der Chauffeur ihrem Onkel die Tür, und sie beide stiegen aus.

»ICH NEHME AN, du hast einige Fragen für mich parat. Tee oder Kaffee?«

»Wasser.« Sie setzte sich an den Küchentisch und beobachtete ihren Onkel, wie er sich eine Kanne Tee zubereitete. Zuvor war er in sein Zimmer gegangen und hatte das offizielle Gewand gegen eine schwarze Hose und ein weißes Hemd getauscht. Er stellte ihr die Wasserflasche und ein Glas auf den Tisch. Es gab vermutlich nicht viele Menschen, die von einem Kardinal bedient wurden, dachte Hanna, als sie sich Wasser eingoss.

»Okay – schieß los.«

»Seit wann weißt du das mit Lukas?«

»Seit knapp einem Jahr.«

»Und warum hast du es erst jetzt an das BKA weitergegeben, dazu noch anonym?«

»Weil es so lange gedauert hat, die Beweise zusammenzustellen und weil sie vorhatten, ihn aufgrund der Kronzeugenregelung aus der Haft zu entlassen.«

»Wie hast du davon erfahren?«

»Auch im Gefängnis gibt es Priester.«

»Lukas ist zur Beichte gegangen?« Ungläubig starrte sie ihren Onkel an, der nur mit den Schultern zuckte.

»Manchmal haben solche Ereignisse eine seltsame Auswirkung auf Menschen, selbst auf diejenigen, die bisher verloren zu sein schienen.«

»Aber wie hast du davon erfahren? Ich dachte, ihr nehmt das Beichtgeheimnis sehr ernst.«

»Tun wir auch, aber auch ein Priester geht zur Beichte.«

»Also hast du es gebrochen.«

»Nein. Ich habe es genutzt, um Nachforschungen anzustellen und Hinweisen nachzugehen, was leichter ist, wenn man die Wahrheit kennt. Und diese Informationen habe ich weitergeleitet.«

»Du persönlich?«

»Nein.«

»Aha.«

Ein Schmunzeln erschien auf dem Gesicht ihres Onkels. »Aha was?«

»Also stimmen die Gerüchte über Geheimbünde, die in der katholischen Kirche die Schmutzarbeit erledigen.«

»Nein, sie stimmen nicht. Johanna, die katholische Kirche ist in all den Jahrhunderten durch viele schwierige Zeiten gegangen, angefangen von ihrer Verfolgung in der

Entstehungszeit über viele machtpolitische Ränkespiele bis in die heutige Zeit. Auch die Kirche macht Fehler und lädt Schuld auf sich. Letzten Endes besteht sie aus Menschen, und wir sind fehlbar. Dennoch ist die innere Kraft da, das Gebet, der Vater, der Sohn und der Heilige Geist. Menschen handeln in ihrem Glauben und helfen, die Welt ein Stück weit besser zu machen. Und dazu gehört es, ein wenig die Arbeit der Menschen zu unterstützen, die an vorderster Front stehen, sei es bei der Polizei oder beim Militär.«

»Das ist jetzt eine politisch korrekte, geschickte Umschreibung.«

Er zuckte die Achseln, trank einen Schluck von seinem Tee.

»Wann immer ich versuche, dich zu verstehen, entwischst du mir. Du bist wie ein Fisch, den ich im Wasser zu fangen versuche, und der mir immer wieder durch die Hände gleitet.«

»Kein falscher Vergleich für einen Priester, immerhin ist der Fisch ein besonderes Symbol für uns Katholiken.«

»Du weichst mir wieder aus.«

»Ich denke, wir sollten uns darauf konzentrieren, wie wir Marie das Notizbuch zuspielen, ohne sie weiter in Gefahr zu bringen.«

»Und jetzt lenkst du vom Thema ab.«

»So, tue ich das?«

Aufmerksam betrachtete Hanna ihn. Dann stand sie auf, ging in ihr Zimmer und kam mit ihrer Kamera zurück. Sie setzte sich, hob die Kamera und fing an, Bilder von ihrem Gegenüber zu machen. Er ließ es über sich ergehen, ohne sie zu unterbrechen. Nachdenklich klickte sie sich durch die Fotos.

»Hast du eine Antwort gefunden?«

»Auf welche Fragen?«

»Ob du mir vertrauen kannst oder nicht.«

»Wieso bin ich für dich so durchschaubar?«

»Das bist du nicht, Johanna, du bist nur deinem Vater sehr ähnlich. Also, wie schaffen wir das Notizbuch zu Marie, ohne dass jemand etwas mitbekommt?«

»Wir sind Zwillinge, vergessen?«

Er sah sie nachdenklich an, dann schlich sich langsam ein Lächeln auf sein Gesicht.

20

NEW YORK

»Musste es ausgerechnet ein Schönheitssalon sein?«, maulte Hanna gedämpft unter dem heißen Handtuch hervor, das über ihrem Gesicht lag.

»Wo sonst wären wir ungestört von Männern? Und außerdem werden wir am Ende so identisch aussehen, dass wir uns selbst nicht unterscheiden können.«

»Toll, und wie lange dauert die gesamte Prozedur?«

»Kannst du dich nicht ein einziges Mal entspannen und genießen?«

»Ja, aber nicht in einem Schönheitssalon!«

»Still jetzt«, kommandierte Marie.

Zwei Stunden später kamen die Damen des Elizabeth Arden Schönheitssalons auf der 5th Avenue in New York zusammen, um das Ergebnis zu begutachten, und staunten. Abgesehen davon, dass es keine einzige raue Stelle mehr an Hannas Körper gab und keinen einzigen verspannten Muskel, waren sie nicht mehr zwei verschiedene Menschen, sondern nur noch die doppelte Ausführung eines einzigen. Hanna musste Details suchen, damit sie ihre Identität nicht völlig aus dem Blick verlor. Das etwas dunklere Blau ihrer Augen, die kräftigeren Schultern, die ausgeprägtere Muskulatur und der kleinere Busen, die in den Bademänteln nicht sichtbar waren. Dieser Mantel verdeckte auch Hannas Narben und das Tattoo. Ansonsten glich sie Marie aufs Haar.

»Auf, jetzt geht es ans Eingemachte.«

Marie hatte einen unglaublichen Spaß an der Sache entwickelt. Wäre der ernste Hintergrund nicht gewesen, vielleicht hätte Hanna den Wandlungsprozess mit demselben Vergnügen miterlebt. So lag ein dicker Klumpen in ihrem Magen, der sich verdichtete, als sie sich anzog. Marie hatte die Klamotten für die Veranstaltung der Weltgesundheitsorganisation – kurz WHO – herausgesucht.

Den Text ihres Vortrags zu lernen war für Hanna ein Klacks, ein hautenges Kleid zu tragen und auf sechs Zentimeter hohen Absätzen zu balancieren hingegen eine Herausforderung. Das Kleid, dunkelblau und um die Taille gerafft, reichte bis eine Handbreit über die Knie. Zum Glück gingen die Ärmel bis zum Ellenbogen, sodass das Tattoo darunter verschwand. Auch beim Ausschnitt des Kleides hatte Marie auf Hanna Rücksicht genommen. Ein schlichter runder Ausschnitt, der in Höhe ihrer Schlüsselbeine endete – damit konnte sie leben. Passend dazu trug sie eine eng anliegende Perlenkette, deren Verschluss aus einem traubengroßen Saphir mit vierzehn kleinen Diamanten bestand und Ohrringe – zum Glück schlichte weiße Perlen.

Hanna nahm die Gesundheitsohrringe heraus, die sie seit drei Tagen trug, und steckte die Perlen in ihre Ohren. An ihren Handgelenken, dort wo sich die feinen Narben von der Fesslung bei ihrer Entführung befanden, trug sie rechts ein Armband, das aus drei Perlenreihen mit einem goldenen Verschluss bestand. Am linken Handgelenk trug sie eine schlichte, breite, goldene Armbanduhr. Sie hatte sich zu einem Push-up-BH überreden lassen, der ihren Busen in dem Kleid genauso stattlich erscheinen ließ wie Maries. Bei dem Spitzentangahöschen streikte sie jedoch und zog sich ihre Pantys an. Darin fühlte sie sich einfach wohler.

Skeptisch betrachtete Marie ihren Po und nickte dann. »Okay, einverstanden, deiner ist so stramm, da sieht man nicht, dass du Pantys drunter trägst.«

»Na, toll. Wie lange muss ich das durchhalten?«

»So dramatisch ist es nicht. Erst gibt es einen kleinen Empfang, dann finden die Reden statt, zuletzt erfolgt die Ehrung der Mitglieder, dann ein Abendessen und spätestens um Mitternacht kannst du dich ins Hotel bringen lassen. Frühstücken kannst du unten oder im Zimmer. Der Flug geht um siebzehn Uhr fünfundfünfzig von Newark, es liegt also an dir, was du mit dem Tag machst. Immerhin übernachtest du hier auf einer der berühmtesten Shoppingmeilen der Welt. Übrigens – das Set, das du anhast, stammt von Tiffany.«

»Tiffany?«

Marie verdrehte die Augen, während sie in Hannas Cargohose schlüpfte. Sie zog sich das Tanktop und das karierte Baumwollhemd an. »An dich sind solche Dinge absolut verschwendet.« Sie zog die Turnschuhe an und hüpfte ein paar Mal auf und ab. »Herrlich bequem.« Sie grinste.

Hanna warf ihr einen bitterbösen Blick zu.

»Wo ist es?«

Mit dem Kinn deutete Hanna auf den Rucksack.

Marie hockte sich davor und öffnete ihn, nicht ohne sich zuvor zu versichern, dass sie allein in der Umkleidekabine waren. Vorsichtig zog sie das Notizbuch heraus und schlug es auf, blätterte ein paar Seiten um. Sie runzelte die Stirn, dann ging sie auf Hanna zu, die sich eben die Haare an einer Kopfseite mit einem Kämmchen befestigte.

»Was soll das?«

»Was?«

»Da sind nur Bilder drin. Du hast gesagt, es wären die Aufzeichnungen von Dr. Rukia Mutai.«

Hanna zuckte mit den Achseln. »Du hast das falsche Notizbuch erwischt.«

Marie ging vor dem Rucksack in die Hocke, kramte ein weiteres Notizbuch hervor. Sie blätterte darin und ließ sich auf den Boden fallen. Ehrfürchtig betrachtete sie die Seiten. Zärtlich strich sie über ein Blatt. Nach einer Weile schüttelte sie sachte den Kopf. »Und die ganze Zeit lag es bei Harry rum.«

Hanna schritt vorsichtig in den Stöckelschuhen zu ihrer Schwester hinüber, ging in die Hocke.

In Maries Augen schimmerten Tränen.

»Dir ist klar, was passiert, wenn du es öffentlich machst?«

Ein schiefes Lächeln erschien auf Maries Gesicht. »Das ist egal. Wenn es erst einmal bekannt ist, können sie das Rad nicht mehr zurückdrehen. Ich hoffe, ihr habt dafür gesorgt, dass eine Kopie existiert?«

»Nicht nur eine.«

»Und nicht nur im Netz!«

»Nein, die Kopien sind auch auf Speichermedien in verschiedenen Schließfächern deponiert.«

»Ausgezeichnet.«

»Kannst du damit das Heilmittel herstellen?«

»Ja. Das Buch beinhaltet alle Zusammensetzungen und Forschungsergebnisse. Wenn es stimmt, was du sagst, und die Daten der Forschungsanstalt auf unseren Servern noch vorhanden sind, kann ich mit diesen zusammen anfangen, die Zulassung für das Heilmittel zu beantragen. Natürlich wird es eine Weile dauern, bis wir damit auf den Markt gehen können. Aber wie gesagt, in dem Moment, wo wir es öffentlich bekannt geben, gibt es keinen Weg zurück. Armin schneidet sich ins eigene Fleisch, wenn er die Ergebnisse der Forschung nicht für uns nutzt. Er weiß, wann er verloren hat. Außerdem bin ich überzeugt, dass es Medicare als Unternehmen ein positives Image verpassen wird nach all der schlechten Presse.«

»Etwas, das sich nicht vermeiden lässt.« Hanna hatte lange darüber nachgedacht, ob sie bereit war, diesen Preis zu zahlen.

Marie lächelte sie an. »Danke, Hanna. Ich weiß, ich stehe so tief in deiner Schuld, dass ich es nicht wiedergutmachen kann.«

Hanna stand auf und ging zum Spiegel. »Und du kennst niemanden auf der Veranstaltung?«

»Nein. Es ist das erste Mal, dass ich von der WHO eingeladen wurde. Natürlich kann es sein, dass der ein oder andere dort ist, dem ich woanders begegnet bin. Sei einfach freundlich, lächle und hör zu. Die meisten Menschen verraten dir sowieso ihre Geheimnisse, wenn du nur zuhörst.«

»Kann mir jemand über den Weg laufen, mit dem du im Bett warst?«

»Du kennst jeden, mit dem ich geschlafen habe – außer natürlich Fred, aber den hat Wolff abgezogen, nachdem er mitbekommen hat, dass wir miteinander Spaß hatten.«

»Du hast Nerven, ehrlich!«

»Hey, locker, du bist auf einer Veranstaltung der WHO, da laufen keine Kriminellen rum, und du bist auch nicht in der Wildnis, wo sich jederzeit ein Raubtier auf dich stürzen kann.«

Hanna verzog das Gesicht. »Glaub mir, das wär mir jetzt tausendmal lieber, als dort rumzustöckeln und einen Vortrag vor – wie vielen Leuten ...?«

»Dreihundert«

»Oh Gott, ich glaube, mir wird übel.«

»Quatsch, der Raum ist abgedunkelt, du konzentrierst dich einfach auf das, was du erzählst, und eine Dreiviertelstunde später ist alles vorbei. Du setzt dich an deinen zugewiesenen Platz an einem der vielen runden Tische, machst ein wenig Small Talk, und ehe du dich versiehst, ist der Abend gelaufen.«

»Die Rechte oder die Linke?«

»Warte. Lass mich sehen.« Marie trat zu Hanna an den Spiegel.

Aufmerksam verglichen sie Maries Augen mit der linken und der rechten Kontaktlinse, die sich Hanna ins Auge gesetzt hatte. Marie wechselte die Seite.

»Die Linke, oder?«

»Ja«, bestätigte Marie. »Puh, ist doch irgendwie ein bisschen gruselig, oder?«

»Onkel Richard wartet unten auf dich. Dein Rückflug lautet auf den Namen Sabine Schmidt. Er wird dir nicht von der Seite weichen, und du versprichst mir, bei ihm zu bleiben.«

Das war der Teil des Plans, der Hanna am wenigsten gefiel. Marie, die in ihre Rolle schlüpfte und mit ihrem Tarnnamen in ein Flugzeug stieg. Doch es erschien ihnen als die beste Lösung. Seit dem Vorfall in Rom hatte niemand mehr versucht, sie zu entführen.

Die Abendmaschine um halb sieben aus New York würde ihren Onkel und Marie zurück nach Berlin bringen, wo sie am nächsten Morgen gegen elf Uhr landeten. Dort trafen sie sich dann in der Privatwohnung des Forschungsleiters von Medicare, dem Marie die wahre Geschichte über die Vorfälle in Afrika erzählen würde. Er musste am Ende beurteilen, ob die Daten reichten, um eine Presseerklärung herauszugeben – der heikle Punkt. Marie wusste nicht, wie der Forschungsleiter reagieren würde. Da käme Onkel Richard ins Spiel. Maries unmoralisches Handeln musste vor dem Umstand in den Hintergrund gestellt werden, dass man in der Lage wäre, ein HIV-Heilmittel zu entwickeln. Immerhin zählte HIV zu den Viren mit der zweithöchsten Ansteckungsgefahr nach dem Grippevirus.

»Muss der Kamm sein?«

»Ja, er lenkt den Blick des Betrachters auf diese Hälfte deines Gesichts, und damit fällt die kleine Macke auf der rechten Wange weniger auf.«

»Die ist unter Zentimetern von Schminke vertuscht worden. Außerdem fallen die Haare darüber.«

»Trotzdem sollten wir nichts riskieren, und du liebst es, dir ständig die Haare hinter die Ohren zu schieben. Also – der Kamm bleibt. Klar?«

Amüsiert betrachtete Hanna ihre kleine Schwester im Spiegel. Als hätte die Verkleidung auch ihr Selbstbewusstsein und den Kommandoton, der sonst ihrer war, hervorgerufen.

»Klar, kleines Schwesterchen.«

Marie schulterte den Rucksack. »Die Schminke in meinem Gesicht ist völlig für die Katz.«

Hanna schnappte sich die silberfarbene, lange Strickjacke und die Handtasche ihrer Schwester. Sie knickte beim ersten Schritt um und fluchte. »Wie kannst du dich nur mit solchen Schuhen selbst misshandeln?«

»Sie machen die Beine länger, heben den Hintern hoch und lassen dich sexy erscheinen.«

»Und sie machen die Füße kaputt.«

»Wer schön sein will, muss leiden. Und wehe, du machst meinen Ruf zunichte, weil du pampig bist. Denk dran: immer lächeln, immer strahlen, freundlich sein zu denen, die in deiner Liga sind, und die anderen höflich ignorieren.«

»Dir ist klar, dass wir darüber reden müssen, wenn das hier überstanden ist.«

Das Grinsen in Maries Gesicht verschwand. »Ich weiß, dass ich eine arrogante High-Society-Göre bin, aber das ist Image. So bin ich in Wirklichkeit nicht.«

»Aber so warst du.«

»Autsch! Du hast recht, und ein Stück weit steckt es noch in mir drin. Ich verspreche dir, an mir zu arbeiten.« Sie brach in Lachen aus, als Hanna die nächsten Schritte auf den Stöckelschuhen versuchte. »Hanna, es ist ganz einfach. Tu so, als würdest du auf Zehenspitzen gehen. Du darfst nur nicht zuerst die Ferse aufsetzen.«

»Hast du nicht welche, die weniger hoch sind?«

»Nein. Also los, du zuerst. Ab jetzt heißt du Marie Ziegler, vergiss das nicht. Du hast den Ablauf noch im Kopf?«

»Ja, ich fahre mit dem Taxi zurück ins Hotel Peninsula. Dort gehe ich auf mein Zimmer und warte, bis mich der Fahrdienst der WHO abholt.«

Sie umarmten sich ein letztes Mal vorsichtig, um nichts von Hannas Aufmachung zu zerstören.

DER KAMM in Hannas Haar wich zwei Haarklammern, eine davon schlicht und dunkelbraun, die andere glitzernd mit einer Perle darauf. Sie hoffte nur, dass die Perle nicht echt war, so wie die anderen Dinge, die sie heute trug. Erst hatte sie das Kreuz von Ben in der Handtasche deponiert, die zu dem Kostüm passte. Dann hatte sie es doch genommen und auf die Bibel in der Nachttischschublade des Hotelzimmers gelegt. Pünktlich um achtzehn Uhr dreißig erschien ein Fahrer von der WHO in der Empfangshalle des Peninsula Hotels.

Hanna hatte fleißig geübt, auf den Stöckelschuhen zu gehen, und inzwischen taten ihr die Füße weh. Das konnte ein heiterer Abend werden. Die zwei Männer in schwarzen, eleganten Anzügen, Bodyguards ihrer Schwester, hatte sie in der Nähe der Bar an einem Platz erspäht, wo sie ihren Schützling im Auge behalten konnten. Sie kamen beide auf sie zu. Die Augen des Blonden lagen einen Moment zu lange auf Hannas Gesicht, und ein Grinsen schlich sich auf seine Lippen. Hanna runzelte die Stirn, kniff die Augen zusammen, bevor sie sich zum Fahrer abwandte.

»Wir begleiten Frau Ziegler.« Ein kalter Tonfall, der keinen Widerspruch zuließ, begleitete die wenigen Worte des blonden Leibwächters. Der Chauffeur musterte die Männer kurz, wirkte aber in keiner Weise irritiert.

Hanna fühlte sich unbehaglich, so dicht zwischen den zwei Männern.

»Keine Sorge, Frau Ziegler, wenn wir auf der Veranstaltung sind, werden wir unseren Abstand wahren.«

Etwas an der Art, wie der Typ es sagte, verursachte das bekannte Klumpengefühl in Hannas Magen. Sie beschloss, es zu ignorieren und auf ihre Nervosität wegen der bevorstehenden Präsentation zu schieben.

. . .

Mehr als dreißig runde Tische waren im Saal verteilt. Kronleuchter mit glitzernden Strasssteinen reflektierten das Licht in feinen Facetten in den Raum. Der untere Teil der Wände war verziert mit Eichenholzpanelen, darüber erweckte eine Tapete den Anschein, als wären blumige Stoffornamente eingearbeitet. Auch an den Wänden gab es Kronleuchter, die ein warmes, indirektes Licht aussandten. Überall am Rand standen Menschen in Smokings oder Abendkleidern, Frauen, mit Juwelen bestückt an Fingern, Armen, Dekolletés und Ohren. Marie hatte tatsächlich recht gehabt. Mit den Perlen wirkte sie erstaunlich schlicht und überhaupt nicht so protzig, wie sie sich fühlte. Ihr Magen krampfte sich zusammen, als sie die Bühne sah, wo ein Rednerpult und mehrere Computer aufgebaut waren. Ein dunkelblauer, schwerer Samtvorhang verdeckte den hinteren Teil der Bühne. Okay, weshalb waren sie auf die blödsinnige Idee verfallen, dass sie hier in die Schuhe ihrer Schwester schlüpfen sollte, anstatt sie einfach krank werden zu lassen? Weil es auffallen und das Misstrauen von Wolffs Männern schüren würde. Aber Hanna fühlte sich krank – furchtbar krank. Ihr war speiübel. Hinter sich spürte sie Wolffs Bodyguards im Nacken, beide breitschultrig, mit Knopf im Ohr und Holster unter dem Arm. Willkommen im Land der Waffenlobby.

Dies musste ein Eldorado für jemanden wie Wolff sein. Während Hanna einen inneren Kampf ausfocht, sich nicht umzudrehen und ihrer Übelkeit freien Lauf zu lassen, indem sie sich im Vorraum übergab, sah sie einen älteren Mann freudestrahlend auf sich zukommen. Die wenigen Menschen, die Marie auf dem Fest kannten, hatte ihre Schwester ihr auf ihrem Smartphone gezeigt. Deren jeweilige Funktion in der Organisation, Familienhintergründe und andere Verbindungen zu Medicare hatte Hanna in

ihrem Kopf gespeichert. Sie bedankte sich bei ihrem fotografischen Gedächtnis für die Mitteilung, dass der Organi-
sator der Veranstaltung auf sie zukam.

»Lächeln«, hörte sie die mahnende Stimme ihrer
Schwester im Kopf und automatisch straffte sie ihre
Haltung und verzog die Lippen.

»Mrs Ziegler, I am so happy, that you have followed our
invitation this year. You are one of our highest valued spea-
kers. The social engagement of your company is such an
inspiration for many others and I am looking forward to
hearing about your current projects.«

»Mister Graham, it was so nice of you to invite me. I felt
so honored by your request.«

Sie tauschten weitere Höflichkeiten aus, während
Graham ihr seine Frau, seine Tochter und deren Mann
vorstellte. Es gab das unter Amerikanern übliche freund-
liche Geplänkel. Weiter ging es mit dem brasilianischen
Gesundheitsminister, der unbedingt Frau Ziegler kennenlernen wollte. Hanna wechselte ins Portugiesische, das ihr
zwar nicht so fließend über die Lippen kam wie Englisch,
das Gesicht des Gesundheitsministers jedoch geradezu
leuchten ließ. Nur Mr Graham zuliebe wechselten sie zum
Englischen zurück. Mit dem Minister der Zentralafrikanischen Republik plauderte Hanna kurz auf Französisch.
Nach einer halben Stunde hatte sie so viel gelächelt und
gesprochen, dass ihr Kopf anfing zu schmerzen. Ihre
Wangen taten ihr weh, und sie wunderte sich, dass ihre
Gesprächspartner noch immer darauf reagierten. Merkten
sie nicht, dass sie am liebsten die Flucht ergriffen hätte? Ein
schneller Blick auf die Uhr zeigte Hanna, dass keine fünf
Minuten später das Essen beginnen würde. Nach dem
Hauptgang kämen die Vorträge, drei an der Zahl, und im
Anschluss daran sollte der Nachtisch folgen. Hanna atmete

tief ein und bedauerte die Reihenfolge. Von Appetit konnte bei ihr im Moment keine Rede sein. Mr Graham geleitete sie zu ihrem Tisch, und da nun alle Platz nehmen wollten, entstand im Saal ein heilloses Gewusel von Menschen, bis endlich Ruhe einkehrte.

BEN HATTE DEN ATEM ANGEHALTEN, als er Marie am Eingang zum Saal entdeckte. Sie stand völlig verloren da und schien für einen Moment die Flucht ergreifen zu wollen. Obwohl sie ein äußerst schlichtes, wenngleich elegantes Outfit gewählt hatte, fand er, dass sie allein wegen ihrer Größe zwischen den anderen Frauen hervorstach. Nachdem der Gastgeber der Veranstaltung sie entdeckt hatte, befand sich Marie ganz in ihrem Element. In der ihr eigenen Art strahlte sie die Menschen an und zog sie in ihren Bann. Vor allem der brasilianische Gesundheitsminister machte einen völlig entzückten Eindruck. Aber auch die Augen anderer Männer streiften die Frau in den hochhackigen Schuhen, den langen Beinen, dem eng anliegenden Kleid, das ihren knackigen Hintern betonte. Er erinnerte sich, mal einen Film mit Lisa geschaut zu haben, bei dem eine Protagonistin den Spruch von Coco Chanel zitierte: Kleide dich nachlässig, und man erinnert sich an das Kleid – kleide dich makellos, und man erinnert sich an die Frau. Marie Ziegler beherrschte diesen Trick perfekt. Es gab ihr etwas Unnahbares und Elegantes. Wieder einmal wunderte Ben sich, wie jemand die Zwillinge jemals verwechseln konnte. Abgesehen von dem unterschiedlichen Auftreten und der Kleidung war Hanna ein Mensch, der im Stillen und von innen heraus leuchtete. Marie hingegen aalte sich in der öffentlichen Aufmerksamkeit, liebte es, mit Männern zu flirten, wie sie es soeben mit dem Minister der Zentralafrikanischen Republik tat.

»Das also war der Grund, weshalb du unbedingt auf die Veranstaltung der WHO mitkommen wolltest.« Der Blick von Eric Wahlstrom war Bens gefolgt. »Hm, eine überaus attraktive Frau, dazu reich und einflussreich, sozial engagiert und – wie ich fürchte – zu intelligent, um auf deinen spröden Charme hereinzufallen. Wusstest du, dass sie zu den mächtigsten Managerinnen Deutschlands zählt?«

»Nein.« Ben fühlte, wie ihn sein Vater aufmerksam von der Seite musterte, und zupfte nervös an seiner Schleife. Er erinnerte sich nicht mehr, wann er das letzte Mal einen Smoking getragen hatte, aber Eric hatte sich in diesem Punkt auf keine Diskussion eingelassen. Er konnte knallhart sein, wenn es darauf ankam.

»Nun, dann wird es ja entgegen meiner bisherigen Befürchtung ein spannender und interessanter Abend werden. Champagner?«

Ben rümpfte die Nase. »Nein danke.«

»Möchtest du vor ihr am Tisch sein oder ihr entgegengehen?«

»Ich denke, sie muss noch genügend Gäste begrüßen. Wir warten am Tisch auf sie.«

Bens Vater hatte seinem alten Freund Graham nicht einmal den Vorschlag zu machen brauchen, Marie Ziegler an seinen Tisch zu setzen. Graham war selbst auf die Idee gekommen, dass sie es als angenehm empfinden würde, neben jemandem zu sitzen, der ihre Sprache beherrschte.

Sie gingen langsam zu ihrem Platz hinüber. Auf die Minute pünktlich erschien Graham mit seinem Gast am Tisch, an dem sich außer ihnen der norwegische und der deutsche Botschafter mit ihren Frauen befanden. Außerdem hatten der Europäische Abgeordnete für

Gesundheit und Umwelt und der Vorsitzende des Deutschen Roten Kreuzes mit seiner Frau ihre Plätze am selben Tisch gefunden. Nur Marie Ziegler fehlte noch.

Sie wandte Ben und seinem Vater den Rücken zu, während sie die Damen und Herren auf Englisch grüßte, aus Höflichkeit gegenüber ihrem Gastgeber. Zuletzt drehte sie sich um und erstarrte im selben Moment.

Ben sah den Schock in ihren Augen, merkte aber mit Anerkennung, dass sie sich erstaunlich schnell fasste.

»Ben! Was für eine Überraschung.«

»Marie, darf ich dir meinen Vater Erik Wahlstrom vorstellen?« Auch er hatte unbewusst deutsch gesprochen.

Nun mischte sich Graham ein: »I thought it would be a pleasure for you to sit beside one of my oldest friends – Eric.«

»Mr Wahlstrom, nice to meet you.« Marie schüttelte seinem Vater die Hand, und Ben registrierte kurz irritiert, dass Marie, obwohl sie Schmuck an Ohren, Hals und Handgelenken trug, keine Ringe an den Fingern hatte.

Graham verabschiedete sich, und Bens Vater schaffte es geschickt, Marie zwischen sie beide zu platzieren. Nichts toppte einen jahrzehntelang geschulten Diplomaten, wenn er es sich in den Kopf gesetzt hatte, Menschen auf unbefangene Weise genau dorthin zu bekommen, wo er sie haben wollte.

In Hanna arbeitete es auf Hochtouren. Wie genau war sie in diese Situation geraten? Verdammt, jetzt saß sie hier zwischen zwei Wahlstroms gefangen und hatte keine Ahnung, wie sie die Zeit bis zu ihrem Vortrag überstehen sollte. Was suchte Ben überhaupt hier? Sie rückte ihren Stuhl ein wenig dichter zu seinem Vater, der die gleichen undefinierbar grauen Augen hatte wie sein Sohn. Nein, eher hatte der Sohn die Augen des Vaters. Erik Wahlstrom besaß ein schmales, fein geschnittenes Gesicht. Seine Haare waren aus dem Gesicht gekämmt, erstaunlich schwarz, aber vor allem an den Schläfen leicht grau meliert, was ihn zusätzlich seriös wirken ließ. Dieser Eindruck verstärkte sich durch eine Brille, die nur an der oberen Hälfte golden gerahmt und ansonsten rahmenlos war. Buschige Brauen, eine schmale Hakennase, die mindestens einmal gebrochen worden sein musste, was der Knubbel auf dem Nasenbein verriet, gaben ihm ein verwegenes Aussehen. Oder lag das eher an dem Grinsen, mit dem er sie betrachtete? Die Lippenform hatte er ebenfalls seinem Sohn vererbt, genauso das Kinn.

Hanna wollte zum Boden greifen, als ihr einfiel, dass sie ja ihren Rucksack nicht dabei hatte und somit weder ihre Kamera noch ihren Skizzenblock zur Hand nehmen konnte, um die Erscheinung ihres Sitznachbarn auf ein Bild zu bannen. Etwas faszinierte sie an dem Mann, hinter seinen Augen lag etwas verborgen, das sie nicht greifen konnte. Dann fielen ihr die Ringe an seiner Hand auf. Am rechten Ringfinger trug er einen schmalen Goldreif, am linken einen Siegelring, den sie erkannte. »Sie sind Ritter des Malteserordens?«, rutschte es ihr in ihrer Verblüffung heraus.

Amüsiert betrachtete Eric Wahlstrom den Ring an seiner Hand. »Sie haben unsere letzte Begegnung vergessen? Ein harter Schlag für meine männliche Eitelkeit.«

»Du kennst Frau Ziegler?«, hörte sie Bens überraschte Stimme und war froh, dass nicht sie selbst diese Frage gestellt hatte.

»Du ja offensichtlich auch, sonst hättet ihr euch nicht geduzt.«

Hanna warf einen raschen Blick auf ihren anderen Tischnachbarn, der in dem Smoking so völlig anders als sonst aussah. Seine schlanke Taille fiel in dem Anzug auf und wurde durch den Kummerbund noch betont. Die Jacke passte exakt an den Schultern und fiel schmal zur Hüfte hin ab, als wäre dieser Smoking eigens für ihn geschneidert worden.

»Die Benefizveranstaltung vor knapp drei Monaten in Berlin im Kanzleramt?«, half ihr Eric Wahlstrom auf die Sprünge.

»Oh natürlich, wie konnte ich das nur vergessen.«

Er blinzelte schelmisch. »Aber das macht doch nichts, das gibt mir Gelegenheit, heute einen bleibenden Eindruck bei Ihnen zu hinterlassen.«

Das Licht wurde gedimmt, die Geräusche verstummten. Scott Graham begrüßte seine Gäste, dankte allen Anwesenden für ihr Kommen und gab die Agenda für den Tag bekannt. Neben besonderen Gästen, die er separat willkommen hieß, wies er auf die Sprecher des heutigen Tages hin.

»Mrs Marie Ziegler.«

Ein Scheinwerferkegel tauchte Hanna in Licht, und kalter Schweiß trat ihr auf die Stirn. Sie fürchtete, das festgewachsene Lächeln nie wieder aus dem Gesicht zu bekommen und den Rest ihres Lebens mit dieser Grimasse herumlaufen zu müssen wie Joker bei Batman. Oh Gott, wie war sie nur auf diesen blödsinnigen Gedanken gekommen? Alles nur Stress – reiner purer Stress.

Der Scheinwerfer schwenkte auf den nächsten Redner, der sich erhob, in die Menge grüßte und nickte. Ja, der Typ genoss eindeutig die Aufmerksamkeit. Hanna fasste an ihren Hals, doch statt der Form des Kreuzanhängers mit ihrer beruhigenden Wirkung spürte sie die scharfen Kanten des Saphirs. Sie legte die Hände in den Schoß und verschränkte die Finger.

MIT GERUNZELTER STIRN beobachtete Ben Marie. Sein Auftrag lautete, ihr auf den Zahn zu fühlen. Sie schien der Dreh- und Angelpunkt aller Ereignisse zu sein, und niemand wusste so recht, auf welcher Seite sie stand. Trotz großer Vorsicht und noch mehr Umsicht in der Formulierung hatte Marie ihre Hände in dem Forschungsprojekt von Dr. Frederike Schneider gehabt, das war klar. An dieser Stelle wollte Ben heute Abend ansetzen. Zwar reichten die bisherigen Ermittlungsergebnisse nicht, um ihr nachzuweisen, dass sie illegal ein Heilmittel entwickelt und Tests damit an Menschen vorgenommen hatte, aber das brauchte sie ja nicht unbedingt zu wissen.

Bisher war keine Kontaktaufnahme ihrerseits mit Armin Ziegler nachgewiesen, obwohl sich Armin Ziegler laut den Amerikanern seit dem Morgen in New York aufhielt, genauso Philip Bornstedt.

Bornstedt war in Bens Augen ein Kapitel für sich. Die Therapeutin, bei der Hanna vor ihrem angeblichen Selbstmord gewesen sein sollte, war eine alte Freundin von ihm. Seine Arbeit im Wirtschaftsministerium in der Abteilung Amerika und Afrika – so passend für Lukas Benners unternehmerische Aktivitäten in Nigeria. Das Abendessen mit ihm an dem Abend, als Hanna in der brennenden Hütte fast umkam, hatte zuerst dafür gesorgt, dass Maries Ehemann außer Verdacht war. Und trotz der Zusammenhänge hatte niemand dem aalglatten, politisch ambitionierten Mann etwas nachweisen können. Bis Viktors Liste auftauchte. Konz hatte sein Wissen genutzt, um Bornstedt unter Druck zu setzen, und es war ihm gelungen. Er hatte geplaudert und dem Gesamtbild der Machenschaften der FoEI weitere Puzzleteile hinzugefügt. Genau dieser Punkt bereitete dem BKA Sorgen. Wolffs Jacht lag im Hafen von New York, Marie und Armin Ziegler und Philip Bornstedt befanden sich alle am selben Ort. Aus diesem Grund war das amerikanische Militär mit in die heutige Aktion einbezogen worden.

Er hatte einen Peilsender und eine Wanze dabei. Es war ein Kinderspiel gewesen, eine Einladung zu der WHO-Veranstaltung zu bekommen, da der Vorsitzende ein langjähriger Freund aus der Diplomatenzeit seines Vaters war. Diesen wiederum hatte er gebeten zu arrangieren, dass Marie Ziegler bei ihnen am Tisch sitzen würde. Er ärgerte sich, dass sein Vater ihm nicht erzählt hatte, dass er Marie kannte. Aber offensichtlich kannte er sie auch nicht besonders gut.

Etwas irritierte ihn an Maries Verhalten. Erst der Griff zu ihrer Handtasche, während sie seinen Vater so intensiv musterte, als müsste sie sich jedes Detail seines Gesichtes einprägen, dann der Griff an ihren Hals zu dem Schmuckstück. Das war so eine vertraute Bewegung, die er von Hanna kannte, wenn sie sich unsicher fühlte, bei Marie beobachtete er diese Geste zum ersten Mal. Zuletzt rückte sie den Stuhl von ihm ab.

Marie schien unter Stress zu stehen. Er schaute nachdenklich auf ihre krampfhaft verschränkten Finger. Vielleicht war seine Aufgabe wesentlich einfacher als gedacht. Gelangte er über Marie auf Wolffs Jacht, dann wäre die Aktion ein voller Erfolg.

»Ich bin gespannt auf ihren Vortrag, Frau Ziegler.«

Sollte sein Vater nur die Konversation übernehmen, dachte Ben, so hatte er Gelegenheit, Maries Stimmung besser zu erfassen.

»Welche Stellung nehmen Sie im Malteserorden ein, Herr Wahlstrom?«

»Nennen Sie mich doch Erik, bitte.«

»Erik«, wiederholte sie zögernd den Vornamen seines Vaters.

»Sie wollen doch nicht etwa mit Ihrer Frage geschickt von Ihrem Vortrag ablenken, Marie?«

»Aber nein, den Vortrag bekommen Sie ja auf jeden Fall zu hören.« Den unschuldigen Augenaufschlag, den sie dem älteren Herrn schenkte, hatte sie oft genug bei Marie gesehen. Er verfehlte seine Wirkung nicht.

»Armin kann sich glücklich schätzen, Sie für die Führung des Unternehmens gewonnen zu haben. Sie haben Erstaunliches geleistet im letzten Jahr«, mischte sich der Vorsitzende des Deutschen Roten Kreuzes ein. »Lutz Mengler, falls Sie sich an mich auch nicht mehr erinnern. So ein Vortrag vor internationalem Publikum kann einem schon mal das Gedächtnis blockieren.«

»Mein lieber Herr Mengler, ich habe Sie nicht vergessen. Frau Mengler, wie geht es Ihrer Tochter? Hat sie sich von ihrem Beinbruch erholt? Fährt sie wieder Ski?«

»Oh, ja. Danke der Nachfrage.«

Mengler war Hanna ein Begriff. Marie hatte sie vor ihm gewarnt. Es wäre bestimmt nicht seine letzte Spitze, die er ihr gegenüber abschoss. Sie hasste diese geheuchelte Freundlichkeit, hinter deren Fassade sich bloße Verachtung verbarg. Nicht, dass sie es ihm verdenken konnte, aber – ja, aber was? Unterschied sie sich denn von den Menglers dieser Welt?

»Auch ihre Vereinbarung mit Botswana war ein geschickter strategischer Zug, muss ich sagen.« Mengler gab nicht auf.

»Und ein vorbildliches Beispiel«, tönte eine Männerstimme von der anderen Seite, »wie ein Unternehmen ein Entwicklungsland in einer Art unterstützen kann, die es ihm erlaubt, seine gesellschaftliche Entwicklung voranzutreiben. Die politische Stabilität, die damit einhergeht, ist nicht zu verachten und hat für die afrikanischen Länder eine besondere Bedeutung. – Erik Wahlstrom. Herr Mengler, ich glaube, wir begegnen uns heute zum ersten Mal.« Wahlstrom reichte dem Mann neben sich die Hand. »Ich finde, es gehört viel Mut dazu, eine solche Vereinbarung einzugehen. Und wenn Sie sich die Entwicklung der letzten Jahre in diesem Land anschauen, sollten wir überlegen, ob das nicht ein Schritt in die richtige Richtung ist. Hilfe zur Selbsthilfe – sollte nicht das Motto jeder humanitären Hilfe so lauten?«

»Mit Verlaub, es ist ein großes Risiko, wenn wir die Hilfen für die Länder über Unternehmen abwickeln lassen. Hinter all dem verbergen sich oft wirtschaftliche Interessen oder die Absicht, die politische Situation im Land zu beeinflussen. Unabhängige Institutionen, die seit langer Zeit für die Hilfe von Menschen unterwegs sind, können weitaus besser entscheiden, wo Hilfsgüter und Medikamente hingehen sollten. Denken Sie nur an den Orden, dem Sie angehören.«

Die Diskussion wurde weitergeführt, und auch die anderen am Tisch begannen, sich einzubringen. Bestimmt hätte Marie sich dieser Diskussion in ihrer unvergleichlichen Art gestellt. Mit Zahlen und Fakten hätte sie Mengler die Argumente vom Tisch gefegt, aber dieses Gefecht war nichts für Hanna. Sie wartete still und unauffällig, dass die Zeit verrann.

»Noch ein Glas Wein?«

Bens Stimme in unmittelbarer Nähe ließ sie zusammenzucken.

»Entschuldige, ich wollte dich nicht erschrecken.«

»Ja, bitte.«

Ben schenkte ihr ein. »Du kannst meinem Vater getrost die Diskussion überlassen. Er besitzt ein unschlagbares Geschick in diesen Dingen.«

»Nicht nur darin«, brummte sie und nahm einen kleinen Schluck. »Was machst du hier überhaupt?«

Er grinste sie schelmisch an. »Ich wollte dich sehen.«

Sie fühlte den Stich schmerzhaft, und das nicht nur in der Magengegend. »Und dafür kommst du nach New York?«

»Die einzige Möglichkeit, dich zu sehen, ohne dass es jemand mitbekommt.«

»Hab ich etwas verpasst?« Sie spürte die Kälte in ihrem Innern, versuchte, das bösartige Gefühl der Eifersucht zu verdrängen. Was hatte ihr Marie diesmal verschwiegen?

»Ts ts, lässt dich dein Gedächtnis im Stich oder versuchst du etwas auszublenden, was dir unangenehm ist?«

»Ich weiß nicht, wovon du sprichst.«

»Dann gebe ich dir einen Tipp. HIV.«

»Das ist kein Tipp, das ist mein heutiges Thema.«

»Oh, ich spreche nicht von einer Therapie oder eurem langjährigen Engagement in Botswana, ich spreche von dem Heilmittel.«

Wie gefährlich er aussah, trotz seines harmlosen Smokings. Es lief ihr kalt den Rücken herunter. Was versuchte er hier gerade mit Marie? Wollte er sie verführen oder bedrohen?

»Mrs Ziegler, you are the first to speak. Would you like to come with me so I can show you the technics?«

»Yes, of course.« Sie stand auf, glücklich, diesem Tisch fürs Erste zu entrinnen. Nein, falsch! Sie würde nicht den

Fehler machen, noch einmal hierher zurückzukehren. Sie wollte die Rede halten und danach auf die Damentoilette verschwinden. Einige Zeit später konnte sie den Gastgeber aufsuchen und sich irgendeine Unpässlichkeit einfallen lassen. Nur mit halbem Ohr zuhörend, ließ sie sich das Headset am Kopf befestigen, trank von dem stillen Wasser, das man ihr zur Verfügung stellte. Sie versuchte sich mental auf die vor ihr liegende Präsentation einzustellen. Alles andere kam später. Ein kurzer Blick auf die Uhr. Sie rechnete nach, ob Marie und ihr Onkel bereits in Deutschland gelandet waren. Nur noch ein wenig mehr Zeit, ein Stück länger Normalität, dann hätten sie Tatsachen geschaffen, die niemand mehr rückgängig machen konnte. Ein Wink von dem Mann, der ihr das Headset am Kopf befestigt hatte – ihr Auftritt.

Sie betrat mit einem mulmigen Gefühl und weichen Knien das Podium. Der Vorhang wurde aufgezogen. Eine Leinwand erschien, die jede Kinoleinwand in Berlin winzig erscheinen ließ. Ein Video startete. Ihr Mund fühlte sich staubtrocken an, ihre Hände eiskalt, und ein Tropfen Schweiß lief langsam ihre Schläfe herab.

»Ich hab ja schon viele Präsentationen von Marie Benner – ach nein, Ziegler heißt sie ja wieder – gesehen, aber so was? Die letzten Monate sind wohl doch nicht spurlos an ihr vorübergegangen, zumindest habe ich sie noch nie so nervös gesehen.«

Ben hörte die Zufriedenheit in Menglers Stimme. Zwar hatte er Marie noch nie live vor einem Publikum einen Vortrag halten sehen, doch auch ihm fiel ihre Nervosität auf. Sie suchte keinen Blickkontakt mit dem Publikum und ließ ihre übliche charmante Ausstrahlung vermissen. So, wie er Marie sonst erlebt hatte, hätte er eher gedacht, sie würde ihre Zuhörer bezaubern, mit ihnen flirten und sich selbstbewusst zeigen. Das Gegenteil war der Fall, kein Wort zu viel kam über ihre Lippen, ihre Stimme hatte keine Spannung, während sie die Fakten herunterrasselte, gehetzt, als wäre sie auf der Flucht. Auch der verhaltene Applaus verdeutlichte, dass Marie trotz eines technisch und inhaltlich ausgefeilten Vortrags keine Begeisterung hatte rüberbringen können. Während sich Graham bei Marie bedankte und der zweite Redner auf die Bühne trat, rutschte Bens Vater auf Maries Stuhl und beugte sich herüber, um ihm etwas ins Ohr zu flüstern.

»Erzähl, wann hast du dem Mädchen das Herz gebrochen? Erst nach ihrer Scheidung oder vorher?«

Ben warf seinem Vater einen kalten, abschätzigen Blick zu. »Ich habe nicht mit ihr geschlafen, wenn es das ist, was du andeuten willst.« Ständig warf sein Vater ihm vor, dass er mit seinen unverbindlichen Beziehungen die Frauen ausnutze. Dabei hielt er sich, im Gegensatz zu vielen anderen seiner Kameraden, ehrlich zurück. Er belog die Frauen nicht, wenn sie sich auf ihn einließen. Sie wussten immer, woran sie bei ihm waren.

»Trotzdem. Seit sie dich gesehen hat, ist sie nervös. Sie wendet sich die ganze Zeit auffällig von dir ab und versucht dich zu ignorieren. Ich habe aber gemerkt, wie du sie angesehen hast, und dann sprichst du sie einmal an und zack – ist sie das reinste Nervenbündel. Hätte ich gewusst, was du im Sinn hast ...« Er schwieg einen Moment. »Du hast mich benutzt«, knurrte er.

Ben fiel keine Antwort darauf ein, denn es stimmte alles. Aber er hatte Marie nicht angesehen, höchstens einen Moment, als sie ihr Haar auf der Seite hinter das Ohr strich, wo es nicht zurückgesteckt war. Oberflächlich sahen sich

Hanna und Marie so ähnlich, dass es seinen Puls einen Moment beschleunigt hatte. Da machte es bei ihm klick.

Er starrte auf das Podium, von dem Marie längst verschwunden war, starrte seinen Vater an, stand auf und verließ den Saal.

HANNA SCHAFFTE es gerade noch rechtzeitig auf die Damentoilette, bevor sie sich übergeben musste. Sie hatte dort oben auf dem Podium Blut und Wasser geschwitzt. Nie wieder in ihrem Leben wollte sie sich etwas so Furchtbares antun. Sie konnte keinen Moment verstehen, was Marie daran so viel Spaß machte. Oh Gott! Sie klappte den Deckel herunter, setzte sich auf die Toilette, zog die Füße hoch und legte die Stirn auf die Knie. Langsam beruhigte sie sich. Das Ganze war eine furchtbare Blamage für Marie. Egal. Irgendwie schaffte Marie es bestimmt, den Vorfall gerade zu rücken. Sie hatten dringendere Probleme, denen sie sich stellen mussten.

Als sie den Saal wegen der technischen Vorbereitungen verlassen hatte, war ihr ein kleiner Mann aufgefallen, der sie mit so durchdringendem Blick anstarrte, als hätte sie ihn kennen müssen. Viel zu sehr mit Ben und dem bevorstehenden Vortrag beschäftigt, hatte sie dem keine Bedeutung beigemessen, doch jetzt fiel es ihr wie Schuppen von den Augen. Das musste Wolff gewesen sein, Konstantin Wolff. Trotz der starken Verpixelung des Bildes, das ihr Onkel ihr gezeigt hatte, trotz Hut und Sonnenbrille hatte sie ihn erkannt. Die Statur, seine Ausstrahlung auf dem Bild – nichts gegenüber seiner echten Präsenz. Was tat er hier? Auf einer Veranstaltung der WHO? Wie kam jemand aus der Rüstungsindustrie zu so einer Einladung?

»Hanna!«

Das Herz blieb ihr stehen. Sie hielt den Atem an.

»Hanna! Wo bist du?«

Die Schritte stoppten direkt vor ihrer Tür. Ihr Blick fiel auf ihre verräterischen Stöckelschuhe, die auf dem Boden standen.

»Komm raus.«

Sie blieb stumm, hielt wie ein Kind die Hände vors Gesicht, als könnte sie dadurch unsichtbar werden.

»Hanna«, diesmal sprach er eindringlich, sanfter, »Hanna, ich weiß, dass du da drin bist. Ich sehe deine Schuhe, mach die Tür auf.« Schweigen. »Bitte.«

»Das ist eine Damentoilette.«

»Ich weiß, und im Moment sind wir allein, was sich aber jederzeit ändern kann. Also, bitte, komm da raus.«

»Verschwinde!«

»Das werde ich nicht, aber wenn du nicht bald da rauskommst, schlage ich die Tür ein, das versprech ich dir.«

»Ich muss.«

»Klar, und hast du dabei immer die Füße auf der Toilette?«

Sie wusste, er würde tun, was er sagte.

Sie ließ ihre Beine los, öffnete und schob sich an ihm vorbei zu den Waschbecken.

Er kam ihr nach, sah zu, wie sie sich den Mund ausspülte und sich das Gesicht wusch. Die Arme vor der Brust verschränkt, sah er sie wütend an. »Seid ihr eigentlich von allen guten Geistern verlassen, so eine Charade abzuziehen?«

Sie starrte in den Spiegel, sah, wie der Mascara langsam ihr Gesicht entlang lief. Verdammt, sie hatte völlig vergessen, dass sie geschminkt war.

Ben drehte sie um, holte ein Taschentuch heraus und wischte ihr kopfschüttelnd das Zeug aus dem Gesicht.

»Hast du auch ein Pfefferminz?«

»Nein, aber ein Kaugummi.« Aus seiner anderen Innentasche holte er eine Packung, die aussah wie eine flache Streichholzschachtel. Hanna schob sich einen Streifen in den Mund.

Die Tür öffnete sich, eine Frau sah herein. »Oh sorry.« Mit einem verwirrten Gesichtsausdruck schloss sie die Tür, um sie gleich darauf noch einmal, diesmal energischer zu öffnen. »These are the ladies' rooms«, erklärte sie mit einem vorwurfsvollen Blick auf Ben.

Er packte Hanna an den Schultern und schob sie aus der Tür.

»I'm sorry but I'm sick«, erklärte Hanna hastig und sah kurz Mitgefühl im Gesicht der Frau. Sie musste wirklich so schlimm aussehen, wie sie sich fühlte.

Kaum aus den Toiletten heraus, drängte Ben sie hastig in eine Ecke und stellte sich so vor sie, dass er sie verdeckte.

»Pst, deine Bodyguards«, flüsterte er nah an ihrem Ohr, während er so tat, als sei er mit völlig anderen Dingen beschäftigt. »Haben sie dich gesehen?«

Sie schielte an seinem Kopf vorbei in Richtung des Saaleingangs und sah, wie die beiden hineingingen. »Ich glaube nicht. Oh Gott, Wolff ist da drin.«

Er richtete sich auf, nahm ihr Kinn in die Hand und zwang sie, ihn anzusehen. »Was hast du gesagt?«

»Wolff. Wolff ist an einem der letzten Tische.«

»Bist du sicher?«

»Ja, ich habe ihn gesehen, als ich rausging, aber ihn nicht gleich erkannt.«

Er packte sie am Arm und zog sie hinter sich her, doch statt zum Ausgang, ging er in die andere Richtung. Sie stolperte. Verfluchte Stöckelschuhe. Sie blieb stehen und zog sie die Schuhe aus. Ungeduldig wartete er auf sie.

»Ben, was hast du vor?«

»Wir gehen durch die Küche raus.«

»Und woher weißt du, wo die ist?«

Er warf ihr einen kurzen Blick zu und beschleunigte seine Schritte. »Was habt ihr uns verschwiegen?«

Sie blieb stumm, sah sich um, ob ihnen jemand folgte.

»Hanna! Was habt ihr ...«

»Nichts.«

»Ich schwöre dir, wenn ich dich hier heil raus habe, schüttel ich dich so lange, bis du alles ausspuckst.«

»Schon geschehen.«

Er blieb stehen, und sie prallte gegen ihn. »Du findest das lustig?«

»Nein«, zischte sie hastig. »Lass uns später darüber reden, ich möchte hier raus.« Vielleicht war es Instinkt oder diese Situation setzte ihr einfach mehr zu, als sie vor sich selbst zugab. Sie wollte weg. Zurück. Nicht mal mehr ins Hotel, sondern einfach nur nach Hause. Nach Hause? Wo war das?

In der Küche herrschte ein wirres Durcheinander. Kellner und Kellnerinnen rannten hin und her. Servierwagen wurden mit dem Nachtisch bestückt. Köche brüllten ihren Hilfskräften etwas zu. Jemand hielt Hanna fest, erklärte, dass sie in der Küche keinen Zutritt hätten. Ben schob sie energisch weiter und ignorierte den Mann.

INNERLICH KOCHTE er vor Wut und gleichzeitig war er froh, Hanna bei sich zu haben und sie zu spüren. Wenn er nur seine Dienstwaffe dabei hätte. Weil dieses blöde Smokingjackett so eng geschnitten war, hatte er sie nicht mitnehmen können. Wie war Wolff auf die Veranstaltung gelangt? Er stand nicht auf der Gästeliste. Eigentlich hätte

Ben das freuen müssen, denn es sah so aus, als habe Wolff es auf Marie abgesehen. Aber nicht Marie, sondern Hanna war hier. Jeder, der wusste, dass sie Zwillinge waren, jeder, der die Schwestern kannte, musste bemerkt haben, dass diese Marie nicht Marie war. Jedoch – nein. Selbst er war nur durch die Bemerkung seines Vaters darauf gestoßen worden. Vielleicht war es Wolff auch nicht aufgefallen, aber was machte er hier? Er musste die heutige Aktion abblasen, egal, ob es mit seinem Vorgesetzten oder den Amerikanern Ärger gab.

Ben atmete tief ein, als sie draußen auf dem Hinterhof des Hotels standen. Hanna blieb stehen und zog sich die Stöckelschuhe an. Langsam überquerten sie den Hof, wobei Ben aufmerksam die Gegend scannte.

Dann sah er die Schatten. Er gab Hanna einen leichten Stoß nach rechts. »Lauf!« Er sah, wie sie durchstartete, aber nur ein paar Schritte weit kam, bevor sie mit dem linken Fuß umknickte. Sie rappelte sich auf, wollte weiterlaufen, doch Ben wusste, es war zu spät. Er schloss zu Hanna auf, schob sich schützend zwischen sie und die sechs Männer. Alle athletisch gebaut, strahlten sie eine kampferprobte Selbstsicherheit aus. Er fluchte leise, drehte sich um und hob, indem er unbemerkt den Knopf an seiner Uhr drückte, die Hände. Wolff wäre nicht so blöd, so hoffte er inständig, sie hier direkt über den Haufen zu schießen. Der Peilsender war aktiviert.

Er sah die Entschlossenheit in Hannas Gesicht und warf ihr einen warnenden Blick zu. »Das lässt du schön bleiben«, zischte er.

»Niemand nimmt mich einfach so gefangen.«

Kurzerhand verpasste er ihr eine Kopfnuss, sodass sie sich nicht mehr wehren konnte. Bewusstlos sank sie in seine Arme.

21

GEFANGEN

Als Hanna zu sich kam, war es dunkel um sie herum. Sie versuchte sich zu bewegen und stieß gegen etwas Weiches, das neben ihr lag. Entsetzt schloss sie die Augen. Nein, bitte nicht. Sie fühlte, wie das Weiche sich bewegte und warmer Atem ihren Nacken streifte. Gott sei Dank, er war nicht tot. Aber sie würde ihn umbringen, schwor sie sich, wenn sie das hier lebend überstanden. Er hatte es gewagt, sie in einer lebensbedrohlichen Situation k. o. zu schlagen. Was dachte er sich dabei? Hanna wollte schimpfen und wurde erst in dem Augenblick gewahr, dass sie einen Knebel im Mund hatte. Gleichzeitig merkte sie, dass sie sich nicht in einem Raum, sondern in einem Fahrzeug befanden. Als es abbremste und um eine Kurve bog, rutschte sie auf der Schulter schmerzhaft gegen die Wand. Okay, langsam. Nicht hektisch werden, mahnte sie sich. Vorsichtig versuchte sie sich auf den Rücken zu drehen, als ein Brummen sie innehalten ließ.

»Hmm hmmm hmmm hmm?«

»Hmm?« Sie verstand kein Wort von dem, was er ihr mitzuteilen versuchte.

In dem Moment hielt das Auto, und eine Schiebetür wurde geöffnet. Jemand packte sie erst an den Haaren, dann an den Schultern und zerrte sie aus dem Fahrzeug. Sie blinzelte und sah eine Lagerhalle, von einer Lampe zwar unzureichend beleuchtet, aber nach der Dunkelheit doch gewöhnungsbedürftig hell. Ihre Hände waren hinter dem Rücken mit Handschellen gefesselt, was ein zwiespältiges Gefühl in ihr auslöste. Statt wie geplant den Mann zu treten, der hinter ihr stand und sie gepackt hielt, verharrte sie.

Waren das womöglich gar nicht Wolffs Männer, die sie geschnappt hatten, sondern die New Yorker Polizei? Aber weshalb? Und war das der Grund, weshalb Ben sie k. o. geschlagen hatte? Damit sie sich nicht in noch mehr Schwierigkeiten brachte?

Sie sah, wie zwei Männer Ben nicht gerade zimperlich aus dem Wagen zerrten. Dann fühlte sie, wie sich kaltes Metall an ihre Schläfe drückte. Sie sah, wie Ben erstarrte und den Mann hinter ihr mit einem mörderischen Blick fixierte.

»Mach keinen Ärger und ihr wird nichts passieren!«, schnauzte der ihn an. »Verstanden, Wahlstrom? – Ihr geht mit ihm vor«, wandte er sich an seine Kumpane. »Eine falsche Bewegung und sie ist tot«, fügte er für Ben hinzu. »Sie wollen nur mit euch reden.«

Hanna suchte Augenkontakt mit Ben und wollte ihm signalisieren, dass sie nicht vorhatte, mit irgendjemandem zu reden, solange sie Handschellen trug und man sie mit einer Waffe bedrohte. Ben sah sie an. In seinen Augen lag ein stummes Flehen, das sie mehr lähmte, als Worte es je hätten tun können. Willig ließ sie sich mitzerren. Bei jedem Schritt fuhr ihr der Schmerz in den Knöchel, aber sie ließ es sich nicht anmerken.

Aus dem Schuppen traten sie auf einen Hafenkai hinaus, wobei die Kerle sie gekonnt vor unerwünschten Blicken abschirmten. Nach wenigen Metern auf einem Bootssteg wurden sie über eine Gangway geschoben und auf eine Jacht verfrachtet. Nicht etwa eine von den Mini-Jachten, wie sie in Bootshäfen massenweise zu finden waren, nein, diese hier kam einem schwimmenden Palast gleich und war definitiv kein Boot der Polizei. Die privat gehaltene Anlegestelle mit eigenem Schuppen zeugte von einem vermögenden Besitzer, der keine Hemmungen hatte, sein Geld für Luxus auszugeben.

Hannas Herzschlag beschleunigte sich. Der Typ hinter ihr schob sie weiter die Stufen nach oben, ein Deck höher. Im offenen Bereich sah sie eine Bar mit fest montierten Barhockern und eine Launch, die unter besseren Umständen zum gemütlichen Verweilen einge-laden hätte. Sie wurden durch die verdunkelte Glasschiebe-betür gedrängt. Ein dicker, weicher und flauschiger weißer Teppich umschmeichelte Hannas kalte, nackte Füße. Das Bild von Luxus wurde abgerundet durch eine großzügige weiße Polstergarnitur mit dicken Kissen in Grün, Gelb und Rot, zwei Stühle mit bequemen Polstern und einen Kamin. Die Wände bestanden aus einem dunklen Holz.

Sie wurden auf die zwei Stühle gedrückt und Ben mit zwei weiteren Handschellen am Stuhl fixiert. Während des gesamten Weges hatte der Mann ihr die Waffe an die Schläfe gehalten. Jetzt nahm er sie herunter, befreite sie von dem Knebel und stellte sich seitlich hin, sodass sie ihn sehen konnte. Mit einem Nicken gab er einem der Männer, die bei Ben standen, ein Signal, der daraufhin in einen anderen Raum verschwand. Die Waffe zeigte noch immer auf Hannas Kopf und sie wusste, sie bekäme ohne große

Umstände eine Kugel hineingejagt, wenn sie nur falsch mit den Wimpern zuckte.

Es war der blonde Bodyguard aus dem Hotel, der sie bedrohte. Sie nahm ihn näher in Augenschein: strohblondes, lockiges Haar, kurz geschnitten, aber so, dass es in den Nacken reichte, ausdrucksstarke blaue Augen, volle Lippen. Die Knubbelnase stellte allerdings einen Makel dar. Dafür machte der Dreitagebart sein Gesicht noch maskuliner. Sein Körperbau verriet ihr, dass dieser Mann trainiert war. Dunkler Anzug und weißes Hemd gaben ihm äußerlich Eleganz. Seine Augen ruhten emotionslos auf ihr. – Und das gab den Ausschlag. »Fred.«

Er grinste zynisch, verbeugte sich kurz stumm, ohne in seiner Aufmerksamkeit nachzulassen, wie Hanna feststellte. Hatte Marie ernsthaft geglaubt, sie könnte diesen Typen für ihre Zwecke nutzen?

»Seit wann ...?«

»Schätzchen, nicht du stellst hier die Fragen.«

Unwillkürlich spannte sie ihren Körper an, was sofort registriert wurde.

»Kevin, ich glaube, wir sollten die junge Dame besser auch am Stuhl sichern.«

Aber da hatte sie schon den Stuhl nach hinten gekippt. Ein Schuss löste sich. Die Wand hinter ihr splitterte. Sie rollte sich rückwärts auf die Beine und rammte Kevin, der ihr entgegenkam, den Kopf in den Magen. Völlig unvorbereitet auf einen Angriff brach er zusammen. Sie landete auf ihm, drehte sich auf den Rücken, griff unter seinen Arm, um die Waffe hervorzuholen, während sie gleichzeitig die Beine im Versuch anzog, ihre Hände mit den Handschellen nach vorn zu bringen.

Doch es ging viel zu langsam. Fred tauchte vor ihr auf, den Pistolenkolben zum Schlag erhoben. Ihre Hände verweilten in Höhe der Anzugjacke des unter ihr liegenden Mannes. Etwas in ihr brachte sie dazu, den Schlag kaltblütig abzuwarten, während sie hastig aus der Jacketttasche des Bodyguards ein kleines Objekt herausfingerte. Sie schloss die Augen, wartete auf den Schmerz, aber er blieb aus.

»Behandeln wir so unsere Gäste, Herr Dietrichs?«, durchschnitt eine Stimme den Raum, die, gerade weil sie leise klang, eine lähmende Wirkung zu haben schien.

Sie nutzte den Moment und schob sich den Schlüssel unter die Armbanduhr. Fred zerrte sie am Arm von seinem Kollegen herunter und zog sie dicht zu sich.

»Glaub nicht, dass wir beide miteinander fertig sind«, zischte er ihr ins Ohr.

»Ihnen ist klar, Herr Dietrichs, dass ich Ihnen den Schaden an der Wand von Ihrem Gehalt abziehe?«

Der Bodyguard, der ihren Gastgeber geholt hatte, richtete den Stuhl auf und half seinem Kollegen, der noch immer zusammengekrümmt auf dem Boden lag, hoch. Fred fixierte sie mit zwei weiteren Handschellen am Stuhl. Dabei hockte er sich vor sie, griff den Saum ihres Kleides und zog ihn weiter herunter zu ihrem Knie, nicht ohne ihr dabei mit dem Fingerknöchel an der Innenseite des Oberschenkels entlangzustreifen. Wenn Blicke töten könnten – der Typ hätte sich in qualvollen Schmerzen vor ihr am Boden gewälzt. Doch sie verkniff sich jede andere Reaktion, da sie aus Erfahrung wusste, dass sie solche Typen damit noch mehr anmachte.

»Genug!«

Fred stand auf und stellte sich an seinen alten Platz. Hanna nahm ihren Gastgeber in Augenschein. Als sie die zwei Männer hinter ihm erkannte, setzte ihr Herz aus. Armin Ziegler und Philip Bornstedt starrten sie nicht minder irritiert an, Letzterer mit leichenblassem Gesicht und Schweiß auf der Stirn. Seine Pupillen erschienen ihr unnatürlich weit, was durch Drogen oder auch Angst hervorgerufen sein konnte.

»Was soll das, Konstantin? Wieso ist Marie hier?« Armins Stimme klang scharf und laut, längst nicht so selbstsicher und souverän, wie Hanna ihren Stiefvater kannte.

Wolff setzte sich auf das Sofa und bedeutete den anderen beiden mit einer knappen Handbewegung, Platz zu nehmen. Philip folgte der Aufforderung, setzte sich auf die Kante des Sofas und stützte die Arme auf seinen Knien ab, während seine Finger leicht zitterten. Jemand stöhnte hinter ihr, und die allgemeine Aufmerksamkeit wandte sich dem Bodyguard zu, den sie angegriffen hatte.

»Ich glaube, dieses Miststück hat mir die unterste Rippe gebrochen«, presste der Mann heraus.

Aus dem Augenwinkel sah sie, wie Ben die Wangen einzog. Wut kochte in ihr hoch. Dieser Blödmann hatte bisher nicht ein einziges Mal in die Situation eingegriffen. War er nicht derjenige mit militärischer Ausbildung? Hätte er nicht kurzen Prozess mit den Männern machen müssen? Sie fixierte ihn herausfordernd. Er wich ihrem Blick aus und starrte konzentriert auf die zwei Männer auf dem Sofa.

»Krause, bringen Sie Thalheimer runter und versorgen Sie ihn, und vergessen Sie nicht, Wiezoreck und Homberg reinzuschicken.« Ein schmieriges Lächeln von Wolff streifte Hanna. »Wir wollen doch nicht, dass Frau Rosenbaum auf dumme Gedanken kommt.«

Aufmerksamer als zuvor musterte ihr Stiefvater sie.

»Und ich dachte immer, mein lieber Armin, du könntest die Zwillinge deiner Frau auseinanderhalten. Tja, so kann man sich täuschen.«

»Das ist nicht Hanna.«

»Überzeug dich selbst.«

Armin trat zu ihr, schob den Ärmel ihres Kleides hoch und atmete scharf ein. »Wo ist Marie?«

Statt etwas zu sagen, betrachtete Hanna ihn voller Verachtung. Er hob die Hand und schlug ihr mit der flachen Seite ins Gesicht. Ihre Wange brannte, Tränen schossen ihr in die Augen. Sie drehte den Kopf und hielt ihm die andere hin. Wenn er glaubte, er könnte sie mit Gewalt zum Reden zwingen, hatte er sich geirrt. Der zweite Schlag traf ihre Nase und sie spürte, wie Blut herauszutropfen begann.

»Aber Armin, wer wird denn so aus der Fassung geraten? Wiezoreck, holen Sie ein Taschentuch. Ich möchte nicht, dass Blut auf meinem Teppich landet.«

Ziegler fuhr sich mit der Hand durch die Haare, atmete tief ein und ging mit einem letzten, vernichtenden Blick zum Sideboard. Das erste Glas Whiskey kippte er in einem Zug herunter. Ein zweites, diesmal mit Eis, nahm er mit zum Sofa.

»Es erstaunt mich, Major Wahlstrom, dass Sie so gelassen hier sitzen.« Mit einem nachdenklichen Stirnrunzeln wandte sich Wolff an den Mann, der zwei Schritte neben Hanna an den Stuhl gefesselt saß.

»Ich hatte sowieso vor, Ihnen einen Besuch abzustatten.«

»Ach, tatsächlich? Und aus welchem Grund, wenn ich fragen darf?«

Ben verzog die Lippen. »Zwei tote Männer. Eine Schnittwunde.«

»Und ich dachte, Ihnen läge etwas an Ihrer Begleitung.«

»Wie kommen Sie auf diesen Gedanken?«

Wolffs Blick wanderte zu Hanna und wieder zurück.

»Immerhin waren Sie so nett, uns auf ihre Spur zu bringen, als Sie so spontan nach Rom anstatt nach Berlin geflogen sind.«

»Wer sagt Ihnen, dass das nicht gewollt war?«

Abschätzend ruhten die Augen ihres Gastgebers auf dem Soldaten. Dann lachte er. »Nicht schlecht, Major Wahlstrom, jedem anderen hätte ich es abgekauft. Sie wissen natürlich, dass Sie dieses Schiff nicht lebend verlassen werden.«

Es war die Ruhe, die absolute Emotionslosigkeit in der Stimme des Mannes, die Hanna erschauern ließ. Er sprach über einen Mord, als würde er sich im Restaurant ein Essen bestellen.

»Sie sollten nicht vorschnell handeln.«

»Wie viele Wanzen haben wir ihnen abgenommen?«, wandte sich Wolff an Fred.

»Vier.«

»Und Sie wollen mir weismachen, dass Sie – an was interessiert sind?«

»Einem Geschäft.«

»Hm.« Sein Blick wanderte zu Hanna. »Ich wüsste nicht, was für ein Geschäft Sie mir anzubieten hätten, Major. Anders liegt der Fall bei Ihnen, Frau Rosenbaum, und ich fange mit einer ganz leichten Frage an. Wo ist Ihre Schwester?«

Hanna schwieg, blendete alles andere aus und konzentrierte sich einzig und allein auf Wolff.

»Sehen Sie, Frau Rosenbaum, ich weiß, dass Sie mithilfe Ihres Freundes Viktor Samuels die verloren gegangenen Daten wiederhergestellt haben.«

Hanna sah, wie ihr Stiefvater sich auf dem Sofa aufrichtete.

»Keine Sorge, Armin, es sind keine Informationen

darunter, die in irgendeiner Art gegen uns verwendet werden können. Wobei mir dein mangelndes Urteilsvermögen bei der Auswahl deiner Mitarbeiter langsam lästig wird. Anders sieht es da mit den Daten aus dem Forschungslabor aus.«

»Keine Bange, Konstantin, weder Dr. Schneider noch Dr. Mutai haben Aufzeichnungen ihrer Forschungsarbeit auf den Servern gelassen. Ich schätze, sie wussten, dass sie keine Spuren ihrer illegalen Tätigkeiten hinterlassen durften. Frau Winter und ich haben alles überprüft, nachdem wir den Einbruch in unser Netzwerk festgestellt hatten. Und ich garantiere dir, dass Marie das Projekt nicht weiterverfolgen wird. Sie hat sehr wohl verstanden, dass es nicht in unserem wirtschaftlichen Interesse liegt.«

»Tatsächlich, Armin? Und was macht dich da so sicher?«

Ihr Stiefvater holte ein Taschentuch heraus, wischte sich damit einmal über die Stirn und trank einen Schluck aus seinem Whiskeyglas, bevor er sich räusperte. »Sie weiß zu schätzen, was sie besitzt. Und sie hat verstanden, was du ihr erklärt hast. Marie ist eine intelligente Frau mit Charme und Finesse. Sie hat es geschafft, Medicare aus dem negativen Image herauszumanövrieren. Weshalb sollte sie das aufs Spiel setzen?«

»Ja, in der Tat ausgezeichnete Argumente. Trotzdem hatte sie keine Scheu, mit Fred ins Bett zu steigen und ihn mit Schlafmittel vollzupumpen, um was genau zu machen?« Sein Blick wanderte zu Hanna.

Von der Seite sah sie an Freds Haltung dessen unterdrückte Wut. Auch diesmal gab sie keine Antwort, was Wolff mit einem schmalen Lächeln quittierte, wohingegen ihr Stiefvater sie hasserfüllt ansah.

»Ohne Druck wird sie nicht reden.«

»Und mit Druck meinst du Gewalt? Armin, ich sehe langsam, wo dein Problem mit deiner Stieftochter verborgen liegt. Du hast keine Ahnung, wie sie tickt. Sie hat keine Angst vor Schmerzen und sie hat keine Angst vor dem Tod. Selbst du solltest das inzwischen begriffen haben. Aber sie hat eine Schwäche.«

Adrenalin schoss durch ihre Blutbahnen. In ihrem Kopf hämmerte es im Takt ihres Herzschlags. Ein lässiger kleiner Wink von Wolff, dann ging alles ganz schnell, bevor sie zu irgendeiner Reaktion fähig war. Einer der hinzugekommen Bodyguards trat hinter Philip und packte seinen Kopf. Es gab ein knackendes Geräusch und sein Körper sackte zusammen. Sie schrie nicht, weinte nicht, starrte einfach nur auf die Leiche des Mannes, mit dem sie einige Male essen gegangen war.

Armin hingegen sprang entsetzt auf und wich ein paar Schritte neben das Sofa zurück. »Bist du wahnsinnig geworden? Was soll das?«, brüllte er Konstantin Wolff an.

»Setz dich, Armin.«

»Nein. Keinen Augenblick länger bleibe ich hier.«

»Setz dich!«

Leichenblass und zittrig setzte sich Armin zurück auf das Sofa. Hanna spannte jeden Muskel in ihrem Körper an. Er durfte nicht sehen, dass das ihre Schwäche war – das Bedürfnis, Leben zu schützen, selbst wenn dieses Leben seine Unschuld verloren hatte. Der Mann dort war ein Psychopath.

»Philip Bornstedt hat sich entschlossen, dem Druck des BKA nachzugeben. Eine weitere menschliche Fehleinschätzung von deiner Seite, Armin, die ich gerade biegen musste.«

Ein Mann in Seemannsuniform trat ein, sah kurz auf die Leiche und wandte sich an Wolff. »Ich würde vorschlagen, Herr Wolff, Sie führen Ihr Gespräch auf See fort. Wegen dem Verschwinden von Frau Rosenbaum und Herrn Wahlstrom ist ein Einsatzkommando der Polizei auf dem Weg zum Hafen.«

»Einverstanden, Oberst Janson, starten Sie die Motoren und sehen Sie zu, dass wir Abstand gewinnen. – Homberg«, wandte er sich an den Mann, der soeben vor ihren Augen Philip getötet hatte, »bringen Sie die beiden unter Deck und stellen Sie sicher, dass sie zusammenbleiben. – Und Ihnen, Frau Rosenbaum, gebe ich eine Denkaufgabe mit. Wie viel ist Ihnen das Leben von Major Wahlstrom wert?«

»Sie haben gesagt, er würde das Schiff nicht lebend verlassen, weshalb also sollte ich mir darüber Gedanken machen?« Sie war erstaunt, dass ihre Stimme genauso kalt klang, wie sie sich fühlte.

Wolff lachte. »Stimmt, das hatte ich vergessen. Aber wissen Sie was, Frau Rosenbaum? Am Ende bin auch ich nur ein Geschäftsmann, und Sie sollten Ihren Einfluss auf die Geschehnisse nicht unterschätzen.«

Ein sattes Vibrieren signalisierte, dass das Ablegemanöver begann.

Der Bodyguard schloss Hannas Handschellen auf, mit denen sie an den Stuhl gefesselt war. Er riss sie hoch und hielt sie so eng an seinen Körper gedrückt, dass sie sich nicht rühren konnte. »Wehr dich, dann werden wir sehen, ob du nicht doch schmerzempfindlich bist.«

Sie ging auf seine Provokation nicht ein und hoffte, dass die anderen das als Angst auslegten. Natürlich mussten ihre Knochen unversehrt sein, wenn sie überhaupt eine Chance haben wollte, zu fliehen. Homberg hatte seinen eigenen Schlüssel verwendet, was bedeutete, dass die Typen denselben Fehler machten wie die Polizei. Sie hatten Einheitsschlüssel für die Handschellen.

Diesmal ging es zwei Etagen unter Deck in einen der hinteren Maschinenräume. Der Lärm der Motoren war hier am lautesten. Schließlich erreichten sie ihr Ziel – eine Kabine mit einem Bett darin. An der Bordwand angeschweißt befanden sich vier Ringe, durch die sich eine Eisenkette zog. Daran hingen Handschellen. Anscheinend waren Hanna und Ben nicht die ersten Gefangenen auf dieser Jacht. Homberg legte Hanna zunächst die neue Handschelle an der Bordwand ums Handgelenk. Dafür schob er ihre Uhr und das Armband hoch. Sie schickte ein stummes Gebet an den Himmel, dass der Schlüssel unter der Uhr unentdeckt bliebe und dass der Typ nicht auf die Idee käme, ihr die Uhr abzumachen. Ihr Gebet wurde erhört. Er löste die anderen Handschellen und verfuhr mit Ben auf dieselbe Weise.

»Warum hast du nichts gemacht?«, zischte sie zwischen den Zähnen durch, kaum dass sie allein waren.

»Ich dachte, ich hätte was gemacht.«

»Du meinst, mich bewusstlos zu schlagen?«

»Du hast es erfasst.«

Fassungslos starrte sie ihn an. Langsam schüttelte er den Kopf, deutete zur Tür, zog die Schulter zu seinem Ohr und sah sie eindringlich an. Sie verstand, vielleicht war das ihre Chance, wenigstens sein Leben zu retten.

»Du Verräter willst die Seiten wechseln!«

»Ich hab es satt, mein Leben für einen Hungerlohn aufs Spiel zu setzen. Wolff braucht einen erfahrenen militärischen Strategen und den bekommt er mit mir.«

»Und mit mir willst du dich einkaufen?«

»Erfasst.«

»Du glaubst, ich würde einfach so mitspielen?«

»Valider Punkt.«

»Arschloch.«

Schweigen breitete sich zwischen ihnen aus. Die Kette mit den Händen packend rückte Ben ein Stück dichter an Hanna heran.

Sie bewegte mehr die Lippen, als dass sie sprach: »Das kauft er dir nie ab.«

»Ist nicht notwendig. Das Gedankenspiel reicht. Wir brauchen nur Zeit.«

»Wofür?«

Er grinste, dann wurde sein Blick ernst. »Seine Fingerabdrücke sind noch immer in deinem Gesicht. Du musst lernen, dich nicht provozieren zu lassen.«

Sie schloss kurz die Augen – ein Fehler. Der schnelle Tod von Philip Bornstedt rückte in ihre Gedanken. Sie durfte jetzt nicht schwach werden, musste sich darauf konzentrieren, dass sie hier rauskamen. Sie rutschte auf dem Bett nach oben, versuchte vorsichtig, die Kette in ihrem Ring lautlos zu verschieben.

Ihr Kleid schob sich bei der Aktion höher, gab den Blick auf beigefarbene, halterlose Strümpfe mit Spitzenbesatz frei, die unweigerlich Bens Blick in ihren Bann zogen. Aber nicht nur die Strümpfe.

Sie hörte sein Seufzen. »Hanna, irgendwann muss ich dir mal erklären, was eine Frau unter einem Abendkleid mit halterlosen Strümpfen trägt.«

»Danke. Kein Bedarf.«

»Auf die Erklärung oder auf Dessous?«

»Beides!«

Die nächsten Worte blieben Ben im Hals stecken, als Hanna unter der Uhr hervor den kleinen Schlüssel zückte.

»Da ist er ja.« Zufrieden schob sie ihn ins Schlüsselloch ihrer Handschelle.

»Scharf.«

Sie hielt inne, funkelte ihn an.

»Dass du einen Schlüssel hast«, fügte er hastig hinzu.

»Klar. Noch ein falsches Wort und ich lasse dich hier sitzen.«

»Und ich dachte, du wärst treu.« Ein freches Grinsen stahl sich auf sein Gesicht.

Wie konnte er nur die Ruhe bewahren bei all dem Schlamassel, in dem sie sich befanden? »Wo sind deine Wunderwaffen überhaupt?«, versuchte sie ihm das Grinsen zu vertreiben.

Das Gegenteil geschah, stattdessen blitzten seine Augen vergnügt. »Ich dachte, du wüsstest schon, wo die sind.«

Sie gab ihm einen Tritt vor die Brust, was Lärm verursachte, und nutzte diesen, um beide Hände zu befreien.

»Verdammtes Miststück!«, rief Ben.

Ein Glucksen vor der Tür bewies, dass Ben recht damit hatte, dass sie belauscht wurden. Hanna hielt ihre Fessel an dem Metallring fest, öffnete Bens Handschellen.

»Okay, lass dir was einfallen, damit er reinkommt.«

»Wieso ich?«

»Na, weil er wegen mir garantiert nicht reinkommt.« Ben zog die Schuhe aus und schlich auf Socken zur Kabinentür.

Hanna fing an, lustvoll zu stöhnen. Als nichts passierte, überwand sie ihre Hemmungen und gab dem Stöhnen verbal einen eindeutigen Kontext: »Ja, ja – mehr!«

Es half. Der Typ schloss tatsächlich die Tür auf und kam herein. Ben packte ihn. Ein leises Knacken ertönte, und der zweite Tote mit Genickbruch landete vor Hanna auf dem Boden. In einer fließenden Bewegung nahm er die Schusswaffe und das Kampfmesser des Bodyguards an sich und warf einen vorsichtigen Blick auf den Gang. Er winkte Hanna.

Sie wusste, dass ihr keine Zeit blieb, den Schock zu verarbeiten. Ben hatte mit derselben Leichtigkeit einen Mann getötet, wie dieser Typ Philip umgebracht hatte. So weit wie möglich hielt sie Abstand zu dem Toten.

BEN ZOG Hanna hinter seinen Rücken, machte die Tür hinter ihnen zu und schloss ab. Er hatte ihren entsetzten Blick gesehen, aber verdrängte es. Es gab nur eines, was jetzt wichtig war – Hanna lebend hier herauszubekommen. Sie hatte ja keine Ahnung, wie viel Selbstbeherrschung es ihn gekostet hatte, ruhig zu bleiben, als sie zuerst diesen blödsinnigen Angriff auf den Bodyguard gestartet und später die Schläge von Armin kassiert hatte. Verflucht, warum hatte sie auch nicht länger bewusstlos bleiben können? Und überhaupt, was hatte sie auf dieser Veranstaltung gesucht, abgesehen davon, dass sie ihnen allen etwas verschwieg, wovon Wolff offensichtlich etwas ahnte? Dieser Idiot von Philip Bornstedt! Er hatte Sven gleich gesagt, dass der kein Typ war, der gegen die FoEI aussagen würde. Er verdrängte die Gedanken, konzentrierte sich. Sein jahrelanges Training übernahm die Führung. Sie waren gerade ein Deck die Treppe hochgeschlichen und befanden sich auf dem Flur, als er Stimmen hörte. Mit geübtem Blick fand er eine Tür, öffnete sie und schob Hanna hinein. Es war ein schmaler Geräteraum, in dem sich Wasserskier, Taucheranzüge, Flaschen, Harpunen und sonstiges Material befanden. Für sie beide blieb nicht viel Platz. Ben spürte Hanna eng an seinen Rücken gepresst. Ihre Hände krampften sich in sein Jackett. Die Stimmen kamen näher. Er konnte nur hoffen, dass man noch nicht auf der Suche nach ihnen war. Die Atmung hinter ihm veränderte sich, Hannas Körper spannte sich an.

Verflucht, das hatte ihnen noch gefehlt. Er drehte sich halb um, was in der kleinen Kammer nicht einfach ging. Weil er keine Ahnung hatte, wie er ihre Panikattacke bremsen sollte, tat er das Einzige, was ihm einfiel, das keine Geräusche verursachte. Er packte sie grob bei den Haaren, drehte ihr Gesicht zu sich und küsste sie, nicht sanft, nicht leidenschaftlich, sondern hart und fordernd.

Ihre Reaktion kam prompt mit einem Faustschlag auf seine Brust. Er ließ sie los, stellte befriedigt fest, dass die Panik aus ihren Augen verschwunden war und einem wütenden Funkeln Platz gemacht hatte. Der Adrenalinschub würde hoffentlich reichen, bis sie aus dieser Kammer rauskonnten. Er konzentrierte sich erneut auf die Tür und ließ Hanna in ihrem Saft schmoren.

Die Schritte entfernten sich in Richtung der Kabine neben dem Maschinenraum, aus der sie beide gekommen waren. Ben zählte still bis sechzig. Wenn man sich auf dem Weg zu ihnen befand, blieb nicht mehr viel Zeit, bis der Leichnam entdeckt wurde. Vorsichtig schob er die Tür auf und kontrollierte den Weg, zog Hanna hinter sich her durch einen Freizeitraum, der weniger luxuriöse Couchen enthielt, dafür einen Fernseher und Spielkonsolen. Zwei der Bodyguards spielten lautstark einen Ego-Shooter. Ben fackelte nicht lange. Bevor sie wussten, wie ihnen geschah, lagen die Männer tot auf einer Couch. Kein Zögern, kein Innehalten, ein Griff, ein Drehen und ihr Leben war beendet.

Er schob Hanna durch die Glastür auf das offene Deck und begann sich auszuziehen.

»Zieh dein Kleid aus!«

Leichenblass und mit Pupillen so groß wie ihre Iris starrte Hanna ihn an.

»Hanna, du kannst in dem Kleid nicht schwimmen, und außerdem verschafft es uns vielleicht ein wenig mehr Zeit, wenn wir die Klamotten auf der anderen Seite ins Wasser werfen.«

Langsam, aber nachdrücklich schüttelte sie den Kopf. »Nicht ins Wasser.«

Inzwischen war er bis auf die Boxershorts und die Uhr entkleidet. Er packte Hanna fest an den Schultern. Wenn sie nur die Nerven behielt. »Hanna, wir haben keine Wahl. Vertrau mir, es wird dir nichts passieren. An meiner Uhr ist ein GPS-Sender und die Jungs sind garantiert auf dem Weg hierher. Also ...« Er ließ seine Hand auf ihren Rücken wandern, zog ihren Reißverschluss auf, schob das Kleid von ihren Schultern und streifte es herab. In anderer Situation hätte er es genossen. So verfluchte er seine männliche Reaktion, als sie in Unterwäsche und halterlosen Strümpfen vor ihm stand.

SIE HÖRTEN beide die Schritte und Leben kam in Hanna. Hastig rollte sie die Strümpfe von ihren Beinen und half ihm, die Klamotten über Bord zu werfen. Gemeinsam standen sie an der Reling, und der Mut verließ Hanna, als sie in das schwarze Wasser hinabsah, das an dem schnittigen Boot entlangzischte. Oh Gott, wie schnell fuhr dieses Teil! Urängste und Erinnerungen an das Ertrinken packten und lähmten sie.

Ben war über die Reling gestiegen. Bevor sie zurückweichen konnte, schnappte er nach ihr und sprang. Sie schrie, besann sich, holte Luft, gerade noch rechtzeitig, bevor sie aufs Wasser trafen und untergingen. Eisige Kälte drang ihr bis auf die Knochen. Sie begann zu strampeln. Ben löste die Umklammerung, hielt sie aber weiter an der Hand fest. Zusammen durchbrachen ihre Köpfe die Wasseroberfläche. Sie schnappte nach Luft, bekam eine Welle Salzwasser in den Mund. Bens Arme umschlangen sie, hielten sie fest. Sein Körper schützte sie vor den Wellen. Ihr Herzschlag beruhigte sich. »Lass mich los, du Wahnsinniger«, fauchte sie.

Sie wusste, sie waren noch nicht in Sicherheit. Was für ein irrsinniger Rettungsplan war das überhaupt, ins Wasser zu springen? Statt erschossen zu werden oder aufgeschlitzt, würden sie jämmerlich ertrinken. Durch die Schwärze um sie herum leuchteten entfernt am Horizont ein paar Lichter von New York. Das salzige Wasser bedeutete, dass sie sich im Atlantik befanden. Wie lange würde es dauern, bis man sie fand?

»Kannst du schwimmen?«

»Ja.«

Er ließ sie los, machte die ersten langsamen Züge, und sie folgte ihm.

»Was hast du vor? An Land zu schwimmen?« Immerhin hatte er die Richtung zur Küste eingeschlagen. In Hanna kochten die verschiedensten Gefühle. Wut, Entsetzen, Angst, aber was überwog, war nackter Überlebenswille. Das Wasser war kalt. Eiskalt. In ihrem Kopf begannen sich Fakten abzuspulen: wie lange es dauern würde, bis ihre Körpertemperatur zu weit sank, die Muskeln anfingen, sich zu verkrampfen.

Überleben fing im Kopf an. Also gut. Er wollte zum Land schwimmen, dann würde sie jetzt aufhören, darüber nachzudenken, wie viele Kilometer sie von der Küste trennten, oder sprach man in diesem Fall von Seemeilen? Nicht nachdenken, ermahnte sie sich erneut und konzentrierte sich auf das Schwimmen. Sie machte ihren Körper lang, versuchte einen Rhythmus zu finden, der sie an die Bewegungen des Wassers anpasste und nicht so viel Kraft kostete.

Ben blieb dicht bei Hanna. Er hoffte, dass die Amerikaner inzwischen ihren Arsch in Bewegung gesetzt hatten, um sie aus dem Wasser zu holen. Eine kurze Kontrolle seiner Armbanduhr zeigte ihm, dass ihre Position klar zu identifizieren sein musste. Er war froh, dass Hanna sich aufs Schwimmen konzentrierte und keine Panikattacke bekam, wie er es angesichts ihrer Vorgeschichte befürchtet hatte. Sie legte ein zügiges Tempo vor, und nach einem Kontrollblick zur Jacht, die sich weiterhin entfernte, gewannen sie mehr und mehr Abstand. So leicht würden sie auf dem Meer nicht zu finden sein. Das verschaffte ihnen hoffentlich Zeit genug.

Immer gleichmäßiger schwamm Hanna neben ihm durchs Wasser. Sie nutzte die Gleitphase, kämpfte nicht gegen die Wellen an, hatte etwas Zielgerichtetes, Konzentriertes in ihrer Bewegung. Sie würde nicht aufgeben, sondern um ihr Leben kämpfen. Ben dachte an die Frau, die er aus dem See gefischt hatte. Damals hatte er geglaubt, sie wollte sich das Leben nehmen. Nein, Hanna gehörte nicht zu den Menschen, die sich umbrachten. Sie ehrte das Leben selbst derer, die es nicht wert waren. Diese Schwäche hatte Konstantin Wolff erkannt.

Er war betroffen, weil Hanna mit angesehen hatte, wie er drei Männer tötete. Er hatte keine Wahl gehabt, aber es war auch nichts, woran er einen Gedanken verschwendete. Sein Job bestand darin, zu töten, wenn es notwendig war. Würde er in einem Kampf zögern, so konnte es einen

Kameraden das Leben kosten – und das der Zivilisten, die er schützte. Doch was unterschied ihn durch Hannas Augen betrachtet von einem Mann wie diesem Homberg? Nichts.

Er schaute noch einmal zurück. »Scheiße!«

HANNA HIELT INNE und sah sich um. Die Jacht hatte gewendet und nahm Kurs auf die Küste.

»Wir hätten ins offene Meer schwimmen sollen.« Selbst überrascht, dass sie so ruhig und logisch nachdenken konnte, starrte sie zu dem Boot. Auf der Jacht ging ein Scheinwerfer an und streifte über die Wasseroberfläche. In der Dunkelheit konnte sie Ben nicht erkennen. Allein seine Nähe spürte sie. Sie drehte ihren Kopf zurück zu den Lichtern in der Nacht. Hoffnung, dachte sie. Was waren schon zwei Menschleben mehr für die Hoffnung? Inzwischen musste das Flugzeug mit Marie und ihrem Onkel gelandet sein. Vielleicht waren sie bereits auf dem Weg zu dem Leiter der Forschungsabteilung von Medicare. Sie fing wieder an zu schwimmen und merkte, wie Ben sich nach ihr ausstreckte und sie abbremste.

»Das hat kein Zweck.«

»Hast du eine andere Idee?«

»Ja, wir müssen die Jacht im Auge behalten. Es ist nicht so einfach, zwei Menschen im Meer zu finden.«

»Wenn du mich jetzt fragen willst, wie lange ich es aushalte zu tauchen, muss ich dich enttäuschen. Das funktioniert nicht.«

Er zog sie zu sich heran, schloss sie in die Arme. »Keine Sorge, ich bleibe bei dir.«

Aus einem ihr völlig unverständlichen Grund fühlte sich das beruhigend an, obwohl es einem Witz gleichkam, da er so hilflos wie sie in derselben Klemme steckte. Seine Hand kroch ihren Nacken hoch, wühlte sich in ihr Haar. Sie suchte seine Lippen mit ihren und fand sie. Diesmal küsste er sie sanft und zärtlich. Seine Zunge umspielte ihre. Sie wusste, dass sein Kuss in der Kammer nur dem Zweck gedient hatte, sie wütend zu machen und von ihrer Panik abzulenken. Dieser hier war etwas anderes. Er enthielt ein stummes Versprechen, sie nicht alleinzulassen, für sie da zu sein, egal was geschehen würde. Und sie erwiderte ihn in Gedanken mit den Worten, die sie ihm gegenüber nie mehr aussprechen wollte. Sie öffnete ihr Herz und ihre Seele, ließ ihn eintauchen in ihre Liebe.

Abrupt unterbrach Ben den Kuss. »Hörst du das?«

Hanna musste einen Atemzug machen, bevor ihr Gehirn in der Lage war, normale Sinneseindrücke zu verarbeiten. »Was ist das?«

»Hubschrauber.«

Sie hörte den Triumph in seiner Stimme, sah sich zu der Jacht um, die sich ihnen ein gutes Stück genähert hatte. Noch war das Schiff weit genug entfernt, aber reichte die Entfernung, bis ein Hubschrauber sie aus dem Wasser geholt hatte? Und wäre Wolff bereit, seine Beute laufen zu lassen, oder würde er bis zum Schluss versuchen sie zu töten?

Etwas stimmte nicht. Der Lichtkegel des Scheinwerfers richtete sich in den Himmel und erfasste das Fluggerät. Kurz schwankte der Hubschrauber in der Luft. Es gab ein undefinierbares Geräusch, eine Explosion, die den Helikopter erfasste und aus der Luft riss. Sein Aufprall auf die Wasseroberfläche erzeugte eine Welle, die auch Hanna und Ben erreichte. Es gab eine weitere Explosion, diesmal auf der Jacht.

Ben packte Hanna und zog sie unter Wasser. Feuer

tauchte das Wasser in gespenstische Schatten. Trümmerteile trafen in ihrer Nähe auf das Wasser und glitten in die Tiefe. Sie zerrte an ihren Händen, um sie aus seinem Haltegriff zu befreien, strampelte, um an die Oberfläche zu kommen. Ein zweites Mal in dieser Nacht tauchten sie gemeinsam aus dem Meer auf. Der Lichtstrahl eines Suchscheinwerfers glitt übers Wasser, erfasste sie beide und blieb auf ihnen ruhen. Das Geräusch eines Hubschraubers kam näher.

Der zweite Hubschrauber erschien, wo der erste abgestürzt war. Sekunden später donnerte das Rotorengeräusch direkt über ihnen. Tauchte sie in einen Wirbelwind, durchtränkt mit Wassertropfen, deren Kälte sie nicht mehr wahrnahm. An einem Stahlseil wurde ein Gurt heruntergelassen.

Hanna hatte nur Augen für die brennende Jacht. Es war kein Schiff mehr. Nur noch Fetzen schwammen auf dem Wasser.

BEN BEFESTIGTE einen Gurt um Hannas Taille und den zweiten um sich selbst. Er gab den Männern an der Seilwinde ein Zeichen. Eisige Luft kühlte seinen Körper weiter aus.

Die Soldaten im Hubschrauber halfen ihnen herein und reichten ihnen Decken. Hanna wickelte sich ein, nahm auf einem der Sitze Platz, und bevor ein Soldat es übernehmen konnte, schnallte Ben sie selber sorgfältig an. Mit einem Stück seiner Decke rubbelte er ihr die Haare, sodass das Wasser nicht mehr aus ihnen herabtroff.

Er setzte sich neben sie. Hanna starrte auf das Wasser, wo der Feuerschein noch immer die Umgebung erhellte. Ben bedeckte ihre Ohren mit einem Lärmschutz. Sie ließ es geschehen, ohne ihn anzusehen. Obwohl sie sich festgehalten, hochgezogen und eingewickelt hatte, wirkte sie wie eine Puppe – zwar beweglich, aber innerlich ohne Leben. Auch er war geschockt von dem, was sich auf dem Meer abgespielt hatte. Was war in Wolff gefahren, dass er einen Militärhubschrauber der Amerikaner abschoss? Hatte er allen Ernstes gedacht, er käme damit davon? Dass das Militär vor einem Gegenschlag zurückschreckte, es sich gefallen ließ, dass er sie nacheinander vom Himmel holte? Andererseits missfiel ihm die Handlungsweise des US-Militärs. Bei Einsätzen gab es häufig Diskussionen zwischen den Nationen. Dort, wo die Deutschen eine klare Linie zogen, wenn es um die Gefährdung von Zivilisten ging, priorisierten die Amerikaner den Erfolg eines Einsatzes. Für die Männer auf der Jacht empfand er kein wirkliches Bedauern. Wenn er ehrlich war, eher Erleichterung. Der Tod von Armin Ziegler und Konstantin Wolff bedeutete ein Leben für Hanna, ohne sich weiter verstecken zu müssen. War es nicht das, was sie gewollt hatte? Aber er wusste, Hanna akzeptierte einen solchen Preis für ein angstfreies Leben nicht, und er stellte sich die Frage, ob sie glauben würde, dass er damit nichts zu tun hatte. Ob sie zwischen dem, was er unter seinem Job verstand, und der Reaktion des amerikanischen Militärs auf so einen Angriff trennen würde.

HANNA STARRTE aus dem Fenster der Baracke und sah zu, wie der zweite Hubschrauber landete. Einer der Männer hatte ihr trockene Sachen gebracht, samt Unterwäsche. Militärklamotten, die sie nur zögerlich angezogen hatte. Ihre Füße steckten in dicken Socken und Stiefeln, was sich bedeutend angenehmer anfühlte, als Stöckelschuhe zu tragen. Ihr Fuß, mit dem sie umgeknickt war, pochte und fühlte sich leicht geschwollen an. Darum würde sie sich später kümmern. Innerlich kam sie sich kalt und leblos vor. Ihr Verstand weigerte sich noch, all das zu verarbeiten, was sie heute erlebt hatte. Vier Männer waren vor ihren Augen getötet worden, darunter Philip Bornstedt, den sie kannte, der zu den Freunden ihrer Schwester zählte. Der Neffe der besten Freundin ihrer Mutter. Wie viele Männer waren auf dem Schiff gewesen, als es in die Luft gesprengt worden war, einfach so, vor ihren Augen? Befanden sie sich in einem demokratischen Land? Oder in einem Land, in dem nur das Recht der Starken galt? Wo zogen die Amerikaner die Grenze zwischen krimineller Tat und militärisch korrektem Vorgehen? Wie rechtfertigten sie das Versenken einer zivilen Jacht? In was für einer Welt lebte sie überhaupt?

Dann sah sie das Bild des abstürzenden Hubschraubers vor sich. Ob die Soldaten das überlebt hatten? Sie hörte die Tür, wandte sich aber nicht um, spürte seine Nähe, doch die Kälte und das Gefühl des Alleinseins änderten sich nicht.

»Hanna?«

Sie antwortete nicht.

»Hanna? Es tut mir leid, du musst noch Bericht erstatten.«

Ohne ihn anzusehen, wandte sie sich vom Fenster ab und ging aus dem Raum. Zwei Soldaten nahmen sie mit.

Ben sah mit gemischten Gefühlen, wie die Soldaten sie zwischen sich nahmen. Seine Anfrage, Hanna begleiten zu dürfen, war abgelehnt worden. Innerlich kochte er vor Wut, aber er wäre ebenso vorgegangen. Er hatte seine

Berichterstattung hinter sich und hatte seinen Vater informiert, dass alles in Ordnung sei und er ihm am nächsten
Tag erklären würde, weshalb er ohne ein Wort von der
Veranstaltung verschwunden war. Das Telefongespräch mit
Hartmann hatte länger gedauert. Er hatte ihm die Vorfälle
in New York und den Tausch der Zwillinge geschildert.
Hartmann versprach, sich um alles zu kümmern. In der
nächsten Stunde sah Ben alle zwei Minuten auf die Uhr.
Von einem Wachposten aufmerksam beobachtet, tigerte er
den Flur auf und ab, bis sich die Tür öffnete und Hanna
heraushumpelte.

»What about your foot? Do you need a paramedic?«,
fragte der Soldat, der sie begleitete.

»No, I'm okay.«

Ihr Fuß. Er hatte vergessen, dass sie bei der Flucht auf
dem Parkplatz umgeknickt war. »Yes, she does«, korrigierte
Ben und achtete nicht auf Hannas wütenden Blick.

»Major Wahlstrom, you know your way around?«

»Yes, Sergeant.« Er hütete sich davor, Hanna zu
berühren oder zu stützen, ließ es aber auch nicht zu, dass sie
einen anderen Weg einschlug. Der weibliche Sanitäter
begutachtete die leichte Schwellung an Hannas Fußgelenk.
Nachdem sie den Fuß abgetastet und gedreht hatte, strich
sie großzügig Salbe darauf und machte einen Stützverband
darum.

Ein Militärfahrzeug brachte sie beide vom Stützpunkt
ins Hotel. Hanna sprach kein Wort mit ihm. Als Ben sie
zum Fahrstuhl begleitete, verschränkte sie die Arme vor der
Brust und starrte ihn an. »Was hast du vor?«

»Dich auf dein Zimmer bringen.«

»Vergiss es.«

Er blieb gelassen. Auf keinen Fall würde er sie allein lassen.

SIE SAH seine Entschlossenheit und war zu müde, um weiter mit ihm zu kämpfen. Wenn er meinte, er müsste Babysitter spielen – sein Problem. Sie fühlte sich körperlich und seelisch völlig ausgelaugt. Es hatte sie all ihre Kraft gekostet, nicht selber den Männern im Verhörraum Fragen zu stellen. Fragen, über die sie nicht erfreut gewesen wären. Selbstkritik gehörte nicht zu den herausragenden Eigenschaften der Amerikaner. Sie hatte ihre Antworten auf ein Minimum beschränkt. Weder hatte sie sich provozieren noch einschüchtern lassen.

Sie erreichten ihr Zimmer. Als sie die Karte einschieben wollte, hielt Ben ihre Hand fest. »Ich nehme an, ich kann dich nicht dazu überreden, in meinem Zimmer zu schlafen?«

Sie verschränkte die Arme vor der Brust. »Nein.«

»Dann lass mich wenigstens zuerst in dein Zimmer schauen.«

Darüber hatte sie nicht nachgedacht. Sie gab ihm die Karte und ließ sich hinter seinen Rücken schieben. Er öffnete die Tür. Erst als er alles geprüft, jeden Schrank aufgemacht, jede Gardine abgetastet und unter das Bett geschaut hatte, war er zufrieden. Fröstelnd hatte sie ihm zugeschaut. In ihren Gedanken sah sie wieder, mit welcher Professionalität er die Männer ausgeschaltet hatte. Sie war nicht der Mensch, der mit Worten umgehen konnte. Ihre Kamera hielt sie im Leben und in der Realität. Doch was würde sie durch den Fokus ihres Objektivs sehen, wenn sie Ben fotografierte? Den Soldaten oder den Mann, den sie liebte?

»Mein Zimmer ist schräg gegenüber.« Er verstummte, schien noch etwas hinzufügen zu wollen, zog aber dann die Tür hinter sich ins Schloss.

Hanna atmete auf. Sie ging ins Bad und starrte auf ihr Spiegelbild. Dunkle Schatten lagen unter ihren Augen. Die Militärklamotten bildeten einen grotesken Kontrast zu dem Schmuck ihrer Schwester. Sie betrachtete die Uhr an ihrem Handgelenk, die nach ihrem Bad im Atlantik stehen geblieben war. Stück für Stück zog sie sich aus. Nach einer heißen Dusche fand sie zum Schlafen nur einen Seidenpyjama ihrer Schwester im Koffer. Sie fühlte sich deplatziert und aus ihrer Umgebung gerissen. Das alles hier war nicht ihre Welt, hatte nichts mit ihrem Leben zu tun. Sie holte das Kreuz aus der Schublade, setzte sich aufs Bett. Lange hielt sie es in ihren Händen, bevor sie es sich um den Hals legte. Sie wusste, diese Nacht würde Albträume für sie bereithalten. Weil das Handy, das Marie ihr gegeben hatte, mit der Jacht in die Luft geflogen war, wusste sie noch nicht einmal, ob ihre Schwester und ihr Patenonkel sich in Sicherheit befanden.

22

ENTSCHEIDUNG

Es erschien Hanna dekadent, sich Frühstück aufs Zimmer zu bestellen. Also blieb ihr nichts anderes übrig, als in den Frühstücksraum zu gehen. In den Klamotten ihrer Schwester hatte sie Jeans gefunden, ein schlichtes dunkles T-Shirt, eine dunkelrote Strickjacke und Sneakers. Noch eben rechtzeitig fiel ihr ein, dass man sich in den USA nicht selbst einen Platz im Restaurant suchte. Sie steuerte auf die Kellnerin zu.

»Hättest du etwas dagegen, wenn wir zusammensitzen?«

Sie drehte sich zu dem Mann hinter sich um, der sie gut gelaunt anstrahlte. Eine Zeitung klemmte unter seinem Arm. Es fiel ihr schwer, sich dem Charme von Erik Wahlstrom zu entziehen, aber sie erinnerte sich auch daran, dass ihre Bekanntschaft auf einer Lüge basierte. »Ich bin nicht Marie Ziegler.«

Er hob die Brauen, sah jedoch nicht sonderlich überrascht aus.

»Hanna – Hanna Rosenbaum.« Sie reichte ihm die Hand, die er mit einem Schmunzeln annahm.

»Die Hanna? Von der das Foto an der Schlafzimmer-
wand meiner Tochter stammt? Die Hütte an einem norwe-
gischen Fjord aus der Ausstellung ‚Ich bin das Licht der
Welt‘?«

Hanna legte den Kopf schief. Das hatte sie nicht
gewusst.

»Die zur Patentante meines Enkels Nathanael auser-
koren ist?«

»Ja.«

»In diesem Fall nehme ich meinen Vorschlag und die
Bitte zurück.«

Er musterte sie ernst, und unwillkürlich beschleunigte
sich Hannas Herzschlag.

»Du musst an meinem Tisch sitzen, immerhin bin ich
der Opa.«

Erst jetzt ließ er ihre Hand los, wandte sich an die
Dame, die für die Zuteilung der Tische zuständig war, und
versprühte seinen Charme bei ihr. Die Ähnlichkeit von
Vater und Sohn ließ sich nicht bestreiten. Aber im Gegensatz zu Ben strahlte Erik Wahlstrom warme Geborgenheit
aus, und es gab nichts Gefährliches an ihm. Hanna bestellte
einen Kräutertee, holte sich Obst, Porridge und Joghurt für
die erste Runde. Der Opa ihres zukünftigen Patenkindes
bevorzugte einen schwarzen italienischen Kaffee, Pancake
und Ahornsirup.

»Scott   war   ein   wenig   brüskiert   über   dein
Verschwinden.«

»Marie ist gut in solchen Dingen.«

»Im Verschwinden?«

»Nein. Darin, den Eindruck von meinem schlechten
Verhalten wieder gerade zu biegen.«

»Oh, ich verstehe. Kommt das denn häufiger vor?«

»Ja.«

»Muss praktisch sein, einen Zwilling zu haben.« Er sah sie an. Sein Blick senkte sich auf ihren Ausschnitt.

Das T-Shirt zeigte mehr Dekolleté, als sie es mochte.

Ihr Gegenüber besann sich auf sein gutes Benehmen, legte sein Besteck beiseite und hob ihr die Hand entgegen. »Darf ich?«

Tiefe Röte stieg Hanna ins Gesicht. Sie hatte völlig vergessen, dass das Kreuz Erik Wahlstroms verstorbener Frau gehört hatte. Ihre Hände gingen zum Schloss.

»Nein, bitte nicht«, bremste er sie ab. Er griff nach dem Kreuz, nahm es auf seine Fingerspitzen und strich mit dem Daumen kurz darüber. »Ich denke, es würde ihr gefallen, dass du es trägst. Es hat ihr sehr viel bedeutet.«

»Ben ...«

»Ich weiß, ich habe es ihm geschenkt.«

»Es gehört dir.«

»Nein, nicht. Wirklich. Bitte.« Sein Blick suchte ihre Augen und ein trauriges Lächeln, das sie tief berührte, erschien auf seinem Gesicht. »Ich war nur für einen Moment überrascht, das ist alles.« Er schob sich ein Stück Pfannkuchen in den Mund. »Ich war damals mit Lisa in deiner Ausstellung. Du bist eine begnadete Fotografin«, wechselte er gekonnt das Thema.

Hanna rutschte auf dem Stuhl nach vorn. Sie hätte in ihrem Zimmer bleiben sollen, einfach das Frühstück ausfallen lassen, zum Flughafen fahren, und alles wäre in Ordnung.

»Ich nehme an, ich werde derjenige unter allen Opas, der die schönsten Babyfotos von seinem Enkelkind vorzeigen kann. Ein echter Luxus.«

Irgendwie schaffte er es, ihr die Befangenheit zu nehmen.

»Du bist nicht gerne unter Menschen.«

»Nein.«

»Meine Frau fand das auch immer furchtbar anstrengend.«

»Wo habt ihr euch kennengelernt?«

»Bei einer Führung durch Schloss Charlottenburg.«

»In Berlin?«

»Nun, ich nehme an, es steht immer noch da.«

Sie konnte ein Grinsen nicht unterdrücken.

Es spiegelte sich in seinem Gesicht wider. »Sie war Studentin an der Humboldt-Universität. Sozialwissenschaften und Politologie.«

»Wieso mochte sie keine Veranstaltungen?«

»Na ja, aus soziologischen Gesichtspunkten fand sie sie interessant, aber die geballte Scheinheiligkeit machte ihr zu schaffen. Sie hatte immer das Gefühl, ihr würde im Laufe eines Abends das Lächeln im Gesicht festfrieren.«

»Ich hätte sie gerne gekannt.«

»Ja, ich glaube, ihr hättet euch gut verstanden.«

»Was dagegen, wenn ich euch Gesellschaft leiste?«

Eric Wahlstrom sah auf. »Der verlorene Sohn!«

BEN MUSTERTE HANNA, deren tiefe Schatten um die Augen von einer unruhigen Nacht zeugten. Zweimal hatte er in der Nacht vor ihrer Tür gestanden, beide Male hatte ihn der Mut verlassen und er war wieder in sein Zimmer zurückgekehrt.

Hanna ignorierte ihn, stand auf und ging zum Buffet. Sein Vater schob ihm eine Zeitung unter die Nase, ohne dabei Hanna aus dem Blick zu verlieren. »Weiß sie davon?«

Ben starrte auf die Schlagzeile in der »Zeit«: Bootsunglück in New York.

»Ja.«

»Warst du das?«

Er schwieg. Die Kellnerin kam und er bestellte einen italienischen schwarzen Kaffee. Eric ließ die Zeitung verschwinden. Ben stand auf und holte sich sein Frühstück – Müsli, Obst und Joghurt. Hanna saß am Tisch, als er zurückkam.

»Gibt es einen Termin für die Taufe?«, fragte ihn sein Vater laut.

»Nein, Lisa wollte den Termin zwischen mir und Hanna abstimmen.«

»Du bist der Engpass«, erklärte Hanna.

»Wirst du die nächste Zeit in Berlin sein?«, fragte er betont beiläufig.

»Nein.«

»Wo dann?«

»Weiß nicht.«

»Warst du schon mal in Oslo?«

Sein Vater. Immer versuchte er die Spannung aus einem Gespräch zu nehmen – immer auf Harmonie bedacht.

»Ich?«, fragte Hanna.

»Von meinem Sohn weiß ich das.«

»Nein.«

»Ich hatte die Idee, dass wir die Taufe in Oslo feiern.«

»In Oslo? Wieso das?« Ben starrte seinen Vater an.

»Warum nicht?«

»Weiß Lisa davon?«

»Nein.«

»Ich glaube nicht, dass sie damit einverstanden ist.«

»Och, war ja auch nur so eine Idee von mir. Wann geht dein Flug nach Berlin, Hanna?«

»Gegen sechs.«

»Prima, in dem Fall reicht deine Zeit ja noch für einen

kleinen Abstecher ins Museum of Modern Art, oder findest du Kunst langweilig?«

»Nein.«

»Wie lange brauchst du fürs Packen?«

»Eine halbe Stunde.«

»Perfekt. Treffen wir uns in einer Dreiviertelstunde an der Rezeption?«

Ben sah ein Leuchten in Hannas Gesicht, als sie aufstand, um in ihr Zimmer zu gehen und zu packen. Er ärgerte sich, dass sein Vater es ganz beiläufig geschafft hatte, alles über ihren Flug zu erfahren, und noch dazu, dass sie nicht allein in New York herumlief. »Ich komme mit.«

»Nein, das lässt du bleiben.«

»Sie ist gestern entführt worden. Ich werde sie mit Sicherheit heute nicht allein in New York rumlaufen lassen.«

»Sie ist nicht allein, sie ist bei mir. Sieh du zu, dass du unsere Flüge umgebucht bekommst, damit sie nicht allein nach Hause fliegt.«

Ben wollte widersprechen, doch ein scharfer Blick von seinem Vater reichte, und er klappte seinen Mund zu. Abgesehen davon, dass er bei einer Diskussion mit ihm immer den Kürzeren zog, spürte er, dass Hanna Abstand zu ihm brauchte, nur, dass er diesen Abstand nun mal nicht wollte.

»Ben, weißt du eigentlich, weshalb ich dir damals das Kreuz deiner Mutter geschenkt habe?«

Er schwieg. Dass sein Vater seinen Entschluss missbilligen könnte, hatte er nicht bedacht, als er Hanna das Kreuz schenkte. Es war ihm richtig vorgekommen.

»Weil ich jeden Tag Angst davor habe, dass jemand an meiner Haustür steht und mir sagt, dass du für das Vaterland dein Leben gelassen hast. Auf eine verquere Art habe ich immer darauf gehofft, du würdest erkennen, dass deine Mutter nie eine solche Wahl für deinen Lebensweg gewollt hätte. Aber ich lag falsch – es ist dein Weg.« Die Hand seines Vaters legte sich auf seine. »Wenn du sie liebst, ich meine wirklich liebst, dann lass sie los. Du wirst ihr das Herz brechen, jedes Mal, wenn du deine Sachen packst und gehst. Halt sie nicht aus purem Egoismus fest, weil sie Licht in dein Leben bringt.«

Ben sah seinen Vater an. »Ich weiß nicht, ob ich das kann.«

Sie traf als Letzte vor der Kirche ein. Alle standen vor dem Turm.

Genau das hatte sie vermeiden wollen. Aber natürlich war mal wieder alles schief gegangen. Das Flugzeug von Rom nach Berlin hatte Verspätung, der Zoll pickte sie raus und dann war Marie auch noch zu spät dran gewesen. Zuletzt hatte Marie sich noch damit durchgesetzt, dass Hanna als Patentante unmöglich in Jeans auftauchen konnte, und hatte auf einer schwarzen Stoffhose, einem weißen Seidentop mit Spitzenborte und einer langen schwarzen Strickjacke bestanden. Neben Ben und Erik waren Tante Gertrude, die Schwester von Lisas verstorbener Mutter, Toms Eltern und zwei Schwestern samt Anhang – eine mit drei, die andere mit vier Kindern – anwesend. Und natürlich Lisa und Tom mit Nathanael.

»Tut mir leid«, murmelte Hanna und holte ihre Kamera aus dem Rucksack. Es dauerte nicht lange und sie glitt in die Rolle der stillen Beobachterin – fokussierte, drückte den Auslöser, wechselte das Objektiv für eine bessere Perspektive.

Der Pastor erschien und die Zeremonie begann. Er

stellte den Eltern die Frage, weshalb sie ihr Kind taufen lassen wollten, und richtete dieselbe Frage noch einmal an Hanna und Ben. Es folgte der gemeinsame Einzug in die Kirche als Zeichen der Aufnahme des Kindes in die Gemeinde. Hanna fing das Leuchten um Tom und Lisa herum mit der Kamera ein. Ihr tiefes Glück sollte für die Ewigkeit in ihren Bildern sichtbar bleiben. Das stille, manchmal wehmütige Lächeln des Großvaters, das selige Lächeln der Großtante, mit Tränen der Rührung in den Augen. Das Strahlen der Großeltern Jung. Die sieben Kinder – fünf Mädchen und zwei Jungen, die mit Andacht ihre kleinen Kerzen hielten, die Älteste vielleicht vierzehn, die Jüngste höchstens zwei. Hanna bannte alles in ihrer Kamera, auch Ben, der ihren Rucksack mit reingenommen und auf die Bank gestellt hatte, beide Wahlstrom-Männer, wie sie Blicke wechselten in einem stillen, einvernehmlichen Schwur, das Kind zu beschützen, Ben mit Lisa, und wie er Nathanael auf den Arm nahm.

Wie geschickt er sich dabei anstellte. Das scharf geschnittene, männliche Gesicht und das runde, volle des Babys mit den staunenden Augen. Sie wusste, dass sie dieses Bild nicht nur in der Kamera, sondern auch in ihrem Herzen tragen würde.

SEIT NEW YORK hatten sie nur wenig Kontakt miteinander gehabt. Es hatte Hanna nicht sonderlich überrascht, dass Vater und Sohn in ihrer Maschine mitflogen. Auch der Empfang am Flughafen durch Oberst Karl Hartmann war keine echte Überraschung. Zu dem Zeitpunkt wusste sie durch eine Nachricht beim Auschecken an der Rezeption, dass Marie und ihr Patenonkel ihre Mission erfüllt hatten.

Armin Zieglers Tod schob die Firma Medicare ein

weiteres Mal in den Mittelpunkt des Presserummels, während im Hintergrund an einer Geschichte über die Entwicklung des Heilmittels gearbeitet wurde. Die Erklärung musste absolut wasserdicht sein, nicht der Hauch eines Skandals durfte darüberliegen. Marie zeigte sich wie immer virtuos, als sie die Öffentlichkeit davon unterrichtete, dass Medicare die Zulassung für ein Heilmittel gegen HIV beantragt habe. Niemand konnte mehr das Rad der Zeit zurückdrehen.

Hanna brauchte zwei Tage, bis sie die Kraft fand, ihrer Mutter gegenüberzutreten. Und sie entschied sich, ihr zu verschweigen, was in den letzten Stunden zwischen ihr und Armin Ziegler vorgefallen war. Es würde nichts ändern, aber ihrer Mutter noch mehr Schmerzen zufügen, als sie ohnehin ertragen musste. Dennoch hatte sich zwischen ihnen eine Kluft aufgetan, und Hanna fand nicht die Kraft, eine Brücke darüber zu bauen.

BEN BEOBACHTETE HANNA, die in tiefer Konzentration ein Bild nach dem anderen machte. Obwohl er sich ihrer Nähe überdeutlich bewusst war, ertappte auch er sich dabei, dass er sie vergaß. Darin lag Hannas Gabe, die es ihr ermöglichte, Fotos zu machen, die aus dem Leben gegriffen erschienen, echt und ehrlich und ohne Posen. Es sollte ihr Geschenk an die Eltern werden – ein Album von der Taufe. Sein Vater hatte ihm von ihrer Idee erzählt. Dann kam der Augenblick, als sie Nathanael das Kreuzzeichen auf die Stirn malte, und für einen Moment erschien es ihm, als bliebe die Zeit stehen. Ihre Gestalt tauchte in ein warmes Licht ein. Seine Mutter erschien auf ihrer einen Seite, die ihn lächelnd ansah, und ein schwarzhaariger Mann mit strahlend blauen Augen auf ihrer anderen Seite, der Hanna aufs Haar küsste. Es war ein wenig gespenstisch, und so klar er das Bild vor sich sah, so schnell verschwand es. Ihre Blicke trafen sich und Hanna schenkte Ben ein Lächeln, während er in ihre blauen Augen abtauchte.

Sie besaß eine eigene Art im Umgang mit den anwesenden Kindern, hörte ihnen zu, wenn sie ihr etwas erzählten, bewegte sich dabei auf ihrer Ebene, hockte sich auf den Boden und stellte ihnen Fragen. Später zeichnete sie für die Kinder Tiere und zuletzt ein Porträt von Sabrina, der ältesten Nichte von Tom. Jedes der Kinder wollte danach ein Bild von sich haben, einschließlich Lucilla, der Zweijährigen, auch wenn diese kein Wort sprach, aber das brauchte sie bei Hanna auch nicht. Vertrauensvoll setzte sie sich auf ihren Schoß, beobachtete feierlich, wie aus Strichen ein Gesicht entstand. Als das kleine Mädchen den Stift ergriff und selbst anfing zu malen, ließ Hanna es gewähren. Zwischendurch führte sie die winzige Hand.

Lucillas Zungenspitze tauchte zwischen ihren Lippen auf und ihre Stirn legte sich in feine Falten. »Da«, verkündete sie mit strahlendem Gesicht, als ihr Bild fertig war. Jeder freute sich mit ihr über das neu geschaffene Kunstwerk.

Schließlich verabschiedeten sich Toms Schwestern, und eine halbe Stunde später gingen seine Eltern. Hanna verdrückte sich mit Lisa in die Küche, während die Männer unter sich blieben. Ben hörte ihr Lachen und fragte sich, worüber die beiden wohl sprachen.

»Du willst uns schon verlassen?«

Hanna grinste Erik an. Der Vormittag im MoMA von New York hatte eine Freundschaft zwischen ihnen entstehen lassen, die mit der Zeit gewachsen war. Die erste

E-Mail war von ihm gekommen, und Hanna wusste, es war Onkel Richard, der ihre Adresse herausgerückt hatte. Seitdem schrieben sie sich regelmäßig, und Erik hatte sie auch in Rom besucht. Hanna lebte inzwischen in der Villa ihres Onkels und arbeitete am Institut von Professor Bartoli. Die verlorene Zeit von ihrem Kunststudium hatte sie aufgeholt und lag wieder in ihrem Zeitplan. Noch war sie nicht in die tiefen Geheimnisse des vatikanischen Museums vorgedrungen, doch sie wusste, eines Tages würde sie diese zu Gesicht bekommen. Auch Erik Wahlstrom hatte, als er sie in Rom besuchte, in der Villa ihres Onkels gewohnt. Die beiden Männer verband eine Freundschaft, von der Ben mit Sicherheit nichts wusste. Manchmal, wenn die drei alten Herren glaubten, sie sei zu Bett gegangen, veränderten sich ihre Gespräche, und Hanna wurde das Gefühl nicht los, dass sie sich um sie drehten.

»Wo willst du schlafen?«, frage Erik.

»Bei Marie.«

»Keine Sorge, Papa, sie kommt morgen vorbei.« Lisa setzte sich auf die Lehne des Sessels, in dem ihr Vater saß. Liebevoll strubbelte sie ihm durch sein Haar. »Ben, kannst du Hanna zu Marie fahren?«

»Klar, kein Problem.« Dankbar für Lisas Vorlage schnappte Ben sich Hannas Rucksack, bevor sie protestieren konnte. Anstatt die Treppe herunter zu gehen, stieg er hoch. Hanna folgte ihm langsam. Er hielt ihr die Tür auf, wartete, bis sie über die Schwelle getreten war, drückte dann die Wohnungstür ins Schloss. Er lehnte sich dagegen und blockierte so ihren Fluchtweg.

»Was willst du?« Misstrauisch kräuselte Hanna die Nase.

»Dir einen Vorschlag machen.«

»Und das ging nicht unten?«

Er grinste sie an. »Nein.«

»Ben, ...«, seufzte sie, doch er war schneller, seine Lippen lagen auf ihren, bevor sie all die Argumente anbringen konnte, die er in den letzten Wochen täglich durchgegangen war. Aber egal, wie sehr sein Verstand ihm klarzumachen versuchte, dass er die Finger von ihr lassen sollte und dass er nicht das Recht hatte, ihr wehzutun – sein Verlangen nach ihr wuchs mit jedem Tag, der verstrich, ohne dass er sie in den Armen hielt.

Und statt wütend zu werden oder ihn wegzustoßen, wie er es erwartet hatte, erwiderte Hanna seinen Kuss mit derselben Leidenschaft. Ihre Hände schoben das Jackett von seinen Schultern, zogen sein Hemd aus der Hose. Er erschauerte, als ihre Finger unter sein Hemd fuhren, sich nicht die Mühe machten, die Knöpfe zu öffnen. Oh Gott, wie hatte er sich danach gesehnt, sie zu spüren, sie zu fühlen, ihren Geruch einzuatmen. Sie knabberte an seiner Unterlippe, während er versuchte, sich von seiner Hose zu befreien.

»Hanna«, stöhnte er leise und wusste, dass er es nicht mehr schaffen würde, sie zum Bett zu manövrieren. Er musste sie haben, jetzt, hier, sofort und auf der Stelle. Die zarte Seide ihres Tops war eine Folter für seine Hände, doch im Gegensatz zu Hanna ließ er es heil und zerstörte es nicht.

Dann hielt er irritiert inne und warf einen Blick auf das, was darunter zum Vorschein kam. Er verzichtete darauf, sie davon zu befreien. Stattdessen nahm er sich ihre Hose vor und erlebte bald eine zweite Überraschung. »Sag mir nicht, du hast das die ganze Zeit über in der Kirche getragen«, flüsterte er heiser an ihrem Ohr.

Als Antwort ließ sie ihre Hände zu seinen Pobacken wandern und zog ihn heftig an sich. Damit war es um seine Selbstbeherrschung geschehen.

»Sex war nicht der Vorschlag, den ich dir machen wollte.« Er strich ihr die Haare aus dem Gesicht.

Sie lagen in seinem Bett. Nicht, dass sie es das erste Mal bis dahin geschafft hätten, das erst beim zweiten Mal. Zwischendurch hatte Hanna Marie angerufen, um ihr zu sagen, dass sie doch nicht bei ihr schlafen würde.

Hanna lag wohlig entspannt auf dem Rücken, während Ben sich von ihr herunter auf die Seite gerollt hatte. Seinen Kopf in die Hand gestützt, ihre Beine noch miteinander verschlungen, betrachtete er jeden Zentimeter von ihr. Ihre Augen hatte sie geschlossen. Sie atmete heftig, und ihre Lippen verzogen sich zu einem spitzbübischen Grinsen. Er hätte gern gewusst, was in ihrem Kopf vorging.

»Nein?«

»Nein.«

Sie schlug die Lider auf, hob eine Hand und fuhr ihm mit den Fingern über die Lippen.

Er biss ihr sanft in den Finger. »Warte hier und rühr dich nicht von der Stelle.«

Nein, das hatte sie auch nicht vor. Sie hatte in den letzten Wochen versucht Abstand zu ihm zu gewinnen, ihn aus ihrem Leben gedrängt, sich vor Augen geführt, was er war und dass sie den einen Ben nicht ohne den anderen haben konnte. Stunden hatte sie vor der Pieta von Michelangelo gesessen und sich gefragt, wie Maria es hatte aushalten können, ihren eigenen Sohn leiden und am Kreuz sterben zu sehen. Vertrauen und glauben, nehmen, was das Leben gab und was der andere geben konnte. Akzeptieren, nicht verändern wollen. Lieben, ohne Bedingungen zu stellen. Sie müsste mit der Angst leben, ihn eines Tages zu verlieren. Seine Geheimnisse ertragen, die er nicht mit ihr teilen durfte. Die Ungewissheit und die wenige gemeinsame Zeit, die ihnen neben seiner Verpflichtung blieben, als ein Geschenk betrachten. Ihn trösten, auch wenn sie nicht wusste, weshalb. Es würde kein einfacher Weg werden. Nie hatte sie den leichten Weg gewählt.

Er kam mit einem Kästchen in der Hand zurück und hielt es ihr hin.

»Was ist das?«

»Mach es auf.«

Sie öffnete es. Es lag ein Schlüssel darin.

»Interessant.«

»Das ist nicht irgendein Schlüssel.«

Seine Stimme klang todernst. Hanna biss sich auf die Lippe, unterdrückte ein Lachen.

Mit zusammengekniffenen Augen musterte er sie. »Du machst dich lustig über mich.«

Sie schüttelte den Kopf. »Das ist ein Schlüssel für deine Wohnung.«

»Ja.«

Hanna nahm den Schlüssel aus dem Kästchen und legte ihn in ihre Hand. »Ja.« Bewusst schlug sie einen leichten Ton an, obwohl ihr Herz anfing zu rasen.

»Du bist einverstanden?«

»Ja, wieso nicht? Ich habe keine Wohnung mehr in Berlin, und Maries –« Sie zuckte mit den Achseln. »Da ist mir zu viel los. Außerdem bin ich so näher an meinem Patenkind. Willst du, dass wir uns die Miete teilen?«

»Nein.« Er nahm ihr Gesicht in seine Hände, küsste sie zärtlich. »Ich möchte, dass sie zur Hälfte dir gehört.«

EPILOG

»Und was steht als nächster Punkt auf deinem Plan?« Hanna stand mit verschränkten Armen, ein Bein auf einem umgefallenen Baumstamm, in sicherem Abstand vor der neu entstehenden Hütte. Obwohl Ben ihr Gesicht nur von der Seite sah, konnte er sie lächeln sehen und wusste, dass die blauen Augen mit dem Blau des Himmels wetteiferten. Sie löste ihren Blick kurz von den Bauarbeiten, warf ihm ein verschmitztes Grinsen zu. Dann veränderte sich die Farbe ihrer Augen, bekam einen leichten Stich ins Violette. Abrupt wandte Hanna sich zurück. Er kannte diesen Blick, kannte seine Bedeutung.

»Also?«

»Professor Bartoli hat mir eine feste Stelle an seinem Institut angeboten.«

Überrascht hob er die Brauen. »Du willst wirklich einen Job als Kunsthistorikerin annehmen?«

»Wieso nicht?«

Er zögerte, unsicher, was er darauf antworten sollte und weshalb ihn der Gedanke störte. Egal, ob sie in Rom blieb oder in Berlin lebte, ihre gemeinsame Zeit änderte sich nicht. »Was ist mit deiner Fotografiererei?«

»Das eine schließt das andere nicht aus.«

Ein Kribbeln lief über seinen Körper, seine Nacken-haare stellten sich auf. Er kannte dieses Gefühl, wenn er mit ihr zusammen war. Es war nicht neu. Leise trat er an sie heran, bis er die Nähe ihres Körpers spüren konnte, sie aber nicht berührte. »Was verheimlichst du diesmal vor mir?«

Das Lächeln in ihrem Gesicht verschwand. Sie drehte den Kopf zu ihm um, legte ihn schief. Sie sahen sich in die Augen. Die Geräusche von der Baustelle verschwanden, genauso wie alles andere um sie herum.

»Mrs Rosenbaum?«

Sie wandte sich zu dem Mann um, der mit einem Plan auf sie zukam. Ben hätte ihn erwürgen können, doch er beherrschte sich. Stattdessen verfolgte er die Diskussion über den besten Standort für einen neuen Brunnen und darüber, ob es nicht besser wäre, die Hütte für die Schule näher am Rand zu platzieren. Der Mann war mit seinen Änderungswünschen nicht erfolgreich. Das hätte Ben auch überrascht. Ruhig hörte sich Hanna seine Argumente an, um dann an dem bisherigen Plan festzuhalten. Mit verknif-fenem Gesicht und leisem Murmeln, das sicher kein Kompliment für Hanna bedeutete, entschwand der Mann zur Baustelle. Hanna verschränkte die Arme vor der Brust und grinste still in sich hinein.

Das Geld für den Wiederaufbau des niedergebrannten Dorfes an derselben Stelle kam von der Sarah-Ziegler-Stif-tung, deren Geschäftsführung Silvia Ziegler übernommen hatte. Es gab einen Erinnerungsstein, in den die Worte einer nigerianischen Lebensweisheit eingraviert waren:

Es gibt Schönheit mitten im Leiden, Freude in der Trauer, Hoffnung in der Verzweiflung und neues Leben sogar im Tod. Darunter standen die Namen der verstorbenen Kinder: *Ifeschi, Moswen, Maalik, Dupe, Saburi, Afya, Tabita, Haiba, Ezeoha, Rabuwa und Tutu.*

»Nichts.«

»Nichts?«

»Meine Antwort auf deine Frage.«

Er runzelte die Stirn. Nein, das kaufte er ihr nicht ab. Sie verheimlichte etwas vor ihm. Bens Instinkte hatten ihn nie getrogen, wenn es um Hanna ging. Nur sein Verstand oder seine Gefühle spielten ihm ständig einen Streich. Er öffnete den Mund für eine Erwiderung, bremste sich, atmete tief ein. Sein Pulsschlag beschleunigte sich. Es gab andere Methoden, Hanna zum Reden zu bringen oder besser ausgedrückt, andere Möglichkeiten, ihre Geheimnisse zu ergründen. Mit einem kleinen Schritt nahm er die Distanz zwischen sich und ihr. Er schlang einen Arm um ihre Taille und zog sie dichter an sich heran. Kurz signalisierte ihr Körper Widerstand. Er wartete, bis sie sich an ihn schmiegte. Mit der anderen Hand schob er ihre Haare zur Seite, beugte sich zu ihrem Hals und fuhr mit seinen Lippen die weiche Linie zwischen Schulter, Hals und Ohr nach. Er hielt sie fest, als sie ihren sicheren Stand verlor.

»Neue Verhörmethode?«

Sie versuchte, sich aus seinem Bann zu lösen, das konnte er fühlen, aber das würde er nicht zulassen. Er kannte ihre Schwäche und seine. Er grinste bei dem Gedanken, was er mit ihr machen wollte, wusste, dass sie dieses Grinsen auf ihrer Haut spüren konnte. Sie legte ihre flache Hand auf seine Brust, schob ihn von sich, aber er hielt sie fest. Noch war er nicht fertig mit ihr. Seine Lippen näherten sich ihrem Ohr, er biss sie sanft ins Ohrläppchen, sah zufrieden, wie sich auf ihrem Arm Gänsehaut ausbreitete. Seine nächsten Worte wählte er mit Bedacht.

»Dich – liebe ich.« Die Hand unter ihrem Kinn, drehte er ihr Gesicht zu sich herum und küsste sie, bevor sie etwas erwidern konnte.

Aber Hanna hatte sich entschieden. Sie wusste, was sie wollte – seine Seele. Dafür würde sie kämpfen, darauf würde sie warten, und wenn es sein musste, ein Leben lang.

NACHWORT

Bis ein Buch in ihren Händen liegt, vergehen oft viele einsame Stunden konzentrierter Arbeit. Viele kompetente Menschen sind an dem Entstehungsprozess beteiligt. Die Geschichte wird überarbeitet, auseinandergenommen, lektoriert, korrigiert, um ihr den letzten Schliff zu verleihen. Eine Designerin fängt die Stimmung der Geschichte ein und gibt dem Buch einen reizvollen Buchumschlag. Bleibt noch der Klappentext, der Sie als Leserin neugierig macht und Sie zum Lesen einlädt. Ich bin dankbar für mein tolles Team und das schließt Sie als Leserin ein, denn was wäre ein Buch ohne Sie?

Wenn Sie noch einen winzigen Moment Zeit haben, würde ich mich über eine Bewertung ihres Leseerlebnisses auf ihrer Kauf- oder Verleihplattform riesig freuen. Es ist ihre Begeisterung, die ein Buch bekannt macht und ich bin dankbar für jedes Wort, dass Sie bereit sind zu hinterlassen. So wie der Applaus auf der Theaterbühne der Lohn für die Schauspielerin ist, so lebe ich als Schriftstellerin von den Weiterempfehlungen meiner Leserschaft. Ich freue mich sehr Sie mit weiteren Büchern von mir unterhalten zu dürfen.

Wenn Sie sich zum Newsletter auf meiner Autorenwebseite anmelden, bleiben Sie nicht nur auf dem laufenden über Neuerscheinungen, sondern können sich auch zusätzliche Kapitel aus meinen Büchern herunterladen.

Gerne können Sie mir auch schreiben. Manchmal dauert es zwar, bis ich es schaffe zurückzuschreiben, doch ich freue mich immer, von meinen Leserinnen zu hören. Bleibt mir noch zu sagen, vielen Dank für die schöne Lesezeit, die wir miteinander verbracht haben. Ich wünsche Ihnen weiterhin viele tolle Lesestunden und freue mich auf ein Wiedersehen mit Ihnen beim nächsten Buch oder schauen Sie mal auf meiner Autoren Webseite vorbei, wo Sie viele andere Bücher von mir finden, die bereits erschienen sind.

Ihre Kerstin Rachfahl

Liebesromane

Duke - Ein weiter Weg zurück

Duke - Vertrau mir

Sonate ins Glück

Aus dem Schatten

Morning Breeze Café

Eine aktuelle Liste aller erschienen Bücher finden Sie auf der Autorenwebseite: www.kerstinrachfahl.de.

Sie wollen kein Buch mehr verpassen und über Veranstaltungen informiert werden? Dann vergessen Sie nicht, sich für den Newsletter anzumelden.

ÜBER DIE AUTORIN

Kerstin Rachfahl, geboren in Stuttgart schreibt seit 2011. Sie studierte internationale Betriebswirtschaft, arbeitet u.a. als Controllerin in einem Verlag und gründete 1991 mit ihrem Mann zusammen das IT-Unternehmen: Rachfahl IT-Solutions, in der sie noch heute als kaufmännische Geschäftsführerin tätig ist. Von 2012 bis 2016 zählte sie zu den wenigen deutschen Frauen, die mit dem MVP-Award (Microsoft most valueable Award) ausgezeichnet worden sind. 2017 entschied sie sich gegen eine weitere Nominierung, um sich voll auf ihre zweite Karriere als Schriftstellerin konzentrieren zu können. Seit 1996 lebte Kerstin Rachfahl mit ihrer Familie in Hallenberg im schönen Sauerland. Mehr über die Autorin, ihr Leben und ihre Bücher finden Sie auf der Webseite der Autorin: Kerstin-Rachfahl.de.

f facebook.com/kerstin.rachfahl

instagram.com/krachfahl